고려高麗 향가鄕歌 변증辨證

고려 향가 변증

高麗 鄉歌 辨證

— 박재민 —

若疑頭

鄉歌詞清句麗其為作也号稱詞腦可欺貞觀之詞矣

열한 수의 향가는 노랫말이 맑고 구절이 아름다워 그 지어진 것을 사뇌, 라고 부른다. 가히 당나라 태종 시절의 詞보다 낫고, 정밀함은 唐의 가장 빼어난 작품에 비길 만하다. [끊어진 中]

도서출판 박이정

| 박재민 |

연세대학교 국어국문학과 학사 · 석사
서울대학교 국어국문학과 박사
현재 관동대학교 국어교육과 조교수
한국의 고전 시가를 전공하였으며
그 과정에서
우수석사학위논문상(2002, 연세대학교 대학원)
최우수박사학위논문상(2009, 서울대학교 인문대학)
나손羅孫학술상(2010, 제19회)
국무총리상(2010, 제2회 일연 · 삼국유사 학술제)
등을 수상하였다.

고려 향가 변증

초판 인쇄 2013년 10월 1일
초판 발행 2013년 10월 7일

지 은 이 박재민
펴 낸 이 박찬익
편 집 장 김려생
펴 낸 곳 도서출판 **박이정**

주   소 서울시 동대문구 용두동 129-162
전   화 02)922-1192~3
팩   스 02)928-4683
홈페이지 www.pjbook.com
이 메 일 pijbook@naver.com
등   록 1991년 3월 12일 제1-1182호

I S B N 978-89-6292-437-4 (93810)

* 책값은 뒤표지에 있습니다.

  문학이란 역사의 강줄기를 따라 피어난 풍경이란 비유를 좋아하기에, 스스로
를 역사의 강가를 탐방하는 가이드쯤에 견주고 싶다. 그렇게 생각해 보면, 이
책은 고려의 강가를 탐방하고 있는 한 연구자의 답사 결과물이라 할 수 있다.
100년의 研究史가 배출한 굴지의 개척자들이 그려 둔 지도 몇 장을 달랑 들고,
필자는 언제 돌아올지 모르는 채, 역사의 강으로 무작정 길을 들어섰었다. 그곳
의 하늘엔 엄숙한 종교의 구름이 짙게 깔려 있었고, 길거리를 지나는 사람들의
입에선 낯설고 어려운 말들이 흘러나왔다. 필자는 그들과 대화하고 싶었고, 저
강굽이 너머에는 또 어떤 풍경들이 펼쳐져 있는가를 알고 싶어 했다.

  선학이 마련해 주었던 몇 장의 지도는 퍽 유용했다. 그 지도에는 그들이 보았
던 當代의 지형이 꼼꼼히 기록되어 있었고, 더구나 그 옆엔 당대의 언어에 대한
자세한 정보도 적혀 있었기 때문이다. 필자는 대체로 그 지도의 길을 따라 여행할
수 있었다. 그러나 여행의 기간이 길어지면서 필자의 마음속에는 그 지도를 벗어
나고 싶은 욕망이 자라났다. 선학들의 지도는 일상의 큰 길로만 필자를 안내했을
뿐, 더 작은 지류, 더 작은 마을, 더 세밀한 언어에 대한 궁금증을 충족시켜주진
못했다. 그리하여 필자는 조금씩 용기를 내어 미답의 지형을 걸어보기 시작했다.

  지도 밖을 걷는 일은 쉬운 일이 아니었다. 한 발을 내딛기 위해 수많은 자료의
숲을 헤쳐야 했고, 그러한 숲을 헤치고 앞으로 나갔다 하더라도 많은 경우는
자료의 또 다른 절벽에 부딪쳐 하릴없이 발이 부르튼 채 되돌아오곤 해야 했던
것이다. 하지만 이러한 시행착오와 실망 속에서도 신라와 고려의 지형에 대한

약간의 안목들이 생기기 시작했다. 더불어 자료들도 시나브로 축적되기 시작했다. 강의 저 굽이를 돌면 무엇이 있을 것이며, 언덕의 저쯤에서 들리는 노랫소리는 어떤 내용을 담고 있는지가 어렴풋이 분절되며 인지되기 시작했던 것이다.

이 책은 필자가 지난 10여 년간 보아 온, 고려 강가에서 울리던 노래들을 정리한 것이다. 선학들이 걸었던 길과 기록들로 인해 필자가 보다 효율적으로 고려의 강가를 여행할 수 있었듯이, 누군가가 또 고려의 강가를 여행하려 할 때 보다 보완된 지도를 지참할 수 있기를 바라는 마음이 동기가 되었다.

1장에서는 향가와 사뇌가를 구사한 당대인의 흔적들을 인용하고, 이 용어들이 지닌 개념을 재정비하였다. 더불어 향가를 표기하고 있는 향찰의 구조를 도식적으로 설명해, 향가를 이해하려는 초심자들에게 나침반 역할을 할 수 있게끔 하였다.

2장에서는 향가에 사용된 향찰자 164자에 대한 변증을 실었다. 향찰과 구결, 그리고 이두에 등장하는 차자의 용례를 살펴, 각 향찰자가 어떤 소릿값을 지니며, 어떤 문법적 기능을 하고 있는지를 변증하였다. 향찰 각자에 대한 이러한 문증은 향가가 만발한 고려의 강가를 여행하려는 연구자들에게 긴요한 이정표가 되어 줄 것이다.

3장에서는 고려인의 목소리로 향유되었던 「보현십원가」 11수를 해독하여 실었다. 신촌에서의 공부를 마칠 때, 필자는 학위논문으로 구결을 이용하여 「보현십원가」 11수를 해독해 논문상을 수상한 적이 있었는데, 3장은 그것을 개선한 것이다. 새로 고침에, 유사한 강굽이를 걷고 있는 구결학회에 소속된 많은 연구자들과의 대화가 큰 도움이 되었다.

이 머리말을 쓰면서 가장 두려운 것은, 이 책이 고려인의 의도를, 필자를 늘 염려해 주시는 은사님의 가르침을, 현대 연구자들의 갈증을 풀어 줄 핵심을 제대로 담아내고 있는가 하는 점이다. 많은 질정과 혜량을 바란다.

2013년 10월. 솔향 강릉에서 저자 씀.

目次

제1장
鄕歌·鄕札의 개념

제1장 鄕歌・鄕札의 개념

1. 鄕歌와 詞腦歌의 개념

(1) 鄕歌

향가는 口述되거나 鄕札로 표기되어 향유되던 신라시대 및 고려 초기의 우리
말 노래를 칭하는 장르명이다. 1927년 安自山이 均如의 향가 11수와 예종(재위
1105~1122)의 「悼二將歌」를 소개하며, "三國時代부터 本語를 漢字의 音又意를
假하야 記錄한것을 鄕歌 更言하면 鄕土의 歌라 햇어"[1]라고 언급하고, 거의 동
시대인 1929년 경성제국대학의 교수였던 小倉進平이, 『三國遺事』와 『均如傳』
에 향찰로 실려 전하는 25수의 노래를 다음과 같이 게시하며, "나는 신라시대의
조선 고유의 노래를 지목하여 鄕歌라 칭한다."[2]라 규정함으로써 '향가'는 문학
사의 한 장르명으로 등장하게 되었다.

『三國遺事』
> 得烏谷慕郎歌(卷二), 老人獻花歌(卷二), 安民歌(卷二), 讚耆婆郎歌(卷二),
> 處容歌(卷二), 薯童童謠(卷二), 盲兒得眼歌(卷三), 良志使錫(卷四), 廣德嚴
> 莊(卷五), 月明師兜率歌(卷五), 月明師爲亡妹營齋歌(卷五), 融天師彗星歌
> (卷五), 信忠栢樹歌(卷五), 永才遇賊歌(卷五)

『均如大師傳』
> 禮敬諸佛歌, 稱讚如來歌, 廣修供養歌, 懺悔業障歌, 隨喜功德歌, 請轉法輪歌,
> 請佛住世歌, 常隨佛學歌, 恒順衆生歌, 普皆廻向歌, 總結无盡歌

安自山과 小倉進平의 命名은 『均如傳』, 『三國史記』, 『三國遺事』에 나타난
당대의 문헌 용례를 존중한 결과였다. 이 책들의 찬자나, 기록 속의 인물들이
신라의 우리말 노래를 칭하는 말로 다음과 같이 '鄕歌'라는 용어를 사용하고 있
는 것이다.

---

1) 안자산, 「麗朝時代의 歌謠」, 『現代評論』 1927년 5월호, 152면.
2) 소창진평, 『鄕歌及び吏讀の硏究』, 京城帝國大學, 1929, 26면.

【均如傳(1075년)】

十一首之鄕歌, 詞淸句麗, 其爲作也, 號稱詞腦.　　　〈第8章, 譯歌現德分者〉

【三國史記(1145년)】

仍命與大矩和尙, 修集鄕歌, 謂之三代目云.　　　〈卷11, 新羅本紀, 眞聖王 2年〉

【三國遺事(1280년경)】

明奏云: "臣僧但屬於國仙之徒, 只解鄕歌, 不閑聲梵." 王曰: "旣卜緣僧, 雖用
歌鄕歌可也." 明乃作兜率歌賦之.　　　〈卷5, 感通, 月明師 兜率歌〉

明又嘗爲亡妹營齊, 作鄕歌祭之. 忽有驚飅吹紙錢, 飛擧向西而沒. 〈卷5, 上同〉

羅人尙鄕歌者尙矣. 蓋詩頌之類歟, 故往往能感動天地鬼神者非一. 〈卷5, 上同〉

釋永才, 性滑稽, 不累於物, 善鄕歌.　　　〈卷5, 避隱, 永才遇賊〉

　그렇다면 신라인들이 自國의 노래를 '향가'라 칭한 까닭은 무엇이었을까? 이
에 대해 소창진평은 같은 책에서 다음과 같은 말을 한 바 있다.

> 원래 조선 사람은 옛날부터 자신의 나라를 중국의 한 지방으로 생각함으로써
> 만족하고 있었다. 그 까닭에 자기 나라의 언어와 같은 것은 …… 方言이란
> 명칭으로 부르고 ……외국에 대한 자신의 국토를 鄕이라고 말하고 자기 나라
> 의 음악을 鄕樂, 자기 나라 말을 鄕言이라 일컫은 예도 적지 않다. ……조선
> 사람이 조선 고유의 가요에 대하여 鄕歌라는 말을 쓰게 된 것도 전혀 이와
> 같은 의도 이외에는 없다.[3]

　즉, '鄕歌'라는 말은 우리의 문헌에 흔히 나타나는 '鄕樂·鄕言'과 같은 원리에
서 나온 것으로, 우리의 선조들이 우리나라를 중국의 한 지방으로 인식하고 있
었기에 생겨난 말이라는 것이다. 이 언급은 '鄕'이란 글자의 근대적 의미인 '시골'
과 그것에서 풍기는 뉘앙스 '粗野하다·거칠다'와 맞물려 후대의 국학자들에게
적지 않은 영향을 주었다. 조윤제 역시 "中國에 대한 '辭讓之德'을 지켜 '鄕字를
사용했다"[4]라고 하였고, 양주동에 와서는 '自己貶視'[5]의 의미를 가진 명칭으로
까지 이해되었다. 결국 이 견해는 김기동 등[6]에 의해 '事大慕華思想'의 결과라

---

3) 소창진평(1929), 26-27면.
4) 조윤제, 『朝鮮詩歌史綱』, 東光堂書店, 1937, 36면.
5) 「鄕」자의 原語는 何如튼 「鄕歌」란 譯語의 語感은 「鄕言·鄕人·鄕樂·鄕舞」等과 共히 畢竟
自己貶視의 中世時俗概念이 濃厚하다. 〈양주동, 『古歌硏究』, 박문서관, 1942, 49면.〉

는 극단적 평가로까지 발전하게 된다.

> 詞腦歌 역시 自國을 '鄕'이라 謙稱하고, 唐을 '國'으로 尊稱한데서 온 意識에
> 의하여 '鄕歌'라고 改稱하였던 것이 틀림 없을 것이다. 우리는 여기에서……
> 民族的 · 國家的인 自主獨立의 意識이 薄弱해지는 同時에 事大 · 慕華思想이
> 擡頭되기 시작하였음을 알 수 있다.[7]

하지만 이러한 시각에 반성이 없을 수는 없었다. 장덕순과 황패강의 다음과
같은 견해에서 이러한 시각을 찾아볼 수 있다.

> 「鄕歌」가 中國의 詩歌와 구별하기 위한 것임은 사실이나, 이는 반드시 中國
> 詩歌에 대한 卑稱은 아닌 것 같다. ……이것이 모두 「우리 노래」란 뜻이지
> 「쌍노래」, 「상스런 노래」라는 뜻은 전혀 없는 것이다. … 事大主義的 槪念에
> 서 해석할 것이 아니라, 謙遜에서 由來한 것이라고 해석할 雅量도 경우에 따
> 라서는 있을 법한 일이다.[8]

> '鄕'에 대하여 부정적인 의미로만 이해한 연구자들의 편향적인 태도에는 어
> 느덧 '자기비하적'인 동기가 논의의 바닥에 깔려 있었다고 생각된다. 필자는
> '鄕'이 내포한 두 가지 가능성 가운데, 긍정적인 의미가 전혀 무시되어 온 데
> 대하여 이의를 제기하면서 동시에 비하적인 측면도 없지 않음을 인정하는 바
> 이다. 그러나, 향가에 대하여 관심을 돌릴 때 민족적인 가요 실현 과정과 향가
> 잔존물이 시사하는 바로 미루어 '鄕歌'를 자기 비하적인 것으로보다는 긍정적
> 인 정감적 요소로 이해하는 것이 옳다고 생각된다.[9]

그렇다면, 이렇듯 팽팽한 두 견해에 대한 문헌적 증거는 어떠한가. 결론부터
말한다면, '鄕歌'의 '鄕'은 결코 '都'에 대비되는 '粗野'의 의미로만 고정할 수 있는
글자가 아니다. 우선, 조선시대 천자문류에 나타난 '鄕'은 그 새김이 "ㅁ올 향"
〈新增類合〉, "고올 향"〈歷代千字文〉, "스굴 향"〈訓蒙字會〉 등으로 나타나기에

---

6) 박성의(『韓國歌謠文學論과 史』, 집문당, 1986, 72-73면.) 역시 거의 같은 견해를 보인다.
   "원래 古代韓國人은 中國에 대하여는 特히 謙讓之德을 지켜 自己나라 말을 方言이라 하
   기를 躊躇하지 않았고, 中年에 와서는 儒敎의 全盛을 일으켜 事大慕華思想이 甚하여는 自
   己나라 文字를 諺文이라고 태연스레 하는 極端에 빠지고 말았으니, 그러한 思想的 背景 아
   래 自國을 中國에 대하여 鄕이라 불러왔다."
7) 김기동, 『國文學槪論』, 精硏社, 1972, 68면.
8) 장덕순, 『國文學通論』, 新丘文化社, 1960, 91면.
9) 황패강 외, 『향가문학연구』, 華鏡古典文學硏究會 編, 一志社, 1993, 94-95면.

반드시 '시골'로만 이해된 글자는 아님을 본다. 『訓蒙字會』의 '스굴'은 '鄕'자가 가진 여러 의미 중 하나일 뿐, 전체를 대표하진 못한다. 『新增類合』이나 『歷代千字文』에서 보이듯 '鄕'자에는 '마을·고을'이란 의미 또한 있는 것이다. 한편, 선초의 또 다른 문헌에는 '鄕'이 지칭하는 마을의 크기에 대한 규정도 보인다.

一萬 二千 五百집 사는 짜히 鄕이라 　　　　　　　　　　　　〈釋譜詳節 23:58b〉

萬二千五百 집이 鄕이라 　　　　　　　　　　　　　　　　　〈小學諺解 01:10b〉

'만 이천 오백 가구'가 살 정도의 규모라면, '都'에 버금가는 것이지 결코 현재 우리가 받아들이는 개념의 '시골'은 아닌 것이다[10]. 이로써 우선, '鄕'이 높고 발달한 지역[都]의 반대 의미로 생성된 글자는 아님을 알겠다. 그런데, 이런 의미에 더하여, '鄕'에는 '자기 조상이 살아 온 곳·자기 자신이 살고 있는 곳'이란 의미도 포함되어 있다. 선초의 다음 언해에는 그러한 의미가 정확히 드러나 있다.

鄕黨은 父兄 宗族 사는 딕라 　　　　　　　　　　　　　　〈內訓 01:17a〉

本鄕은 本來 제 사는 구올히라 　　　　　　　　　　　　　〈月印釋譜 04:60b〉

이런 점으로 미루어 볼 때, '鄕歌'가 그간 일부 연구자들이 우려하던 '우리 시골의 노래'는 결코 될 수 없음을 알겠다. 결론하면, '鄕歌'는 '우리 조상이 살았고 내가 살고 있는 이 땅의 노래'란 의미이다. (물론, 鄕樂·鄕言·鄕人·鄕藥도 같은 맥락에서 이해되어야 할 것이다.)

---

10) 우리가 인정하고 있는 '鄕=시골'이라는 잘못된 개념은 이미 조선 후기 정약용의 시대에도 보편화되어 있었던 듯하다.

鄕禮者 京禮也. 古者 王城分爲九區, 狀如井田. 中爲王宮 面朝後市 左右六鄕 兩兩相嚮. 鄕者 嚮也. 五黨爲州 五州爲鄕. 如我邦王城之內 束諸里以爲一坊 束諸坊以爲一部 六鄕如五部 …… 今人未詳古制 以鄕爲野 (鄕禮는 京禮이다. 옛날 왕성을 井田 모양으로 아홉 구역으로 나누었다. 가운데가 왕궁이 되고 그 앞이 조정이요, 그 뒤가 시장이요, 좌우가 여섯 鄕이니, 이들은 짝이 되어 서로 마주 보고 있었다. 鄕은 '마주 봄[嚮]'이라는 뜻이다. 五黨이 州가 되고 五州가 鄕이 되었다. 우리나라 王城의 안과 같은 것은 여러 里를 묶어 一坊을 삼고, 여러 坊을 묶어 一部를 삼았던 것이다. 六鄕은 五部와 같았다. ……지금 사람은 옛날의 제도를 잘 알지 못하여 '鄕'을 '촌구석[野]'이라고 여긴다.) 〈정약용, 牧民心書, 禮典六條〉

(2) 詞腦歌

양주동은 『조선고가연구』에서 향가라는 명칭에 '自己貶視'의 의미가 들어 있다고 보고, 이를 대신하여 '詞腦歌'라는 용어를 쓰자는 제안을 하였다. 이 역시 『均如傳』, 『三國史記』, 『三國遺事』 등의 문헌에 보이는 다음의 '詞腦(歌)'라는 용례를 존중한 결과였다.

【均如傳】
十一首之鄉歌, 詞淸句麗, 其爲作也, 號稱詞腦, 可欺貞觀之詞, 精若賦頭, 堪比惠明之賦. 〈譯歌現德分者, 第8章〉

師之外學, 尤閑於詞腦[意精於詞, 故云腦也], 依普賢十種願王, 著歌一十一章. 其序云: "夫詞腦者, 世人戲樂之具, 願王者, 菩薩修行之樞, 故得沙淺故深, 從近至遠.…(하략)" 〈歌行化世分者 第7章〉

歌詩成, 彼人爭寫, 一本乃傳於西國, 宋朝君臣見之, 曰: "此詞腦歌主, 眞一佛出世." 遂使禮師. 〈譯歌現德分者, 第8章〉

【三國史記】
思內[一作詩惱]樂 … 思內奇物樂 … 德思內 … 石南思內道 〈卷32, 雜志, 樂〉

【三國遺事】
東泉寺在詞腦野北 〈卷1, 紀異, 赫居世〉

朴弩禮尼師今…… 始作兜率歌, 有嗟辭, 詞腦格. 〈卷1, 紀異, 弩禮王〉

王曰: "朕嘗聞師讚耆婆郎詞腦歌, 其意甚高, 是其果乎?" 〈卷2, 紀異, 景德王〉

大王誠知窮達之變, 故有身空詞腦歌. 〈卷2, 紀異, 元聖大王〉

그는 『균여전』에서 보이는 사뇌의 語義에 관련된 언급들 -"11수의 향가는 노랫말이 맑고 글귀가 아름다워 그 지어진 것을 詞腦라 부른다.(十一首之鄉歌, 詞淸句麗, 其爲作也, 號稱詞腦.)", "뜻이 노랫말에 정밀히 나타나기에 '腦'라고 한다.(意精於詞, 故云腦也.)"- 은 후대 高麗人의 견강부회라 단정한 뒤, 위 문헌들에서 보이는 신라인들의 상용어 '詞腦·思內·詩惱'란 말은 '싀닉'로 읽으며, 그 의미는 '東土'일 것으로 파악하였다. 그러므로 '詞腦歌'는 '東方의 노래'를 뜻하는 말이 되고, 이 말은 자기폄하의 의미가 있는 '鄉歌'보다 나은 것이기에 향후 '詞腦歌'를 쓰는 것이 더 좋겠다는 결론을 내렸다.

그러나 문제는 '사뇌=東土'라 보는 결론이 그의 방대한 논증에도 불구하고 여전히 해명되지 못했다는 데 있다. 그가 든 '싀=東'의 가장 유력한 근거는 '東風=샛바람'[11]인데, '동풍'이 '샛바람'으로 불리게 된 까닭은 동쪽을 乙[새] 방향에 배속시키는 주역 사상의 영향이 있었기 때문이지, '東'의 고유어가 '새'였기 때문은 아니다. 주역 사상에 의거한 '東'과 '새[乙]'의 관계는 다음과 같은 예들을 통해 확인할 수 있다.[12]

甲乙 東, 丙丁 南, 戊巳 中, 庚辛 西, 壬癸 北. 〈周易函書約存, 卷首上, 五行〉
乙 : 十干의 第二位. 方位로는 東方에 分配된다.　　　〈大漢和辭典, 乙部, 乙〉

東風謂之沙 卽明庶風 東北風謂之高沙 卽條風也　　　　〈星湖僿說 上〉
高鳥風高齊出港 [鳥者乙也 乙者東方 北東風曰高鳥風]
　　　　　　　　　　　　　　　　　　〈與猶堂全書 卷4, 耽津漁歌十章〉

'사뇌'의 의미에 대한 학계의 또 다른 이색적인 설은 이혜구에 의해 제기되었다. 그 역시 『균여전』의 기록보다는 근대의 일부 음악인들 사이에 전수되어오던 '시나위'라는 말에 더 큰 관심을 기울였다. 즉, '시나위'가 '사뇌'의 어원이 되었을 것이라는 견해를 다음과 같이 제기하였다.

　　나는 시나위는 外來音樂의 正樂에 對한 土俗音樂 又는 唐樂에 對한 鄕樂이

---

11) 「싀」는……「東」의 古語이니……現行方言에도 「샛바롬·샛쪽」(東風·東方)等語가 尙今仍
　　用된다.……「늬」는 「내」(川)의 原義로부터 地方의 義로 轉……以上 「싀늬」란 말은 곧 「東
　　部·東土·東方」의 義 (양주동(1942), 38-40面.)
12) '東'이 '새[乙]'에 대응되는 것은 남풍을 칭하는 말인 '마파람'의 어원을 살펴도 확인된다. 다음
　　의 자료는 남풍을 마파람이라 부르게 된 유래를 설명하고 있다.
　　　馬兒風緊足歸時 [馬者午也 南風曰馬兒風] 〈與猶堂全書 1집, 詩文集 第四卷, 詩, 耽津漁歌
　　　十章〉
　　　南風謂之麻 卽景風…按南風謂之馬 馬午也 午南方也 〈東韓譯語, 一字類, 馬〉
　　　위 자료에 따르면 '南風'은 '마아(馬兒)' 혹은 '마(麻)'로 불리는데, 그 이유는 '馬'는 '午'에
　　해당하는 동물이기 때문이라고 하였다. 그리고 '午'는 방위로 볼 때는 '南方'에 속하는 것이라
　　하였다. 이들의 말대로 주역에서는 '午'가 남방을 뜻함을 다음의 자료에서 본다.
　　　午者 南方之正位 〈周禮訂義 卷31〉, 午 : 十二支의 第七位. 方位로는 正南. 〈大漢和辭典,
　　　十部 午〉
　　이에 대한 자세한 사항은 박재민(2010b)에서 다룬 바 있다.

라고 해석하며, …(중략)… 시나위는 音便으로 시나이로 될수 있고 또 시나이
는 시내로 變할수 있고 그 시내를 三國史記나 三國遺事에 나오는 思內 또는
詞腦에 擬하는 것13)

그러나 '시나위'라는 말이 근래 일부 지방의 음악인들 사이에서 간간이 전해
왔다는 사실 하나만으로 이 어휘가 천 년 전의 '詞腦'에서 비롯되었을 것이라
판단하는 것은 적지 않은 비약이라 할 것이다. 더구나 '사뇌'의 의미를 그의 결론
대로 '토속음악 · 향악'에 한정시킬 경우 문헌이나 역사에 나타나는 '사뇌'의 용례
를 설명하는 데 곤란을 겪게 되는 것도 큰 문제가 된다. 즉, 『삼국유사』에서
보이는 '詞腦野', 『삼국유사』에서 보이는 '思內樂', 근래 청주에서 발굴된 유물에
다량으로 새겨져 있던 '思內寺 · 思惱寺' 등의 어휘에 대입시키면 이들은 '향악
野', '향악樂', '향악寺' 등으로 되어 의미의 중첩 내지 어색한 통사를 이루게 되는
데, 이는 아무래도 우리의 조어감각에는 맞지 않는 것이다.14)

그렇다면 '詞腦 · 思內'의 의미는 무엇일까? 이 의미를 풀기 위해서는 가급적
當代人들이 남긴 직접적 흔적에 주목하는 방식을 취하여야 한다. 당대인들은
이 용어의 직접적 구사자들이었으며, 또한 그러한 題名을 지닌 노래의 향유자들
이기도 했다. 아래의 인용은 그 생생한 증거가 된다.

(가) 개성 현화사 비문에 보이는 시뇌가

方言風俗 雖則不同 讚事叙陳意 皆無異斯 盖詩所云 嗟歎之不足 故詠謌之 詠
謌之不足 故舞之蹈之之義 是也. 聖上乃御製依 鄕風體歌 遂宣許臣下獻 慶讚
詩腦歌者 亦有十一人 并令板寫釘于法堂之外 庶使遊觀者 各隨所習 俱知雅
旨之淸 致令尋訪者 只仰所懸莫識 高吟之趣俾 以嘉聲通遍致乎達理 周旋而

---

13) 李惠求, 「시나위와 詞腦에 關한 試考」, 『국어국문학』 8집, 136면.

14) 이외 잘 알려진 설로 鄭寅普와 池憲英의 설을 들 수 있다. 정인보는 詞腦의 詞를 音讀하여
「스」로 읽고, 腦를 訓讀하여 「골」로 읽음으로써 詞腦歌를 「스골노래」 곧 鄕歌라 하였고(『조
선어문연구』, 연희전문학교 문과 연구집 제1집, 연희전문학교출판부, 1930, 27-29면.), 지헌
영은 "'詞腦(스뇌)'가 "스뢰다(白)"라는 動詞에서 發展한 名詞"(「次肹伊遺에 對하여」, 『최현
배선생환갑기념논문집』, 사상계사, 461면.)라는 의견을 제시한 바 있다. 그러나, 이 두 설
모두에는 불안의 여지가 있다. 정인보의 경우, 만약 '詞腦'로만 표기되었으면 그렇게 읽을
수도 있겠으나, '사뇌'는 '詞腦 · 詞惱 · 思內' 등으로 다양하게 표기되었기에 만약 '스골'로 읽
힌 것이라면 '思內' 등으로 표기된 이유를 설명할 수 없다는 문제가 있으며, 지헌영의 경우도
'詞腦'의 원음은 당시 한자음으로 보나, 이표기 '詩惱' 등을 보나 '싀뇌 · 시뇌'였을 가능성이
높다는 점에서 개연성이 떨어지지 않나 한다.

已 (말과 풍속은 비록 같지 않지만 일을 찬미하고 뜻을 펼침은 모두 다름이 없으니, 대개 『詩經』에서 말한 바, '차탄함에 부족함이 있어 노래하고, 노래함에 부족함이 있어 손과 발로 춤춘다.'고 이야기한 뜻이 바로 이것일 것입니다. 성상께서 鄕風體로 노래를 지으시고 이어서 신하들에게 「慶讚詩腦歌」를 올리도록 하니 모두 11인이었는데, 이들을 모두 나무판에 써서 법당의 바깥에 걸게 하였습니다. 이는 구경 오는 사람들이 모두 각기 자신이 익힌 바에 따라서 아름다운 뜻을 알게 하고, 방문하는 사람들이 다만 걸려있는 시들을 보고서 노래한 뜻을 알게 하여 아름다운 소리가 두루 퍼져서 훌륭한 다스림이 완성되게 하고자 한 것이었습니다.)　　　〈靈鷲山大慈恩玄化寺之碑銘, 1022년〉

(나) 청주 사뇌사
淸州思內寺羅漢堂香戊午年造　　　〈1993년 발굴된 청주 사내사의 향로〉

淸州牧官中按思惱寺傳受油斗印　　　〈1993년 발굴된 청주 사뇌사의 기름말〉

(다) 진각국사 혜심(眞覺國師 慧諶, 1178~1234)과 관련된 사뇌
詞惱寺罷會 施主等相送 至還謝之　　　〈無衣子詩集 上:3b〉

碁詞腦歌 "君看憂喜鳥 高在碧山嶠 聞世可笑事 放聲時一笑 偶隨貪肉鷗 聚落遠遊嬉 忽爾入羅網 出身無可期 心生須托境 窮谷宜棲遲"[右憂喜鳥歌]

　　　〈無衣子詩集 上:4b〉

西原府思惱寺夏安居　　　〈曹溪眞覺國師語錄〉

이상의 인용15)은 각각 고려 초반과 중반의 기록에 나타난 '사뇌'에 대한 용례들이다. (가)는 고려 제8대왕 현종(재위 1009~1031)의 명에 의해 창건된 開城의 玄化寺 碑文에 나타난 것으로 시기적으로 볼 때 균여(923~973)의 생몰연도, 균여전(1075)의 찬술연도와 거의 동시대의 것이다. (나)와 (다)의 용례는 모두 청주에 있던 사찰 '사뇌사'와 관련된 것들인데 이 중 (나)는 유적지에서 발굴된 유물들에 다량

---

15) 이후로도 '사뇌'의 용례는 이어진다. 다음이 그 예이다.

　誰橫玉笛暗飛聲 散入秋風百感生 詞腦調高雲渺渺 羅侯歌緩月盈盈 霜粘鮑石衣冠盡 木落鷄林星斗明 不是欲吹腸斷曲 故城淸夜更關情 〈梅月堂詩集 卷12, 詩, 遊金鰲錄, 月夜聞玉笛 新羅舊物〉

　辛熱枝兒幷突阿 東京思內舞依歌 先輩亦參燒尾宴 霜臺別曲陽村哦 [新羅樂有辛熱, 突阿, 枝兒, 思內 等] 〈林下筆記 卷38, 海東樂府〉

　하지만, 매월당이나 임하 이유원이 사뇌의 의미를 알고 썼다고는 보기 어려울 듯하다. 다만 문헌으로 전해오는 화석화된 어휘를 답습한 것이 아닐까 한다.

으로 새겨진 '사뇌'의 용례이고, ㈐는 그 절에서 안거하며 수행했던 진각국사와 관련된 기록에 나타난 용례들이다. 특히 ㈐의 기록에서는 진각국사가 「碁詞腦歌」를 창작하기도 하였음을 볼 수 있다. 그 시기는 진각국사 無衣子의 생몰연대와 일치할 것이기에 모두 고려중반인 12세기에서 13세기에 걸친 기록이 된다. 이는 일연 선사의 『삼국유사』 찬술보다 약 50년가량 이른 것이니, 거의 동시대라 할 만하다.

이렇듯 고려 전반에 집중되어 풍부히 나타나는 '사뇌'의 용례는 우리에게 사뇌의 의미에 대해 시사하는 바가 크다. 즉, 사뇌라는 용어는 그간 선학들이 파악한 것과는 달리 '신라인들의 전유물'이 아니라 '고려인들의 구사어'이기도 했다는 점이다. 고려인들은 실제 사뇌가를 창작·향유하기도 했고, 이를 漢詩로 재창작하기도 했으며, '사뇌'를 寺刹名으로도 사용하기도 하는 등, 생활 전반에서 '사뇌'라는 용어를 일상적으로 구사했음을 보는 것이다. 그렇다면, 우리는 우리가 그간 고려인의 견강부회라고 판단했던 구절을 다시금 생각해 볼 필요가 생긴다. 편의상 『균여전』의 관련 구절을 다시 인용한다.

> 十一首之鄕歌 詞淸句麗 其爲作也 號稱詞腦 (11수의 향가는 노랫말이 맑고 글귀가 아름다워 그 지어진 것을 詞腦라 부른다.) 〈第8章, 譯歌現德分者〉
>
> 意精於詞 故云腦也 (뜻이 노랫말에 정밀히 나타나기에 '腦'라고 한다.)
> 〈第7章, 歌行化世分者〉

이 말은 균여선사가 지은 11수의 향가를 왜 '사뇌가'라 부르는지에 대해 설명한 것 중 일부인데, '詞腦'를 한자식으로 附會해 풀기는 했지만, '사뇌'란 말의 의미에 대한 一面의 진실을 담고 있다고 보아야 할 것이다. 당대에 흔히 구사되던 어휘에 대한 풀이이기에, 당대의 의미 범주를 완전히 벗어난 풀이를 했다고 보기는 어렵기 때문이다.

그렇다면 위 구절이 시사하고 있는 사뇌의 가장 핵심적인 의미는 무엇인가? 그것은 바로 '淸·麗·精'이 아닐까 한다. '맑고, 아름답고, 정묘한 말'. 이럴 때, 우리는 『삼국유사』와 현화사의 碑銘에 나타난 구절들을 다시금 거론하지 않을 수 없다. 『삼국유사』의 경덕왕 記事에서는 충담사의 「찬기파랑사뇌가」가 "그 뜻이 매우 높다[其意甚高]"라고 하였고, 현화사의 碑銘에서는 「경찬시뇌가」가 "일을 찬미했으며[讚事]", "우아한 뜻의 맑음[雅旨之淸]"을 담고 있고, "아름다운 소리[嘉聲]"로 불린다고 하였다. 이 구절들에서도 역시 사뇌가를 수식하는 말로, '其意甚高·讚·雅旨之淸' 등의 어휘가 부속되고 있는데, 이 의미범주들은 『균여전』에서 말하고 있는 의미범주 -'淸·麗·精'- 에 일치한다.

限定的이기는 하지만, 이것으로 우리는 사뇌가의 의미 범주를 설정할 수 있게 되었다. 결국 '詞腦가'는 '詞腦로운 노래'로서, "淸·精·麗·讚·雅·高·嘉한 내용 범주를 지닌 노래"로 요약될 수 있다.16)

2. 향찰의 개념과 표기체계

鄕歌를 이해하기 위해서는 鄕札의 특성과 표기법에 대한 이해가 필수적이다. 아래에서는 향찰의 개념과 표기체계의 특성을 살펴보려 한다.

(1) 향찰의 개념

鄕札은 한자를 빌려 우리말을 표기하는 데 사용했던 차자표기의 하나로, 吏讀, 口訣 등과 더불어 가장 연원이 오랜 표기체계로 꼽는다. 이 세 표기의 범주에 대해서는 연구자들마다 의견이 갈린다. 그러나 자료의 분포를 중심으로 살펴보면, 이두는 주로 공식 문서나 金石文 등에서 사용되었고, 구결은 불경이나 사서삼경 등 주로 漢籍의 行間에 기입되어 사용되었으며, 향찰은 주로 현전 향가의 표기에 사용되었음을 볼 수 있다. 즉, 이두는 실용적인 요구, 구결은 학문적인 요구, 향찰은 문학적인 요구에서 배태된 차자표기라 볼 수 있다.

하지만 이 세 개념이 독자적 영역을 가지고 있음에도, 문헌에 나타난 이들의 실질적 비중은 사뭇 다르다. 이두와 구결이 조선후기까지 명맥을 유지하며 수백 종의 자료 속에 다양한 모습으로 남아 있는 반면, 향찰은 향가의 쇠퇴와 더불어 소멸한 까닭으로 단지 현전 26수의 향가를 통해서만 그 실제 모습을 볼 수 있다.

---

16) 이러한 의미범주와 관련해서 근래 성호경(「詞腦歌의 性格 및 起源에 대한 고찰」, 『진단학보』 104호, 진단학회, 2007)이 소개한 페르시아어 'snay·sana(讚의 의미)'는 상당한 흥미를 자아낸다. 본서가 추정하는 의미의 범주에 거의 일치하고 있기 때문이다. 이 어휘가 신라로 흘러 들어오게 된 과정만 문헌적으로 확인할 수 있다면 音譯되어 통용되던 '詞腦·詞惱·詩腦·思惱·思內' 등의 궁극적 의미에 도달했다 선언할 수 있을 것이다.

명칭의 용례 또한 마찬가지이다. 이두와 구결이란 명칭은 여러 문헌에서 등장하지만, 鄕札이란 명칭은 『균여전』에서 다음과 같이 단 1회 나타날 뿐이다.

> 我邦之才子名公, 解吟唐什, 彼土之鴻儒碩德 莫解鄕謠 矧復唐文如帝網交羅
> 我邦易讀 鄕札似梵書連布 彼土難諳 (우리나라의 인재들은 당나라의 시를
> 이해할 수 있지만, 저 땅[당나라]의 학자들은 우리의 노래를 이해하지 못한다.
> 하물며 당나라의 문장은 帝網이 서로 잘 짜여진 것과 같아서 우리나라에서도
> 쉽게 읽을 수 있지만, 鄕札은 梵書가 잇달아 펼쳐진 것과 같아 저 땅에서는
> 알기 어렵다.)   〈均如傳 第8章, 譯歌現德分者〉

이러한 까닭으로 향찰의 개념과 체계에 대한 문증은 근본적인 제약을 지니고 있다. 현전하는 향가만으로는 다양했을 당대 문법의 양상을 모두 기술할 수 없고, 단편적으로 전하는 위 향찰에 대한 설명만으로는 향찰자의 다양한 구사 방식을 모두 짐작할 수 없기 때문이다. 그러나 이에 대한 연구에 전혀 활로가 없는 것은 아니다. 자료의 부족에도 불구하고 위의 언급에는 다행히 향찰 체계에 대한 핵심적인 내용이 담겨 있기 때문이다. 그리고 이 핵심을 확인할 수 있는 구체적 자료 또한 소수이나마 여전히 존재하기 때문이다.

향찰 체계의 핵심적 내용이란, 바로 "鄕札은 梵書가 잇달아 펼쳐진 것과 같다[鄕札似梵書連布]"란 언급이다.[17] 『균여전』에서 최행귀는 향찰을 唐文에 대비시키면서 중국의 지식인들이 우리의 노래를 이해하지 못하는 가장 큰 원인으로 '향찰은 글자가 범서처럼 펼쳐져 있는 것'을 들었는데, 이는 향찰의 가장 기본적 현상에 해당하는 것이므로 구체적으로 검증될 필요가 있다.

東京明期月良 夜入伊遊行如可   〈三國遺事 卷2, 紀異, 處容郎望海寺〉

위의 인용은 「處容歌」의 첫 2구에서 취한 것이다. 얼핏 보면 한문으로 보이지만, 자세히 보면 이 문장은 한문식 풀이로는 전혀 문맥을 이루지 못함을 알 수 있다. 이 노래의 배경설화와, '東京・明月・夜遊' 등의 한자들로 미루어 볼 때, 대략 '동경의 밝은 달, 밤에 놀았다' 정도의 의미를 띠고 있음은 짐작할 수 있지만,

---

17) 범서란 산스크리트어를 한자로 표기한 것, 즉 '南無阿彌陀佛(namas amitāyus buddha)', '乾達婆(Gan-dhar-va)' 따위를 일컫는 것으로, 이 어휘들에 쓰인 '南・無・阿・彌・陀・佛・乾・達・婆' 등의 글자들은 의미는 버린 채, 범어의 발음만을 위해 구사되었다는 점에서 정통적인 용법의 한자와는 뚜렷이 구별된다.

그 사이사이에 나타나는 '期·良' 등의 자와 梵書처럼 나열되어 있는 '行如可' 등의 자들은 정통 한문의 견지에서 볼 때 그 역할과 의미가 묘연하다. 아마도 이런 의구의 지점에서 "저 땅에서는 알기 어려운 글[彼土難諳]"이라는 최행귀의 지적이 나왔으리라.

그렇다면 위 향가의 용례에 나열되어 있는 한자의 의미와 기능은 무엇일까? 이에 대한 궁금증은 뜻밖에 조선초에 편찬된『樂學軌範』을 통해 풀린다. 이 책에는「井邑」·「動動」등 고려가요 몇 수를 한글로 수록하고 있는데, 이곳에「處容歌」의 해당 구절이 다음과 같이 나타나고 있는 것이다.[18]

東京 明期 月良 夜入伊 遊行如可 〈三國遺事 卷2, 紀異, 處容郎望海寺, 1280년경〉

東京 ᄇᆞᆯ근 ᄃᆞ래 새도록 노니다가 〈樂學軌範, 1493년〉

위의 인용에서 우리는 '東京 = 東京', '明 = ᄇᆞᆰ', '月 = ᄃᆞᆯ', '遊 = 노'가 서로 대응함을 볼 수 있는데, 이것으로 미루어 볼 때, '良' 역시 '애'에, '-行如可'는 '-니다가'에 대응할 여지가 있음을 짐작할 수 있다. 즉, '良 = 애', '如 = 다', '可 = 가'의 일대일 대응을 상정할 수 있게 되는 것이다. 이러한 가정은 다른 향가 작품의 예들을 통해 사실임이 입증된다.[19] 즉, 범서처럼 나열되어 있던 한자들은 사실, 우리말의 '助詞'나 '語尾'들을 나타내던 '表音記號'였던 것이다. 이로써 우리는 향찰표기의 실체를 간략하게나마 엿볼 수 있었다. 요약하면, 향찰이란 일반적 기능의 한자 사이사이에 우리말의 문법기능소 – 助詞·語尾 등 – 를 나타내기 위한 차자를 넣어 범서처럼 나열한, 신라의 노래를 표기한 문자체계이다.

「處容歌」의 용례를 통해 우리가 확인할 수 있는 향찰표기의 가장 큰 특징은, 구사되는 한자가 크게 두 가지 종류로 나뉜다는 점이다. 즉, '東京·明·月·夜·入·遊·行'과 같이 한자의 의미를 그대로 지니며 사용되는 '正用 漢字(이하, 正用字)'와, '期·良·伊·如·可'와 같이 한자의 의미와는 전혀 상관없이 오직 우리말의 발음만을 위해 구사된 '借用 漢字(이하, 借用字)'로 대별되는 것이다.[20]

---

18) 1918년 金澤庄三郎이 최초로 향가를 해독할 때, 「處容歌」가 그 대상이 된 것은 이런 사정과 무관하지 않다.

19) '良·如·可'가 우리말의 '애·다·가'를 나타내기 위한 차자임은 〈2장, 향찰자 변증〉을 참조할 것.

한편, 이러한 대별은 유사한 차자표기 체계인 이두·구결 자료에도 마찬가지로 나타나 우리의 이해를 돕는다. 옆의 그림은 이두와 구결, 그리고 향찰의 일부분들을 보인 것인데, 이를 다시 옮기면 다음과 같이 된다. (ㅇ으로 방점한 字는 正用字, ×로 방점한 字는 借用字)

吏讀 : 本國乙背叛爲遣 (본국을 배반하고)

〈大明律直解 01:4b〉

口訣 : 難行ノ 수 ㅌ 苦行ㅌ 法乙 (난행고행ㅅ 법을)

〈華嚴經 19:17〉

郷札 : 難行苦行叱 願乙 (난행고행ㅅ 원을) 〈普賢8〉

이 용례들에서 보이는 本國·背叛(이상, 이두자료), 如是難行苦行法(이상, 구결자료), 難行苦行 願(이상, 향찰자료) 등의 글자는 漢文에 대한 일반적인 지식이 있는 이라면 모두가 같은 의미로 이해하게 되는데 그렇기에 우리는 이를 '한자 본연의 기능으로 正用된 字'라고 규정할 수 있다. 이에 반해, '乙(을)·爲(ᄒ)·遣(고)·ノ(乎, 호)·수(令, 리)·ㅌ(叱, ㅅ)·叱(ㅅ)' 등의 글자는 正用의 한자 용법에서 벗어나, 차자 특유의 쓰임새로만 借用되어 쓰이고 있는데, 이를 '借用된 字'라 분류할 수 있다.[21]

---

20) 향찰에 구사된 한자에 대한 분류는 학자에 따라 다르다. 양주동처럼 "二十五首의 詞腦歌는 周知하는 바와 같이 全部 漢字로 記寫되었는데 그 用字法은 義字와 借字로 大別된다. 廣義로 보면 일체의 漢字가 모두 借字 아님이 아니나, 여기 이른바 '借字'란 義字가 漢字를 原意대로 쓴 것임에 反하야 漢字의 原意와는 關係됨이 업시 그 音訓만을 빌어 我語를 表記함을 이르는 것이다.〈양주동(1965), 59면.〉"라고 하여, 향찰 내의 일부자를 차자로 본 견해도 있는 반면, 남풍현처럼 향찰 내의 모든 자를 차자로 보는 견해도 있다. 두 견해는 향찰표기에 쓰인 모든 글자를 중복 없이 분류할 수 있다는 점에서 모두 경청할 만한 것이라 할 수 있다. 그러나 본서는 '차자'라는 범주 속에 일반한자를 넣는 것은 학술적 오해를 살 수 있다는 판단을 하고 있으므로, 양주동의 견해를 수용하여 논의를 전개한다. 다만, 양주동의 견해는 6분류로 되어 있으나, 본서에서는 보다 간략히 하여 4분류로 한다.

21) 한자와 차자가 섞여 어떤 의미를 전달하고 있다는 점에서 향찰과 이두는 유사한 측면이 있다. 그렇기에 초기의 연구에서는 향가에 대해 정의할 때 다음과 같이 향찰과 이두를 분별하지 않고 진술하기도 하였다.

"只今 發見하엿다 하는것은 麗初에 均如란 衆(僧)이 郷歌體로 지은바 詞腦歌 十一篇

(2) 향찰의 표기 체계

향찰 표기에서 正用字와 借用字라는 두 종류의 字들이 맡고 있는 구체적 기능은 무엇인가? 가장 먼저 눈에 띄는 것은 '本國乙[본국을]', '月良[달에]' 등의 어절에서 보이는 구조들이다. 이 구조들은 모두 '體言+助詞'의 통사적 구성을 하고 있는데, 이때 체언에 해당하는 부분에 대체로 正用字[本國·月]를 구사하고, 조사에 해당하는 부분에 대체로 借用字[乙·良]를 구사하고 있다. 다음으로 눈에 띄는 것은 '夜入伊[밤들이]·遊行如可[노니다가]' 등의 어절에서 보이는 구조들이다. 이 구조들은 모두 '用言의 語幹+語尾'의 통사적 구성을 하고 있는데, 이때 용언의 어간에 해당하는 부분에 대체로 正用字[夜入·遊行]를 구사하고, 어미에 해당하는 부분에 借用字[伊·如可]를 구사하고 있다. 결국, 향찰표기의 통사적 구성은 어절 단위로 볼 때, 대체로 '正用字'가 선행하며 실질형태소를 나타내고, '借用字'가 후행하며 형식형태소를 표기하는 구조로 요약된다. 즉, 정용한자는 체언이나 용언의 어간 부분에 구사되어 문장의 중심의미를 담고 있고, 차용한자는 조사나 어미부분에 구사되어 문장 성립의 보조적 역할을 하는 것이다.[22]

이러한 구조를 재확인하기 위해 다음에 짧은 향가 한 수를 도식화한다.

〈薯童謠〉	구조						
善化公主主隱	善化公主		主		隱		
	선화공주[체언]		님[접사]		은[조사]		
	정용자 +차용자+차용자						
他密只嫁良置古	他	密	只	嫁	良	置	古
	남 [체언]	그ᅀᅳ [어근]	ㄱ [접사]	얼 [어근]	어 [어미]	두 [어간]	고 [어미]
	정용자	정용자+차용자		정용자+차용자		정용자+차용자	

이 此라. 이는 高麗 大藏經 第一千一百四十八冊의 末端에서 發見한것인바 곳 吏讀로 기록된것이라."〈安自山, 「麗朝時代의 歌謠」, 『現代評論』 1927년 5월호, 152-153면.〉

"오늘날 鄉歌라하면 누구던지 疑心없이 吏讀文으로 되여있는 저 三國遺事와 均如傳의 노래를 가르치지마는……"〈조윤제, 『朝鮮詩歌史綱』, 東光堂書店, 1937, 34면.〉

그러나 엄밀히 볼 때, 이두와 향찰은 차이가 없지 않다. 가장 큰 차이는 용도인데, 이두는 '법, 비문 등 공식적 산문'에 주로 쓰인 것이고, 향찰은 '노래와 같은 비공식적 운문'에 주로 쓰인 것이라는 점이다. 이의 자세한 구분에 대해서는 남풍현(2000)를 참조할 것.

22) 물론 향가의 모든 어절이 이에 부합하게 구성되는 것은 아니다. 하지만 이러한 구성이 대체로 9대 1의 비율로 높다.

薯童房乙	薯童房				乙			
	서동의 방[체언]				으뢰[조사]			
	정용자＋차용자							
夜矣卯乙抱遣去如	夜	矣	卯	乙	抱	遣	去	如
	밤	에	알	을	안	고	가	다
	[체언]	[조사]	[체언]	[조사]	[어간]	[어미]	[어간]	[어미]
	정용자＋차용자		정용자＋차용자		정용자＋차용자		정용자＋차용자	

위의 구조도에서 제1구를 보자. 이 구는 '선화공주님은'으로 해석되는데 '善化公主'라는 체언이 선행하고, '님'이라는 접미사, '은'이라는 조사가 후행하고 있다. 이때, 선행한 '善化公主'는 한자 본연의 의미로 사용된 '정용자'이고, '主'와 '隱'은 자의 훈 혹은 음만 빌려 사용한 '차용자'이다. 제2구 역시 마찬가지이다. '他'라는 체언, '密·嫁·置' 등의 어간이 선행하고 이에 후행하여 '只·良·古' 등의 접사 혹은 어미가 오고 있음을 본다. 선행한 '他·密·嫁·置'은 모두 한자 본연의 의미로 사용된 '정용자'이고, 후행한 '只·良·古'는 모두 한자의 음만을 빌려 쓴 차용자임도 다시 확인된다. 이하 3·4구 역시 마찬가지로 되어 있음을 쉽게 알 수 있다. 이로 우리는 향찰표기의 일반적인 구조를 확인했다고 할 것이다. 이제 향찰을 이루는 두 요소인 '正用字'와 '借用字'의 성격과 의미를 보다 구체적으로 알아보도록 한다.

(가) 正用字

정용자의 독법은 주의를 요한다. 정용자를 읽는 방식이 현대와는 다른 측면이 있기 때문이다. 현대의 우리는 한자를 읽을 때, 거의 대부분 한자의 음을 따라 읽는다. '山·川' 등의 한자를 '산·천'으로 읽는 것이다. 그런데 신라인이 한자를 읽는 방식은 이와는 달랐던 것으로 보인다. 즉, 현대의 우리처럼 음을 따라 읽기도 하였지만 많은 경우 훈을 따라 읽었던 흔적이 있다. 위의 사례에서 '善化公主'와 같은 경우는 명백히 음에 따라 '선화공주'로 읽었을 것으로 판단되지만, 2구의 '密'자와 같은 경우는 후행하는 '只[기]'의 존재로 볼 때, '그슥' 정도로 읽었을 것으로 예상된다.[23]

---

23) 다음 기록이 보여주듯, 앞의 글자를 훈에 따라 읽고, 그 말음을 차자로 표기했던 것은 신라인 의 표기적 특성 중의 하나였다.

姓朴字厭髑或作異次 或云伊處 方音之別也 譯云厭也 髑, 頓, 道, 覩, 獨 等 皆隨書者

그렇다면 우리는 정용자를 보다 세분할 수 있다. 즉, 音을 기준으로 읽는 音讀字와 訓을 기준으로 읽는 訓讀字로 나눌 수 있는 것이다. 이 두 종개념은 漢字를 읽는 방식이 다를 뿐, 모두 한자 본연의 의미로 사용되고 있다는 공통점을 가진다. 음을 기준으로 읽으면 '音讀', 훈을 기준으로 읽으면 '訓讀'이 된다.[24] 위 「薯童謠」의 예에서 음독되는 자는 '善化公主'이고, 훈독되는 자는 '他[남]·密[그슥]·嫁[얼-]·置[두-]·夜[밤]·夘[알]·抱[안-]·去[가-]'라 할 수 있다. 개념의 적용을 위해 여타 작품에서 몇 예를 들어 보면 다음과 같다.

【音讀字】

千手觀音 (/천수관음/) 〈禱千手觀音歌〉, 願往生 (/원왕생/)　　　　〈願往生歌〉

彌陀刹 (/미타찰/)　　　　　　　　　　　　　　　　　　　　　〈祭亡妹歌〉

【訓讀字】

慕理尸心未 (/그/릴 ᄆ솜)〈慕竹旨郎歌〉,　　花肹 折叱可 (/것/거)　〈獻花歌〉

한편, 音讀의 전형적인 예는 위의 예에서도 보이듯 '多音節 漢字語'이다. 이들은 아마 당대에도 생활어휘로 굳어져 있었을 것으로 짐작되는데, 그렇기에 굳이 고유어로 풀어 읽을 이유가 없었을 것이다. 반면, 訓讀의 전형적인 예는 단음절 한자어이다. 이들 글자에는 주로 고유어의 말음이 첨기되어 있어 고유어로 훈독했을 것임을 짐작케 해 주고 있다. 즉, '慕'로 적지 않고 '慕理'로 표기함으로써 '그리-'로 읽었음을, '折'로 적지 않고 '折叱'로 표기함으로써 '겨-'으로 읽었음을 보여주고 있는 것이다.

그런데, 일부 正用字의 경우, 이를 훈독했을지 음독했을지 판단하기 애매한 것들도 있다. 몇 예를 들면 다음과 같다.

之便, 乃助辭也. 今譯上不譯下, 故云厭髑, 又厭覩等也.] (성은 박이요, 자는 염촉厭髑 [혹 이차異次라고도 쓰고 혹은 이처伊處라고도 하니 方音의 차이 때문이다. 번역하여 厭이라 한다. 髑·頓·道·覩·獨 등은 모두 쓴 사람의 편의에 따른 것으로, 곧 助辭이다. 지금은 첫 글자를 번역하고 다음 글자는 번역하지 않기 때문에 厭髑 또는 厭覩 등이라 하는 것이다.)이다. 〈三國遺事 卷3, 興法, 原宗興法厭髑滅身〉

24) 현대 일본어에서 漢字를 읽는 방식과 같다. '川'을 音讀하여 'せん'이라 읽을 수도 있고 訓讀하여 'かわ'라 읽을 수도 있는 것과 같은 원리이다.

慕人有如 〈願往生歌〉, 母牛 〈獻花歌〉, 君隱父也 〈安民歌〉, 薯童 〈薯童謠〉

향가를 향유하던 신라 당대에 위의 예들을 '모인·모우·군은 부야·서동'이라고 읽었을지, '그리는 이·암소·임금은 아비여·마통'이라고 읽었을지 우리는 확인할 길이 없다. 다만 漢字를 통해 그 의미만을 알 수 있을 뿐이다.[25]

(나) 借用字

正用字가 훈독과 음독으로 구분되듯이 借用字 또한 音借字와 訓借字를 種概念으로 가진다. 이 둘은 音에서 취한 借字인가, 訓에서 취한 借字인가가 그 기준이 되며 변별되지만, 둘 다 한자의 원래 뜻을 버린 채 사용된다는 점은 같다. 이해를 돕기 위해 물명의 사례를 보이면 다음과 같다.

獺　汝古里너고리　　　　　　　　　〈牛馬羊猪染疫病治療方 02a〉

麩　只火乙(기볼)　　　　　　　　　　　　　　　〈鄉藥救急方〉

蓏子 月老(달래)　　　　　　　　　　　　　　　〈鄉藥救急方〉

위의 예시 중, 첫 번째를 보면 '너구리'를 '汝古里'로 표기하고 있다. '汝'의 훈인 '너'를 이용해 '너구리'의 첫 음을 나타내었고, '古'와 '里'의 음을 이용하여 '너구리'의 나머지 음을 나타내었다. 이때 '汝·古·里' 3자는 모두 자신이 지닌 의미와는 전혀 관련 없는 어휘인 '너구리'를 나타내기 위해 차용되었다는 공통점을 지니고 있는데, 이로 이러한 자들을 우리는 '借字'로 명명할 수 있다. 그러나 이 3자는 빌려온 근원은 다른데, '汝'는 훈의 소릿값에서 빌렸고, '古里'는 음의 소릿값에서 빌렸다는 점에서 차이가 있다. 전자는 명명하면 訓借字가 되고, 후자는 音借字가 된다.

두 번째 예시에서도 동일한 양상이 보인다. '只火乙'은 '기볼'을 나타낸 것인데, '블'이라는 소릿값을 위해 '火'의 훈을 이용하고 있다. 훈차자인 것이다. 달래를 나타내고 있는 '月老' 역시 마찬가지이다. '달래'의 첫 음을 위해 '月'의 훈을 이용하고 있는데, 모두 훈차자로 분류될 수 있다. 나머지 '只·乙·老'자는 음을

---

25) 이의 해결은 향가의 운율 설정과도 밀접한 관련을 지니게 된다. 독법에 따라 음수율 혹은 음보율이 달라지게 된다. 하지만 이는 역으로 향가의 운율이 대체적으로 밝혀진다면 향가에 나타난 한자가 훈독인지 음독인지 짐작할 길도 열리게 됨을 의미하기도 한다. 즉, 둘은 相補的인 관계인 것이다.

빌린 것이므로 음차자가 된다.

향찰에서 보이는 음차자와 훈차자의 대표적인 예를 들면 다음과 같다.

【音借字】

君隱父也 (君은 父여!) 〈安民歌〉, 置古 (두고) 〈薯童謠〉, 阿孩 (아히) 〈安民歌〉

【訓借字】

慕人有如 (그리는 이 있다) 〈願往生歌〉

閼遣只賜立 (알곡샤셔) 〈普賢4〉

慕呂白乎隱 (그리숩온) 〈普賢1〉

한편, 借字에서는 音借字의 비율이 訓借字에 비해 압도적으로 많다. 그것은 한자의 音을 빌리는 것이 訓을 빌리는 것에 비해 간편했기 때문으로 풀이된다. 다만 필요한 音에 일치하는 音을 가진 한자가 없을 경우 불가피하게 훈을 이용했던 측면이 있는 듯하다. 가령, '숩·뵈·셔……' 등의 音은 정확히 대응하는 한자를 찾기 어려운데, 그런 까닭에 불가피하게 '白·布·立 ……' 등의 訓을 이용한 표기가 발달했을 것으로 여겨진다.

이상 다룬 내용을 도식화하면 다음과 같다.

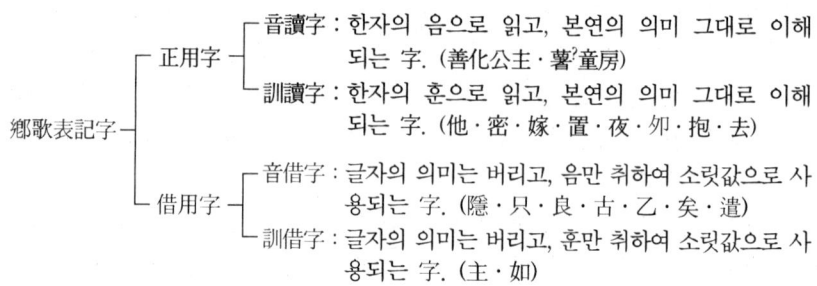

———————————

* 이상 1장에서 다룬 내용은 박재민(2012a, 2013b)의 논의에 주로 의거하고 있다.

제2장

鄕札字 表와 辨證

제2장 鄕札字 表와 辨證

향찰표기를 제외한 차자표기, 곧, 이두와 구결 분야의 연구를 보면 그 체계의
엄정함과 편의성에 놀라게 된다. 근래의 많은 업적들은 각 시대의 자료를 검토
한 후, 그 곳에서 쓰이고 있는 공통차자를 추려내어 그 차자를 음가와 기능을
중심으로 일관성 있게 설명해 감을 보는 것이다.[26]

그러나 鄕札字의 연구에는 이러한 기술방식이 적용되어 있지 않다. 그것은
25수의 작품들에서 보이는 문법형태들이 당대의 문법을 再構하기에 양이 충분
하지 않다는 점, 향가 한 수 한 수는 완결된 노래이기에 완결된 해석을 한 작품
에서 같이 논하는 것이 切實했던 점 등에 기인하는 것으로 보인다.

하지만, 이러한 한계로 인해 향찰자에 대한 설명은 통일성이 부족한 경우가
많았다. 즉, 동일기능을 하는 字가 통일성 있게 기술되지 못하고, 각 작품의 문
맥에 따라 무리하게 변형되어 해독에 적용되는 副作用도 발생했던 것이다. 일례
로, '如'에 관련한 다음의 연구결과를 본다.

> 來如 〈오요〉. 〈來〉는 훈독. 〈如〉는 음차. 본음은 〈여〉, 근사음 〈요〉를 표기
> 한 것. 경상도 방언에서 〈오나〉를 〈오요〉라 한다. 그 말을 반복한 것이다.
> 〈정열모(1954), 125면.〉

위의 연구결과는 향찰 상용자의 기본적 기능보다는 문맥에 따른 특수성을 우
선시하여 해독하려는 입장을 대변하는 한 예가 된다. 그리고 어쩌면 위의 추정
은 당대인들의 의도를 제대로 읽은 것일 수도 있다. 그러나 본고가 여기서 생각
하는 것은, 통일성에 비중을 두지 않는 이러한 연구입장이 왜 생겨났을까 하는
것이다. 그것은 어쩌면 기존의 연구방식들이 취하고 있는 체제에서 비롯한 것이
아닐까? 만약 향찰자를 字別로 묶어 음가와 기능을 설명하는 방식이 있었더라
면, 보다 진지한 태도로 예외적 사항을 熟考했을 수 있지 않을까? 가령, 향가
25수에서 나타나는 '如'에 대한 모든 용례와, 당대 여타 차자표기들에서 보이는

---

26) 이두 분야에서는 이승재(1989), 서종학(1991), 박성종(1995) 등이 이러한 방식을 취하고 있
고, 구결 분야에서는 안병희(1997)가 대표적인데, 각 字의 음가와 쓰임새를 일목요연하게
볼 수 있다는 점에서 장점이 큰 기술 방식이 되고 있다.

'如'가 모두 통일적으로 '다'음을 표시하고 있음을 전체적으로 확인할 수 있었다
면 과연 위와 같이 '如'를 '요'로 읽는 연구결과는 철회되지 않았을까 생각해 보는
것이다.

사실 삼국시대 향찰자의 음가에 대한 연구는 오래전에 시도된 적이 있다. 이
숭녕의 『新羅時代의 表記法 體系에 관한 試論』이 그것이다. 이 연구에서 그는
『삼국사기』와 『삼국유사』 등에 나타나고 있는 地名에 쓰인 漢字를 대상으로
음가를 추려내어 신라시대 借字의 字音·母音 체계를 도출하려했다. 그 방식의
일부를 보이면 다음과 같다.

> (47) so, si~(소, 쇼)
>
> (……)
>
> 이 外에 特殊한 用字로 召字가 보이어 "良民之妻稱召史"라고 吏讀에서
> 使用되고 "召史"가 "조이"로 읽고들 있으나 그리 簡單히 다룰 것은 아니
> 다.
>
> 高麗吏讀…… 召史 소시
>
> 儒胥必知…… 召史 조이
>
> 그러나 이 召字는 地名에서 "소"字로 읽은 듯이 여겨지는데
>
> (48) 召文國(聞韶 義城 174) ……召 〉韶
>
> 召忽(新, 邵忽 19)……召〉邵
>
> 그리고 이러한 例는 이 밖에도
>
> 召分(玄武 291新)
>
> 召羅(黃間 24新)
>
> 에서 이 召羅와 黃調의 關係는 絶對로 連結이 될리 없지만 蒙古語의
> Sara(黃)系와 比較될 것이라 하겠다.[27]

지명에 나타나는 借字의 음가 비교를 통하여 당대의 특수한 음가를 찾으려는
노력은 사실 타당한 방법이었다. 양주동 이래 이러한 방식은 많은 부분에서 성
공적인 해독의 열쇠가 되어 주기도 하였다. 하지만, 이러한 방식이 가지는 한계
또한 뚜렷한 것이었다. 위의 예에서 보이는 비견의 부정확함이 바로 그것이다.
위는 이두가 관습적으로 읽어 내려온 '조이(召史)'의 '召/조/'를 지명을 통해 /소/
로 재추정해 보려는 과정을 보인 것이다. 여기에서 그는 지명끼리의 비교를 통

---

27) 이숭녕(1955), 61–62면.

해 '김=邵'의 대응을 밝힌 후, 이를 방증하기 위해 '김=黃=Sara(몽고어로 黃의 의미)'의 등식을 적용시키고 있다. 그러나 이 추론이 공인을 받기 위해서는 '邵'의 당대음이 '소'라는 점, 몽골어와 고대 신라어가 대응할 수 있음 등을 역시 증명해야 한다. 곧, 지명끼리의 내부적 대응만이 아닌 외부 자료의 방증 역시 구비되어야 하는 것이다.

위의 추론은 다음의 외부 자료를 통해 볼 때, 잘못된 추론임이 드러난다. 다음의 '김=조'의 대응을 볼 때, 오히려 그가 부정했던 이두 전통의 독법 '조이'가 역시 바른 독법이었던 것이다.

牡蠣甲 屈召介   〈郷藥救急方〉

ㄴ모자기 구조개랑 먹고   〈青山別曲, 樂章歌詞〉

或雜以俚俗字音, 或由於方言訛傳, 而有其名之眩亂變遷者. 如良與羅同召與
祚同 俚俗良字之音同羅, 召字之音同祚, 如阿瑟羅州之羅亦作良, 加祚縣之祚
本作召   〈旅菴遺稿 卷3, 序, 彊界誌序〉

본장의 변증은 이숭녕이 시도했던 방식을 개선해 진행될 것이다. 그는 이두와 지명 등을 부분적으로 활용해 향찰자의 체계를 수립하려 하였지만, 본고는 자료의 범위를 보다 확대하여 보편적인 향찰자의 소릿값과 쓰임새를 규명해 보려 한다.

이를 위해 그간 향찰 연구에서 향찰자로 인정되었거나 추정되었던 164字를 먼저 추렸다. 그리고 각 자의 소릿값과 쓰임새가 주변의 차자체계 - 이두·구결·지명·물명·인명·國字 - 등에서 어떤 음상을 위해 사용되고 있는가를 비교 검토하였다. 이 작업을 통해 향찰에서 常用된 자와 類似 차자체계인 이두·구결에서 상용된 자와의 동질성과 이질성을 일목요연하게 확인할 수 있게끔 구성하였다. 따라서 이 장은 향가를 본격적으로 해독해 보려는 연구자들에게 가장 기초적인 정보를 제공하는 역할을 할 수 있을 것이다.[28]

---

28) 박재민(2013a)에서 일부 차자에 대한 변증을 행한 바 있다. 본 장에 실린 내용은 그 당시
　　책의 체제상 다 싣지 못했던 내용을 재정리한 것이다.

1. 鄕札字 表

【借字表】

* 鄕札字 란에는 기존 업적에서 향찰자로 공인한 것뿐만 아니라, 주요 연구에서 異見을 보이는 字, 그리고 향찰자로 잘못 판단했던 字까지 수록하였다. (가령, '年'字와 같은 경우 '正用字'로 보는 연구자와 '借用字'로 보는 연구자가 공존하므로, 이 표에 수록하였다.)
* 讀音 란에는 이미 문법화한 이후의 音域까지 염두에 넣어 수록하였다. (예를 들어, '隱'字의 경우 비록 대표음은 '은'이지만 문법적 상황에 따라 'ㄴ · ᄂᆞᆫ · 은 · ᄂᆞᆫ · 는'으로 채택되어 읽히므로, 5개음을 다 넣었다.)
* 音借 · 訓借 란에서 音借字는 '音', 訓借字는 '訓'이라 표시하였다.
* 正用字 란의 숫자는 '借字로 常用되는 字 중에서, 때때로 漢字 本然의 쓰임새로 쓰이는 正用字가 있는데, 그러한 경우의 횟수를 나타낸 것이다.
* 出現回數 란의 숫자는 '借字로서 三國遺事所載 鄕歌 14首 · 普賢十願歌 11首에 出現한 횟수를 적은 것이다. 正用字로 쓰인 경우는 포함시키지 않았다.
* 분명하지 않은 경우는 '?'를 첨기했다. 가령, '去'의 출현횟수에 나타난 '1?'은 '去'를 차자로 보아야 할지, '立'의 誤字로 보아야 할지 단정할 수 없기에 넣은 것이다.

번호	鄕札字	讀音	音借·訓借	正用字	出現回數(正用字는 제외함)		번호	鄕札字	讀音	音借·訓借	正用字	出現回數(正用字는 제외함)	
					遺事	均如						遺事	均如
1)	可	가 · 거	音	1	2	2	2)	皆	ᄀᆡ · ᄒᆡ	音	5	×	2
3)	去	거 · 가	音	11	$1^{?}$	5	4)	居	거	音	1	×	1
5)	古	고	音	1	16	×	6)	故	고	音	×	1	×
7)	遣	고	音	12	12	2	8)	昆	곤	音	×	1	1
9)	尒	곰	訓	×	1	1	10)	過	과	音	2	×	2
11)	敎	이시 · ᄒᆞ시	訓	×	2	×	12)	丘	구	音	×	×	1
13)	窟	漢 字		1	×	×	14)	斤	근	音	×	×	1
15)	根	근	音	2	×	2	16)	期	기	音	×	1	×
17)	奈	나	音	×	×	1	18)	乃	나	音	×	4	3
19)	內	ᄂᆞ · 노 · ᄂᆡ	音	×	10	4	20)	年	漢字		1	×	×
21)	念丁	未詳	未詳	×	1	×	22)	奴	노	音	×	1	×
23)	惱	漢 字		2	×	×	24)	尼	니	音	×	2	×
25)	多	다	音	2	8	3	26)	達	달	音	×	3	×
27)	大	→ 六		4	$1^{?}$	×	28)	刀	도	音	×	1	2
29)	都	도	音	1	3	1	30)	頓	돈	音	1	×	6
31)	冬	ᄃᆞᆯ · 들	音	1	7	8	32)	得	득	音	1	×	1

번호	鄕札字	讀音	音借·訓借	正用字	出現回數(正用字는 제외함)		번호	鄕札字	讀音	音借·訓借	正用字	出現回數(正用字는 제외함)	
					遺事	均如						遺事	均如
33)	等	ᄃᆞ·ᄃᆞᆫ·든·ᄃᆞᆯ·들	音	×	10	13	34)	羅	라·러	音	×	8	3
35)	洛	락	音	×	×	1	36)	落	락	音	4	×	1
37)	卵	漢 字		1	×	×	38)	良	아·ᄋᆡ·에·라·러·란	音	×	23	21
39)	朗	'郎'의 訛		1	×	×	40)	來	將來(가오)	訓	8	2	3
41)	呂	리	音	×	×	8	42)	留	로·루	音	×	×	17
43)	陵	ᄅᆞ·르	音	4	1	×	44)	里	리	音	×	1	3
45)	理	리	音	1	12	1	46)	利	ㄹ	音	×	1	×
47)	立	셔	訓	×	3	1	48)	馬	마	音	×	1	3
49)	萬	만·먼	音	×	1	3	50)	每	마	音	×	×	2
51)	旀	며	音	×	1	1	52)	毛	모	音	1	6	8
53)	卯	'卵'항을 볼 것.					54)	物	漢 字		9	×	1?
55)	未	ᄆᆡ·매	音	×	4	2	56)	米	매·미	音	×	5	4
57)	靡	漢 字		1	×	×	58)	反	ᄇᆞᆫ·븐	音	×	3	4
59)	白	ᅀᆞᆸ·ᄉᆞᆸ·ᄌᆞᆸ	訓	7	1	10	60)	寶	보	音	1	1	1
61)	卜	디	訓	×	×	2	62)	攴	'攴'의 異體字				
63)	夫	부	音	×	×	1	64)	部	부	音	2	×	4
65)	弗	블	音	×	1	×	66)	朋	漢 字		1	×	×
67)	非	비	音	1	×	1	68)	飛	나	訓	×	×	1
69)	史	ㅿ·ᄉᆡ	音	×	11	2	70)	沙	사·ᅀᅡ	音	2	6	5
71)	邪	샤·ᅀᅣ·야	音	×	7	×	72)	賜	시	音	3	8	12
73)	尙	漢 字		1	×	×	74)	色	毛叱色只		×	×	1
75)	闖	서	音	×	×	1	76)	譱	'善'의 異體字				
77)	舌	혀	訓	1	×	1	78)	省	소	音	×	1	×
79)	召	조·초·추	音	×	1	×	80)	所	소	音	1	2	2
81)	孫	손	音	×	×	4	82)	手	漢 字		7	×	×
83)	數	ᄌᆞᄌᆞ?	訓	1	1	×	84)	藪	슈	音	2	1	×
85)	尸	ㄹ	?	×	27	10	86)	是	이·리	訓	×	11	×
87)	阿	아	音	×	11	5	88)	惡	아·악	音	3	7	3
89)	安	漢 字		3	1?	1	90)	閼	알	音	×	×	1
91)	也	야·ᄋᆡ·의	音	×	19	9	92)	耶	야	音	×	3	11
93)	於	어·느	音	×	10	2	94)	焉	ㄴ·ᄋᆞᆫ·은·ᄂᆞᆫ·는	音	×	5	9
95)	如	다	訓	×	24	6	96)	亦	ㅣ·예	音	×	1	1
97)	煙	ᄂᆡ	音	×	1	×	98)	咽嗚	'嗚咽'의 倒置		1	×	×

번호	鄕札字	讀音	音借·訓借	正用字	遺事	均如	번호	鄕札字	讀音	音借·訓借	正用字	遺事	均如
99)	烏	오	音	×	9	1	100)	玉	오·우	音	×	×	2
101)	屋	오·우	音	×	4	1	102)	友	'支'의 誤字				
103)	右	'古'의 誤字					104)	臥	누	訓	×	×	2
105)	于	오·우	音	×	2	5	106)	爲	ㅎ	訓		4	13
107)	喩	디	?	×	1	1	108)	隱	ㄴ·은·은·ᄂ·는	音	1	36	25
109)	乙	ㄹ·으로·올·을	音	×	3	14	110)	音	ㅁ·음·음	音	×	17	13
111)	衣	의·의	音	×	4	12	112)	矣	익·의	音	×	17	1
113)	以	이	音	×	9	4	114)	伊	이·리	音	×	8	18
115)	而	마리	훈	×	×	1	116)	爾	이·곰	音	×	3	5
117)	尒	'尒' 항을 볼 것.				1	118)	因	인	音	×	2	×
119)	仁	인	音	×	×	5	120)	逸	일	音	3?	×	3
121)	仍	너	音	×	×	1	122)	作	즐	訓	1	×	1
123)	將	將來(가오)	訓	×	2	3	124)	底	漢字		1	×	×
125)	切	절	音	×	1	×	126)	丁	뎌	音	×	3	1
127)	制	져	音	×	×	2	128)	苐	漢字		1	×	×
129)	齊	져	音	×	3	5	130)	朝	漢字		1	×	×
131)	條	漢字		1			132)	主	니림	訓	×	1	×
133)	中	히·희·휘	訓	×	3	5	134)	之叱	잇·옛	訓	×	3	1
135)	支	∅·ㅣ·히	音	×	24	4	136)	只	ㄱ	音	×	7	16
137)	知	디·티	音	×	7	2	138)	直	디	音	1	×	1
139)	叱	ㅅ·ㄱ	音	×	37	53	140)	次	ㅊ·ㅈ·ㅅ	音	×	4	0
141)	察	슬	音	×	2	1	142)	處	漢字		2	1	×
143)	寸	촌	音	×	×	3	144)	就	漢字		1	×	×
145)	置	도	訓	3	2	9	146)	七	誤字?		×	1	×
147)	呑	ㅌ	音	×	3	×	148)	宅	漢字		1	×	×
149)	波	바	音	×	1	6	150)	巴	보	音	×	1	×
151)	判	漢字		1	×	×	152)	八	파	音	×	1	×
153)	布	뵈	訓	×	1	×	154)	下	ㅇ	訓	1	7	5
155)	何如	엇뎨	漢	1	×	×	156)	恨	ㅎ·흔	音	×	3	1
157)	孩	히	漢	1		×	158)	兮	혀	音	×	×	2
159)	乎	오	音	×	18	13	160)	好	호	音	3	1	5
161)	火	블	訓	×	×	1	162)	花	漢字		6	×	×
163)	希	히·희	音	×	3	1	164)	肣	히·희	音	×	14	1

2. 鄕札字 辨證

1) 可 : 可 직 가 〈光州千字文〉, 可 ᄒ얌직 가 〈新增類合〉

字音 '가'를 借用하여, 향찰과 이두에서 '가・거'音을 表記하는 데 쓰인다. 이두에 자주 나타나는 용례를 보이면 다음과 같다.[29]

為白如可ᄒ숣짜가, 為行如可ᄒ엿다가, 為乎乙可ᄒ올가   〈儒胥必知〉

崔怡亦 承繼為 專權擅命威福自持為如可 故後庶子崔沆亦傳繼為旀 (作福作威을 지니고 있다가)   〈尚書都官貼〉

大小麥 兩麥田乙良 須只 五月良中 反耕為有如可 瘠薄田乙良 白露節良中 更良 反畊 依法落種為齊 (反耕하였다가)   〈農書輯要〉

향찰에서는 5회 나타나는데 모두 '가・거'音에 대응됨을 볼 수 있다.

【中斷의 '다가'】
東京明期月良夜入伊遊行如可   〈處容歌〉
東京ᄇᆞᆯᄀᆞᆫᄃᆞ래새도록노니다가   〈處容歌, 樂學軌範〉

【ㄱ말음 어간의 연결어미 '가・거'】
花肹折叱可獻乎理音如 (것거, 꺾어)   〈獻花歌〉
伊羅擬可行等 (너거, 여겨)   〈普賢5〉
此如趣可伊羅行根 (깃거, 기뻐)   〈普賢11〉

【한자어 본연의 쓰임새 '可히・부디'】[30]
惱叱古音多可支白遣賜立 (煩惱ㅅ 말씀 많다고 可히 사뢰어 주십시오)
                                                  〈願往生歌〉
主人아 네 可히 다른 곳에 가 ᄒ 죠ᄅᆞ 드는 쟉도롤 비러오라
                                          〈老乞大諺解 重刊 上:17a〉

---

29) 이두자료에서 '可'는 訓 '(ᄒ얌)직'을 빌어 '직・즉'을 위한 借字로 쓰이기도 한다. '先可아즉 (『吏頭彙編』)・先可 訓아직(이규경, 『五洲衍文長箋散稿』, 「語錄辨證說」)'. 그러나 향찰에는 그러한 용례가 없다.

30) 이곳의 '可支'는 그간의 업적에서 모두 音借字로 읽은 곳이다. 그러나 이것은 한자 본연의 쓰임새이기에 再考를 요한다. 박재민(2013a)의 291~293면에서 자세히 변증한 바 있다.

2) 皆 : 皆 다 기 〈光州千字文·新增類合〉, 皆 古諧切 〈唐韻〉

　　字音 '기'를 차용하여 차자표기에서 '기·히'音에 준하는 음을 표시하기 위해 사용된 것으로 짐작된다. 『삼국유사』와 『삼국사기』에서 '物名·地名' 등에 쓰인 '皆'를 보이면 다음과 같다.

　　　　左人 鄉云皆叱知 言奴僕也　　　　　　　〈三國遺事 卷2, 紀異, 孝昭王代竹旨郎〉

　　　　皆骨山　　　　　　　　　　　　　　　　〈三國遺事 卷2, 紀異, 金傅大王〉

　　　　介山郡 本高句麗 皆次山郡 景德王改名 今竹州　〈三國史記 卷35, 志4, 地理2〉

　　　　扶寧縣 本百濟 皆火縣　　　　　　　　　　〈三國史記 卷36, 志5, 地理3〉

　　　　牙岳城 本皆尸押忽　　　　　　　　　　　〈三國史記 卷37, 志6, 地理4〉

　　　　解禮縣 本皆利伊　　　　　　　　　　　　〈三國史記 卷37, 志6, 地理4〉

　　　　遇王縣 本高句麗 皆伯縣 景德王改名 今幸州　〈三國史記 卷35, 志4, 地理2〉

　　　　王逢縣 一云 皆伯 漢氏美女迎 安臧王之地 故名王逢

　　　　　　　　　　　　　　　　　　　　　　　〈三國史記 卷37, 志6, 地理4〉

　　　　王岐縣 一云皆次丁　　　　　　　　　　　〈三國史記 卷37, 志6, 地理4〉

　　위의 예들은 대체로 '皆'가 '介·解'에 대응됨을 보여 준다. 이 중, '王'과 '皆'의 대응은 일찍이 양주동(1942:77면)에 의해 주목받은 바 있다. 皆伯을 '王맏31)' 곧, '王맞이'로 풀면서 '皆'가 정확히 王에 대응하는 말임을 밝혔고, 이로 王의 古訓을 'ㄱ'으로 추정하여 역시 '皆'는 'ㄱ'에 近似한 '그·거'로 추론했던 것이다.32)
　　향찰에서 역시 이같은 음차적 용법으로 쓰인 것으로 짐작되는 다음 2회의 예들이 있다.33)

---

31) 伯 ᄆᆞᆮ 빅 〈光州千字文〉
32) 양주동의 이 설은 '王'과 '皆'의 대응을 밝혔다는 점에서 매우 鼓舞的인 것이다. 그러나 王의 고훈이 'ㄱ(神)'이라는 說은 여전히 더 많은 근거를 필요로 하기에 따르기가 어렵다. 오히려 유창균이 제시한 신라의 초기왕들의 이름 – 昔脫解·南解·奈解 등 – 에서 보이는 '解'에 관련시키는 것이 보다 타당하지 않나 한다.
33) 다음의 5회 용례는 모두 한자 본연의 의미로 쓰인 것으로 추정된다. 결국 총 7회의 용례 중, 2회는 音借, 5회는 한자 본연의 쓰임새로 여겨진다.
　　皆仏体 (한, 無量의) 〈普賢7〉　　　　皆往焉世呂 (한, 無量의) 〈普賢8〉
　　皆仏体 (한, 無量의) 〈普賢8〉　　　　皆吾衣修孫 (한, 無量의) 〈普賢10〉
　　去隱春皆理米 (未詳, 모두?) 〈慕竹旨郎歌〉

伊知皆矣爲米　　　　　　　〈普賢7〉　　然叱皆好尸卜下里　　　　　〈普賢8〉

3) 去 : 去 갈 거 〈光州千字文·新增類合〉

字音 '거'를 借用하여 차자표기 전반에서 '거·가'음을 표기하는 데 쓰인다.
이두와 구결의 용례는 다음과 같다.

上仕而 汚去如　　　　　　　　　　　　　　　　　　〈第二新羅文書〉

爲去乎ㅎ거온, 是去乙이거늘, 爲去等ㅎ거든, 爲去乃ㅎ거나　　〈儒胥必知〉

出家乎尸入乙 求請爲去隱多中隱 當 願 衆生生　　　〈華嚴經 03:09〉[34]

能히 ㅎ나흘 업게 ㅎ닐 求ㅎ건댄 해 得디 몯ㅎ리소니　〈楞嚴經諺解 04:106b〉

父母乙 孝事爲去隱多中隱 當願衆生　　　　　　　　〈華嚴經 02:20〉

울워러 聿追룰 ᄉ랑ㅎ건댄 모로매 일 ᄆᆞᆺ 일우ᅀᆞ보물 몬져 홇디니

〈月印釋譜 序:17a〉

이 점은 「普賢十願歌」의 향찰표기에서도 마찬가지인데 용례를 들면 다음과
같다.[35]

法界毛叱所只至去良 (이르거라, 이르구나!)　　　　　　　〈普賢1〉

一念惡中涌出去良 (솟나거라, 솟아나구나!)　　　　　　　〈普賢2〉

灯油隱大海逸留去耶 (이로거야, 이로구나!)　　　　　　　〈普賢3〉

嫉妬叱心音至刀來去 (올가)　　　　　　　　　　　　　　〈普賢5〉

---

34) 이 자료의 원래 표기는 다음과 같다.

　　出家ノ尸入乙 求請ソᄎㄱ十ㄱ 當 願 衆生生 〈華嚴經 03:09〉

　　이하, 〈향찰자 변증〉 부분의 인용문에 나타난 구결자들은 可讀의 편의를 위해 '漢字'로
　전환하여 표기한다. 전환은 『구결연구』 3집(특집호, 고려시대 석독구결의 표기법에 대한
　연구, 구결학회, 1998.)에 수록된 제시안들에 準한다.

35) '去'는 음차자로 쓰이는 경우도 많지만, 正用字로 쓰이는 경우도 많다. 다음과 같은 경우는
　정용자로 쓰인 것이다.

　　夜矣夘乙抱遺去如 (안고 가다) 〈薯童謠〉, 吾隱去內如辭叱都 (나는 가ᄂ다) 〈祭亡妹歌〉

　　正用字와 借用字의 구분은 문맥에 따라 결정된다.

4) 居 : 居 살 거 〈新增類合〉

字音 '거'를 借用하여 物名・人名 등에서 '거'음을 표기하는 데 쓰인다.

蜘蛛 居毛伊, 居毛		〈鄕藥救急方〉
蜘 거믜 디, 蛛 거믜 듀		〈新增類合〉
居柒夫 或云 荒宗		〈三國史記 卷 44, 列傳, 居柒夫〉
荒 거츨 황		〈新增類合〉

구결과 이두에서는 사용하지 않는 字이나, 향찰에는 다음과 같이 1회의 용례
가 있다.

法界居得丘物叱丘物叱 〈普賢9〉

이 표기가 '거득(가득, 滿)'을 뜻하는 것일 가능성이 있음은 〈IX.5.(2)〉를 참조
할 것.

5) 古 : 古 녜 고 〈光州千字文・新增類合〉

字音 '고'를 借用하여, 향찰・구결에서 '고'음을 表記하는 데 쓰인다.[36] 物名
表記에서도 자주 쓰이던 字로 한글문헌과 對應시켜 보면 다음과 같다.

岬城郡 本百濟 古尸伊縣		〈三國史記 卷6, 志, 地理〉
皆方言也 岬 俗云 古尸 故或云 古尸寺 猶言岬寺也		
		〈三國遺事 卷4, 義解, 圓光西學〉
谷 골 곡		〈新增類合〉
蒼耳 升古亇伊 刀古休伊 〈鄕藥救急方〉, 蒼耳 돗고마리		〈方言類釋〉
獺 汝古里 너고리		〈牛馬羊猪染疫病治療方 :02a〉
熊膽 鄕名古音矣余老		〈鄕藥採取月令, 11月採〉
爲 羊酪豈勿參爲里古 (ᄒ리고)		〈安軸, 關東別曲 第5章〉

---

36) 한편, 吏讀에서는 '古'字가 借字로 거의 쓰이지 않았다. '遣'이 '고'音을 專擔하고 있기 때문이
다. 다음에서야 용례가 보인다.
　　賣錢 七十六兩 作定爲古 完成明文 書一張乙奴 永永 放賣事 〈洪武23年奴婢文書(1390년)〉

구결과 한글문헌의 對應은 다음과 같다.

菩薩隱 之是乙 聞古 即支 便是 施與乎尸矣　　　　　　〈華嚴經疏 16:02〉

須達이 이 말 듣고 부텼긔 發心을 니르와다　　　　　　〈釋譜詳節 06:19a〉

頂以 佛足乙 禮爲白古　　　　　　　　　　　　　　　　〈金光明經 13:02〉

各各 부텼 바래 禮數ᄒᆞᆸ고　　　　　　　　　　　　　〈釋譜詳節 13:11a-b〉

향찰표기에서의 쓰임 역시 위와 同軌이다. 역시 '고'음이 와야 할 위치 – 연결어미·의문종결어미 등 – 에 순조롭게 출현하고 있음을 본다. 총 용례를 기능별로 묶어 예시하면 다음과 같다.

【연결어미 '고'】

他密只嫁良置古	〈薯童謠〉	民焉狂尸恨阿孩古	〈安民歌〉
一等隱枝良出古	〈祭亡妹歌〉	游烏隱城叱肣良望良古	〈彗星歌〉
三花矣岳音見賜烏尸聞古	〈彗星歌〉	道尸掃尸星利望良古	〈彗星歌〉

【의문종결 '고'】

二肹隱吾下於叱古	〈處容歌〉	二肹隱誰支下焉古	〈處容歌〉
奪叱良乙何如爲理古	〈處容歌〉	放冬矣用屋尸慈悲也根古	〈禱千手觀音歌〉
毛如云遣去內尼叱古	〈祭亡妹歌〉		

【의도의 선어말어미 '고'】

道修良待是古如　　　　　　　　　　　　　　　　　　　〈祭亡妹歌〉

【확인법 '고'】

爲賜尸知民是愛尸知古如　　　　　　　　　　　　　　　〈安民歌〉

【正用字(一般漢字)】

月羅理影支古理因淵之叱[37]　　　　　　　　　　　　　〈怨歌〉

【似梵書連布語】

膝肹古召旀　　　　　　　　　　　　　　　　　　　　　〈禱千手觀音歌〉

---

37) 이곳의 '古'가 차용자가 아니라 정용자일 가능성이 있음은 박재민(2009b)에서 논한 바 있다.

惱叱古音鄕言云報言也多可支白遣賜立　　　　　　　　　〈願往生歌〉

一等沙隱賜以古只內乎叱等邪　　　　　　　　　　　　　〈禱千手觀音歌〉

각각, 연결어미, 의문종결어미, 의지의 '고(오)', 확인법의 '고(거)'로 분류된다. 그러나 마지막의 경우는 似梵書連布한 字[38]들로 의미 파악이 쉽지 않다. 단, '古召旀'는 중세어 '고조며(곧추세우며)'에 대응되는 것으로 알려져 있고, '古音'은 夾註 '鄕言云報言也'가 달려 있어 의미 파악에는 문제가 없다.

6) 故 : 故 주글 고 〈光州千字文〉

字音 '고'를 借用하여 향찰에서 '고'音을 표기하는 데 쓰인다. 여타의 차자표기에는 용례가 없고, 향찰에는 한 예가 있을 뿐인데, 語末에 쓰인다는 점, 음가가 같다는 점 등으로 보아 前項의 '古'와 같은 역할을 한 字로 斷定된다. 향찰의 유일례는 다음과 같다.

此也友物北所音叱彗叱只有叱故 (있고?)　　　　　　　　　〈彗星歌〉

7) 遣 : 遣 보낼 견 〈光州千字文·新增類合〉

'遣'은 現代音·鮮初音·當代音 모두 '견'이지만 이두와 향찰에서는 연결어미 '-고'가 필요한 위치에 나타나고 있다.

是遣이고, 爲白遣ㅎ숣고, 爲是遣ㅎ잇고　　　　　　　　〈儒胥必知〉

繭遣聲近而東俗 呼繭고치 呼睍고개 吏讀呼遣고 此必東方古音也
　　　　　　　　　　　　　　　〈頤齋遺藁 卷25, 雜著, 華音方言字義解〉

石塔伍層乙 成是白乎 願表爲遣 成是不得爲乎 (석탑 오층을 이루려는 원을 표하
고 이루지 못한)　　　　　　　　　　　　〈淨兜寺五層石塔造成形止記, 1031년〉

---

38) '似梵書連布'는 『균여전』의 제8장 「譯歌現德分者」에 수록된 최행귀의 한역 서문에 나오는 말로 전체적인 문장은 다음과 같다.
　　"唐文如帝網交羅 我邦易讀 鄕札似梵書連布 彼土難諳 (唐文은 帝網이 서로 잘 짜여진 것과 같아서 우리나라 사람들도 쉽사리 읽는데, 鄕札은 梵書가 연달아 펼쳐진 것 같아서 중국인들은 알기 어렵다.)"
　　이 말은 향찰의 표기 원리가 '차자의 나열'일 수도 있음을 우리에게 알리는데, 이러한 구조에 대한 자세한 고찰은 박재민(2013a)의 309-338면에서 행한 바 있다.

三曰謀叛 本國乙 背叛爲遣 彼國乙 潛通謀叛 爲行臥乎 事 (세 번째 모반. 본국을 배반하고 다른 나라를 몰래 통해 모반하는 것. 三曰謀叛 謂謀背本國潛從佗 國)　〈大明律直解 01:04b〉

執音乎手母牛放敎遣	〈獻花歌〉	此地肹捨遣只於冬是去於丁	〈安民歌〉
西方念丁去賜里遣	〈願往生歌〉	惱叱古音多可支白遣賜立	〈願往生歌〉
慕人有如白遣賜立	〈願往生歌〉	四十八大願成遣賜去	〈願往生歌〉
此矣有阿米次肹伊遣	〈祭亡妹歌〉	毛如云遣去內尼叱古	〈祭亡妹歌〉
日遠鳥逸〇〇過出知遣	〈遇賊歌〉	今呑藪未去遣省如	〈遇賊歌〉
淨戒叱主留卜以支乃遣只	〈普賢4〉	十方叱仏体閼遣只賜立	〈普賢4〉

자료적 상황이 이러하기에 본 字는 향찰 연구 초기부터 '고'음을 표기한 것으로 정확히 파악되어 있다.

'遣只'는 조사 '고'이다. 『儒胥必知』와 기타의 책에는 어쩐지 「遣」을 '고'라 읽고 있다.　〈小倉進平(1929), 90면.〉

詞腦歌中에는 接續詞「고」를 「遣」字外에「古」로 기사한 幾多의例가 잇는데, 이兩字의 區別을 보건댄, 「遣」은 오즉 接續詞「고」에만 專用되고 다른 一般 「고」音에는 使用되지몯함에 反하야, 「古」는 모든 「고」音에 通用되는 點이다.　〈양주동(1942), 216-217면.〉

본서 역시 이 독법에 이견이 없다.[39]

8) 遣 : 遣 몯 곤 〈光州千字文〉

字音 '곤'을 借用하여 이두와 향찰에서 '곤'音을 표기하는 데 쓰인다.[40]

爲昆ㅎ곤, 爲白昆ㅎ숣곤, 是白昆이숣곤, 爲白有昆ㅎ숣잇곤　〈儒胥必知〉

---

39) 근래에 들어 일부 연구자들에 의해 '遣'을 '겨·견'으로 읽고 기능 또한 '~한 상태로'를 나타내는 연결어미로 보아야 하다는 주장이 일고 있다. 이는 자료적 실상과는 다른 것인데, 이에 대한 변증은 박재민(2013a)의 158-162면.)에서 행한 바 있다.

40) 口訣에서의 용례는 많지 않다. 朝鮮朝 口訣에서 드물게 보일 뿐이다. 高麗의 구결에서는 '곤'음을 위해 '古隱'의 복합형태를 사용하였다.
　法界隱 分別 無叱古隱 是故以 異爲隱 乘 無叱古隱乙 〈金光明經 13:15-16〉
　(세계는 분별 없괜없으니] 是故로 異흔 乘 없거늘)

'-곤'은 연결어미로 專用되는데, 문맥상 '~면(조건)'과 '~니(이유)'의 두 의미를 띤다.

【-면(조건)】

坐罪人矣 家口乙良 必于 入官爲在乃 犯人亦 免罪<u>爲昆</u> 幷以 免放齊 (緣坐人家口雖已入官 罪人得免者 亦從免放)　　　　　　　　〈大明律直解 01:25a, 1395년〉

【-니(이유)】

得病 臨終時 嫡妾俱無子<u>爲昆</u> 四寸孫 孝盧乙 繼後爲良 結說導爲如可
　　　　　　　　　　　　　　　　　　　　〈金孝之妻黃氏繼後立案 1480년〉

향찰에는 「處容歌」와 「普賢5」에 다음과 같이 나타난다.[41]

入良沙寢矣<u>見昆</u> (보곤, 보니)　　　　　　　　　　　　　　　〈處容歌〉

得賜伊馬落人米无<u>叱昆</u> (없곤, 없으니)　　　　　　　　　　　　〈普賢5〉

9) 尒 : 是良尒 이아금 〈儒胥必知〉

'尒'는 國字로, 이두와 구결에서 '곰·금'의 음역으로 읽히는 字이다. 용례는 다음과 같다.

楮根中 香水散<u>尒</u> 生長令內弥　　　　　　　〈新羅華嚴經寫經造成記, 755년〉

望白良<u>尒</u> 바라올아금, 爲白良<u>尒</u> ᄒᆞᆸ아금, 是去是良<u>尒</u> 이거이아금
　　　　　　　　　　　　　　　　　　　　　　　　　　　〈儒胥必知〉

往世叱 善根乙 悉良 <u>得良尒</u> 淸淨爲旀　　　　　　　　　　　〈華嚴經疏 23:12〉

百年에 다 <u>시러곰</u> 술 醉ᄒᆞ야 百年渾得醉　　　　〈杜詩諺解 初刊 03:30b〉

향찰 표기에서는 사용되지 않은 字로 알려져 있으나, 다음의 두 용례에서 보이는 '爾·尒'는 모두 이 자와 깊이 연관되어 있는 것으로 판단된다.

咽嗚<u>爾</u>處米　　　　　　　　　　　　　　　　　　　　　〈讚耆婆郞歌〉

手乙寶非鳴良<u>尒</u>　　　　　　　　　　　　　　　　　　　　〈普賢7〉

---

41) 유사음인 '根'을 사용한 예도 2회 있다.

　緣起叱理良尋只<u>見根</u> 〈普賢5〉, 此如趣可伊羅<u>行根</u> 〈普賢11〉

「찬기파랑가」의 '咽鳴爾'가 '우러곰'을 나타낸 것일 가능성이 있음은 박재민 (2013a)에서 상론한 바 있다. 「보현7」의 용례 역시 '우러곰'을 표현한 것이다. 〈Ⅶ.3.(3)〉에서 재론한다.

10) **過** : 過 디날 과 〈光州千字文〉

字音 '과'를 취해 향찰에서 '고·과'音을 表示하기 위한 借字로 쓰인다. 이두와 구결에서는 쓰이지 않으며 오직 향찰 「普賢十願歌」에 두 예가 있을 뿐이다.

於內人衣善陵等沙 不冬喜好尸置乎理叱過   〈普賢5〉

際毛冬留願海伊過   〈普賢11〉

「普賢5」의 예는 의문사 '於內(어찌)'와 호응하여 의문종결어미 '고'를 表示하고 있고, 「普賢11」의 경우는 願望의 종결어미 '고져'의 先行形인 '과'를 표시하고 있다. 대체로 구결의 다음 '果'와 같은 용법이다.

菩提乙 證爲旀 [爲欲]果爲尸入以   〈華嚴經 09:15〉

衆生乙 利益爲 [爲欲]果爲尸入以   〈華嚴經 18:19〉

衆生衣 功德 善根乙 成熟羅是 [爲欲]果 慈悲心乙 發爲旀 〈金光明經 03:08-09〉

한편 遺事所載의 「遇賊歌」에 2회의 '過'字가 나타나는데 연구자에 따라서는 이를 借字로 보기도 한다. 行間에 공백이 있고 의미 또한 어려워 斷定할 수는 없지만 위 차자표기에서 보이는 의문종결어미 '-고'나 願望의 연결어미 '-고져'와는 어울리지 않는 위치에 와 있는 점으로 미루어 볼 때, 한자 본연의 용법으로 여겨진다. 그 용례는 다음과 같다.

日遠鳥逸□□過出知遣 〈遇賊歌〉,   此兵物叱沙過乎   〈遇賊歌〉

11) **教** : 教 フ르칠 교 又平聲使之爲也 〈訓蒙字會〉, 命은 시기논 마리라 〈月印釋譜 序:11b〉

字訓 중 '使·命'의 뜻을 취한 借字로, 향찰과 이두에서 '이시'로 읽는다. '이'는 사역의 '이'이며, '시'는 사역의 주체가 일반적으로 객체보다 존귀한 존재이기 때문에 붙은 존칭의 '시'이다. 관습화되어 연결형태 '이시'로 굳어진 것으로 보인다.

해석은 使役文일 때는 '-ᄒ게 ᄒ시-', 能動文일 때는 'ᄒ시-'로 한다.[42] 이두에 다수의 용례가 있으며 향찰에는 2회의 용례가 있다.

大抵吏吐 臣告君賤告貴 則皆加白字 又用教是等語 是字爲字 隨勢改換爲好:
(대저 이두는 신하가 임금에게 고하거나 아랫사람이 윗사람에게 고할 경우 모두 '白'자를 더하거나 또는 '教是' 등의 말을 쓴다. '是'자와 '爲'자는 문맥에 따라 적절히 사용하는 것이 좋다.)   〈儒胥必知〉

教是이시, 教矣이ᄉ딕, 教事이산일, 教是事이션일, 教是白去乙이시ᄉᆞᆸ거늘, 教是白在果 이시ᄉᆞᆸ견과, 教是白在如中이시견다히, 教是臥乎在亦이시누온견이여
                                                              〈儒胥必知〉

教是 訓이시, 教事 訓이산일   〈五洲衍文長箋散稿, 語錄辨證說〉

此七王等 共論教 用 前世二王教 爲   〈迎日冷水里新羅碑 503년〉

三韓後 壁上功臣一例以 錄券加施行教是遣 別將金仁俊直子一名乙良
                                                       〈尙書都官貼, 1262년〉

上位乘坐教是臥乎 德應及 屬上位尊號隱 國大妃殿妃子殿 並只 同稱爲白齊
(凡稱乘輿車駕及御者 太皇 太后 皇太后 皇后 竝同稱)   〈大明律直解1:42a〉

凡百官良中 內賜教是臥乎 衣服等乙 使者亦 親送不冬爲遣 他人准授傳送爲在乙良 杖一百 爲遣 停職 (凡御賜百官衣物 使臣不行親送 轉附他人給與者 杖一百 罷職不敍)   〈大明律直解 12:3a〉

향찰에서의 두 용례는 다음과 같은데, 「獻花歌」의 경우는 使役의 '이시', 「怨歌」의 경우 能動의 'ᄒ시'이다.

執音乎手母牛放教遣   〈獻花歌〉,   汝於多支行齊教因隱   〈怨歌〉

12) 丘 : 丘 두던 구 〈新增類合〉

'丘'는 차자표기에서 常用되지 않는 字이다. 物名·地名 등에서 차자로 사용

---

42) 때로는 본문에 게시한 『儒胥必知』의 언급대로 겸양의 '白'과 마찬가지의 용법으로 쓰이기도 한다. 아래는 겸양의 예이다.
凡侍朝及侍衛官員亦 顧問教是去等 各職次以 進叱回合爲白乎矣 先後失行爲在乙良 罰俸祿半月 (凡在朝侍從官員 特承顧問 官高者 先行廻奉 卑者以次進對 若先後失序 者 各罰俸錢半月) 〈大明律直解 12:3b〉

된 용례를 찾기 어려우며, 이두나 구결에서도 보이지 않는다. 다만,「普賢十願歌」에 '구'음을 위해 사용된 듯한 다음의 유일례가 있다.

法界居得丘物叱丘物叱 〈普賢9〉

13) 窟 : 窟 구무 굴 〈訓蒙字會〉, 窟 굴 굴 〈新增類合〉

이 字는 차자표기 전체를 통틀어「安民歌」의 다음 구절에 유일하게 나타난다.

窟理叱大肹生以支所音物生 〈安民歌〉

구절의 난해함으로 인해 여러 독법이 시도되었는데, 그 과정에서 연구자들이 일관적으로 견지한 假定은 '窟'字는 한자 本意味가 아니라 借字이리라는 것이었다. 그러나 이 字를 한자 본연의 용법으로 이해할 필요가 있음은 박재민(2013a)의 303-305면에서 이미 제기한 바 있다.

14) 斤 : 斤 도치 근 〈新增類合〉

字音 '근'을 借用하여 物名·地名 등에서 '근'음을 나타내는 데 사용된다.

黃芩 所邑朽斤草 〈鄕藥救急方〉
朽 서글 후 〈新增類合〉
幸혀 서근 프를 因ᄒᆞ야 나거니 (幸因腐草出) 〈杜詩諺解初刊 17:38a〉
文峴縣 一云 斤尸波兮 〈三國史記 卷37, 雜志, 地理, 高句麗〉

이두와 구결에서는 사용하지 않으나, 향찰엔 '근'을 위해 사용한 1회의 예가 있다.

覺月明斤秋察羅波処也 (ᄇᆞᆯ근, 밝은) 〈보현6〉

15) 根 : 根 불휘 근 〈光州千字文〉

字音 '근'을 借用하여 향찰에서 '곤'음을 표시한다. 이두와 구결, 유사소재 향가에서는 쓰지 않는 字[43]로「普賢十願歌」에 2회의 용례가 있다.[44] 마침『鷄林類事』에도 당시의 음가를 알리는 기록이 있다.

緣起叱理良尋只見根　　　　　　　　　　　　　　　〈普賢5〉

此如趣可伊羅行根　　　　　　　　　　　　　　　　〈普賢11〉

熟水曰泥根沒(니근 믈), 冷水曰時根沒(시근 믈)　　　〈鷄林類事〉

小曰胡根 (죠곤)　　　　　　　　　　　　　　　　　〈鷄林類事〉

혼 죠고맛 龍 샏 爲티 마르쇼셔　　　　　　　　　　〈月印釋譜 07:49b〉

　그런데 선행연구들에서는 이 예들 외에「禱千手觀音歌」의 다음 구절의 '根'
또한 訓借字로 판단하여 해독하고 있다. 곧, 다음의 '根古'를 '큰고(大乎)?'로 읽
고 있는 것이다.

　　放冬矣用屋尸慈悲也根古　　　　　　　　　　〈禱千手觀音歌〉

　그러나 이는 佛經의 '慈悲根'이란 어휘를 감안하지 못한 잘못된 판단이다. '根'
은 한자어 그대로의 쓰임새이다. 이에 대한 논의는 박재민(2012b)에서 상세히
행한 바 있다.

16) 期 : 期 긔약 긔 〈新增類合〉

　字音 '긔'를 借用하여 향찰에서 '기'음을 표시한다. 이두나 구결에서는 '期'字
가 음차로 사용되지 않는다. 향찰표기로 된 「處容歌」에서 唯一하게 나타나는
데, 양주동에 의해 지적되었듯이, 선행한 어휘 '明'의 末音에 명사파생접사 'ㅣ'[45]
가 결합된 어휘 '붉기'의 '기'를 표하고 있는 것으로 믿어진다.

　　東京明期月良　　　　　　　　　　　　　　　　　〈處容歌〉

　　ᄀᆞᆺ불기예 나귀 타 나아 (平明跨驢出)　　　　〈杜詩諺解 初刊 08:32a〉

　　ᄀᆞᆺ불기예 몰 타 宮門으로 드놋다 (平明上馬入宮門)　〈杜詩諺解 初刊 24:10b〉

　cf)
　　東京 ᄇᆞᆯ근 ᄃᆞ래 새도록 노니다가　　　　　　〈處容歌, 樂學軌範〉

---

43) 이두에서는 '昆', 구결에서는 '古隱'이 '곤'음을 위한 借字로 專用되었기에 비롯된 현상이다.
44) 1회의 용례가 더 있으나 이는 漢字 본연의 쓰임새이다.
　　迷火隱乙根中沙音逸良 (불휘) 〈普賢9〉
45) 양주동(1942:373면)은 다음의 근거를 들었다. '맞이(迎)·막이(防)·몰이(驅)·누비(衲)…'

17) 奈 : 奈 엇지 닛 〈歷代千字文〉 奈 멋 내 〈光州千字文〉

字音 '나·닛·내'를 차용하여 人名·地名 등에서 '나'음을 표기하는 데 쓰인다.

奈勿王 一作那密王　　　　　　　　〈三國遺事 卷1, 紀異, 奈勿王 金堤上〉
軍那縣 本屈奈　　　　　　　　　　　　〈三國史記 卷37, 雜志, 地理〉

이두와 구결에서 常用되는 字는 아니나, 향찰표기에서는 양보의 연결어미 '-나'를 위해 사용된 唯一例가 있다.

法供沙叱多奈 (하나, 많으나)　　　　　　　　　　　　　〈普賢3〉

18) 乃 : 乃 사 내 〈光州千字文〉, 乃 ᄒ야사 내 〈新增類合〉

字音 '내'를 借用하여 차자표기에서 '나·닛·내·네'음을 表示하는 데 쓰인다. 우선 차자와 이두, 구결에서의 쓰임을 보면 다음과 같다.

葶藶子 豆衣乃耳, 豆音矣薺　〈鄕藥救急方〉　　薺 나싀 제　　〈訓蒙字會〉
百合 犬伊那里根 犬乃里花 (현대어, 개나리)　　　　　　　〈鄕藥救急方〉
柴胡 靑玉葵 猪矣水乃立 山叱水乃立 〈鄕藥救急方〉, 芹 미나리 근 〈新增類合〉
蜈蚣 之乃 〈鄕藥救急方〉,　　蜈 지네 오, 蚣 지네 공　　　　　〈訓蒙字會〉

是乃이나, 爲去乃ᄒ거나, 爲白去乃이ᄉᆞᆸ거나, 是白乎乃이ᄉᆞᆸ오나 〈儒胥必知〉

紫草娘宅 紫稱毛 一念物 絲乃 綿乃 得 追于　　　〈正倉院 毛氈貼布記 752년〉
羊蹄所乙古叱솔읫乙 搗汁二升是乃 或三升是乃 牛口良中 灌注爲乎矣
(솔읫을 찧은 즙 2되나 3되나 소의 입에 붓되)　　　〈牛馬羊猪染疫病治療方〉

凡 本條良中 罪名亦 有去乃 斷例以 不同爲在乙良 本條乙 依准科斷齊
(凡本條自有罪名與名例罪不同者依本條科斷)　　　　　〈大明律直解 01:38b〉

五 智德 [有]斗果[雖]斗 然爲乃 是隱 愛行是羅　　　　　〈瑜伽師地論 13:15〉
若叱 美爲飛叱 味乙 得良乃 專古 自衣以 受尸 不爲良只 要爲良
　　　　　　　　　　　　　　　　　　　　　　　　〈華嚴經疏09:11-12〉

향가에 나타난 '乃' 역시 이에 준하는 音借字로 여겨진다. 다음의 용례들이 있다.

> 無量壽佛前<u>乃</u> (저늬)   〈願往生歌〉
>
> 阿冬音<u>乃</u>叱好支賜烏隱 (나토?)   〈慕竹旨郎歌〉
>
> 兒史沙叱<u>望</u>阿<u>乃</u> (바라나)   〈怨歌〉
>
> 雪是毛冬<u>乃</u>乎<u>尸</u>花判也 (나톨?)   〈讚耆婆郎歌〉

19) 內 : 內 안 늬 〈光州千字文〉

字音 '늬'를 借用하여 향찰과 이두에서 'ㄴ·늬·노'의 音價를 위해 쓴다.

> <u>논덕</u>이 <u>內隱</u>德   〈東國新續三綱行實圖 烈女 01:82b〉
>
> 강<u>논덕</u> 姜<u>論</u>德   〈東國新續三綱行實圖 烈女 07:84b〉
>
> 使內白 바닉솗, 望良白內臥乎事 바라옵ᄂᆞ누온일   〈儒胥必知〉[46]
>
> 无盡寺 鐘成敎 受內 成記   〈无盡寺鐘銘 745년〉
>
> 凡公事乙 失錯亦 使內遣 自以省覺現告爲在乙良 免罪齊
> (凡公事失錯 自覺擧者免罪)   〈大明律直解 01:35a〉
>
> 王旨意向乙 失錯亦 使內在乙良 各減三等齊 (失錯旨意者各減三等)
>   〈大明律直解 030:2a〉
>
> 軍民役乙 使內 不冬 爲在乙良 杖一百 遠方良中 充軍 爲乎事
> (若詐稱各衛軍人不當軍民差役者杖一百發邊遠充軍)   〈大明律直解 04:03a〉

향찰에 많은 용례가 있는데 이두와 音·機能이 동궤를 이루는 것으로 추측된다.

【似梵書連布語】

> 於<u>內</u>秋察早隱風未 (어늬) 〈祭亡妹歌〉   於<u>內</u>人衣善陵等沙 (어늬) 〈普賢5〉
>
> 一等沙隱賜以古只<u>內</u>乎叱等邪 (未詳)   〈禱千手觀音歌〉

---

46) '內'는 音轉되어 '리'로도 읽힌다.
    使內乎事바리온일, 使內白如乎바리올다온, 貌如使內良如敎즛바리다아산, 歧等如使內如乎가로러ᄇ리다온 〈儒胥必知〉

【時相의 선어말어미】

爲內尸等焉國惡太平恨音叱如 〈安民歌〉　心未際叱肹逐內良齊 〈讚耆婆郎歌〉

吾隱去內如辭叱都 〈祭亡妹歌〉　毛如云遣去內尼叱古 〈祭亡妹歌〉

祈以支白屋尸置內乎多 〈禱千手觀音歌〉

拜內乎隱身萬隱 〈普賢1〉　迷反群无史悟內去齊 〈普賢10〉

不冬萎玉內乎留叱等耶 〈普賢9〉　二尸掌音毛乎支內良 〈禱千手觀音歌〉

【未詳】

次弗□史內於都還於尸朗也 〈遇賊歌〉　好尸曰沙也內乎呑尼 〈遇賊歌〉

각 용례가 모두 같은 기능을 하는 것은 아니지만, 대체로 독립된 單語의 일부음을 나타내는 類(於內)[47], 動詞語幹에 접속되어 시제를 나타내는 선어말어미로 쓰이고 있는 類[48], 其他類로 대별된다. 특히 「安民歌」의 '爲內尸等焉'은 다음 용례들의 '늘(飛)'에 비견되며 같은 音相과 기능을 보여준다.

衆生安爲飛等 仏体頓叱喜賜以留也 (중생 편안하다면 부처 모두 기뻐하시리라) 〈普賢 9〉

菩薩是 善支 其 心乙 用爲飛尸入隱 則支 一切勝妙功德乙 獲飛利羅 〈華嚴經 02:12-13〉

佛乙 信奉爲白飛尸入隱 則支 能支 戒乙 持爲齊 〈華嚴經 10:10〉

---

47) 의문사 '어느'로 추정되는 字이다.

48) 內가 주로 동사에 접속되기에 時相에 관련된 선어말어미로 추정되고는 있지만, 구체적으로 어떤 時相을 나타내고 있는지에 대한 물음은 현재에도 지속되고 있다. 일반적으로는 현재시상의 'ᄂ'에 대응하는 것이리라 보고 있지만, 실제 용례에 대한 자세한 검토를 한 바 있는 이승재는 매우 신중한 태도를 견지했다.

　"신라시대의 선어말어미로서 가장 해독하기 어려운 것이 바로 '內'라는 사실은 널리 알려져 있다." 〈이승재(1992), 163면.〉

　한편 역시 자료를 일일이 살핀 서종학(1991)은 이것이 '현재완료'를 나타내는 형태소일 가능성을 조심스레 제기하여 두었다. 서종학의 결론은 예시한 용례로는 타당하지만, 최소한 향찰의 '內'는 그 결론에 부합하지 않는다. 위의 예 중 「祭亡妹歌」의 "'吾隱去內如'辭叱都'는 亡妹의 하직 인사이기에 현재완료가 될 수 없다.

20) 年 : 年 히 년 〈光州千字文·新增類合〉 過歲 셜 지내다 〈韓佛字典〉

　　　兒史年數就音墮支行齊　　　　　　　　　　　　　　　　〈慕竹旨郎歌〉

　　향찰 전체에서 유일하게 출현한 '年'字를 訓借字로 여겨 해독에 적용한 연구
자들이 있다. 양주동이 대표적인데 그는 이 자를 '年'의 訓을 이용해 '살(설)'을
표현한 것이라 보았다. 그리하여 '주름살'이라는 뜻밖의 해독에 이르렀다.
　　하지만, 이 字는 正用字이다. 다음과 같은 일반적 한자어인 것이다.

　　　甲兵年數久 (甲兵 닐언 힛數ㅣ 하니)　　　　　　　〈杜詩諺解 初刊 11:45b〉

21) 念丁 : 念 싱각 념 〈新增類合〉, 丁 순 뎡 〈光州千字文〉

　　「願往生歌」의 제2행에 나타나는 '念丁'은 그 音相이 불확실하다. 〈淨兜寺五
層石塔造成形止記〉에도 같은 표기가 있어 일찍부터 연구자들의 주목을 받아왔
다. 두 용례는 다음과 같다.

　　　西方念丁去賜里遣　　　　　　　　　　　　　　　　　　　〈願往生歌〉
　　　日日以石運已畢爲 太平九年己巳□月日 右伯士乙 仍請爲 同年春秋冬念丁 今
　　　冬石練已畢爲內旅　　　　　　　　　〈若木淨兜寺五層石塔造成形止記, 1031년〉

　　문맥상의 의미는 '지나서'로 추측되는데 박재민(2013a)의 305-306면에서 詳
論한 바 있다.

22) 奴 : 奴 남진종 노 〈訓蒙字會〉

　　字音 '노'를 借用하여 차자표기에서 '노'음을 표시하는 데 쓰인다.[49] 향찰에서
는 「祭亡妹歌」에서 1회 출현하며, 구결에도 유사 용례가 있다. 모두 현재시상선
어말어미 'ᄂ'와 '오'의 결합으로 이해된다.

　　　去奴隱處毛冬乎丁　　　　　　　　　　　　　　　　　　　〈祭亡妹歌〉
　　　向ᄒᆞ야 가논 딕 흘기 즈니 (所向泥活活)　　　　　〈杜詩諺解 初刊 11:25b〉

────────────

49) 다음의 대응관계를 본다면 '으'음에도 쓰였을 가능성을 배제할 수 없다.
　　陰竹縣 本高句麗 奴音竹縣 〈三國史記 卷35, 志4, 地理2〉

韋侯ㅣ 나를 여희오 <u>가논</u> 배 잇느니 (侯別我有所適) 〈杜詩諺解 初刊 16:41b〉

汝衣 解爲<u>奴隱</u> 所良 [如]如爲在如   〈舊譯仁王經 11:23〉

菩薩是 發意爲良 菩提乙 求爲<u>奴隱</u>入隱   〈華嚴經 09:10〉

23) 惱 : 시름ᄒ야 글탈호미 煩이오 迷亂호미 惱ㅣ니 〈楞嚴經諺解 04:16a〉, 煩은 만ᄒᆯ
씨오 惱ᄂᆞᆫ 어즈릴씨라 〈月印釋譜 01:16b〉

이 字는 차자표기 전체를 통틀어 「願往生歌」에서만 1회 출현한다.[50] 대부분
의 선행연구들에서는 字音 '뇌'를 차용한 音借字로 분류하여 '뇌우칠·ᄂᆞᆺ다
(曰)·뇌까리다' 등의 語頭를 표현한 字로 보고 있다. 「願往生歌」의 용례는 다
음과 같다.

    惱叱古音[鄕言云報言也]多可支白遣賜立   〈願往生歌〉

선행연구들에서 이 자를 그러한 뜻으로 본 근거는 「願往生歌」 원문의 夾註
'鄕言云報言也' 때문이었다. 이 협주가 '惱叱古音'에 후행하여 있기에 그 '4字'
전체에 대한 註로 여긴 결과인 것이다. 그러나 본서는 이 협주가 '古音'에 限定
된 것이라 본다. 곧, '惱'는 佛家의 관용어 '煩惱'를 표현한 것이며, '惱叱古音'은
'煩惱의 말씀'을 표현한 것으로 풀이하려는 것이다. 보다 자세한 것은 박재민
(2013a) 291-293면을 참조할 수 있다.

24) 尼 : 尼 승 니 〈訓蒙字會〉, 尼 씬즁 이 〈歷代千字文〉

字音 '니'를 借用하여 차자표기에서 '니'음을 표기하는 데 쓰인다. 이 字는 梵
語를 표기하는 데 빈번히 사용되었고, 조선조의 이두와 구결에서도 용례가 적은
편이 아니지만, 고려의 구결과 이두에서는 용례가 드물다.

    釋迦牟尼, 尼求羅, 藍毗尼, 陁羅尼   〈月印釋譜 中에서〉
    <u>尼師今</u> 言謂齒理也   〈三國遺事 卷1, 紀異, 第二南解王〉
    齒 니 치, 齗 닛믜임 은   〈訓蒙字會〉

---

50) 「普賢十願歌」에서 1회 용례가 더 있으나 이는 불가의 관용어 '煩惱'의 일부로 漢字語이다.
    无明土深以埋多 煩惱熱留 煎將來出米 〈普賢6〉

十年嬰疾 百藥無效 將至屬纊之境是白加尼 (이옵더니)　　　〈儒胥必知〉

方求窆葬之地 數月未定是白如尼 (이옵더니)　　　〈儒胥必知〉

향찰 표기에서는 2회 나타나는데, '니'로 읽을 때 언해문에 잘 對應됨을 본다.

毛如云遣去內尼叱古　　　　　　　　　　　　　〈祭亡妹歌〉

그 ᄯᆞᆯ ᄃᆞ려 무로ᄃᆡ 그딋 아바니미 잇ᄂᆞ닛가　〈釋譜詳節 06:14b〉

무로ᄃᆡ 主人이 므슴 차바ᄂᆞᆯ 손소 ᄃᆞᆮ녀 밍ᄀᆞ노닛가　〈釋譜詳節 06:16a〉

此兵物叱沙過乎好尸日沙也內乎呑尼　　　　　　　〈遇賊歌〉

하 주으려 도로 삿기ᄅᆞᆯ 머구려 ᄐᆞ니　　　　〈月印釋譜 11:06a〉

25) 多 : 多 할 다 〈新增類合〉

字音 '다'를 借用하여 구결・향찰에서 '다'音을 표시하는 데 쓰인다.51) 『鄕藥救急方』에서 物名을 표기하는 데도 쓰였는데 선초의 천자문류에 나타난 국문자료와도 잘 對應된다.

楮 多只, 茶只葉　　　〈鄕藥救急方〉　　楮 닥 뎌　〈新增類合・訓蒙字會〉

熨斗 多里甫伊 多里甫里　〈鄕藥救急方〉　熨 다리우리 울　〈訓蒙字會〉

蜜多羅, 阿㭊多羅, 波利質多羅樹, 富樓那彌多羅尼子, 離婆多 〈釋譜詳節 中〉

한편, 이 字는 향가에 다음과 같이 용례가 많은데, 대체로 '다'音이 필요한 곳에서 순조롭게 출현하고 있음을 본다.

【종결어미 '-다'】

祈以支白屋尸置內乎多　〈禱千手觀音歌〉　倭理叱軍置來叱多　　〈彗星歌〉

彗星也白反也人是有叱多　　〈彗星歌〉　安支尙宅都乎隱以多　〈遇賊歌〉

吾焉頓部叱逐好友伊音叱多　　　　　　　　　　　　　　〈普賢8〉

【어미나 단어의 일부】

君如臣多支民隱如 (다히)　〈安民歌〉　汝於多支行齊敎因隱 (어딕)〈怨歌〉

---

51) 吏讀에서는 '다'音을 위해 '多'字 대신 '如'를 사용한다. '如'항 참조.

仏前灯乙直體良焉多衣 (언딕)〈普賢3〉　　无明土深以埋多 (무더)　　　〈普賢6〉

來如哀反多羅 (다라, 梵語)　　〈風謠〉　　哀反多矣徒良 (다라, 梵語)　〈風謠〉

【한자 본연의 쓰임새】

法供沙叱多奈　　　　　　　〈普賢3〉　　惱叱古音多可支白遣賜立〈願往生歌〉

이 중, 「彗星歌」의 '人是有叱多(사람이 있다)'와 『普賢8』의 '吾焉頓部叱逐好友伊音叱多(나는 모두 따르리라)'는 고려시대의 구결에 다음과 같은 동일 예들이 있어 비교의 좋은 근거가 되어 준다.52)

是 如支爲隱 聖法良中 略古隱 二種 有叱多　　　　　　　〈瑜伽師地論 03:22〉

又 不淨想良中 略古隱 二種 有叱多　　　　　　　　　　〈瑜伽師地論 09:19〉

是 五法乙 依良 菩薩摩訶薩隱 尸波羅蜜乙 成就爲在音叱多〈金光明經 02:24-25〉

心良中 正願乙 生是在音叱多　　　　　　　　　　　　　〈瑜伽師地論 07:14〉

26) 達 : 達 ᄉᄆᄎᆞᆯ 달 〈光州千字文·新增類合〉

字音 '달'을 차용하여 梵語나 향찰표기에서 '달'음을 표시하는 데 쓰인다.53)

梵摩達, 提婆達多, 提婆達, 阿浮達摩, 眞達羅大將, 悉達 등　〈月印釋譜 中〉

향가에는 3회의 用處가 있는데 「彗星歌」의 '乾達婆'와 같은 경우는 梵語임을 확인할 수 있으나 「彗星歌」의 또 다른 예 '達阿羅(浮)'는 梵語일 것으로 예상되나 정확히 考究할 수 없는 형편이다.54) 「遇賊歌」의 '毛達只' 역시 해독이 난해한 곳이 되어 있다. 용례는 다음과 같다.

乾達婆 〈彗星歌〉, 達阿羅浮去伊叱等邪 〈彗星歌〉, 皃史毛達只將來吞隱 〈遇賊歌〉

---

52) 아래에 전환한 '-叱多'는 구결 원문에는 'ㄷ l'의 형태로 되어 있다. 편의상 이를 正字로 전환하였는데, 이 本字가 논란이 있다. 즉, 연구자에 따라 ' l'의 본래자를 '多'가 아닌 '如'로 보기도 하는 것이다. 본서에서는 우선 '多'로 전환하여 대응하였다.

53) 이두나 구결에서는 借字로 쓰이지 않는다.

54) 선행 연구에서 「彗星歌」의 '達阿羅(浮)'를 '달(月) 아래(下)'로 본 경향이 우세한데 '達', '阿', '羅', '浮' 모두 범어를 표기하는 데 상용되는 字란 점에서 안심할 수 없는 해독으로 여겨진다.

27) 大 : 大 큰 대 〈光州千字文·新增類合〉

유사소재의 「安民歌」에 1회 나타나는 字[55]로 그간의 연구에서는 이를 字音 '대'를 차용한 借字로 분류하여 해독하였다. 비록 이 字가 鮮初의 구결에서 '대' 음을 위해 사용된 바 있지만, 향찰체계와 보다 밀접한 관련을 가지고 있는 고려 시대의 석독구결이나 이두에서는 借字로서의 용례가 없는 점을 감안할 때, 과연 이 字가 音借로 기능했을까는 강한 의문이다[56]. 관련구절은 다음과 같다.

窟理叱大肹生以支所音物生   〈安民歌〉

28) 刀 : 刀 갈 도 〈訓蒙字會·新增類合〉

字音 '도'를 借用하여 차자표기 전반에서 '도'음을 表示하는 데 쓰인다. 物名 을 표기하거나 부피단위인 '되'를 표기하는 데도 쓰였다.[57]

蒼耳 升古亇伊·刀古休伊 〈鄕藥救急方〉, 蒼耳 돗고마리   〈方言類釋〉
上米四斗一刀 大豆二斗四刀   〈第二新羅文書, 758년〉
升 되 승   〈新增類合·訓蒙字會〉

고려시대의 구결에서도 같은 音相이 확인된다. 모두 보조사 '도' 혹은 '또'를 위해 쓰임을 보는 것이다.

菩薩叱 觀刀 亦爲隱 然叱爲在多   〈舊譯仁王經 15:10〉
我衣 身音 充樂爲沙 彼刀 亦爲隱 充樂爲利良叱㫆 我衣 身音 飢苦爲隱多中隱 彼刀
亦爲隱 飢苦爲利良叱多   〈華嚴經疏 09:14-15〉
又刀 光明乙 放爲在音叱多   〈華嚴經 16:06〉

_____

55) 나머지 3회는 모두 한자 본연의 쓰임새로 借字와 관련 없다.
  四十八大願成遣賜去 〈願往生歌〉, 灯油隱大海逸留去耶 〈普賢3〉, 大悲叱水留潤良只
  〈普賢9〉
  한편, 이 字는 고려시대의 구결과 이두에서는 보이지 않는데, 다만 조선시대의 구결에서
  '대'음을 위해 쓰이고 있음을 본다. '爲隱大, 伊隱大, 卬大' 등이 그것이다.
56) 이 자가 誤字일 가능성이 있음은 신재홍(2000)과 박재민(2013a)에서 제기된 바 있다.
57) '刀'는 신라와 고려의 이두에서 문법요소로는 쓰이지 않았다. '置'字가 전담하였기 때문이다.

향찰 표기에서는 「願往生歌」에서 1회, 「普賢十願歌」에서 2회의 용례가 있는데 모두 '도'음을 위해 쓰인 것으로 확인된다.

兩手集刀花乎白良 (모도) 〈願往生歌〉

嫉妬叱心音至刀來去 (니르와도) 〈普賢5〉

禮爲白孫隱仏体刀 (부처도) 〈普賢10〉

29) 都 : 都 모들 도 〈光州千字文・新增類合〉

字音 '도'를 借用하여 향찰에서 '도'音을 表記하는 데 쓰인 것으로 여겨진다. 곧, '刀'와 공존했던 字이다.

又都仏体叱事伊置耶 〈普賢11〉

吾隱去內如辭叱都 〈祭亡妹歌〉

世理都□之叱逸烏隱第也 〈怨歌〉

安支尙宅都乎隱以多 〈遇賊歌〉

次弗□史內於都還於尸朗也 〈遇賊歌〉

한편 위 용례 중, 「普賢11」의 '又都(坐)'와 「祭亡妹歌」의 '辭叱都(辭叱도)'는 諸家의 해독이 대체로 일치하지만 여타의 용례는 퍽 난해한 구문이기에 다양한 의견이 제시되어 있다. 이 중, '世理都'의 '都'와, '都乎'의 '都'에 대한 다양한 논의들에 대해서는 박재민(2013a)의 300-303면과 박재민(2009b)에서 다룬 바 있다.

30) 頓 : 頓 조을 돈 〈光州千字文〉

유사소재 향가에서 1회 나타나는 字58)로 선행 연구들에서는 字音 '돈'을 취한

---

58) 「普賢十願歌」에서 '頓'字는 '頓叱・頓部叱'의 형태로 6회 나타난다. 이 어휘들은 구결과 「普賢十願歌」 漢譯詩에서 모두 '皆・悉'字와 대응하는데, 이 점으로 '모두'의 의미를 가진 것으로 정확히 추정된 바 있다. (김준영, 『향가문학』, 형설출판사, 1979, 202-203면. ; 김영만, 「석독구결 '皆ㄴ', '悉ㅈ'와 고려 향찰 '頓部叱', '盡良'의 비교 고찰」, 『口訣硏究』 第2輯, 口訣學會, 1997.)
용례는 다음과 같다.
今日部頓部叱懺悔 〈普賢4〉, 修叱賜乙隱頓部叱吾衣修叱孫丁 〈普賢5〉, 吾焉頓叱進良只 〈普賢6〉, 吾焉頓部叱逐好友伊音叱多 〈普賢8〉, 仏体頓叱喜賜以留也 〈普賢9〉, 一切

借字로 보았다. 그리하여 '울월뎐', '울월ᄃᆞᆫ' 등의 末音을 나타내는 音借字로 파악하고 있다. 그러나 이는 不安한 해독으로 판단된다. 「怨歌」의 용례를 보면

　　仰頓隱面矣改矣賜乎隱冬矣也　　　　　　　　　　　　　〈怨歌〉

로 나타나 借字가 아닌 正用字인 느낌을 강하게 주기 때문이다. 곧, 선행한 '仰'과 결합하여 '仰頓(우러러 보고 고개를 조아림)'하는 動作임을 알 수 있기 때문이다. 다음의 언해 등을 볼 때, '우러러 보며 절하는 행위'를 나타낸 말일 가능성은 더욱 높아진다.

　　地藏菩薩ᄋᆞᆯ 울워러 절ᄒᆞᆫ 다ᄉᆞ로 福 어두미 이러ᄒᆞ니라　　〈月印釋譜 21:88a〉

이에 대해서는 박재민(2009b)에서 상세히 다룬 바 있다.

31) 冬 : 冬 겨ᅀᅳ 동 〈光州千字文〉

字音 '동'을 借用한 音借字로 추정되는 字이다. 이두와 구결에서는 항상 '毛冬·不冬·非冬·未冬'의 형태로만 나타난다.[59]

　　右職賞分以 酬答 毛冬敎 功業是去有在等以　　　　　　〈尙書都官貼〉
　　輔弼國家 令是白乎 所 無不冬 爲去乙　　　　　　　　　〈尙書都官貼〉
　　無義爲隱入乙爲尸 非冬爲示尸㫆　　　　　　　　　〈舊譯仁王經 11:10〉
　　一切 所作乙 已辨爲良干隱是良叱多爲尸 非冬爲齊　　　〈瑜伽師地論 19:09〉
　　曾只音刀 廢捨尸 未冬爲在羅亦　　　　　　　　　　〈華嚴經疏 13:17〉

모두 부정어의 末音으로 添記되어 있는 것이기에 의미 파악에는 큰 문제가 없다. 그러나, '冬'의 音價는 파악이 쉽지 않다. 漢字音을 그대로 적용할 경우 '안동·모동' 등의 음상을 지니게 되어 文獻的 범위를 벗어나기 때문이다. 조선 후기 吏讀를 보자면 이 어휘들의 音價는 '안들'이다. 다음과 같은 곳에서 正音으로 표기해 두고 있다.

善陵頓部叱廻良只 〈普賢10〉
59) 인용된 예는 극히 드문 것들이다. 지금까지 알려진 석독구결과 이두에 있는 '非冬', '未冬', '毛冬'의 전부를 예시한 것이다. 단, '不冬'은 고려시대의 석독구결에 많은 예가 있다.

不冬안들, 無不冬업슬른안들 　　　　　　　　　　〈儒胥必知〉

不冬 訓안들 　　　　　　　　　　　　　〈五洲衍文長箋散稿, 語錄辨證說〉

그러나, 이 音을 그대로 代入하여 '冬'의 음상이 '들·들'이라 결론내리기도 쉽지 않다. 왜냐하면 선초의 千字文類 文獻에서는 '不·非'를 '안득'으로 읽고 있기 때문이다. 곧, '不·非'에 해당하는 古語의 말음은 '득'이기에 '冬'의 音相은 '득'일 가능성이 제기되는 것이다.

非 안득 비, 不 안득 블, 靡 안등 미 　　　　　　　　〈光州千字文〉

뿐만 아니라 고려시대의 석독구결에서도 '不冬'은 '不只'와 호환되며 그 말음이 '득'일 가능성을 높여주고 있다. 구결에서 상당수 나타나는 '不冬'의 용례 중 몇을 들면 다음과 같은데

文字乙 離 不冬爲良 　　　　　　　　　　　〈舊譯仁王經 15:21-22〉

十方良中 示現乎尸矢 不冬 徧亽多乎隱 靡叱良尒 悉良 能支 諸隱 衆生乙 調伏爲飛
利旀 　　　　　　　　　　　　　　　　　　〈華嚴經 13:02-03〉

衆生衣 形相隱 各尒 不冬 同是旀 　　　　　　　　　〈華嚴經 15:01〉

諸隱 衆生衣 病 不冬 同是隱入乙 隨乎 　　　　　　　〈華嚴經 17:16〉

一者 三業 淸淨爲旀 二者 一切 衆生衣 [爲]沙音 煩惱因緣乙 作爲尸 不冬爲旀
　　　　　　　　　　　　　　　　　　　　　　〈金光明經 03:01-02〉

이 어휘가 '不只(안득)'과 다음과 같이 호환됨을 보는 것이다.

正法乙 聞尸 不冬爲尸入乙 　　　　　　　　　〈瑜伽師地論 26:20-21〉

吉祥性乙 成是尸 不只乎尸 　　　　　　　　　〈瑜伽師地論 22:04〉

敗壞尸 不冬爲[令]是齊 　　　　　　　　　　　〈瑜伽師地論 19:15〉

得尸 不只爲[令]是羅 有叱多 　　　　　　　　〈瑜伽師地論 13:07〉

喜足乙 生尸 不冬乎尸矢 　　　　　　　　　　〈瑜伽師地論 29:10〉

法乙 觀察 能 不只乎尸果是多 　　　　　　　　〈瑜伽師地論 10:12〉

그렇다면 이러한 문헌적 정황을 어떻게 이해해야 하는가? 석독구결에서 보이는 '不冬'과 '不只'을 같은 音相의 異表記로 보아야 하는 것인가, 아니면 다른 音

相 (안들·안득)으로 같은 의미(안·아니)를 지니고 있다고 보아야 하는 것인가?

그런데, 마침 향찰표기에 나타난 다음의 '冬'의 용례는 이 字가 '득'이 아닌 '들·들'의 가능성을 높여준다. '득'으로 대체할 수 없는 곳에 '冬'이 나타나고 있음을 보여주는 것이다.

今日部伊冬衣 〈普賢2〉

위 예의 '冬'은 복수접미사 '들·들'을 표기한 것으로 짐작되는데, 이럴 때 '冬'은 반드시 '들·들'로만 읽혀야 하는 것이다. 결국, 조선후기의 이두 문헌에 나타나는 '안들'과 맥이 통하는 音價인 것이다. 결국 鮮初의 '안득'은 석독구결의 '不只'만을 계승한 것이며, 우연하게도 '不冬'과 異音同義語에 있었던 관계로 석독구결에서 혼용되어 쓰였던 것이라 결론할 수 있겠다.

한편, '不冬'은 향가에서도 다음과 같이 사용되었다. 향가의 모든 예(毛冬을 포함한)를 보이면 다음과 같다.

秋察尸不冬爾屋支墮米	〈怨歌〉	不冬喜好尸置乎理叱過	〈普賢5〉
佛影不冬應爲賜下呂	〈普賢7〉	他道不冬斜良行齊	〈普賢8〉
不冬萎玉內乎留叱等耶			〈普賢9〉
毛冬居叱沙哭屋尸以憂音			〈慕竹旨郎歌〉
雪是毛冬乃乎尸花判也			〈讚耆婆郎歌〉
去奴隱處毛冬乎丁			〈祭亡妹歌〉
善芽毛冬長乙隱			〈普賢6〉
間毛冬留讚伊白制			〈普賢 2〉
際毛冬留願海伊過			〈普賢11〉

32) 得 : 得 시를 득 〈光州千字文〉, 得 어들 득 〈新增類合〉

字音 '득'을 차용하여 物名·人名에서 '득·득'을 표기하는 데 사용되었다. 용례가 매우 드물다.

藺茹 烏得夫得, 五得浮得 〈鄕藥救急方〉

이두와 구결에서는 사용되지 않는 字로, 향찰의 다음 용례가 유일한 음차자로 추정되고 있다.

法界居得丘物叱丘物叱 거득(가득)　　　　　　　　〈普賢9〉

33) 等 : 等 글을 등 〈光州千字文〉 汝等이·너희들히 〈阿彌陀經諺解:25b〉

이두·구결·향찰표기에서 'ᄃ·ᄃᆞ·ᄃᆞᆫ·ᄃᆞᆯ·든·들'의 音域을 표시하는 데 쓰인다. 그러나 이 借音이 字音 '등'에서 비롯된 것인지 字訓 'ᄃᆞᆯ'에서 비롯된 것인지는 분명하지 않다. 고유어 복수접미사 'ᄃᆞᆯ·들'이 한자어 '等'의 變音에서 기원한 것이기 때문이다. 복수접미사 'ᄃᆞᆯ·들'은 이미 향찰의 시대에 발생해 있었다. 다음에서 그 흔적을 볼 수 있다.[60]

今日部伊冬衣　　　　　　　　　　　　　　　　〈普賢2〉

借用의 기원에 대하여는 명확한 판단을 할 수 없지만, '等'字는 고려시대의 여러 物名表記와 향찰을 비롯한 借字表記에서 'ᄃᆞ~ᄃᆞᆫ~ᄃᆞᆯ'의 음역을 표시하고 있음이 확인된다. 우선 物名자료에서 'ᄃᆞ·들'을 위해 사용되고 있고, 조선 후기의 이두에서도 그 殘影이 남아 있음을 본다.

癮疹 豆等良只, 置等羅只 〈鄕藥救急方〉, 癮 두드러기 은　　〈訓蒙字會〉
大戟 楊等柒根　楊等柒 〈鄕藥救急方〉,　　楊 버들　　　〈新增類合〉
白等살등, 爲去等ᄒᆞ거든, 爲等良ᄒᆞᄃᆞ러, 矣徒等의ᄂᆡ둥, 爲白去等ᄒᆞᄉᆞᆲ거든,
是白乎等以이ᄉᆞᆲ온들노　　　　　　　　　　　〈儒胥必知〉

향찰 표기에서도 '一','海','直' 등의 말음첨기에 사용되어 위의 音域임을 재확인시킨다. 『鷄林類事』 혹은 선초 언해문과 음을 대응시키면 다음과 같다.

一等下叱放一等肹除惡支 〈禱千手觀音歌〉, 一等沙隱賜以古只 〈禱千手觀音歌〉
一等隱枝良出古　　　　　　　　　　　　　　　〈祭亡妹歌〉
一曰河屯　　　　　　　　　　　　　　　　　　〈鷄林類事〉

---

60) '冬'의 차자표기음이 'ᄃᆞᆯ·들'임은 '冬'참조.

无尽辯才叱海等〈普賢2〉, 仏体叱海等成留焉日尸恨 　　　　　　　　　〈普賢10〉

海 바다 히〈新增類合·光州千字文〉, 海ᄂᆞᆫ 바ᄅᆞ리라 　　　　　　　〈月印釋譜 序:08b〉

直等隱心音矣命叱使以惡只 　　　　　　　　　　　　　　　　　　〈兜率歌〉

ᄆᆞᅀᆞ미 고ᄃᆞᆫ 시울 곧ᄒᆞ면 　　　　　　　　　　　　〈楞嚴經諺解 06:113b〉

곧, 향찰에 나타난 '一等(隱)'은 『鷄林類事』에서 기록하고 있는 '一'의 고려시
대어 'ᄒᆞᄃᆞᆫ·ᄒᆞᄃᆞᆫ'을 표기한 것이며, 2회 출현한 '海等'도 '海'의 고유어 '바ᄃᆞᆯ'을
표기한 것으로, '直等隱'은 '고ᄃᆞᆫ'을 표기한 것으로 斷定되는 것이다. 조건의 연
결어미들에 나타난 '等' 역시 그 음이 'ᄃᆞ~ᄃᆞᆫ'임을 보여주는데 몇 예만 추려 그
음을 辨證하면 다음과 같다.[61]

吾肹不喩慚肹伊賜等〈獻花歌〉, 爲內尸等焉國惡太平恨音叱如 　　　　〈安民歌〉

吾良遺知支賜尸等焉 　　　　　　　　　　　　　　　　　　　　〈禱千手觀音歌〉

됴ᄒᆞᆫ 法이 오나ᄃᆞᆫ 드리고 구즌 法이 오나ᄃᆞᆫ 드리디 아니호미 門 자본 사ᄅᆞᆷ
ᄀᆞᆮᄒᆞᆯ 씨오 　　　　　　　　　　　　　　　　　　　　　　〈月印釋譜 07:45a〉

34) 羅 : 羅 ㄴ롯 라〈訓蒙字會〉

字音 '라'를 借用하여 차자표기에서 '라'음을 表示하는 데 쓰인다. 梵語 표기
에 많으며 향찰과 구결, 고려시대의 物名 표기에서도 용례가 많다.[62] 物名표기
와 향찰 표기를 보이면 다음과 같다.

桔梗 道羅次·刀羅次〈鄕藥救急方〉, 桔梗 도라지 　　　　　　　　　　〈韓佛字典〉

郁李 山叱伊賜羅次·山梅子〈鄕藥救急方〉 櫻 이ᄉᆞ랏 잉 　　　　　　　〈訓蒙字會〉

癮疹 豆等良只·置等羅只〈鄕藥救急方〉, 癮 두드러기 은, 疹 두드러기 딘
　　　　　　　　　　　　　　　　　　　　　　　　　　　　　　　〈訓蒙字會〉

火乙叱羅毛 븕나모 　　　　　　　　　　　　　　　　　　　〈牛馬羊猪染疫病治療方〉

---

61) 향찰의 실제 용례를 보면 'ᄃᆞᆫ'음을 위해 '等'와 '等隱'의 양자를 쓰고 있다. 빈도수에서는 '等隱'
　이 더 우세하다. 이 점은 '等'이 차차 향찰표기에서 'ᄃᆞ(대음으로 傾倒되어 갔음을 의미한다.
　하지만, 동시대에 여전히 공용된 표기이므로 본 장에서는 'ᄃᆞ~ᄃᆞᆫ'의 兩音을 가진 것으로
　서술하였다.
62) 吏讀에서는 '良'으로 '라'음을 表示한다.

脚烏伊四是良羅   〈處容歌〉

가ᄅ리 네히로새라   〈處容歌, 樂學軌範〉

此肹喰惡支治良羅 〈安民歌〉, 彌勒座主陪立羅良   〈兜率歌〉

한편, 「兜率歌」의 '陪立羅良'은 양주동(1942:539면) 이래 명령형으로 정당히 해독되어 온 곳이었다. 그러나 김완진(1980:122-123면)이 '모리셔 벌라'로 읽어 한자어 본연의 뜻을 살린 후, 최근의 정진원(2008:231-258면)이 이를 따랐다. 그러나, '良'과 '羅'의 음가가 별 구분없이 모두 '라'로 읽히던 향찰 시대의 특성상, 「處容歌」와 「安民歌」에 나타나 있는 '良羅'와 다른 음상을 가졌을 것이라고 본 것은 무리한 견해로 여겨진다.

35) 洛 : 洛 믓 又 낙 〈光州千字文〉 洛 낙슈 낙 〈石峰千字文〉

物名·地名·人名·吏讀·口訣 등의 표기에서 借字 용도로는 사용되지 않는 字이나 「普賢十願歌」에서는 다음과 같이 1회 출현한다.

塵塵馬洛仏体叱利亦   〈普賢1〉

이 字는 '낱낱이 모두'의 의미를 띠는 보조사 '마다'를 강조한 '-마락'의 '락'을 위해 사용되었을 것으로 추정되는데, 〈Ⅰ.5.(2)〉에서 상술한다.

36) 落 : 落 딜 락 〈訓蒙字會〉

이두와 구결 등의 차자 표기에서 借字 용도로는 사용되지 않는 字로 다음과 같이 地名에서 드물게 차자로 사용되고 있다.

金海小京 古金官國 一云 伽落國 一云 伽耶   〈三國史記 卷34, 雜志, 地理〉

향찰에서도 한자의 본의미로는 2회 사용되고 있으나, 차자로서는 다음 용례가 唯一하다.

得賜伊馬落人米无叱昆   〈보현5〉

이 표기는 35)항의 '塵塵馬洛'에 나타나는 '馬洛'과 같은 표기로 인정된다.

37) 卵 : 卵 알 란, 菢 알아늘 포 〈訓蒙字會〉

이 字는 三國遺事 원문에 '卵'의 형태로 나타난다. 그리하여 소창진평·양주동(1942:451면) 등의 몇 연구자들에 의해 '卯'로 誤認되어 音借字로 여겨지기도 하였다. 그러나 '卯'字는 형태상·통사상 '卵'字로 보아야 한다. 이에 대해서는 박재민(2013a)의 42-45면에서 상론한 바 있다.

38) 良 : 良 알 량 〈光州千字文〉 良 어딜 량 〈新增類合〉

字音 '량·랑'을 借用하여[63] 차자표기에서 '아·이·에·라·러·란'音을 표기하는 데 쓰인다. 연구 초기부터 이 점은 지적되어 있었다.

> '良'은 경우에 따라 아·야·여 등으로 읽혀 活用語의 連用形에서 사용된다.
> 〈小倉進平(1929), 50면.〉

> 詞腦歌·吏文 其他의 「良」字의 音借는 極히 廣汎하여 「라·아」兩音 其他에 轉借된다.……「良」이 이와같이 「라」外에 「야·야·어·여」等音에 轉借됨은 例의 初聲 「ㅇ·ㄹ」相通에 의한 것이니… 〈양주동(1942), 284-286면.〉

다시 문증하여 본다면, 우선 物名·地名·吏讀 등에서 아래와 같이 사용되고 있으며,

癮疹	豆等良只·置等ㅅ只	〈鄕藥救急方〉
癮	두드러기 은	〈訓蒙字會〉
蛇床子	蛇音置良只菜實 (뱀도라지나물씨)	〈鄕藥救急方〉
河西良	一作何瑟羅	〈三國史記 권35, 志, 地理〉

獺汝古里너고리肉果 肝果 肚昌子챵ㅈ等乙 水煮 爲良 牛口良中 灌注爲乎矣 糞叱同똥
乙良 勿用 爲乎事 (너구리 살과 간과 창자 등을 물에 삶아 소입아기 붓되 똥으

---

63) 서재극(『新羅鄕歌의 語彙研究』, 계명대학교출판부, 1979, 14면.)은 〈光州千字文〉의 '良 알 량' 條를 들어 良의 훈 '알'에서 위의 음이 나왔다고 보았다. 곧 훈독자로 본 것이다.
"'治良羅'의 '良'은 그 訓音이 擇해진 것으로 보인다. 光州版 千字文에는 '알(良)'로 訓하고 있다."
그러나 이는 잘못이다. 만약 '良'이 '아·알' 정도의 音域에만 사용되었다고 한다면 가능한 추론이겠으나, 이 자는 차자표기 전체에서 '라·랑'까지를 포함하는 자이기에 '알'음만으로는 이 음들을 표기하게 된 까닭을 설명할 수 없다.

<u>란</u> 쓰지 말 것.) 〈牛馬羊猪染疫病治療方:2〉

향찰표기에서도 處格, 呼格, 命令形 終結語尾, 連結型의 '아·어·라·러' 등
을 나타내는 字로 다수 사용되었다. 기능별로 모아 보면 다음과 같다.

【연결형】

今日此矣散花唱<u>良</u> (블러, 불러)	〈兜率歌〉
此矣彼矣浮<u>良</u>落尸葉如 뼈러(떨어)	〈祭亡妹歌〉
道修<u>良</u>待是古如 닷가(닦아)	〈祭亡妹歌〉
游烏隱城叱肹<u>良望良古</u> ᄇ라고(바라고)	〈彗星歌〉
道尸掃尸星利<u>望良古</u> ᄇ라고(바라고)	〈彗星歌〉
<u>入良</u>沙寢矣見昆 드러ᄉᆞ(들어서야)	〈處容歌〉
他密只嫁<u>良</u>置古 어러('교합하여'의 옛말)	〈薯童謠〉
兩手集刀花乎白<u>良</u> 숣아	〈願往生歌〉

【처격】

一等隱<u>枝良</u>出古 (가지에)	〈祭亡妹歌〉
<u>彌陁刹良</u>逢乎 (彌陁刹에)	〈祭亡妹歌〉
千手觀音叱<u>前良中</u> (앞에)	〈禱千手觀音歌〉
南无佛也白孫<u>舌良衣</u> (혀에)	〈普賢2〉
<u>手良</u>每如法叱供乙留 (손에)	〈普賢3〉
東京明期<u>月良</u>	〈處容歌〉
東京 ᄇᆞᆯ근 <u>ᄃ래</u>	〈處容歌, 樂學軌範〉

【호격】

哀反多矣<u>徒良</u> (괴로운 세상의 <u>무리들아</u>!)	〈風謠〉
<u>花良</u> 汝隱直等隱心音矣命叱使以惡只 (<u>꽃아</u>!)	〈兜率歌〉
道尸迷反<u>群良</u>哀呂舌 (<u>물아</u>!)	〈普賢7〉
佛隱 [言]乃示尸 "<u>善男子良</u> 是 五法乙 依良 …"	〈金光明經 02:24〉
讚嘆ᄒᆞ야 니ᄅᆞ샤디 "<u>善男子아</u> 네 三世諸佛ㅅ敎法을 조차 順ᄒᆞᆯ씨 내와 너를 맛노라…"	〈月印釋譜 08:57b〉

佛子良 菩薩隱 云何叱亦沙 無過失身語意業乙 得㫆 〈華嚴經 01:04-5〉

舍利弗아 너희 부텻 마롤 고디 드르라 〈釋譜詳節 13:47b〉

【명령】

功德修叱如良 닷가라(닦으라) 〈風謠〉

彌勒座主陪立羅良 모리셔라(뫼셔라) 〈兜率歌〉

【매개모음】

此肹喰惡支治良羅 〈安民歌〉 心未際叱肹逐內良齊 〈讚耆婆郎歌〉

脚烏伊四是良羅 〈處容歌〉 奪叱良乙何如爲理古 〈處容歌〉

【특수조사 '랑'】

吾良遣知支賜尸等焉 〈禱千手觀音歌〉

39) 朗 : '郎'의 誤字

借字로는 쓰이지 않는 字이나 「遇賊歌」에서 다음과 같이 1회 출현한다.

□史內於都還於尸朗也 〈遇賊歌〉

이를 양주동 이래 字音 '랑'을 차용한 音借字 'ㄹ'로 파악하고 있으나, 통사구조상, 문맥상, 자형상 이는 '郎'의 誤字일 가능성이 높다. 박재민(2013a)의 58-60면에서 다룬 바 있다.

40) 來 : 將來를 볼 것.

41) 呂 : 呂 법뿔 려 〈光州千字文〉

字音 '려'를 차용하여 향찰표기에서 '리'음을 표기하는 데 쓰인다. 다음의 몇 대응에서 그 음가를 확연히 알 수 있다.

慕呂白乎隱 〈普賢1〉

慕理尸心未 〈慕竹旨郎歌〉

慕는 그릴씨라 〈楞嚴經諺解 02:54a〉

世呂 〈普賢7〉

世理 〈怨歌〉

世 <u>누리</u> 셰 〈訓蒙字會〉

42) 留 : 留 머믈 류〈新增類合〉

字音 '류'를 차용하여 향찰과 구결에서 '로·ᄋᆞ로·으로'의 음역을 표기하는데 쓰인다. 이 字가 '로'음을 위한 音借字임은 다음에서 보이는 도구격 조사 '로'에서 가장 명확히 알 수 있다.

心未筆<u>留</u> (붓으로) 〈普賢1〉

<u>煩惱熱留</u>煎將來出米 (번뇌열로) 〈普賢6〉

<u>大悲叱水留</u>潤良只 (대비의 물로) 〈普賢9〉

43) 陵 : 陵 릉만 룽〈新增類合〉, 陵 두듥 룽〈訓蒙字會〉 始現故諱首路 或云首陵〈三國遺事 卷2, 紀異, 駕洛國記〉

字音 '룽'을 차용하여 차자표기에서 드물게 '르'음을 표기하기 위해 쓰인다.

馬齒莧 金非陵音 金非音 〈鄉藥救急方〉

莧 비름 현 〈新增類合〉

'陵'은 양주동에 의해 선행어휘에 따라 'ㄹ' 혹은 'ㄴ'음을 위한 音借字일 것으로 추정된 이래, 많은 연구자들의 異見을 낳고 있는 字이다. 향찰표기에 다음과 같이 2가지 用處가 있다.

【善陵·潸陵】

唯只伊吾音之叱恨隱<u>潸陵</u>隱 〈遇賊歌〉

於內人衣<u>善陵</u>等沙 〈普賢5〉

一切<u>善陵</u>頓部叱廻良只 〈普賢10〉

向乎仁所留<u>善陵</u>道也 〈普賢11〉

【似梵書連布語】

沙是<u>八陵</u>隱汀理也中 〈讚耆婆郎歌〉

양주동(1942:668면)은 이 중 '善陵·潸陵'의 '陵'을 'ㄴ'의 表示字로 보아 '선(善·潸)'의 말음 'ㄴ'을 나타내는 字일 것으로 추측하였다. 그러나 이 설에 反하여 김완진(1980:153-154면)은 '善陵·潸陵'을 'ᄆᆞᄅᆞ(義의 古訓)'로 읽으며 'ㄹ'에 대응되는 字라 하였고, 유창균(1994:854-857면)은 '이드른(善의 명사형)'으로 읽어야 하기에 '른'音을 위한 字라 하였다. 그러나 '善陵·潸陵'을 그렇게 무리한 가정을 하면서까지 고유어로 읽을 필연성은 없지 않나 한다. 이에 대해서는 본서 〈V.7.(3)〉에서 상론한다.

「讚耆婆郎歌」의 '沙是八陵隱汀理也中'에서 보이는 '陵'은 '명사(沙, 모래)'+주격조사(是)+X (八陵)+관형형어미(隱)+명사(물가의 堆積地, 汀理)+처소격조사(이, 也中)으로 분석된다는 점에서 '用言'의 일부음을 위한 借字로 쓰였음이 확실하다. 즉, '모래가 ~른 퇴적지에'를 나타낸 구절의 일부인 것이다. 박재민(2013a)의 283-287면에서 자세히 논한 바 있다.

44) 里 : 里 ᄆᆞᄉᆞᆯ 리 〈訓蒙字會〉

字音 '리'를 借用하여 향찰표기에서 '리'음을 표시하는 데 쓰인다.

| 西方念丁去賜里遣 | 〈願往生歌〉 | 利利每如邀里白乎隱 | 〈普賢1〉 |
| 落句 吾里心音水淸等 | 〈普賢7〉 | 然叱皆好尸卜下里 | 〈普賢8〉 |

'理'보다 적은 빈도수로 나타나지만, 그 음은 동일한 것으로 斷定된다.

45) 理 : 理 고틸 리 〈光州千字文〉

字音 '리'를 借用하여 향찰표기에서 '리'음을 표시하기 위한 字로 쓰인다. 이 字가 '리'임을 확신케 하는 가장 분명한 용례 다음의 末音添記語들이다. 향찰에 사용된 15회의 용례 중, 다음의 5回處에서 선행한 어휘의 末音 '리'를 위해 쓰이고 있음을 본다. 각 예를 古語 혹은 유사한 향찰과 대비해 보면 다음과 같다.

郞也慕理尸心未行乎尸道尸	〈慕竹旨郞歌〉
慕呂白乎隱仏体前衣	〈普賢1〉
慕는 그릴씨라	〈楞嚴經諺解 02:54b〉

世理都□之叱逸烏隱第也	〈怨歌〉
世呂中止以友白乎等耶	〈普賢7〉
皆往焉世呂修將來賜留隱	〈普賢8〉
世 누리 셰 〈訓蒙字會〉, 누릿 가온딕 나곤 몸하	〈動動〉
逸烏川理叱磧惡希	〈讚耆婆郞歌〉
正月ㅅ 나릿 므른	〈動動 正月〉
舊理東尸汀叱	〈彗星歌〉
舊 녜 구	〈光州千字文〉
倭理叱軍置來叱多	〈彗星歌〉
倭 예 와 〈訓蒙字會〉, 請으로 온 예와 싸호샤 : 見請之倭與之戰鬪	
	〈龍飛御天歌 52章〉

이렇듯 대응이 명확히 이루어지고 있기에 김완진(1980:161면) 이래 이 字의 音價는 '리'로 公認되어 있다.[64] 이 예들 외의 다른 용례들에서도 理가 '리'음을 위한 것이란 점은 뚜렷하다.

奪叱良乙何如爲理古	〈處容歌〉
花肹折叱可獻乎理音如	〈獻花歌〉
不冬喜好尸置乎理叱過	〈普賢5〉

위의 용례는 각각 'ᄒ리고', '獻호림다', '두호릿가'의 '리'로 판단되는 것이다. 그러나 위 8회의 명확한 해독과는 달리 다음 6회 '理'의 경우는 그간 誤解되어 왔거나 異見들이 있는 곳이다.[65]

---

64) 초기의 소창진평과 양주동 역시 기본적으로 이 자를 '리'로 보았지만, 몇 용례의 경우(舊理 · 倭理)는 '이' 혹은 '로 · 니'를 위한 音借字로 보았다. 그러나 선초문헌의 '舊, 녜', '倭, 예'는 원래 '녀리(舊), 여리(倭)'의 古訓이 축약된 것이라는 김완진의 설명이 보다 합리적이다. '世, 누리', '川, 나리' 등의 古訓도 鮮初에 이르면 '뉘', '내' 등으로 축약되어 가는 경향을 뚜렷이 보여주기 때문이다.

　　世ᄂ 뉘라 〈月印釋譜 02:12a〉, 川 내 쳔 〈訓蒙字會〉
65) 나머지 1회의 다음 예는 한자 본연의 용법으로 쓰인 것이다.

　　緣起叱理良尋只見根 〈普賢5〉

去隱春皆理米　　　〈慕竹旨郎歌〉　　月羅理影支古理因淵之叱　　〈怨歌〉

沙是八陵隱汀理也中　〈讚耆婆郎歌〉　　窟理叱大肹生以支所音物生　〈安民歌〉

露曉邪隱月羅理　　　〈讚耆婆郎歌〉

46) 利 : 利 늘카올 리 〈光州千字文〉

字音 '리'를 借用하여 향찰표기에서 'ㄹ'음을 표시하기 위한 字로 쓰였다. 일반적으로 'ㄹ'음을 위하여는 '乙·尸'을 쓰지만 때로는 '利'로써 같은 음을 표기하기도 하였다. 향찰 唯一例에서 보여주는 통사적 구성 역시 'ㄹ'음[66]을 표하고 있다고 볼 때 해석이 가장 순조롭다. 용례는 다음과 같다.

道尸掃尸星利望良古 (길쓸별[彗星의 異稱](올) 바라보고)　　〈彗星歌〉

그런데 선행연구에서는 이 '星利'를 '벼리'로 읽고 있는 경우가 의외로 많다. 지헌영에서 출발한 독법으로 홍기문, 서재극, 김완진, 유창균, 양희철(비리), 신재홍 등 대다수의 연구자들은 '利'를 '리'음에 대응시켜 읽고 있는 것이다. 그러나, '星'의 鮮初訓은 '별'[67]이지 '벼리'가 아니다. 물론 시대에 따라 變音되어 선초의 형태가 축약형이라고도 볼 수 있겠지만, 대체로의 축약은 '누리(世) → 뉘', '나리(川) → 내', '모리(邈) → 뫼'와 같이 'ㄹ'탈락으로 이어진다. 만약 '벼리'가 축약되었다고 한다면 '볘'로 축약되었을 것이지 '별'로 축약되었을 성싶지는 않다. 이런 독법이 생긴 것은 아마 '利'가 차자에서 'ㄹ'음을 나타내는 용례를 얻을 수 없었기 때문이 아닐까 한다. 그러나 다음의 용례들은 '利'가 'ㄹ'末音으로 사용되기도 했던 정황을 뚜렷이 보여준다.

闕英井一作娥利英井　　　　　〈三國遺事 卷1, 紀異, 新羅始祖赫居世王〉

屑夫婁城 本肖利巴利忽　　　　〈三國史記 卷37, 雜志6, 地理4 高句麗〉

---

66) '星利'가 '星(별)'의 末音 'ㄹ'만을 나타낸 것인지 목적격조사를 포함한 '벼를'을 나타내는 것인지는 분명하지 않다. 하지만, 그러나, 통사적으로 이 두 경우 말고는 다른 음이 개입할 여지가 없기에 '利'는 'ㄹ'음을 위한 借字로 우선 판단되는 것이다. 「薯童謠」의 다음 구절과 같은 경우이다.

夜矣夘乙抱遣去如 : 밤에 알(올) 안고 가다

67) 별와 ᄃ른 ᄀᆞᆺ 뮈해 뮈엿도다 (星月動秋山) 〈杜詩諺解 初刊 14:25b〉

이로 '星利'의 '利'는 'ㄹ'음으로 수정하여 해독에 적용되어야 할 것이다.

47) 立 : 立 셜 닙〈光州千字文〉

字訓 '셔'를 차용하여 향찰표기에서 '셔'음을 표시하는 데 쓰인다. 향찰에 총 4회 나타나는데[68] 선초의 언해에 대응시키면 다음과 같다.

彌勒座主陪立羅良 (뫼셔라)	〈兜率歌〉
陪 뫼실 비	〈光州千字文・新增類合〉
惱叱古音多可支白遣賜立 (숣고시셔)	〈願往生歌〉
慕人有如白遣賜立 (숣고시셔)	〈願往生歌〉
世尊끠 내 ᄠᅳ들 펴아 ᄉᆞᆲᄫᅩ쇼셔	〈釋譜詳節 06:06a〉
十方叱仏体閼遣只賜立 (알곡시셔)	〈普賢4〉
大王하 아ᄅᆞ쇼셔	〈月印釋譜 07:18a〉

48) 馬 : 馬 ᄆᆞᆯ 마〈新增類合〉

字音 '마'를 借用하여 향찰표기에서 '마'음을 表示하는 데 사용된다. 物名・吏讀・口訣 등에서는 사용되지 않는 字이지만, 향찰에서는 다음과 같이 4회 '마'를 위한 音借字로 사용되었다.

本矣吾下是如馬於隱 (마른)	〈處容歌〉
塵塵馬洛仏体叱利亦 (마락, 마다)	〈普賢1〉
得賜伊馬落人米无叱昆 (마락, 마다)	〈普賢5〉
火條執音馬 (심머, 잡아)	〈普賢3〉

위에서 예시한 「處容歌」의 '馬於隱'은 양보의 연결어미 '마른'을 표기한 것으로 선초 언해의 다음과 같은 구절에 비견된다.

華嚴性海 ᄀᆞᆮᄒᆞ닌 엇뎨 正位 아니리오마른	〈月印釋譜 13:59a〉

---

68) 「願往生歌」의 '四十八大願成遣賜去'에 나타나는 '去'는 '立'의 誤字로 판단되기에 실질적으로는 총 5회의 쓰임새가 있었다고 할 수 있다.

그듸내 것비사 오도다마른 舍利사 몯어드리라 〈釋譜詳節 23:53b〉

太子ㅣ 니르샤듸 恩惠사 모르리여마른 〈釋譜詳節 03:35a〉

49) 萬 : 萬 일만 만 〈光州千字文〉, 百曰醅 千曰千 萬曰萬 〈鷄林類事〉

字音 '만‧면'을 借用하여 차자표기에서 '만‧면'음을 표기하는 데 쓰인다. 다음에서 차자표기로서의 기능을 볼 수 있다.

德曼 一作萬 〈三國遺事 卷1, 紀異, 善德王知幾三事〉

拜內乎隱身萬隱 (모맨) 〈普賢1〉

위에서 '曼'의 대응음으로 나타나거나, '身'의 주격형에 쓰임으로써 그 뚜렷한 쓰임을 보여준다. 곧, '몸'의 말음과 주격조사 '은'이 결합하면서 생긴 '만'음을 위해 사용되고 있는 것이다. 그렇기에 다음의 '于萬(隱)'들도 '우만', '우면' 정도의 음상을 표현하고 있는 것으로 추정된다.

際于萬隱德海肹 〈普賢2〉

二于萬隱吾羅 〈禱千手觀音歌〉

曉留朝于萬夜未 〈普賢7〉

50) 每 : 每 니슬 미‧믈 미 〈訓蒙字會〉, 每 니으 미 〈光州千字文〉

字音 '미'를 借用하여 物名 등에서 '믜‧미'의 음역을 위한 字로 사용된다.

薏苡 伊乙每, 伊乙梅 〈鄕藥救急方〉

薏 율믜 의, 苡 율믜 이 〈訓蒙字會〉

이두와 구결에서는 사용되지 않았으나, 향찰표기에서는 '마'음을 표시하기 위해 2회 사용되었다.

利利每如邀里白乎隱 (찰찰마다) 〈普賢1〉

手良每如法叱供乙留 (손에마다) 〈普賢3〉

51) 旀 : 爲旀 ᄒ며 〈儒胥必知〉

國字이다. 차자표기 전반에서 '며'음을 표시하는 데 쓰이는데 이두와 구결의 몇 예를 들면 다음과 같다.

我國多字書所無之字 …… 又有有音無義之字 兺音늣 旀音며 〈晝永編〉

爲旀 ᄒ며, 況旀 ᄒ물며 〈儒胥必知〉

娚者零妙寺言寂法師在旀 姉者照文皇太后君妳在旀 妹者敬信太王妳在也 〈葛項寺石塔造成記, 785년〉

況旀 都監三千軍兵 一人有過 則無不相知 (하물며) 〈大東野乘 卷40, 光海朝日記 一, 問目, 癸丑, 五月十五日〉

受贓以 犯罪爲在乙良 贓物亦 現在爲去等 官物乙良 還官爲旀 私物乙良 給主 (환관하며) 〈大明律直解 01:25a〉

衆生乙 利樂爲旀 國土乙 莊嚴爲旀 佛乙 供養爲白旀 (衆生을 利樂하며, 國土를 莊嚴하며, 佛을 공양하오며) 〈華嚴經 09:14〉

一者 信根乙爲旀 二者 慈悲乙爲旀 三者 求欲心 無旀 四者 一切 衆生乙 攝受爲旀 (첫째는 信根으로 하며, 둘째는 慈悲로 하며, 셋째는 慾心 求함 없으며, 넷째는 一切 衆生을 攝受하며) 〈金光明經 02:22-23〉

향찰에서도 동일한 용법으로 다음과 같이 2회 나타난다.

膝肹古召旀 (고조며?) 〈禱千手觀音歌〉

手焉法界毛叱色只爲旀 (ᄒ며) 〈普賢3〉

52) 毛 : 毛 터럭 모 〈光州千字文·新增類合〉

字音 '모'를 借用하여 향찰에서 '모'음을 表示하는 데 쓰이는 것으로 보인다. '毛冬'의 형태로 자주 나타나고 있으며, 이외 동일한 음상을 지니는 '毛達只·毛叱所只·毛叱色只'이 눈에 띈다. 유사소재 향가에는 6회 나타나는데, 유사한 형태가 「普賢十願歌」에 다수 있어 해독에 이용될 수 있다. '毛' 전체의 용례를 유사한 群으로 묶으면 다음과 같다.

【毛冬 - 毛如 - 毛等】

毛冬居叱沙哭屋尸以憂音 〈慕竹旨郎歌〉　　雪是毛冬乃乎尸花判也〈讚耆婆郎歌〉

善芽毛冬長乙隱 〈普賢6〉　　毛如云遣去內尼叱古 〈祭亡妹歌〉

毛等盡良白乎隱乃兮 〈普賢2〉　　去奴隱處毛冬乎丁 〈祭亡妹歌〉

間毛冬留讚伊白制 〈普賢 2〉　　際毛冬留願海伊過 〈普賢11〉

【毛達只 - 毛叱所只 - 毛叱色只】

兒史毛達只將來吞隱 〈遇賊歌〉　　法界毛叱所只至去良 〈普賢1〉

佛伊衆生毛叱所只 〈普賢5〉　　手焉法界毛叱色只爲於 〈普賢3〉

【似梵書連布】

二尸掌音毛乎支內良 〈禱千手觀音歌〉　　此良夫作沙毛叱等耶 〈普賢1〉

衆生叱邊衣于音毛 〈普賢6〉

　이 중 '毛冬'은 '모돌'로 읽혔을 것으로 추측되는데 이두의 다음에서 유일한 동일예가 나타난다.

　　右職賞分以 酬答 毛冬敎 功業是去 有在等以 〈尚書都官貼 1262년〉

'毛達只 - 毛叱所只 - 毛叱色只' 계열의 語群은 모두 같은 의미를 띠고 있을 것이라 가정되는데, 이 역시 구결의 다음 예에서 유일한 유사례를 가진다. 구결의 문맥적 의미는 '두루'이다. 이에 대하여는 본서 〈Ⅰ.4.(2)〉에서 상술한다.

53) 夘 : '卵'의 잘못. 37) 〈卵〉항 참조.

54) 物 : 物 갓 믈 〈光州千字文〉

　한자어 그대로의 용법이다. 대체로 '物叱'의 형태로 나타난다.[69]

　　此也友物北所音叱彗 〈彗星歌〉　　生以支所音物生 〈安民歌〉

　　物叱好支栢史 〈怨歌〉　　此兵物叱沙過乎 〈遇賊歌〉

---

69) 〈普賢9〉의 '丘物叱丘物叱'는 반드시 漢字 본연의 쓰임새라 확언하기 어렵다. 양주동 (1942:838면)은 로 여겨진다. 그러나 여전히 확신할 수는 없는 곳이다.

塵塵虛物叱邀呂白乎隱　　　〈普賢2〉　　仏仏周物叱供爲白制　　　〈普賢3〉

來際永良造物捨齊　　　　　〈普賢4〉　　法界居得丘物叱丘物叱　　〈普賢9〉

이 중, 문제가 되는 것은 「彗星歌」의 '此也友物北所音'이다. 여타의 예와는 달리 '物北'으로 나타나기 때문이다. 선행연구의 정황과, '北字가 '叱'의 誤刻일 가능성은 박재민(2013a)의 63-67면에서 다룬 바 있다.

55) 未 : 昧谷縣 本百濟 未谷縣 〈三國史記 卷34, 지리〉, 未 昧也 〈三韻通考〉

字音 '미'를 借用하여 향찰에서 '미·매'音을 表示하는 데 쓰인다. 다음과 같이 6회 출현하는데 모두 'ㅁ'을 말음으로 하는 어휘의 말음으로 나타난다.

郎也慕理尸心未行乎尸道尸 〈慕竹旨郎歌〉　　心未際叱肹逐內良齊 〈讚耆婆郎歌〉

心未筆留　　　　　　　　〈普賢1〉　　今呑藪未去遣省如　　　　〈遇賊歌〉

於內秋察早隱風未　　　　〈祭亡妹歌〉　　曉留朝于萬夜未　　　　　〈普賢7〉

위는 각각 '心之道(慕竹旨郎歌)', '心之際(讚耆婆郎歌)', '心之筆(普賢1)', '於藪(遇賊歌)', '因風(祭亡妹歌)', '於夜'의 의미들로 모두 말음 'ㅁ'과 屬格 '이' 혹은 處格 '애'의 결합인 '미·매'를 표상한 것이다.[70] 선초의 다음 구절들에 대응된다.

衆生 모ᅀᆞᄆᆡ 行ᄒᆞ논 거슨 곧 三乘ㅅ 性의 ᄒᆞ고져 ᄒᆞ논 거시니 〈月印釋譜 13:44a〉

나그내 눉므를 수프레 흘료라 (客淚迸林藪)　　〈杜詩諺解 初刊 06:02b〉

드틀로 順흔 ᄇᆞᄅᆞ매 놀이둣 ᄒᆞ니　　　　　〈楞嚴經諺解 07:05a〉

아ᄎᆞᄆᆡ 色界諸天을 爲ᄒᆞ야 說法ᄒᆞ시고　　　〈月印釋譜 02:26b〉

56) 米 : 米 ᄡᆞᆯ 미 〈新增類合〉, 米 莫禮切 〈廣韻〉

字音 '메'를 借用하여 향찰표기에서 '매'음을 표시하는 데 쓰인다.

去隱春皆理米　　　　　〈慕竹旨郎歌〉　　咽嗚爾處米　　　　　〈讚耆婆郎歌〉

---

70) 「遇賊歌」의 '藪未'는 해독이 어렵다. 여타의 용례 '心', '風', '夜'와는 달리 'ㅁ'을 말음으로 가진 '藪'의 고훈을 찾기 어렵기 때문이다.

此矣有阿米次肹伊遣 〈祭亡妹歌〉　秋察尸不冬爾屋攴墮米 〈怨歌〉

自矣心米 〈遇賊歌〉　得賜伊馬落人米无叱昆 〈普賢5〉

煩惱熱留煎將來出米 〈普賢6〉　伊知皆矣爲米 〈普賢7〉

身靡只碎良只塵伊去米 〈普賢8〉

그런데 이 字와 상게한 '末'字의 구분에 대한 誤解가 존재하는 듯하다. 김완진의 다음 언급은 그러한 오해를 대표한다.

> 梁柱東의 示唆에 따라 屬格으로 쓰인 '矣, 衣'字를 조사한 결과도 '隱, 焉'字의 경우와 동일함을 著者는 확인할 수 있었거니와, 先行 形態素의 末音 'ㅁ'과의 결합으로 이루어진 '末·米'에 있어서도 비슷한 경향을 볼 수 있는 것 같다.
>
> 〈김완진(1980), 13면.〉

곧, 유사한 音價를 가진 '末·米'가 어쩌면 모음조화가 적용된 형태라는 것이다. 그러나, 이 추정은 지나치다. 왜냐하면 두 字의 쓰임은 완연히 달라, '末'는 '心·風·夜' 등의 'ㅁ'말음 어휘에 접속되어 있으며, '米'는 대체로 句節의 말미에 접속되어 있음을 보기 때문이다. 이는 두 字의 문장내에서의 문법기능이 달랐음을 시사하는 것이지 결코 모음조화로 설명될 것은 아닌 것이 된다. 곧, '米'는 선초의 다음 구절에 나타난 '명사형 'ㅁ'+격조사 '애''의 결합형태를 나타내는 字가 된다.

모매 됴흔 옷 닙고져 호매 다 제 먹논 쁘드로 드외야 나ᄂ니라 〈月印釋譜 01:32a〉

앉거나 돈니거나 호매 長常 너교ᄃ 〈月印釋譜 12:3a-b〉

57) 靡 : 靡 쓰러딜 미 〈新增類合〉, 靡 아닐 미 〈石峰千字文〉

物名·地名·吏讀·口訣 등의 차자표기에서 차자로서의 용례가 보이지 않는 字이다. 향찰표기에서 다음과 같이 1회 출현한다.

身靡只碎良只塵伊去米 〈보현8〉

이 字는 많은 연구자들이 '借字'로 풀이한 바 있으나, 문맥상 한자 본연의 자로 판단된다. 이에 대해서는 〈VIII.5.(2)〉에서 詳述한다.

58) 反 : 反 뒤혈 반 〈新增類合〉

字音 '반'을 차용하여 향찰표기에서 '볼·본'音을 表示하는 데 쓰인다. 7회의 용례 모두가 'ㅂ'을 末音으로 하는 용언의 관형형으로 쓰였다. 우선 5회의 용례를 들며 선초문헌과 대응시키면 다음과 같다.

彗星也白反也人是有叱多 〈彗星歌〉
合掌ᄒ야 부텨의 술ᄫᅡ샤ᄃᆡ 〈月印釋譜 09:49b〉

道尸迷反群良哀呂舌 〈普賢7〉
迷反群无史悟內去齊 〈普賢10〉

城을 모르샤 깊ᄂᆞᆫ 길히 입더시니 (不識堅城 則迷于行) 〈龍飛御天歌 第19章〉
깊ᄂᆞᆫ 길히 이볼씨 업더디여 사ᄅᆞᆷ쇼셔 ᄒᆞ니 〈月印千江之曲 上:60a〉
아라 녀리 그츤 이런 이본 길헤 눌 보리라 〈月印釋譜 08:87a〉

彼仍反隱 法界惡之叱佛會阿希 〈普賢6〉
普光은 너븐 光明이라 〈月印釋譜 01:8b〉

菩提叱 菓音烏乙反隱 〈普賢6〉
根마다 各各 ᄲᅮ믈 오ᅌᆞᆯ올씨 〈釋譜詳節 19:10a〉

이상에서 우리는 어렵지 않게 '反'의 기능을 확정할 수 있는 것이다. 곧, 'ㅂ'말음 형용사의 관형형을 表音하는 字인 것이다. 그런데, 다음의 '哀反'을 그간 주요 연구 업적에서는 예외적인 표기 형태로 다루어왔다.

來如哀反多羅 〈風謠〉 哀反多矣徒良 〈風謠〉

小倉進平과 양주동이 '哀反多羅'을 '서럽(哀反)+더라(多羅, 音讀)'로 읽은 후, 서재극에 이르러서는 '슬픔(哀反)+하(多, '많다'의 옛말)+羅(라, 감탄종결어미)'로 다시 수정되었고 김완진, 유창균은 서재극을 따랐다. 小倉進平과 양주동의 說은 '哀反'의 '-反'을 '럽'에 대응시켰다는 점에서 문제시되는 것이고, 서재극과 김완진의 설은 '哀反'을 명사 '슬픔'으로 보고 있기에 위에서 보이는 '反'의 일반적 쓰임새에서 벗어났다. 양희철과 신재홍이 선행한 '哀反'을 관형형으로 파악한 것은 위에서 보이는 여타의 예들을 중요시한 온당한 것이었다. 그러나, 후속 설명에서 이 관형형이 후행한 '多(곳)'을 수식하고 있는 것이라 함으로써 이 구절(哀反多羅)의 총체적 이해에 대한 한계를 드러내고 있다.

본서는 風謠의 '哀反多羅·哀反多'의 '反' 역시 위 5個處의 '反'과 동일하게 해독해야 한다고 본다. '哀'의 고훈이 '痛은 셜볼씨라〈月印釋譜 序:10a〉'로 나타나 후행하는 위의 용례와 마찬가지로 '본'으로 읽힐 것을 강하게 암시하고 있기 때문이다. 더구나, 후행한 '多羅' 역시 梵語로 '世上'이란 뜻의 명사임이 확인되기 때문이다. 이에 대한 자세한 변증은 박재민(2008)에서 행한 바 있다.

59) 白 : 臣下ㅣ 님긊긔 숣논 글와룰 表ㅣ라 ㅎᄂ니라〈月印釋譜 02:69b〉

字訓 '숣'을 借用하여 차자표기 전반에서 '습·줍·숩'의 공손선어말어미를 위해 널리 쓰였다. 이 字에 대한 언급과 이두, 구결, 향찰의 몇 예를 들면 다음과 같다.

> 大抵吏吐 臣告君賤告貴 則皆加白字 又用教是等語 是字爲字 隨勢改換爲好
> (대저 이두는 신하가 임금에게 고하거나 아랫사람이 윗사람에게 고할 경우 모두 '白'자를 더하거나 '敎是' 등의 말을 덧붙인다. '是'자와 '爲'자는 문맥에 따라 적절히 사용하는 것이 좋다.)   〈儒胥必知〉
>
> 爲白齊ㅎ숣져, 爲白遣ㅎ숣고, 是白昆이숣곤   〈儒胥必知〉
>
> 石塔伍層乙 成是白乎 願表爲遣   〈若木淨兜寺五層石塔造成形止記, 1031년〉
>
> 佛 功德乙 讚爲白去隱多中隱   〈華嚴經 08:11〉
>
> 부텻 功德을 讚歎ㅎ숩고   〈月印釋譜 02:75b〉
>
> 巴寶白乎隱花良汝隱   〈兜率歌〉

이러한 명확한 대응이 가능하기에, 소창진평에서 '白'字의 音價와 機能에 대한 이해는 이미 완결되었다고 할 수 있다.

60) 寶 : 寶 보빈 보〈新增類合〉

字音 '보'를 借用하여 人名 등에서 '보'음을 表示하는 데 쓰인다.

亡妹古寶里 〈甘山寺石造阿彌陀佛立像造像記, 720년〉
亡妹古巴里 〈三國遺事 卷3, 塔像, 南月山〉[71]
溟州五臺山寶叱徒太子 〈三國遺事 卷3, 塔像, 溟州五臺山寶叱徒太子傳記〉

이두와 구결 등에서는 쓰이지 않는 字이나, 향찰에는 2회의 용례가 있다.[72]

巴寶白乎隱花良 〈兜率歌〉 手乙寶非鳴良尔 〈普賢7〉

두 용례 모두 '보'로 볼 때, 각각 '보보(뽑아)', '보비(손을 비비다)'문맥에 일치하는 단어의 음상이 된다. 해독은 〈Ⅶ.3.(2)〉에서 다룬다.

61) 卜 : 卜定지정 〈儒胥必知〉

吏讀에서 '딘·진·지' 등의 音域을 위해 사용되는 字이다.

卜役딘역, 卜定지정, 卜役진역 〈儒胥必知〉

吏讀에서도 '卜役·卜定·卜軍·卜馬·卜物·卜數' 등의 몇 어휘에만 한정되어 쓰이며, 여타의 차자표기에서는 사용되지 않는다. 향찰표기에 다음 2회의 용례가 있는데, 모두 '지'음을 위한 것으로 추정된다. 〈Ⅳ.6.(2)〉에서 詳述한다.

淨戒叱主留卜以支乃遣只 〈普賢4〉
然叱皆好尸卜下里 〈普賢8〉

62) 攴 : 支의 異體字.

63) 夫 : 夫 짓아비 부 〈新增類合〉

字音 '부'를 借用하여 物名·地名 등에서 '부'음을 표기하는 데 사용된다.

扶餘郡者, 前百濟王都也, 或稱所夫里郡 〈三國遺事 卷2, 紀異, 南扶餘〉
藺茹 烏得夫得, 五得浮得 〈鄕藥救急方〉

---

71) 當代에 '巴'字가 '보'음을 나타내기 위해 사용되었음은 '150) 巴'항을 참조할 것.
72) '寶'字가 1회 더 나타나나 이것은 한자 본연의 쓰임새이다.
　　法性叱宅阿叱寶良 〈普賢10〉

萵苣 紫夫豆菜   〈鄉藥救急方〉

萵 부루 와, 苣 부루 거   〈訓蒙字會〉

이두, 구결, 향찰에서 문법 요소로 쓰이는 字는 아니지만, 향찰에서 '夫作'이
란 어휘를 표기하기 위해 1회 사용되고 있다.

此良夫作沙毛叱等耶 (부질)   〈普賢1〉

64) 部 : 部 우데 부〈新增類合〉, 部 거느릴 부〈訓蒙字會〉

地名·物名·吏讀·口訣의 차자표기에서 常用되지 않는 字이다. 그러나 「普
賢十願歌」에서 다음과 같이 6회 나타난다.

【部 - 주비(=무리)】
今日部伊冬衣   〈普賢2〉
今日部頓部叱懺悔   〈普賢4〉

【頓部叱 - 모두】
今日部頓部叱懺悔   〈普賢4〉
修叱賜乙隱頓部叱吾衣修叱孫丁   〈普賢5〉
吾焉頓部叱逐好友伊音叱多   〈普賢8〉
一切善陵頓部叱廻良只   〈普賢10〉

이 중, '部伊'의 '部'는 한자 본연의 字로, '頓部叱'의 '部'는 借字로 公認된다.
〈II.1.(2)〉와 〈IV.7.(3)〉에서 상론한다.

65) 弗 : 弗 덜 블 〈光州千字文〉

「遇賊歌」에 1회 나타난다. 자체로도 생소하지만 후행하여 缺字까지 있어 해
독이 어렵다. 다만, 후행하는 공백부분은 '□史'로 묶일 가능성이 높기에[73], 앞
과 결부하여 '次弗'의 형태로 상정한다.

---

73) '史'는 총 12회의 용례 중, 8회가 兒史(중)·栢史(잣)·母史(엉) 등의 말음첨기로 쓰이고 있기
   에 이로 미루어 짐작된 것이다.

次弗□史內於都還於尸朗也　　　　　　　　　　　　　　　　　〈遇賊歌〉

한편, 이 字는 차자표기에서 문법적 기능을 맡지는 않지만, 인명이나 관직명을 표기할 때, '블·불'에 해당하는 음을 나타내기 위해 쓰였다.

身生光彩 鳥獸率舞 天地振動 日月淸明 因名赫居世王 蓋鄕言也 或作弗矩內
王 言光明理世也　　　　　　　　　〈三國遺事 卷1, 紀異, 新羅始祖赫居世王〉

伊伐湌 或云伊罰干 或云于伐湌 或云角干 或云角粲 或云舒發翰 或云舒弗邯
　　　　　　　　　　　　　　　　　　　　〈三國史記 卷38, 志7, 職官上〉

이 두 예는 '赫'과 '弗'의 대응, 角과 '伐·弗'의 대응을 보여 주고 있어 '弗'의 음가가 '블'이었음을 알게 한다. '赫'은 훈 '블ㄱ-'이 '弗矩'로 나타난 것이며, 角의 훈 '뿔'이 '罰·伐·發·弗'로 나타난 것이기 때문이다.74)

66) 朋 : 朋 벋 븡 〈訓蒙字會〉, 朋 벋 븡 〈新增類合〉

吏讀나 口訣 등의 차자표기에서 常用되는 字가 아니다. 향찰표기에서는 「普賢7」의 다음 인용에서 유일하게 나타난다.

向屋賜尸朋知良闍尸也　　　　　　　　　　　　　　　　　　　〈普賢7〉

한자 본연의 쓰임새로 쓰인 正用字인데, 〈Ⅶ.6.(2)〉에서 詳述한다.

67) 非 : 非 안득 비 〈光州千字文〉, 非 아닐 비 〈新增類合〉

字音 '비'를 借用하여 地名·物名 등에서 '비'음을 나타내는 데 사용된다.

改五伽耶名 一金官[爲金海府], 二古寧[爲加利縣] 三非火[今昌寧]
　　　　　　　　　　　　　　　　　　　〈三國遺事 卷1, 紀異, 五伽耶〉

馬齒莧　金非陵音	〈鄕藥救急方〉	莧 비름	〈韓佛字典〉
蟾蜍　豆何非	〈鄕藥救急方〉	蟾 두터비 섬	〈新增類合〉
芫蔚　目非也次	〈鄕藥救急方〉		
芫 눈비얏 츙, 蔚 눈비얏 울			〈訓蒙字會〉

_____

74) '舒發·舒弗'의 '舒'는 'ㅅ'만 활용된 것이다. 곧, '뿔'의 頭音 'ㅅ'을 반영하고 있다.

吏讀와 口訣에서 문법요소로 쓰이는 字는 아니며 향가에 借字의 용례로는 다음 1회가 있다.

手乙寶非鳴良尔 (보비) 〈普賢7〉

68) 飛 : 飛 늘 비 〈光州千字文·新增類合〉

字訓 '늘'을 차용하여 口訣과 이른 시기의 吏讀에서 'ㄴ'음을 나타내는 데 쓰인다.

釋法勝法緣二僧幷內奉過去爲飛賜 (ㅎㄴ샤)
  〈永泰二年銘石造毗盧遮那佛造像記, 766년〉

量 無隱 衆生隱 菩提心乙 發爲飛多 (ㅎㄴ다) 〈金光明經 14:24〉

若叱 諸隱 菩薩是 是是 如支 用心爲飛尸入隱 (ㅎ늘든) 〈華嚴經 08:16〉

향찰에도 다음 1회의 용례가 있는데 이 역시 이두, 구결과 同軌의 용법이다.

衆生安爲飛等 (ㅎㄴ든) 〈普賢9〉

69) 史 : 史 스긔 ㅅ 〈光州千字文〉

字音 'ㅅ'를 借用하여 'ㅿ·ㅅ]'음을 표시하는 데 쓰인다. 遺事所載 향가에서는 11회나 나타나 중요한 借字로 쓰였으나,「普賢十願歌」에서는 2회 나타나 前代의 殘影만을 반영하고 있다. 이런 변화는 차자표기에서 '史'의 음가가 고유영역을 잃으면서 다른 音域으로 통합되어 갔음을 의미한다.[75]

차자표기에 나타난 몇 예와, 유사소재에 나타난 몇 용례를 들면서 正音文獻과 대응시키면 다음과 같다.

婢召史 〈尙書都官貼, 1262년〉

조이召史 〈東國新續三綱行實圖 烈女 01:86b〉

---

[75]「普賢十願歌」의 2회 용례는 다음과 같은데, 특히 「普賢10」의 '无史'는 '史'음이 'ㅅ]'에서 '시'로 흡수되어 갔음을 示唆하고 있다.
  命乙施好尸歲史中置 〈普賢8〉, 迷反群无史悟內去齊 〈普賢10〉

김조이金召史 〈同, 烈女 01:87b〉

니조이李召史 〈同, 烈女 02:64b〉

손조이孫召史 〈同, 烈女 02:72b〉

齒齼　齒所叱史如 〈鄕藥救急方〉

牙醋　니싀여 곱다 〈方言類釋〉

皃史 〈慕竹旨郞歌・讚耆婆郞歌・怨歌・遇賊歌〉

貌 즛 모 〈光州千字文〉

다숫 羅刹女ㅣ 골업슨 즛을 지사 눈에 블 나아 번게 곧ᄒᆞ니 〈月印釋譜 07:22b〉

栢史 〈怨歌・讚耆婆郞歌〉

栢 잣 빅 〈歷代千字文〉

母史 〈安民歌〉

思母曲 — 俗稱 엇노리 〈時用鄕樂譜〉

그 穀食을 주서 어싀를 머기거늘 〈月印釋譜 02:12b〉

70) 沙 : 沙 몰애 사

字音 '사'를 차용하여 차자표기 전반에서 '사・사'음을 표시하는 데 쓰인다. 物名과 이두에서 다음

蔾蘆朴沙伊박새 〈三國遺事 卷3, 興法, 阿道基羅〉

蔾蘆朴沙伊박새 〈牛馬羊猪染疫病治療方〉

麥門冬 冬乙沙伊・冬沙伊(겨우사리) 〈鄕藥救急方〉

爲沙ᄒᆞᆺ, 是沙잇, 乙沙을ᆺ 〈儒胥必知〉

前排鐘亦 水金沙 余良 破不用爲去乎 〈丁巳銘尙州安水寺鍾, 1283년〉

須只 本夫亦 自告爲良沙 坐罪 (須夫自告乃坐) 〈大明律直解 20:10b〉

須只 放火處良中 執捉爲 形迹明白爲在乙沙 坐罪齊 (須於放火處捕獲有現跡證驗明白者乃坐) 〈大明律直解 26:4b〉

과 같이 쓰이고 있으며, 향찰에서도 총 15회 출현하여 13회처에서 音借字로 쓰

이고 있다. 몇 예를 들면 다음과 같다.

> 入良沙寢矣見昆 〈處容歌〉,　一等沙隱賜以古只內乎叱等邪　〈禱千手觀音歌〉

한편, '沙'는 때로는 한자 본연의 쓰임새로 쓰이기도 하였다. 다음과 같은 구절이다.

> 行尸浪□阿叱沙矣以支如支 〈怨歌〉,　沙是八陵隱汀理也中　〈讚耆婆郞歌〉

그러나 선행연구에서 이 구절들은 때로는 借字로 여겨져 해독되기도 하였다. 특히 「讚耆婆郞歌」의 '沙是八陵隱'은 연구자에 따라 소창진평이 여긴 '모래'와 양주동(1942:336-337면)이 여긴 '새파란'의 두 계열로 나뉘어 연구되어 왔다. 이 문제는 문맥과 통사적 상황을 고려하여 해독되어야 할 곳인데 자세한 변증은 박재민(2013a)의 283-287면에서 행한 바 있다.

71) 邪 : 邪 샤특 샤 〈新增類合〉

字音 '샤·샤·야'를 借用하여 향찰표기에서 '야'음을 表記하는 데 쓰인다. 「普賢十願歌」에는 용례가 없고 오직 유사소재 향가에서만 7회 나타난다.

阿邪也	〈禱千手觀音歌〉
阿邪	〈願往生歌〉
達阿羅浮去伊叱等邪	〈彗星歌〉
一等沙隱賜以古只內乎叱等邪	〈禱千手觀音歌〉
耆郞矣兒史是史藪邪	〈讚耆婆郞歌〉
露曉邪隱月羅理	〈讚耆婆郞歌〉
烽燒邪隱邊也藪耶	〈彗星歌〉

이 '邪'가 향찰의 다른 용례에 나타난 '耶·也'와 대응함은 '耶' 항에서 함께 다룬다.

72) 賜 : 賜 우희서 줄 亽 〈新增類合〉, 郁李 山叱伊賜羅次 〈鄕藥救急方〉, 櫻 이亽랏 잉 〈訓蒙字會〉

當代音 '시'를 借用하여 차자표기에서 '시'음을 표시하는 데 쓰인다. 주체존대의 선어말어미 '시'를 專擔하는 字로 향찰과 이두, 구결에 용례가 매우 많다. 이두의 초기 一例와, 향찰의 몇 용례만 들면 다음과 같다.

皇龍寺 緣起法師 爲內賜 第一 恩賜父願爲 爲內弥

〈新羅華嚴經寫經造成記, 755년〉

慕人有如白遣賜立　　　〈願往生歌〉　　　吾肹不喻慚肹伊賜等　　　〈獻花歌〉

十方叱仏体閼遣只賜立　〈普賢4〉　　　法界滿賜隱仏体　　　〈普賢1〉

한편, 이 字의 정확한 當代音에 대하여는 아직 학계의 완전한 合意가 없다. 그러나 대체로 '사' 혹은 '시'음이었다는 것에는 이견이 없다.

73) 尙 : 漢字 - 尙宅

한자 본연의 쓰임새로 쓰인 正用字이다. 향찰에 '尙宅'의 형태로 1회 나타난다.

安攴尙宅都乎隱以多　　　　　　　　　　　　　　　　〈遇賊歌〉

연구자에 따라 '식(양주동, 1942:670면)', '식(신재홍)' 등으로 읽기도 하였으나, 불가의 관용구 '火宅', '安宅' 등으로 볼 때, 불가적 한자어로 판단된다. 박재민 (2013a)의 300-303면에서 상론한 바 있다.

74) 色 : '巴'의 誤字

'色'은 吏讀, 口訣 등의 차자표기에서 常用되지 않는 字이다. 物名・地名 등에서도 차자로 사용된 용례가 없다. 그렇기에 「보현3」에서 唯一하게 나타나는 다음의 '色'은 연구자들의 苦心을 샀다.

手焉法界毛叱色只爲旀　　　　　　　　　　　　　　〈普賢3〉

소창진평이 이를 吏讀의 다음 용례들

爲巴只ᄒ두록　　　　　　　　　　　　　　　　　〈儒胥必知〉

限日亦已過爲巴只決斷不冬爲在乙良杖六十齊　　　〈大明律直解 28:18b〉

限日亦已過爲巴只行刑不冬爲在乙良各杖六十齊　　　　　　〈大明律直解 28:19a〉

에 나타나는 '巴只'와 관련시켜 '도록'으로 읽은 이래 양주동(1942:728면), 유창균 (1994:921면) 등 대부분의 연구자들이 이에 공감했다. 이 자가 다음 용례

　　法界毛叱所只至去良　　　　　　　　　　　　　　　　〈普賢1〉
　　仏伊衆生毛叱所只　　　　　　　　　　　　　　　　　　〈普賢5〉

와 밀접한 관련을 지니고 있고, 또 口訣에 보이는 'ㄹ〻巴〻[毛爲巴只]'와도 밀접한 관련을 지니고 있음은 〈I.4.(2)〉에서 詳述한다.

75) 闓 : 闓 音西 俗訓遺失曰闓失 〈五洲衍文長箋散稿, 詩文篇・論文類, 文字, 東國土俗字辨證說〉

　　國字로 음은 '셔[西]', '闓失'의 형태로만 사용된다.

　　闓失 셔실ᄒ다　　　　　　　　　　　　　　　　　　　〈廣才物譜 物性:4a〉
　　天使時所用鍮器 藏儲南別宮矣 逆适之變 盡爲闓失
　　　　　　　　　　　　　　　　　　　　　　〈承政院日記, 仁祖3年, 2月 7日〉
　　今則各物入用於彼人例情 亦多腐傷闓失之弊.
　　　　　　　　　　　　　　　　　　〈萬機要覽, 財用編五, 歲幣, 歲幣各種〉

　　吏讀, 口訣에서 전혀 쓰이지 않았고 향찰에 다음

　　向屋賜尸朋知良闓尸也　　　　　　　　　　　　　　　　〈普賢7〉

과 같이 1회 나타나는데, 해독이 어려운 곳이긴 하나 正用字로 추정된다. 〈Ⅶ.6.(3)〉에서 詳述한다.

76) 㵛 : 善과 同字. 陵을 볼 것.

　　「遇賊歌」에서 유일하게 보이는 字이다.

　　唯只伊吾音之叱恨隱㵛陵隱　　　　　　　　　　　　　〈遇賊歌〉

「普賢十願歌」에는 '善陵'으로 2회 나타나는데, 모두 '功德'의 의미를 지닌 어휘로 판단된다.

一切善陵頓部叱廻良只　　　　　　　　　　　　　〈普賢10〉

向乎仁所留善陵道也　　　　　　　　　　　　　　〈普賢11〉

77) 舌 : 舌 혀 셜 〈新增類合〉

吏讀나 口訣 등의 차자표기에서는 사용되지 않는 字로, 地名에서 매우 드물게 고유어를 표기하는 차자로 쓰인 것이 보인다.

花園縣 本舌火縣　　　　　　　　　　〈三國史記 卷34, 雜志, 地理〉

西林郡 本百濟 舌林郡　　　　　　　　〈三國史記 卷36, 雜志, 地理〉

향찰에서는 「보현7」에서 유일하게 나타난다.[76]

道尸迷反群良哀呂舌　　　　　　　　　　　　　〈보현7〉

이때의 '舌'은 훈이 '혀'라는 점, 또 文末에 오고 있다는 점에 비추어 볼 때, 다음의 '兮'와 동일한 기능을 하는 字로 추정된다.

毛等尽良白乎隱乃兮　　　　　　　　　　　　　〈普賢2〉

皆仏体置然叱爲賜隱伊留兮　　　　　　　　　　〈普賢8〉

78) 省 : 省 슬필 셩 · 조릴 싱 〈新增類合〉

省은 원래음이 '셩 · 싱'이나 삼국시대의 지명에서는 '소 · 솔'로 나타난다. 이는 當代표기인 향찰에서도 '소'로 쓰였을 가능성이 높음을 의미한다. 申景濬(1712~1781)은 『旅菴遺稿』에서 이 字의 한국식 音價를 다음과 같이 자세히 고증하고 있다.

或雜以俚俗字音, 或由於方言訛傳, 而有其名之眩亂變遷者. …… 如省之爲所

---

76) 총 2회 나타나지만, 다음은 한자 본연의 쓰임새이다.

南无佛也白孫舌良衣 (혀에) 〈普賢2〉

乙 方言呼省爲所, 如所夫里爲省津, 又俗音所與蘇同, 故買省郡爲來蘇郡, 省
大郡爲蘇泰郡, 所今轉爲所乙, 如今嶺南之省峴, 稱以所乙峴, 至於物名, 梳省
亦稱以梳所乙.　　　　　　　　　　　　　　　〈旅菴遺稿 卷3, 序, 疆界誌序〉

'省'의 音이 '소'라는 그의 고증은 다음의 地名들로도 다시 한번 확인된다. 金
(쇠)·蘇·忽('솔'의 變音)에 대응됨을 보이는 것이다.

省良縣 今金良部曲　　　　　　　　　　　　　〈三國史記 卷34, 雜志3, 地理1〉
來蘇郡 本高句麗 買省縣　　　　　　　　　　〈三國史記 卷35, 雜志4, 地理2〉
蘇泰縣 本百濟 省大兮縣　　　　　　　　　　〈三國史記 卷36, 雜志5, 地理3〉
買省郡 一云馬忽　　　　　　　　　　　　　　〈三國史記 卷37, 雜志6, 地理4〉

이 '省'은 향찰의 「遇賊歌」에서 유일하게 나타난다. 역시 '소'음을 가지며 중세
국어의 강세선어말어미 '소'에 대응하는 것으로 파악된다. 용례는 다음과 같다.

今呑藪未去遣省如　　　　　　　　　　　　　　　　　〈遇賊歌〉

79) 召 : 召 브를 죠 〈新增類合〉

「禱千手觀音歌」에 1회 출현하는 字로, 소창진평(1929:192면)은 訓借字로 여
겨 '브리'로 읽었고, 양주동(1942:456면)은 音借字로 여겨 '조'로 읽었다. 곧, 주변
字와 결합하여 소창진평은 '무릎을 고브리며(구부리며)'로, 양주동은 '무릎을 고
조며(곧추 세우며)'로 읽은 것이다. 용례는 다음과 같다.

膝肹古召旀　　　　　　　　　　　　　　　　　〈禱千手觀音歌〉

이 후의 연구 역시 '음차'와 '훈차' 중 택일하여 진행되고 있다. '召'가 한자
본연의 쓰임새가 아닌 이상, 둘 중의 하나일 수밖에 없는 것이다. 그럴 경우,
'召'는 차자표기에서 訓借된 예가 없음을 알게 되고, 또, 의외로 音借로는 용례가
많은 字임을 알게 된다. 신라시대의 地名, 고려시대의 物名, 조선시대의 人名에
걸치며 모두 '조'음을 表示하는 음차자로 쓰이고 있다.

조이召史　〈東國新續三綱行實圖 烈女 01:86b〉　김조이金召史　〈同, 烈女 01:87b〉
니조이李召史　　　　〈同, 烈女 02:64b〉　손조이孫召史　〈同, 烈女 02:72b〉

牡蠣甲 　屈召介 　　　　　　　　　　　　　　　　　　　　〈鄕藥救急方〉

ᄂᄆ자기 구조개랑 먹고 　　　　　　　　　　　　　　　　〈樂章歌詞, 靑山別曲〉

買召忽縣 一云彌鄒忽 　　　　　　　　　　　　〈三國史記 卷37, 志, 地理〉[77]

孝照一作昭 　　　　　　　　　　　　　　　　〈三國遺事 卷3, 塔像, 臺山五萬眞身〉

이외, 申景濬(1712~1781)의 지적도 우리말의 차자표기에서 '召'字는 주로 '조'
의 음차로 쓰이는 자임을 알리는 좋은 근거가 된다.

> 或雜以俚俗字音, 或由於方言訛傳, 而有其名之眩亂變遷者. 如良與羅同召與
> 祚同 俚俗良字之音同羅, 召字之音同祚, 如阿瑟羅州之羅亦作良, 加祚縣之祚
> 本作召 　　　　　　　　　　　　　　　　　　〈旅菴遺稿 卷3, 序, 疆界誌序〉

그렇다면 '召'는 아무래도 '조'로 상정한 채 해독에 임해야 하지 않을까? 기상
천외의 해독보다는 일반적 통례에 순조로운 해독이 설득력이 높다고 본서는 여
긴다. 따라서 "膝肹古召旀"는 '무릎을 고조며'로 읽힐 구절이라 판단한다.

80) 所 : 所 바 소 〈光州千字文〉

차자표기에서, 字音 '소'를 借用하여 '소'음을 위해서 쓰기도 하고, 字訓 '곳'을
借用하여 '곳'音을 위해 쓰기도 한다.

羊蹄所乙古叱솔옷 　　　　　　　　　　　　　　　　〈牛馬羊猪染疫病治療方〉

羊蹄根 鄕名所乙串 　　　　　　　　　　　　　　　　〈鄕藥採取月令, 12月採〉

黃芩 所邑朽斤草 精朽草 　　　　　　　　　　　　　　　　　　〈鄕藥救急方〉

齒齻 齒所叱史如 　　　　　　　　　　　　　　　　　　　　　〈鄕藥救急方〉

牙醋 니 싀여 곱다 　　　　　　　　　　　　　　　　　　　　〈方言類釋〉

유사소재에서 '所音'의 형태로 2회 나타나는데 소창진평만 '밤'으로 읽을 뿐

---

77) 이 대응관계는 '召'가 '추(鄒)'음을 위해 사용되었다는 근거가 아니다. 오히려 鄒가 '조'음에
　사용된 근거이다. 다음의 대응관계로 알 수 있다.

　　未鄒尼叱今一作未祖 又未古〈三國遺事 卷1, 紀異, 味鄒王〉

　　朱蒙 一作鄒蒙〈三國遺事 王曆〉

여타의 연구에서는 모두 '솜(슴)'으로 읽고 있다. 판단하기 어려운 부분이다. 용
례는 다음과 같다.78)

此也友物北所音叱彗叱只有叱故   〈彗星歌〉

窟理叱大肹生以支所音物生   〈安民歌〉

81) 孫 : 孫 손즈 손〈新增類合〉

吏讀나 口訣에서는 상용되지 않는 字이지만, 향찰에서는 다수 사용된 字이
다. 字音 '손'을 차용하여 '손'음이 필요한 곳에 사용한 音借字이다.

南无佛也白孫舌良衣   〈普賢2〉

礼爲白孫隱仏体刀   〈普賢10〉

修叱賜乙隱頓部叱吾衣修叱孫丁   〈普賢5〉

皆吾衣修孫   〈普賢10〉

82) 手 : 手 손 슈〈光州千字文〉

향찰에 7회 출현하는 '手'자 중,「獻花歌」의 다음 구절로 인해 '訓借字' 說이
생겨나 있다.79) 곧, '~ㄹ손'의 '손'으로 보기도 하였다.

執音乎手母牛放教遣   〈獻花歌〉

이 설은 양주동(1942:208-211면)이 제안하였고, 현재는 김완진(1980:69면)이
이를 따랐을 뿐, 후대 연구자들의 동조는 뜨겁지 않다. 본서 역시 부정적인 입장
에 서 있다. 아무래도 이곳은 '執·手·母牛·放'으로 이어지는 意味網을 중시

---

78) 〈普賢十願歌〉에는 다음의 3회 용례가 있다. 〈普賢11〉은 한자 본연의 쓰임새로 여겨지나
    나머지 두 용례는 '毛叱所只'의 관용구로 나타나 해독에 어려움을 준다. '毛叱所只'은 '毛'項
    에서 자세히 다루었다.

    法界毛叱所只至去良 〈普賢1〉

    佛伊衆生毛叱所只 〈普賢5〉

    向乎仁所留善陵道也 〈普賢11〉

79) 나머지 6회는 명백한 '손(手)'의 의미로 해독에 문제가 없다.

해야 할 구절인 것이다. '암소(母牛)를 잡고(執) 놓는(放)' 정황에서 자연스레 출현한 '手'를 굳이 어법상으로도 부합하지 않는 'ㄴ손'80)에 附會할 이유는 없다. 더구나, 여타의 용례에서 보이듯이 '手'는 모두 한자 본연의 쓰임새로 나타남을 고려할 때, 이 구절 역시 그에 준하여 해독하는 것이 순리로 여겨진다.

83) **數** : 數 수고슴 수 〈新增類合〉

物名에서 드물게 사용되기는 하지만, 吏讀 · 口訣 등을 비롯한 차자표기에서 常用되지 않는 字이다. 한편, 향찰 표기에서는 다음과 같이 2회 나타난다. 이 중, 「慕竹旨郞歌」는 한자어 그대로의 '年數'로 해독에 문제가 없으나 「彗星歌」의 경우는 난해구가 되어 있다.

兒史年數就音墮支行齊　　　　　　　　　　　　　〈慕竹旨郞歌〉
月置八切爾數於將來尸波衣　　　　　　　　　　　〈彗星歌〉

84) **藪** : 藪 숩 수 〈新增類合〉

향찰에만 독특하게 나타나는 字이다. 다음

烽燒邪隱邊也藪耶　　　　　　　　　　　　　　　〈彗星歌〉
今呑藪未去遣省如　　　　　　　　　　　　　　　〈遇賊歌〉
耆郞矣兒史是史藪邪　　　　　　　　　　　　　　〈讚耆婆郞歌〉

에서 3회 나타나는데, 2회는 한자 본연의 의미 '숲'으로 단정된다. 「彗星歌」나 「遇賊歌」는 각각 봉화를 피우는 곳, 영재가 산적을 만난 곳으로 문맥에 타당하기 때문이다. 그러나 「讚耆婆郞歌」의 경우는 諸家의 견해가 다르다. 양주동 (1942:344-345면)은 '이슈라(有)'의 '슈'를 사용한 글자로 보았고, 김완진(1980:88면)의 경우 한자 본연의 의미를 지닌 '숲'으로 해독하였다. 지명에 다음과 같이 드물게 사용되나, 기본적으로는 한자 본연의 의미일 가능성이 높은 字이다.

藪川縣 本高句麗 藪狌川縣 景德王改名 今和川縣

---

80) 'ㄹ손'이라면 재고의 여지가 있으나 'ㄴ손'은 어법상으로도 이해가 어렵다.

85) 尸 : ㄹ

尸는 연구초기부터 이미 'ㄹ'音을 表示한 字로 정당히 파악되어 있다. 소창진 평과 양주동의 언급을 들면 다음과 같다.

> 「ㄹ」은 목적격 '을·율'등을 표하는 일도 있으며 'ㄹ'을 대신하여 쓰이는 일도
> <small>〈小倉進平(1929), 128면.〉</small>

> '尸' 略音借「ㄹ」. 「尸」의 原音은 「시」임으로 元來「시」又는 「ㅅ」에 音借된 다.…그러나 一方 古地名의 許多한 「尸」字는 「시·ㅅ」아닌 「ㄹ」音에 使用되 엿으니
> <small>〈양주동(1942), 93-94면.〉</small>

목적격을 위하였다는 점에서 두 견해가 차이를 가지나 '尸'가 'ㄹ'음을 표하고 있다는 공통의 지적은 차자표기와 언해서의 古訓을 대조해 볼 때 이견이 있을 수 없다. 우선 三國遺事에 'ㄹ'음을 표한 것으로 여겨지는 다음 용례들이 있으며,

岬城郡 本百濟 古尸伊縣 <small>〈三國史記 卷6, 지, 지리〉</small>

皆方言也 岬 俗云 古尸 故或云 古尸寺 猶言岬寺也
<small>〈三國遺事 卷4, 義解, 圓光西學〉</small>

谷 골 곡 <small>〈訓蒙字會〉</small>

安賢縣 本阿尸兮縣 一云阿乙兮 <small>〈三國史記, 地理〉</small>

文峴縣 一云 斤尸波兮 <small>〈三國史記, 지리〉[81]</small>

향가 전체에서도 'ㄹ'을 말음으로 하는 명사에 호응되어 나타난다.

二尸掌音毛乎攴內良 <small>〈禱千手觀音歌〉</small>

二는 둘히라 <small>〈月印釋譜 01:18b〉</small>

道尸掃尸星利望良古 <small>〈彗星歌〉</small>

道尸迷反群良哀呂舌 <small>〈普賢7〉</small>

道는 길히라 <small>〈楞嚴經諺解 07:28a〉</small>

仏体叱海等成留焉日尸恨 <small>〈普賢10〉</small>

---

81) '文'과 '斤尸'가 대응하고 있는데, 文의 훈은 '글'을 표기한 것이다.

    文 글월 문 〈訓蒙字會〉

日 날 일 〈新增類合〉

구결에서도 간혹 'ㄹ'의 말음을 위해 나타나 'ㄕ'의 음이 'ㄹ'임을 뒷받침한다.

菩薩尸中 能支 恩德乙 知飛立 (보살) 〈華嚴經 06:10〉

菩薩隱 十尸 種 行乙 〈華嚴經 18:18〉

十善은 열 가짓 됴흔 이리니 〈月印釋譜 01:25b〉

億은 열 萬이라 〈月印釋譜 01:39b〉

그러나 'ㄕ'가 왜 'ㄹ'음을 위해 차자표기에서 사용되었는지는 연구자 모두의 고심거리이다. 양주동과 유창균의 견해를 소개하면 다음과 같다.

> 'ㄕ' 略音借 「ㄹ」. 「ㄕ」의 原音은 「시」임으로 元來 「시」 又는 「ㅅ」에 音差된다. … 그러나 一方 古地名의 許多한 「ㄕ」字는 「시·ㅅ」아닌 「ㄹ」音에 使用되엿으니… '羅字說·良字說·盧字說'(이 있다.) …「ㄕ」가 羅·良·盧」三字中 何者의 省文인지 遽斷키難하나 詞腦歌其他의 用例로보아 「羅」字說을 取한다. 〈양주동(1942), 93-97면.〉

> 신라에 있어서의 'ㄕ'는 다음과 같다고 할 수 있다. "ㄕ: (前期) 리/ㄹ, (中期) 시(ㅅ), 後期 시(ㅅ)" 〈유창균(1994), 164면.〉

86) 是 : 是 이 시 〈光州千字文〉

字訓 '이'를 借用하여 차자표기 전반에서 '이(리)'음을 표시하는 데 쓰인다. 용례가 매우 많은데 추려 보이면 다음과 같다.

是遣 이고, 是如 이다, 是乃 이나, 是良置 이라두 〈儒胥必知〉

擣汁二升是乃 或三升是乃 牛口良中 灌注爲乎矣 〈牛馬羊猪染疫病治療方 3a〉

自毗盧遮那是 等覺去世爲尒 誓內之 〈永泰二年銘石造毗盧遮那佛造像記, 766년〉[82]

杖六十是去等 降職一等 七十是去等 降職二等 八十是去等 降職三等 九十是去等 降職四等 〈大明律直解 01:10b〉

---

82) 이곳의 '是'에 대한 규정이 아직 진행 중인 듯하다. 서종학(1991)의 해석은 "스스로 毗盧遮那인 等覺으로 세상을 떠나도록"인데, 의미가 잘 와 닿지 않는다. 그러나 이 字가 최소한 文法的 借字인 것은 분명하기에 嚆矢로 삼았다.

天地之間 萬物之中厓 唯人伊 最貴爲尼 所貴乎人者隱 以其五倫是羅 (천지간 만물 중에 오직 사람이 가장 귀하니 사람에게서 귀한 바는 오륜이라)

향찰에 출현한 11회의 용례 역시 대부분 '이'를 위해 쓰이며 가끔 '리'음을 위해 쓰이기도 한다. 기능별로 정리해 보면 다음과 같다.[83]

【주격의 '이'】

民是愛尸知古如 〈安民歌〉 彗星也白反也人是有叱多 〈彗星歌〉

沙是八陵隱汀理也中 〈讚耆婆郎歌〉 雪是毛冬乃乎尸花判也 〈讚耆婆郎歌〉

【계사 '-이(다)'】

脚烏伊四是良羅 〈處容歌〉 本矣吾下是如馬於隱 〈處容歌〉

【종결어미 '리'】

逢烏支惡知作乎下是 〈慕竹旨郎歌〉 宿尸夜音有叱下是 〈慕竹旨郎歌〉

【末音添記 '이'】

此地肹捨遣只於冬是去於丁 〈安民歌〉

道修良待是古如 〈祭亡妹歌〉

【似梵書連布 '잇(有)의 代用'】

耆郎矣兒史是史藪邪 〈讚耆婆郎歌〉

87) 阿 : 阿 쑴 아 〈新增類合〉

字音 '아'를 借用하여 차자표기에서 '아'音을 表示하는 데 쓰인다. 우선 다음의 互換으로 當代의 음가를 알 수 있다.

阿道基羅 一作我道 又阿頭 〈三國遺事 卷3, 興法, 阿道基羅〉

향찰표기에서는 9행의 첫머리에 오는 嗟辭에 '阿耶〈讚耆婆郎歌・遇賊歌・普賢3・普賢11〉, 阿邪・阿邪也〈願往生歌・禱千手觀音歌〉, 阿也〈祭亡妹歌〉' 등으로 쓰이고 있음을 보며, 이외, 처소격과 어간말음, 매개모음 등 쓰임이 다양

---

83) 이점은 이두와 유사하다. 이승재(1991)가 이미 지적하였듯이 고려 이두 '成是・令是・邀是・立是' 등은 각각 '이리・시기・모리・세'에 대응됨을 본다.

하다. 嗟辭를 제외한 용례를 모두 들면 다음과 같다.

【처소격】

行尸浪阿叱沙矣以支如支   〈怨歌〉

法界惡之叱佛會阿希   〈普賢6〉

法性叱宅阿叱寶良   〈普賢10〉

【매개모음】

此矣有阿米次肹伊遣   〈祭亡妹歌〉

兒史沙叱望阿乃   〈怨歌〉

슬허 브라아셔 王孫을 思憶ㅎ노라 悵望思王孫   〈杜詩諺解 初刊 06:50a〉

【似梵書連布語】

民焉狂尸恨阿孩古   〈安民歌〉

阿冬音乃叱好支賜烏隱   〈慕竹旨郎歌〉

達阿羅浮去伊叱等邪   〈彗星歌〉

88) 惡 : 惡 모딜 악 〈光州千字文〉

字音 '악'을 借用하여 향찰에서 '악·아'음을 表示하는 데 쓰인다. 차자로서는
향찰에 11회 출현하며 處所의 '아', 强勢詞의 '악' 두 용도로 쓰인다.[84]
이 중 처소의 '惡'은 다음과 같은데

逸烏川理叱磧惡希   〈讚耆婆郎歌〉   一念惡中涌出去良   〈普賢2〉

法界惡之叱佛會阿希   〈普賢6〉   衆生叱海惡中   〈普賢10〉

이는 향찰에 나타나는 '阿希·衣希·良中·良衣'과 함께 수의적으로 채택되
어 쓰이던 '處所格'의 문법형태들로 斷定된다.[85]

强勢의 '악'은 다음의 용례들에서 보인다.

---

84) 다음의 세 용례는 한자 본연의 쓰임새로 쓰여 '惡寸'의 형태로 나타난다.
　　造將來臥乎隱惡寸隱 〈普賢4〉, 惡寸習落臥乎隱三業 〈普賢4〉, 懺爲如乎仁惡寸業置
　　〈普賢10〉
85) 이들의 망라는 '也'項을 참조할 것.

㉠

直等隱心音矣命叱使以惡只　〈兜率歌〉　功德叱身乙對爲白惡只　〈普賢2〉

一等下叱放一等肹除惡支　〈禱千手觀音歌〉

此肹喰惡支治良羅　〈安民歌〉

逢烏支惡知作乎下是　〈慕竹旨郎歌〉

㉡

國惡支持以□支知古如　〈安民歌〉　國惡太平恨音叱如　〈安民歌〉

위의 ㉠에 예시된 용례들 '브리어, ᄒᆞ숩아, 덜어, 먹여, 맞보아' 등의 의미를 가질 것들인데, 수의적으로 '브리악(使以惡只), ᄒᆞ숩악(爲白惡只), 덜악(除惡支), 먹악(喰惡支), 맞보악(逢烏支惡)'으로 표기되어 있음을 본다. 이는 吏讀나 선초의 문헌에 殘存하는 다음의 강세사에 해당하는 것들이 된다.

凡姦邪之徒亦 無罪人乙 死地良中 陷落爲只 爲上前讒訴爲在乙良 斬齊 (무릇 간사한 무리가 無罪者를 死地에 빠뜨려 上前에 참소하거든 베고, 凡姦邪進讒言左使殺人者斬)　〈大明律直解 02:8a〉

圖로뻐 님금의 받ᄌᆞᆸ곡 鳳ᄋᆞ로뻐 큰 道理를 드리웍 (圖以奉至尊 鳳以垂鴻猷)　〈杜詩諺解 初刊 17:02a〉

ᄒᆞ다가 分別性이 드트를 여희악 體 업ᅀᅮᆯ딘댄　〈楞嚴經諺解 01:90a〉

제 子細히 ᄉᆞ랑ᄒᆞ약 哀慕를 죠히 말라　〈楞嚴經諺解 02:54a〉

너희 出家ᄒᆞ거든 날 브리곡 머리 가디 말라　〈釋譜詳節 11:37a〉

王이 더욱 슬허 니ᄅᆞ샤ᄃᆡ 이 네 가짓 願은 녜록브터 일우니 업스니라　〈釋譜詳節 03:21b〉

89) 安 : 安 편안 안 〈新增類合〉

차자표기 전체에서 借字로 쓰이지 않는다.[86] 그렇기에 향찰의 다음 3회의 용례 모두 한자 본연의 의미로 쓰였을 것으로 여겨진다.

---

[86] 三國史記에 나타난 地名을 보면, 改名 이전의 名稱에서는 결코 '安'이 나타나지 않는다. 항상 改名 후의 명칭에서만 나타나는데, 이로 '安'은 차자로서는 활용이 기피된 字임을 알 수 있다. 몇 예를 든다.

　安賢縣 本阿尸兮縣, 喜安縣 本百濟 欣良買縣, 道安縣 本刀良縣 등 〈三國史記, 地理〉

白雲音逐于浮去隱安支下　　　　　　　　　　　　　〈讚耆婆郎歌〉

安支尚宅都乎隱以多　　　　　　　　　　　　　　　〈遇賊歌〉

衆生安爲飛等　　　　　　　　　　　　　　　　　　〈普賢9〉

　그런데 선행연구에서 이 字는 借字로 전제되어 해독되었다. 그것은 「讚耆婆
郎歌」의 '安支下'가 관형형의 수식을 받는 말이기에 취한 입장이었을 것이다.
확실히 「讚耆婆郎歌」의 해당구절은 온당한 이해에 어려움이 있다. 그러나 「遇
賊歌」의 경우는 '편히' 정도의 문맥을 이룰 수 있음을 본다. 후행하는 '尚宅'이
불가의 '火宅' 등에 잘 대응되면서 한자 그대로의 의미로 파악될 여지가 많기
때문이다. 이에 대해서는 박재민(2013a)의 300-303면에서 다룬 바 있다.

90) 閼 : 閼 일 주글 알 〈新增類合〉

　字音 '알'을 借用하여 고유 지명과 고유 인명에서 '알'音을 나타내는 데 사용되
었다.

閼英井[一作娥利英井]　　　　　　　　　〈三國遺事 卷1, 紀異, 新羅始祖赫居世王〉

閼智卽鄕言小兒之稱也　　　　　　　　　　〈三國遺事 卷1, 紀異, 金閼智脫解王代〉

古有六村 一曰 閼川楊山村　　　　　　　　〈三國遺事 卷1, 紀異, 新羅始祖赫居世王〉

이두와 구결에서는 常用되지 않았으나, 향찰에 1회의 용례가 있다.

十方叱仏体閼遣只賜立 (알곡사셔)　　　　　　　　　　〈普賢4〉

이 音이 '知'의 훈인 '알-'을 표기한 字임은 〈IV.8.(2)〉의 예시를 볼 것.

91) 也 : 也 입겻 야 〈新增類合〉, 芜蔚 : 目非也次・目非阿次 〈鄕藥救急方〉, 芜 눈비
얏 츙 〈訓蒙字會〉

　字音 '야'를 借用하여 향찰에서 '아・이・야'音을 표시하는 데 쓰인다. 한자
본연의 종결어미적 쓰임새와 유사한 경우가 향찰에 다수 있으며, 단순히 音借되
기도 한다. 감탄적 기능으로 쓰인 용례는 다음과 같다.

郎也慕理尸心未o行乎尸道尸 (랑이시여!)　　　　　　　　〈慕竹旨郎歌〉

雪是毛冬乃乎尸花判也	(-- 花判이여!)	〈讚耆婆郎歌〉
仰頓隱面矣改衣賜乎隱冬矣也	(-- 겨울이여!)	〈怨歌〉
世理都□之叱逸烏隱第也	(-- 제여!)	〈怨歌〉
次弗□史內於都還於尸朗也	(郎이시여!)	〈遇賊歌〉
南无佛也白孫舌良衣	("南無佛이시여!")	〈普賢2〉
伊於衣波最勝供也	(最勝의 供養이로다!)	〈普賢3〉
向乎仁所留善陵道也	(善陵(功德)의 길이로다!)	〈普賢11〉

한편, '也'가 열거의 연결어미 역할을 하는 예도 나타난다. 다음 3회의 용례가
그것이다.

君隱父也 臣隱愛賜尸母史也 民焉狂尸恨阿孩古爲賜尸知 (君은 父야 臣은 母
야 民은 아이고 하살다)   〈安民歌〉

灯炷隱須弥也 灯油隱大海逸留去耶 (灯炷는 須弥야 灯油는 大海이로구나)
                                                                      〈普賢3〉

此如趣可伊羅行根 向乎仁所留善陵道也 伊波普賢行願 又都仏体叱事伊置耶
(이렇게 기뻐 이렇게 가면 향한 바로 공덕도요, 伊波한* 普賢行願 또 부처
일이도다.)   〈普賢 11〉

각각 대등한 내용을 나열하는 가운데, '也'가 구사된 것을 보는 것이다. 마치
다음

이것은 말이요, 그것은 소요, 저것은 돼지이다. 〈'요', 표준국어대사전, 국립국어원〉
우리는 친구가 아니요, 형제랍니다.   〈上同〉

의 연결어미와 같은 역할을 하고 있음을 본다.
  단순한 음차의 가장 전형적인 모습은 嗟辭로 기능할 때다.

阿邪也   〈禱千手觀音歌〉   阿也   〈祭亡妹歌〉

한편 음차적 기능은 범위를 넓혀 처격·소유격 등의 '아·이'음에 대용되기도
한다. 향찰의 대표적 處格 중 하나인 '良中·惡中'와 유사한 형태로 '也中'으로
나타남을 보이는 것이다. 다음의 예가 그것이다.

沙是八陵隱汀理也中　耆郞矣皃史是 (모래 파란 汀理인 기랑의 모습이)

〈讚耆婆郞歌〉

慈悲也根古 (자비인 뿌리인고)

〈禱千手觀音歌〉

烽燒邪隱邊也藪耶 (烽火 사른 邊方인 숲이여!)

〈彗星歌〉

그런데 위의 3용례 중, 「禱千手觀音歌」와 「彗星歌」의 '也'는 그간 대부분의 연구에서 所有格의 '也'로 해독되지 않았다.[87] 그러나, 「禱千手觀音歌」에 나타나는 '慈悲也根'은 佛家의 관용어 '慈悲根'의 향찰식 표기인데, 이에 대해서는 박재민(2012b)에서 상론한 바 있다.

92) 耶 : 마摩야耶 〈月印千江之曲 上:6a〉

字音 '야'를 借用하여 향찰에서 '야'음을 表示하는 데 쓰인다. 비록 三國遺事나 三國史記에 나타나는 다음 예들에서 '耶'의 音價가 '牙·夜·羅·良(라)·盧·那' 등의 音에도 대응할 수 있음을 보여주지만,

國號曰徐耶伐 或云斯羅 或云斯盧 或云新羅　　　　〈三國史記 地理〉

金海小京 古金官國 一云伽落國 一云伽耶　　　　〈三國史記 地理〉

江陽郡 本大良 一作耶　　　　〈三國史記 地理〉

長淺城縣 一云耶耶 一云夜牙　　　　〈三國史記 地理〉

阿羅 一作耶　　　　〈三國遺事 卷1, 紀異, 五伽耶〉

釋阿離那 一作耶　　　　〈三國遺事 卷4, 義解, 歸竺諸師〉

향찰에서의 쓰임을 본다면 대체로 '야'음만을 위해 쓰였다고 할 수 있다. 우선, 音借로 쓰이는 대표적 예는 다음과 같은 嗟辭를 들 수 있는데

阿耶　　　　〈讚耆婆郞歌·遇賊歌·普賢3·普賢11〉

---

87) 최근의 신재홍이 강길운의 독법을 따라 '어딕 쓰올 慈悲야 불휘고?'(어디 쓸 자비의 눈(眼根)일까?)로 풀이한 바 있다. '자비의 뿌리(慈悲根은 불가의 관용어)'를 '자비의 눈(眼根)'이라 하여 온전한 문맥은 파악하지 못했지만, 부분적으로는 올바른 길에 있었다. 또 「彗星歌」의 '邊也藪耶' 또한 '변방의 무리여'라 읽었는데, 역시 '변방의 숲이여'를 오해한 독법이긴 했으나 '也'의 기능은 통일성 있게 다루고 있다.

향찰의 여타 차사가 대체적으로 '阿也(祭亡妹歌) · 阿邪也(禱千手觀音歌) · 阿邪(願往生歌)' 등으로 되어 있다는 점에서 '아(也 · 邪)'와 대응되는 음임이 짐작되는 것이다. 다른 '耶'의 용례를 보아도 거의가 也 · 邪음에 대응함을 확인할 수 있다. 다음에서 쓰이고 있는 '耶'는 字의 위치가 모두 文末에 와서 종결어미로 쓰이고 있는 것임을 알 수 있는데, 이 용례들은 여타 용례의 '也 · 邪'에 그대로 대응되는 것이다.

【叱等耶＝叱等邪】

此良夫作沙毛<u>叱等耶</u> 〈普賢1〉 法雨乙乙白乎<u>叱等耶</u> 〈普賢6〉

世呂中止以支白乎<u>等耶</u> 〈普賢7〉 不冬萎玉內乎留<u>叱等耶</u> 〈普賢9〉

仏体爲尸如敬叱好<u>叱等耶</u> 〈普賢9〉

一等沙隱賜以古只內乎<u>叱等邪</u> 〈禱千手觀音歌〉

達阿羅浮去伊<u>叱等邪</u> 〈彗星歌〉

【耶＝也】

烽燒邪隱邊<u>也</u>藪<u>耶</u> (烽火 피운 邊方이 숲이여!) 〈彗星歌〉

君隱父<u>也</u> (君은 아비여!) 〈安民歌〉

臣隱愛賜尸母史<u>也</u> (臣은 사랑주실 어미여!) 〈安民歌〉

93) 於 : 於 늘 어 〈光州千字文〉, 䛳 音늣 人名多此字 見俗書 〈五洲衍文長箋散, 稿詩文篇, 論文類, 文字, 東國土俗字辨證說〉

음가 추정이 어려운 字이다. 위 『光州千字文』의 훈과 '늣(䛳)'을 표기한 것을 볼 때, 이 字는 '느 · 늘'음의 표시하는 자로도 여겨지지만, 다음의 예는 '어'음을 위한 자로도 쓰임을 보여준다.

漆姑 漆矣<u>於</u>耳 · 漆矣母 〈鄕藥救急方〉

母 어미 모 〈新增類合〉

思母曲 속칭 엇노리 〈時用鄕樂譜〉

䛳時調 엇시조

<u>交</u>河郡本高勾麗泉井口縣一云<u>於</u>乙買串 〈高麗史 卷56,志, 地理〉

合은 어울씨라 〈月印釋譜 08:42a〉

100 고려 향가 변증

이것이 '어·느·늘'음을 가지므로 실제 향찰에의 적용에도 어려움이 많다. 그러나 몇 이미 선행업적에서 추정되었듯이 몇 예는 의문사 '어디·어늬' 등의 첫머리로 어울린다. 이를 몇 갈래로 묶어 함께 예시하면 다음과 같다.

【어느·어디】

於內秋察早隱風未 〈祭亡妹歌〉　於內人衣善陵等沙 〈普賢5〉

이 中에 어느 거시 見 아닌들 아디 몯ᄒ노이다 〈楞嚴經諺解 02:52a〉

此地肦捨遣只於冬是去於丁 〈安民歌〉　汝於多支行齊敎因隱 〈怨歌〉

너희 어듸 가 이런 藥을 어든다 〈月印釋譜 21:218a〉

이 ᄇ리고 어듸 브트리오 〈月印釋譜 序:15a〉

【語末語尾】

二肦隱吾下於叱古 〈處容歌〉　本矣吾下是如馬於隱 〈處容歌〉

目煙廻於尸七史伊衣 〈慕竹旨郞歌〉　月置八切爾數於將來尸波衣 〈彗星歌〉

【未詳】

次弗□史內於都還於尸朗也 〈遇賊歌〉　伊於衣波最勝供也 〈普賢3〉

94) 焉 : 焉 입겿 언 〈光州千字文〉

字音 '언'을 借用하여 향찰에서 'ㄴ·은·은'음을 表記하는 데 쓰인다. 주격의 위치에 오는 일이 잦기 때문에 문법화하여 주격의 'ㄴ·는'이 필요한 곳에도 쓰인다. 이로 '隱'과 완전히 동일한 쓰임새의 字라 할 수 있다. 유사소재 향가에 5회, 「普賢十願歌」에 9회 용례가 있다. 몇 용례만 인용하면 다음과 같다.

民焉狂尸恨阿孩古 (民은) 〈安民歌〉

吾良遺知攴賜尸等焉 (기티실ᄃᆞᆫ) 〈禱千手觀音歌〉

但非乎隱焉破□主 (외온) 〈遇賊歌〉

爲內尸等焉國惡太平 (ᄒᆞᄂᆞᆯᄃᆞᆫ) 〈安民歌〉

二肦隱誰支下焉古 (뉘 하언고) 〈處容歌〉

그런데 양주동은 이 字에 대하여 다음과 같은 언급을 남긴다.

焉. 音借「은」, 指定助詞. 「焉」은「은·는·ㄴ」에 通用됨이 저「隱」과 同一하다. …… 嚴密히 말하면「焉」音「언」임으로, 「隱」이「은」(는)임에 反하여「焉」은「온」(는)이라 말할수잇다. 〈양주동(1942), 257면.〉

이 설은 이숭녕[88]과 김완진[89])에 의해 연달아 인정되면서 향찰자가 모음조화를 가졌으리라는 假說의 주요한 한 근거로 작용한다.

그러나 본서는 이 說에 대해 부정적 입장을 가진다. 실상과 일치하지 않기 때문이다.

吾隱 去內如辭叱都	〈祭亡妹歌〉
吾隱 頓叱進良只	〈普賢6〉
吾焉 頓部叱逐好友伊音叱多	〈普賢8〉
爲內尸等焉 國惡太平恨音叱如	〈安民歌〉
吾良遣知支賜尸等焉	〈禱千手觀音歌〉
生界盡尸等隱	〈普賢11〉
菩提 向焉 道乙迷波	〈普賢4〉
佛道 向隱 心下	〈普賢8〉

동일한 형태에 互換되어 나타나고 있는 위의 예들로 볼 때, '焉·隱'은 서로가 구분될 어떠한 자질도 가지지 않음을 알 수 있는 것이다.

95) 如 : 眞如는 眞性다비 變티 아니홀씨라 〈月印釋譜 08:30a〉

字訓 '-답'을 借用하여 차자표기에서 '다'음을 表示하는 데 쓰인다. 이 점은 연구초기부터 정확히 알려져 있다. 小倉進平과 양주동의 언급은 다음과 같다.

'「如」'자는 어떤 까닭으로 다로 읽히는 것일까. 이 자의 고훈이 속한 예 중에

---

88) "隱字는 大體로 弱母音 音節 아래 焉字는 强母音 音節 아래에 쓰인 것 …… 隱 對 焉의 音韻論的 對立이라는 사실을 알게 되었다."〈이숭녕(1978), 168면.〉
89) "主題格의 '은'의 경우도 對格의 '을'과 매우 비슷하여 보통은 '隱'字로 표시되는 것인데, 梁柱東이 비상한 洞察力을 가지고 看破했듯이 '焉'字가 代用된 경우에는, 中世國語로 치면 '은/는'이 올 자리에 해당되는 것이다."〈김완진(1980), 13면.〉

'實다이아라(如實知之)…' 등의 '다이 · 다와'는 정확히 이「如」의 훈에 들어맞는다. 또 '사롭답다' 등의 '답다'도 그 기원은 같은 것이다.

〈小倉進平(1929), 141면.〉

如 義訓借「다」吏文中에「如」는 흔히「다」에 사용된다. ……「如」가「다」로 訓借됨은 其實「如」의 義訓이「답 · 둧」이기 때문이니,…… 現行語에도「아롭답 · 곳답 · 사롭답」等 語例가 잇다. 〈양주동(1942), 243-244면.〉

몇 예를 들어 문증해 보면 다음과 같다.

東京明期月良　夜入伊 遊行如可　　　　　　　　　　〈處容歌〉

東京볼군두래　새도록 노니다가　　　　　　　　　〈處容歌, 樂學軌範〉

爲行如可 ᄒᆞ엿다가 , 是如 이다, 是如乎 이다온, 爲有如乎 ᄒᆞ잇ᄯᅡ온, 爲白如乎 ᄒᆞᄉᆞᆲᄯᅡ온, 爲白如可 ᄒᆞᄉᆞᆲᄯᅡ가　　　　　　〈儒胥必知〉

大小麥 兩麥田乙良 須只 五月良中 反耕爲有如可 瘠薄田乙良 白露節良中 更良 反畊 依法落種爲齊 (反耕하였다가)　　　　　　　〈農書輯要, 1517〉

國大妃殿 妃子殿隱 懿旨是如 尊稱爲白遣 世子殿乙良 鈞旨令旨是如 尊稱爲乎事 (凡稱乘輿車駕及御者太皇太后皇太后皇后并同稱制者太皇太后皇太后皇太子今并同, 의지이다, 균지 · 영지이다)　　　　　〈大明律直解 01:41a〉

利利每如邀里白乎隱 (세계세계마다)　　　　　　　　〈普賢1〉

手良每如法叱供乙留 (손에마다)　　　　　　　　　　〈普賢3〉

花肹折叱可獻乎理音如〈獻花歌〉, 國惡太平恨音叱如　　〈安民歌〉

信隱 能支 一切佛乙 示現爲在音叱多 (示現할 수 있다)　　〈華嚴經 10:07〉

金剛原良中 登爲矣只示隱利沙 淨土良中 居爲示乎音叱多 (居하실 수 있다.)
　　　　　　　　　　　　　　　　　　　　　　〈舊譯仁王經 11:07〉

96) 亦 : 亦 도 역〈新增類合〉, 亦 또 역〈光州千字文〉

字音 '역'을 차용하여 이두와 구결에서 '이 · 이 · 여 · 예 · 혀'의 音을 表示하는 데 쓰인다. 조선후기 이두 자료에 나타나 있는 '여 · 혀90)는 亦의 음가에서 멀지

─────────────
90) 耳亦 ᄯᆞ녀, 亦中 여희, 易亦 아니혀, 便亦 ᄉᆞ의혀, 在亦 견이혀〈儒胥必知〉

않는 것이기에 별다른 설명을 요하지 않는다. 그러나 고려에 들어 처음 사용되기 시작한 주격조사 'ㅣ'로서의 '亦'은 한자 본연의 음가에서 멀기에 퍽 異彩로운 쓰임이 된다. 예시하면 다음과 같다.

二十一人亦 堀取五尺石 築十尺方良中 排立令是白內乎矣
〈若木淨兜寺五層石塔造成形止記, 1031년〉

京山府土處藏寺主 彦承長老亦 今月一日 陪到爲賜乎事亦 在等以
〈若木淨兜寺五層石塔造成形止記, 1031년〉

掌內人民亦 仰屬官員乙 殺害爲旀 軍士亦 主掌兵馬使副使千戶百戶等乙 殺害
爲齊
〈大明律直解 01:06a〉

이 字가 15세기의 주격조사 'ㅣ'에 해당함은 이미 여러 연구자들에 의해 지적되어 있다. 이에 대한 양주동의 언급은 다음과 같다.

「亦」은 古吏讀에서 「亦中」(여희), 및 「初亦·專亦·先亦」等과같이 「여」에 略音借되나 一方 主格·紋述格·副詞形助詞로 「이」에 略音借된다.
〈양주동(1942), 500면.〉

그러나 명확한 기능과는 별도로 '亦'의 독법은 연구자들에게 다소 의문이었다. 이두에 관한 업적들에서 '亦'의 음을 자신있게 확정해 표현하지 못함을 보이기 때문이다. 이승재는 다만 "亦은 대표적인 주격조사로서 비존칭의 모든 명사에 통합되어 쓰인다. 이 亦은 15세기의 '-이/ㅣ'에 해당하는데 근대의 이두 자료집에서는 '이여' 혹은 '여'로 읽히는 경우가 많다."(106면.)라고 기술하였을 뿐, 이 字를 반드시 'ㅣ'로 읽어야 한다고 단정하지 않았고, 이후의 서종학(1989), 박성종(1995) 역시 주격의 '亦'을 기술함에 한 번도 이 자의 음을 명시하지 않았다. 이는 亦이 주격조사 '이'와는 음의 차가 크기에 취한 신중한 입장들이 된다.[91]

이로 본서는 양주동의 설을 부연할 필요를 느낀다. 아무래도 '亦'은 한자의 本音과는 별도로 '이'로 읽었을 것이기 때문이다.

'亦'이 주격의 기능으로 왔을 때 '이'로 읽혔을 것임은 향찰에서 주격조사로

---

91) 이두의 또 다른 주격 'ㅯ只' 역시 이두연구자들에게 '亦'을 '이'로 읽기에 주저하게 한 한 요소가 아니었을까 한다. 자체로 '익'이기에 '亦'과 연관되기 때문이다.

'是(이)'가 상용되고 있음으로 추정할 수 있다. 이미 고려 이전 시대에 주격조사 '이'가 쓰였고, 15세기 문헌에 주격은 여전히 사용되고 있기에 중간 과정인 고려 이두에서만 다른 음으로 읽혔다고 상정하기는 어렵다. 세 표기체계(향찰, 이두, 한글)가 같은 언어를 音寫한 표기란 점을 생각할 때, 구결에서만 독특하게 다른 음가로 주격을 메겼을 가능성은 희박하기 때문이다. 더구나 고려시대의 석독구결에도 주격은 'ㅣ'음이 전담하고 있다. 동시대의 음을 반영하는 체계란 점, 같은 기능을 위한 표기란 점을 감안할 때 다른 음으로 읽혔을 가능성은 거의 없는 셈이다. 한편, '亦'이 繫辭로도 쓰인다는 점 역시 '이'음으로 쓰였을 가능성을 높인다. 계사는 '이'이외의 음을 상정하기 어렵기 때문이다.

그러므로, 우리는 주격의 자리에 온 '亦'을 '이'로 읽는 것을 주저할 수 없다. 오히려 지금은 字의 本音과 표상하는 음의 차이를 메우는 작업이 절실하지 않나 한다.

한편, 향찰에서 '亦'은 2회 나타난다. 다음이 그것이다.

月下伊底亦   〈願往生歌〉

塵塵馬洛仏体叱利亦   〈普賢1〉

이 중 본서는 「願往生歌」의 해당구절에 대해 재론이 필요하다고 본다. 이 부분의 '亦'은 '이 · 예'로 읽힐 것으로 여겨지는데 이에 대한 자세한 변증은 박재민(2013a)의 130~132면에서 행한 바 있다. 「普賢1」의 '亦'은 열거의 연결어미로 파악되는데 이는 〈Ⅰ.5.(4)〉에서 재론한다.

97) 煙 : 煙 늬 연 〈新增類合〉

字音 '늬'를 借用하여 '늬'음을 표시하는 데 쓰인 듯하다. 「慕竹旨郎歌」의 '目煙'에서 유일하게 보인다.

目煙廻於尸七史伊衣   〈慕竹旨郎歌〉

양주동(1942:140면)이 이를 '눈(目煙)'으로 풀어 '煙'을 'ㄴ'에 대응시킨 후 몇 연구자들이 동조했지만, 정열모의 '누늬(눈이)' 역시 많은 연구자들의 동의를 얻고 있다. '누늬(김완진) · 누늬(유창균)'는 모두 정열모의 着眼을 수용한 견해가 된다. 인용된 문맥 전체가 아직 의미 파악이 곤란한 곳이긴 하나 '目煙' 자체는 아무래도 '누늬'를 표기한 것이 아닐까 한다. 그렇다면 다음의 선초 언해에 대응하는 표기가 된다.

ㅎ다가 ᄆᆞᅀᆞᆷ과 <u>누늬</u> 잇ᄂᆞᆫ 딜 아디 몯ᄒᆞᆯ딘댄 〈楞嚴經諺解 01:46a〉

미친 ᄆᆞᅀᆞ미 妄혼 境을 미요미 잇븐 <u>누늬</u> 미친 곳 봄 ᄀᆞᆮ홀씨 〈楞嚴經諺解05:23b〉

98) 咽鳴 : 鳴咽의 잘못.

「讚耆婆郎歌」에서 유일하게 나타나는 語彙이다. 그간의 주요 연구에서 '열치(열어 젖히)' 정도의 音借라 판단해 왔다. 전체 행은 다음과 같다.

咽鳴爾處米 〈讚耆婆郎歌〉

그러나, 두 字 모두, 吏讀·口訣의 차자표기체계에서 쓰인 적이 없는 字이며 三國遺事와 三國史記의 地名·人名 등의 표기에도 나타나지 않는다. 이는 이 字들이 借字로 쓰였을 가능성이 매우 稀薄함을 의미하는 것이다. 이에 대한 자세한 변증은 박재민(2013a)의 277-283면에서 행한 바 있다.

99) 烏 : 烏 가마괴 오 〈新增類合〉

字音 '오'를 차용하여 物名과 鄕札에서 '오'음을 표시하는 데 쓰인다. 먼저 物名에서 '오·五·吾' 등에 대응하며 표기된 예를 보이면 다음과 같다.

鸕鷀 <u>烏支</u> 〈鄕藥救急方〉

鸕 가마오디 로, 鷀 가마오디 ᄌᆞ 〈訓蒙字會〉

蘭茹 烏得夫得·五得浮得 〈鄕藥救急方〉

通草 伊乙吾音蔓·伊屹烏音 〈鄕藥救急方〉

향찰에서는 10회 나타나는데, 이 중 9회가 유사소재 향가에 있다. 이는 「普賢十願歌」의 시대에는 이 字가 다른 字로 대체되었음을 의미한다. 곧, '烏'는 모두 '乎'로 바뀌어 간 것인데 용례를 보이며 「普賢十願歌」의 동일구절과 대응시키면 다음과 같다.[92]

【烏 ⇒ 乎】

阿冬音乃叱好支賜烏隱 〈慕竹旨郎歌〉　　郎也持以支如賜烏隱 〈讚耆婆郎歌〉

游烏隱城叱肹良望良古 〈彗星歌〉　　世理都□之叱逸烏隱第也 〈怨歌〉

慕呂白乎隱仏体前衣, 拜內乎隱身萬隱, 利利每如邀里白乎隱 〈이상, 普賢1〉

塵塵虛物叱邀呂白乎隱 〈普賢2〉

造將來臥乎隱惡寸隱, 惡寸習落臥乎隱三業 〈普賢4〉

【기타】

三花矣岳音見賜烏尸聞古 〈彗星歌〉　　逢烏支惡知作乎下是 〈慕竹旨郎歌〉

逸烏川理叱磧惡希 〈讚耆婆郎歌〉　　日遠烏逸□□過出知遺 〈遇賊歌〉

脚烏伊四是良羅 〈處容歌〉

100) 玉 : 玉 옥 옥 〈新增類合〉

字音 '옥'을 차용하여 '오·우'음을 표기하는 데 사용된 字이다. 유사소재 향가에서는 이 음을 위하여 주로 '屋'字를 사용했으나, 균여전 소재 향가에서는 '玉'字를 이용하여 그 음을 표기하고 있다. 2회의 용례는 다음과 같다.

法界餘音玉只出隱伊音叱如支 (남옥)　　〈普賢4〉

不冬萎玉內乎留叱等耶 (이우)　　〈普賢9〉

---

92) 살펴보면, 遺事의 시대에는 '烏'와 '乎'가 같은 기능을 하면서 경합하던 관계에 있었다. 유사한 빈도로 같은 기능을 하는 '乎隱' '烏隱'이 출현하고 있기 때문이다. 그러던 것이 「普賢十願歌」의 시기에 들어서는 '乎隱'으로 굳어져 간 것이다. 遺事의 '乎隱'의 용례를 보이면 다음과 같다.

仰頓隱面矣改衣賜乎隱冬矣也 〈怨歌〉, 但非乎隱焉破□主 〈遇賊歌〉

巴寶白乎隱花良汝隱 〈兜率歌〉

한편, 「普賢十願歌」의 "菩提叱菓音烏乙反隱 (보리의 열매 오올본, 〈普賢6〉)"을 마지막으로 향찰에서의 '烏'의 차자기능은 완전히 사라진다. 인용문은 '全'의 고훈 '오올본(全 오올 젼 〈新增類合〉), 圓持혼 功이 일면 根마다 各各 뿌믈 오올 올씨 〈釋譜詳節 19:10a〉)'의 '오'를 위해 쓰이고 있다.

101) 屋 : 屋 집 옥 〈訓蒙字會〉

字音 '옥'을 차용하여 향찰에서 '오·우'음을 표기하는 데 쓰인다. 총 5회의 용례 중, 4회가 유사소재 향찰에 출현한다. 이 역시 위의 '烏'와 더불어 遺事의 시대에 常用되다가 소멸된 借字인 것이다. 용례를 모두 보이면 다음과 같다.

秋察尸不冬爾屋支墮米 (이우)　　　　　　　　　　　〈怨歌〉

毛冬居叱沙哭屋尸以憂音 (울올)　　　　　　　　　　〈慕竹旨郞歌〉

祈以支白屋尸置內乎多 (올)　　　　　　　　　　　　〈禱千手觀音歌〉

放冬矣用屋尸慈悲也根古 (쁘올)　　　　　　　　　　〈禱千手觀音歌〉

向屋賜尸朋知良閪尸也 (앙오샬)　　　　　　　　　　〈普賢7〉

102) 友 : 〈彗星歌〉 '此也友物北'의 '友'는 '支'의 잘못.

「普賢十願歌」에도 같은 잘못이 2회 나타난다.

世呂中止以友白乎等耶　　　　　　　　　　　　　　〈普賢7〉

吾焉頓部叱逐好友伊音叱多　　　　　　　　　　　　〈普賢8〉

字形의 유사성에서 빚어진 錯覺이다. 〈IV.6.(2)〉에 언급한 바 있다.

103) 右 : '古'의 誤字

「安民歌」에 다음과 같이 1회 나타나는 字이다.

國惡支持以支知右如　　　　　　　　　　　　　　　〈安民歌, 8행〉

향찰표기에서 '右'字는 쓰이지 않는다는 점, 「안민가」의 유사 구문 – 民是愛尸知古如 〈안민가 4행〉-에서는 '古'로 표기되어 있는 점, '古'와 '右'는 비슷한 字樣으로 인해 混刻의 가능성이 높다[93]는 점 등을 미루어 볼 때, 본조의 '右'는 '古'로 보아야 할 것으로 판단된다.

---

[93] 가령, 『三國遺事』의 卷4, 「寶壤梨木」조에서도 '古人'이 '右人'으로 잘못 판각되어 있다.

104) 臥 : 臥 누울 와 〈新增類合〉

字訓 '누'를 借用하여 차자표기 전반에서 '누'음을 표시하는 데 사용된다. 이두
와 구결에 많은 용례가 있는데 일부를 보이면 다음과 같다.

臥乎事누운일, 爲臥乎ᄒᆞ누온, 是白臥乎所이숣누온바   〈儒胥必知〉

鷲山中新處所元聞爲成造爲內臥乎亦在之白賜縣以入京爲使臥金達舍進置右
寺原問內乎矣   〈醴泉鳴鳳寺 慈寂禪師碑陰銘, 939년〉

凡國家及諸節制使以 軍馬乙 點檢爲 草賊及反逆賊徒乙 追捉爲臥乎 機密大事乙
聞知遣 彼敵良中 漏通爲在乙良 斬齊   〈大明律直解 03:06a〉

我衣 作爲臥乎隱 所乙爲尸 如支   〈華嚴經疏 16:14〉

一切 世間叱 作爲臥乎隱 所叱 法良中   〈華嚴經 18:10〉

향찰에서도 다음 2회의 용례가 있다.

造將來臥乎隱惡寸隱   〈보현4〉

惡寸習落臥乎隱三業   〈보현4〉

모두 '누'음을 위한 것인데, 〈IV.3.(4)〉에서 詳論한다.

105) 于 : 于 ᄒᆞ니 우 〈歷代千字文〉

字音 '우'를 借用하여 차자표기에서 '오·우'음을 표시하는 데 쓰인다. 이두의
다음 예들로 차자표기 내에서의 音價가 파악된다.

追于좇초, 必于비록, 加于더욱, 仍于지즈로, 尤于더옥   〈儒胥必知〉

追于 訓조초   〈五洲衍文長箋散稿, 詩文篇·論文類, 文字, 語錄辨證說〉

絲乃 綿乃 得 追于今 綿十五斤 小長七尺 廣三尺四寸
                                        〈正倉院 毛氈貼布記, 752년〉

향찰에는 총 7회의 용례가 있는데, 분류하면 다음과 같다.

【이두와 동일한 것】

追于좇초 : 白雲音逐于浮去隱安支下   〈讚耆婆郞歌〉

必于비록 : 必于化緣尽動賜隱乃   〈普賢7〉

【于萬】

二于萬隱吾羅 〈禱千手觀音歌〉

際于萬隱德海肹 〈普賢2〉

曉留朝于萬夜未 〈普賢7〉

衆生叱邊衣于音毛 〈普賢11〉

【未詳】

普賢叱心音阿于波 〈普賢11〉

이 중, '于萬'은 본서 〈II.7.(1)〉에서 다룬 바 있다.

106) 爲 : 爲 홀 위 〈光州千字文〉, 爲 ᄒᆞᆯ 위 〈新增類合〉

字訓 'ᄒᆞ'를 借用하여 'ᄒᆞ다'의 의미를 나타내는 데 쓰인다. 借字 中에서 音相과 意味가 일치하는 유일한 字이다. 차자표기 전반에서 통용되며, 가장 흔한 字 중의 하나이다. 향찰에서는 모두 17회 사용되었는데, 일부 예를 보이며 「處容歌」를 경기체가·언해문에 대응시키면 다음과 같다.

爲賜尸知民是愛尸知古如 〈安民歌〉

爲尸知國惡支持以 支知右如 〈安民歌〉

爲內尸等焉國惡太平恨音叱如 〈安民歌〉

奪叱良乙 何如 爲理古 〈處容歌〉

爲 遊賞景 幾 何如 爲尼伊古 〈關東別曲 7章, 謹齋集〉

위 試場ㅅ 景 긔 엇더 ᄒᆞ니잇고 〈翰林別曲 1章, 樂章歌詞〉

107) 喩 : 喩 알욀 유 〈新增類合〉

차자표기에서 '디'음을 표시하는 데 쓰인다. 향찰을 제외하면 이 字는 「尙書都官貼」(1262년)에서 '不喩'의 형태로 처음 나타난다. 후대의 독법과 향찰에 쓰인 2회의 용례를 모두 보이면 다음과 같다.

己身 分不喩 子孫良中 至亦 並只 許通 (자신뿐 아니라 子孫에게 이르러 아울러 許通) 〈尙書都官貼, 1262년〉

是喩인지, 不喩아닌지, 爲喩흔지, 是乎喩이온지, 爲白乎喩ㅎ솗온지
〈儒胥必知〉

不喩 訓아닌지　　　〈五洲衍文長箋散稿, 詩文篇·論文類, 文字, 語錄辨證說〉

吾肹<u>不喩</u>慚肹伊賜等 〈獻花歌〉, 吾衣身<u>不喩</u>仁人音有叱下呂　　　〈普賢5〉

이 字는 향찰에서는 항상 '不喩'의 형태로 나타나고 그 의미 또한 '아니'에 정확히 대응되는 것이기에 선행한 해독에서 큰 이견을 보이지 않는 곳 중의 하나가 되어 있다. 그러나 독법에 限하여 이견이 있어 왔다. 소창진평은 이두의 용례를 들어 '아닌지'로 읽었고, 양주동(1942:226-232면)은 이를 '안디'로 수정하여 읽었다. 소창진평은 이두의 다음 용례

不喩 아닌디　　　〈儒胥必知·羅麗吏讀 등〉

에서 音을 취하였고, 양주동은 '不'의 訓이 '안', '喩'의 이두 문법적 용법이 의존명사 '디'임에 착안하여 '안디'로 읽은 것이다. 위에서 예시한 대로, '喩'는 이두에서 '디'음을 위한 借字로 활용되고 있다.

결국 양주동의 견해가 옳았다고 판정되는데, 이미 남풍현 등에서도 지적되었듯이 구결에 같은 음으로 여겨지는 '不ㅊ'와 같은 형태가 다수 출현하기 때문이다.

生 不知㫆 起 不知彌 與 不知㫆 取 不知㫆　　　〈華嚴經疏 19:7-8〉

彼諸隱 功德隱 量良乎立 可叱爲隱 不知隱乙 我隱 今爲隱 力乙 隨乎
〈華嚴經 09:02-03〉

彼 微塵隱 亦爲隱 增爲古隱 不知隱乙　　　〈華嚴經 15:08〉

그러나, 아직 '不喩'의 '喩'가 어떤 경위로 '디'음을 나타내게 되었는가는 학계의 난제로 남아 있다.[94]

---

94) 어쩌면 '喩'가 '知'와 뜻이 상통함으로 인해 '知'의 代用으로 쓰인 것인지도 모르겠다. 향찰의 다음 용례

逢烏支惡知作乎下是 〈慕竹旨郎歌〉, 爲賜尸知民是愛尸知古如 〈安民歌〉, 爲尸知國惡支持以 支知古如 〈安民歌〉

는 '知'로 '디'음을 나타내고 있는데 이 '知'字가 차자표기에서 회피되면서 '喩'로 대체된 후,

108) 隱 : 隱 그을 은 〈光州千字文〉, ㄴ혼은 쁘디 隱혼字중와 흔 가지라 (亡은 非無也
ㅣ라 入ㄴ而已라)〈楞嚴經諺解 06:52a-b〉

字音 '은·흔'을 借用하여 차자표기 전반에서 'ㄴ·은·은'음을 나타낸다. 문
법화하여 主題補助詞 '는·는'이 필요한 곳에서도 쓰인다. 연구초기부터 이 字
의 음과 용법은 잘 알려져 있다.

> 隱은 주격을 표하는 조사 '는(는)' 또는 '은(은)'의 대신으로 사용된다.
>
> 〈小倉進平(1929), 68면.〉

> 隱, 音借「은」. 指定助詞.「隱」이 懸吐「은」에 使用됨과 그 略體「阝」임은
> 周知의 일이다.   〈양주동(1942), 247면.〉

향찰과 구결, 이두에서 보이는 '主格'의 '은', 혹은 인명의 '은'을 간략히 보면
다음과 같다.

> 灯炷隱須彌也 灯油隱大海逸留去耶   〈普賢3〉
> 香隱 車輪 如如爲齊 花隱 須彌山王 如如爲在隱亦 (향은 거륵 같으며 꽃은 수미산
> 같구나!)   〈舊譯仁王經 02:15〉
> 香이 須彌山 곧고 고지 술위띠 곧다혼 말도 잇ᄂ니   〈月印釋譜 01:37a〉
> 弟子等隱 兄弟之子以 同 (弟子與兄弟之子同, 弟子등은 兄弟의 아들로 同)
>   〈大明律直解 01:44a, 1395년〉
> 天地之間 萬物之中厓 唯人伊 最貴爲尼 所貴乎人者隱 以其五倫是羅 (천지간 만
> 물 중에 오직 사람이 가장 귀하니 사람에게서 귀한 바는 오륜이라.)
>   〈童蒙先習〉
> 婢內隱伊   〈高麗末國寶戶籍文書, 1390년〉

이외, 관형형으로 쓰이거나 'ㄴ'을 末音으로 하는 어휘에 접속되어 쓰이기도
한다.

> 千隱手叱千隱目肹 (즈믄)   〈禱千手觀音歌〉
> 一等隱枝良出古 (하둔95))   〈祭亡妹歌〉

_____

문법적 형태로 굳어져간 것이 아닐까?
95) 一曰 河屯 〈鷄林類事〉

秋察早隱風未 (이른)　　　　　　　　　　　　　　　　　〈祭亡妹歌〉

直等隱心音 (고든)　　　　　　　　　　　　　　　　　〈兜率歌〉

109) 乙 : 卵乙同 알동 〈東國新續三綱行實圖 孝子 03:31b〉

　字音 '을'을 차용하여 차자표기 전반에서 'ㄹ·올·을·룰·를·ㅇ로·으로'를 表示하는 데 쓰인다. 다음에서 보이듯, 人名·物名과 언해문의 비교를 통해 간명히 文證된다.

알비는 밀양부 사룸이니　　　　　　　　　　　　　〈東國新續三綱行實圖 烈女 02:54b〉

密陽民女卵乙非　　　　　　　　　　　　　　　　〈中宗實錄 卷49, 18年. 9月 9日〉

大蒜　　亇汝乙　　　　　　　　　　　　　　　　　〈鄕藥救急方〉

蒜　　　마늘　　　　　　　　　　　　　　　　　　〈訓蒙字會〉

麩　　　只火乙　　　　　　　　　　　　　　　　　〈鄕藥救急方〉

麩　　　기울　　　　　　　　　　　　　　　　　　〈訓蒙字會〉

蠼진　影亇伊汝乙伊　影良汝乙伊　　　　　　　　　〈鄕藥救急方〉

蠼　　그르메너흐리 구　　　　　　　　　　　　　〈訓蒙字會〉

문법요소로는 이두, 구결, 향찰 모두에서 주로 대격의 '을'을 위해 사용되었다.

【이두】

十四州郡縣 契乙用 成造令賜之　　　　　　　〈醴泉鳴鳳寺 慈寂禪師碑陰銘, 939년〉

本國乙 背叛爲遣 彼國乙 潛通謀叛 爲行臥乎 事　　　〈大明律直解 01:04b〉

【구결】

常是 諸隱 衆生乙 利樂爲旀　　　　　　　　　　〈華嚴經 09:14〉

샹녜 方便으로 一切 衆生을 利ᄒ며 즐겁게 ᄒ실ᄊᆡ　〈月印釋譜 07:50a〉

國土乙 莊嚴爲旀　佛乙 供養爲白旀　正法乙 受持爲良尔　〈華嚴經 09:14-15〉

(國土를 莊嚴ᄒ며 佛을 供養ᄒᆞᆸ며 正法을 受持ᄒ아곰)

【향찰】

功德叱身乙 對爲白惡只	〈普賢2〉	仏前灯乙 直体良焉多衣	〈普賢3〉
菩提向焉道乙 迷波	〈普賢4〉	法雨乙 乞白乎叱等耶	〈普賢6〉
衆生叱田乙 潤只沙音也	〈普賢6〉	手乙 寶非鳴良尓	〈普賢7〉
難行苦行叱願乙	〈普賢8〉	命乙 施好尸歲史中置	〈普賢8〉
迷火隱乙 根中沙音賜焉逸良			〈普賢9〉
手良每如法叱供乙留			〈普賢3〉

하지만, 기본적으로 '을'을 위한 音借字이기에 'ㄹ·을·ㆁ로' 등의 음상이 필요한 곳에서도 널리 사용되었다.

【語尾, 其他】

奪叱良乙何如爲理古 (앗아늘)	〈處容歌〉
菩提叱菓音烏乙反隱 (오올본)	〈普賢6〉
善芽毛冬長乙隱 (기른)	〈普賢6〉
爲乙吾置同生同死 (홀)	〈普賢9〉
修叱賜乙隱頓部叱吾衣修叱孫丁 (닭술)	〈普賢5〉
薯童房乙 夜矣卯乙抱遣去如 서동의 房으로 밤에 알 안고 가다	〈薯童謠〉

위의 인용문 중, 기존의 연구에서 문제가 된 곳은 「薯童謠」의 두 구절 '房乙·卯乙'이었다. 이에 대해서는 박재민(2013a)의 137-138면과 198-200면에서 상론한 바 있다.

110) 音 : 音 소리 음 〈光州千字文〉

字音 '음'을 차용하여 차자표기 전반에서 'ㅁ·음'音을 표시하는 데 쓰인다. 연구초기부터 잘 파악되어 있다. 小倉進平의 언급은 아래와 같다.

> 心은 ᄆᆞᅀᆞᆷ이라 읽는다. '心'은 一字로 ᄆᆞᅀᆞᆷ이지만 '音'은 그 末音으로 m을 표하기 위해 添加된 字이다. 사룸을 '人音', 구름을 '雲音'이라 하는 것과 같다.
>
> 〈小倉進平(1929), 109면.〉

그의 언급은 정확한 것으로 異論이 있을 수 없다. '音'은 차자표기 전반에서
'ㅁ'을 말음으로 하는 字들에 添記되어 있다. 우선 物名·人名의 몇 예와 이두를
보면

馬齒莧 金非陵音 　　　　　　　　　　　　　　　　〈鄕藥救急方〉
　莧 비름 　　　　　　　　　　　　　　　　　　　　〈韓佛字典〉
蛇床子 蛇音置良只菜實 　　　　　　　　　　　　　　〈鄕藥救急方〉
蛇 빈얌 샤 　　　　　　　　　　　　　　　　　　　　〈新增類合〉
니셰뎐의 쫄 굼지: 仇音之 　　　　　〈東國新續三綱行實圖 烈女 07:55b〉
侤音 다짐, 題音 제김, 適音 마춤, 流音 흘님, 舍音 말음, 這這侤音 갓갓다짐
　　　　　　　　　　　　　　　　　　　　　　　　　〈儒胥必知〉

으로 되어 있어 '音'이 'ㅁ·음'을 위한 字임을 쉽게 알 수 있다. 이런 용법은
향찰과 구결에서 일관되게 나타난다. 다음은 그 예시들이다.

【향찰】
心音　〈兜率歌, 普賢5, 普賢7, 普賢11〉　：心 ᄆᆞᅀᆞᆷ 심　　〈訓蒙字會 등〉
憂音　　　　　　　〈慕竹旨郎歌〉　：憂 근심 우　　〈新增類合 등〉
夜音　　　　　　　〈慕竹旨郎歌〉　：夜 밤 야　　　〈新增類合 등〉
雲音　　　　　　　〈讚耆婆郎歌〉　：雲 구룸 운　　〈新增類合 등〉
人音　　　　　　　　　〈普賢5〉　：人 사름 인　　〈新增類合 등〉
菓音　　　　　　　　　〈普賢6〉　：菓 여름 과　　〈訓蒙字會 등〉

【구결】
滴音　　　　　　〈華嚴經 09:03〉　：滴 믈덤 덕　　〈新增類合〉
初叱音　　　　　〈華嚴經 09:04〉　：初 처엄　　　〈訓民正音 등〉
壽音　　　　　　〈華嚴經 18:20〉　：목숨 슈　　　〈新增類合 등〉
眞音　　　　〈舊譯仁王經 15:06〉　：춤 진　　　　〈新增類合 등〉

111) 衣 : 衣 옷 의 〈光州千字文〉

字音 '의'를 借用하여 차자표기 전반에서 '이·의'를 표시하는 데 쓰인다. 處格이나 所有格을 표시하는 것이 주된 쓰임새이나, 가끔씩 '이·의'를 末音으로 하는 어휘에 접속되어 나타나기도 한다. '衣'로 다음의 物名들을 표기하고 있는 것이 흥미롭다.

大麥	包衣 · 包麥 · 包衣末	〈鄕藥救急方〉
雀麥	鼠衣包衣 · 鼠包衣	〈鄕藥救急方〉
麥子	보리	〈方言類釋〉
葶藶子	豆衣乃耳	〈鄕藥救急方〉
菖蒲	消衣亇 · 松衣亇	〈鄕藥救急方〉
菖蒲	松衣亇比根숑의맛불휘	〈牛馬羊猪染疫病治療方〉
俗爲端午爲車衣		〈三國遺事 卷2,. 紀異, 文虎王法敏〉
車 술위 거		〈訓蒙字會〉
五月 五日애 아으 수릿날 아춤 藥은		〈動動, 樂學軌範〉

한편, '衣'는 「普賢十願歌」에서는 12회나 출현하고 고려시대의 구결에도 수없이 등장한다. 일례를 보이면 다음과 같다.

吾衣身不喩仁人音有叱下呂 (나의 몸)　　　　　　　　　　　　　　〈普賢5〉

我衣 身叱 中良中 八萬戶蟲是 有叱良 (나의 몸 가운데 八萬戶蟲이 있어)
　　　　　　　　　　　　　　　　　　　　　　　　　　　〈華嚴經疏 09:13〉

吾衣願盡尸日置仁伊而也 (나의 願)　　　　　　　　　　　　　　　〈普賢11〉

物叱乙 以良只 衆生衣 願乙 (衆生의 願을)　　　　　　　　　〈華嚴經疏 12:17〉

하지만, 삼국유사소재의 향가에서는 4회의 용례밖에 없다. 이것은 유사소재 향가에서는 같은 기능을 담당하는 '矣'가 이미 있었던 정황에 기인한다.[96] 유사

___

96) 「普賢十願歌」로 넘어가면서 '矣'는 사실상 용도폐기되고 대부분이 新字 '衣'가 이 역할을 맡게 된다. 고려시대의 석독구결 또한 마찬가지의 현상을 보여주고 있다. '矣'자는 대부분 '듸'음을 표기하는 쪽으로 이동하고 處所·所有의 '이·의'는 '衣'가 전담하고 있다. 다음의 두 예는 아주 드물게 '矣'가 처소의 '의'를 담당하였던 殘影이 된다.

소재에 나타난 총 용례를 보이면 다음과 같다.

月置八切爾數於將來尸波衣 〈彗星歌〉　目煙廻於尸七史伊衣 〈慕竹旨郞歌〉
誓音深史隱尊衣希仰支 〈願往生歌〉　仰頓隱面矣改衣賜乎隱冬矣也 〈怨歌〉

112) **矣** : 矣 주비 의 〈新增類合〉

字音 '의'를 차용하여 차자표기 전반에서 '이·의·디·대'음을 표시하는 데
쓰인다. 향찰표기에서는 주로 處格·所有格의 '이·의'를 나타내는 경우가 많
고, 구결과 이두에서는 연결어미 '디·대'를 위해 쓰이는 경우가 많다.

【이·의】

鷄冠 鷄矣碧叱(닭의 볏), 狼牙草 狼矣牙(이리의 엄), 麂角 少薆矣角 (사슴의
뿔), 浮萍 魚矣食 (고기의 밥), 牛溺 牛矣小便 (소의 소변)

〈이상, 鄕藥救急方〉

矣身 의몸, 矣徒 의닉, 其矣 져의, 他矣 남의 〈儒胥必知〉

述郞徒矣 六字丹書 (述郞徒의 六字丹書)

〈안축(安軸, 1282-1348), 謹齋集, 關東別曲〉

哀反多羅矣徒良 (세상의) 〈風謠〉
直等隱心音矣命 (마음의) 〈兜率歌〉
自矣心米　　　(나의) 〈遇賊歌〉
耆郞矣兒　　　(기랑의) 〈讚耆婆郞歌〉

【디·되】

是乎矣 이오되, 爲乎矣 ᄒᆞ오되, 爲白乎矣 ᄒᆞᄉᆞᆸ오되 〈儒胥必知〉

凡流罪良中 犯爲在乙良 妻妾乙 幷以發送爲乎矣 父果祖果子孫果亦 隨去向入在乙
良 聽許齊 (무릇 유배죄에 범하걸랑 妻妾을 아울러 發送하오되, 父와 祖父와
子孫이 따라가기를 원하면 허락할 것) 〈大明律直解 01:16b〉

―――――――――――――――

是 會叱 大衆隱 皆 悉 彼矣 往良 〈金光明經 15:05〉
此是矣 至去古叱乎多 〈華嚴經疏 12:11〉

一切 福德乙 集乎尸矣 〈華嚴經疏 19:17〉

廣長舌乙 以良 妙音聲乙 出乎隱矣 十方叱 一切 世界良中 充滿

〈華嚴經疏 25:16-17〉

113) 以 : 以 뻐 이 〈光州千字文〉

字音 '이'를 借用하여 향찰에서 'ㅣ'음을 표시하는 데 쓰인다.[97] 총 13회의 용처는 다음과 같이 분류된다.

【부사화접사 'ㅣ'】

无明土深以埋多 (기피)　　　　　　　　　　　　　　　　　〈普賢6〉

【동사어간 말음첨기 'ㅣ'】

郎也持以支如賜烏隱 (디니)　　　　　　　　　　　　　　〈讚耆婆郎歌〉

爲尸知國惡支持以 支知古如 (디니)　　　　　　　　　　　〈安民歌〉

祈以支白屋尸置內乎多 (비)　　　　　　　　　　　　　　〈禱千手觀音歌〉

直等隱心音矣命叱使以惡只 (브리)　　　　　　　　　　　〈兜率歌〉

世呂中止以支白乎等耶 (머므리)　　　　　　　　　　　　〈普賢7〉

窟理叱大肹生以支所音物生 (사니)　　　　　　　　　　　〈安民歌〉

淨戒叱主留卜以支乃遣只 (디니)　　　　　　　　　　　　〈普賢4〉

一等沙隱賜以古只內乎叱等邪 (주시)　　　　　　　　　　〈禱千手觀音歌〉

仏体頓叱喜賜以留也 (주시)　　　　　　　　　　　　　　〈普賢9〉

---

97) 이두와 고려시대 구결에서의 '以'는 향찰의 용법과 전혀 다르다. 조선후기 집성된 이두서적류에서 '以'는 모두 '로·으로·으로'로 읽히며, 고려시대의 석독구결의 용례도 모두 '로·으로'를 위한 것들이다.

樣以 양으로, 並以 아오로, 詮次以 젼츠로, 秩秩以 딜딜로 〈吏讀便覽〉

世界叱 其地隱 六種以　 震動爲古飛多 〈舊譯仁王經 02:18〉

너븐 부텻 世界ㅣ 六種으로　 震動ᄒᆞ며 〈楞嚴經諺解 01:78b〉

九法乙 次第以 修習爲良 而以 得尒 〈瑜伽師地論 05:15〉

漸漸　 次第로 修行ᄒᆞ야 다 道果ᄅᆞᆯ 得게 ᄒᆞᄂᆞ니라 〈法華經諺解 03:48a〉

方便乙以　 群生乙 化爲古飛利旀 〈華嚴經 14:18〉

方便으로　 衆生ᄋᆞᆯ 化ᄒᆞ야 引導홀씨 〈金剛經諺解 :14b〉

【대명사 'ㅣ'】

毛冬居叱沙哭屋尸<u>以</u>憂音 (이)　　　　　　　　　　　〈慕竹旨郞歌〉

【계사 'ㅣ'】

行尸浪□阿叱沙矣<u>以支</u>如支 (이다)　　　　　　　　　〈怨歌〉

安支尙宅都乎隱<u>以多</u> (이다)　　　　　　　　　　　　〈遇賊歌〉

114) 伊 : 伊 소얌 이 〈光州千字文〉

字音 '이'를 차용하여 차자표기에서 '이·리'음을 表示하는 데 쓰인다. 人名·物名과 吏讀에서 보이는 용례는 다음과 같다.

시비 녜(禮伊)　　　　　　　　　　　〈東國新續三綱行實圖 烈女 07:76b〉

ᄉ비(私婢) 논이(內隱伊)　　　　　　　　　　〈上同, 孝子 03:34b〉

ᄉ로(私奴) 건쇠(建金伊)　　　　　　　　　　〈上同, 孝子 05:36b〉

역비(驛婢) 동이(同伊)　　　　　　　　　　　〈上同, 孝子 08:74b〉

藜蕠朴<u>沙伊</u>박새　　　　　　　　　　　　　〈牛馬羊猪染疫病治療方〉

百合 <u>犬伊</u>那里根　　　　　　　　　　　　　〈鄕藥救急方〉

百合 개나리　　　　　　　　　　　　　　　　〈大漢韓辭典〉

蜘蛛 居<u>毛伊</u>　　　　　　　　　　　　　　　〈鄕藥救急方〉

蜘 거믜 디, 蛛 거믜 듀　　　　　　　　　　　〈新增類合〉

郁李 山叱<u>伊</u>賜羅次　　　　　　　　　　　　〈鄕藥救急方〉

西蜀앳 <u>이스라지</u> 쏜 제 블그니 (西蜀櫻桃也自紅)　　〈杜詩諺解 初刊 15:23a〉

櫻 <u>이스랏</u> 잉　　　　　　　　　　　　　　〈訓蒙字會〉

草麻子 阿叱<u>加伊</u>實·阿次<u>加伊</u>　　　　　　〈鄕藥救急方〉

아족<u>가리</u>　　　　　　　　　　　　　　　　〈柳氏物名考 3〉

退伊 믈니, 流伊 흘니, 惠伊 져즈리　　　　　〈儒胥必知〉

爲 遊賞景 幾 何如爲<u>尼伊古</u>　　〈안축(安軸, 1282-1348), 謹齋集, 關東別曲, 7장〉

위 試場ㅅ 景 긔 엇더ᄒ<u>니잇고</u>　　　　　〈翰林別曲 1章, 樂章歌詞〉

향찰에서도 적지 않은 용례가 '이'音을 위해 사용되고 있음이 확인된다.

吾肹不喩慚肹伊賜等 (붓그리)　　　　　　　　　　　　〈獻花歌〉

夜入伊遊行如可 (밤드리)　　　　　　　　　　　　　　〈處容歌〉

今日部伊冬衣 (주비)　　　　　　　　　　　　　　　　〈普賢2〉

間毛冬留讚伊白制 (기리)　　　　　　　　　　　　　　〈普賢2〉

115) 而 : 而 마리 이 〈光州千字文〉

『光州千字文』에서 訓이 '마리'로 나타나고, 이두에서 역시 '마리'로 읽히는 字이다.

而 마리 이　　　　　　　　　　　　　　　　　　　〈光州千字文〉

爲白在而亦ㅎ잇견마리여　　　　　　　　　　　　　　〈儒胥必知〉

향찰 전체에서 1회 나타난다.

吾衣願尽尸日置仁伊而也　　　　　　　　　　　　　　〈普賢11〉

이 字가 '而也'의 형태로 이두의 '而亦(-지만)'과 연관될 가능성이 있음은 〈XI.2.(3)〉에서 詳述한다.

116) 爾 : 爾 너 싀 〈訓蒙字會〉

字音 '싀'를 借用하여 향찰표기에서 '이'음을 表示하는 데 쓰이는 듯하다. 유사 소재의 작품들에서만 보인다. 3회의 용례가 있다.

秋察尸不冬爾屋支墮米 (이울)　　　　　　　　　　　〈怨歌〉

月置八切爾數於將來尸波衣 (未詳)　　　　　　　　　〈彗星歌〉

咽鳴爾處米 (이두 · 구결자 '尒'의 잘못)　　　　　　　〈讚耆婆郎歌〉

이 중, 「怨歌」의 '爾屋支'는 전후의 '秋 · 墮'와 어울리며 '이울다(시들다)'의 음가를 잘 반영하고 있지만, 여타의 두 용례는 의미 파악이 어렵다. 단, 「讚耆婆郎歌」의 '爾'字는 '울다(咽鳴)'라는 어휘에 접속되어 있다는 점에서 '우러곰'과 관련된 표기일 가능성이 높다. 이에 대해서는 박재민(2013a)의 277-283면에서 詳論한 바 있다.

117) 尒 : 吏讀 · 口訣字 '尒[곰]'의 異形

'尒'는 「보현7」에 다음과 같이 나타난다.

手乙寶非鳴良尒　　　　　　　　　　　　　〈보현7〉

최초의 연구자인 소창진평이 이 字를 '爾'의 異體字로 판별하여 '-니'를 표상한 字로 보았으나, 문맥상 이두 · 구결자 '尒[곰]'의 異形으로 보는 것이 타당하다. 〈VII.3.(3)〉에서 詳述한다.

118) 因 : 因 지즐 인 〈光州千字文〉

향찰 전체 중 「怨歌」에서만 2회 나타난다.

汝於多支行齊教因隱　　　　　　　　　　　〈怨歌〉
月羅理影支古理因淵之叱　　　　　　　　　　〈怨歌〉

두 용례 모두 '이'로 끝나는 말 뒤에 접속되어 있는 것으로 보아, '인'을 위한 음차자로 판단된다.

119) 仁 : 仁 클 인 〈光州千字文〉

字音 '인'을 借用하여 'ㄴ · 인'음을 표기하는 데 사용되었다. 吏讀와 口訣에서는 사용되지 않는 字이나, 특이하게 향찰에서는 '隱'과 통용되며 '인'음을 위해 常用되었다.

法界滿賜仁仏体 （차샨）　　　　　　　　　〈普賢3〉
吾衣身不喩仁人音有叱下呂 （안딘）　　　　　〈普賢5〉
懺爲如乎仁惡寸業置 （懺하더온）　　　　　　〈普賢10〉
吾衣願尽尸日置仁伊而也 （둔）　　　　　　　〈普賢11〉
向乎仁所留善陵道也 （앗온）　　　　　　　　〈普賢11〉

120) 逸 : 逸 놀 일 〈新增類合〉

字音 '일'을 차용하여 향찰에서 '일'음을 표기하는 데 쓰인다. 이두와 구결에서는 쓰이지 않는다.

世理都□之叱逸鳥隱第也　　　　　　　　　　　〈怨歌〉

逸鳥川理叱磧惡希　　　　　　　　　　　　　〈讚耆婆郎歌〉

日遠鳥逸□□過出知遣　　　　　　　　　　　〈遇賊歌〉

灯油隱大海逸留去耶　　　　　　　　　　　　　〈普賢3〉

顚倒逸耶　　　　　　　　　　　　　　　　　　〈普賢4〉

迷火隱乙根中沙音賜焉逸良　　　　　　　　　　〈普賢9〉

「普賢3」은 '이로구나', 「普賢4」는 '顚倒이라'로 해독되어 繫辭 'ㅣ'임을 알 수 있고, 「普賢9」는 '길잃은 이를 뿌리 삼으신 이라'로 해독되어 人稱의 'ㅣ'임을 알 수 있다. 그러나 유사소재의 세 구절은 용법이 다른 것으로 판단된다. 「원가」와 「찬기파랑가」의 '逸'은 한자 본연의 용법일 가능성이 높다. 「원가」의 용법은 박재민(2009b)에서 詳論한 바 있다.

121) 仍 : 仍 전대로 흘 잉 〈新增類合〉, 仍于 지즈로 〈儒胥必知〉

고유어로 된 地名과 人名에 驅使된 字이다.

穀壤縣 本高句麗 仍伐奴縣　　　　　　　〈三國史記 35卷, 志4, 地理〉

穀 낟 곡　　　　　　　　　　　　　　　　　　　〈訓蒙字會〉

槐壤郡 本高句麗 仍斤內郡　　　　　　　〈三國史記 35卷, 志4, 地理〉

槐 누튀　　　　　　　　　　　　　　　　　　　〈光州千字文〉

이두에서는 다음의 '仍于'의 형태로만 나타난다.

仍于 지즈로, 乙仍于 을지즈로　　　　　　　　　〈儒胥必知〉

향찰에서 역시 다음의 용례가 유일하다.

彼仍反隱　　　　　　　　　　　　　　　　　〈普賢6〉

소창진평은 이두의 용례를 중요시하여 '지ᅀ'로 읽었고, 양주동(1942: 782-784면)은 地名·物名의 용례를 중요시하여 '너'로 읽었다. 〈Ⅵ.1.(2)〉에서 詳論한다.

122) 作 : 作 지을 작 〈新增類合〉

字訓 '지을'을 借用하여 吏讀에서 '질'음을 표기하기 위해 사용하는 字이다. 문법 요소로 사용되지는 않으며, 주로 '作紙·作文[문세]'와 같이 단어의 음절을 표기하는 데 專用된다.

作紙질지, 作文질문 〈儒胥必知〉

前年九月付火次戶口作文等乙燒亡 〈高麗末國寶戶籍文書, 1390년〉

凡貢稅軍粮庫乙冒弄落報爲旀田地作文乙漏落爲在乙良 〈大明律直解 05:01b〉

향찰에서는 2회 나타나는데, 차자로서 기능한 것은 다음이 유일하다.98)

此良夫作沙毛叱等耶 (부질) 〈普賢1〉

123) 將來 : 과거지속의 선어말어미. '-해 온·-가 오-'. ㅎ다가 거즛말 가져 :若將妄語 〈南明集諺解 上:9a-b〉

'將'은 향찰에 총 5회 출현한다. 모두 '將來'의 형태로만 나타나 이것이 관용구임을 알린다. 용례는 다음과 같다.

月置八切爾數於將來尸波衣 〈彗星歌〉 兒史毛達只將來呑隱 〈遇賊歌〉

造將來臥乎隱惡寸隱 〈普賢4〉 煩惱熱留煎將來出米 〈普賢6〉

皆往焉世呂修將來賜留隱 〈普賢8〉

이 표기가 '-가 오-'의 음상을 띠면서, '-해 온'이란 현재완료의 의미를 지니고 있음은 〈Ⅳ.3.(2)〉에서 詳論한 바 있다.

---

98) 「慕竹旨郞歌」의 다음 예는 正用字이다.

逢烏支惡知作乎下是 〈慕竹旨郞歌〉

124) 底 : 底 믿 뎌 〈新增類合〉

「願往生歌」에 1회 등장하는 字이다. 소창진평이 한자 본연의 쓰임새로 파악했던 字였지만, 후행의 주요 업적들에서는 주로 音借字로 추정되었다. 용례는 다음과 같다.

　　月下伊底亦 西方念丁去賜里遣　　　　　　　　　　　　　〈願往生歌〉

　하지만 이 字는 한자 본연의 쓰임새일 것으로 추정된다. "달하! 저 아래의 西方 지나 가시리고?"로 해독될 문장인데, 그 경우 '아래'라는 의미를 표현하기 위해 '底'가 사용되었다고 볼 수 있기 때문이다. 이런 해독이 가능하기 위해서는 '底'에 접속된 '亦'이 처격조사로 기능할 수 있어야 하고, '西方念丁'이 '서방 지나'로 해석될 수 있어야 하는데, 이것이 모두 가능한 것임은 박재민(2013a)의 130-132면과 305-307면에서 다룬 바 있다.

125) 切 : 切 근절 절 〈光州千字文〉

「彗星歌」에 1회 등장한다. 유일한 예이고, 또 이른바 似梵書連布語的인 성격을 띠고 있기에 行 전체에 걸쳐 異見이 많은 곳이다. 용례는 다음과 같다.

　　月置八切爾數於將來尸波衣　　　　　　　　　　　　　〈彗星歌〉

126) 丁 : 丁 손 뎡 〈光州千字文〉

　字音 '뎡'을 借用하여 차자표기에서 '뎌'음을 표시하는 데 쓰인다. '뎌'를 主音價로 하고 모두 行末에 나타나고 있기에 종결어미로 쓰인 字임을 알 수 있다.

　　此地肹捨遣只於冬是去於丁　　　　　　　　　　　　　〈安民歌〉
　　去奴隱處毛冬乎丁　　　　　　　　　　　　　　　　　〈祭亡妹歌〉
　　修叱賜乙隱頓部叱吾衣修叱孫丁　　　　　　　　　　　〈普賢5〉
　　西方念丁去賜里遣　　　　　　　　　　　　　　　　　〈願往生歌〉

　다만, 이 중 「願往生歌」의 '念丁'은 音과 位置上 여타 3회의 용례와는 구별된다. 이에 대해서는 '念'項을 참조할 것.

127) 制 : 制 ᄆᆞ롤 졔 〈光州千字文〉, 制 법 져 〈歷代千字文〉

吏讀나 口訣 등의 차자표기에서 常用되는 字는 아니다. 그러나 향찰표기에서
는 다음과 같이 文末에 2회 나타난다.

    間毛冬留讚伊白制　　　　　　　　　　　　　　　　　　　　　〈普賢2〉

    仏仏周物叱供爲白制　　　　　　　　　　　　　　　　　　　　〈普賢3〉

출현위치, 音相의 흡사성 등에 비추어 볼 때 다음의 '齊'와 같은 기능 – 감탄종
결어미 – 을 하는 字이다.

    九世尽良礼爲白齊 (禮ᄒᆞᆸ져)　　　　　　　　　　　　　　　〈普賢1〉

    來際永良造物捨齊 (ᄇ리져)　　　　　　　　　　　　　　　　〈普賢4〉

    他道不冬斜良只行齊 (녀져)　　　　　　　　　　　　　　　　〈普賢8〉

128) 苐 : 第의 異體

'苐'는 「怨歌」의 마지막 구절에 나타난다. 여타의 차자표기에는 借字로서의
용례가 없고, 향찰로서도 유일 용례이다.

    世理都□之叱逸烏隱苐也　　　　　　　　　　　　　　　　　　〈怨歌〉

그간 이 字는 대부분의 주요 연구업적에서 借字로 前提되어 해독되었다. 그
러나 이는 용례상, 출현 위치상 모두 한자 본연의 쓰임새일 가능성을 짙게 가지
고 있다. 유일 용례는 항상 한자 본연의 쓰임새일 가능성을 높게 가지는 것이고,
출현 위치 또한 명확한 '명사'의 위치에 있다. '逸烏隱'으로 수식받고 있기 때문
이다. 향가 전체 표기에서 이러한 구조 '動詞語幹+오은(烏隱·乎隱)'으로 되어
있는 것 중, '名詞'가 후행하지 않은 용례는 없다. 이에 대한 분석과 字의 의미는
박재민(2009b)에서 詳論한 바 있다.

129) 齊 : 齊 져나라 제 〈歷代千字文〉 齊 ᄀ즉 졔 〈新增類合〉

字音 '졔·져'를 借用하여 차자표기에서 '져'음을 表示하는 데 쓰인다.
이두에서는 〈若木淨兜寺五層石塔造成形止記〉(1031)에 처음 나타나며, 구결

은 12세기 초에 작성된 것으로 추정되는 『華嚴經疏』부터 잦은 빈도로 쓰이고 있음을 본다.

> 石乙良 第二年 春節已只 了兮齊遣成是不得爲 (돌을랑 제2년 春節까지 마치고 저(ㅎ)고 이루지 못해) 〈若木淨兜寺五層石塔造成形止記, 1031년〉
>
> 菩薩隱 年盛爲齊 色美爲齊 衆隱 相 具足爲齊爲在良 (菩薩은 年盛하져 色美하져 衆生은 相을 具足하져하겨아) 〈華嚴經疏 11:06-07〉
>
> 菩薩隱 … 貪尸 不爲齊 味尸 不爲齊爲旀 (菩薩은 … 貪하디 아니하져 味하디 아니하져 하며) 〈華嚴經疏 13:02-03〉

이 모두는 願望의 종결어미로 해석된다.[99] 이러한 쓰임은 일찍이 있었던 향찰에서의 용법과 일치하는 것이 된다. 향찰에서 역시 모두 句節의 끝(특히, 4·8·10행)에 나타나며, 의미 또한 願望과 잘 어울림을 본다. 용례는 다음과 같다.

> 兒史年數就音墮支行齊 〈慕竹旨郞歌, 4행〉
>
> 心未際叱肹逐內良齊 〈讚耆婆郞歌, 8행〉
>
> "汝於多支行齊"敎因隱 〈怨歌 3행, " "는 필자〉
>
> 迷反群无史悟內去齊 〈普賢 1, 4행〉
>
> 九世尽良礼爲白齊 〈普賢 10, 8행〉
>
> 來際永良造物捨齊 〈普賢4, 10행〉
>
> 他道不冬斜良行齊 〈普賢8, 10행〉
>
> 伊留叱餘音良他事捨齊 〈普賢11, 10행〉

이러한 音과 用法은 선초의 다음 자료에 대응하는 것이 된다.

> 欲은 ᄒ고져 홀씨라 〈釋譜詳節 序:03a〉
>
> 一切有情과 菩提彼岸&애 ᄲᆞᆯ리 가고져 願ᄒ노라 〈月印釋譜 序:26b〉
>
> 念念 ᄊᆞᅀᅵ예 骨肉 眷屬들히 福力 지ᅀᅥ 救하ᅇᅣ ᄲᅢ혀과뎌 ᄇᆞ라ᄂᆞ니 〈月印釋譜21:110a〉

---

99) 남풍현(2000:509면)은 이 부분 '了兮齊遣'을 '못히졔코'로 읽으며 평서법종결어미 '-齊/졔'라 하였다. 그러나 문맥상, 願望으로 해석된다.

130) **朝** : 朝 아춤 됴 〈光州千字文〉

차자표기에서 常用되는 字가 아니다. 향찰에 다음

　　曉留朝于萬夜未　　　　　　　　　　　　　　　　　　〈普賢7〉

과 같이 1회 출현한다. 일부 연구자들이 音借字로 추정하고 있으나 전후에 나타
나는 曉·夜 등의 어휘로 볼 때, 한자 본연의 쓰임새로 쓰인 正用字로 추정된다.
〈Ⅶ.5.(2)〉에서 詳述한다.

131) **條** : 條 가지 됴 〈新增類合〉, 條 올 됴 〈光州千字文〉

차자 표기에서 常用되는 字가 아니다. 향찰에 다음

　　火條執音馬　　　　　　　　　　　　　　　　　　　　〈普賢3〉

과 같이 1회 나타나 일부 연구자들이 借字로 풀이한 바 있다. 하지만 正用字로
판단된다. 〈Ⅲ.1.(1)〉에서 詳述한다.

132) **主** : 主 님 쥬 〈訓蒙字會·新增類合 등〉

字訓 '니림('님'의 古形)'을 차용하여 '니림'을 表示하는 데 쓰인다. 향찰에서는
「薯童謠」의 다음 용례가 유일하다.[100]

　　善化公主主隱　　　　　　　　　　　　　　　　　　　〈薯童謠〉

연구 초기에 '님'으로 읽던 것을 '니림'으로 전환한 것은 김완진이었다. 이 해
독이 古形을 보다 충실히 반영한 것이라 여겨 본서도 이를 따른다.

133) **中** : 根中 〈普賢9〉, 根불휘 근 〈新增類合〉, 根불희 근 〈光州千字文〉[101]

---

100) 한자 본연의 쓰임새로는 다음의 용례가 더 있다.
　　彌勒座主陪立羅良 〈兜率歌〉, 淨戒叱主留卜以支乃遣只 〈普賢4〉, 但非乎隱焉破○主
　　〈遇賊歌〉
101) '中'이 '根'의 말음 '희·휘'를 위해 쓰였음을 보여주는 자료이다.

字訓 '~에'를 차용하여 이미 문법화되어 있던 處格의 '긔·희'음을 代用하는데 쓰인다. 초기 이두에서 한문 본연의 쓰임새로 쓰이는데, 이것의 독법이 '~에'였던 까닭에 문법화하여 우리말의 '~긔·희' 등을 나타내는 借字가 될 수 있었던 것이다. 그렇기에 이 자는 향찰에서 한 예를 제외하고는 모두 '~에(處所)'가 필요한 곳에 나타나고 있다.102) 이두의 예와 향찰의 용례를 보이면 다음과 같다.

良中아희, 良中沙아히ㅅ, 是白如中이숣다희, 爲白在如中ㅎ숣견다희

〈儒胥必知〉

千手觀音叱前良中　　〈禱千手觀音歌〉　　蓬次叱巷中 宿尸夜音　　〈慕竹旨郎歌〉

沙是八陵隱汀理也中　　〈讚耆婆郞歌〉　　一念惡中涌出去良　　〈普賢2〉

世呂中止以友白乎等耶　　〈普賢7〉　　命乙施好尸歲史中置　　〈普賢8〉

衆生叱海惡中　　〈普賢10〉

한편, '中'은 단독으로 쓰일 뿐만 아니라 '良中·也中·惡中' 등과 복합되어 쓰이는 경우도 많은데 이 모두 같은 音相의 異表記들로 판단된다. 이들의 비교는 '也'項에 싣는다.

134) 之叱 : 잇·엣

향찰에 등장하는 4회의 '之'는 공교롭게도 모두 '之叱'의 형태로 되어 있다. 이는 '之叱'이 하나의 문법소로 성립해 있음을 말하는 것이다.103) 용례는 다음과 같다.

月羅理影支古理因淵之叱　　　　　　　　　　　　　　　〈怨歌〉

法界惡之叱佛會阿希　　　　　　　　　　　　　　　　　〈普賢6〉

世理都ㅇ之叱逸烏隱第也　　　　　　　　　　　　　　　〈怨歌〉

唯只伊吾音之叱恨隱潯陵隱　　　　　　　　　　　　　　〈遇賊歌〉

---

102) 예외의 한 예는 다음이다. '根'의 고훈 '불희·불휘(根 불희 근 〈光州千字文〉)'의 말음을 위해 쓰임을 본다.
　　迷火隱乙根中沙音賜馬逸良 〈普賢9〉
103) 단, 遇賊歌의 경우는 후행하는 '恨(=爲隱)'으로 보아 '處格'으로 보기 어렵다. 이것이 현재 해독상의 한계에서 비롯된 未把握인지 아니면 근본적으로「遇賊歌」의 경우가 여타의 경우와 무관한 형태이기에 그런지는 잘 알 수 없다.

이 용례들 중 '淵之叱'과 '法界惡之'는 先行語가 處所이기에 '處格'임을 선명히 보여준다. 그러나 「怨歌」의 '都之叱'[104]과 「遇賊歌」의 '吾音之叱'은 그간 연구에서 퍽 苦心되던 곳이다. 소창진평의 '누리도 지즐온(世理都 之叱逸烏隱, 세상도 虐待하는)', 양주동의 '누리도 아쳐론(世理都 之叱逸烏隱, 세상도 싫은지고!)', 김완진의 '누리 모든갓(世理 都隱 之叱, 세상 모든 것)'[105] 등의 다양한 解讀은 이 구절에 얽힌 그간의 고심을 그대로 반영해 주고 있다.

그러나 이미 두 사례가 선명한 '잇·옛'이란 음을 지시하고 있고 '都' 역시 '모두'란 의미로 그러한 音價와 결합할 자질이 되는 것이기에 '모두다잇·모두옛'으로 가능성을 여전히 가지고 있다.[106] 곧, '세상 모두다잇' 정도로 읽힐 가능성을 보는데, 이에 대하여는 박재민(2009b)에서 詳述한 바 있다.

135) 支 : 支 괴올 지 〈新增類合〉[107]

字音 '지'에서 借用하여 'Ø·ㅣ·히·희'음을 표시하는 데 쓰이는 것으로 보인다.

'支'는 향찰 연구의 오랜 苦心處였다. 뚜렷한 문법적 기능이 감지되지 않았기 때문이다. 이로 小倉進平과 양주동은 다음과 같은 언급을 남긴다.

> '支'는 의미 없이 글 가운데 삽입되는 자이다.　　　〈小倉進平(1929), 187면.〉

> 「支」(乃至「只」)가 虛字로 使用되는 由來는 姑未詳이나, 想必「支·只」가 그末音에 依하야「ㅣ」의 音借字로 가볍게 添用되는—方「ㅣ」는 元來 有若無에 가까운音이므로 轉하야 語形·語勢의 一旦休止, 或은 中間段落을 보이는 符號字로 이를테면, 句讀點用樣 가볍게 添用됨에 이른것이라 생각한다.　　　〈양주동(1942), 117면.〉

---

104) '都ㅇ之叱'의 중간 공백은 무의미한 것이다. 향가에서 空白은 불규칙하여 때로는 缺字가 있었을 것으로 보이는 것도 있고, 이와 같이 무의미한 空白으로 斷定되는 것도 있다.

105) 김완진은 '都'에 '隱'을 補入하여 '都隱'으로 바꾼 후, '모든'으로 풀었다.

106) 남풍현(1999a:271-284면)에서도 지적된 바 있다. 그 중 한 예를 재인용하면 다음과 같다.

　　三世叱 善惡亦乎令隱 一切之叱 幻化是在隱是羅 〈舊譯仁王經 14:10-11〉

107) 여기에서 '支'와 '攴'은 구분하지 않는다. '攴'은 '支'의 이체자이기 때문이다. 제3장의 〈IV.6.(2)〉 참조.

이러한 견해 - 의미없이·符號字 - 는 後, 김완진에 이르러 또 다른 돌파구로 작용해, 이른바 지정문자로서의 '支'說이 성립되기에 이르렀다.

그러나 향찰에 쓰이고 있는 '支'는 선학들의 苦心과는 달리 뚜렷한 구분이 가능하다. 이에 대해서는 박재민(2013a)의 144-148면에서 詳論한 바 있다.

136) 只 : 楮 多只 〈鄕藥救急方〉, 楮 닥 뎌 〈訓蒙字會 등〉

字音 '기'를 借用하여 차자표기 전반에서 'ㄱ·기'음을 表示하는 데 쓰인다. 우선 物名과 人名, 그리고 이두에서는 주로 '기'음을 나타낸다. 쓰임새를 보면 다음과 같다.

楮 茶只葉 多只	〈鄕藥救急方〉
楮 닥 뎌	〈訓蒙字會 등〉
癮疹 豆等良只 置等羅只	〈鄕藥救急方〉
癮 두드러기 은, 疹 두드러기 딘	〈訓蒙字會〉
麩 只火乙	〈鄕藥救急方〉
麩 기울 부	〈訓蒙字會〉

新生小兒 新羅上世呼閼智 今則轉呼阿其 或曰 阿只 只音其
〈頤齋遺藁 卷25, 華音方言字義解〉

옥기 玉只	〈東國新續三綱行實圖 烈女 01:90b〉
부기 夫只	〈上同 02:07b〉
쳐녀 큰아기 處女大阿只	〈上同 03:77b〉

擬只 시기, 役只 격기, 惟只 아기, 的只 마기, 幷只 다무기, 最只 안즈기, 爲只 爲 ㅎ기암, 爲巴只 ㅎ두록, 的只乎事 마기온일 〈儒胥必知〉

구결에서 '只'는 주로 'ㄱ' 등의 음을 위해 사용되고 있다. 석독구결108)에 흔히 보이는 '唯只·當只·必只·最只·曾只·不只·未只'과 같은 어휘들은 모두 다음의 훈들

---

108) 예시 어휘들은 『舊譯仁王經』, 『瑜伽師地論』, 『華嚴經疏』 등 5종의 석독구결 자료에서 추린 것들이다.

唯 오직 유 〈新增類合 등〉, 當 반득 당 〈光州千字文〉, 必 반득 필 〈光州千字文〉

最 안직 최 〈光州千字文〉, 曾 일즉 증 〈歷代千字文〉, 不 안득 블 〈光州千字文〉

에 대응됨을 본다. 향찰에서도 '只'는 'ㄱ'音을 위한 字로 쓰이고 있다. 다수의 용례 중, 고려 혹은 선초의 문헌들과 대응이 쉬운 몇 예를 추리면 다음과 같다.

唯只伊吾音之叱恨隱潡陵隱	〈遇賊歌〉
隔句 必只一毛叱德置	〈普賢2〉
此地肹捨遣只於冬是去於丁	〈安民歌〉
十方叱仏体闕遣只賜立	〈普賢4〉

「遇賊歌」의 '唯只'과 「普賢2」의 '必只'은 전술한 구결의 예에서 이미 보여 각 각 '오직·반득'을 나타내고 있음이 분명하고 「安民歌」의 '捨遣只' 역시 다음의 언해·구결과 정확히 호응한다.

諸隱 飾好乙 捨爲古只 頭陀叱 行乙 具爲飛立	〈華嚴經 06:01〉
諸隱 僞飾乙 捨爲古只 眞實處良中 到飛立	〈華嚴經 03:01〉
너희 出家ᄒ거든 날 ᄇ리곡 머리 가디 말라	〈釋譜詳節 11:37a〉
員의 符節ᄋᆞᆯ ᄇ리곡 댓나출 혀내 비ᄂᆞᆯ 딜어 져서 가고져 ᄒᆞ노라 : 思欲委符節 引竿自刺船	〈杜詩諺解 初刊 25:40a〉

137) 知 : 知 알 디 〈新增類合〉

字音 '디'를 차용하여 '디'音을 표시하는 데 쓰인다. 物名과 地名에 다음

地育縣 本百濟 知六縣	〈三國史記 卷36, 雜志5, 地理3〉
知母디모	〈牛馬羊猪染疫病治療方 12b〉

과 같은 용례가 있으며, 구결에서도 문법요소의 음을 표기하기 위해 常用되었다.

行道叱 勝利乙爲尸知 是 波羅蜜義是旀, [홀디, 할 것이]

大甚深智乙 滿足爲尸知 是 波羅蜜義是旀, [홀디, 할 것이]

行非行 法乙 心良中 執著 不冬爲尸知 是 波羅蜜義是旀, [홀디, 할 것이]

生死隱 過失是旀 (涅槃功)德是隱是良叱多爲良 正覺正觀爲尸知 是 波羅蜜義是旀,
[홀디, 할 것디]

……著乎尸 所 無叱齊 見乎尸 所 無叱齊 患累 無叱齊 異爲隱 思惟 無叱齊爲尸知
是 波羅蜜義是在隱是多   〈金光明經 05:8-23〉

향찰표기에 '知'는 총 9회 나타나는데, 다음의 7회가 차자의 가능성이 높은
것으로 지목되어 있다.

逢鳥支惡知作乎下是   〈慕竹旨郎歌〉

爲賜尸知民是愛尸知古如   〈安民歌〉

爲尸知國惡支持以 支知右如   〈安民歌〉

吾良遺知支賜尸等焉   〈禱千手觀音歌〉

日遠鳥逸〇〇過出知遺   〈遇賊歌〉

向屋賜尸朋知良閪尸也   〈普賢7〉

伊知皆矣爲米   〈普賢7〉

138) 直 : 直 고들 딕 〈新增類合〉

物名・吏讀・口訣 등의 차자표기에서는 쓰지 않았던 字나, 고유어 地名을
표기할 때는 간혹 사용한 字이다.

直寧縣 本一直縣   〈三國史記 卷34, 雜志, 地理〉

三陟郡 悉直國   〈三國史記 卷35, 雜志, 地理〉

祁梁縣 本百濟 屈直縣   〈三國史記 卷36, 雜志, 地理〉

향찰표기에서 다음과 같이 1회 나타난다.[109]

仏前灯乙直体良焉多衣   〈普賢3〉

字音 '딕'을 借用하여 '디'음을 표기하는 데 사용된 것으로 추정된다. 〈Ⅲ.2.(2)〉에
서 詳述한다.

---

[109] 다음 용례에서 보이는 '直'은 한자어 본연의 용법이다.
直等隱心音矣命叱使以惡只 (고든) 〈兜率歌〉

139) 叱 : 叱 꾸지즐 즐〈訓蒙字會〉

字音 '질'을 차용하여 차자표기 전반에서 'ㅅ・ㄱ'음을 表記하는 데 쓰인다. 音相은 다음의 人名 표기에서 명확히 드러난다.

귿비 末叱非		〈東國新續三綱行實圖 烈女 02:47b〉	
늣지 芿叱之	〈上同, 02:58b〉	늣개 芿叱介	〈上同 06:72b〉
김귿샹 金末叱常	〈上同 03:20b〉	양녀 쟛달 良女者叱達	〈上同 03:24b〉
굳개 仇叱介	〈上同 06:75b〉		

향찰과 구결, 이두 등에서도 '叱'은 'ㅅ'이 필요한 곳에 사용되었는데, 이를 세분하면, 말음첨기, 속격・관형격, 기타 'ㅅ'음이 필요한 곳으로 나눌 수 있다.

【말음첨기】

鷄冠 鷄矣碧叱 (현대어, 둙의 볏)		〈鄕藥救急方〉	
際叱	〈讚耆婆郎歌〉	際 又 제	〈新增類合〉
城叱	〈彗星歌〉	城 잣 셩	〈新增類合・光州千字文・訓蒙字會〉
物叱	〈怨歌〉	物 갓 믈	〈光州千字文・訓蒙字會〉
羊蹄 所乙古叱솔웆		〈牛馬羊猪染疫病治療方〉	
菖蒲 松衣亇叱根숑의맛불휘		〈牛馬羊猪染疫病治療方〉	
始叱 비룻		〈儒胥必知〉	
奪叱良乙何如爲理古		〈處容歌〉	
奪 아슬 탈		〈訓蒙字會〉	
功德修叱如良來如		〈風謠〉	
修叱賜乙隱頓部叱吾衣修叱孫丁		〈普賢5〉	
若 於觀乙 修叱去隱多中隱		〈華嚴經 04:02〉	
修行은 닷가 行홀씨라		〈月印釋譜 02:25a〉	
得賜伊馬落人米无叱昆		〈普賢5〉	
量 無叱隱 菩薩亦 比丘亦 八部亦		〈舊譯仁王經 02:03-04〉	
그지 업슨 福德을 닷マ샤		〈月印釋譜 02:54a〉	

人是有叱多 〈彗星歌〉

吾衣身伊波人有叱下呂 〈普賢10〉

是 如支爲隱 聖法良中 略古隱 二種 有叱多 〈瑜伽師地論 03:22〉

俗은 뷘 거슬 잇다 ᄒᄂ니 〈月印釋譜 08:30a〉

爾叱爲隱 時中 佛隱 大衆衣中 告爲賜尸 〈舊譯仁王經 03:17〉

今 열 금 〈訓蒙字會〉

【속격·관형격】

功德叱 身乙 對爲白惡只 (功德ㅅ 몸을) 〈普賢2〉

十方叱 仏体 閼遣只賜立 (十方ㅅ 부처) 〈普賢4〉

衆生叱 田乙 潤只沙音也 (衆生ㅅ 밭을) 〈普賢6〉

難行苦行叱 願乙 (難行苦行ㅅ 願을) 〈普賢8〉

一切 諸佛叱 不共法等 〈金光明經 05:06〉

佛叱 國土良中 〈舊譯仁王經 02:13-14〉

부텻 나라해 샹녜 하ᄂᆞᆫ 풍류ᄒ고 (彼佛國土 常作天樂) 〈阿彌陀經諺解 :8b-9a〉

부텻 國土를 조케 ᄒ야 衆生 일우오매 ᄆᆞᅀᆞ믈 즐기디 아니타니

〈月印釋譜 13:04b〉

【기타 'ㅅ'이 필요한 곳】

糞 叱同苳 〈牛馬羊猪染疫病治療方〉

法界毛叱所只至去良 〈普賢1〉

今日部頓部叱懺悔 〈普賢4〉

法界居得丘物叱丘物叱 〈普賢9〉

法雨乙乙白乎叱等耶 〈普賢6〉

한편, '叱'은 경우에 따라서는 'ㄱ'말음을 위해 쓰이기도 한다. 다음의 경우이다.

냥녀 죽덕 注叱德 〈東國新續三綱行實圖 烈女 03:23b〉

ᄉ로私奴 무젹쇠無其叱金 〈東國新續三綱行實圖 忠臣 01:78b〉

火乙叱羅毛붉나모 〈牛馬羊猪染疫病治療方 03b〉

이러한 현상은 향찰 표기 내에서도 경우에 따라서는 '叱'이 'ㄱ'음을 위해 쓰일 가능성이 있음을 시사한다. 본서에서 'ㄱ' 말음을 위해 쓰이고 있다고 판단하는 용례는 다음의 1회이다.

吾隱去內如辭叱都　　　　　　　　　　　　　　　〈祭亡妹歌〉

辭의 훈이 '하직'이기에 'ㄱ'말음으로 판단되는데, 박재민(2013a)의 264-266면에서 상론한 바 있다.

140) 次 : 次 ᄎᆞᆷ ᄎ 〈光州千字文〉

字音 'ᄎ'를 借用하여 物名과 향찰표기에서 'ㅊ·ㅈ·ㅅ'음을 表記하는 데 쓰인다. 선행연구에서는 대체로 'ㅈ·저'음을 위한 字로만 여겨왔다. 그러나 여러 정황을 보면 이 字는 원래 'ㅊ·차'의 영역에서 구사되었던 듯하다. 선행연구에서 오해한 가장 큰 요인은 아마도 향찰의 다음 용례들에 나타난 어휘들의 音相 때문이었던 것으로 보인다.

蓬次叱巷中 宿尸夜音有叱下是　　　　　　　　　　〈慕竹旨郎歌〉

栢史叱枝次高支好　　　　　　　　　　　　　　　〈讚耆婆郎歌〉

此矣有阿米次肹伊遣　　　　　　　　　　　　　　〈祭亡妹歌〉

次弗□史內於都還於尸朗也　　　　　　　　　　　〈遇賊歌〉

위 「慕竹旨郎歌」의 '蓬次'와 「讚耆婆郎歌」의 '枝次'은 선초의 훈이 각각 '다봇(蓬)', '가지(枝)'로 나타난다. 그리하여 '次'字가 'ㅅ·ㅈ'에 해당하는 字로 결론내렸던 것이었다. 그러나 이는 잘못이다. 비록 15세기 문헌에는 'ㅅ'과 'ㅈ'의 末音인 듯이 나타나나 아마 當代의 음은 '다봋·갖'이었던 것으로 여겨진다. '次'의 字音은 초성이 'ㅊ'이고 다음의 物名·職名·人名·地名에서도 'ㅊ'를 쓰고 있음이 보이기 때문이다.

薦莒　獐矣加次·獐矣皮

鹿皮는 사ᄉᆞ믜 가치라　　　　　　　　　　　　〈月印釋譜 01:16a〉

次次雄 或作慈充 金大問云 次次雄 方言謂巫也, 〈三國遺事 卷1, 紀異, 南解王〉

姓朴字厭髑 或作異次 或云伊處 方音之別也 譯云厭也

〈三國遺事 卷3, 興法, 原宗興法厭髑滅身〉

厭 아쳘 염 〈光州千字文〉, 惡 아쳐 오 〈新增類合〉

厭海郡 本百濟 阿次山縣 〈三國史記36卷, 志5, 地理〉

그러나 해당어휘가 유사말음계통인 'ㅈ·ㅅ'으로도 통용되며 借用의 범위를
넓혀갔으며 이는 통시적으로도 계속 적용되어 갔던 듯한데, 다음의 표기들에서
그 흔적들을 엿볼 수 있다.

郁李 山叱伊賜羅次 〈鄉藥救急方〉

西蜀앳 이스라지 쏘 제 블그니 (西蜀櫻桃也自紅) 〈杜詩諺解 初刊 15:23a〉

櫻 이스랏 잉 〈訓蒙字會〉

草麻子　阿次加伊實·阿次加伊

아족가리 〈柳氏物名考 3〉

아쥬까리 皮麻子 〈韓佛字典〉

芫蔚 目非也次·目非阿次

芫 눈비얏 충, 蔚 눈비얏 울 〈訓蒙字會〉

桔梗 道羅次·刀羅次

桔梗 돌앗 〈牛馬羊猪染疫病治療方〉

白歛 犬伊刀叱草·犬刀叱草·犬刀次草 〈鄉藥救急方〉

白斂蔽末 가희톱 〈山林經濟 卷2, 養花, 牧丹〉

한편, 'ㅊ·차'음의 영역에 借用된 '次'자가 향찰의 실제 해독에 일률적으로
적용되지 않는 것도 해독의 큰 고심거리이다. 즉, 「慕竹旨郎歌」의 '蓬次'와 「讚
耆婆郎歌」의 '枝次'는 이들을 '다봇·다봊·다봊'이라 읽거나 '갓·갖·갗'으로
읽어도 詩意의 파악에 큰 지장을 초래하지 않지만, 「祭亡妹歌」의 '次肹伊遣'와
「遇賊歌」의 '次弗'과 같은 경우는 어느 쪽으로 적용을 해 보아도 그 적절한 의미
가 도출되지 않는다는 점에서 큰 고민을 던지고 있는 것이다. 양주동(1942)의
'저히고(次肹伊遣, 543면)', '저플(次弗, 653면)'이 후행 연구자들에 이르러서는

'머믓그리고(次肹伊遣, 125면)·머믈(次弗, 151면) 〈김완진(1980)〉', '즈흘이고(次肹伊遣, 711면)·즈블 (次弗, 836면) 〈유창균(1994)〉' 등으로 수정된 것도 그러한 고민 속에서 도출된 대안들이었다.

141) 察 : 察 슬필 찰 〈新增類合〉

字音 '찰'을 借用하여 향찰표기에서 '슬'음을 表記하는 데 사용된다. 3차례의 용례가 모두 '秋察'의 형태로 나타나고 있어 해독이 완료된 곳이다. 용례를 선초의 훈과 대응시키면 다음과 같다.

秋察尸不冬爾屋攴墮米 〈怨歌〉

於內秋察早隱風未 〈祭亡妹歌〉

覺月明斤秋察羅波處也 〈普賢6〉

秋 ㄱ슬 츄 〈光州千字文〉

142) 處 : 處 바라 처 〈光州千字文〉, 處 곧 처 〈新增類合〉

字音 '처'를 借用하여 향찰표기에서 '쳐~차'音을 表示하는 데 쓰인다. 총 용례는 3곳이나 借字로 판단되는 경우는 다음이 유일하다.[110]

咽嗚爾處米 〈讚耆婆郎歌〉

이 구절의 '處'字는 소창진평(1929:173-174면)과 '열치매'로 읽어 '치'에 대응시켰지만, 후대 연구자들에게는 여전히 苦心의 자리였다. 음차자로 쓰인 용례가 다음처럼 있다.

姓朴字厭髑 或作異次 或云伊處 方音之別也 譯云厭也

〈三國遺事 卷3, 興法, 原宗興法厭髑滅身〉

厭 아쳘 염 〈光州千字文〉, 惡 아쳐 오 〈新增類合〉, 厭海郡 本百濟 阿次山縣

〈三國史記 卷36, 志5, 地理〉

---

110) 나머지 두 용례는 다음과 같다. 모두 '곳'으로 풀이된다.

去奴隱處毛冬乎丁 〈祭亡妹歌〉, 覺月明斤秋察羅波處也 〈普賢6〉

그러나 선행한 '咽鳴'가 '鳴咽'의 오각으로 추정되는 바, '처 · 치 · 차' 등의 음으로는 문맥을 이루기가 매우 어렵다. 오각의 가능성에 대해서는 박재민(2013a)의 277-283면에서 상술한 바 있다.

143) 寸 : 寸 ᄆᄃᆡ 촌 〈新增類合〉

物名 · 地名 · 吏讀 · 口訣 등의 차자표기에서 사용되지 않는 字이다. 특이하게 향찰에서만 나타나는데, 모두 '惡寸'의 형태로 되어 있다.

造將來臥乎隱惡寸隱 〈普賢4〉
惡寸習落臥乎隱三業 〈普賢4〉
懺爲如乎仁惡寸業置 〈普賢10〉

字音 '촌'을 借用하여 '惡'의 말음 '촌'을 나타낸 것으로 판단된다. 〈Ⅳ.3.(4)〉에서 詳述한다.

144) 就 : 就는 곧 因ᄒᆞ야 ᄒᆞ돗 흔 ᄯᅳ디니 〈釋譜詳節 序:05b〉

「慕竹旨郎歌」에 유일하게 나타나는 이 字는 양주동(1942:126-127면)에 의해 '쥼' 음을 表示한 音借字로 이해되었다. 용례는 다음과 같다.

兒史年數就音墮支行齊 〈慕竹旨郎歌〉

그는 앞의 문맥에 맞추어 '모습이(兒史) 살(年數)쥼(就音) 디니려'('모습이 주름살을 가지려'의 의미)로 풀면서 '쥼(就音)'을 '주름(皺)'이라 여겼다.

그러나 이 字는 漢字의 뜻을 유지한 채 풀어야 할 것으로 보인다. 향찰에서 유일한 용례일 뿐더러, 차자표기 전체에서도 이 字가 借字로 쓰인 용례가 없기 때문이다. 본서는 이를 '맛감'으로 보는데, 이에 대해서는 박재민(2013a)의 270-271면에서 詳論한 바 있다.

145) 置 : 置 둘 티 〈新增類合〉

字訓 '두'를 借用하여 향찰과 이두에서 '두 · 도음'을 表示하는 데 쓰인다. 먼저 物名과 이두, 그리고 향찰의 몇 구절을 예시하면 다음과 같다.

癮疹　豆等良只 置等ㅅ只　　　　　　　　　　　　　　　〈鄕藥救急方〉

癮　　두드러기 은　　　　　　　　　　　　　　　　　　〈訓蒙字會〉

蛇床子 蛇音置良只菜實 (뱀도라지나물씨)　　　　　　　〈鄕藥救急方〉

段置 단두, 是置 잇두, 是良置 이라두, 爲有置 ᄒ잇두　　〈儒胥必知〉

牛疫亦 平安一道叱分 不喩 他道良中置 多有 (牛疫이 平安의 一道뿐 아니라 他
道에도 많이 있어)　　　　　　　　　　　　〈牛馬羊猪染疫病治療方〉

一人雖欲爲號令爲良置 不可爲之事 此亦國人之所共知爲白齊 (한 사람이 비록
호령을 하고자 하여도 할 수 없다는 것은 국인들이 모두 아는 바입니다.)
　　　　　　　　　　　　〈大東野乘 卷40, 光海朝日記 一, 問目, 癸丑, 五月十五日〉

九十以上 七歲以下亦 必于 死罪乙 犯爲良置 加刑 不冬 爲乎矣 (90이상 7세이하
가 비록 죽을 죄를 범해도 가형 아니 하되, 九十以上七歲以下 雖有死罪不加
形)　　　　　　　　　　　　　　　　　　　〈大明律직해 01:20a〉

倭理叱軍置 來叱多 (倭ㅅ軍도 왔다)　　　　　　　　　　〈彗星歌〉

必只一毛叱德置 (비록 한 터럭ㅅ 功德도)　　　　　　　　〈普賢2〉

　　그런데 선행연구에서 '置'字와 관련된 해독을 하면서 看過한 점이 하나 있다.
다음의 구절들을 해독하면서 발생하였다.

他密只嫁良置古　　　〈薯童謠〉　　此身遣也置遣　　　　〈願往生歌〉

　　소창진평이 '置古·置遣'를 '두고'로 해독한 이래 후행한 모든 연구자들이 이
해독을 그대로 首肯했다.[111] 그러나 이 점은 이상한 것이다. 우리가 '置'를 해독
하면서 이를 '두·도'로 읽었던 것은 어디까지나 '置'字가 訓借字라는 前提下에
서였다. 만약 '置'가 漢字 本然의 쓰임새라면 이를 반드시 '두다'로 읽어야할 필
연성이 없게 되는 것이다. 즉, 우리가 '白'를 訓借字로 주로 읽는다고 해서 향찰
의 다음과 구절-白雲音-을 '숣구름'이라 읽지 않듯이, 만약 '置'의 訓이 당대에
'두다·놓다' 兩者로 쓰였다면 얼마든지 이를 '놓다'로도 읽을 가능성이 있다는
것이다. 그리고 실제로 선초의 언해들은 다음처럼 '置'를 '두다·놓다' 兩者로
새기고 있다.

---

111) 서재극이 '置遣'을 '遣'의 독법에 이견이 있어 '두견'으로 읽었을 뿐이다.

地獄을 뵈시니 가마들해 사ᄅᆞᆷ믈 <u>녀허 두고</u> 글효ᄃᆡ　　　　〈月印釋譜 07:13a〉

ᄒᆞᆫ 城을 <u>지서 두고</u> 한 사름ᄃᆞ려 닐오ᄃᆡ　　　　　〈月印釋譜 14:76b〉

노ᄑᆞᆫ 수플 아래 수를 <u>노코</u> (置酒高林下)　　　　　〈杜詩諺解 初刊 20:29b〉

삼동내 버혀 더뎻거늘 주서다가 次第로 니서 <u>노코</u>　　〈月印釋譜 08:102a〉

이로 본서는 위의 두 구절을 '노코'로도 읽을 수 있다고 斷定한다. 些少한 문제일 수도 있으나 이는 향찰 해독의 慣性과 맞닿아 있기도 한 것이다.

146) 七 : 七 닐굽 칠 〈新增類合〉

物名・地名・吏讀・口訣 등의 차자표기에서 차자로 사용된 적이 없는 字이다. 향찰에 다음과 같이 1회 나타난다.

目煙廻於尸七史伊衣　　　　　　　　　　　　〈慕竹旨郎歌〉

여러 학자들에 의해 誤刻의 가능성이 제기되어 있다.

147) 呑 : 呑 슴낄 ᄐᆞᆫ 〈新增類合〉

字音 'ᄐᆞᆫ'을 借用하여 향찰표기에서 'ᄐᆞᆫ'음을 表示하는 데 쓰인다. 여타의 향찰표기에는 쓰인 적이 없지만, 「遇賊歌」에서만 3회 나타난다.

兒史毛達只將來呑隱　　　　　　　　　　　　〈遇賊歌〉

好尸曰沙也內乎呑尼　　　　　　　　　　　　〈遇賊歌〉

今呑藪未去遣省如　　　　　　　　　　　　　〈遇賊歌〉

그간의 연구에서 이 字에 대한 異見과 誤解는 심하다. 우선, 소창진평은 '呑'을 모두 '谷(골짜기)'로 해독하였다. 그리하여 '今呑' 등을 '지금 골짜기'를 뜻한 말이라 하였다. 그것은 다음의 몇 지명에서 보이는 대응들 때문이었다.

習比谷一作呑　　　　　　　　　　　　　　　〈三國史記 卷37, 雜志 地理〉

於支呑一云翼谷　　　　　　　　　　　　　　〈三國史記 卷37, 雜志 地理〉

그러나, 이런 대응은 자형의 혼동에서 비롯된 잘못된 기록을 바탕으로 한 것이다. 三國史記에서 보이는 위 '一作'은 아무래도 轉寫過程에서 간혹 '呑'과 '谷'의 착각이 일어났던 정황을 보여주는 것인 듯하다. 아래의 예는 三國史記에서 보이는 '呑'의 잘못을 보여준다.

豆呑炭典 〈三國史記 卷39, 志8, 職官中〉

豆谷炭典 〈高麗史節要〉

한편, 양주동은 이를 '쏜'에 대응시켰다. 주격의 강세조사 '쏜'에 대응시킨 것으로 그리하여 '今呑'을 '연쏜(이제는, 이제란)'으로 풀이하였다. 그 용례는 다음의 예에서 보이는 '쏜'에서 취하였다.

구스리 바회예 디신들 긴힛쏜 그츠리잇가 〈西京別曲, 樂章歌詞〉

人事이 變혼들 山川이쏜 가실가 〈龔嚴歌, 龔嚴集〉

이 두 설 중, 양주동의 설이 현재 대부분의 연구에서 동의를 얻고 있다. 유창균의 '이제는', 신재홍의 '이젠, 이제는' 등이 모두 이러한 견해를 보완 수정한 결과인 것이다.[112]

그러나, '今呑'은 '지금 골짜기'를 표기한 것도 '이제는'을 표기한 것도 아니다. 단순히 '이제'를 표기한 말이다. '呑'이 '今'에 접속된 것은 '今'의 고훈이 열(今 열 금 〈訓蒙字會〉)이기에 末音으로 첨기된 것인데, 이는 고려시대의 구결에서 다음과 같이 '今恨·今爲隱'으로 나타난다.

我隱 今恨 者 於四種 苦良中 何乎 等爲隱乙 爲脫爲良乎隱是良厼古
〈瑜伽師地論 18:13-14〉

我隱 今恨 苦衣 隨逐乎尸入乙 爲只良 〈瑜伽師地論 18:15-16〉

汝隱 今爲隱 聽乎尸 無叱旅 我隱 今爲隱 說乎尸 無叱白乎多 〈舊譯仁王經 14:21〉

---

112) 김완진의 견해는 다소 애매하다. 그는 "소창진평은 이 노래의 상당한 부분을 未詳으로 남겨두고 있음에도 불구하고, 그가 손댄 부분에 대해서는 상당한 공헌을 하고 있는데, '今呑'에 대하여 '연둔'으로 임한 것은 그의 가장 큰 공로라 할 수 있다."라고 하며 소창진평의 설에 지지를 보내고 있다. 그러나 실제 현대어역된 결과를 보면 '지금은 수풀을 가고 있습니다.'라고 하여 소창진평의 '지금 골짜기 풀숲을 지나가다'와 큰 거리를 보이고 있다. 이 진술의 경위를 잘 알 수는 없지만, 결국 양주동의 설 '지금은'을 따르고 있는 셈이다.

我隱 今爲隱 衰老爲良 身隱 重疾良中 嬰叱爲旀 　　　　〈華嚴經疏 10:18〉

我隱 今爲隱 宜隱 彼衣 求乎隱 所乙 隨乎 　　　　　　〈華嚴經疏 11:13-14〉

吾隱 今爲隱 先良 諸隱 菩薩 爲沙音 佛果乙 護乎令叱 　〈舊譯仁王經 03:18〉

'연흔('今恨·今爲隱')'은 連綴하여 읽으면 '여튼'이 되는데 위의 구결용례에서 보이듯 '이제·지금'의 의미로 쓰임을 보는 것이다.

한편, 「遇賊歌」의 나머지 용례 '兒史毛達只將來吞隱, 好尸曰沙也內乎吞尼'에서도 모두 '튼·턴(ㅎ둔·ㅎ던), 튼니·터니(ㅎ ㄷ니·ㅎ더니)'로 순조롭게 대응되어 '吞'의 음가는 '튼'으로 고정된다 하겠다.

148) 宅 : 宅 집 틱 〈光州千字文〉

'宅'은 향가에 2회 등장한다.

安攴尙宅都乎隱以多 　　　　　　　　　　　　　〈遇賊歌〉

法性叱宅阿叱寶良 　　　　　　　　　　　　　　〈普賢10〉

「普賢10」의 경우 최행귀의 한역시에 나타난 '法性宮'과 대응되기에 '法性의 집'으로 무난히 해석되어 왔으나, 「遇賊歌」의 경우는 연구자들의 苦心을 자아내었다. 소창진평의 '놉죽(尙宅, 높이)', 김완진의 '아직 틱도(安攴尙宅都, 아직 턱도)'는 이 '宅'字를 借字로 파악한 대표적인 예들이 되며 양주동의 '새 집(尙宅, 新家)', 신재홍의 'ㅅ 집(尙宅, 한적한 집)'은 '尙'字를 音讀한 대표적인 예들이 된다.

그러나 본서는 여기서의 '尙宅'이 과연 借字일까에 강한 의심을 가진다. '宅'은 불가의 관용구로 '火宅(고뇌가 가득한 이 세계의 비유)·迷宅(미혹의 집)·安宅(두려움이 사라지고 몸과 마음이 편안해 지는 집)'등의 의미를 가질 수 있는 字이기 때문이다. 따라서 본서는 이를 正用字로 판단한다. '尙宅'에 대한 변증은 박재민(2013a)의 300-303면에서 행한 바 있다.

149) 波 : 波 믈결 파 〈新增類合〉

字音 '파'를 차용하여 '바'音을 표시하는 데 쓰인다. 유사소재에서는 「彗星歌」에 1회 등장하나, 「普賢十願歌」에서는 용례가 많다. 그 중 '바'音을 가장 뚜렷이

보여주는 곳은 다음과 같다.113)

　　　菩提向焉道乙迷波　　　　　　　　　　　　　　　〈普賢4〉

　　　道尸迷反群良哀呂舌　　　　　　　　　　　　　　〈普賢7〉

　위 '迷波·迷反'은 각각 '迷'의 활용형 '이봐, 이본'들을 표기한 형태인데, 그 고훈이 '입다'임으로 인해 위와 같은 借字를 사용하고 있는 것이다. 선초 언해의 대응용례를 들면 다음과 같다.

　　　구든 城을 모ᄅ샤 갏 길히 입더시니 (不識堅城 則迷于行)〈龍飛御天歌 제19장〉

　　　갏 길히 이볼씨 업더디여 사ᄅᆞ쇼셔 ᄒᆞ니　　　〈月印千江之曲 上:60a〉

　　　이런 이본 길헤 눌 보리라 우러곰 온다　　　　　〈月印釋譜 08:06〉

　이로 유사소재 유일의 다음 용례도 역시 '바'로 읽을 근거가 생기는 것이다.

　　　月置八切爾數於將來尸波衣　　　　　　　　　　　〈彗星歌〉

150) 巴 : 보

　巴는 字音이 '파·바'이나 향찰과 新羅代의 표기에서는 '보·복'音을 表記하는 데 쓰였다. 소창진평은 巴가 신라대에 '보·복'음을 나타내는 것을 알지 못했으나, 양주동은 다음의 용례를 들어 巴가 '보·부'에 두루 쓰이는 음임을 고증했다.

　　　因號蛇童下或作蛇卜 又巴 又伏 等 皆言童也 〈三國遺事 卷4, 義解, 蛇福不言〉

　　　弓福 姓張氏 一名保皐　　　　　　〈三國史記 卷10, 新羅本紀, 興德王 3年〉

　　　俠士 弓巴114)　　　　　　　　　　　　　〈三國遺事 卷2, 神武大王〉

　　　亡妹古巴里　　　　　　　　　　　　〈三國遺事 卷3, 塔像, 南月山〉

　　　亡妹古寶里　　　　　　　　　　　　〈三國遺事 卷3, 塔像, 南月山〉

---

113) 이외의 용례는 다음과 같다.
　　伊於衣波最勝供也〈普賢3〉 覺月明斤秋察羅波處也〈普賢6〉, 吾衣身伊波人有叱下呂
　　〈普賢10〉, 伊波普賢行願〈普賢11〉, 阿耶 普賢叱心音阿于波〈普賢11〉
114) 유사에서 장보고(張寶高, ?~846)를 칭하는 말로 쓰이고 있다.

그의 고증은 정확한 것으로, 다음의 예들에서도 그 음이 추가로 확인된다.

産一男巴只 年九改名迤 二男巴只 年八改名贊 三男巴只 年七改名用 幷只 節
付印巴只 方言小兒之稱115)　　　　　　　　　　〈咸昌金氏丙子年准戶口單子, 1336년〉

巴는 '巴寶'의 형태로 「兜率歌」에 다음과 같이 유일례로 나타난다.

巴寶白乎隱 花良　　　　　　　　　　　　　　　　　　〈兜率歌〉

이 구절이 '보보숩은 꽃아!'로 해독됨은 박재민(2013a)의 334-337면에서 詳述
한 바 있다.

151) 判 : 判 빼혈 판 〈新增類合〉

「讚耆婆郎歌」에 1회 등장하는 字이다.

雪是毛冬乃乎尸花判也　　　　　　　　　　　　　　〈讚耆婆郎歌〉

'花判'에 대한 선행연구의 異見은 크다. '화랑의 長'에서부터 '곳갈'까지 다양
한 해독이 이루어져 있다. 借字로는 쓰이지 않는다는 점에서 한자 본연의 용법,
혹은 관직과 관련된 제한된 용법의 字일 가능성이 높으나, 현재로서는 단언하기
어렵다.

152) 八 : 八 여듧 팔 〈光州千字文〉, 八 博拔切 〈唐韻〉, 八 布拔切 〈正韻〉

향찰에서 2회 나타나는 借字지만 쓰임새의 파악이 어려워 연구초기부터 해독
에 異見이 있어 왔다.116)

沙是八陵隱汀理也中　　　　　　　　　　　　　　〈讚耆婆郎歌〉
月置八切爾數於將來尸波衣　　　　　　　　　　　　〈彗星歌〉

---

115) 위 삼국유사의 「蛇福不言」 조에서 보이듯이, 본 용례의 '巴只'는 모두 어린 아이를 칭하는
　　 말인 '복(= 童)'을 借字式으로 표기한 것이다.
116) 총 3회지만, 다음의 1회는 한자 본연의 쓰임새이다.
　　 四十八大願成遣賜去 〈願往生歌〉

두 용례 모두, 문맥상 한자 본연의 쓰임새는 아닐 듯하다. 이중 「찬기파랑가」
의 경우는 '프른(碧)'의 어두음을 나타낸 것으로 보이는데, 이에 대한 상론은 박
재민(2013a)의 283-287면에서 행한 바 있다.

153) 布 : 布曰 背, 苧布曰 毛施背 〈鷄林類事〉, 布 뵈 포 〈光州千字文 · 新增類合〉

字訓 '뵈'를 借用하여 향찰에서 '뵈'음을 表示하는 데 쓰였다. 「獻花歌」 다음
용례가 유일하다.

紫布岩乎邊希   〈獻花歌〉

紫色의 고유어는 '질뵈(紫曰 質背 〈鷄林類事〉)'인데 '布'의 訓 '뵈'로 말음첨기
를 한 것이다.

154) 下 : 下 아래 하 〈光州千字文〉

字音 '하'를 借用하여 차자표기 전반에서 '하'음을 表示하는 데 쓰인다. 소창
진평만이 '이'음에 주로 대응시켰을 뿐, 이 字의 일반적 表音이 '하'라는 데는
주류 연구자들의 이견이 없다. 다음과 같은 용례가 '하'음을 명료히 보여주기
때문이다.

月下伊底亦   〈願往生歌〉   佛道向隱心下   〈普賢8〉

들하 노피곰 도드샤   머리곰 비취오시라   〈井邑詞, 樂學軌範〉

龜何龜何   〈龜旨歌, 三國遺事〉

世尊하 날 爲ᄒ야 니ᄅ쇼셔   〈月印釋譜 01:17b〉

그러나 일부 語句에서 나타나는 '下'에 대해 異見이 생겨나 있다. 다음의 구절
이 대표적이다.

二肹隱吾下於叱古   〈處容歌〉

二肹隱誰支下焉古   〈處容歌〉

本矣吾下是如馬於隱   〈處容歌〉

이곳의 '下'는 양주동(1942:415면)이 '해(것)'로 읽으면서 후대 연구자들이 同調하기도 하고, 修正案을 제시하기도 했다. 양주동의 해독은 내용적인 면에서는 타당하다. '하'는 고유어로 '것'의 의미가 분명하다. 그러나 그 음을 '해'라 한 것은 잘못이다. '下'의 음은 '하'이지 '해'가 될 수 없기 때문이다. '下'자는 여러 음차자에 쓰여 명백한 '하'음을 지시하고 있다. 그 중 구결의 예를 들어 선초문헌과 대응시키면 다음과 같다.

> 時中 大自在 梵王隱… 白佛言 "世尊下"　　　　　　〈金光明經 13:17-19〉
>
> 時中 大王隱 … 作禮爲白古 佛中 白良 言示尸 "世尊下"　　〈舊譯仁王經 03:22〉
>
> 그저긔 四天王이…슬ᄫᅩ디 "世尊하 우리를 어엿비 너기샤"〈月印釋譜 04:56a-b〉
>
> 禮數ᄒᆞᆸ고 부텨ᅴ 슬ᄫᅩ디 "世尊하"　　　　　　〈月印釋譜 08:17a〉

양주동이 그 음을 '해'로 보고 후행 연구자들이 그에 따른 것은 고려가요 「處容歌」의 '내 해어니와'에 영향 받은 것인데, 사실 이때의 '해'는 '내 하이어니와'의 축약일 뿐인 것을 간과한 결론이다. '-이어니와'는 연결어미로 선초 문헌에 다음과 같은 용례를 가진다.

> ᄒᆞ믈며 나는 漏 잇는 처섬 빈호는 聲聞이어니와　　〈楞嚴經諺解 02:50a〉
>
> 나믄 塵은 슨지 모든 學이어니와 불고미 至極ᄒᆞ면 곧 如來리라
>
> 　　　　　　　　　　　　　　　　　　　　　　〈楞嚴經諺解06:75a-b〉

양주동이 이 형태에서 '하'를 분리해내지 못한 것은 '하'가 '것'의 의미를 띠는 문헌적 용례를 접하지 못했기 때문이다. 그리고 現行 口語로 '내해' 등의 말이 남아 있어 이것을 古語의 원형으로 여겼기 때문이다. 그러나 아래와 같이 조선조까지 '하'는 '것'의 의미로 殘存하여 사용되고 있다.

> 내 하는 이 구윗 저울이라　　　　　　　　〈老乞大諺解 重刊 下:53b〉
>
> 내 하는 新羅ㅅ蔘이라　　　　　　　　　　〈老乞大諺解 重刊 下:2b〉

위의 '내 하'는 바로 「處容歌」의 '吾下'에 정확히 대응되는 말이라 하겠다.

155) 何如 : 何 엇데 하 〈新增類合〉

「處容歌」에 나타나는 이 語群을 소창진평, 양주동, 김완진 등 선행연구의 主流에서는 '엇디'로 읽고 있다. 그것은 「靑山別曲」 등에서 나타나는 고려의 語形이 '엇디'였기 때문이다.

| 奪叱良乙何如爲理古 | 〈處容歌〉 |
| 조롱곳 누로기 미와 잡ᄋ와니 내 엇디 ᄒ리잇고 | 〈靑山別曲〉 |

그러나 「청산별곡」보다 판각시기가 빠른 선초의 언해들에서는 이를 대부분 '엇데'로 표기하고 있는 바, 當代에 비교적 近似한 音은 '엇데'로 보는 것이 온당할 것이다.117)

이 兄弟ㅣ 업순디 아니언마른 그 여희여 이슈메 엇데 ᄒ리오 (不是無兄弟 其如有別離)   〈杜詩諺解 初刊 10:10b〉

아기 일훔을 아돌이 나거나 ᄯᆯ이 나거나 엇데 ᄒ리잇가   〈月印釋譜 08:83a〉

供養ᄒᅀᆞᆸ보ᄆᆯ 엇데 ᄒ며   〈釋譜詳節 09:31b〉

156) 恨 : 恨 애ᄃᆞᆯ 흔 〈新增類合〉, 爲 ᄒ 위 〈新增類合〉

字音 '흔'을 借用하여 향찰에서 'ᄒ·흔'음을 表示하는 데 쓰였다. 일반적으로는 'ᄒ'음을 위해 '爲'字를 사용하지만, 때때로 隨意的으로 '恨'字를 쓰기도 하였다. 「普賢十願歌」의 1회를 포함하여 향찰표기에 4회의 용례가 있다.

| 民焉狂尸恨阿孩古 | 〈安民歌〉 |
| 爲內尸等焉國惡太平恨音叱如 | 〈安民歌〉 |

---

117) 가끔씩 두시언해 초간본에서 '엇디'의 형태가 보이기도 한다. 하지만 대부분 '엇데'로 나타난다. 그러던 것이 두시언해 중간본에서는 이러한 표현이 점차 '엇디'로 바뀌어 가는 것을 볼 수 있다. 이는 조선초기에 주류를 이루던 '엇데'가 시간이 흐르면서 '엇디'로 변해간 경향성을 단적으로 대변해 주는 예가 된다.

  몸 뮈우믈 게을이 ᄒ노니 소니 오거든 엇데 ᄒ려뇨 〈杜詩諺解 初刊 25:18b〉
  몸 뮈우믈 게을ㅣ ᄒ노니 소니 오거든 엇디 ᄒ려뇨 〈杜詩諺解 重刊 25:18b〉
  엇데 成都애 수리 업스리오마른 〈杜詩諺解 初刊 24:21b〉
  엇디 成都애 수리 업스리오마는 〈杜詩諺解 重刊 24:21b〉

仏体叱海等成留焉日尸恨　　　　　　　　　　　　　　　〈普賢10〉

唯只伊吾音之叱恨隱滿陵隱　　　　　　　　　　　　　　〈遇賊歌〉

　향찰표기의 이러한 관습은 고려시대의 구결에서도 이어져 표기적 연속성을
보여준다. '爲隱'으로 표기되는 구절이 '恨'으로도 표기되고 있음을 보는 것이다.

我隱 今爲隱 衰老爲良 身隱 重疾良中 嬰叱爲旀　　　　〈華嚴經疏 10:18〉

吾隱 今爲隱 先良 諸隱 菩薩 爲沙音 佛果乙　　　　　〈舊譯仁王經 03:18〉

我隱 今恨118) 苦衣 隨逐乎尸入乙 爲只良　　　　　　〈瑜伽師地論 18:15-16〉

我隱 今恨 者 於四種 苦良中 何乎 等爲隱乙　　　　　〈瑜伽師地論 18:13-14〉

　한편, '狂尸恨(얼혼, 어리석은)', '太平恨(태평ᄒᆞ)', '日尸恨(날혼)'에 나타난 '恨'
에 대한 해독은 학계의 公認을 얻었으나, 「遇賊歌」의 '恨隱'에 대하여는 한자
그대로의 쓰임새라는 서재극, 훈차(슳은, 슬흔)라는 유창균 등의 異說들이 제기
되어 있다. 詩句가 難解하기에 확언하기는 이르지만, 앞에 '-음직'이라는 語群
이 와 '-음직흔'으로 연결될 가능성이 있다는 점, 또 이러한 형태로 '滿陵(功德)'
이라는 후행 명사에 자연스럽게 연결된다는 점에서 '~음직흔 功德' 정도의 풀이
가 가능하기에 우선 音借의 '흔'으로 상정한다.

157) 孩 : 孩 ᄌᆞ아기 히, 兒 아히 ᅀᆞ, 童 아히 동 〈新增類合〉

　향찰에 1회의 용례가 있다.

　　民焉狂尸恨阿孩古　　　　　　　　　　　　　　　　〈安民歌〉

　兒의 고훈 '아히'의 末音을 표시한 字이다. '阿孩'는 이른 시기부터 우리말에서
'아이'의 뜻으로 쓰여온 어휘이다.

　承相金良圖爲阿孩時 忽口噤體硬 不言不逯　〈三國遺事 卷5, 神呪, 密本摧邪〉

　大師阿孩[方言謂兒與華无異]時行坐必掌合跌對 (대사는 아해[阿孩, 우리말로

---

118) '今恨'은 구결 원문에 '今ᄝ'으로 표기되어 있다. 이 'ᄝ'를 남풍현(1998)은 'ㄱ · ㄱ'음을 표한
것으로 보았다. 아마 '艮(간)'의 어형에 끌린 것으로 보인다. 그러나 위에서 보이는 '爲隱'과
의 대응을 볼 때, '恨'의 약체로 보는 것이 理解가 순조롭다.

148　고려 향가 변증

어린아이를 말하는 것이니 중국말과 다르지 않다 적에 걷거나 앉을 때 반드시
합장을 하고 가부좌를 하였다.)　　　　　　　　〈聖住寺郎慧和尙白月葆光塔碑〉

通呼子昔ᄌ식者 子息也 孶殖也 專呼子曰 아들者 阿孩等也.

〈頤齋遺藁 卷25, 雜著, 華音方言字義解〉

今俗稱子曰阿達 又曰阿孩 女曰達　　　〈硏經齋全集外集 卷16, 禮類, 九族說〉

158) 兮 : 鳳봉兮혜鳳봉兮혜여 〈論語諺解 04:47a〉

地名을 표기할 때 애호되던 字였다. 몇 용례를 보이면 다음과 같다.

熱兮縣 或云泥兮　　　　　　　　　　　〈三國史記 卷34, 雜志 地理〉

阿尸兮縣 一云阿乙兮　　　　　　　　　〈三國史記 卷34, 雜志 地理〉

三峴縣 一云密波兮　　　　　　〈三國史記 卷37, 雜志, 地理, 高句麗〉

향찰에는 2회 출현하는데, 모두 文末에 나타난다는 공통점이 있다.

毛等盡良白乎隱乃兮　　　　　　　　　　　　　　　〈普賢2〉

皆仏体置然叱爲賜隱伊留兮　　　　　　　　　　　　〈普賢8〉

아마 字音 '혜'를 차용하여 '-혀' 정도 음의 종결어미를 나타내려 했던 字로
추정된다.119) 이와 동일하게, 종결어미로 온 '舌[혜]'가 온 사례가 있다.

道尸迷反群良哀呂舌　　　　　　　　　　　　　　　〈普賢7〉

159) 乎 : 乎 온 호 〈光州千字文·石峯千字文〉

字音 '호'를 借用하여 차자표기에서 '오·온'음을 표시하기 위해 사용된다.

爲乎㫆 ᄒ오며, 是乎矣 이오되 〈儒胥必知〉

---

119) 구결에서는 '亐'로 표기되는데, 대체로 '히'음에 대응하는 경우가 많다.
　　天脅隱 快亐 十四 王衣良乙 〈舊譯仁王經 11:13〉
　　善利롤 快히 得게 ᄒ니 〈月印釋譜 13:51a〉
　　我隱 今爲隱 略亐 佛乙 〈舊譯仁王經 11:13〉
　　八難앳 네홀 略히 드러 니르시고 〈楞嚴經諺解 07:45a〉
　　大悲 入出乎尸矣 自在亐爲㫆 〈金光明經 04:07〉
　　하놀해 나 自在히 化生ᄒ야 〈月印釋譜 23:96a〉

二十一人亦 堀取五尺石 築十尺方良中 排立令是白內乎矣 玄風縣 北面 觀音房主人 貞甫長老 陪白賜乎 舍利 一七口乙 (排立ᄒᆞᅀᆞᆸ內오ᄃᆡ, 뫼ᅀᆞᆸ시온)

〈若木淨兜寺五層石塔造成形止記 1031년〉

牛矣 傳染病乙 治療爲乎矣 (치료ᄒᆞ오대) 〈牛馬羊猪染疫病治療方1:a〉

其 佛叱 座前良中 自然兮 而以 九百萬億劫花利 生乎隱矣 (생기온대)

〈舊譯仁王經 02:17〉

향가에서도 다수의 예가 있는데, 몇 예를 보이면 다음과 같다.

花肹折叱可獻乎理音如 〈獻花歌〉

巴寶白乎隱花良汝隱 〈兜率歌〉

彌陁刹良逢乎 〈祭亡妹歌〉

仰頓隱面矣改衣賜乎隱冬矣也 〈怨歌〉

刹刹每如邀里白乎隱 〈普賢2〉

惡寸習落臥乎隱三業 〈普賢4〉

이러한 어형들은 선초의 다음 예시들에 나타난 의도의 선어말어미 '오'에 대응되는 것이 된다.

너 爲ᄒᆞ야 닐오리라 〈月印釋譜 09:09a〉

부텨 供養ᄒᆞᅀᆞ온 녯 福과 ᄯᅩ 큰 願을 〈法華經諺解 04:73a〉

阿難이 牒ᄒᆞ야 詰難ᄒᆞᅀᆞ온 뎐ᄎᆞ로 이에 〈楞嚴經諺解 04:132a〉

160) 好 : 好 됴ᄒᆞᆯ 호 〈光州千字文〉

字音 '호'를 借用하여 향찰에서 '호'음을 表示하는 데 쓰인다.

阿冬音乃叱好支賜烏隱 〈慕竹旨郎歌〉

物叱好支栢史 (漢字) 〈怨歌〉

栢史叱枝次高支好 〈讚耆婆郎歌〉

好尸曰沙也內乎呑尼 〈遇賊歌〉

不冬喜好尸置乎理叱過 〈普賢5〉

吾焉頓部叱逐好支伊音叱多 〈普賢8〉

命乙施好尸歲史中置 〈普賢8〉

然叱皆好尸卜下里 〈普賢8〉

仏体爲尸如敬叱好叱等耶 〈普賢9〉

161) 火 : 火 블 화 〈光州千字文 · 新增類合 등〉

字訓 '블'을 차용하여 차자표기 전반에서 '브 · 블'음을 표기하는 데 사용된다.

火乙叱羅毛븕나모　　　　　　　　　　　　　　〈牛馬羊猪染疫病治療方 03b〉

麩 只火乙 〈鄕藥救急方〉, 麩 기울 부　　　　　　　　　〈訓蒙字會〉

茂火 더부러 〈典律通補〉

凡矣蒙古色目人等弋只中國人茂火兩相情願以交嫁令是遣 (凡蒙古色目人聽
與中國人爲婚姻務要兩相情願)　　　　　　　　〈大明律直解 06:08a-b〉

향찰표기에서는 訓借字 1회[120)]가 보인다.

迷火隱乙根中沙音賜焉逸良 (이혼)　　　　　　　　　〈普賢9〉

162) 花 : 花는 고지라 〈月印釋譜 01:23a〉, 곳됴코(有灼其華) 〈龍飛御天歌 2장〉

향찰에 쓰인 6회의 '花'字 중, 연구자들에게 花가 한자 본연의 의미가 아닌
借字로 풀이된 것은 다음의 두 용례이다.

兩手集刀花乎白良　　　　　　　　　　　　　　〈願往生歌〉

雪是毛冬乃乎尸花判也　　　　　　　　　　　　〈讚耆婆郞歌〉

「願往生歌」의 경우 소창진평의 '모도와(集刀花乎)'와 양주동의 '모도호(集刀
花乎)'에서 차자로서의 독법이 시작되었고, 「讚耆婆郞歌」의 경우 정열모가 '곳
갈(冠)'로 읽은 후, 김완진 · 양희철 등이 이에 동조하면서 차자로서의 가능성을
제기했다. 그러나 이는 따르기 힘든 것으로, 한자본연의 쓰임새로 여겨진다. 詳
論은 박재민(2013a)의 293-295면에서 행한 바 있다.

163) 希 : 希 ᄇ랄 희 〈新增類合〉

字音 '희'를 借用하여 향찰에서 '히 · 희'음을 표시하는 데 쓰인다. 모두 '處格'
으로만 사용된다. 향찰의 처격은 '良 · 衣 · 矣 · 希 · 阿希 · 惡希 · 衣希 · 良中 ·

---

120) 총 2회지만, 다음 1회는 正用字이다.

火條執音馬 〈普賢3〉

也中' 등 형태가 매우 다양한데 그 중의 하나이다. 여타의 字와 의미상, 기능상의 변별점은 발견되지 않는다. 다음이 향찰에 쓰인 '希'字의 총 용례들이다.

紫布岩乎邊希　　　　〈獻花歌〉　　誓音深史隱尊衣希仰攴　　〈願往生歌〉

逸烏川理叱磧惡希　　〈讚耆婆郎歌〉　法界惡之叱佛會阿希　　　〈普賢6〉

164) 肦 : 肦 黑乙切 〈五洲衍文長箋散稿 卷44, 金壺字考字音辨證說〉

字音 '흘'을 借用하여 차자표기와 향찰에서 'ㄹ·홀·흘'의 音價가 필요한 곳에 쓰인다. 차자표기에서는 人名·地名을 위해 주로 쓰이는데 『三國遺事』와 『三國史記』에 다음의 몇 용례가 있다.

努肦夫得　　　　　　　　　　〈三國遺事 卷3, 塔像, 南白月二聖 努肦夫得 怛怛朴朴〉

妹 首肦買　　　　　　　　　　　　　〈三國遺事 卷3, 塔像, 南月山〉

貴干 未肦　　　　　　　　　　　〈三國史記 卷6, 新羅本紀, 文武王8年〉

新村人 美肦　　　　　　　　　　〈三國史記 卷8, 新羅本紀, 孝昭王8年〉

肦次壤　　　　　　　　　　　　〈三國史記 卷6, 新羅本紀, 文武王8年〉

薑原縣 本百濟 豆肦縣　　　　　　　〈三國史記 卷36, 志5, 地理3〉

首肦夫 阿湌　　　　　　　　　　〈三國史記 卷39, 志8, 職官中〉

任實…本百濟 仍肦　　　　〈新增東國輿地勝覽 卷39, 全羅道, 任實縣〉

향찰 표기에서는 대부분 목적격조사의 위치에 온다.[121] 예시하면 다음과 같다.

吾肦不喩慚肦伊賜等　　〈獻花歌〉　花肦折叱可獻乎理音如　　〈獻花歌〉

游烏隱城叱肦良望良古　〈彗星歌〉　膝肦古召旀　　　　〈禱千手觀音歌〉

千隱手叱千隱目肦　〈禱千手觀音歌〉　一等下叱放一等肦除惡攴 〈禱千手觀音歌〉

窟理叱大肦生以支所音物生 〈安民歌〉　此肦喰惡支治良羅　　　〈安民歌〉

---

121) 다음의 4회는 예외이다.

　　吾肦不喩慚肦伊賜等 〈獻花歌〉　　此矣有阿米次肦伊遣 〈祭亡妹歌〉

　　二肦隱吾下於叱古 〈處容歌〉　　二肦隱誰支下焉古 〈處容歌〉

<u>此地肹</u>捨遣只於冬是去於丁 〈安民歌〉 心未<u>際叱肹</u>逐內良齊 〈讚耆婆郞歌〉

際于萬隱德海<u>肹</u> 〈普賢2〉

이상의 용례들에 보이는 '肹'은 음가로 보나 위치로 보나 目的格助詞로 斷定된다. 소창진평 이래 이 점은 정당히 公認되어 있다. 그러나 이 '肹'字를 단서로 추론해 보는 當代의 '목적격조사'의 音相에 대한 것은 몇 연구자들에 의해 誤解되어 온 측면이 있다. 양주동(1942:223-226면)에서 비롯된 이 說은 "肹'은 'ㅎ종성체언'아래의 특별한 목적격일 뿐이며 당대의 목적격의 常形은 아무래도 '乙'이 보통'이라는 것이다. 이 설은 유창균 등에 의해서도 지지되어 다음과 같이 언급되고 있다.

> 이 이유에 대해서는 양주동이 이미 적절한 해답을 내리고 있다. … '肹'은 역시 音借로 보고, 양주동처럼 '나'가 일찍이 'ㅡㅎ'音을 가졌던 것으로 보는 것이 타당할 것 같다. 〈유창균(1994), 282면.〉

하지만 양주동의 결론은 목적격조사 '肹'과 '乙'의 시기적 분포가 감안되지 않은 채 내려진 것이 아닌가 한다. 두 목적격조사의 분포를 보면 '肹'은 유독 유사 소재의 향가에서만, '乙'은 유독 균여전 소재의 「普賢十願歌」에서만 사용되고 있기 때문이다.[122] 위와 같이 유사소재에서는 모두 '肹'이고 「普賢十願歌」의 경우는 다음과 같이 모두 '乙'이다.

功德叱身乙對爲白惡只	〈普賢2〉	仏前灯乙直體良焉多衣	〈普賢3〉
菩提向焉道乙迷波	〈普賢4〉	法雨乙乞白乎叱等耶	〈普賢6〉
衆生叱田乙潤只沙音也	〈普賢6〉	手乙寶非鳴良尒	〈普賢7〉
難行苦行叱願乙	〈普賢8〉	命乙施好尸歲史中置	〈普賢8〉

이러한 분포는 무엇을 의미하는가? 양주동의 견해처럼 'ㅎ'종성체언의 분포는 아닌 것이다. 유사소재에서는 '나(吾), 눈(目), 이(此)' 등의 어휘는 'ㅎ'종성이라

---

122) 비록 「普賢2」에서 '海肹(바다를)'로 1회 나타나긴 하지만 빈도수에서 압도된다. 「普賢2」의 형태는 遺事時代표기의 殘影일 뿐이다. 이외, 유사소재 3회의 '乙'은 모두 목적격이 아니므로 논의하지 않는다. '乙'의 쓰임은 '乙'항 참조.

한편, 이 두 자의 분포적 차이는 이미 황선엽에 의해 지적된 바 있다. (「三國遺事와 均如傳의 鄕札 表記字 비교」, 『34회 국어학회 학술대회 발표자료집』, 2007,12.)

는 근거가 없음에도 '肹'을 사용하고 있고, 「普賢十願歌」의 '길ㅎ(道)'는 'ㅎ'종성
이라는 근거가 있음에도 '乙'을 사용하고 있음을 볼 때, 이는 아무래도 時代的
요소가 반영된 變異라 여겨지는 것이다.

이런 시대적 요소는 무엇일까? 단순한 借字의 교체일까? 아니면 목적격조사
의 音價변이일까? 곧, 遺事時代에도 목적격조사의 音相은 여전히 '올·을'이었
지만, 단순히 恣意的 字 선택에 의해 '乙'대신 '肹'을 사용하였던 것일까 아니면
當代의 목적격조사의 音相 자체가 '홀·흘'이었기에 필연적으로 '肹'字를 선택하
였던 것일까?

본서는 후자로 본다. 그것은 當代에 이미 'ㄹ·올·을·ㅇ로·으로'를 위해
다음의 '尸·乙'이 借字로 쓰이고 있었던 정황이 보이기 때문이다.

安賢縣 本阿尸兮縣 一云阿乙兮   〈三國史記 卷34, 雜志, 地理〉

仇乙峴 一云屈遷   〈三國史記 卷37, 雜志, 地理, 高句麗〉

이러한 常用字를 保留하고 군이 '肹'로 쓴 것은 아무래도 음가가 가진 近似함
때문이 아니었을까 한다. 그 이후 목적격조사의 音價가 차차 선초나 현대와 같
은 '올·을'로 바뀌어감에 '肹'은 결국 '乙'로 교체되기에 이른 것으로 판단된다.

제3장

「普賢十願歌」의 解讀

제3장 「普賢十願歌」의 解讀

일러두기

1. 「普賢十願歌」는 『均如傳』의 第7章 〈歌行化世分〉에 수록된 11수의 향가를 일컬어 근대의 연구자들이 붙인 歌名이다. 일부 연구자들은 균여전의 원문 "依普賢十種願王著歌"에 의거해 「願王歌」라 부르기도 하나 본서에서는 이미 일반성을 획득한 「普賢十願歌」를 따른다.

2. 『均如傳』은 고려의 고승 균여대사(923~973)의 일대기를 그린 傳記로, 그의 입적 약 100년 후인 1075년에 고려의 문인 赫連挺이 찬술한 것이다. 이 전기는 후에 균여의 저술인 『釋華嚴敎分記圓通鈔』(총10권)의 제10권 말미에 合本되어 고려대장경으로 판각되었다.

3. 본서의 「普賢十願歌」는 강원도 평창군 진부면 동산리 오대산 月精寺에 소장되어 있는 『고려대장경』에 인쇄된 내용을 저본으로 하였다. 月精寺本은 합천 海印寺에 보관 중이던 高麗大藏經 版木에서 1865년 인출한 것으로 근대의 인출본과 비교해 볼 때 훼손이 적고 자획이 선명한 특징이 있다. 月精寺本은 〈(사)장경도량고려대장경연구소〉가 제공하는 고려대장경지식베이스(http://kb.sutra.re.kr)의 검색시스템을 통해 사진으로 확인할 수 있다.

4. 이체자는 가급적 원문을 따랐으며, 해독 부분에서만 정체자로 전환하여 수록하였다. 『균여전』에 나타난 이체자는 '无[無], 灯[燈], 弥[彌], 仏体[佛體], 処[處], 尽[盡], 断[斷], 礼[禮], 覚[覺], 尒[尔]' 등이다. 誤字 역시 정자로 전환하였다. '嫉妬'는 '嫉妬'로, '以友'는 '以支'로 고쳐 해독하였다. 한편, 최근에 알려진 바대로 근대의 인출본에 나타난 '間王冬留〈보현2〉'는 월정사 인출본에 '間毛冬留'로 되어 있다. 역시 반영하였다. 더불어 근대의 인출본에 바탕해 '切德〈보현2〉'으로 인쇄하고 '功德'으로 고쳐 읽은 '切' 또한 월정사본에 의거해 '功德'으로 인쇄하였다.

5. 각 작품의 해독 첫머리에 「普賢十願歌」와 관련된 자료를 실었는데, 최행귀의 한역시는 『均如傳』의 第8章, 〈譯歌現德分者〉에서, 「普賢行願品」과 「普賢行願偈」는 『40卷本 華嚴經』의 제40권에서 인용하였다.

6. 본서에서 인용한 구결 자료는 『大方廣佛華嚴經疏』 卷35, 『80卷本 大方廣佛華嚴經』 卷14, 『(合部)金光明經』 卷3, 『舊譯仁王經』 卷上, 『瑜伽師地論』 卷20의 5種이다. 이하의 모든 인용문에서는 이름을 줄여 각각 『華嚴經疏』, 『華嚴經』, 『金光明經』, 『舊譯仁王經』, 『瑜伽師地論』이라 칭한다. 뒤의 숫자는 張과 行을 기입한 것이다. 가령 〈華嚴經 02:13〉이라 되어 있는 것은, 『80권본 대방광불화엄경 卷14』의 2장 13행에서 인용했다는 의미이다. 이들 자료는 『구결연구』3輯 (구결학회, 1998.)에서 텍스트로 확인할 수 있고, 장경준 교수가 취합하여 구결학회 회원에게 수정·배포해오고 있는 '석독구결 자료 5종 전산입력본'을 통해 전자파일로도 확인할 수 있다. 원문은 구결학회 회원들에게 공유되어 있는 실물 복사본 혹은 사진본을 활용했다. 한편, 이 5種의 책들에 대한 서지사항은 남권희(「차자 표기 자료의 서지」, 『새국어생활』, 제7권 제4호(겨울), 국립국어연구원, 1997.)에서 자세히 논의된 바 있다. 그는 이들 자료에 기입되어 있는 구결들은 모두 12세기 초에서 13세기 후기 사이에 기입된 것이라 추정하고 있다. 즉, 『화엄경소』는 12세기 초, 『화엄경』은 12세기 중기, 『금광명경』은 13세기 중기, 『구역인왕경』과 『유가사지론』은 13세기 후기의 구결로 보았다.

I. 礼敬諸佛歌

心^{ᄆᄋᆷ}未^미筆^붇留^{으로}　　　ᄆᆞᅀᆷ미 부드로

慕呂^{그리}白^{ᄉᆞᆲ}乎^오隱^ㄴ仏体^{부텨}前^알衣^이　　그리ᄉᆞᆲ온 부텨 알픽

拜^절內^{ᄉᆞᆲ}乎^오隱^ㄴ身^몸萬^만隱^ㄴ　　저ᄉᆞᆲ온 모만

法界^{법계}毛^모叱^ㅅ所只^{도록}至^{니르}去^거良^라　法界 못도록 니르거라

塵塵^{딘딘}馬^마洛^락仏体^{부텨}叱^ㅅ刹^찰亦^여　塵塵마락 부텻 刹여

刹刹^{찰찰}每^마如^다邀里^{모리}白^{ᄉᆞᆲ}乎^오隱^ㄴ　刹刹마다 모리ᄉᆞᆲ온

法界^{법계}滿^ᄎ賜^시隱^ㄴ仏体^{부텨}　　　法界 ᄎ신 부텨

九世^{구셰}盡^다良^아礼^례爲^ᄒ白^{ᄉᆞᆲ}齊^져　九世 다아 禮ᄒᄉᆞᆲ져

歎日^{아ᄋᆞ}身語意業无疲厭^{신어의업무피염}　아ᄋᆞ 身語意業无疲厭

此^이良^익夫^브作^질沙^사毛^모叱^ㅅ等^ᄃ耶^야　이익 브질 사못ᄃ야

〈「礼敬諸佛歌」, 『均如傳』〉

以心爲筆畵空王　　마음의 붓으로 부처님을 그리며

瞻拜唯應遍十方　　우러러 절하나니 十方 두루 응하소서.

一一塵塵諸仏國　　하나하나 티끌마다 부처님의 나라이고

重重刹刹衆尊堂　　겹겹의 세계마다 부처님을 모셨도다.

見聞自覚多生遠　　윤회[多生]의 久遠함을 보고 들어 깨닫거니

礼敬寧辞浩劫長　　永劫토록 예경한들 그 어찌 마다하랴.

身体語言兼意業　　몸의 業과 말의 業과 생각의 業, 三業으로

摠无疲猒此爲常　　피로함과 싫증 없이 이로 '常[변함없음]'을 삼으리라.

〈崔行歸의 漢譯詩, 「礼敬諸佛頌」, 『均如傳』〉

善男子 言禮敬諸佛者 所有盡法界 虛空界 十方三世一切佛刹極微塵數諸佛世尊
我以普賢行願力故 起深信解 如對目前 悉以淸淨身語意業 常修禮敬 一一佛所
皆現不可說不可說佛刹極微塵數身　一一身遍禮不可說不可說佛刹極微塵數佛

虛空界盡 我禮乃盡 而虛空界不可盡故 我此禮敬無有窮盡 如是乃至衆生界盡 衆
生業盡 衆生煩惱盡 我禮乃盡 而衆生界 乃至煩惱無有盡故 我此禮敬無有窮盡
念念相續 無有間斷 身語意業無有疲厭[1]　　〈「普賢行願品」,『40卷本 華嚴經』의 第40卷〉

所有十方世界中　三世一切人師子　我以淸淨身語意　一切遍禮盡無餘
普賢行願威神力　普現一切如來前　一身復現刹塵身　一一遍禮刹塵佛[2]
〈「普賢行願品」, 偈,『40卷本 華嚴經』의 第40卷〉

Ⅰ.1. 心未筆留 : ㅁᅀᆡ 부드로

小倉進平(1929) : ㅁᄉᆞᆷ의 분으로
양주동　(1942) : ㅁᅀᆡ 부드루
김완진　(1980) : ㅁᅀᆡ 부드로
양희철　(1988) : ㅁᅀᆡ 筆루
유창균　(1994) : ㅁᄉᆞᆷ 브드로
신재홍　(2000) : ㅁᅀᆡ 부드로
정재영　(2001) : ㅁᅀᆡ 부드로
박재민　(2002) : ㅁᅀᆡ 부드로

---

1) "선남자여, 부처님께 예경하는 것은 온 법계 허공계에 있는 시방 삼세 모든 세계의 티끌 수
부처님들을 보현의 수행과 서원의 힘으로 눈앞에 대한 듯 깊이 믿고, 몸과 말과 뜻의 깨끗한
업으로 항상 예경할 적에, 부처님 계신 데마다 말할 수 없이 말할 수 없는 세계의 티끌 수
같은 몸을 나타내고, 낱낱 몸으로 말할 수 없이 말할 수 없는 세계의 티끌 수 부처님께 예경할
것이니라.
　허공계가 끝나면 나의 예경도 끝나려니와, 허공계가 끝날 수 없으므로 나의 예경도 끝날
수 없느니라. 이와 같이 중생의 세계가 끝나고 중생의 업이 끝나고 중생의 번뇌가 끝나면
나의 예경도 끝나려니와, 중생의 세계와 내지 중생의 번뇌가 끝날 수 없으므로 나의 예경도
끝나지 아니하고, 차례차례 계속하여 잠간도 쉬지 아니 하지마는 몸과 말과 뜻으로 하는 일은
조금도 고달프거나 만족하지 않느니라."〈『한글대장경 45 - 대방광불화엄경 40권본』, 동국역경원,
1970, 597면.〉
2) "끝없는 시방 법계 세계 가운데 / 삼세의 한량없는 부처님들께 / 깨끗한 이내몸과 말과 뜻으로
/ 한 분도 빼지 않고 예배하오며 / 보현보살 행과 원의 위신력으로 / 한량없는 부처님들 앞에
나아가 / 한 몸에 세계 티끌 몸을 나타내 / 세계 티끌 부처님께 예배합니다."〈『한글대장경
45 - 대방광불화엄경 40권본』, 동국역경원, 1970, 603-604면.〉

(1) 心未 : ᄆᅀᆞ미

'心'은 正用字. 古訓은 'ᄆᆞᅀᆞᆷ'이며, 차자표기로는 '心音'이다.

心 ᄆᆞᅀᆞᆷ 심	〈訓蒙字會·光州千字文〉
心은 ᄆᅀᆞ미라	〈月印釋譜 01:31b〉

차자표기 '心音'의 형태는 향찰과 구결에 공통적으로 나타나 두 차자표기체계 간의 유사성을 보여준다.

直等隱心音矣命	〈兜率歌〉	嫉妬叱心音	〈普賢5〉
吾里心音水淸等	〈普賢7〉	普賢叱心音阿于波	〈普賢11〉
心ᄒᆡ 迷尸 不ᐟ丷ᅟᅠᅌ	〈華嚴經疏 15:08〉	心ᄒᆡ 礙ノ尸 所ᄒ	〈華嚴經 02:13〉
心ᄒᆡ 安靜 不ㅅ			〈瑜伽師地論 24:11-12〉

위 '心'에 후행하는 '音'은 이른바 末音添記인데 이런 현상은 향가와 구결에서 동일하게 발견되는 현상이다[3]. 그러나 구결에 나타나는 '心音'은 모두 단독형임에 반해, 향찰에 나타나는 '心音'은 단독형과 격조사가 분리 표기된 '心音矣[4]'이 외에, 말음 'ㅁ'과 격조사 '이'가 직접 결합한 '心未'등의 형태로 나타나기도 한다. 향찰의 경우, 이와 유사한 쓰임새[5]의 구절이 본조 외에 5회가 더 있으나, 구결의 경우는 같은 의미를 나타내기 위해 항상 단독형에 '~ᄒ(衣)'를 첨가하는 형식을 사용하였다[6].

---

3) '音'을 末音으로 하는 어휘들이 향찰에 "憂音·夜音·雲音·心音·人音·菓音" 등으로 나타나고, 구결에 "心ᄒ·滴ᄒ·初ᄒㅅ·爲ᄒᄒ·者ᄒ·壽ᄒ·眞ᄒ" 등으로 나타나는데, 이는 각각 "근심(憂)·밤(夜)·구룸(雲)·사룸(人)·여름(菓)·ᄆᆞᅀᆞᆷ(心)·믈뎜(滴)·처섬(初)·삼다(爲)·놈(者)·목숨(壽)·춤(眞)"을 말음첨기한 것이다.

4) 直等隱 心音矣命 (ᄆᆞᅀᆞᆷ이 命) 〈兜率歌〉

5) 말음을 'ㅁ'으로 가진 단어가 '이'음과 결합한 예를 말한다.

　　於内秋察早隱風未 (ᄇᆞᄅᆞᄆᆞᆯ) 〈祭亡妹歌〉, 今呑藪未去遣省如 (더미*) 〈遇賊歌〉, 曉留朝于萬夜未 (바미) 〈普賢7〉

6) 구결자료에서 '心'과 '衣'가 직접 결합한 '心ᄒ'의 모습은 보이지 않는다. 하지만, '心'과 음운적 조건이 같은 다음의 예는 '心'의 속격에 'ᄒ'를 사용했을 가능성을 방증한다.

　　人ᄒ 門戶ᄒ十 到ㅊㄱㅣ十ㄱ (놈이 門戶) 〈華嚴經 07:04〉

　　人ᄒ 直語ᄂ 四諦 說 (사룸이 直語) 〈華嚴經 20:09〉

한편, '心未'의 '未'는 '미~미'의 음가를 가진 글자인데, 본조의 '未'는 '미'를 나타낸 것으로 판단된다. 그것은 첫째, 「讚耆婆郎歌」, 「慕竹旨郎歌」의 유사 용례가 '속격' 즉, '미'를 나타내고 있다는 점, 둘째, 본조의 의미상, '마음이 붓으로 그리다'보단 '마음의 붓으로 그리다'가 더 유연한 해석이 된다는 점을 감안했기 때문이다. 먼저, '未'가 '미'음을 나타낼 수 있음은 다음의 자료에서 알 수 있다.

昧谷縣 本百濟 未谷縣		〈三國史記 36卷, 志, 地理〉
昧 아독홀 미		〈訓蒙字會〉
昧 어두울 미		〈新增類合〉
未 物貴切音		〈辭源〉

본조 외에도 2회의 예가 더 있는 '心未'의 형태는 「讚耆婆郎歌」와 「慕竹旨郎歌」의 경우에서 다음과 같이 명백한 '미'의 음을 보여준다.

郎也持以支如賜烏隱 心未際叱肹逐內良齊	〈讚耆婆郎歌〉
郎也慕理尸心未 行乎尸道尸	〈慕竹旨郎歌〉

「讚耆婆郎歌」의 '心未 際叱'는 'ᄆᅀᆞ미 ᄀᆞᆺ'(마음의 끝)으로 해독되는데, 이 경우 '心未'는 후행하는 '際叱(ᄀᆞᆺ)'을 수식하는 역할을 한다. 즉, 단독적으로는 의미가 불완전한 '際叱(ᄀᆞᆺ)'을 수식하여 이의 의미를 완전히 해 주는 역할을 하는 것이다. 마치 선초 정음 자료에 나와 있는 다음의 구절과 같은 용법과 같은 것이다.

이 經이 곧 ᄆᅀᆞ미 印이며 이 ᄆᅀᆞ미 누니라   〈楞嚴經諺解 01:09a〉

그 ᄢᅴ 世尊이 大弟子ᄃᆞᆯᄒᆡ ᄆᅀᆞ미 念을 아ᄅᆞ시고 比丘ᄃᆞᆯᄃᆞ려 니ᄅᆞ샤ᄃᆡ

〈月印釋譜 13:64b-65a〉

瓦礫 荊棘은 雜 ᄆᅀᆞ미 感이오 便利 不淨은 더러운 ᄆᅀᆞ미 感이오 坑坎堆阜는 謟혼 ᄆᅀᆞ미 업스실ᄊᆡ   〈法華經諺解 03:59b-60a〉

他ヲ 家ㅅ + 往趣ノノ厶 (ᄂᆞᆷ익 집) 〈瑜伽師地論 16:23〉
말음첨기의 제한적 구사는 口訣이 鄕札보다 國語化가 덜 진행된 표기 형태임을 알리는 하나의 표지일 수도 있다.

「慕竹旨郎歌」의 '心未 行乎尸道尸' 역시, 'ᄆᄉᄆᆡ'의 표기로 이해할 수 있다. 'ᄆᄉᄆᆡ 行홀 길'로 풀이될 수 있는 이 구절 역시 선초 정음 자료에서 그 유사한 대상을 찾아 볼 수 있다.

衆生 ᄆᄉᄆᆡ 行호ᄆᆫ 곧 三乘 性欲이라 〈法華經諺解 03:08a〉

衆生 ᄆᄉᄆᆡ 行ᄒᆞᆫ 거슨 三乘ㅅ 性의 ᄒᆞ고져 ᄒᆞᄂᆞᆫ 거시니 〈月印釋譜 13:44a〉

본조의 '心未'는 통사적으로는 「讚耆婆郎歌」의 구조에 더 가깝다 할 수 있는데, 「讚耆婆郎歌」의 '心未'가 'ㄳ(際叱)'을 수식하듯이, 본조의 '心未'는 '筆(붇)'을 수식하고 있기 때문이다. 이는 상례한 선초 정음문헌의 은유를 위한 속격의 용법과도 일치하고 있다.

心未 筆 = ᄆᄉᄆᆡ 印 〈楞嚴經諺解 01:09a〉 = ᄆᄉᄆᆡ 눈 〈楞嚴經諺解 01:09a〉 = ᄆᄉᄆᆡ 念 〈月印釋譜 13:64b〉 = ᄆᄉᄆᆡ 感 〈法華經諺解 03:66b〉

이런 용례들을 통해 우리는 본조의 '心未'가 'ᄆᄉᄆᆡ'를 의도한 표기임을 재차 확인해 볼 수 있다.

(2) 筆留 : 부드로

'筆'은 正用字. 고훈은 '붇'이다.

筆 붇 필 〈訓蒙字會 · 新增類合 등〉

빗난 부드로 네 일즉 氣象을 干犯호니 (綵筆昔曾干氣象) 〈杜詩諺解 初刊 06:11a〉

'留'는 音借字. 소창진평 이래 '筆留'의 '留'는 수단격 조사 '~로'를 나타내기 위해 사용된 字로 인정된다. '留'가 수단격을 나타내고 있음은 균여향가의 다음 구절에서 그 뚜렷한 쓰임새가 보이기 때문이다.

手良每如法叱供乙留 (법공으로) 〈普賢3〉

煩惱熱留煎將來出米 (번뇌열로) 〈普賢6〉

大悲叱水留潤良只 (大悲의 물로) 〈普賢9〉

한편, 연구자에 따라 '筆留'를 매개모음 '으'가 생략된 표기로 보지 않고 '필루'

로 읽기도 한 경우가 있으나[7], 구결에 나타나는 '로 · 으로'의 교체현상을 볼 때, 본조의 표기는 매개모음이 수의적으로 생략된 것이 분명하다. 즉, 원칙상 매개모음 '으'를 포함시켜 '筆乙留'로 나타내야 할 구절이나, 수의적으로 생략하여 위와 같이 나타낸 것이다.

향찰의 '留' 즉, '로 · ᄋᆞ로 · 으로'에 해당하는 구결자는 '灬[以] · 乚灬[乙以]'이다. 정음 자료에 나타난 '로 · ᄋᆞ로 · 으로'의 표기를 구결에서는 '灬 · 乚灬' 등으로 나타내고 있다. 비교하여 보면,

漸漸 次第로 修行ᄒᆞ야 다 道果ᄅᆞᆯ 得게 ᄒᆞᄂᆞ니라 〈法華經諺解 03:48a〉
九法乚 次第灬 修習ソ3 而灬 得ホ 〈瑜伽師地論 05:15-16〉
方便으로 衆生ᄋᆞᆯ 化ᄒᆞ야 引導ᄒᆞᆯ씨 〈金剛經諺解 :14b〉
方便乚灬 群生乚 化ソロヒ才ゕ 〈華嚴經 14:18〉

등이 있는데, 이로써 우리는 '로 · ᄋᆞ로'를 나타내기 위하여 구결에서 '灬 · 乚灬'를 사용한 것을 확인할 수 있다.

하지만, '灬 · 乚灬'의 사용은 매우 수의적으로 채택되어, 많은 경우 매개모음 '乚'이 생략된 채, '乚灬'를 적을 자리에 단지 '灬'만으로 대신하고 있음을 보인다.

너븐 부텻 世界ㅣ 六種ᄋᆞ로 震動ᄒᆞ며 〈楞嚴經諺解 01:78b〉
世界七 其地ㄱ 六種灬 震動ソロヒ丨 〈舊譯仁王經 02:18〉

天이 두려운 光으로 소리ᄅᆞᆯ 일워 〈楞嚴經諺解 09:07b〉
則不思議七 光乚灬 莊嚴ソヒ才ゕ 〈華嚴經 12:24〉
量 無七ㄱ 光灬ソニゕ 〈舊譯仁王經 11:09〉

위는 같은 조건에 '灬/乚灬'가 수의적으로 선택된 경우이며,

敬ノ今七 心灬 塔乚 觀ソ白去ㄱ丨十ㄱ 〈華嚴經 08:07〉
世尊ㄱ 佛眼灬 故ノ 一法相ケカ 見尸 無ニゕ 〈金光明經 13:05〉

와 같은 예들은 音讀(心으로, 佛眼ᄋᆞ로) · 訓讀(ᄆᆞᅀᆞᄆᆞ로, 누느로) 어떤 경우든

7) 지헌영(1947), 김준영(1979), 양희철(1988) 등이 이런 견해를 가진 연구자들에 속한다.

지 매개모음 'ㄴ'이 필요한 곳들인데, 이를 생략하고 단순히 'ㅡ'로만 표기한 것들이다. 선초 정음 문헌들에서 '心·眼'이 항상 매개모음을 동반한 아래의 예를 감안할 때 우리는 구결 사용자들이 매개모음을 수의적으로 반영하였음을 확인할 수 있을 것이다.

> 너희들히 至極흔 誠心ᅌᆞ로 내 紫磨 黃金色身을 보아　　〈釋譜詳節 23:10a〉
> 恭敬ᄒᆞᄂᆞᆫ ᄆᆞᅀᆞᄆᆞ로 부텨씌 오니　　〈釋譜詳節 13:60a〉
> 내 佛眼ᅌᆞ로 三界옛 一切諸法을 다 보니　　〈釋譜詳節 23:16b-17a〉
> 사ᄅᆞ미 淸흔 누ᄂᆞ로 晴明흔 空을 볼쩌귄　　〈楞嚴經諺解 02:109a〉

결국, 본조에 나타난 매개모음의 생략은 구결의 수의적 생략과 같은 것으로 파악된다. 매개모음은 향찰의 다른 조에서 확인되며,[8] 본조의 경우는 단지 이것이 수의적으로 반영되지 않은 결과로 생각된다. 그러므로 독법에 있어서도 '필루'보다는 '부드로'가 올바른 것이다.

I.2. 慕呂白乎隱仏体前衣 : 그리ᄉᆞ온 부텨 알ᄑᆡ

> 小倉進平(1929) : 그리ᄉᆞ온 부텨 앏애
> 양주동　(1942) : 그리ᄉᆞᆯ본 부텨 前에
> 김완진　(1980) : 그리ᄉᆞᆯ본 부텨 알ᄑᆡ
> 양희철　(1988) : 그리(慕) ᄉᆞᆯ본 佛體 알 ᄑᆡ
> 유창균　(1994) : 그리ᄉᆞᆯ본 佛體 前의
> 신재홍　(2000) : 그리ᄉᆞᆯ본 부텨 알ᄑᆡ
> 정재영　(2001) : 그리ᄉᆞ온 부텨 알ᄑᆡ
> 박재민　(2002) : 그리ᄉᆞᆸ온 부텨 알ᄑᆡ

(1) 慕呂 : 그리

'慕'는 정용자. 古訓은 '그리다'이다. '慕呂'로 표기하여 어간 "그리-"를 나타내었다. 여기에서의 '그리다'는 '思慕하다'의 의미가 아닌, '畵'의 의미이다. '그리다'

---

8) 手良每如法叱供乙留 (法供으로) 〈普賢3〉

는 현대 국어에서도 그렇듯이, 예부터 다음의 두 가지 의미가 있었다.

慕는 그릴씨라   〈楞嚴經諺解 02:54a〉

畵는 그림 그릴씨라   〈釋譜詳節 24:10b〉

繪는 그릴씨라   〈釋譜詳節 序:05a〉

이 중, 「普賢十願歌」에 나타나 있는 '慕呂'는 '畵·繪'를 나타낸 것인데, 우선 최행귀가 한역한 시에도 '畵'로 번역되어 있고,

以心爲筆畵空王 (마음의 붓으로 부처님[空王]을 그리며)

〈崔行歸의 漢譯詩, 均如傳〉

또한, 당대부터 이미 보이기 시작하는, 修行을 하기 위한 한 방편으로서의 '부처를 그림으로 그리는 의식'에 관련한 기록이 있기 때문이다.

靑地畵一萬觀音像 … 赤地畵八大菩薩爲首一萬地藏像 … 白地畵無量壽如來爲首一萬大勢至 … 黑地畵釋迦如來爲首五百羅漢 … 後壁安黃地畵毗盧遮那爲首三十六化形 (푸른 바탕에 一萬 觀音像을 그리고 … 붉은 바탕에 8대 菩薩을 首로 한 一萬 地藏像을 그리고, … 흰 바탕에 無量壽如來를 首로 한 一萬 대세지보살을 그리고, 검은 바탕엔 釋迦如來를 首로 한 5백 羅漢을 그리고, 뒷벽에는 노란 바탕에 毗盧遮那佛을 首로 하는 36가지 化形을 그리라)

〈三國遺事 卷3, 塔像, 臺山五萬眞身〉

부텨 像을 만히 그리ᅀᆞᄫᅡ 녀느 나라해 골오 돌아 供養ᄒᆞᅀᆞᄫᅡ 福을 모다 싣즙게 호리라   〈釋譜詳節 24:10a-b〉

佛像을 ᄭᅮ미ᅀᆞᄫᅡ도 이런 사름들히 다 ᄒᆞ마 佛道를 일우며 彩色으로 佛像을 그리ᅀᆞᄫᅩ딕 제ᄒᆞ거나 ᄂᆞ믈 시겨 ᄒᆞ야도 다 ᄒᆞ마 佛道를 일우며 아히 노릇ᄒᆞ야 草木이어나 부디어나 손토보뢰어나 佛像을 그리ᅀᆞᄫᅳ니도 다 ᄒᆞ마 佛道를 일우며   〈釋譜詳節 13:51b-52a〉

위 자료 중, 특히 『釋譜詳節』의 마지막 자료에는 '붇'이나 '손톱'으로나 부처를 그리는 일에 대한 효용성에 관한 말을 하고 있는데, 이 사실로도 불교적 배경에서 지어진 이 구절 '慕呂'가 '畵·繪'의 의미를 나타내고 있음을 여실히 알 수 있다.

한편, '慕呂'의 '呂'는 音借字로, 현대음 '려'가 아닌 고대음 '리'를 반영한 것이

다. '呂'가 '리'로 읽히는 것은 균여향가의 독특한 현상으로, 유사소재 향가에서는 '리'음을 위하여 주로 '里'를 사용하였고, 『鄕藥救急方』 등의 표기에서도 '里', 구결에서는 '利·令' 등을 사용하였다. 구결에 '呂'가 사용된 경우가 있기는 하나, 그런 경우는 '려'음을 위하여 사용되었다. 그러나 소창진평이 이미 지적하였듯이, 균여향가의 '呂'는 모두 '理·里'와 동음관계를 이루면서 사용된 것이 분명하다.

世呂中止以支白乎等耶	〈普賢7〉
皆往焉世呂修將來賜留隱	〈普賢8〉
世理都之叱逸烏隱第也	〈怨歌〉

위 인용의 '世呂·世理'에 나타난 '呂·理'는 모두 '世'의 古訓인 '누리(世)'

世 누리 세	〈訓蒙字會〉
누릿 가온딕 나곤 몸하	〈動動, 樂學軌範〉

의 말음첨기로 사용된바, '리'음에 대응됨을 알 수 있고, 다음의 예도 같은 동사 邀'의 어근에 붙어 '里'와 代用的 관계로 나타나고 있음을 본다.

刹刹每如邀里白乎隱 (모리숩온)	〈普賢1〉
塵塵虛物叱邀呂白乎隱 (모리숩온)	〈普賢2〉

하지만, 구결과 여타 문헌에서는 이러한 예가 좀체 보이지 않는다. 『鄕藥救急方』에서는 '呂'의 사용이 일회도 없이, 다만 '里'자로 '리'음을 대신하였고,

百合	개나리	〈大漢韓辭典〉
百合	犬伊那里根·犬乃里花 (개나리뿌리, 개나리꽃)	〈鄕藥救急方〉
熨	다리우리 울	〈訓蒙字會〉
熨斗	多里甫伊 多里甫里	〈鄕藥救急方〉

구결에서도 '呂'字는 '-려'음을 위하여 사용한 걸로 짐작된다.

諸 聽衆ㄴ罒刀 安隱快樂〃 令ㅣ呂ヒノオ尒	〈金光明經 15:07〉

意乚 如ハ 供給ソ尒 悉 具足ソ 令刂呂七ノ亍七丨 〈金光明經 15:14〉[9]

이러한 것을 종합해 볼 때, '呂'는 당대에 '리~려'의 음가를 가지고 이에 해당하는 음을 표현하다가 점차 '려'음 쪽으로 경도되어간 글자임을 알 수 있다.

(2) 白乎隱 : 숣온

'白乎隱'은 연구자들간의 연구결과가 일치하는 구절로, 향가에는 본조를 포함하여 총 5회가 나타난다.

巴寶白乎隱花良汝隱 〈兜率歌〉

刹刹每如邀里白乎隱 〈普賢1〉

塵塵虛物叱邀呂白乎隱 〈普賢2〉

毛等尽良白乎隱乃兮 〈普賢2〉

'白乎隱'은 '숣온'으로 읽히며, '白'은 용언 어간에 붙어 공손을 나타내는 '숣', '乎'는 인칭의 선어말어미 '오', '隱'은 관형격을 표지하는 'ㄴ'의 음가를 나타낸 것이다. 곧 '-숣온'으로 이해되는데, 이 형태의 표기와 용법은 역시 선초 정음자료와 구결, 향찰이 정확히 일치한다.

먼저, 용언의 어간+白(숣)/白乎(숣오)의 결합을 보이는 예는 다음과 같다.

---

9) '呂'에 대한 판독은 두 견해가 있다. 이를 '呂' 단독자로 보는 견해가 있는 반면, 이를 'ㅁ +ㅁ'의 二字로 보는 견해도 있다. 후자는 백두현(「高麗本 金光明經에 나타난 特異 형태에 대하여」, 『국어학연구의 새지평』, 태학사, 1997.)에서 비롯된 것으로, 근래에 배포된 장경준의 「석독구결 자료 5종 전산입력본」(2013년 7월 버전) 역시 이 견해를 반영하고 있다. 전자는 정재영(「合部金光明經(卷三) 釋讀口訣의 表記法과 한글 轉寫」, 『구결연구』3집, 구결학회, 태학사, 1998.)에서 제기된 것으로 동일한 字가 안동본 『능엄경』卷3에서 'ソ呂七' 등의 형태로 나타나고 있음을 주된 근거로 삼고 있다. 본서는 정재영과 같은 견해에 있다. 『합부금광명경』의 구결은 비록 석독구결이긴 하지만, 후대의 음독구결과도 일정한 친연성을 지니고 있음을 간과할 수 없었기 때문이다. 즉, 위의 '呂'가 나타난 구절만 해도 바로 같은 문장에 다음과 같이 '罒刀[-라도]'라는 표기를 보여주고 있는데, 이는 고려말 혹은 조선 초의 음독구결에서만 나타나는 어휘체인 것이다.

諸 聽衆乚罒刀 安隱快樂ソ 令刂呂七ノ才ろ 〈金光明經 15:07〉

'罒刀'의 시대적 분포에 대해서는 이전경(『15세기 불경의 구결 표기법 연구』, 연세대학교 국어국문학과 박사학위논문, 2002.)을 참조할 것.

부텻 功德을 讚歎ᄒᆞᅀᆞᆸ고 〈月印釋譜 02:75b〉

佛 功德乚 讚ソ白去ㄱ丨十ㄱ(讚ᄒᆞᅀᆞᆸ건댄) 〈華嚴經 08:11〉

佛乚 念ソ白ホ尸ム 心ホ 動尸 不ソヒ矛ㅅ 〈華嚴經 11:12〉

佛法을 念ᄒᆞᅀᆞ오ᄃᆡ 오ᄂᆞᆯ 듣ᄌᆞ옴 ᄀᆞᆮ게 ᄒᆞ시니 〈法華經諺解 04:59b〉

또, '隱'이 관형격을 나타내는 예는 다음과 같다.

衆生ㄱ 家性ラ 空ノㄱの乚 知3ホ 〈華嚴經 02:19〉

쁘ᄃᆡ 本來 空ᄒᆞᆫ ᄃᆞᆯ 알면 罪와 福이 主ㅣ 업스니라. 〈禪宗永嘉集諺解 上:114b〉

萬法이 空寂ᄒᆞᆫ ᄃᆞᆯ 아롤띠니 ᄒᆞ다가 이 쁘들 아디 몯ᄒᆞ면 〈金剛經諺解 :25a〉

身ラ 空寂ノㄱ入乚 知3ホ 乖諍ヒ 法乚 離支ヒ立 〈華嚴經 06:07〉

이상의 예로 '白乎隱'의 형태소를 분석해 낼 수 있는데, 이 세 형태소는 이 순서로 결합해도 문법상 아무 모순도 없다는 점에서, 전술한 대로 객체를 존대하면서 뒤의 체언을 수식하는 의미를 담은 표기로 이해될 수 있다. 정음 자료의 다음과 같은 예는 이 세 형태소의 배열을 확인시켜 준다.

부텨 供養ᄒᆞᅀᆞ온 넷 福과 ᄯᅩ 큰 願을 〈法華經諺解 04:73a〉

迦梨龍이 菩薩ᄋᆞᆯ 讚歎ᄒᆞᅀᆞᄫᆞᆫ 짜히이다 〈月印釋譜 25:100b〉

내 施ᄒᆞᅀᆞᄫᆞᆫ 오ᄉᆞᆯ 니브샤ᅀᅡ 〈月印釋譜 25:45b〉

이로써, '~ᅀᆞᆸ온'.

(3) 仏体 : 부텨

正用字로, 정음 자료에는 다음과 같이 기록되어 있다.

佛 부텨 불 〈新增類合〉

佛은 부톄시니라 〈釋譜詳節 序:01a〉

佛은 알씨니 나 알오 ᄂᆞᆷ조쳐 알욀씨니 부텨를 佛이시다 ᄒᆞᄂᆞ니라 〈月印釋譜 01:8b〉

(4) 前衣 : 알픠

'前衣'는 '앒에'의 의미로 사용된 말이다.
'前'은 正用字로, 古訓은 '앒'이다.

前 앒 젼 〈新增類合 · 訓蒙字會〉

現前僧은 알픠 現혼 즁이라 〈月印釋譜 08:72a〉

'衣'는 구결, 향찰에서 공히 '의'음을 나타내기 위해 사용하는 音借字로, 처소격 · 속격 등에 통용되었다. 같은 의미로 향찰에서 '良中'로 나타난 예도 있는데

千手觀音叱前良中 祈以支 〈禱千手觀音歌〉

이는 구결에서 처격을 위하여 'ラ[衣]' 외에 'ろ+[良中]'를 사용한 것과 맥락을 같이한다.

ㄱ) 大覺世尊ㄱ 前ラ 巳氵 [我]チ 等ソㄱ 大衆ラ [爲]氵ホ 〈舊譯仁王經 02:20-21〉

ㄴ) 等ㅅ 慧ㅅ 灌頂ㅅヒ 三品士ㄱ 前ラ 餘ソㄱ 習刂ㄱ 〈舊譯仁王經 11:01〉

ㄷ) 趣入ノ尸ム 餘ㄱ 前ラ 說ノㄱ [如]支ソ尸失丨 〈瑜伽師地論 23:04〉

ㄹ) 佛刂 其 前ろ十 現ヒ才ケ 〈華嚴經 12:15〉

이 중 ㄱ), ㄴ), ㄷ)의 용례는 본조와 동일하며, 특히 ㄷ), ㄹ)은 정음 자료에 다음과 같이 표기되어 있다.

趣入ノ尸ム 餘ㄱ 前ラ 說ノㄱ [如]支ソ尸失丨 〈瑜伽師地論 23:04〉
사룸노코 알픠 니르던 양 다히 〈釋譜詳節 09:33b〉

佛刂 其 前ろ十 現ヒ才ケ 〈華嚴經 12:15〉
諸佛ㅅ 法이 알픠 現ᄒᆞ야 〈月印釋譜 14:13b〉

이로써 '前衣[前ラ] · 前良中[前ろ十]'는 선초 정음문헌의 '알픠'에 해당하는 것임을 알 수 있고, 본조 '前衣' 역시 '알픠'로 읽어야 함을 알 수 있다.[10)]

---

10) 이를 '알픠'로 訓讀하지 않고 '前의 - 져늬'로 音讀하길 의도했다면, 다음과 같이 표기되었을 것이다.

Ⅰ.3. 拜內乎隱身萬隱 : 저숩온 모딘

小倉進平(1929) : 빌으온 몸은
양주동　(1942) : 절누온 모딘
김완진　(1980) : 저느온 모마는
양희철　(1988) : 저느온 身 萬은
유창균　(1994) : 절느온 모딘
신재홍　(2000) : 절 드룐 모딘
정재영　(2001) : 절느온(절ᄒᆞᆫ) 모마는
박재민　(2002) : 저숩온 모딘

(1) 拜內乎隱 : 저숩온

'拜內乎隱'이 만약 정확한 표기라면, 이것은 일단 '拜(正用字)+內乎隱(借用字)'으로 분석될 수 있다. '拜'는 동사 어간에 해당하고, 뒷부분은 어미부분으로 '內(-ᄂᆞ-, 현재시제선어말어미)+乎(-오-, 인칭의 선어말어미)+隱(-ㄴ, 관형격)'으로 이해될 수 있다. 이러한 구문은 구결에서도 확인된다.

修園圃ㄴ 見ㅏㅎㅣㅅㄴ (원두밭 매는 것을 볼 때에는) 〈華嚴經 05:21〉

善法 增長ㆍㅏㆍㄱㅅㄴ 實 [如]ㅊ 了知ㆍㅎ 不善法 增長ㆍㅏㆍㄱㅅㄴ 實 [如]ㅊ 了知ㆍㅎㆍㅅ 善法 衰退ㆍㅏㆍㄱㅅㄴ 實 [如]ㅊ 了知ㆍㅎ 不善法 衰退ㆍㅏㆍㄱㅅㄴ 實 [如]ㅊ 了知ㆍㅎㆍㅅ (착한 법이 增長하는 것을 사실대로 깨달아 알며, 착하지 않는 법이 增長하는 것을 사실대로 깨달아 알며, 착한 법의 衰退하는 것을 사실대로 깨달아 알며, 착하지 않는 법의 衰退하는 것을 사실대로 깨달아 안다.) 〈瑜伽師地論 27:18-21〉

위 구문에서 사용된 'ㅏㄱㅣ'은 '누온'으로 읽히는데, 이 경우 '누(ㅏ)'는 현재 시상을 나타내는 'ᄂᆞ'에 해당하는 것으로 알려져 있다[11].

하지만, 이러한 일치점이 표기적 연관성으로 인정되기 위해서는, '內(ᄂᆞ・노)'가 이 구절에 필요한 형태소냐란 점, 또, '拜(절하다)'에 항상 수반되는 객체존대

___

無量壽佛前乃 (져긔) 〈願往生歌〉
11) 백두현, 「고려시대 석독구결에 나타난 선어말어미의 계열관계와 통합관계」, 『구결연구』, 제2집, 구결학회, 태학사, 1997.

선어말어미인 ‘白(숩)’이 왜 나타나지 않았느냐는 점 등에 대한 해명이 필요하다. 구결 혹은 향찰에서는 ‘拜·禮’가 ‘~께 절하다’의 의미를 가질 경우, 반드시 ‘白’이 함께 사용되었다. ‘拜’는 ‘禮’와 동의어인데,

拜 절 빈	〈新增類合〉
拜 절 빈	〈石峯千字文〉
禮 절 례12)	〈光州千字文〉

향찰에서 2회 사용된 ‘禮’의 경우,

| 九世 盡良 礼爲白齊 | 〈普賢1〉 |
| 禮爲白孫隱 仏体 | 〈普賢10〉 |

와 같이 ‘白’이 함께 사용되고 있고, 구결의 예 역시 이와 다르지 않다.

塔ㄴ 頂禮ʾʾ白ㅗ1丨ㅓ	〈華嚴經 08:08〉
佛足ㄴ 禮ʾʾ白ㅁ	〈金光明經 13:02〉
頂ʾ 佛足ㄴ 禮∅白ㅁ 而ʾ 佛白言白ニ尸13)	〈金光明經 15:04〉

이런 점으로 미루어, ‘內’는 ‘白’의 訛가 아닌가란 물음을 제기해볼 수 있다14). 특히 상례 중, 세 번째 예는 ‘爲(ʾ-, ㅎ-)’가 나타나지 않는다는 점에서 본조 ‘拜白’과 매우 흡사한 구조를 지녔다.

이 두 가지 구조, 즉, ‘拜·禮+어미’의 구조에 ‘爲(ㅎ)’의 삽입 여부는 다분히 수의적이어서 선초 정음문헌에서도 이 두 가지 표기는 혼용되고 있다.

| 頂ʾ 佛足ㄴ 禮ʾʾ白ㅁ 而ʾ 白佛言 | 〈金光明經 13:19〉 |

---

12) 禮와 拜는 같은 의미로 佛家에서는 대부분 하나의 숙어를 이루어 사용되었다.

　　迦葉이 와 禮拜ᄒᆞᅀᆞᆸ고 〈南明集諺解 上:51b〉

　　晝夜 六時예 三寶를 禮拜ᄒᆞᅀᆞ오며 〈禪宗永嘉集諺解 上:39a〉

13) ‘∅’는 필자 첨가.

14) 「普賢十願歌」에서는 가끔씩 誤字, 혹은 오자로 오인될 만한 異形態가 나타나기도 한다.

　　嫉妬 - 嫉妬〈誤字, 普賢5〉, 仏体 - 仏伊〈誤字, 普賢5〉, 止以支 - 止以友〈異形態, 普賢7〉, 逐好支 - 逐好友〈異形態, 普賢8〉.

부텻   바래 頂禮ᄒᆞᅀᆞᆸ고 니러셔 부텻긔 슬오ᄃᆡ   〈楞嚴經諺解 04:63b〉

頂~   佛足ㄴ 禮ᄇᆡᅀᆞ 而~ 佛白言ᄇᆡᆨᅙᅥᆫㄹ   〈金光明經 15:04〉

頭面으로 바래 저ᅀᆞᆸ고 다 부텻긔 슬오ᄃᆡ   〈法華經諺解 04:48b〉

이 둘 중, 어떤 구조를 취하더라도 '拜·禮'에는 'ᅀᆞᆸ'이 후행한다는 점에서 본 서는 '內'를 '白'의 誤가 아닌가 의심하는데, 그렇다면, 본조의 '拜內乎隱'은 '저ᅀᆞᆸ 온'을 표현했었던 말로 이해될 수 있을 것이다.

(2) 身萬隱 : 모ᄆᆞᆫ

'身'은 正用字. 훈은 '몸'이다.

身 몸 신   〈光州千字文 등〉

모ᄆᆞᆫ 도로혀 져물 주리 업도소니 (身無却少壯)   〈杜詩諺解 初刊 14:17b〉

'萬'은 음차의 예가 거의 없다. 중세국어자료에선 '만~먼'으로 表音되어 있다.

萬   일만 만   〈新增類合·訓蒙字會 등〉

末많法법이 一ᄒᆞᆳ萬먼年년이니   〈楞嚴經諺解 01:02b〉

사ᄅᆞ미 엇뎨 億흑萬먼 ᄯᆞᄅᆞ미리오   〈楞嚴經諺解 01:04b〉

'萬'의 音을 유창균은

> '萬'은 본디 '먼'이었음을 시사하는 것이다. 현대어의 '만'은 중고음의 영향을 받은 것이다.……新舊 두 음의 대립이 있었음을 뜻한다. 〈유창균(1994), 607면.〉

라고 하며 古代音을 '먼'으로 상정한 바 있으나, 이 '만~먼'을 반드시 '新舊' 두 음의 대립으로 보기는 어렵다. 차자표기 당대의 문헌인 『三國遺事』에서 '만'이 란 音을 위해 '萬'을 사용하고 있기 때문이다.

第二十七, 德曼[一作萬]   〈三國遺事 卷1, 紀異, 善德王知幾三事〉

曼 길 만   〈新增類合〉

曼만陁땅羅랑花황와 摩망訶항曼만陁땅羅랑花황와 曼만殊쓩沙상花황와 摩 망訶항曼만殊쓩沙상花황를 비허   〈月印釋譜 07:36b-37a〉

그러므로, '萬'자는 어느 시기에서건 '만' 혹은 '먼'의 두 音을 가진 音借字로 우선 파악된다.

한편, 본조의 '萬'의 기능에 대해서는 소창진평, 양주동, 유창균에 이르기까지, 많은 업적에서 선행한 '身(몸)'의 말음첨기로 보았다. 하지만, 김완진의 지적대로, 당시 'ㅁ'음의 말음첨기는 모두 '音'字를 사용하였는데, 유독 '身'만 '萬'자를 사용했다는 것은 아무래도 미심쩍은 면이 있다. 그런 난점에서 김완진은 '몸(身)'의 古形 '모마'를 상정하고 이때의 '마'음을 나타내기 위해 '萬'이 사용된 것으로 추론하기도 했던 것이다. 그의 지적대로 역시 '萬'이 '몸(身)'의 말음 'ㅁ'만을 위하여 사용되었다고는 볼 수 없을 듯하다.

이에 본서에서는 '萬'을 '몸'의 주격형태 '모몬'의 연철 음가 '몬'을 나타내기 위해 사용된 것이라고 본다.

> 조흔 法界ㅅ 모몬 本來 나며 드로미 업거신마른   〈法華經諺解 03:58〉
> 如來ㅅ 모몬 일후미 正徧知오 너희들히 모몬 일후미 性顚倒ㄴ들 아롫디니라
> 〈楞嚴經諺解 02:14a〉

체언의 말음과 격조사의 결합이 때로 하나의 음절로 나타남은, 전술했듯이 '心音衣(ᄆᅀᆞᆷ익, 「兜率歌」 제3행)'가 '心未(ᄆᅀᆞ미, 本歌 제1행)' 등으로도 표기되었던 점으로도 확인할 수 있다. 이렇게 파악할 경우, 다만 '隱'의 필요성 문제가 남는데, 앞 음절 '몬'의 말음을 재첨기한 것으로밖에 파악할 수 없다. 흔히 있는 방식은 아니지만, '秋察尸(ᄀᆞ술ㄹ, 「怨歌」 제2행)' 등에서 그 유사 용례를 찾아볼 수 있다.

이로써 '身萬隱'은 '모몬', 즉 '몸은'의 의미로 풀이된다.

Ⅰ.4. 法界毛叱所只至去良 : 法界 못도록[두루] 다 니르거라[이르구나]

小倉進平(1929) : 法界 믿ᄉᆞ지[끝까지] 닐으과래[감동, 이를 것이대]
양주동   (1942) : 法界 못ᄃᆞ록[다(盡)하도록] 니르가래[명령, 이르거래]
김완진   (1980) : 法界 업ᄃᆞ록[없어지도록] 니르거라[명령, 이르거래]
양희철   (1988) : 法界 ᄆᆞ(毛)ㅅᄃᆞ록[가늘고 수없이] 니르거라[명령?]

유창균 (1994) : 法界 못드록[끝날 때까지] 니르가래[청유, 미칠 것이로다]
신재홍 (2000) : 法界 못 백[방면에 一定] 니르거래[명령, 이르거래]
정재영 (2001) : 법계 毛叱所只(못속)[속까지] 니르거애[명령, 이르거래]
박재민 (2002) : 法界 毛叱所只[두루] 다 니르거래[감탄, 이르구내]

(1) 法界 : 法界

法界는 正用字. 부처의 세계, 즉 '온 세상'을 의미한다.

너븐 부텻 世界는 곧 法界라　　　　　　　　　　〈楞嚴經諺解 01:79b〉

(2) 毛叱所只 : 못도록 [두루]

'毛叱所只'은 난해구로, 소창진평은 '밑까지'로 이해하였고, 양주동은 '다하도
록(끝나도록)'으로 이해하였다. 양주동은 '毛叱'은 '盡'의 뜻인 '뭇'을 나타낸 것이
며, '所只'는 'ᄃ록'의 음을 나타낸 것으로 보았다. 'ᄃ록'의 음 추정은 吏讀의 관
용어 '爲巴只〈儒胥必知〉'를 근거로 하였다. 하지만, 향가에 2회 더 있는 다음
구절

法界毛叱所只至去良　　　　　　　　　　　　　〈普賢1〉
手焉法界毛叱色只爲於　　　　　　　　　　　　〈普賢3〉
佛伊衆生毛叱所只　　　　　　　　　　　　　　〈普賢5〉

에 그의 해석을 대입해 본다면, 각각 '법계 끝나도록 이르거라(「普賢1」) / 손은
법계 끝나도록 하며(「普賢3」) / 부처 중생 끝나도록(「普賢5」)'으로 되어, 의미가
통하지 않게 된다. 이런 명료하지 못한 의미 추정이었기에 이 구절은 다시 김완
진에 이르러 '없어지도록'으로 수정 해독되기도 하였다. 하지만, 이 해독 또한
여전히 의미적으로 모호하다는 한계를 가진다.

　본서는 '毛叱所只', '毛叱色只'를 일단 같은 의미를 담은 異形態로 전제하고,
그것을 '徧(두루 다)'의 의미를 담고 있는 死語의 음가로 상정해 보았다. 세 개의
예 중, 두 개의 예가 '法界'와 관련을 맺고 있다는 점이 佛經에서 수없이 보이는
'遍法界, 遍十方' 등에 대응할 여지가 있는 걸로 보였기 때문이다. '徧'은 선초
정음 자료에서 '두루, 다, ᄀ독' 등으로 언해되는데, 주로 본조와 같이 '法界 · 十

方界'에 호응하여 나타난다.

徧 두루 변 　　　　〈新增類合〉　周 두루 쥬 　　　　　　〈新增類合〉

徧淨은 다 조홀씨니 〈月印釋譜 01:33b〉　徧知는 다 알씨오 〈楞嚴經諺解 01:03b〉

徧歷 恒沙國土ᄒᆞ야　承事諸佛와 及善知識ᄒᆞ야 　　　　〈楞嚴經諺解 01:86a〉

두루 恒沙國土ᄅᆞᆯ 다ᄂᆞᄃᆞ녀 諸佛와 善知識과ᄅᆞᆯ 셤기ᅀᆞ와 〈楞嚴經諺解 01:86a〉

迦陵仙音이 徧十方界ᄒᆞ더시다 　　　　　　　　　　　　〈楞嚴經諺解 01:29b〉

迦陵仙音이 十方世界예 ᄀᆞᄃᆞᆨᄒᆞ더시다 　　　　　　〈楞嚴經諺解 01:29b-30a〉

虛空及 諸大地 俱徧法界 不合相容 　　　　　　　　　　〈楞嚴經諺解 04:39a〉

虛空과 모든 大地왜 다 法界예 ᄀᆞᄃᆞᆨᄒᆞᆯ딘댄 서르 드류미 맛당티 아니타 ᄒᆞᄂᆞ니
　　　　　　　　　　　　　　　　　　　　　　　　　　〈楞嚴經諺解 04:39a〉

그렇다면, 위에서 살펴본 「普賢十願歌」의 세 용례에서 '毛叱所只·毛叱色只'
자리에 '두루'를 대입시켜 본다면 각각 의미상 자연스러울까? 대입하여 보면,

法界 毛叱所只 至去良 : 법계 두루 이르거라 　　　　　　　〈普賢1〉

手焉 法界 毛叱色只 爲於 : 손은 법계 두루 하며 　　　　　〈普賢3〉

佛伊 衆生 毛叱所只 (吾衣 身 不喩仁 人音 有叱下呂) : 부처·중생 두루두루
(나의 몸 아닌 남 있으리) 　　　　　　　　　　　　　　　〈普賢5〉

「普賢1」의 경우, 의미상 자연스러우며 최행귀의 譯詩에서도 '遍十方'으로 나
타나고 있어, '毛叱所只'이 '두루'의 의미일 것이라는 가정을 만족시킨다.

瞻拜唯應遍十方 (우러러 절하나니 시방세계 두루 응하소서)
　　　　　　　　　　　　　　　　　　　　〈崔行歸의 漢譯詩, 均如傳〉

「普賢3」의 경우, 현대적 시각에서 볼 때 어감상 다소 어색한 구절이 되었다.
'하며'의 목적어가 직접 나타나지 않았기 때문이다. 하지만 後行하는 행을 고려
하고 구결의 다음 예를 참조해 볼 때, 이 구절은 가능한 어법이 된다.

手焉 法界 毛叱色只爲於 手良每如法叱供乙留 法界滿賜仁仏体 仏仏周物叱供
爲白制

(손은 법계 두루 ᄒᆞ며 손에마다 법공으로 법계 차신 부처 불불두루 공양하오저)

〈普賢3〉

一ㄱ 手ㄴ 以ㅅ 三千ㅅㅓ [徧]ᄂ丨ᄼᄒ 普ㅣ 一切 諸ㅣ 如來ㄴ 供ᄼ ᄼ :

(한 손으로 삼천세계에 [두루]마다 ᄒᆞ여 널리 一切 모든 여래를 공양하리라 :
能以一手遍三千 普供一切諸如來)

〈華嚴經 15:17〉

위는 공히 '손 (手/手)'이 법계 (法界/三千世界)에 두루 (毛叱色只/徧) 미쳐 있어 (爲於/ᄼ) 모든 부처 (佛/如來)를 공양 (供/供)하고 싶다'라는 의미의 문장이다. 이때, 향찰 자료에 나타난 '毛叱色只'는 구결 자료에서 '徧'에 대응하고 있는데, 공히 후행하는 'ᄒᆞ다(爲)'와 결합하며 [두루]마다 ᄒᆞ다'의 구문을 형성하고 있다. 이때의 'ᄒᆞ다'는 향찰이나 구결이나 모두 '미쳐 있다'의 代動詞 정도가 되는데, 구문의 유사성으로 보아서 '毛叱色只'과 '徧'이 같은 의미를 형성하고 있음을 的知할 수 있다.

「普賢5」의 경우, 최행귀가 다음과 같이 한역한 것인데,

我邊寧有別人論 (나와 남을 따로 논할 것 무엇 있으리)

〈崔行歸의 漢譯詩, 均如傳〉

이는 부처에서 중생에 이르기까지 '그들 두루 다'가 나의 몸과 다를 바 없다는 의미를 표현한 것이다. 「普賢5」의 제4행까지를 해석해보면,

迷悟同體叱 緣起叱理良尋只見根 佛伊衆生毛叱所只 吾衣身不喩仁人音有叱
下呂
(迷悟는 同體라는 緣起의 理致에서 찾아보면 불·중생 두루 다 나의 몸 아닌 사람 있겠는가?)

〈普賢5〉

와 같이 되는데, 여기에서 '迷悟同體叱 緣起叱 理'는 '미혹함과 깨달음이 하나로서, 수레바퀴가 맴도는 것처럼 인연이 일어나고 사라지는 것이 이치기에, 부처와 중생은 두루 한 몸이다'는 인식을 드러내는 말이다. 다음의 언해는 그러한 인식을 잘 보여준다.

聖凡이 ᄒᆞᆫ 體며 迷悟ㅣ 根源이 ᄀᆞᆮᄒᆞ니 사ᄅᆞ미 眞實로 能히 시름 버므로미
다ᄉᆞᆯ 알며

〈法華經諺解 03:141a〉

迷悟ㅣ 제 달오미 이실 쑤니언뎡 그 體눈 本來 둘 업스니라

〈禪宗永嘉集諺解 上:91b〉

性이 비록 달옴 업스나 緣起를 막디 아닌눈디라 人天 여러 趣ㅣ 苦와 樂괘 萬品이니 사로무로 주구메 가며 주구므로 도로 사라 三世예 輪廻호미 술위 띠며 도르논 브리니라.

〈禪宗永嘉集諺解 上:113a〉

이런 불교적 인식을 감안하고 다시 최행귀가 한역한 시의 4행까지를 전부 살펴보면,

聖凡眞妄莫相分	聖과 凡, 眞과 妄을 나누려 하지 말라.
同体元來普法門	원래는 한 가지로 법문에 통하는 것.
生外本无餘仏義	중생 외엔 부처님 뜻 본래 없었으니
我邊寧有別人論	나와 남을 따로 논할 것 무엇 있으리.

로 되어 있어, 佛·衆生·我가 두루 같은 존재임을 표현한 말임을 알 수 있다. 즉, 최행귀의 '我邊寧有別人論(나와 남을 따로 논할 것 무엇 있으리)'는 「普賢5」 의 '佛伊如衆生毛叱所只 吾衣身不喩仁人音有叱下呂(불·중생 두루 다 나의 몸 아닌 남 있겠는가)'를 漢詩化한 것임을 살필 수 있다.

이로써, 우리는 '毛叱所只·毛叱色只'가 '遍·偏'의 의미에 대응되는 것을 살 필 수 있었다. 그런데, 마침 구결 자료에 이와 유사한 음운[15]이 나타나 있어 주목을 요한다.

聲~ 三千ㄴ 動ソヒハニ丨ㅊ 乃シ 十方ㅌ 恒河沙ㅌ 佛土ㅎㅓ 至刂 有緣ソㄱ ㅎㅓㄱ 斯ㅌ∾巴ハ 現ソヒハニ丨 (소리로 삼천세계를 動하시는구나! 온 세상 의 無數한 불토에 이르러 인연 있는 곳에는 "이만하도록' 現하신다.)

〈舊譯仁王經 03:06〉

今日ㅎㅓ 如來刂 大光明ㄴ 放ソニトㄅㄱㅅㄱ 斯ㅌ∾巴ハ 何ㅌソㄱ 事ㄴ 作 ソㅌィソニトㄱ刂ㅣㅎㅁソヒハニㅊ (今日에 如來가 大光明을 放하시는 것은 "이만하도록' 어떠한 일을 作하고자 하시는 것인가 하시며) 〈舊譯仁王經 02:23〉

구결 전체를 통틀어 단 2회가 나타나는 '斯ㅌ∾巴ハ'은 그동안 구결 연구자들

---

15) 정확히 일치하는 것은 아니지만, 각각 '못도록 / 몽도록' 정도로 읽힐 수 있으니, 결국 '몯도 록'의 음을 공통으로 한다고 할 수 있다.

에 의해 '(이)모ᄒ도로기-이만하도록16)', '이모ᄒ ᄃ록17)', 혹은 '이만하도록18)' 등의 의미로 파악되었었는데, 이 표기형태에 대한 완전한 이해에 의해서가 아닌 해독의 대안을 발견하지 못했던 이유에 의해 잠정적으로 추론된 것이었다19). 그렇다면, 그 대안으로서 향찰의 '毛叱色只·毛叱所只', 즉 '두루[遍]'를 대입해 보자.

> 聲ᆢ 三千ㄴ 動ᄼㅌᄼᄀᆞ乃ᔆ 十方ㄴ 恒河沙ㄴ 佛土ᔆㅏ 至ㆁ 有緣ᄼㄱ ᔆㅓㄱ [斯]ㅌᄼ巳ᄼ 現ᄼㅌᄼᄀᆞ | (소리로 삼천세계를 動하시는구나! 온 세상의 無數한 佛土에 이르러 인연 있는 곳에는 [이처럼] 두루' 現하신다.)
>
> 〈舊譯仁王經 03:06〉

로 해석되어 원문

> 聲動 三千乃至十方恒河沙佛土 有緣斯現   〈舊譯仁王經 03:06〉

에서 '이같이(＝聲처럼) 나타난다' 정도로 해석될 부분에 '[斯]ㅌᄼ巳ᄼ'이 기입되었음을 살필 수 있다. 즉, '[斯]ㅌᄼ巳ᄼ'은 恒河沙 불토의 인연 있는 곳에는 '[이같이] 두루 나타난다'라는 의미의 문장을 보다 더 자세히 말하기 위해, '斯'의 구체적 의미 '두루'를 의도해 적은 것으로 보이는 것이다. 아래의 예는 佛家에서

---

16) 김두찬, 「舊譯仁王經 口訣 解讀試攷」, 『구결연구』 제2집, 구결학회, 1997, 190면.
17) 남성우·정재영, 「舊譯仁王經 석독구결의 표기법과 한글전사」, 『구결연구』 제3집, 구결학회, 1998, 229면.
18) 남풍현, 『국어사를 위한 구결연구』, 태학사, 1999, 123면.
19) 이 부분의 독법 내지는 의미에 대한 고민을 연구자들은 이렇게 기록하고 있다.

"'(이)모ᄒ도로기'를 문맥에 따라 '이만하도록'으로 해석한다. 다만, '모로기'(?) 곧 '문득'의 뜻이 포함됐지 않았나 하는 질의도 있었으나, 선행의 '(이)모ᄒ-'을 연결시켜 풀이하면 오히려 해석이 되지 않는 문제점만이 남을 뿐이다." (김두찬 상게서)

"'ㅌ'자는 지금까지 발굴한 구결 자료 중 이 자료에만 보이는 구결자이다. … 구결자 'ㅌ'를 '모'로 읽는다 해도 '斯ㅌᄼ巳ᄼ'를 이해하기는 어렵다. … 제대로 이해하기 위해서는 더 좋은 자료들을 확보해야 한다. … '-巳ᄼ'은 15세기의 '-ᄃ록'과 의미가 통한다." (남성우·정재영 상게서)

"巳가 '도로'로 읽힌 까닭에 대해서는 믿을만한 논증이 되어 있지 않다. 허사표기에 쓰인 차자가 2음절로 읽힌 것도 예외적이거니와 약체인지 全字인지도 분명치 않다. … 동일한 표현에 쓰인 것이 하나 더 있을 뿐, 용례가 없어 확인하기 어렵다." (남풍현 상게서)

파악하는 '音聲'이 세상에 나타나는 방식을 잘 보여준다.

> 普賢菩薩願音聲遍滿 一切世界海 (普賢菩薩이 원하는 音聲은 一切世界海에
> 두루두루 가득하다)　　　　　　　　　　〈釋華嚴敎分記圓通鈔 卷1, 高麗大藏經〉

또 다른 예,

> 今日 ㅣ 十 如來 ‖ 大光明 ㄴ 放 ✓ㅣ ト ㅎ ㄱ ㅅ ㄱ [斯]ㅌ ✓ ㄹ ハ 何 ㅌ ✓ ㄱ 事 ㄴ 作
> ✓ ㅌ ㅓ ✓ ト ㄱ ㅣ ㅏ ㄹ ㅎ ✓ ㅌ ㅅ ㄴ ㅏ ㅏ (今日에 如來가 大光明을 放하시는 것은
> '이 세상에 이처럼(빛처럼 두루)' 어떠한 일을 作하려고 하시는 것인가 하시며)
> 　　　　　　　　　　　　　　　　　　　　　　〈舊譯仁王經 02:23〉

에서도 '이같이(빛처럼 두루)'의 자리에 '[斯]ㅌ ✓ ㄹ ハ'가 기입되어 있다. 역시
'빛'은 상례의 '소리'처럼 세상에 두루 퍼지는 것이다. 아래의 예는 '光明'이 세상
에 나타나는 방식을 역시 잘 보여준다.

> 卽時예 如來 가슴맷 萬字를 브트샤 보빗 光을 소사내시니 그 光이 恍惚ᄒ샤
> 百千色이 겨시더니 十方微塵 너븐 부텻 世界예 흔ᄢ 두루 펴샤
> 　　　　　　　　　　　　　　　　　　　　　　〈楞嚴經諺解 01:95b〉

> (卽時如來 從胸萬字ᄒ샤 湧出寶光ᄒ시니 其光이 恍惚ᄒ샤 有百千色ᄒ더시
> 니 十方微塵普佛世界예 一時周徧ᄒ샤)　　　〈楞嚴經諺解 01:95b〉

이로 미루어 볼 때, 구결의 위 인용문장은 '音聲'이 세상에 '大光明이 세상에
비추듯이 (부처께서는) 이 세상에 '두루' 어떤 일을 하려고 하신 것인가'에 부합
함을 살필 수 있다.

이상으로써, 우리는 '毛叱所只·毛叱色只·ㅌ ✓ ㄹ ハ' 등이, 遍(두루 다)의 의
미를 위하여 사용된 말이 아닌가라는 추정을 해 볼 수 있었다. '뭇도록'으로 읽힐
법한 이 단어의 형태론적 기원에 대해서는 더 좋은 자료의 확보를 기대하며,
일단 그 의미만은 '두루'로 이해한다.

(3) 至去良 : 니르거라

'至去良'는 '至(니르)'에 감탄의 종결어미 '-去良(-거라)'가 합쳐진 것이다.
'至'는 正用字. 고훈은 '니르-'이다.

至 리를 지   〈新增類合〉

至는 니를씨오   〈月印釋譜 序:26a〉

다른 나라해 오래 이셔 열히 스믈히 쉰히예 니르더니   〈月印釋譜 13:06b〉

'去良'는 일반적으로 '거라·가라' 등으로 읽히고 있다. '去'에 의한 차이인데, 양주동, 유창균 등은 '去'를 訓借字로 파악하여 '가'로 읽었고, 김완진, 양희철은 音借字로 파악하여 '거'로 읽은 바 있다. 이 두 견해는 문장의 의미를 파악하는 데 큰 차이가 없기에 문제시할 필요는 없으나, 다만 그 음가에 관해 판단해 보자면, '거'로 보는 편이 온당할 듯하다. 향찰에는 '가'음을 표기하기 위하여 주로 '可'를 사용하였고, 석독구결에서 빈번히 사용된 '去'의 경우, 모두 '거'에 대응하지 '가'에 대응하는 경우가 없기 때문이다.

夜入伊 遊行如可   〈處容歌, 三國遺事〉

새도록 노니다가   〈處容歌, 樂學軌範〉

人ｱ 門戶ｽ＋ 到ㅅ↑丨＋↑ (니르건댄)   〈華嚴經 07:04〉

父母ㄴ 孝事᠕ㅅ↑丨＋↑ 當ᄼ (孝事ᄒ건댄)   〈華嚴經 02:20〉

聿追를 스랑ᄒ건댄 모로매   〈月印釋譜 序:17a〉

'良'은 『鄕藥救急方』에서 '라'를 표기하기 위하여 사용한 예가 있고, 구결에서 略體字 'ｽ[良]'의 형태로 주로 '아'를 표기하기 위하여 사용되었다.

癮   두드러기 은 〈訓蒙字會〉, 癮疹 두두러기   〈譯語類解〉

癮疹   豆等良只, 置等ㅅ只   〈鄕藥救急方〉

蛇床子   蛇音置良只菜實 (현대어, 뱀도라지나물씨)   〈鄕藥救急方〉

世尊이…니르샤딕 諸 善男子아   〈法華經諺解 04:56b〉

佛 言ｶﾆｱ   善男子ｽ   〈金光明經 02:18-03:04〉

이상의 용례로 미루어 '去良'은 '거아·거라' 정도의 음을 표기한 것으로 볼 수 있다.

한편, '거아·거라'의 음상과는 별도로, 이 語尾의 기능에 대하여는 다소의 문제가 있다. 일반적으로 본조의 의미는 '명령'으로 이해되고 있는데 이는 양주동에서 시작되었다. 본조가 가진 음상이 '가라 · 거라'이기에 사실 이보다 더 직접적인 연관성을 가지는 근거를 찾기란 용이하지 않다. 우선 정음문헌에 '거라'가 명령형으로 사용되고 있다는 점,

부텻긔 받ᄌᆞᄫᅡ 生生애 내 願을 일티 아니케 ᄒᆞ고라   〈月印釋譜 01:13b〉

도로 다가 두어라 ᄒᆞ야ᄂᆞᆯ   〈月印釋譜 07:08a〉

이제 쪼 너를 여희오 더욱 우니ᄂᆞ니 어서 도라 니거라   〈月印釋譜 08:101a〉

다ᄆᆞᆫ 됴히 됴히 잇거라   〈順天金氏簡札 55-4〉

우리 죠히 가 자쟈 벗들아 닐거라   〈老乞大諺解 重刊 上:34b〉

또한, 『鷄林類事』에서도 마치 명령형인 듯한 '家囉', '具囉', '都囉20)'가 그 형태를 보이고 있다는 점에서 많은 연구자들의 공감을 받아 왔다.

坐曰 阿則家囉 (아즉가라)   〈鷄林類事〉

下簾曰 箔恥具囉 (발 치구라)   〈鷄林類事〉

凡乎取物皆曰 都囉 (도라)   〈鷄林類事〉

하지만, 본조를 '명령형'으로 파악할 경우, 문맥이 잘 통하지 않는 결정적 난점이 있다. 그런 이유로, 소창진평은 '감동'의 어미로 파악했고, 유창균은 '청유'의 의미로 파악했으며, 김준영은 '영탄21)'의 의미로 파악하기도 했던 것이다.

본서 또한, 이에 대해 의문을 가진다. 우선, 본조를 '명령'으로 보면 詩意가 어색해진다는 것이 첫째 이유고, 향찰의 유사용례에서도 모두 '영탄'의 의미로 풀 때 모든 것이 순조롭게 이해된다는 것이 둘째 이유이다.

---

20) '都囉'는 양주동이 언급하지 않은 용례이나, 장윤희(「석독구결자료의 명령문 고찰」, 『구결연구』 제2집, 1997, 구결학회, 100~101면.)가 명령형으로 파악한 바 있다.

하지만, 『鷄林類事』의 위 용례들은 매우 특수한 경우로서, 사실 이것이 '명령형'인지, 아니면 '기본형'인지 아니면 '어간의 일부'인지는 잘 판단할 수 없는 상태이다. 물론, 음상의 일치가 가장 중요한 관건의 하나임은 부정할 수 없고, '거라'가 선초에 보이는 이상, '거라'가 명령형의 종결어미임은 부정될 수 없다. 그러나 같은 음상이라도 다른 의미를 가질 수 있는 가능성은 남겨두어야 한다는 생각이다. 다음의 예는 비록 음상은 같지만, 분명히 의미는 '명령'이 아닌 것으로 여겨지는 예이다.

來曰 鳥囉 (오라 / 오다) 〈鷄林類事〉, 客至曰 孫鳥囉 (손 오래[지] / 손 오대[이]) 〈鷄林類事〉

21) 김준영(1979:185면)은 「普賢2」의 제4행, '一念惡中 湧出去良'를 '솟아나왔네'로 풀이했다.

「普賢十願歌」에서는 본조와 같은 '去良'가 1회 더 나타나며, 이와 흡사한 종결어미로 '去耶'가 1회 나타난다.

一念惡中涌出去良 (솟나거라*)　　　　　　　　　　〈普賢2〉

灯油隱大海逸留去耶 (이루거라*)　　　　　　　　　〈普賢3〉

그간 모두 '명령형'으로 解釋되었던 곳이다. 하지만, 이 구절들은 '명령형'으로 이해하면 두 곳 다 문맥이 닿지 않게 된다. 「普賢2」의 경우 前句와 함께 보이면 다음과 같다.

今日部伊冬衣　南无佛也白孫舌良衣　无尽辯才叱海等　一念惡中涌出去良

오늘 주비들의 "나무불이여" 아뢴 혀에 無盡辯才의 바다 一念에 솟아나거라*

오늘 주비들의 "나무불이여" 아뢴 혀에 無盡辯才의 바다 一念에 솟아나구나

「普賢4」의 경우 前句와 함께 보이면 다음과 같다.

火條執音馬　仏前灯乙直體良焉多衣　灯炷隱須彌也　灯油隱大海逸留去耶

횃불 잡아 佛前燈을 지피온대 燈炷는 須彌요 燈油는 大海 이루거라*

횃불 잡아 佛前燈을 지피온대 燈炷는 須彌요 燈油는 大海이로구나

이 둘은 본조를 포함하여 어느 쪽이나, '영탄'으로 이해할 때, 자연스런 문맥을 형성하는데, 이 중, 「普賢4」의 경우는 「普賢行願品」에 나타나는 다음 구절로써 확실히 '명령형'이 될 수 없음이 드러난다.

一一燈炷 如須彌山 一一燈油 如大海水 (一一燈炷는 須彌山같고 一一燈油는

大海水같구나)　　　　　　　　〈普賢行願品, 40卷本 華嚴經, 第40卷〉

「普賢4」를 명령형으로 이해하는 경우의 모든 연구자들은 該當條 '逸留去耶'의 '逸'을 모두 '成'의 훈 '이루'로 상정하여 풀이하였는데, 「普賢行願品」의 該當條에 우선 '成'이란 어휘가 없을 뿐더러, 단순히 '燈炷는 須彌山처럼 높고 燈油는 大海처럼 많구나!'의 영탄적 對句로만 나타남을 보는 것이다. 이것은 「普賢4」에서 보이는 '也'와 '逸留去耶'의 영탄적 대구에도 정확히 부합하는 것이 되어, 오히려 '逸'을 무리하게 '成'의 뜻으로 상정해 「普賢行願品」과 의미차를 더 크게

만들어 버린 결과가 되었다. 더구나, 「普賢十願歌」에 총 3회의 용례가 있는 '逸'의 경우, 어느 것도 '成'의 뜻이 아니란 점은 '逸留去耶'가 '이루거라(成)'의 의미가 아님을 한 번 더 방증해 준다.

「普賢十願歌」에 나타난 3회의 '逸'은 본조를 제외하면 다음의 2회인데

顚倒逸耶 菩提向焉道乙迷波 造將來臥乎隱惡寸隱 　　　　〈普賢4〉

覺樹王焉 迷火隱乙根中沙音賜焉逸良 大悲叱水留潤良只 　　〈普賢9〉

이 역시 각각 '顚倒이라(까닭) 菩提 향한 길을 잃어 지어 온 惡業(普賢4)', '부처님은 중생을 뿌리 삼으신 이(인칭의 불완전 명사)라'[22]의 의미로 '이루다(成)'과는 관련이 없는 단순음차의 '이라'임을 본다.

이로, '거라'가 음상의 일치 외엔 '명령'의 어미가 될 근거가 없음을 살폈다. 이상, 음상은 '니르거라', 의미는 '영탄'의 '이르구나'.

Ⅰ.5. 塵塵馬洛仏体叱利亦 : 塵塵마락 부텻 刹이여!

小倉進平(1929) : 塵塵마다 부텻 刹이오
양주동　(1942) : 塵塵마락 부텨ㅅ 刹이
김완진　(1980) : 塵塵마락 부텻 刹이역
양희철　(1988) : 塵塵마락 부텨ㅅ 刹에
유창균　(1994) : 塵塵마락 佛體ㅅ 刹이
신재홍　(2000) : 塵塵마락 부텻 뎔여
정재영　(2001) : 塵塵마락 부텻 刹여
박재민　(2002) : 塵塵마락 부텻 刹이여

(1) 塵塵 : 塵塵

'塵塵'은 正用字. 불교에서 '티끌[塵]'은 세상의 가장 작은 것 중의 하나지만, 오히려 그 안에 세계 하나를 담을 수도 있는 역설적인 존재로 사용된다. 가장 작고 또 가장 많은 티끌, 그 하나하나가 각각의 세계가 될 수 있다는 말은, 부처

---

22) 각각의 의미는 해당 항 참조.

의 세계가 그만큼 넓고 많음을 말하는 데 좋은 비유가 된다. 다음의 자료에 나타
나는 '塵'과 '刹'은 이 둘의 관계를 잘 보여 준다.

> 이ᄀ티 十方虛空애 微塵이 ᄀ득ᄒ며 一一 塵中에 十方界를 現ᄒ야 塵을 現ᄒ
> 며 界를 現호ᄃᆡ 서르 ᄀ리디 아니ᄒ매 니르로미 일후미 無着行이라 이는 善現
> 行을브터 ᄀ득게 너펴 두려이 노교미라 塵中에 刹을 現호미 일후미 現界오
> 塵相을 허디 아니호미 일후미 現塵이라   〈楞嚴經諺解 08:31b〉
>
> 虛空을 머구므며 ᄒ 터릿 그테 寶王ㅅ 刹을 나토며 微塵 쏘배 안자 大法輪을
> 轉ᄒ노라   〈楞嚴經諺解 04:45b〉

가장 작은 것 안에 가장 큰 세계가 있다는 위의 믿음은 다음 구절에서 또
한 번 구체화된다.

> 塵塵刹刹이 다 圓通ᄒ리라   〈楞嚴經諺解 04:102a〉

결국 티끌과 우주가 다 두루 통하고 있다는 신념을 보여주는 것이다. 본조에
서 '塵'과 '刹'을 대응시켜 사용한 것은 이런 신념을 드러내기 위해서이다. 한편,
'塵'의 古訓은 '드틀·듣글'이다.

> 塵 드틀 딘 〈新增類合〉, 塵은 드트리라   〈月印釋譜 02:15a〉
> 塵 듣글 딘 〈訓蒙字會〉, 國土 조쳐 봇아 듣그를 밍ᄀ라 〈楞嚴經諺解 01:05a〉

(2) 馬洛 : 마락

'馬洛'은 구결에서는 사용되지 않은 音借字들이다. 정음 자료에서도 '마락'에
근사한 어형은 보이지 않는다. 이와 유사한 구절이 「普賢5」에 있지만,

> 修叱賜乙隱頓部叱吾衣修叱孫丁 得賜伊馬落人米无叱昆 於內人衣善陵等沙
> 不冬喜好尸置乎理叱過   〈普賢5〉

이 구절이 의미 파악에 직접적 해결책을 주지는 못한다. 현재 이 구절은 일반
적으로 '마다(每)'를 표기한 것으로 보는데, 이는 양주동의 해석에서 비롯되었다.
문맥상 개연성이 인정되고, 또 최행귀의 한역시와도 의미상 일치하는 구절로
그의 해석에 이견이 없다.

문맥상 개연성이 인정된다는 것은 '塵塵마다 부처 세계'가 불경들에서 보이는

一一 塵中에 十方界를 現ᄒᆞ야 … 塵中에 刹을 現호미 〈楞嚴經諺解 08:31b〉

ᄒᆞᆫ 터릿 그테 寶王ㅅ 刹을 나토며 〈楞嚴經諺解 04:45b〉

등의 의미를 만족시키고 있기 때문이고, 최행귀의 한역시로 미루어 볼 때도 무리가 없다는 것은,

一一塵塵諸佛國 (塵塵마다 모두 불국) 〈崔行歸의 漢譯詩, 均如傳〉

로 되어 있어, '塵塵마다'의 의미를 포함하고 있다고 보기 때문이다.

구결의 예와 선초 정음 자료의 예를 볼 때, '一一'이 사용된 구절, 또는 字가 重疊된 단어는 '마다(ᄀ l)'와 호응성이 매우 강하다.

一一國土 3 + ᄀ l 〈舊譯仁王經 02:05〉

一一佛 ; 及ハ 大衆 ; ノ ᄉᄀ l 各 ; 各 ; ᄷ 〈舊譯仁王經 02:06〉

一一光明 皆 徧示現 十恒河沙金剛密迹 擎山 〈楞嚴經諺解 07:28a〉

光明마다 다 十恒河沙金剛密迹이 뫼ᄒᆞᆯ 바ᄃ며 〈楞嚴經諺解 07:28a-b〉

彼十方世界ᆮ 中 3 + 念念 3 + ᄀ l 佛道 成ㅏ 1 ㅅㄴ 〈華嚴經 14:19〉

人人은 사ᄅᆞᆷ마대라 〈釋譜詳節 序:06a〉

如羊 入屠肆 步步 趍死地 〈楞嚴經諺解 02:04b〉

羊이 屠肆애 드러 거름마다 주글 싸해 감 ᄀᆮᄒᆞ니라 〈楞嚴經諺解 02:04b〉

한편, '馬落'이 '마다'의 의미를 담을 수 있는 이유에 대하여 양주동은 강세사 'ㄱ'의 첨가 때문이라고 하였는데, 이 강세사 'ㄱ'의 존재는 구결과 정음 자료에서 실제로 확인된다.

諦現觀 3 + 入 ᄼ 3 聖智見ㄴ 證 ᄼ ᄼ ㅈl 〈瑜伽師地論 23:02〉

無生智 3 + 入 ᄼ 3 ハ 無依處 3 + 到ᄂ ㅛ 〈華嚴經 03:19〉

當願衆生 衆 1 相 ll 華 [如]ᄒ ᄼ 3 三十二ㄴ 具 3 ㄴ ㅛ 〈華嚴經 05:12〉

當願衆生 尊重 ᄼ 1 ㅈ 塔 [如]ᄒ ᄼ 3 ハ 天人 3 供ㄴ 受ᄂ ㅛ 〈華嚴經 08:06〉

福을 스랑ᄒᆞ야 즐길씨라 〈月印釋譜 01:33b〉

제 子細히 스랑ᄒᆞ야 哀慕를 ᄌᆞ히 말라 〈楞嚴經諺解 02:54a〉

다ᄉᆞᆺ 가짓 됴ᄒᆞᆫ 根을 여희여 이런 구즌 法이 냇거든 〈月印釋譜 07:43b〉

分別性이 드트를 여희야 體 업숧딘댄 〈楞嚴經諺解 01:90a〉

通敎ᄂᆞᆫ 알핏 藏敎애 通코 後ㅅ 別敎ᄂᆞᆫ 圓敎애 通ᄒᆞᆯ씨 〈法華經諺解 03:44b〉

善커든 通콕 惡거든 마가사 어려부미 업스리라 〈月印釋譜 14:76a〉

이로써, 본조의 '馬洛'이 '마다(每)'의 강세형 '마닥·마락'이라는 추론은 상당한 개연성을 가졌음을 확인해 볼 수 있다.

(3) 仏体叱 : 부텻 (부처의)

'叱'은 향찰, 구결을 포함한 차자표기 전체에서 공히 'ㅅ'음이 필요한 곳에 나타나는 音借字이다. 향찰자 변증 139)항에서 文證하였다. '仏体叱'은 언해문의 다음 표기에 해당한다.

佛刹은 부텻 나라히라 〈月印釋譜 10:49a〉

너븐 부텻 世界ᄂᆞᆫ 곧 法界라 〈楞嚴經諺解 01:79b〉

(4) 刹亦 : 刹여 [세계요]

'刹'은 正用字. '世界'를 의미한다. 연구자에 따라 이를 '뎔·절'로 풀이한 경우가 있으나, '刹'은 '부처의 세계'이지 건축물로서의 '절'은 아니다.

佛刹은 부텻 나라히라 〈月印釋譜 10:49a〉

ᄒᆞᆫ 刹애 ᄒᆞᆫ 日月이니 百億日月은 곧 百億刹土ㅣ라 〈楞嚴經諺解 06:34b〉

塵中에 刹을 現호미 일후미 現界오 〈楞嚴經諺解 08:31b〉

無邊ᄒᆞᆫ 刹海예 德用이 徧周ᄒᆞ며 〈楞嚴經諺解 06:41b〉

'亦'은, 소창진평, 김완진, 신재홍 등은 감탄형 '여'로 읽었고, 양주동, 유창균 등은 주격조사 '이'로 읽었다. 주격조사 'ㅣ'로 읽은 까닭은 이두에서 '亦'이 주격으로도 사용되었기 때문이다.

一人亦 犯數罪爲乎矣 (일인이 數罪를 犯하온대) 〈大明律直解 28:04a〉

凡 子孫亦 祖父母父母矣 敎令乙 違犯不從 爲旀 (무릇 子孫이 祖父母父母의 敎令을 違犯不從 하며) 〈大明律直解 22:10b〉

그러나 구결에서 보면 '亦'은 '여'로 읽히며, 열거형이나 호격, 혹은 감탄형의 용법으로 모두 사용된다. 아래 예는 호격이며,

爾時＋ 文殊師利菩薩ㄱ 智首菩薩乚 告ㅣ 3 言ㄕ "善ナㄱ[哉]亻 佛子∴ 汝ㄱ 今ㅣㄱ…" (불자여) 〈華嚴經 02:10-11〉

다음 예는 열거형이고,

世間 3 七 諸ㄱ 天∴ 魔∴ 梵∴ 沙門∴ 婆羅門∴ 乾闥婆∴ 阿修羅∴ ㅣㄕ 〈華嚴經 08:17-18〉

世間ㄋ 好ㄱ 尙ㄱㄕ 所七 色相∴ 顔容∴ 及七 衣服∴ ノ令乚 〈華嚴經 18:04〉

衆生ㄋ 苦∴ 樂∴ 利∴ 衰∴ ㅣㄕ 等ㅣㅣㄱ 〈華嚴經 18:10〉

다음의 예는 감탄형이다.

香ㄱ 車輪 如ㅣㅣ 3 花ㄱ 須彌山王 如ㅣㅣナㄱ∴ (다하견여, 같구나!) 〈舊譯仁王經 02:15〉

大衆ㄱ 歡喜ㅣ 3 各ㄋ各ㄋ亦 量 無七ㄱ 神通乚 現 3 七ハニㄱ∴ (나토낙신여, 나타내는구나!) 〈舊譯仁王經 03:14-15〉

이 중, 본조의 용법은 열거형에 가장 가깝다. 주격으로 해석할 경우, '티끌마다 부처세계가'로 되어 문장의 서술어가 부족하게 되며, 호격으로 해석할 경우 '티끌마다 부처 세계야'로 되어 부처 세계를 의인화시켜야하는 곤란이 생기며, 감탄형으로 이해할 경우 종결어미로 처리되어 향가의 구조[23]에 어긋나게 되기 때문이다. 이에 비해 열거형으로 해석할 경우 비교적 대등한 내용이 전후로 오

23) 향가의 3단구조를 말한다. 일반적으로 향가는 4행, 8행, 10행의 行末에 종결어미가 오고, 여타의 행에는 종결어미가 거의 오지 않는다. 본조는 제5행에 해당하므로 이를 '감탄형' 즉, '종결어미'로 파악하기에는 부담이 있다.

게 되고, 문맥 또한 가장 무난한 흐름을 보이게 되는 장점이 있다. 이상, '쳀여'. 의미는 '쳀이요'[24)]

Ⅰ.6. 刹刹每如邀里白乎隱 : 刹刹마다 모리숣온

小倉進平(1929) : 刹刹마다 마ᄌ리숣온
양주동　(1942) : 刹刹마다 뫼시리숧본
김완진　(1980) : 刹刹마다 모리숧본
양희철　(1988) : 刹刹마다 뫼리 숧본
유창균　(1994) : 刹刹마다 마ᄌ리숧본
신재홍　(2000) : 덜덜마다 모리숧본
정재영　(2001) : 刹刹마다 모리숣온
박재민　(2002) : 刹刹마다 모리숣온

(1) 刹刹每如 : 刹刹마다

'刹刹每如'는 '刹刹마다(세계세계마다)'를 나타낸 것이다. 구결에서 '마다'는 'ㅓㅣ'로 표기되고 있으며, 주로 '一一'에 호응하거나, 원문의 字가 중첩이 되어 있는 경우, 이에 수반하여 나타난다. '馬洛'조에서의 예를 재인용하면,

一一國土 ㅣ十ㅓㅣ 佛ᄼ 及ᄉ 大衆ᄼ ノㅓ l ᄼᅀ ㄱ l ㅿ 今ㄴ 如這 異ᄼ ㄱ 無

24) 김지오(2013:243면.)는 이 부분을 "티끌마다 부처님의 세계요, 그 세계세계마다 부처님을 둘러 모신다."로 파악하며, 이곳의 '亦'을 접속조사로 보았다. 그간 이 부분을 '세계요'로 읽은 연구자는 많았지만, 이를 '접속조사'라 칭한 연구자는 김지오가 유일한 듯하다. 이 설을 긍정적으로 검토해 보면 그간 매끄럽지 않게 연결되었던 몇 구절이 퍽 자연스레 연결됨을 보게 된다. 가령, 그 논의에서 이미 거론된 "灯炷隱須弥也 灯油隱大海逸留去耶 (灯炷는 須弥야 灯油는 大海이로구나, 〈普賢3〉)"의 '也'뿐만 아니라, 유사소재 향가의 "君隱父也 臣隱愛賜尸 母史也 民焉狂尸恨阿孩古爲賜尸知 (君은 父야 臣은 母야 民은 아이고 하샬디, 〈安民歌〉)" 에 나타나는 '也' 역시 같은 기능으로 자연스레 이해되는 것이다. 따라서 본서는 이 설을 받아들인다. 다만, 명칭만은 '연결어미'라 하려 한다. 국립국어원의 다음 용례에 쓰인 명칭을 따르려는 것이다.

요[18] : 어떤 사물이나 사실 따위를 열거할 때 쓰이는 연결어미.
이것은 말이요, 그것은 소요, 저것은 돼지이다. 〈'요', 『표준국어대사전』, 국립국어원〉
우리는 친구가 아니요, 형제랍니다. 〈上同〉

ヒニゟ 一一國土ヒ 中ゟヒ 一一佛ゝ 及ハ 大衆ゝノ亽ケ丨 各ゟ 各ゟホ 般若
波羅蜜し 說ヒハニ丨   〈舊譯仁王經 02:5-7〉
彼十方世界ヒ 中ゟナ 念念ゟナケ丨 佛道 成卜ヿ入し 示現ゞゟ
                                                  〈華嚴經 14:19〉

등이 있는데, 위 '一一', '念念' 등에 호응하는 'ケ丨'의 音相이 '마다(每)'임은
다음의 자료를 미루어 알 수 있다.

蠱 影ケ伊汝乙伊 影良汝乙伊   〈鄕藥救急方〉
蠱 그르메너흐리 구   〈訓蒙字會〉
大蒜 ケ汝乙   〈鄕藥救急方〉
蒜 마늘 숸   〈訓蒙字會〉

咸皆願聞 ゞヒゝ丨   〈祇林寺本 楞嚴經 02:01b〉25)
咸皆願聞 하ᄂᆞ이다   〈楞嚴經諺解 02:02b〉

終從變滅 ゞオゝ丨   〈祇林寺本 楞嚴經 02:2a〉
終從變滅ᄒᆞ노이다   〈楞嚴經諺解 02:6b〉

본조의 '每如'에서 '每'는 '마'음을 위한 음차자, '如'는 '다'음을 나타내기 위한
훈차자인데, 음가로 보나 선행어휘의 중첩 형태로 보나 '마다'에 해당하는 것임
에 틀림없다.

(2) 邀里白乎隱 : 모리숣온

'邀里'를 소창진평, 김준영, 유창균 등의 연구자들은 '마ᄌ리'로 보았고, 양주
동은 '뫼시리'로 보았다. 김완진은 '뫼'의 古形 '모리'를 상정하여 이해하였다.
'邀'는 正用字로, 천자문류의 자료에서 다음과 같은 古訓을 보여준다.

邀 마즐 요   〈新增類合〉

---

25) 『楞嚴經諺解』의 본 예는 본서에서 다루는 석독구결보다 후대의 것이긴 하나, '丨'의 사용은
기능·음가상 차이가 없는 걸로 판단되므로 이해의 편리를 위해 게시하였다. 정음 자료의
언해본의 음가와 일목요연히 비교해 살필 수 있는 장점이 있기 때문이다.

이런 예를 바탕으로 하여 많은 연구자들이 이를 '마츠리'로 읽었던 것이다. 그러나 그렇게 파악할 경우, 최행귀의 한역시와 의미가 동떨어지게 되며, 또한, '리(里)'의 기능이 모호해지게 된다는 난점이 남는다.

> 重重利刹衆尊堂 (겹겹 세계마다 부처님을 뫼셨도다.) 〈崔行歸의 漢譯詩, 均如傳〉

그런 이유에서 양주동은 '邀'가 '陪'의 의미와 상통하고 있는「兜率歌」관련 기록

> 作兜率歌賦之 其詞曰 今日此矣散花唱良 巴寶白乎隱花良汝隱 直等隱心音
> 矣命叱使以惡只 彌勒座主陪立羅良 解曰 龍樓此日散花歌, 排送靑雲一片花.
> 殷重直心之所使, 遠邀兜率大僊家. 〈三國遺事 卷4, 月明師 兜率歌〉

> 陪 뫼실 비 〈訓蒙字會 등〉

을 소개하며, '뫼시리'로 읽었던 것인데, 이는 그 자체로 하나의 훌륭한 증명이 되는 것일 뿐더러, 최행귀의 한시에 담긴 의미에도 잘 부합되는 무결한 해석이었다. 하지만 독법에 있어 '뫼시리'로 본 것은 다소의 비약이었다. 이 점에 대하여 그는 다음과 같은 말로 불확신을 迂廻하였다.

> 「邀里·邀呂」는 兩條共히 그믿헤 助動詞「白」(솗)이 連結되였으니 이는「ㅎ
> 리솗」形으로 異樣語法에 屬한다. 元來 助動詞「솗」(白)은 언제나 動詞基本
> 形下에 直屬하야「ㅎ솗·ㅎ습」형을 이룸이 通例인데, 本條「邀里白」(뫼시리
> 솗)은「ㅎ리」形믿헤「솗」이 連結되였으니 一特例이다. 〈양주동(1942), 692면〉

사실, 그의 말대로 '邀里白'는 '뫼시리솗'으로 보는 것은 '一特例'이다. '白'이 항상 동사의 어간에 직접 붙는다는 사실에 충실할 때, 본조의 '里'는 의도의 '리'라기 보다는 '-리'를 末音으로 하는 어떤 동사의 語幹으로 보는 것이 합리적이다.

한편, '里·理'가 '이~리' 영역의 음가를 표현하는 데 사용된 것을 감안하여 어간의 말음을 'ㅣ'로 보아, '邀里' 자체를 '모+ㅣ' 즉 '뫼'로 추정할 근거가 자체적으로 없는 것은 아니지만[26], 그렇게 볼 경우, 같은 의미를 나타낸 또 다른 예

---

26) 그렇게 본다면, '邀里白乎隱·邀呂白乎隱'은 '뫼숩온'의 선초 정음 자료의 표기에 정확히 부합된다.

부톄 겨샤딕 … 뫼슨븅 사룸믄 阿難陁ㅣ러니 〈月印釋譜 02:09a〉

'邀呂'에서의 '呂' 또한 '이'의 음을 위하여 사용되었다고 보아야 하는 부담이 남
는다. 실제 '呂'가 '이'의 음가를 위하여 사용되었다고 볼 수 있는 증거는 차자표
기체계 전체에서 全無할 뿐더러, '呂'가 '리'음을 위하여 사용된 흔적은 너무 강
하다. 다음은 향가 전체에 나타나는 '里·理·呂' 등의 교체 혼용 상황을 전체적
으로 망라한 것이다.

【그리, (理＝呂)】

慕理尸 心未 〈慕竹旨郞歌〉

慕呂白乎隱 仏体前衣 〈普賢1〉

(*去隱春皆理米) 〈慕竹旨郞歌〉

【-하리(수사 의문), (呂＝里)】

吾衣 身 不喩仁 人音 有叱下呂 〈普賢5〉

吾衣 身 伊波 人 有叱下呂 〈普賢10〉

佛影 不冬 應 爲賜下呂 〈普賢7〉

然叱皆 好尸 卜下里 〈普賢8〉

【-라-(의도), (里＝理)】

西方念丁 去賜里遣 〈願往生歌〉

奪叱良乙 何如 爲理古 〈處容歌〉

花肹 折叱可 獻乎理音如 〈獻花歌〉

不冬 喜好尸 置乎理叱過 〈普賢5〉

【누리, (理＝呂)】

世理 都之叱 逸烏隱 第也 〈怨歌〉

世呂 中 止以支 白乎等耶 〈普賢8〉

皆 往焉 世呂 修將來賜留隱 〈普賢8〉

【나리 / 우리 / 쟉벼리】

逸烏 川理叱 磧惡希 〈讚耆婆郞歌〉

諸聖은 여러 聖人이니 如來 뫼ᅀᆞᄫᅡ 가시ᄂᆞ 聖人내라 〈月印釋譜 02:52a〉

吾里 心音 水清等	〈普賢7〉
沙是 八陵隱 汀理也中	〈讚耆婆郞歌〉

【녀리 / 여리 / 구리 / 모리 (理＝呂)】

舊理 東尸 汀叱	〈彗星歌〉
倭理叱 軍置 來叱多	〈彗星歌〉
窟理叱 大肹 生以支 所音 物生	〈安民歌〉
利利每如 邀里白乎隱	〈普賢1〉
塵塵虛物叱 邀呂白乎隱	〈普賢2〉

【기타】

緣起叱 理良 尋只 見根	〈普賢5〉
道尸 迷反 群良 哀呂舌	〈普賢7〉
露曉邪隱 月羅理	〈讚耆婆郞歌〉
月羅理 影支 古理因 淵之叱	〈怨歌〉

위 경우 전체에서, '里·理·呂'가 '리' 아닌 '이'의 음가를 위하여 사용되었다는 근거로 사용될 만한 자료는 '舊理(네), 倭理(예), 邀里(뫼)' 정도인데, 이들은 선초 정음 자료에서 다음과 같은 형태로 표기되었다.

舊 녜 구	〈光州千字文〉
倭 예 와	〈訓蒙字會〉

하지만, 이 예들이 '里·理·呂'의 음가가 'ㅣ'임을 말해준다고 보기는 어렵다. 선초에 나타나는 다음 예들은 오히려 '녜(舊)·예(倭)'가 '녀리·여리'에서 'ㄹ'음이 탈락했을 가능성을 시사한다.

世는 뉘라	〈月印釋譜 02:12a〉
前世生은 아랫 뉘옛 生이라	〈月印釋譜 01:6b〉
過去는 디나건 뉘오 現在는 나타잇는 뉘오 未來는 아니왯는 뉘라	
	〈月印釋譜 02:21b〉

선초 정음 문헌에서 모두 '뉘'로 표기되고 있는, 세상이란 의미의 '世'는 드물

지만, 「動動」과 『訓蒙字會』의 두 곳에서 '누리'라는 고형을 남겨 두었다.

누릿 가온ᄃᆡ 나곤 몸하   〈動動〉

世 누리 세   〈訓蒙字會〉

또, 선초 정음 문헌을 통틀어 모두 '내'로 표기되고 있는 '川'이라는 단어 역시 유일하나마 「動動」의 한 곳에서 '나리'라는 고형을 보여준다.

川 내 쳔   〈訓蒙字會 등〉

냇 길헤 ᄇᆞ롬과 늭왜 니스니다 (川路風煙接 俱宜下鳳凰)

〈杜詩諺解 初刊 23：13a〉

正月ㅅ 나릿 므른 아으 어져녹져 ᄒᆞ논ᄃᆡ   〈動動 正月障〉

이 사실을 시간적 흐름과 관련하여 생각하면, 향찰로 표기된 문헌이나 고려시대 문헌까지에서는 '누리·나리'로 발음되던 단어가 'ㄹ'이 탈락하면서 그 원형이 거의 소멸하고 대신, 축약된 형태의 새로운 단어 '뉘·내'가 생겨났음을 짐작해낼 수 있다. 위에서 'ㅣ'의 음을 위해 사용된 듯한 단어들, '舊理(녜), 倭理(예), 邀里·邀呂(뫼)' 역시 이런 음운 변화와 관련된 걸로 보인다. 모두 향찰의 시대에는 '里·理·呂'에 해당하는 말음을 가지고 있다가 정음 자료의 시대에는 모두 말음을 'ㅣ'로 가지고 있다는 공통점으로 미루어 볼 때, '녜'는 *'녀리', '예'는 *'여리', '뫼'는 *'모리'가 그 원형이 아닌가 짐작되는 것이다. 이런 사실로 미루어 본서는 '邀里'를 '모리'로 파악한다.

한편, '모리'였던 '邀里'가 정음문헌의 시대에 들어와서 이미 '뫼'로 축약되었다는 가정이 타당하다면, 본조의 표기 '邀里白乎隱'은 선초 정음 자료의 다음 형태에 비견되는 구절이 된다.

부톄 겨샤ᄃᆡ … 뫼ᅀᆞᄫᆞᆯ 사ᄅᆞ믄 阿難陁ㅣ러니   〈月印釋譜 02:09a〉

諸聖은 여러 聖人이니 如來 뫼ᅀᆞᄫᅡ 가시ᄂᆞᆫ 聖人내라   〈月印釋譜 02:52a〉

四天王이 뫼ᅀᆞᆸ고 물 발을 諸天 이바다 虛空 ᄐᆞ샤 山익 니르르시니

〈月印千江之曲 上:20a〉

부텨 뫼ᅀᆞᆸᄂᆞᆫ 禮數를 몰라 바ᄅᆞ 드러 묻ᄌᆞᆸ오ᄃᆡ   〈釋譜詳節 06:20b〉

이상으로 본조 '邀理白乎隱'은 '뫼숩온(뫼신)'의 의미를 가진 古形 '모리숩온'
의 표기일 가능성을 타진해 볼 수 있었다[27].

Ⅰ.7. 法界滿賜隱仏体 : 法界 ᄎ신 부텨

小倉進平(1929) : 法界(예) ᄎ샨 부텨
양주동　(1942) : 法界 ᄎ샨 부텨
김완진　(1980) : 法界 ᄎ신 부텨
양희철　(1988) : 法界 ᄎ샨 부텨
유창균　(1994) : 法界 ᄎ신 佛體
신재홍　(2000) : 法界 ᄎ신 부텨
정재영　(2001) : 법계 차신 부텨
박재민　(2002) : 法界 ᄎ샨 부텨

(1) 法界 : 法界

'法界'는 正用字. '넓은 부처의 세계'를 뜻함은 기주 〈Ⅰ.4.(1)〉.

(2) 滿賜隱 : ᄎ신

'滿'은 正用字. 고훈은 'ᄎ다'이다.

　　滿 ᄎᆯ 만　　　　　　　　　　　　　〈訓蒙字會·新增類合 등〉

구결에서는 '滿ᄒ다'의 형태로 사용하였다.

　　身ㅣ 充徧ノアᆢ 虛空 [如]ㅊㅣ3ハ 安住不動ㅣ3ㅊ 十方3十 滿ㅣㅌㅓ3
　　(滿ᄒᄂ리며)　　　　　　　　　　　　　〈華嚴經 14:06〉

하지만, 본조의 어형은 '滿爲賜隱'이 아닌 '滿∅賜隱'이란 점에서 'ᄎ신'으로

---

27) 이것은 김완진의 '모리'를 구체화한 것이다. 그의 상게서 161면에는 다음과 같이 적혀 있다.
　"'里'는 邀의 뜻의 語幹에 대한 末音添記일 수 밖에 없다, 中世에서의 語幹은 '뫼-'지만 古代
　에 있어서는 두 음절의 '모리-'였겠다는 것이 筆者의 생각이니, 따라서 '邀里'의 '里'는 '慕理'
　의 '理', '舊理', '倭理', '川理', '汀理'와 같은 자격이 된다."

읽는 것이 바람직하다. 일반적으로 동사파생 접사 '爲'가 붙은 경우, 한자음을 살려서 읽게 되고, 이것이 없는 경우는 훈독하게 되는데, 본조는 후자에 해당한다.

雖氵 然ソ方 能氵 修定方便ㄴ (然ᄒ나) 〈瑜伽師地論 13:09〉

菩薩ᄼ 功德聚 亦刀 然ㄴソナ丨 (그럿ᄒ겨다) 〈華嚴經 14:14〉

'滿'이 훈독될 경우, 주체존대선어말어미가 삽입된 관형형의 형태는 선초에는 'ᄎ샨'으로 나타난다.

成佛을 印ᄒ샤 니러나샨 功이 이르샤 本願이 ᄎ샨 ᄠ들 뵈실 ᄯᄅ미시니라.

〈法華經諺解 03:55a〉

한편, 본조에 나타난 '賜'는 주체를 높이기 위해 사용된 선어말어미인데, 구결에서도 역시 유사용례를 보여준다. 구결에서의 주체 높임은 'ᄒ(賜)'와 ' =(示)'를 사용하였는데, 일반적으로 이른 시기의 구결들에서 'ᄒ(賜)'의 사용을 살필수 있으며, 후대로 가면서는 주로 ' =(示)'로 변모하였다. 아래는 'ᄒ(賜)'가 주체존대를 실현하는 예이다.

(ㄱ) 一十丁 在家位ㅅ 二 出家位ㅅ 三 遠離閑居ソ氵ホ 瑜伽ㄴ 修ソᅀᄐ 位ㅅ丨丨

〈瑜伽師地論 08:03-04〉

(ㄴ) 二種 不淨想ㄴ 修ソᅀᄐ 中氵十 當ハ 知ㅁ丨 多ㅣ 所作 [有]十丁ㅣ丁丁

〈瑜伽師地論 10:14-15〉

(ㄷ) 我丁 今ソ丁 已氵 諸丁 菩薩ᄼ 爲氵 佛矢 往氵十 修ᄒᅀᄒ丁ᄐᄐ 淸淨行ㄴ

說氵ㅁㄴᅀ丁ㅣ罒 〈華嚴經 08:23〉

위에 예들은 모두 '~을(ㄴ) 修ᄒ다'의 공식을 가진 구결들인데, 이 중, (ㄷ)의 예에만, '-ᄒ-'가 개입되어 있음을 보인다. 이런 표기가 사용된 것은 (ㄷ)이 나머지 예에 비해 변별되는 어떤 자질이 있기에 생겨난 것으로 판단할 수 있는데, 이 경우, 修의 주체가 (ㄷ)의 경우만 존대의 대상, 즉, '佛'이라는 점에 주목할 수 있을 것이다. 이 점은, 정음 자료에 흔히 보이는 주체가 존대의 대상일 때 사용되는 '-시-'와 用處와 음상에서 근사점을 보이며, 이로써 주체 존대의 통시적 흐름을 짐작케 해 주는 것이다.

법계에 'ᄎ신'이라는 말은 법계에 '두루[周偏] ᄎ 있다'는 의미이다. 상술한, '法界毛叱所只'와 의미상 동의어이다. 불경에서 '滿'과 '周偏'은 공히 주로 'ᄀ독'이라 飜譯되나 그 의미는 모두 '두루 ᄎ 있다'이다.

故로 偏娑婆國ᄒ니라 〈楞嚴經諺解 02:41a〉

전ᄎ로 娑婆國에 ᄀ독ᄒ니라 〈楞嚴經諺解 02:41a〉

基體 本來 周偏一界ᄒ다가 今在室中ᄒ야 唯滿一室ᄒ나니

〈楞嚴經諺解 02:39b-40a〉

그體ㅣ 本來 一界예 周偏ᄒ얏다가 이제 집 안해 이션 오직 ᄒᆞᆫ 집에 ᄀ독 ᄒᄂ니

〈楞嚴經諺解 02:40a〉

이 구절은 『華嚴經』의 偈頌에 자주 출현하는 다음과 같은 類의 구절을 향찰로 적은 것이 분명하다.

身遍十方而無來往 〈80卷本 華嚴經, 第1卷〉

佛身普遍諸大會 充滿法界無窮盡 〈80卷本 華嚴經, 第2卷〉

佛身周遍等法界 普應衆生悉現前 〈上同〉

佛身廣大遍十方 〈上同〉

諸佛出現於十方 普遍一切世間中 〈上同〉

이상, '滿賜隱'은 'ᄎ신'.

(3) 仏体 : 부텨

'仏体'는 正用字. 기주 〈Ⅰ.2.(3)〉.

Ⅰ.8. 九世尽良礼爲白齊 : 九世 다아 禮ᄒᆞᆸ져

小倉進平(1929) : 九世 다ᄋ아 절ᄒᆞᆸ제

양주동 (1942) : 九世 다아 禮ᄒᆞᆸ져

김완진 (1980) : 구세 다ᄋ라 절ᄒᆞᆸ져

양희철 (1988) : 九世 다 ٥ 禮ᄒ숣져(齊)
유창균 (1994) : 九世 다라 禮ᄒ숣져
신재홍 (2000) : 九世 다아 禮ᄒ숣져
정재영 (2001) : 九世 다아 禮ᄒ숣져
박재민 (2002) : 九世 다아 禮ᄒ숩져

(1) 九世 : 九世

'九世'는 正用字. 시간을 나타낸 말인데, 佛家에서는 시간개념어로 '世'를 사용하고 공간개념어로 '界'를 사용한다.

> 衆生이 世는 生老病死ㅣ오 衆生이 界는 前後左右ㅣ오 器世는 成住壞空이오
> 器界는 東西南北이라　　　　　　　　　　　　　　　　〈釋譜詳節 19:11a〉

'九世'는 과거·현재·미래의 三世가 각각 三世를 가지기에 생겨난 말이다.

> 三世는 過去와 現在와 未來왜니　　　　　　　　　　　〈月印釋譜 02:21b〉
> 三世 절로 三世 ᄃᆞ외디 몯ᄒᆞ야 一氣로셔 流ᄒᆞ야 三世 ᄃᆞ외면 그 三世도 各各
> 三世 ᄀᆞ즐씨 九世 일리니　　　　　　　　　　　　〈釋譜詳節 19:12b-13a〉

이상, '九世'.

(2) 尽良 : 다아 (다하여)

'盡[尽]'은 正用字. 古訓은 '다ᄋᆞ다'이다.

> 盡　다ᄋᆞᆯ 진　　　　　　　　　　　　　〈石峯千字文·光州千字文〉
> 盡은 다ᄋᆞᆯ씨라　　　　　　　　　　　　　　　　〈釋譜詳節 序:02a〉
> 光音天에 이셔 福 다ᄋᆞᆫ 光音天이 ᄂᆞ려와 福을 닷가 하ᄂᆞᆯ해 나앳다가 福이
> 다ᄋᆞ면 도로 ᄂᆞ리ᄂᆞ니라　　　　　　　　　　　〈月印釋譜 01:41b-42a〉

'良'은 '盡'에 붙은 연결형 어미이다. 구결에서도 '盡'과 결합한 ' 氵[良]'이 나타난다.

> (ㄱ) 能ㅊ 衆生ㄴ 盡氵 調伏 使ㅣ𠃊𠂇　　　　　　　〈華嚴經 19:03〉

(ㄴ) 三十生ㄴ 盡ㅎ며 等ㅎ 大覺ッニゕ 大寂無爲ㅣㄱ 金剛藏ㄴッニゕ

〈舊譯仁王經 11:3-4〉

(ㄷ) 一切報ㄴ 盡ㅎ며 無極ッㄱヒセ 悲ㄴッニゕ 第一義諦ㅎ十 常ㅣ 安隱ッニ下

〈舊譯仁王經 11:4-5〉

이중, (ㄱ)은 '모두'의 의미로 읽힐 수 있으나, 나머지 (ㄴ), (ㄷ)은 '다아고' 정도로 해석되어, 본조가 가진 '消盡'의 의미에 비견됨을 알 수 있다. 본조의 '九世 다하여 禮한다'의 표현은 『華嚴經』의 다음 구절을 詩化한 것이다.

我此禮敬無有窮盡 (나의 禮敬은 다함이 없으리) 〈普賢行願品, 40卷本 華嚴經〉

이상 '盡良'은 선행하는 '九世'와 결합하여 '九世盡良[九世 다하여]'이 되었는데, 최행귀의 한역시에는 '浩劫[=永劫, 영원히]長'으로 표현되어 있다.

礼敬寧辞浩劫長 (영겁토록 예경한들 그 어찌 마다하라)

〈崔行歸의 漢譯詩, 均如傳〉

(3) 礼爲白齊 : 禮ㅎ숩져

'禮爲白'은 선초 언해문에 나타나는 '禮ㅎ숩'에 해당한다.

나랏 王이 다 와 賀禮ㅎ숩더라 〈釋譜詳節 11:30b〉
禮佛이나 일후므로 體를 브르수와 觀ㅎ야 禮ㅎ수오미라 〈圓覺經諺解 下3-2:20b〉

'한자어+爲'는 차자표기에서 '한자어+ㅎ'로 읽힌다. 향찰표기에서 이와 유사한 짜임은 7회 나타나며,

九世 盡良 礼爲白齊 〈普賢1〉
功德叱 身乙 對爲白惡只 〈普賢2〉
仏仏 周 物叱供爲白制 〈普賢3〉
禮爲白孫隱 仏体刀 〈普賢10〉
佛影 不冬 應爲賜下呂 〈普賢7〉
衆生 安爲飛等 〈普賢9〉
懺爲如乎仁 惡寸業置 〈普賢10〉

구결에서도 정확히 일치하는 구문이 있다.

頂～ 佛足乚 禮ᵎ白ロ 偈頌乚 以氵 而～ 佛乚 讚歎ᵎ白ニ尸 〈金光明經13:02-03〉

座로셔 니르샤 부텻 바롤 頂禮ᄒᆞᆸ고   〈楞嚴經諺解 02:55b〉

이상, '禮ᄒᆞᆸ-'.

'齊'는 향찰표기에서 주로 4행, 8행, 10행의 문장 말미에 사용되어 '制', '丁'과 함께 '감탄·소망의 종결어미'로 기능하는 音借字이다.

【齊】

兒史年數就音墮支行齊   〈慕竹旨郎歌, 4행〉

心未際叱肹逐內良齊   〈讚耆婆郎歌, 8행〉

九世尽良礼爲白齊   〈普賢1, 8행〉

來際永良造物捨齊   〈普賢4, 10행〉

他道不冬斜良只行齊   〈普賢8, 10행〉

迷反群无史悟內去齊   〈普賢10, 4행〉

伊留叱餘音良他事捨齊   〈普賢11, 10행〉

【制】

間毛冬留讚伊白制   〈普賢2, 8행〉

仏仏周物叱供爲白制   〈普賢3, 8행〉

【丁】

此地肹捨遣只於冬是去於丁   〈安民歌, 7행〉

去奴隱處毛冬乎丁   〈祭亡妹歌, 8행〉

修叱賜乙隱頓部叱吾衣修叱孫丁   〈普賢5, 5행〉

본조의 '齊'는 다음의 문헌들에서 보이는 願望의 '-져'와 相通한다.

百種 排ᄒᆞ야 두고 "니믈 ᄒᆞᆫ ᄃᆡ 녀가져" 願을 비ᄉᆞᆸ노이다   〈動動, 樂學軌範〉

넉시라도 님은 ᄒᆞᆫ ᄃᆡ 녀져라   〈鄭瓜亭, 樂學軌範〉

흐리누거 괴어시든 어누거 좃니져러 / 젼ᄎ젼ᄎ로 벋니믜 젼ᄎ로 / 셜면곳 가시론ᄃᆞ 벆그러 노니져   〈平調北殿,, 琴合字譜〉

이상, '禮ᄒ습져'. 현대어로는 '禮하고 싶습니다.'

Ⅰ.9. 歎曰 身語意業无疲厭 : 아으 身語意業無疲厭

小倉進平(1929) : 歎曰 身語意業 疲厭 업시
양주동　(1942) : 아으 身語意業无疲厭
김완진　(1980) : 아야 身語意業無疲厭
양희철　(1988) : 아으(歎曰) 身語意業 無疲厭
유창균　(1994) : 아라 身語意業无疲厭
신재홍　(2000) : 아야 身語意業无疲厭
정재영　(2001) : 歎曰 身語意業无疲厭
박재민　(2002) : 아으 身語意業無疲厭

(1) 歎曰 : 아으

소창진평은 '歎曰'로 의심 없이 처리하였으나, 양주동이 그 歎의 의성어를 직접 표기하여 해독에 반영하였다. 10구체 향가의 제9행 첫머리에 항상 오는 이른바 '嗟辭'는 '阿耶·阿也', '後句·後言·隔句', '歎曰·城上人·打心·病吟' 등으로 다양하게 나타나나, 양주동의 지적대로 모두가 '아으'와 같은 감탄음을 지향하고 있으므로 그에 준한다.

(2) 身語意業无疲厭 : 身語意業無疲厭

한문 문법으로 구성된 구절이다. 「普賢十願歌」에는 한문 문법으로만 한 행을 구성한 구절이 본조를 포함하여 3행이 있는데, 이들 모두는 7언으로 구성되어 있다.

衆生界尽我懺尽　　　　　　　　　　　　　　〈普賢4〉

念念相續无間斷　　　　　　　　　　　　　　〈普賢9〉

이들은 「普賢行願品」에 나오는 다음 구절을 원용한 것인데,
　　衆生界盡 衆生業盡 衆生煩惱盡 我懺乃盡 而虛空界 乃至衆生煩惱 不可盡

故 我此懺悔無有窮盡 念念相續無有間斷 身語意業無有疲厭 (衆生界가 끝
나고 衆生의 業이 끝나고 衆生의 번뇌가 끝나면 나의 참회도 끝나겠지만, 중
생계와 중생의 번뇌가 끝날 수 없으므로 나의 이 참회는 끝나지 아니하고,
생각이 끊임없이 서로 이어져 잠간도 쉬지 않지만, 몸과 말과 뜻으로 하는
일은 조금도 고달프거나 싫증나지 않느니라.)　　　〈40卷本 華嚴經, 第40卷〉

각각 8언의 산문문장을 7언의 시 형식에 의식적으로 맞추어 표현한 것이다.
이런 표현방식은 균여가 「普賢十願歌」를 일종의 律文으로 의식하고 있었음을
알리는 것이라 흥미롭다. 즉, 그간 주목해왔던 4행 / 8행 / 10행이라는 3단위
정형성에 덧붙여, 단독행 자체에서도 내적 구성 질서를 의식하고 있었음을 알리
는 것이다. 이 사실은 향가가 지닌 운율적 규칙을 전제하는 데 도움이 될 수
있을 것으로 본다.

한편, '身語意業'은 '身口意業'으로 불리기도 하는, 인간이 타고난 세 가지
業[28])을 말하는 것인데, 불가에서는 다음과 같이 정의하고 있다.

　　貪과 嗔과 邪見은 意業이오 妄言과 빗난 말와 두 가짓 혀와 모딘 입과는 口業
　　이오 殺와 盜와 婬과는 身業이라.　　　　　　〈禪宗永嘉集諺解 上:27a〉
　　身과 口와 意와 세흐로 殺와 盜와 婬과를 지스면　　　〈楞嚴經諺解 08:111b〉

즉, 인간에 내재된, 죄를 짓는 세 가지 근원을 말하는 것이다. 그러므로, 항상
이를 없애는 데 수행을 게을리하지 말아야 함을 말한 것이다. 본조는 '身語意業
의 修養에 싫증내지 말고' 정도의 의미를 가진다 하겠다.

Ⅰ.10. 此良夫作沙毛叱等耶 : 이익 부질 사모ㅅ뎌

　　小倉進平(1929) : 이러히 지스사 믿으드라
　　양주동　(1942) : 이에 브즐 ᄉ몿다라
　　김완진　(1980) : 이렁 ᄆᆞᆯ 지사못ᄃ야
　　양희철　(1988) : 이에 부(夫)짏 ᄉᄆᆞ(達)ㅅᄃᆞ야

---

28) 業은 이리니 됴ᄒᆞᆫ 일 지스면 됴ᄒᆞᆫ 몸 ᄃᆞ외오 사오나ᄫᆞᆯ 일 즈스면 사오나ᄫᆞᆯ 몸 ᄃᆞ외요미
　　業果ㅣ라〈月印釋譜 01:37a〉

유창균 (1994) : 이라 부질 사뭇ᄃ라
신재홍 (2000) : 이라붕 짓사 못ᄃ라
정재영 (2001) : 이아 夫作(부질) 사뭇ᄃ야
박재민 (2002) : 이익 부질 사모ㅅ뎌

(1) 此良 : 이익

'此'는 正用字. 古訓은 '이'이다.

此 이 ᄎ 〈新增類合 등〉

향가에 다수 나타나는 字로, 1회를 제외29)하곤 향찰표기에서 모두가 文頭에 '이'의 의미로 나타난다.

此肹 飡惡攴 治良羅	〈願往生歌〉
此地肹 捨遣只 於冬是 去於丁	〈願往生歌〉
此身 遣也 置遣	〈願往生歌〉
今日 此矣 散花 唱良	〈兜率歌〉
此矣 有阿米 次肹伊遣	〈祭亡妹歌〉
此矣 彼矣 浮良落尸葉如	〈祭亡妹歌〉
此也友 物北所音叱 彗叱只 有叱故	〈彗星歌〉
此兵物叱沙 過乎	〈遇賊歌〉
此良夫作沙毛叱等耶	〈普賢1〉
此如 趣可伊羅 行根	〈普賢11〉

'良'이 이 '아 – 라 – 란'의 음을 표현하기 위해 사용되는 음차자임은 향찰자 변증 38)에서 상술한 바 있다. 音域의 폭이 넓고 후행하는 난해구로 인해, 이 字의 해독은 그간 논란이 많았다. 소창진평은 후행하는 '夫'까지를 포함하여 '此良夫'를 '이러히·이러케'로 보았고, '此良∨夫'로 분절하여 양주동은 '이에(이에)', 김완진은 '이렁(이리)', 유창균은 '이라(그러므로)'로 각각 보았다. 본 자의

---

29) 1회는「兜率歌」에서 보이는데, 이 역시 '今日'이란 독립요소가 선행하므로 여타의 용법과 다를 바 없다.

음은 '라~아'의 변폭을 가지므로, 일단, '이아 – 이이 – 이라' 정도로 상정할 수 있다. 의미는 후행구에 의거해 설명될 수 있을 것이다.

(2) 夫作 : 부질(덛덛함 · 常)

본 구절은 매우 난해한 표기 중의 하나로, 연구자들 간에 많은 이견을 보여주는 곳이다. 소창은 '이렇게 지어 믿으라', 양주동은 '이에 부지런히 통하더라', 김완진은 '이에 宗旨 지어 있노라', 유창균은 '이에서 항상 이루고자 하나이다', 양희철은 '이에 사나이같이 꿋꿋한 짓에 도달하고자'로 보았다. 이 구절의 가장 신빙성 있는 이해를 위해서는 이와 관련된 최행귀의 한역시를 활용하는 것이 바람직할 것이다.

身語意業无疲厭　此良夫作沙毛叱等耶　　　　　　〈普賢1, 9 · 10행〉

身體語言兼意業　總無疲厭此爲常　　　　〈崔行歸의 漢譯詩 해당 7 · 8행〉

이 둘을 위와 같이 나란히 배열해 보면, 앞부분이 동일한 한문으로 이루어진 것을 알 수 있다. 그렇다면, 우리는 뒷부분의 밑줄 그어진 두 부분 역시 같은 의미를 담고 있을 것임을 짐작할 수 있다. 먼저 이해가 비교적 쉬운 최행귀의 해당부분을 번역해 보면

此爲常 : 이로써 덛덛함(常)을 삼는다

정도가 될 것이다. 여기에서 '此'는 本歌에도 나와 있으므로 다시 소거, 그러면 '爲常'은 노래의 "夫作沙毛叱等耶"에 해당하게 된다.

여기에서 各字의 음가를 추론해 보자. 먼저, '夫'는 차자표기에서 '부'음을 위해 사용됨이 확인된다.

蘭茹　　烏得夫得　　　　　　　　　　　　　　〈鄕藥救急方〉

　　　　五得浮得　　　　　　　　　　　　　　〈鄕藥救急方〉

萵苣　　紫夫豆菜 紫夫豆　　　　　　　　　　〈鄕藥救急方〉

萵苣 부루 와, 苣 부루 거　　　　　　　　　　〈訓蒙字會〉

다음의 '作'은 양주동의 용례에 의하면, '질'로도 사용되고 있었음이 확인된다.

作은 지을씨라 〈月印釋譜 13:04b〉

作文 질문 〈儒胥必知·典律通補〉

作紙 질지, 葉作 엽질 〈儒胥必知·買得斜出式〉

이상으로, '夫作'을 음에 따라 읽었을 때, '부질'로 읽힐 가능성이 있음을 본다. 이것은 매우 흥미로운 발음이 되는데, 古語에 나타나는 '부질없다'의 '부질'과 일치하는 표기가 되기 때문이다.

閑 부질업슬 한 〈新增類合〉

지금은 거의 死語가 되어 '없다'와만 결합되는 이 古語는 관용되는 의미상, '덧없다'라는 말과 동의어인데, 이 '덧'이 최행귀의 한역시에 나타난 '常'의 훈이다.

常 덧덧 샹 〈歷代千字文〉

常 덛덛 〈倭語類解〉

眞實ᄒᆞᆫ 덛덛ᄒᆞᆫ 性 아니닌 다 客이오 (非眞常性은 皆客也) 〈楞嚴經諺解 01:107a〉

生티 아니ᄒᆞ며 滅티 아니호ᄆᆞᆯ 닐오디 常이오 〈圓覺經諺解 序:22b〉

恒은 長常이오 〈月印釋譜 序:03a〉

'常'은 기본적으로 '변함없음'을 의미하는 단어인데 그러므로 '常, 덧, 부질'은 모두 같은 의미의 異形態에 다름 아니게 되는 것이다. 이로써 '夫作'은 '常', 즉 '부질·덧덧함'.

(3) 沙毛叱等耶 : 사모ㅅ다야(삼으리라)

'沙'는 한자어 '爲'에 해당하는 古語 '삼다'의 초성을 나타낸 音借字이다. 향찰 표기에서 '沙'는 모두 '사~사'의 음가를 위하여 사용되는데, 본조와 같은 용법으로 사용된 것은 「普賢9」의 다음 예가 있다.

覺樹王焉 迷火隱乙 根中 沙音賜焉逸良 大悲叱水留潤良只 〈普賢9〉

譬如曠野沙磧之中 有大樹王 若根得水 枝葉華果悉皆繁茂 生死曠野菩提樹 王 亦復如是 一切衆生而爲樹根 諸佛菩薩而爲華果 以大悲水 饒益衆生 則能 成就諸佛菩薩智慧華果 (비유하자면, 曠野의 모래밭에 大樹王이 있어 뿌리가

물을 만나면 가지와 잎과 꽃과 열매가 모두 무성하나니, 生死라는 曠野의 菩提樹王도 또한 이와 같아서 일체 衆生들은 나무의 뿌리가 되고, 모든 부처님과 보살들은 꽃과 열매가 되어, 大慈悲의 물로 중생들을 이롭게 하면 모든 부처님과 보살의 지혜 꽃과 지혜 열매를 성취하느니라.)

〈普賢行願品, 40卷本 華嚴經, 第40卷〉

위 「普賢9」의 내용은 "보리수는 '迷火隱'을 뿌리로 '삼(沙音)'으신 이라"로 해독되는데, 이것은 상게한 「普賢行願品」의 해당 부분, "生死曠野菩提樹王 亦復如是 一切衆生而爲樹根 (生死라는 曠野의 菩提樹王도 또한 이와 같아 모든 중생들은 나무 뿌리가 되어 / 중생들을 나무 뿌리로 삼아)"가 詩化된 것이다. 이에서 우리는 '삼다'의 초성을 위한 '沙'의 용법을 확인할 수 있는데, 본조 또한 이와 같다.

즉, 한문의 '爲樹根 · 爲常'이 향찰식 표기법에 의해 '根中沙音 · 夫作沙毛'로 나타나 '爲'의 訓 '삼다'의 초성을 위한 '沙'의 용법을 엿볼 수 있게 하는 것이다.

한편, 이러한 '沙音'의 용법은 아래에서 보이듯이 구결에서도 확인된다.

種種七 妙香乙 集ソ3尒 帳 爲氵亣ナ丁乙 〈華嚴經 16:10〉
(種種의 妙香를 모아서 帳 삼거늘)

智慧乙 以3 先導爲氵3ハ 身語意業3十 恒リ 失尸 無ヒ矛ㄱ 〈華嚴經 13:10〉
(智慧로써 先導삼아야 身語意業에 부질이 잃을 것 없으리며)

이로써, 우리는 '沙'가 '삼다(爲)'의 초성을 나타낸 글자임을 확인할 수 있다.

차자표기에서 '毛'는 일반적으로 '모'음을 표기하기 위해 사용된다. 다음 용례에서 확인된다.

苧 毛立 〈鄕藥救急方〉
苧 모시 뎌 〈新增類合 · 訓蒙字會〉
苧曰毛, 苧布曰毛施背 〈鷄林類事〉
蜘蛛 居毛伊, 居毛 〈鄕藥救急方〉
蜘 거믜 디, 蛛 거믜 듀 〈新增類合〉
蜘 거무 지, 蛛 거무 주 〈歷代千字文〉

이상, '沙毛'는 '사모'. '삼다(爲)'의 어간말음 'ㅁ'과 인칭 선어말어미 '오'의 결합이다.

'叱等耶'는 향찰에 다음의 용례들이 있다.

此良 夫作 沙毛叱等耶 〈普賢1〉

法雨乙 乞白乎叱等耶 〈普賢6〉

世呂中止以友白乎等耶 〈普賢7〉

不冬 萎玉內乎 留叱等耶 〈普賢9〉

仏体爲尸如敬叱 好叱等耶 〈普賢9〉

'叱'이 주로 'ㅅ'음을 나타내는 音借字임은 향찰자 변증 139)항, '等'이 차자표기에서 "ᄃᆞ·드·ᄃᆞᆫ·ᄃᆞᆯ·든·들' 등의 음가를 나타내는 음차자임은 향찰자 변증 33)항, '耶'가 차자표기에서 '야'를 표기하는 음차자임은 향찰자 변증 92)항에서 다룬 바 있다.

이상 '叱等耶'는 'ㅅᄃᆞ야'로 읽히는데, 이 어미는 화자의 '의지'를 나타내는 말인 것으로 추측된다. 구결에 이와 유사한 음운이 있는데, 이 역시 화자의 의지를 나타내는 용법으로 쓰이고 있다.

深心ヒ 信解リ 常リ 清淨ソ𢒑 一切佛乚 恭敬尊重ソ示失𢒑 [於]法氵 及ヒ 僧氵ノ令ラ十 亦刀 [是]リ [如]支ソ𢒑ソ3 至誠乚灬 供養ソヒ彳 而灬 發心ソナㄱリ𢒑 〈華嚴經 09:16-17〉

(深心의 信解가 항상 清淨하며 一切佛을 恭敬尊重하시며 法과 僧이라하는 것에도 또한 이같이 하여 至誠으로 供養하리라 發心하였으며)

菩薩リ 初ヒ亠 發心ソ3 誓リ𢒑 求ソ3ホ 當ハ 佛菩提乚 證ソヒ彳ソナ才氵 〈華嚴經 09:04〉

(菩薩이 처음 發心하여 맹세하며 구하여 반드시 佛菩提를 證하리라 하심이여)

一切 弟子衆ラ十 法雨乚 飽滿ㅅリヒ彳ソ尸入灬 〈金光明經 13:10〉

(一切 弟子衆에게 法雨를 飽滿케 하리라 한 까닭으로)

今日3十 如來リ 大光明乚 放ソニトクㄱ入ㄱ [斯]毛ソ巴ハ 何ヒソㄱ 事乚 作ソヒ彳ソニトㄱリ3ヒ口 〈舊譯仁王經 02:23〉

(今日에 如來가 大光明을 放하시는 것은 두루 어떠한 일을 作하리라 하시는

것인가)

이상의 예들은 모두 행위자의 '의지'를 보여주는 구절인데, 이때 모두 'ㅌᅥ'의 형태를 사용하고 있다. 'ㅌᅥ'는 그 음이 'ㅅ뎌'로 추정되고 있는 것인데, 이로 이것이 본조의 '叱等耶'의 축약임을 알 수 있다. 결국 '沙毛叱等耶'는 '삼으리라'.

현대어역

<table>
<tr><td><禮敬諸佛歌></td><td><부처님들께 절 드리는 노래></td></tr>
<tr><td>心未筆留</td><td>마음의 붓으로</td></tr>
<tr><td>慕呂白乎隱仏体前衣</td><td>그리온 부처 앞에</td></tr>
<tr><td>拜內乎隱身萬隱</td><td>절 드린 몸은</td></tr>
<tr><td>法界毛叱所只至去良</td><td>法界 두루 이르는구나.</td></tr>
<tr><td>塵塵馬洛仏体叱刹亦</td><td>티끌 속마다 부처 세계요</td></tr>
<tr><td>刹刹每如邀里白乎隱</td><td>그 세계들마다 모시온</td></tr>
<tr><td>法界滿賜隱仏体</td><td>法界 가득 차신 부처</td></tr>
<tr><td>九世尽良礼爲白齊</td><td>九世 다해 절하옵져.</td></tr>
<tr><td>歎曰 身語意業无疲厭</td><td>아으, 身·語·意의 業에 싫증내지 않고</td></tr>
<tr><td>此良夫作沙毛叱等耶</td><td>이에 변함없이 修行하리라.</td></tr>
</table>

II. 稱讚如來歌

今日^{오늘}部伊^{주비}冬^들衣^의　　　오늘 주비들이

南无佛也^{나무불야}白^솗孫^손舌^혀良^아衣^의　나무불야 솗손 혀아이

无尽辯才^{무진변재}叱^ㅅ海等^{바들}　　無盡辯才ㅅ 바들

一念^{일념}惡^악中^이涌^솟出^나去^거良^라　一念아기 솟나거라

塵塵^{딘딘}虛^허物叱^갓邀呂^{모리}白^솗乎^호隱^ㄴ　塵塵 虛갓 모리솗온

功德^{공덕}叱^ㅅ身^신乙^을對^디爲^ㅎ白^솗惡^아只^ㄱ　功德ㅅ 身을 對ㅎ솗악

際^{ㅈ우}于^우萬^만隱^ㄴ德海^{덕히}肹^를　ㅈ우만 德海를

間^ᄉ毛^모冬^들留^로讚伊^{기리}白^솗制^져　ᄉ 모들로 기리솗져

隔句^{아으} 必只^{비록}一毛^{일모}叱^ㅅ德^덕置^도　아으 비록 一毛ㅅ 德도

毛^모等^들盡^다良^아白^솗乎^오隱^ㄴ乃^나兮^혀　모들 다아 솗온 나혀

〈「稱讚如來歌」, 『均如傳』〉

遍於仏界磬丹衷　　부처님의 온 나라에 정성을 다해

一唱南无讚梵雄　　한 소리로 '나무' 외며 부처님[梵雄]을 찬양하네.

辯海庶生三寸抄　　변재의 바다가 혀끝에서 생겨나고

言泉希涌兩唇中　　말의 샘이 입술 새로 솟아나길 바라도다.

稱揚覺帝塵沙化　　부처님[覺帝]이 번뇌[塵沙]를 없애주심 찬양하고

頌詠瑿王剎土風　　부처님[瑿王]이 세상[剎土]을 교화한 것 찬송하나니.

縱未談窮一毛德　　비록 한 터럭의 덕도 다 말하지 못한대도

此心直待盡虛空　　이 내 마음은 허공계 다하도록 오로지 계속하리라.

〈崔行歸의 漢譯詩,「稱讚如來頌」, 『均如傳』〉

復次善男子 言稱讚如來者 所有盡法界 虛空界 十方三世一切剎土 所有極微 一一塵中 皆有一切世界極微塵數佛 一一佛所 皆有菩薩海會圍遶 我當悉以甚深勝解 現前知見 各以出過辯才天女微妙舌根 一一舌根 出無盡音聲海 一一音聲 出

一切言辭海 稱揚讚歎一切如來諸功德海 窮未來際 相續不斷 盡於法界 無不周遍
如是虛空界盡 衆生界盡 衆生業盡 衆生煩惱盡 我讚乃盡 而虛空界乃至煩惱 無
有盡故 我此讚歎無有窮盡 念念相續 無有間斷 身語意業無有疲厭[30]

〈普賢行願品, 『40卷本 華嚴經』의 第40卷〉

於一塵中塵數佛 各處菩薩衆會中 無盡法界塵亦然 深信諸佛皆充滿
各以一切音聲海 普出無盡妙言辭 盡於未來一切劫 讚佛甚深功德海[31]

〈普賢行願品, 偈, 『40卷本 華嚴經』의 第40卷〉

II.1. 今日部伊冬衣 : 오늘 주비둘이

小倉進平(1929) : 오늘눌 이들어
양주동   (1942) : 오늘 주비ᄃ릐
김완진   (1980) : 오늘 주비둘히
양희철   (1988) : 오늘 주비둘히
유창균   (1994) : 오늘 주비둘이
신재홍   (2000) : 오늘부 이 디
박재민   (2002) : 오늘 주비둘이

---

30) "또 선남자여, 부처님을 찬탄하는 것은, 온 법계 허공계에 있는 시방 삼세 모든 세계에 티끌
이 있고, 낱낱 티끌 속에 모든 세계의 티끌 수 부처님이 있으며, 부처님 계신 데마다 보살
대중이 둘러 모신 것을 내가 깊고 훌륭한 알음알이로 앞에 계신 듯이 뵈옵고, 각각 변재
천녀보다 더 훌륭한 혀를 내고, 낱낱 혀에서 그지없는 음성을 내고 낱낱 음성에서 온갖 말을
내어서 부처님들의 한량없는 공덕을 찬탄하며 오는 세월이 끝나도록 계속하여 끊이지 아니
하고 법계의 끝난 데까지 두루 할 것이니라.
    이와 같이 하여 허공계가 끝나고 중생의 세계가 끝나고 중생의 업이 끝나고 중생의 번뇌가
끝나면 나의 찬탄도 끝나려니와 허공계와 내지 번뇌가 끝날 수 없으므로 나의 찬탄도 끝나지
아니하고, 차례차례 계속하여 잠깐도 쉬지 아니하지마는, 몸과 말과 뜻으로 하는 일은 조금
도 고달프거나 만족하지 않느니라."〈『한글대장경 45 - 대방광불화엄경 40권본』, 동국역경원,
1970, 597-598면.〉
31) "한 티끌 속 티끌 수효 부처님들이 / 보살 대중 모인 속에 각각 계시며 / 온 법계의 티끌
속도 그와 같아서 / 부처님이 가득하심 깊이 믿으며 / 제각기 가지각색 음성 바다로 / 그지없
는 묘한 말씀 널리 내어서 / 오는 세상 모든 겁이 끝날 때까지 / 부처님의 깊은 공덕 찬탄하리
라."〈『한글대장경 45 - 대방광불화엄경 40권본』, 동국역경원, 1970, 604면.〉

(1) 今日 : 오늘 · 今日

균여 향가에 2회 사용된 단어로, 현재를 강조하기 위하여 佛家에서 간혹 사용된다. 우선 「普賢4」에도 용례가 있고,

今日部頓部叱懺悔　十方叱仏体閼遣只賜立　　　　　　　　　〈普賢4〉

불경에서도 다음과 같이 관용된다.

昔日諸衆生 妄言不眞實 非法無利益 諂曲取人意 今日群生類 悉離諸惡言 其
心旣柔軟 發語亦調順　　　　　　　　　　　　　　〈80卷本 華嚴經, 第72卷〉

今日菩薩 當於宮中 現希有事 若欲見者　　　　　　　〈80卷本 華嚴經, 第58卷〉

모두 의미는 '오늘'이다. 언해에서는 '오늘 · 今日'의 두 표기가 모두 사용되었다.

너의 오늘 누느로 山河國土와 모든 衆生 보물 견주건댄 (例汝今日耳目觀見山
河國土及諸衆生)　　　　　　　　　　　　　　　　〈楞嚴經諺解 02:89b〉

오늘 阿難이 반두기 잇논 딕 업스리로다 (今日阿難應無所在)
　　　　　　　　　　　　　　　　　　　　　　　　〈楞嚴經諺解 03:44b〉

如來ㅣ 今日에 너비 이 會룰 爲ᄒ야　　　　　　　　〈楞嚴經諺解 04:07a〉

今日에 世尊이 두외시니　　　　　　　　　　　　　　〈月印千江之曲 :4a〉

(2) 部伊 : 주비

소창진평이 '오늘늘(今日部) 이를어(伊冬衣)'로 풀이하여 '部 · 伊' 各字를 따로 떼어 이해했었으나, 양주동이 '주비'로 수정한 부분이다. 최근의 연구자인 신재홍은 後行字 '部'를 연결하여 '오늘답게 이곳에서'로 파악하여 양주동을 다시 부정하였다. 하지만, 현재 문증될 수 있는 범위에서는 양주동의 이해가 올바르다. '部伊'의 '部'는 정음 문헌에 '주비'로 나타나며, 이때의 '伊'가 '주비'의 말음 '이'를 반영하고 있다고 본 것은 향찰 어법상 정당하다. 더구나 '今日部'가 사용된 향가의 총 2회의 용례는, 확인해 보면 모두 '무리 · 우리 중생'의 문맥에서 사용되고 있다.

먼저, '주비'라는 古語가 '部 · 矣'의 훈이며, 그 의미는 현대어로 '部門 · 무리'

등임은 다음의 자료에서 확인된다.

八部는 여듧 주비니 天과 龍과 夜叉와 乾闥婆와 阿修羅와 迦樓羅와 緊那羅
와 摩睺羅伽왜니   〈月印釋譜 01:14a〉

須陀洹ᄋᆞᆫ 聖人ㅅ 주비예 드다 혼 ᄠᅳ디라   〈月印釋譜 02:19b〉

預流는 聖人ㅅ 주비예 參預타 혼 마리니   〈月印釋譜 13:24a〉

道家ᄂᆞᆫ 道士ᄋᆡ 지비니 道士ᄋᆡ 주비를 道家ㅣ라 ᄒᆞᄂᆞ니라 〈月印釋譜 02:50b〉

矣 주비 의   〈歷代千字文〉

六矣廛 [俗稱六注比 古則線廛, 綿布廛, 綿細廛, 紙廛, 苧布廛及內魚物
廛, 靑布廛 合分爲六矣廛]   〈萬機要覽, 財用編五, 各廛, 六矣廛〉

위의 예에서, '주비'는 어떤 기준에 의해 분류된 동질체를 의미하고 있음을
보는데, 이 동질체가 본조에서 후행하는 '南無佛也'를 사뢰는(白) 주체로 사용되
고 있다는 점에서, 부처께 祈願을 하는 '衆生'으로 봄이 마땅하다. 정음 자료의
다음과 같은 유사구절들은 이런 이해에 대한 좋은 증거가 된다.

衆生들히 虛空앳 소리 듣고 合掌ᄒᆞ야 娑婆世界를 向ᄒᆞ야 닐오ᄃᆡ "南無釋迦牟
尼佛 南無釋迦牟尼佛" ᄒᆞ고   〈釋譜詳節 19:41b〉

塔廟中에 드러 ᄒᆞᆫ 번 南無佛ᄒᆞ야 일ᄏᆞᆮ줍더니도 다 ᄒᆞ마 佛道를 일우며
                                                 〈釋譜詳節 13:53b〉

상례 2회에 모두 '南無佛'을 외는 주체로 '衆生'이 등장하고 있는데, 이것은
본조의 '今日 部伊冬衣 南无佛也 白孫 舌良衣'와 결코 우연히 대응된 것이 아닌
걸로 보인다.

한편, 이에 대한 추정의 또 다른 근거로 「普賢4」에 나타나는 '今日部'를 들
수도 있는데, 이때의 '部' 역시 '우리 무리(衆生)'를 지칭하고 있음이 보인다.

今日 部   頓部叱 懺悔   〈普賢4〉
(今日 우리 무리(중생)는 모두   懺悔)

'금일 우리 무리(衆生) 모두 참회'로 해석될 위의 예는, 본조와 달리 말음 '伊'
가 생략된 차이가 있긴 하지만, 그 의미는 '나'를 포함한 '우리 衆生'임이 명백하
다. 「普賢行願品」의 해당부분에 이 구절이 다음과 같이 나타나기 때문이다.

我昔所造諸惡業 皆由無始貪恚癡 從身語意之所生 一切我今皆懺悔 (과거
에 제가 지은 惡業, 성 잘 내고 욕심 많고 어리석어서 몸과 말과 뜻으로써
지었사오니 제가 지금 모두 참회합니다.)〈普賢行願品, 偈, 40卷本 華嚴經, 第40卷〉

비록 '我'로 표기되어 代名詞로 나타나긴 하지만, 이때의 '我(나·우리)'가 참
회를 하는 '무리(중생)'과 다른 부류일 수 없음은 자명하다. 이로써, '部伊'는 '주
비' 곧, '佛家의 무리·衆生'.

한편, '部伊'의 '伊'는 '주비'의 末音 '이'를 添記하기 위한 音借字인데, '伊'는
향가뿐 아니라 『鄕藥救急方』에서도 '이' 말음첨기로 사용된 예가 있다. 향찰엔
다음과 같은 용례가 있고,

間毛冬留 讚伊白制   〈普賢2〉
讚은 기릴씨라   〈釋譜詳節 序:02a〉

『鄕藥救急方』에는 다음과 같은 용례가 있다.

蜘蛛   居毛伊 , 居毛   〈鄕藥救急方〉
蜘   거믜 디   〈新增類合·訓蒙字會〉
蛛   거믜 듀   〈新增類合·訓蒙字會〉
百合   犬伊那里根·犬乃里花 (현대어, 개나리뿌리, 개나리꽃)〈鄕藥救急方〉
百合   개나리   〈大漢韓辭典〉

이상으로써, 「普賢2」와 「普賢4」에 나타난 '今日部(伊)'는 양주동의 이해대로
'오늘 우리 무리(衆生)' 정도의 의미를 가짐을 확인해 볼 수 있었다.

(3) 冬衣 : 들의

'冬'은 향찰표기에서 총 16회 사용되었으며, 크게 3가지의 용처로 나뉜다. 음
역은 '독~들'이다. 먼저 가장 흔한 용처로는 부정어 '不冬·毛冬'에 후행하는
경우인데, 이때의 '冬'은 '不'의 古訓 '안득·안들·모들'에 대한 말음첨기이다.

秋察尸不冬爾屋支墮米   〈怨歌〉
不冬喜好尸置乎理叱過   〈普賢5〉

佛影<u>不冬</u>應爲賜下呂　　　　　　　　　　〈普賢7〉

他道<u>不冬</u>斜良行齊　　　　　　　　　　　〈普賢8〉

<u>不冬</u>萎玉內乎留叱等耶　　　　　　　　　　〈普賢9〉

<u>毛冬</u>居叱沙哭屋尸以憂音　　　　　　　〈慕竹旨郎歌〉

雪是<u>毛冬</u>乃乎尸花判也　　　　　　　　〈讚耆婆郎歌〉

去奴隱處<u>毛冬</u>乎丁　　　　　　　　　　〈祭亡妹歌〉

善芽<u>毛冬</u>長乙隱　　　　　　　　　　　　〈普賢6〉

間<u>毛冬</u>留讚伊白制　　　　　　　　　　　〈普賢2〉

際<u>毛冬</u>留願海伊過　　　　　　　　　　　〈普賢11〉

상례는 모두 '不·毛'에 접속하여 나타나는 이른바 말음첨기인데, 이때 '冬'은 '들~득'의 음역을 가진 걸로 본다. 우선, 이것을 '들·들'로 읽을 수 있는 근거는 이두에서 찾을 수 있는데, 이두에 흔히 보이는 '不冬'은 소창진평이 소개한 『儒胥必知』 등의 자료에 따르면, '안들'이다.

不冬 안들　　　　　　　　　　　　〈儒胥必知·典律〉

하지만, '冬'이 전적으로 '들'에 고정되어 있지는 않은 것으로 보이는데, 천자문류의 자료에서 드물게나마 '안득'이란 고형을 남겨 두었기 때문이다.

不 <u>안득</u> 블　　〈光州千字文〉

非 <u>안득</u> 비　　〈光州千字文〉

靡 <u>안득</u> 미　　〈光州千字文〉

이로 '冬'의 음역은 '득~들'.

'冬'의 또 다른 용처는 복수접미사 '들'이다. 향찰에 다음의 1회의 용례가 있다.

今日<u>部伊冬</u>衣　　　　　　　　　　　　〈普賢2〉

위는 '주비(部伊-무리)'에 접속되어 있는데, 문맥상 복수 접미사 '들'로 인정된다. 이것이 복수 접미사인 것은 본조가 가장 명확한 근거인데, 본조 '今日部伊冬衣 南无佛也白孫舌良衣'가 선초 언해자료에서 다음과 같이 나타나기 때문이다.

衆生들히 虛空앳 소리 듣고 合掌ᄒ야 娑婆世界ᄅᆞᆯ 向ᄒ야 닐오디 "南無釋迦牟
尼佛 南無釋迦牟尼佛" ᄒ고 　　　　　　　　　　　　　〈釋譜詳節 19:41b〉

상례는 '衆生들이 南無佛'을 念하고 있다는 점에서 본조와 공통되는 면이 있
으며, 이때, 복수접미사 '들'은 본조의 '冬'과 위치상, 음가상 일치하여 같은 형태
소임을 짐작케 한다. 이로 '冬'의 음은 '들'.

'冬'의 또 다른 용처는 다음이다.

　　阿冬音乃叱好支賜烏隱 　　　　　　　　　　　　　　〈慕竹旨郎歌〉

　　此地肹捨遣只於冬是去於丁 　　　　　　　　　　　　〈安民歌〉

　　放冬矣用屋尸慈悲也根古 　　　　　　　　　　　　　〈禱千手觀音歌〉

　　仰頓隱面矣改矣賜乎隱冬矣也 　　　　　　　　　　　〈怨歌〉

　　모두 『三國遺事』 소재 향가에만 나타나는데, 난해한 구절이 되어 연구자들의
고심을 자아내고 있지만, 「安民歌」 의 '於冬是(어듸)', 「禱千手觀音歌」 의 '放冬矣
(어듸)' 등에서 그 음의 일치성을 엿볼 수 있다.[32] '衣'가 '이'음에 해당함은 향찰자
변증 111)항을 참조할 것. 본조에서는 '속격'의 '이'이다. 이상, '冬衣'는 '들이'.

II.2. 南无佛也白孫舌良衣 : "南無佛야" 숣손 혀아이

　　小倉進平(1929) : 南无佛이라 숣ᄋᆞᆯ손 혀에
　　양주동 　(1942) : 南无佛이여 술볼손 혀아이
　　김완진 　(1980) : 南无佛이여 술볼손 혀라히
　　양희철 　(1988) : 南無 佛여 술볼손 혀라히
　　유창균 　(1994) : 南無佛이라 술볼손 혀라이
　　신재홍 　(2000) : 南无佛야 숣손 혀아이
　　박재민 　(2002) : "南無佛이여" 숣손 혀이

---

32) 「도천수관음가」에 나타난 '放冬矣'가 '於冬矣'의 오각일 가능성이 높음은 여러 연구자들에
　　의해 지적되었는데, 박재민(2013a:57면)에서도 詳論한 바 있다. 「원가」에 나타난 '冬'은 正用
　　字로 '겨울'이란 의미인데, 박재민(2009b)에서 논한 바 있다.

(1) 南无佛也 : "南無佛야"

'南無佛'은 중생이 부처께 귀의한다는 의미의 범어 'namo'의 音譯이다.

南無는 歸命ᄒᆞ다 혼 ᄠᅳ디니 歸命은 내 命을 부텨의 가져 갈 씨라
〈月印釋譜 04:13a〉

불가에서는 불도를 이루기 위한 한 방편으로, '南無佛' 혹은 '南無 釋迦牟尼佛' 등을 念하였다. 다음은 그러한 사정을 잘 보여주는 구절이다.

塔廟中에 드러 ᄒᆞᆫ 번 南無佛ᄒᆞ야 일ᄏᆞᆮ더니도 다 ᄒᆞ마 佛道ᄅᆞᆯ 일우며
〈釋譜詳節 13:53b〉

衆生ᄃᆞᆯ히 虛空앳 소리 듣고 合掌ᄒᆞ야 娑婆世界ᄅᆞᆯ 向ᄒᆞ야 닐오ᄃᆡ "南無釋迦牟尼佛 南無釋迦牟尼佛"ᄒᆞ고
〈釋譜詳節 19:41b〉

모든 사ᄅᆞ미 一心ᄋᆞ로 南無佛ᄒᆞ야 일ᄏᆞᆮᄌᆞᄫᅠ니
〈月印釋譜 22:33a〉

전술했지만, 본조의 '今日部伊冬衣 南無佛也白孫舌良衣'는 '중생들이 南無佛'을 왼다는 내용을 가졌단 점에서 상례에 나타난 정황을 詩化한 것으로 볼 수 있을 것이다.

'也'는 「普賢十願歌」에 10회 사용되었는데 본조를 제외하고는 모두 文末에 사용되었다[33]. 본조의 경우도 직접인용문 안에 포함된 것이기에, 10회 모두 구절의 末尾에 사용되었다 할 수 있다.[34]

"南无佛也"白孫舌良衣　　　　　　　　　　　〈普賢2〉

灯炷隱須弥也　　　　　　　　　　　　　　　〈普賢3〉

伊於衣波最勝供也　　　　　　　　　　　　　〈普賢3〉

---

[33] 유사소재 향가에도 17회나 사용되었다. 用處는 다양하나, 본조와 같이 감탄종결어미로서 기능하기도 하였다.

　　郎也 慕理尸心未 行乎尸道尸 (랑이여!) 〈慕竹旨郎歌〉

　　雪是毛冬乃乎尸花判也 (花判이여!) 〈讚耆婆郎歌〉

　　彗星也白反也人是有叱多 (彗星이여!) 〈彗星歌〉

[34] 이 중, 「普賢3」의 "灯炷隱須弥也"는 연결어미 '요'와 유사한 기능을 한다. 「안민가」의 "君隱 父也 臣隱愛賜尸母史也 (아비여, 어미여!)" 역시 같은 기능으로 볼 여지가 있다. 〈Ⅰ.5. (4)〉에서 언급한 바 있다.

衆生叱田乙潤只沙音也 〈普賢6〉

覚月明斤秋察羅波処也 〈普賢6〉

向屋賜尸朋知良闐尸也 〈普賢7〉

仏体頓叱喜賜以留也 〈普賢9〉

吾衣願尽尸日置仁伊而也 〈普賢11〉

向乎仁所留善陵道也 〈普賢11〉

이 사실은 '也'가 종결어미로 기능함을 알리는 것인데, 본조에서 보이듯이 그 어감은 모두 감탄 정도로 이해된다.

(2) 白孫 : 숣손

'白'은 正用字. 古訓은 '숣다'이다. 차자표기에서 그 훈을 이용하여 주로 공손 선어말어미 '숩'을 표기하기 위해 사용되나, 본조의 경우는 원래의 의미대로 動詞로 사용되었다. 높은 대상에게 '여쭈다·아뢰다·일컫다'의 의미이다.

내 이제 世尊의 숣노니 (我今白世尊ᄒᆞᆸ노니) 〈楞嚴經諺解 06:63b〉

祥瑞도 하시며 光明도 하시나 ᄀᆞᆯ 업스실ᄊᆡ 오늘 몯 숣뇌 天龍도 해 모ᄃᆞ며
人鬼도 하나 數 업슬ᄊᆡ 오늘 몯 숣뇌 〈月印釋譜 02:45a〉

天尊은 如來를 숣노라 天尊이라 ᄒᆞ니라 〈月印釋譜 07:50b〉

須菩提ㅣ 부텻긔 술오ᄃᆡ 世尊하 (須菩提 白佛言 世尊) 〈金剛經諺解 :32a〉

본조의 '白'은 前句 '南無佛也'와 관련해 볼 때, '이르다·아뢰다' 정도의 의미를 표기한 것으로 볼 수 있다.

'孫'은 균여향가에서, '白'과 결합하여 2회, '修'와 결합하여 2회가 나타나며

【白+孫】

南无佛也白孫舌良衣 〈普賢2〉

礼為白孫隱仏体刀 〈普賢10〉

【修(叱)+孫】

修叱賜乙隱頓部叱吾衣修叱孫丁 〈普賢5〉

皆吾衣修孫　　　　　　　　　　　　　　　　〈普賢10〉

차자표기 전체에서 더 이상의 용례가 없다. 이 중, 本條의 '白孫'과 「普賢10」의 '礼爲白孫隱'은 이해하기 어려운 측면이 있다. 본조의 '白'은 正用字로 '숣다'를 訓으로 하는데, 말음 'ㅂ'을 고려하면, 이의 관형형은 다음과 같이 '白反' 혹은 'ㅂ'을 분철한 '白乎隱'으로 나타나는 것이 순조롭기 때문이다.

"彗星也"白反也人是有叱多 (술본)　　　　　　〈彗星歌〉

毛等盡良白乎隱乃兮　　　　(숣온)　　　　　　〈普賢2〉

「보현10」 역시 마찬가지이다. 문맥상 '절을 드리는 부처'란 의미인데, 이런 경우라면 다음

慕呂白乎隱 仏体 前衣 (그리숣온)　　　　　　〈普賢1〉

邀呂白乎隱 功德叱身 (모리숣온)　　　　　　〈普賢2〉

과 같이 '동사어간+白乎隱'의 형태로 나타나는 것이 순조롭지만, 특이하게 '乎' 대신 '孫'을 넣어 "礼爲白孫隱"라 표기하고 있는 것이다.

이곳에 공통으로 들어간 'ㅅ'의 정체는 아직 학계의 숙제로 남아 있다. 그러나 문맥상 · 어형상 '白反 · 白乎隱'에서 극단적으로 벗어난 의미를 지니고 있지는 않을 것이라 판단하여, '白乎隱'에 준하여 잠정 해독한다. 이상, '숣손'. 현대어로는 '아뢴'.[35]

(3) 舌良衣 : 혀아이(혀에)

'舌'은 正用字. 古訓은 '혀'이다.

舌 혀 셜　　　　　　　　　　　　　　　〈新增類合 · 訓蒙字會〉

廣長舌相은 넙고 긴 혓 양지라　　　　　〈月印釋譜 07:74b〉

'良衣'는 처소격 조사로 '에 · 애' 등의 음에 해당하는데, 이 형태는 향찰표기 전체에서 본조가 유일하다. 향찰표기에서의 처소격조사 '에 · 애'는, '良', '衣',

---

35) '修(叱)+孫'에 대해서는 〈V.5.(4)〉를 참조할 것.

'矣' 등이 단독으로 오거나 '良中', '阿希', '惡中'의 형태로 온다. (구결의 예는
〈I.2.(4)〉 참조)

東京明期月良	〈處容歌, 三國遺事〉
東京붉ᄃᆞ래	〈處容歌, 樂學軌範〉
一等隱 枝良 出古 (가지에)	〈祭亡妹歌〉
彌陀刹良 逢乎 吾 (미타찰에서)	〈祭亡妹歌〉
此矣彼矣浮良 (이에 저에)	〈祭亡妹歌〉
千手觀音叱 前良中 (前에, 올퓌)	〈禱千手觀音歌〉
法界惡之叱佛會阿希 (佛會에)	〈普賢6〉
一念惡中涌出去良 (一念에)	〈普賢2〉
衆生叱海惡中 (바다에)	〈普賢 10〉

일반적 표기가 위와 같기에 본조의 '良衣'는 드문 표기에 해당한다. 하지만
'~에'를 의미하는 표기 '良中', '阿希', '惡中' 등이 공히 '아기·아히·악기' 등의
변폭을 가지는 표기로 '良衣' 또한 '아이'로 그 발음의 변폭에서 크게 벗어나지는
않는다는 점, 또 『華嚴經』 원문,

一一舌根 出無盡音聲海 一一音聲 出一切言辭海 (낱낱 혀에 끝없는 音聲海가
솟고 그 낱낱 소리에 온갖 言辭海가 솟아) 〈普賢行願品, 40卷本 華嚴經, 第40卷〉

이 본조와 그 후행 구절 '无尽辯才叱海等 一念惡中涌出去良(無盡辯才의 바다,
한순간에 솟아나구나)를 詩化한 것이 자명하다는 점을 감안하면, 본조의 '良衣'
가 처소격 '~에'를 나타낸 표기임이 분명하다.

이상, '혀아이', 현대어로는 '혀에'.

II.3. 无尽辯才叱海等 : 無盡辯才ㅅ 바ᄃᆞᆯ

小倉進平(1929) : 無盡辯才ㅅ 바룰들
양주동 (1942) : 無盡辯才ㅅ 바ᄃᆞᆯ
김완진 (1980) : 無盡辯才ㅅ 바ᄃᆞᆯ

양희철 (1988) : 無盡 辯才ㅅ 바돌
유창균 (1994) : 無盡辯才ㅅ 바돌
신재홍 (2000) : 無盡 辯才ㅅ 바돌
박재민 (2002) : 無盡辯才ㅅ 바돌

(1) 无尽辯才叱 : 無盡辯才ㅅ

'辯才'는 '말 잘ᄒᆞᄂᆞᆫ 지조'이다. '無盡辯才'는 『月印釋譜』에서는 '又 업슨 辯才'
라 釋하였고, 『楞嚴經諺解』에서는 유사한 의미의 '無碍辯'를 '마ᄀᆞᆫ ᄃᆡ 업슨 辯才'
라 하였다.

> 셜흐넨 내 成佛ᄒᆞ야 나랏 菩薩이 又 업슨 辯才를 일우면 〈月印釋譜 08:63b〉
> 妙道를 通達ᄒᆞ야 마ᄀᆞᆫ ᄃᆡ 업슨 辯才를 得ᄒᆞ야 辯才ᄂᆞᆫ 말 잘ᄒᆞᄂᆞᆫ 지죄라 (通達
> 妙道 得無碍辯) 〈楞嚴經諺解 01:04a〉

'叱'이 주로 'ㅅ'음의 대용으로 사용됨은 향찰자 변증 139)항에서 다루었다.
본조는 '속격'에 해당한다.

(2) 海等 : 바돌

이 표현이 현대어 '바다'에 해당하는 것임은 「普賢行願品」의 해당부분 '一一
舌根 出無盡音聲海 一一音聲 出一切言辭海'과의 대비에서도 쉽게 드러난다.
'海'는 불가에서 깊고 넓은 것의 비유에 관용적으로 사용되는데

> 徧知海예 노녀 [徧知ᄂᆞᆫ 다 알씨오 海ᄂᆞᆫ 깁고 너부믈 가줄비니라]
> 〈楞嚴經諺解 01:03b〉

본조에서는 '辯才의 無盡함'을 말하기 위해 사용되었다.
한편, '바다(海)'는 선초 언해자료에서 '바ᄃᆞ · 바다 · 바라 · 바를' 등 많은 異形
을 가진다.

海 바ᄃᆞ 히 〈歷代千字文〉
海 바다 히 〈新增類合 · 訓蒙字會 · 光州千字文 등〉
海 바라 히 〈石峯千字文〉

海ᄂ 바ᄅ리라 〈月印釋譜 序:08b〉

그 鹹水 바다해 네 셔미 잇ᄂ니 〈月印釋譜 01:24a〉

娑竭羅ᄂ 쁜 바다히라 혼 ᄠᆖ디니 〈月印釋譜 01:23b〉

유사소재 향가에서는 나타나지 않는 어휘이나 균여향가에서는 '海等'의 형태로 2회, '海肹'의 형태로 1회, '海' 단독으로 3회 사용되었다.

无尽辯才叱海等 〈普賢2〉

仏体叱海等成留焉日尸恨 〈普賢10〉

際干萬隱德海肹 〈普賢2〉

灯油隱大海逸留去耶 〈普賢3〉

衆生叱海惡中

際毛冬留願海伊過 〈普賢11〉

본조 '海等'의 '等'이 '바ᄃᆞᆯ'의 말음 '들'을 표기하기 위한 음차자36)란 것은 양주동 이래 모든 연구자들이 동의하고 있는 부분으로 본서 역시 이견이 없다. 이상, 제3句는 '끝이 없는 변재의 넓은 바다' 정도로 해석된다.

Ⅱ.4. 一念惡中涌出去良 : 一念아기 솟나거라

小倉進平(1929) : 一念여해 솟ᄋᆞ나과라 [감동]

양주동 (1942) : 一念악히 솟나가라 [명령]

김완진 (1980) : 一念악히 솟나거라 [명령]

양희철 (1988) : 一念 악히 솟나거라 [명령]

유창균 (1994) : 一念아히 솟나가라 [명령]

---

36) '等'이 차자표기에서 '드~드ᆞ~돈~든~들~들'의 음역을 위해 사용되는 음차자임은 향찰자 변증 33)항을 참조할 것. 한편, 소창진평은 '海等'을 '바ᄅᆞᆯ들'로 보아 '等'을 복수접미사로 보았다. 하지만, 비유로 사용된 '바다'에 복수 접미사가 붙는 것은, 문법적으로는 가능할지 모르나 의미상으론 전혀 불필요하다는 점, 또, 양주동이 제시한 '波珍湌 或云 海干'의 대응관계로 볼 때, '바다'의 古形이 '바ᄃᆞᆯ'이었을 개연성 있다는 점 등에서 바다의 말음첨기로 보는 것이 순조로운 것으로 판단된다.

신재홍 (2000) : 一念아ᄒᆡ 솟나거라 [명령]
박재민 (2002) : 一念아ᄀᆡ 솟나거라 [감탄, 솟아나구나!]

(1) 一念 : 一念

'一念'은 아주 짧은 순간을 나타낸다. 곧, '한 순간'

> 諸佛을 讚嘆ᄒᆞᅀᆞ바 一念 ᄊᆞᅀᅵ예 더 나라해 七寶 못 가온ᄃᆡ 가 나리니
> 〈月印釋譜 08:51a-b〉
>
> 戒ㅣ 犯홀 ᄆᆞᅀᆞᄆᆞᆯ 一念 ᄊᆞᅀᅵ도 디내요미 몯ᄒᆞ리온 ᄒᆞᄆᆞᆯ며 여러 時ᄅᆞᆯ 디내요미 ᄯᆞ녀 〈禪宗永嘉集諺解 上:6a〉

(2) 惡中 : 아ᄀᆡ

'惡中'은 '아ᄀᆡ'로 현대어 '에'에 해당함은 기주 〈II.2.(3)〉.
'一念惡中'과 같은 표현이 구결에는 '一ㄱ 念ㄋ+'로 나타나 있고 정음 자료에서는 '一念에' 혹은 'ᄒᆞᆫ 念에'로 나타나 있다.

> 一切衆生ㅋ 心ㄴ 一ㄱ 念ㄋ十 悉ㄋ 知ㅎ尸ㅿ 有餘ッㄱ 無ㅣ 〈華嚴經 13:16〉
> 一念에 ᄆᆞᅀᆞ미 조ᄒᆞ면 罪와 ᄢᅴ왜 다 덜리라 〈金剛經諺解 :5b〉
> 一念에 去來 住ㅣ 업슨ᄃᆞᆯ 너비 보시다 호미 ᄀᆞᆮᄒᆞ니라 〈月印釋譜 13:50a〉
> ᄒᆞᆫ 念에 經을 디녀 我人이 다 업서 妄想ᄋᆞᆯ ᄒᆞ마 덜면 말ᄊᆞ매 成佛ᄒᆞ릴ᄊᆡ
> 〈金剛經諺解 :71b-72a〉

(3) 涌出去良 : 솟나거라

대체적 의미로는 해독이 끝난 부분이다. '涌出' 자체는 正用字이며, '솟아나다'라는 의미를 가진다.

> 涌 믈 소ᄉᆞᆯ 용 〈新增類合 등〉, 出 날 츌 〈新增類合 등〉
> 涌ᄋᆞᆫ 소사날씨라 〈月印釋譜 10:80a〉

다만, 선초 정음 자료들에서 '솟아나다'가 아닌 '솟나다'의 형태도 보이므로, '솟나다'로 이해한다. 물론 의미는 '솟아나다'이다.

나랏 內예 그지업슨 소리 世界예 솟나디 몯ᄒ면　　　　〈月印釋譜 08:64a〉

西風 흔 무리 뜬 구루믈 다 ᄡᅳ러 山河ㅣ ᄃ토와 솟나며　〈南明集諺解 上:6a〉

智慧와 勇猛괘 世間애 솟나시더니　　　　　　　　　〈月印釋譜 08:59b〉

大衆 中에 七寶塔이 ᄣᅡ해셔 솟나아　　　　　　　　〈釋譜詳節 11:16b〉

'去良'가 명령형이 아닌 감탄형의 어미임은 기주 〈Ⅰ.4.(3)〉. 이상, 音相은 '솟나거라', 의미는 '솟아나는구나!'

Ⅱ.5. 塵塵虛物叱邀呂白乎隱 : 塵塵虛갓 모리ᄉᆞᆸ온

小倉進平(1929) : 塵塵虛物을 마ᄌ리숣온
양주동　(1942) : 塵塵虛物ㅅ 뫼시리솔본
김완진　(1980) : 塵塵虛物ㅅ 모리솔본
양희철　(1988) : 塵塵虛物ㅅ 뫼리 솔본
유창균　(1994) : 塵塵虛物ㅅ 마ᄌ리솔본
신재홍　(2000) : 塵塵 헛갓 모리솔본
박재민　(2002) : 塵塵虛物 모리ᄉᆞᆸ온

(1) 塵塵虛物叱 : 塵塵虛 갓

'塵塵'이 '세계'의 비유임은 기주 〈Ⅰ.5.(1)〉.
'虛'는 虛空界. 世界의 다른 말로 언해에는 다음과 같이 나타난다.

世間 虛空애 믈와 묻과 ᄂᆞ라ᄃᆞ니는 여러 物像을 일후미 一切니
　　　　　　　　　　　　　　　　　　　　　　〈楞嚴經諺解 01:74b〉

므리며 무티며 虛空界 다 有情의 브튼 ᄣᅡ히니　〈月印釋譜 25:57a〉

이상 '塵塵虛'는 '塵塵 속의 虛空界' 즉, '티끌 하나하나 속에 존재하는 무수한 세계'란 의미인데, 최행귀의 한역시, 「보현행원품」 원문과 게의 다음 방점 친 개념들에 대응하는 말이다.

遍於仏界磬丹衷 一唱南无讚梵雄 (부처님의 온 나라에서 정성을 다해 한 소리

로 '나무' 외며 부처님을 찬양하도다.)　　　　〈崔行歸 漢譯詩, 均如傳〉

所有盡法界 虛空界 十方三世一切刹土 所有極微 一一塵中 皆有一切世界極
微塵數佛 (온 법계 허공계에 있는 시방 삼세 모든 세계에 티끌이 있고, 낱낱
티끌 속에 모든 세계의 티끌 수 부처님이 있으며,)

〈普賢行願品, 40卷本 華嚴經, 第40卷〉

於一塵中塵數佛 各處菩薩衆會中 (한 티끌 속 티끌 수효 부처님들이 보살 대
중 모인 속에 각각 계시며)　　　〈普賢行願品, 偈, 40卷本 華嚴經, 第40卷〉

'物'은 正用字. 고훈은 '것'.

物	것	믈	〈石峯千字文〉
物	갓	믈	〈訓蒙字會 · 光州千字文〉

'叱'은 '物'의 고훈 '갓 · 것'의 말음 'ㅅ'을 표기한 것이다. '叱'이 차자표기에서
'ㅅ'음을 위한 음차자임은 향찰자 변증 139)를 참조할 것. 이와 같은 표기는 향찰
표기에 몇 용례가 더 있으며, 구결에서도 같은 형태가 보인다.

物叱好支栢史	〈怨歌〉
此兵物叱沙過乎	〈遇賊歌〉
仏仏周物叱供爲白制	〈普賢3〉
法界居得丘物叱丘物叱	〈普賢9〉
此也友物北所音叱彗叱只有叱故	〈彗星歌〉37)
衆生乙 逼惱ノ令ヒ 物ヒ乙 作ソナ令ㄱ	〈華嚴經 19:14〉
一切 必ハ 離散ソ玉令ヒ 物ヒ乙 以�ハ 衆生ㅓ 願乙	〈華嚴經疏 12:17〉

한편, 여기서의 '것[物叱]'은 '個體'의 의미로, '살아 있는 모든 것' 즉, '衆生'을
달리 표현한 말이다. 「보현3」의 한역시와 선초 언해 자료에서 보이는 '物 · 것'이
이에 해당한다.

---

37) 〈普賢9〉의 용례는 형태상으로는 같으나, 그 의미는 다른 걸로 파악되고 있다. 반대로, 〈彗星
歌〉의 예는 형태는 다르게 나타났으나, '北'이 '叱'의 誤記일 가능성이 있다.

| 攝生代苦心常切 | 중생을 거두고 그 고통 대신할 마음 늘상 간절하고 |
| 利物修行力漸增 | 만물을 이롭게 할 수행의 힘은 커져만 간다. |

〈崔行歸의 漢譯詩,「廣修供養頌」,『均如傳』〉

一切 萬物이 本來 生死ㅣ 업거늘 妄量 ㅂㄹ미 부러 受苦ㅅ 바다해 ᄌᆞ마 잇ᄂ
니
〈月印釋譜 09:22a〉

긔ᄂᆞᆫ 거시며 ᄂᆞᆫ 거시며 ᄆᆞ렛 거시며 무틧 거시며 숨튼 거슬 다 衆生이라
ᄒᆞᄂᆞ니라
〈月印釋譜 01:11a〉

이상, '塵塵虛 物叱'는 '티끌 하나하나 (속에 존재하는 무수한) 허공계의 모든
중생'.

(2) 邀呂白乎隱 : 모리ᄉᆞᆲ온(뫼시온)

「普賢1」에 나타나는 '邀里白乎隱'(기주 〈I.6.(2)〉)과 같은 의미의 표기이다.
'邀'의 古形 '모리'에서 'ㄹ'이 탈락한 형태가 '뫼'임과 '呂'와 '里'의 교체 통용 현상
에 대하여는 기주 〈I.2.(1)〉.

II.6. 功德叱身乙對爲白惡只 : 功德ㅅ 身을 對ᄒᆞᄉᆞᆲ악

小倉進平(1929) : 切(功)德ㅅ 몸을 對ᄒᆞ숣혀이
양주동 (1942) : 功德ㅅ 身을 對ᄒᆞ숣디
김완진 (1980) : 功德ㅅ身을 對ᄒᆞ슬박
양희철 (1988) : 功德ㅅ 身을 對ᄒᆞ살박
유창균 (1994) : 功德ㅅ 身을 對ᄒᆞ슬박
신재홍 (2000) : 功德ㅅ 모믈 對ᄒᆞ슬박
박재민 (2002) : 功德ㅅ 身을 對ᄒᆞ숣악

(1) 功德叱身乙 : 功德ㅅ 身을

'功德叱身'은 '功德身'의 향찰식 표기이다. '叱'이 속격의 'ㅅ'으로 상용되는 音
借字임은 향찰자 변증 139항)에서 다루었다. '功德身'은 '부처의 몸'을 말한다.

느미 受用호모 妙淨 功德身을 뵈샤 三十二相 八十種好ㅣ ᄀ자샤 섯근 것 업
슨 조흔 나라해 겨샤 十地 菩薩을 爲ᄒ샤 큰 神通을 나토샤 〈月印釋譜 02:54a〉

둘흔 他受用身이니 平等智를 브터 妙淨 功德身을 뵈샤 純히 조흔 따해 사ᄅ
샤 〈月印釋譜 13:39b〉

汝能發起無等心 爲見我故而來此 愛樂至求功德海 禮我雙足功德身 欲於我
法學修行 願得普賢眞妙行 (네가 지금 가장 높은 마음을 내고, 나를 보기 위
해서 여기 왔으니, 지성으로 功德海를 구하기 위해 내 功德身의 두 발에 절을
하구나. 나에게서 수행법을 배우려 하고, 보현보살 참된 묘행 배우려 하네.)
〈40卷本 華嚴經, 第16卷〉

'乙'이 차자표기 전체에서 'ㄹ·올·을·롤·를'의 音域을 위해 사용되는 音借
字임은 향찰자 변증 109항)에서 상론했다. 이상 '功德ㅅ身을', 곧, '부처님을'의
의미.

(2) 對爲白惡只 : 對ᄒ숩악 (對하여)

'對爲白'은 '對ᄒ숩'을 표기한 것이다. 한자어에 동사파생접사 'ᄒ[爲]', 공손선
어말어미 '숩[白]'이 결합한 형태임에 異論이 없다. '한자어+爲白(=ㆍ丶白 = ᄒ숩)'
의 경우는 향찰, 구결, 언해에서 모두 발견되어 표기적 연속성을 명징히 보여준
다.

九世 尽良 礼爲白齊 〈普賢1〉
功德叱 身乙 對爲白惡只 〈普賢2〉
仏仏 周物叱供爲白制 〈普賢3〉
礼爲白孫隱 仏体刀 〈普賢10〉
頂ㅡ 佛足ㄴ 禮ㄲ白ㅁ 而ㅡ 白佛言 〈金光明經 13:19〉
부텻 바래 頂禮ᄒ숩고 니러서 부텻긔 슬오디 〈楞嚴經諺解 04:63b〉
佛 功德ㄴ 讚ㄲ白ㅗㄱㅣ+ㄱ(讚ᄒ숩건댄) 〈華嚴經 08:11〉
부텻 功德을 讚歎ᄒ숩고 〈月印釋譜 02:75b〉
菩提樹ㄴ 前ㄅ十 持ㅣㅎㅎ 佛ㄴ 供ㄲ白ㅌㅎ 〈華嚴經 15:23〉

普賢十願歌 〈II.6.(2)〉

佛乚 念丷白亠尸厶 心亠 動尸 不丷匕矛氵 〈華嚴經 11:12〉
佛法을 念ᄒᆞᅀᆞ오ᄃᆡ 오ᄂᆞᆯ 듣ᄌᆞ옴 곧게 ᄒᆞ시니 〈法華經諺解 04:59b〉

'惡只'은 의도의 '아'에 강세사 'ㄱ'이 첨가된 것이다. '惡只'는 '良'의 강조형으로, '只'의 첨기여부는 수의적이며, 또 다른 강세사 '火[곰]'과 교체되어 사용되기도 하였다.

諦現觀氵十 入丷氵 聖智見乚 證丷尸矢丨 〈瑜伽師地論 23:02-03〉
無生智氵十 入丷氵八 無依處氵十 到匕立 〈華嚴經 03:19〉

當願衆生 衆ㄱ 相刂 華 如支丷氵 三十二乚 具亠匕立 〈華嚴經 05:12〉
當願衆生 尊重丷ㄱ矢 塔 如支丷氵八 天人𢀳 供乚 受匕立 〈華嚴經 08:06〉

當願衆生 一切乚 能支 捨丷氵火 心氵十 愛著ノ尸 無匕立 〈華嚴經 03:03〉
當願衆生 衆ㄱ 聚七 法乚 捨丷氵八 一切智乚 成刂匕立 〈華嚴經 03:04〉

정음 자료에서도 'ㄱ'은 흔히 강세사로 사용되고 있다. 전술했지만, 재인용한다.

福ᄋᆞᆯ ᄉᆞ랑ᄒᆞ야 즐길씨라 〈月印釋譜 01:33b〉
제 子細히 ᄉᆞ랑ᄒᆞ약 哀慕ᄅᆞᆯ 忝히 말라 〈楞嚴經諺解 02:54a〉

다ᄉᆞᆺ 가짓 됴ᄒᆞᆫ 根ᄋᆞᆯ 여희여 이런 구즌 法이 냇거든 〈月印釋譜 07:43b〉
分別性이 드트를 여희약 體 업ᄉᆞᇶ딘댄 〈楞嚴經諺解 01:90a〉

通敎ᄂᆞᆫ 알ᄑᆞᆺ 藏敎애 通코 後ㅅ別敎ᄂᆞᆫ 圓敎애 通ᄒᆞᆯ씨 일후미 通敎ㅣ라 〈法華經諺解 03:44b〉
善커든 通콕 惡거든 마가사 어려부미 업스리라 〈月印釋譜 14:76a〉
無明 대가리예 封ᄒᆞ야 걸일씨 마가 通티 몯ᄒᆞ며 〈法華經諺解 03:85a〉

이상, '對ᄒᆞᅀᆞᆸ악', 현대어로는 '대하여서'.

II.7. 際于萬隱德海肸 : ᄀᆞᇫ 우만 德海ᄅᆞᆯ

小倉進平(1929) : ᄀᆞᇫ이 먼 德바ᄅᆞᆯ
양주동 (1942) : ᄀᆞᇫ업는 德바ᄃᆞᆯᄒᆞᆯ
김완진 (1980) : ᄀᆞᇫ 가만 德海ᄅᆞᆯ
양희철 (1988) : ᄀᆞᇫ 움(于萬)는 德海ᄅᆞᆯ
유창균 (1994) : 어울우 먼 德 바ᄃᆞᆯᄒᆞᆯ
신재홍 (2000) : ᄀᆞᆺ 우ᄆᆞᆫ 德海ᄒᆞᆯ
박재민 (2002) : 際 엄ᄂᆞᆫ 德바ᄅᆞᆯᄒᆞᆯ

(1) 際于萬隱 : ᄀᆞᇫ 우만

'際'은 正用字. 古訓은 'ᄀᆞᇫ'.

際 ᄀᆞᆺ 제 〈新增類合〉
眞際ᄂᆞᆫ 眞實ㅅ ᄆᆞᅀᆞᆷ 實ᄒᆞᆫ ᄀᆞᅀᅵ라 〈楞嚴經諺解 01:77a〉
彼ᄂᆞᆫ 뎌오 岸ᄋᆞᆫ ᄀᆞᅀᅵ라 〈月印釋譜 序:26a〉
衆生이 ᄀᆞᇫ 업순디라 悲ㅣ ᄯᅩ ᄀᆞᇫ 업스며 所境이 ᄀᆞᇫ 업순디라 智 ᄯᅩ ᄀᆞᇫ 업스니
〈禪宗永嘉集諺解 下:119b〉

이 점은 소창진평 이래 이견이 없지만, '于萬隱'은 연구자들의 苦心이 어린 곳이다. 다만, 『華嚴經』의 다음 구절들을 상기할 때, 양주동의 통찰대로, '끝이 없는(無邊)' 정도의 의미를 가졌을 가능성이 가장 높지 않나 한다.

住佛境界德無邊 〈40卷本 華嚴經, 第3卷〉
聞讚無邊功德海 〈40卷本 華嚴經, 第28卷〉
一切佛大功德海無所障礙 〈40卷本 華嚴經, 第7卷〉
則住無邊功德海 〈40卷本 華嚴經, 第25卷〉

「禱千手觀音歌」에도 유사한 구절이 있는데,

千隱手叱千隱目肹 一等下叱放一等肹除惡攴 二于萬隱吾羅 一等沙隱賜以
古只內乎叱等邪 (둘 없는 나) 〈禱千手觀音歌〉

역시 이때의 '于萬隱'을 '우만(無)'으로 볼 수 있다. 해석하면, '천 개의 손, 천 개의 눈을 하나는 내놓고(放) 하나는 덜어서(除), 둘 우만(二于萬隱) 내게 하나 씩 주십시오(賜)' 정도가 되어 '없는'의 의미에 부합하는 것을 볼 수 있다.

단순히 '無隱' 정도로만 적어도 충분히 뜻이 통할 이 구절에 당대인들이 왜 音借字만을 사용하여 고유어를 표기하려 했는지 뚜렷한 이유는 밝히기 어렵지 만, 향찰 용례의 공통점과, 佛經의 관용성에 비추어 볼 때, '없는'의 의미를 나타 내기 위한 것임은 퍽 뚜렷해 보인다. 이상, '于萬隱'은 '우만(無)'.

(2) 德海肹 : (功)德海를

'德海'는 正用字. '끝이 없는(無邊)'이란 수식어를 받고 있는 것으로 볼 때, '功 德海'의 준말로 판단된다. '功德海'란 것은 부처와 불보살들이 쌓아온 끝없는 量의 功德을 비유적으로 표현한 佛家의 관용어로 흔히 '끝없는[無邊·無量·無 涯]'이란 말의 수식을 받는다.

> 巍巍釋迦佛 無量無邊功德을 劫劫에 어느 다 슬ᄫ리 〈月印釋譜 01:01b〉
> 讚佛功德海無涯 (부처님이 쌓으신 공덕 바다의 끝없음을 찬탄하도다.)
> 〈40卷本 華嚴經, 第3卷〉
> 若有得此解脫門 則住無邊功德海 (만약 이 해탈문 얻기만 하면, 끝없는 공덕 해에 머물게 되리) 〈40卷本 華嚴經, 第25卷〉

'肹'은 삼국유사 소재의 향가에서 常用되던 대격조사였으나,「普賢十願歌」에 서는 본조에서 유일하게 사용되었다. 字音 '흘'을 借用하여 차자표기와 향찰에 서 'ㄹ·홀·흘'의 音價가 필요한 곳에 쓰이는 字임을 향찰자 변증 164)에서 다 룬 바 있다. 선초의 다음 어형에 대응한다.

> 뎌 조 업슨 利海를 ᄇ리고 〈楞嚴經諺解 02:20b〉
> 無邊 法海를 펴샤미 고랫 뫼사리 근흥샴 ᄃ이오 〈圓覺經諺解 上2-3:13a〉

이상, '德海를'.38) 의미는 '功德海를'.

---

38) '德海'를 '德 바롤'로 읽고 후행한 '肹'을 '바롤ㅎ'의 ㅎ종성을 나타낸 것이라 볼 여지도 있다. 「普賢十願歌」의 대격은 모두 '乙'이 전용하고 있기에 이곳에 특이하게 나타난 '肹'을 선행한

II.8. 間毛冬留讚伊白制 : 間 모들로 기리숩져

小倉進平(1929) : 間王들을 기리숩제
양주동　(1942) : 西王둘루 기리숩져
김완진　(1980) : 醫王들로 기리숩져
양희철　(1988) : 醫王들로 기리숩져(制)
유창균　(1994) : 間王ᄃ로 기리숩져
신재홍　(2000) : ᄉᆡ 모다로 기리숩져
박재민　(2002) : 醫王들로 기리숩져

(1) 間毛冬留 : 間 모들로

이 구절은 그간 '間王冬留'로 오해되어 있었다. 그렇기에 모든 연구자들은 부처님을 뜻하는 '間王·西王·醫王' 등에 준해 해독하였다. 다만, 2000년의 신재홍은 다음과 같은 언급을 하며 '間王'을 '間毛'의 탈각형태로 처리한다.

"필자는 고심 끝에 '毛'의 오각자로 보게 되었다. 판각상 '毛'자에서 위나 아래의 가로획 하나가 떨어져 나간다면 '王'으로 오각될 가능성이 있으리라 판단한 것이다. 그렇다면 본 구절은 '間 王(→ 毛) 冬留'로 끊어 읽을 수 있게 된다. ……필자가 여기서의 '王'을 '毛'의 오각자로 판단한 데는, 글자 모양의 유사성보다도 '間 毛冬留'라는 구절이 약간 다른 형태로 〈총결무진가〉에 나오고 있다는 점이 결정적으로 작용하였다." 〈신재홍(2000), 332면.〉

「총결무진가(보현11)」에 나타나는 '際 毛冬留'와의 연관성을 지적한 신재홍의 제안은 주목할 만한 것이었지만, 결정적 물증을 동반하지 못했기에 학계의 큰 호응을 얻지는 못했었다.39) 그런데 2009년, 구결학회 11월 월례강독회에서 뜻깊은 성과를 얻게 된다. 이 문제를 안정희가 다시 한번 제기했고, 당시 강독회에

어휘의 특성에서 찾으려는 시도는 정당한 것이라 할 수 있다. 하지만, '德海'와 같은 하나의 한자 어휘를 앞 字는 음독하고, 뒷 字는 훈독하는 것은 독법상 자연스럽지 못하다. 또한, 같은 'ㅎ'종성 체언인 '道'와 같은 경우 '肹'을 쓰지 않고 '乙'을 쓰고 있다는 것(菩提向焉道乙迷波〈普賢4〉)도 '肹'이 'ㅎ'곡용성을 미세히 반영해 주기 위한 字로 보기 어렵게 하는 요인이 된다.
39) 지형률 역시 이런 착안을 한 적이 있었다. 그러나 해독에의 적용에는 보다 신중한 태도를 취하고 있다. "間王冬留는 間毛冬留/ᄉ시 모도오 /사이 모르게(끊임없이)의 誤刻일 여지가 있으나 해독은 판본에 의할 것이다." 〈지형률(2007), 199면.〉

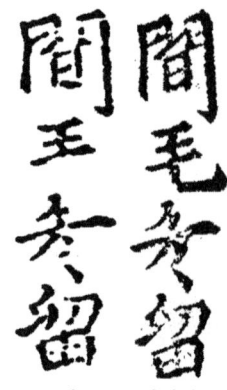

近世본
(20세기 印刊)

월정사본
(1865년 印刊)

참석하였던 지형률이 그 자리에서 월정사본 「보현십원가」의 해당 사진을 공개하면서 이 구절의 원 자형이 옆과 같이 '間毛冬留'로 되어 있음이 확인된 것이다.[40]

이후, 안정희는 本條의 "間毛冬留'와 「普賢11」의 '際毛冬留'에 나타나는 '毛冬留'를 모두 '無'의 향찰식 표기로 보아 공히 '없다'의 의미를 지니고 있는 어휘체로 다음과 같이 '시 없이'로 풀이하였는데, 해석의 적절성이나 구문의 일치성으로 미루어 볼 때, 타당성을 지닌 해독으로 인정된다.[41]

(際于萬隱德海肹) '(ㄹ 없는 부처님의 功德海를)' 間毛冬留讚伊白制 '시 없이 기리리라' 〈普賢2〉

(衆生叱邊衣于音毛) '(중생의 ㄹ이 없으매)' 際毛冬留願海伊過 'ㄹ 없이 願하리라' 〈普賢11〉 〈안정희(2011), 159면〉

한편, '間'은 正用字. 古訓은 '숫, 슻'이며, '無間'은 '숫 없ㅡ·ㅅ시 없ㅡ' 등으로 언해되어 나타난다.

間 숫 간 〈訓蒙字會〉, 間은 ㅅ시라 〈月印釋譜 07:20a〉

諸佛 供養이 그츨 숫 업스니 〈月印釋譜 07:58b〉

菩薩ㅅ 願을 發호되 ᄆᆞ매 그츨 숫 업시 홇디니 〈楞嚴經諺 07:23a〉

그츤 ㅅ시 업슬 씨 無間이라 일쿨고 〈月印釋譜 21:45a〉

(2) 讚伊白制 : 기리ᄉᆞᆸ져

'讚伊白制'는 '기리ᄉᆞᆸ져'를 표기한 것이다. '讚'의 훈은 '기리다'이며, '伊'는 '기리'의 말음첨기, '白'은 '공손선어말어미', '制'는 원망형 어말어미이다.

讚 기릴 찬 〈訓蒙字會·光州千字文 등〉

---

40) 확인과정에 대한 보다 자세한 정황은 김성주(2010)을 참조할 것.
41) 단, '毛冬留'를 '없이'라는 부사로 일괄 처리하며 「보현11」의 '願海' 역시 '願하다' 정도의 의미를 띤 구절로 보았는데, 이는 적절치 못하다. 〈XI.4.(1)-(2)〉조에서 再論한다.

讚은 기릴씨라 〈釋譜詳節 序:02a〉

如來ㅅ 알픽 偈를 술와 부텨를 기리ᅀᆞ오딕 (於如來前 說偈讚佛)

〈楞嚴經諺解 03:108b〉

誠實흔 마른 阿彌陁佛 기리ᅀᆞᄂᆞᆫ 마리라 〈月印釋譜 07:74b〉

'伊'가 'ㅣ'의 말음첨기로 사용됨은 기주 〈II.1.(2)〉. '白'이 'ᅀᆞ~ᅀᆞ'임은 향찰자 변증 59)항에서 다룬 바 있다. '制'는 향가 전체에 2회의 용례가 있으며, 모두 文末에 사용되었다. 사용된 위치, 음운적 유사성에 의해, 선초 문헌에 보이는 '願望'을 나타내는 '~져'의 古形으로 여겨지고 있다.

間毛冬留讚伊白制 〈普賢2〉

仏仏周物叱供爲白制 〈普賢3〉

善財 童子ㅣ 德雲 比丘 보ᅀᆞᆸ고져 ᄒᆞ야 〈南明集諺解 上:29b〉

命終ᄒᆞ야 兜率天에 가아 兜率天子ㅣ 드외야 世尊 뵈ᅀᆞᆸ고져 너겨

〈釋譜詳節 06:45a〉

이상, '기리ᅀᆞ져(기리고져)'.

II.9. 隔句 必只一毛叱德置 : 아으 비록 一毛ㅅ 德도

小倉進平(1929) : 隔句 반ᄃᆞ기 一毛ㅅ 德도
양주동 (1942) : 아으 비록 一毛ㅅ德두
김완진 (1980) : 아야 반득 一毛ㅅ 德도
양희철 (1988) : 隔句 비루 一毛ㅅ 德도
유창균 (1994) : 아라 반ᄃᆞ기 一毛ㅅ 德두
신재홍 (2000) : 아야 비록 一毛ㅅ 德두
박재민 (2002) : 아으 비록 一毛ㅅ 德도

(1) 隔句 : 아으

(2) 必只 : 비록

'必只'는 소창진평이 '반드기(반드시)'로 이해하였고, 양주동이 '비록'으로 이
해하였다. 후행 연구자들은 이 둘 중의 어느 하나를 취했다. 통사구조·문맥으
로 볼 때, 본조는 '비록'으로 파악하는 것이 타당하다.

향찰표기에서 '必'은 2회의 용례를 가지며 모두 '비록'의 의미를 나타내기 위해
사용되었다.

必只一毛叱德置   〈普賢2〉

必于化緣尽動賜隱乃   〈普賢7〉

먼저, '必于'는 소창진평이 밝혔듯이 이미 이두의 예에서 그 쓰임새가 확인된다.

婦人亦必于夫家得罪 被黜爲良置 (婦人雖與夫家義絶, 비록 – 해도)
〈大明律直解 01:15a〉

矣身必于無職無狀爲良置 (비록 – 해도)   〈光海朝日記, 癸丑 五月 十五日〉

위『대명률직해』에 나타난 '必于'는 원문의 '雖'에 대응하고 있기에 '비록'의
의미를 담고 있는 말임을 쉽게 알 수 있다. 『광해조일기』의 예도 '몸이 비록
無職無狀하야도' 정도의 의미를 담고 있음을 보여, '必于'가 차자표기에서 '비록'
의 의미를 담고 있는 말임을 재차 확인시킨다.

本條의 '必只' 역시 '비록'의 의미임이 분명하다. 먼저, 본조의 한역 부분에
이미 '縱'으로 나타나 있고,

縱未談窮一毛德 此心直待盡虛空   〈崔行歸의 漢譯詩, 均如傳〉

縱은 비록ㅎ논 쁘디오   〈月印釋譜 序:16b-17a〉

또한, 호응하여 후행하고 있는 문법소 '置'(必只 一毛叱 德置) 또한 이두, 선초
언해자료에서 '비록'에 호응하는 '～도'를 나타낸 것으로 볼 수 있기 때문이다.

婦人亦必于夫家得罪 被黜爲良置 (婦人雖與夫家義絶)   〈大明律直解 01:15a〉

내 아ᄃ리 비록 모디라도 사오나ᄫᆯ씨   〈月印釋譜 02:05b〉

비록 法을 몯보아도 ᄒᆞᆫ ᄆᆞᅀᆞᄆᆞ로 道理를 求ᄒᆞ야   〈月印釋譜 07:45a〉

이상, '必只'은 '비록'.

(3) 一毛叱德置 : 一毛ㅅ 德도

'一毛德'은 佛家에서 관용되는 용어이다.

> 於千佛刹微塵劫 讚歎汝身一毛德　微塵劫數猶可窮 汝身功德終無盡 (일천 부처 세계 티끌처럼 많은 劫동안 네 몸 一毛德을 찬탄한 대로, 티끌같은 많은 겁은 끝날지언정 너의 몸의 공덕은 끝끝내 다함 없으리.
>
> 〈40卷本 華嚴經, 第17卷〉
>
> ᄒᆞᆫ 터럭 ᄒᆞᆫ 토빈ᄃᆞᆯ 供養功德이 어느 ᄀᆞᇫ이시리　〈月印釋譜 04:52b〉

'叱'이 'ㅅ'에 해당하는 차자임은 향찰자 변증 139)항을 볼 것.

'置'는 『鄕藥救急方』 등의 차자자료에서도 '도·두'음을 표기하기 위하여 사용된 용례가 있고, 향가에서도 문맥상 '도·두'의 음이 필요한 곳에 위치하여 같은 음임을 확신케 한다. 구결에서는 '置'대신 'ㄲ'를 사용하였으나 같은 음이다.

> 癮疹　豆等良只 置等ㅅ只　〈鄕藥救急方〉
>
> 癮　두드러기 은　〈訓蒙字會〉
>
> 爲乙吾置同生同死 (ᄒᆞᆯ 나도)　〈普賢9〉
>
> 懺爲如乎仁惡寸業置 (惡業도)　〈普賢8〉
>
> 皆仏体置 然叱爲賜隱伊留兮 (佛體도)　〈普賢8〉

구결에서 보이는 'ㄲ'와 향찰에서 보이는 '置'의 等價性은 상례한 「普賢8」과 다음 구절의 일치로 정확히 문증된다.

> 皆　仏体置　然叱爲賜隱伊留兮　〈普賢8〉
> (無量의　佛體도　그럿ᄒᆞ샨 이로혀)
>
> 菩薩ㄕ　功德聚 亦ㄲ 然ㄷㄲㄱㅣ　〈華嚴經 14:14〉
> (菩薩　功德聚　도 그럿ᄒᆞ겨다)
>
> 作樂ノㄕㄲ　亦ㄲㄱ 然ㄷㄲ二下　〈舊譯仁王經 03:12〉
> (作樂홈도　또한　그럿ᄒᆞ시하)

菩薩ㅌ 觀ㄲ 亦ッㄱ 然ㅌッナ丨 〈舊譯仁王經 15:10〉
(菩薩ㅅ 觀도 또한 그럿하겨다)

이상의 모두는 '~도 그러하다'라는 관용구를 표기한 것이다.

한편, '置'가 '도·두'의 음을 나타내게 된 것은 '置'의 訓에서 말미암은 것이며, 'ㄲ'가 '도·두'의 음을 나타내게 된 것은 '刀'의 音에서 말미암은 것이다.

置 둘 티 〈新增類合〉 刀 갈 도 〈新增類合 등〉

이상, '一毛ㅅ 德도'.

II.10. 毛等尽良白乎隱乃兮 : 모둘 다아 숣온 나혀

小倉進平(1929) : 모두어 다ᄋᆞ아 숣온네
양주동 (1942) : 몯둘 다아 숣보뇌
김완진 (1980) : 모둘 다ᄋᆞ라 숣본 너여
양희철 (1988) : 모둘 다ᄋᆞ 숣본 너여(兮)
유창균 (1994) : 모둘 다라 숣본 나혀
신재홍 (2000) : 모둘 다아 숣본 ᄂᆡ혀
박재민 (2002) : 모둘 다아 숣본 나로구나

(1) 毛等 : 모둘(못)

이것이 향찰에서 관찰되는 부정어 '못(毛冬)'의 이형태일 것이란 추정이 양주동에 의해 이루어졌다. 실제로 '等'과 '冬'은 음운상 유사성이 있으며, 최행귀의 한역시를 보더라도 이것이 부정사 '못(未)'을 나타낸 것이 자명하다.

必只一毛叱德置 毛等尽良白乎隱乃兮 (비록 一毛ㅅ 德도 '못[毛等]' 다 사뢴 나여) 〈普賢2〉

縱未談窮一毛德 此心直待盡虛空 (비록 一毛德도 다 말하지 못할지라도 이내 마음은 허공계 다하도록 오로지 계속하리라.) 〈崔行歸의 漢譯詩, 均如傳〉

한편, '毛冬'은 향찰에서뿐만 아니라 이두문에서도 사용되었음이 이승재(1992:87면)에 의해 알려졌는데, 아래가 그 유일례이다.

右職賞分以 酬答 毛冬 教功業是去有在等以 三韓後壁上功臣 一例以錄券加
施行 敎是遣   〈尙書都官貼 46~48〉

향찰표기에 '毛等·毛冬'은 총 7회 나타나는데,

　毛冬居叱沙哭屋尸以憂音   〈慕竹旨郞歌〉

　雪是毛冬乃乎尸花判也   〈讚耆婆郞歌〉

　去奴隱處毛冬乎丁   〈祭亡妹歌〉

　毛等尽良白手隱乃兮   〈普賢2〉

　間毛冬留讚伊白制   〈普賢2〉

　善芽毛冬長乙隱   〈普賢6〉

　際毛冬留願海伊過   〈普賢11〉

「普賢6」의 경우, "善芽를 못 기른"으로 해독되어 본조의 의미와 정확히 일치
하고, 「普賢2」와 「普賢11」의 경우도 "숲 모두로(쉼 없이) 기리숩져", "끝 모두로
(끝 없는) 願海이고"로 되어 의미가 상통함을 본다. 이상, '모들'.

(2) 尽良 : 다아

尽[盡]은 正用字. 古訓은 '다ᄋ다'이다.

　盡 다ᄋᆯ 진   〈石峰千字文〉

　盡은 다ᄋᆯ씨라   〈釋譜詳節 序:02a〉

　福이 다아 衰ᄒᆞ면   〈月印釋譜 01:21b〉

최행귀의 한역시에서는 '窮'으로 바뀌어 나타난다.

　必只一毛叱德置　毛等尽良白乎隱乃兮   〈普賢2〉
　縱未談窮一毛德 此心直待盡虛空 (비록 한 터럭만큼도 그 덕을 다 말하지 못
　할지라도 이내 마음은 허공계 다하도록 오로지 계속하리라.)
                                              〈崔行歸의 漢譯詩, 均如傳〉

구결에도 '盡良'과 흡사한 형태로, '窮良'이 나타나 표기적 친연성을 보여준다.

二諦理ㄴ 窮氵 一切之ㄴ 盡氵ニ기ㅅ一ㅣ氵ㅣ   〈舊譯仁王經 11:2〉

본조의 '盡良'이나 구결의 '窮良'은 모두 '다아'로 읽힌다.

(3) 白乎隱乃兮 : 숣온 나혀

본조의 '白'은 正用字로 '말하다'의 의미(〈기주 2.2.(2)〉)로 사용되었다. 최행귀는 한역시에서 '談'으로 표현하였다.

縱未談窮一毛德 (비록 한 터럭만큼도 그 덕을 다 말하지 못할지라도)

〈崔行歸의 漢譯詩, 均如傳〉

'乎隱'이 '온'임은 기주 〈I.2.(2)〉.

'乃兮'는 난해구로 그간 연구자들의 고심처가 되어 왔다. 소창진평은 兩字를 '네'로 읽어 '詠歎'의 종결어미로 보았고, 양주동은 '뇌'로 읽어 '노이다'에서 '다'가 생략된 형태로 보았다. 이후 정열모·김준영이 '나(吾)여'로 읽었고 김완진이 이에 근본하여 '너(汝)여'로 고쳐 읽었다. 유창균은 다시 초기연구자들의 견해를 따라 '乃兮'를 단음절로 처리하여 감탄의 종결사 '혜'로 파악하였다.

이 중, '乃'를 '나(我)'로 본 정열모·김준영의 견해는 통사적·음운적·문맥적으로 인정된다. 우선, 前句의 '白乎隱'은 '~숣온'의 의미이기에 後句에 수식할 체언을 필요로 하는데, 본조 '白乎隱 乃'에 나타난 '乃'는 '나~내'에 준하는 음으로,

百合	犬伊那里根, 犬乃里花	〈郷藥救急方〉
	개 나리뿌리 개나리꽃	〈大漢韓辭典〉
蒡藶子	豆衣乃耳 豆音矣薺	〈郷藥救急方〉
薺	나싀 제	〈訓蒙字會〉

'我'의 훈 '나'를 만족시킨다.

문맥적으로 살필 때에도 이곳의 '乃'는 '나'임이 추정된다. '나(我)'는 詩意상 '一毛의 德도 말 못함'의 주체가 되는데, 일반적으로 이러한 謙辭는 주체가 '나'가 아니고서는 쓰일 수 없는 말이다. 다음 『40卷本 華嚴經』의 용례는 이러한 내용의 구문에서는 주체가 필연적으로 '我'와 연결될 수밖에 없음을 잘 보여준다.

我向爲仁纏說大王一毛功德 其餘王德深廣難陳 我智微淺 何能思說 (내가 지금 당신에게 말한 것은 겨우 王의 一毛功德을 말하였을 뿐입니다. 그 나머지 王의 功德은 깊고 넓어서 이루 다 말할 수 없으며, 또 나의 지혜가 얕으니 어찌 모두 생각하고 모두 말하겠습니까?) 〈40卷本 華嚴經, 第12卷〉

최행귀의 한역시에 나타난 화자와 「보현행원품」의 서술 주체를 보아도 이 구절의 주체는 '나'임임 자명하다. 아래와 같이 '此心[이 내 마음]' 혹은 '我'로 나타나고 있음이 거듭 확인되기 때문이다.

必只一毛叱德置 毛等盡良白乎隱乃兮 〈普賢2〉

縱未談窮一毛德 此心直待盡虛空 (비록 一毛德도 다 말하지 못했지만, 이 마음[내 마음]은 허공계 다하도록 오로지 계속하리라)〈崔行歸의 漢譯詩, 均如傳〉

我此禮敬無有窮盡 (나의 禮敬은 다함이 없으리)

〈普賢行願品, 40卷本 華嚴經 第40卷〉

한편, 만약 '乃兮'가 '나로구나'의 의미라면, 당대인들이 왜 '吾兮'를 쓰지 않았을까란 의구가 들 수도 있다. 하지만, 완전한 表音만으로 전혀 다른 의미의 訓을 나타내는 방식은 향찰에서 드물지 않게 보이는 것으로 몇 예를 들면 다음과 같다.

十方叱 仏体 闕遣只賜立 (알곡사서, 아십시오.) 〈普賢4〉

於內人衣善陵等沙 (어닉, 어찌) 〈普賢5〉

菩提叱菓音烏乙反隱 (오올본, 완전한) 〈普賢6〉

手乙寶非鳴良尔 (보비, 비벼) 〈普賢7〉

위를 보면 '知遣只賜立'로 표기되어야 마땅할 곳이 '闕遣只賜立'로, '何內'로 되었으면 이해가 쉬웠을 곳이 '於內'로, '全乙反隱[42]'으로 되었으면 좋았을 곳이 '烏乙反隱'로, '攢非[43]'로 되었어야 할 곳이 '寶非'로 표기되는 있는 것이다. 즉, 보다 명료한 표기법을 두고도 수의적으로 음차자만으로 어떤 의미를 표기하기도 했던 정황을 확인할 수 있는 것이다. 이 구절도 이와 같은 궤의 용법으로 판단된다. 이상, '乃'는 '나(我)'.

---

42) 全 오을 전 〈新增類合〉
43) 攢 손을 부븨다 〈韓佛字典〉

현대어역

'乃兮'의 '兮'는 한문적 용법으로 사용된 것으로 '감탄·강한 단정'을 나타낸다.
'兮'는 향찰에서 본조를 포함하여 총 2회 나타나는데, 모두 문말에 위치한다.

皆仏体置然叱爲賜隱伊留兮   〈普賢8〉

이는 향찰의 '也'와 같이, 한문적 요소가 향찰 표기에 활용된 흔적으로 여겨진
다. '也' 역시 거의 한자어와 결합하여 모두 文末에 나타남은 〈II.2.(1)〉참조.

현대어역

<稱讚如來歌>   <여래를 찬양하는 노래>

今日部伊冬衣   오늘 무리들의
南无佛也白孫舌良衣   "나무불이여!" 아뢴 혀에
无尽辯才叱海等   끝없는 辯才 바다
一念惡中涌出去良   한 순간에 솟아나는구나!

塵塵虛物叱邀呂白乎隱   티끌 수 세계 속 중생들이 모신
功德叱身乙對爲白惡只   공덕ㅅ 몸을 대하여
際于萬隱德海肹   끝없는 공덕의 바다를
間毛冬留讚伊白制   쉬지 않고 기리리라.

隔句 必只一毛叱德置   아으, 비록 한 터럭의 덕도
毛等尽良白乎隱乃兮   못 다 사뢴 나我로구나.

Ⅲ. 廣修供養歌

火條^{화됴}執音^심馬^머　　　　　　火條 심마
仏前^{불젼}灯^등乙^을直^디体^티良^어焉^ㄴ多^다衣^이　　仏前灯을 디티언대
灯炷^{등주}隱^는須弥^{슈미}也^여　　　　灯炷는 須弥여
灯油^{등유}隱^는大海^{대힉}逸^留去^거耶^라　　灯油는 大海이로거라
手^숀焉^은法界^{법계}毛^모叱色^{도록}只^기爲^ㅎ㢱^며　소ᄂ 法界 못도록 ᄒ며
手^숀良^애每^마如^다法^법叱供^공乙^을留^로　소내마다 法ㅅ供ᄋ로
法界^{법계}滿^ᄎ賜^시仁^ㄴ仏体^{부텨}　　法界 ᄎ신 부텨
仏仏^{불불}周^{두루}物^믈叱供^공爲^ㅎ白^ᄉ制^져　仏仏 두루 物ㅅ供흡져
阿耶^{아으} 法供^{법공}沙^사叱多^하奈^나　아으 法供사ㅅ 하나
伊^이於^이衣^의波^바最勝供^{쳐승공}也^야　이이의바 最勝供야

〈「廣修供養歌」, 『均如傳』〉

至誠明照仏前灯　　지극한 정성으로 佛前에 등불 밝히니
願此香籠法界興　　이 향연이 법계 가득 일어나길 원하도다.
香似妙峯雲靉靆　　향은 마치 수미산에 구름 서린 듯하고
油如大海水洪澄　　기름은 큰 바다에 맑은 물결 치듯 하네.
攝生代苦心常切　　중생을 거두고 그 고통 대신할 마음 늘상 간절하고
利物修行力漸增　　만물을 이롭게 할 수행의 힘은 커져만 간다.
餘供取齊斯法供　　다른 공양 가져다가 이 법공양에 견준다면
直饒千万摠難勝　　천만 개를 가져와도 이기기가 어렵도다.

〈崔行歸의 漢譯詩,「廣修供養頌」, 『均如傳』〉

復次善男子 言廣修供養者 所有盡法界 虛空界 十方三世一切佛刹極微塵中 一一
各有一切世界極微塵數佛 一一佛所 種種菩薩海會圍遶 我以普賢行願力故 起深
信解 現前知見 悉以上妙諸供養具 而爲供養 所謂華雲鬘雲 天音樂雲 天傘蓋雲

天衣服雲 天種種香塗香燒香末香 如是等雲 一一量如須彌山王 然種種燈 酥燈油
燈諸香油燈 一一燈炷 如須彌山 一一燈油 如大海水 以如是等諸供養具 常爲供
養 善男子 諸供養中 法供養最 所謂如說修行供養 利益衆生供養 攝受衆生供養
代衆生苦供養 勤修善根供養 不捨菩薩業供養 不離菩提心供養 善男子 如前供養
無量功德 比法供養 一念功德 百分不及一 千分不及一 百千俱胝那由他分 迦羅
分 算分 數分 諭分 優婆尼沙陀分 亦不及一 何以故 以諸如來尊重法故 以如說修
行出生諸佛故 若諸菩薩 行法供養 則得成就供養如來 如是修行 是眞供養故 此
廣大最勝供養 虛空界盡 衆生界盡 衆生業盡 衆生煩惱盡 我供乃盡 而虛空界 乃
至煩惱 不可盡故 我此供養 亦無有盡 念念相續無有間斷 身語意業無有疲厭[44]

〈普賢行願品,『40卷本 華嚴經』의 第40卷〉

以諸最勝妙華鬘　　妓樂塗香及傘蓋　　如是最勝莊嚴具　　我以供養諸如來
最勝衣服最勝香　　末香燒香與燈燭　　一一皆如妙高聚　　我悉供養諸如來

---

[44] "또 선남자여, 여러 가지로 공양하는 것은, 온 법계 허공계에 있는 시방 삼세 모든 세계의
티끌 속에 낱낱이 모든 세계의 티끌 수 부처님이 있고, 부처님 계신 데마다 가지가지 보살
대중이 둘러 모신 것을 보현의 수행과 서원의 힘으로 눈앞에 계신 듯이 뵈옵고 모두 훌륭한
공양거리로 공양하나니, 이른바 꽃구름·화만구름·하늘 음악 구름·하늘 일산구름·하늘
의복구름과 여러 가지 하늘 향과 바르는 향과 사르는 향과 가루 향 따위의 구름이 낱낱이
크기가 수미산 같으며 여러 가지 등을 켜는데, 우유 등·기름 등·향유 등 따위가 심지는
수미산 같고, 등의 기름은 바닷물 같은 이러한 공양거리로 항상 공양하느니라.
　선남자여, 모든 공양 가운데는 법공양이 으뜸이니, 말씀한 대로 수행하는 공양, 중생들을
이롭게 하는 공양, 중생들을 거두어 주는 공양, 중생들의 고통을 대신 받는 공양, 선근을
닦는 공양, 보살의 할 일을 버리지 않는 공양, 보리심을 여의지 않는 공양이니라.
　선남자여, 앞에 말한 여러 가지로 공양한 공덕을 법공양에 비교하면, 잠깐 동안 법공양
한 공덕보다 백분의 일도 되지 못하고, 천분의 일도 되지 못하고, 백천 구지 나유타분의
일도, 가라분의 일도, 산분(算分)의 일도, 수분(數分)의 일도, 비유분의 일도, 우바니사타분
의 일도 되지 못하느니라.
　왜냐하면, 모든 부처님들은 법을 존중하는 연고며, 말씀한 대로 수행함이 부처님을 내는
연고며, 만일 보살들이 법공양을 행하면 부처님께 공양함을 성취하는 것이니, 이렇게 수행함
이 진실한 공양인 연고니라. 이 넓고 크고 훌륭한 공양은 허공계가 끝나고 중생의 세계가
끝나고 중생의 업이 끝나고 중생의 번뇌가 끝나면 나의 공양이 끝나려니와, 허공계와 내지
중생의 번뇌가 끝날 수 없으므로 나의 공양도 끝나지 아니하고, 차례차례 계속하여 잠깐도
쉬지 아니하지마는, 몸과 말과 뜻으로 하는 일은 조금도 고달프거나 만족하지 않느니라."
〈『한글대장경 45 - 대방광불화엄경 40권본』, 동국역경원, 1970, 598면.〉

我以廣大勝解心　深信一切三世佛　悉以普賢行願力　普遍供養諸如來[45]

〈普賢行願品, 偈, 『40卷本 華嚴經』의 第40卷〉

Ⅲ.1. 火條執音馬：火條 심마

小倉進平(1929)：火箸를 잡음에
양주동　(1942)：브져 자브며
김완진　(1980)：블 줄 자브마
양희철　(1988)：火條 자브마
유창균　(1994)：블더 주므르마
신재홍　(2000)：브져 움마
박재민　(2002)：횃불 잡아
김유범[46](2010)：火條 주머

(1) 火條：횃불

'火條'는 正用字. 字義 그대로 '불가지'를 나타낸 말로, 현대어 '등불을 지피는 데 사용하는 횃불'에 해당한다. 소창진평(1929:66면), 양주동(1942:722-723면)은 음의 유사성에서 '火條'를 '火箸'로 보았고, 김준영(1979:194면)은 '불을 옮겨 붙이는 작은 나뭇가지'로 보았으며, 김완진(1980:170-171면)은 '火燈을 매단 줄', 김유범(2010:55면)은 '불가지: 잦아든 등불의 심지를 곧추세우는 도구'로 보았다. 「普賢十願歌」의 본조 외에는 용례가 보이지 않는 단어이므로, 연구자들의 견해 역시 문맥과 정황을 고려하여 이루어졌다. 소창진평·양주동의 '부지깽이'는 후행구 '仏前灯乙 直體'을 '등불을 고치다'로 誤解하였기에 생겨난 견해이며 - 설령 '등불을 고치다'로 이해한다 하더라도 이것이 부지깽이가 되긴 어렵다,

---

45) "가장 좋고 아름다운 모든 화만과 / 좋은 풍류 바르는 향 온갖 일산과 / 이와 같이 훌륭하온 공양거리로 / 한량없는 부처님께 공양하오며 / 가장 좋은 의복들과 가장 좋은 향 / 가루향과 사르는 향 등과 촛불이 / 하나하나 수미산과 같은 것으로 / 한량없는 부처님께 공양하오며 / 넓고 크고 잘 깨닫는 이내 맘으로 / 삼세의 모은 여래 깊이 믿삽고 / 보현보살 행과 원의 위신력으로 / 두루두루 부처님께 공양하오리 〈『한글대장경 45 - 대방광불화엄경 40권본』, 동국역경원, 1970, 604면.〉

46) 김유범, 「均如의 鄕歌 '廣修供養歌' 解讀」, 『口訣研究』 第25輯, 口訣學會, 2010. 8.

김완진의 '燈을 매단 노끈' 역시 '등불을 고치기 위해 燈을 달고 있는 줄을 잡을 것'이라는 정황을 무리하게 예상하여 생겨난 해독이다.

후행하는 '燈炷·燈油' 등의 어휘를 볼 때, '火條'의 '火'는 한자어 본연의 용법으로 사용된 것이고, '條' 또한 향찰표기 전체 중 본조에서 1회 사용되었을 뿐 차자표기 전체에서 그 용례가 보이지 않기에 한자어의 본 의미대로 사용된 걸로 추정된다. 두 글자의 본 의미를 살릴 때, '火條'의 의미는 '불가지' 혹은 '불올(불심지)이다.

火 블 화		〈新增類合·訓蒙字會 등〉
條 가지 됴		〈新增類合·訓蒙字會〉
條 올 됴		〈石峯千字文·光州千字文〉

이 두 의미 중, '불가지'가 문맥상·佛家의 관습상 더 개연성 있는 의미로 단정된다. 문맥으로 볼 때, '火條를 잡으며'는 후행하는 '佛前燈을 피우는데'라는 구절과 의미상 자연스레 이어지고, 부처를 燈으로 공양하는 불가의 관습으로 볼 때도 '불을 지피는 나뭇가지'의 의미를 만족시킨다. 佛前에 갖가지의 燈을 피울 때, 대나무나 나무로 된 '횃불[炬明]'을 이용해 여러 燈에 불을 지피곤 했던 것이다. 다음 자료는 그 정황을 잘 보여주고 있다.

執持燈明供養佛 以燈供養諸佛故 得成最勝世間燈 然諸香油及酥燈 或以竹木爲炬明 以能然此諸燈明 得是清淨妙光明 (燈을 밝혀 들고서 부처님을 공양하라. 燈으로 모든 부처님을 공양하는 까닭에 세상에서 가장 밝은 燈을 이룰 수 있다. 여러 香油와 酥燈을 태우는데 혹은 대나무와 나무로 횃불[炬明]을 만들고 그것으로써 이 모든 燈을 태워 밝힘으로써 清淨妙光明을 얻을 수 있다.) 〈60卷本 華嚴經, 第6卷〉

이 때, '대나무와 나무로 만든 炬'는 '횃불'로 현대어역될 수 있는데, 선초 언해문에 다음과 같이 나타나기 때문이다.

炬 홰 거		〈訓蒙字會〉
燭曰火炬		〈鷄林類事〉
炬는 홰라		〈月印釋譜 18:69b〉
慧炬는 智慧 홰니		〈釋譜詳節 20:35b〉

이상, 횃불47).

(2) 執音馬 : 심마

'執'은 正用字. 흔히 알려진 古訓은 '잡다'이다.

執 자눌 집   〈新增類合 등〉
執은 자눌씨오   〈月印釋譜 序:22b〉
執取는 자바 가질씨니   〈楞嚴經諺解 04:16a〉

'執'은 향찰에서 '執音'의 형태로만 나타나는데, 2회의 예가 있다.

執音乎手母牛放教遣   〈獻花歌〉
火條執音馬   〈普賢3〉

연구자들 모두 '잡다'의 의미로 파악한 건 공통이나, 다만, '執音'의 말음 '音'의 반영 현상에 대하여는 고심하였다. 김완진은 지속태의 접미사 '音(음)'이 들어간

---

47) 한편, '火條를 잡는대[執]'란 구문의 '執'에 주목해 볼 때, 선행한 '火條'는 횃불일 수도, '등불'일 수도 있다. 불경에 보이는 용례를 근거로 할 때, 부처를 공양하는 정황에서 '執'의 대상은 '횃불'로도 '등불'로도 나타남을 본다.

【執炬】
足行諸神 持寶蓮華隨捧其足 無盡光主火神 執持寶炬舒光照耀 …… 須彌藏主山神 合掌作禮 無礙力主風神 散衆香華 (足行諸神은 연꽃을 들고 따라다니면서 발을 받들고, 無盡光主火神은 보배 횃불을 잡아 밝게 비추고, 須彌藏主山神은 합장하여 절하고 無礙力主風神은 향기로운 꽃을 흩는다) 〈40卷本 華嚴經, 第9卷〉

【執燈】
此光覺悟一切衆 이 광명이 일체 중생을 일깨워
令執燈明供養佛 등불 잡아 부처님을 공양케 하며
以燈供養諸佛故 등불로 여러 부처 공양하는 까닭으로
得成世中無上燈 세상에 더 없는 등이 됨을 얻으리라.
然諸油燈及酥燈 여러 기름 燈과 우유 燈을 사르고
亦然種種諸明炬 또 갖가지 밝은 횃불을 태워
衆香妙藥上寶燭 여러 향과 묘약과 보배 촛불로
以是供佛獲此光 부처님을 공양하여 이 광명을 얻으리라. 〈80卷本 華嚴經, 第15卷〉
하지만, 본조의 경우 '佛前燈'은 '지펴(直體良)'의 목적어로 나타나므로, '執'의 목적어가 될 수 없다. 그렇기에 '火條'는 '횃불[炬]'일 수밖에 없는 것이다.

걸로 보았고, 유창균은 '줌(捗·把·握·주무르다)'으로, 신재홍은 '움(움켜쥐다)', 최근 김유범은 '주먹[拳]'의 동사형 '줌-'으로 보는 입장을 취했다. 결국 대부분의 업적에서 '잡다'를 의미하는 말이면서 동시에 어간에 'ㅁ'말음을 취하는 동사를 찾는 노력을 해 온 것으로 요약될 수 있다. 그러나 아직 '執'의 고훈이 무엇이길래 말음 '音'이 왔는지는 여전히 의문이다. 구결에 더러 나타나는 '執'에서도 '音'이 동반되지는 않는다.

手ㅅ十 楊枝ㄴ 執ㅊㄱㅣ十ㄱ 〈華嚴經 04:10〉

手ㅅ十 錫杖 執ㅎㄱㅣ十ㄱ 〈華嚴經 04:17〉

결국 '執音'의 말음 '音'은 미궁에 빠져 있었던 셈이다.

그런데, 우리는 다음의 문헌과 방언에서 보이는 '잡다'의 의미를 띤 '심다·심기다'에 주목할 필요가 있다.

(ㄱ) 심다

한 산쟁이가 이 흰 사심을 쏘아 <u>심것다</u>고 백록담에 올라가서

〈任晳宰全集9, 『韓國口傳說話』, 全羅南道 濟州道篇, 평민사, 1992, 202면.〉

목사는 이 이뿐 처녀가 탐이 나서 나무꾼 총각을 <u>심어다가</u> 옥에 가두엇수다

〈上同, 203면.〉

아침도 벤벤히 묵지 못햇다고 합니다. 土城을 쌀라고 땅을 파민 지렝이나 딸벌레가 나오는디 이런 지렝이니 딸벌레를 <u>심어서</u> 묵음서 쌋다고 합니다.

〈上同, 204면.〉

굴 안에서 커다란 비암이 나와서 처녀를 <u>심어묵을</u>라고 햇수다 〈上同, 206면.〉

불량흔 놈 만나서 그자(그저) 홀목(팔목) 흔번 <u>심짐뿐</u>(잡히기 뿐) 허였습니다.

〈한국정신문화연구원, 한국구비문학대계 9-2, 제주도편, 1981, 32면.〉

(ㄴ) 심기다

<u>손 심기샤믄 자바 니ᄅᆞ시논</u> 뜨디라 〈法華經諺解 07:177b〉

즌믄 化佛와로 흔쁴 <u>소ᄂᆞᆯ 심기시리니</u> 〈月印釋譜 08:51a〉

부텨와 부텨왜 <u>소ᄂᆞᆯ 심기</u>시며 光明과 光明괘 서르 니ᅀᅳ실ᄊᆡ

〈法華經諺解 02:39b〉

法華 上乘은 부텨와 부텨왜 <u>소놀 심기시ᄂᆞ니</u> 간대로 니ᄅᆞ시면 衆心이 놀라
疑心ᄒᆞ리   〈法華經諺解 05:60a〉

佛佛이 <u>손 심기시논</u> 要ㅣ 이 ᄯᆞ르민ᄃᆞᆯ 불기시니   〈法華經諺解 06:118a〉

(ㄱ)의 용례는 제주도 방언에서 취한 것으로 공히 '잡다'라는 의미를 위해 '심다'
라는 동사를 사용하고 있는 것을 본다. 각각 '잡겠다고 · 잡아다가 · 잡아서 · 잡
아 먹으려고 · 잡히기'란 의미로 '심컷다고 · 심어다가 · 심어서 · 심어묵을라고 ·
심짐'을 쓰고 있는 것이다. 그렇다면, 혹 이 '심-'이 그간 우리가 찾고자 하는
'執(잡다)'의 고어가 아닐까?

(ㄴ) 역시 마찬가지의 근거가 되어 준다. '손(을) 심기-' 형태로 되어 있지만
그 의미는 모두 '손(을) 잡-'임을 보는 것이다.

이로 본서는 이 '심-' 혹은 '심기-'를 '執音-'에 대응시키는 것이 최선의 해독이
라 판단한다. 의미가 일치하고, 형태적으로도 어간의 'ㅁ'을 잘 반영하고 있기
때문이다.

한편, '馬'는 '마'음을 위해 사용된 것인데 향찰에 4회 사용된 '馬'는 모두 음을
위한 표기이다.

本矣吾下<u>是如馬</u>於隱 (이다마란)   〈處容歌〉

<u>塵塵馬</u>洛仏体叱刹亦 (塵塵마락)   〈普賢1〉

<u>得賜伊馬</u>落人米無叱昆 (得사리마락)   〈普賢5〉

火條<u>執音馬</u> (심마*)   〈普賢3〉

본조의 '馬'역시 '執音'에 연결형 어미 '~아'가 결합한 '마'음을 위하여 표기되
었다. 말음이 'ㅁ'인 단어에 모음이 연결될 때, 이것이 중복 결합하는 경우는 정
음 자료에 흔하다.

내 님믈 그리ᅀᆞ와 우니다니   〈井邑詞, 樂學軌範〉

아리 셰간 논호련 ᄆᆞ含미 아니러니   〈玉山書院本 二倫行實圖 21a〉

이상, '執音馬'는 '심마', 현대어 '잡아'의 의미이다.

Ⅲ.2. 仏前灯乙直体良焉多衣 : 佛前 燈을 디티언대

小倉進平(1929) : 부텨 앏 등잔을 고티느대
양주동 (1942) : 佛前燈을 고티란대
김완진 (1980) : 佛前燈을 고티란딕
유창균 (1994) : 佛前燈을 고텨란대
양희철 (1988) : 佛前 灯을 고티(直體)란 득(多)이
신재홍 (2000) : 佛前 燈을 고티란딕
박재민 (2002) : 佛前燈을 지피온대
김유범 (2010) : 佛前燈을 고텬 다이

(1) 仏前灯乙 : 佛前(에) 燈을

'佛前燈'은 正用字. 최행귀의 漢譯詩에서도 동일하게 나타난다.

至誠明照仏前灯 (지성으로 佛前에 燈을 밝히며) 〈崔行歸의 漢譯詩, 均如傳〉

'佛前燈'은 부처 앞에서 피우는 '酥燈'과 '油燈'과 여러 '香油燈' 등을 말한다. 「普賢行願品」에서는, 부처 앞에 등을 피우는 것을 '供養거리'의 하나로 규정하고 있다. 이러한 노랫말은 「廣修供養歌」라는 노래의 제목과도 잘 호응되는 것이기도 하다.

悉以上妙諸供養具 而爲供養 …… 然種種燈 酥燈油燈諸香油燈 一一燈炷 如須彌山 一一燈油 如大海水 以如是等諸供養具 常爲供養 (모두 훌륭한 공양거리[供養具]로 공양하나니…… 갖가지 燈을 피우니, 酥燈과 油燈과 여러 香油燈이 하나하나의 심지가 수미산 같고, 하나하나의 기름은 大海의 물 같으니, 이러한 공양거리로 항상 공양하느니라.) 〈普賢行願品, 40卷本 華嚴經, 第40卷〉

'乙'이 목적격 '을·를'을 위하여 사용됨은 향찰자 변증 109)항을 참조할 것. 이상, '佛前 燈을'. '佛前에 燈을'.

(2) 直體良焉多衣 : 디티언대 (지피온대·피우온대)

그간의 연구자들은 모두 소창진평의 '고치다'를 따랐다. '直'의 훈 '곧', '體'의 음 '티~톄'가 우연히 '고티·고텨'에 일치했기 때문이다. 하지만, 다시 생각해

보면 이곳은 문맥상 '燈을 고치다'의 의미가 올 자리가 아니다. 香이 나도록 佛前에 燈을 '피우는'의 의미로 파악해야 한다. 문맥상 그러하고, 상례했듯이 佛家에서는 대나무나 나무로 된 횃불로 燈에 불을 지펴 부처께 공양하는 습관이 존재했었으며, 또 최행귀의 한역시에서도 단순히 '燈을 밝히다'로 되어 있기 때문이다.

至誠明照佛前燈 (지성으로 佛前에 燈을 밝히며) 〈崔行歸의 漢譯詩, 均如傳〉

결국, '直體'는 불을 '피우다 · 지피다' 정도의 의미를 표기한 것으로 보인다. 이는 음운적, 혹은 어휘적으로도 뒷받침되는 증거가 있다.

爨 블 디들 찬   〈訓蒙字會〉

손소 블 디더 祭 밍ᄀ더라   〈飜譯小學 07:48〉

믈누의 병ᄒ엿거든 반ᄃᆞ시 친히 블 디더 죽을 글히더니   〈飜譯小學 09:79〉

기름 브ᄉᆞᆫ 가마애 녀코 브를 오래 딛다가 둡게를 여러보니 〈釋譜詳節 24:16a〉

상례에서 보듯이, 불을 '피우다'의 古語는 '딛다'인데, 이것의 어간에 사동의 '히'가 결합하여 본조와 같이 '直體-디티'로 표기된 것이다. 이때, '直'은 '딕~디' 정도의 변폭을 가지는 것으로 보인다.

直 고들 딕   〈新增類合 · 訓蒙字會〉

屈旨縣一云屈直   〈三國史記 卷37, 志6, 地理〉

상례에서 보듯이, '直'은 고음은 '딕'이며, 『三國史記』의 예에서 보듯이 말음 'ㄱ'이 탈락된 채, '디'음에 사용되기도 한다. 따라서 본조의 '直'이 '디'를 위한 표기로 사용되었을 가능성은 열려 있다.

'體'는 '티'음을 나타내었다. '불딛다'에 사동접사 '히'가 개입되어 '불디티다'로 된 것으로 파악한다. 언해표기에서는 상례와 같이 모두 '딛다'로만 나타나지만, 현대어의 불을 '지피다'라는 단어가 '불을 딛다'의 사동형 '불을 딛히다'에서 왔다는 점에 착안해 볼 때, 가능한 용법이 된다. 이상, '直體'는 '디티'.

'良焉多衣'는 '언대'로 읽힌다. '良'이 '아~라~량'의 음역에서 쓰였음은 기주 〈Ⅰ.4.(3)〉. '焉'이 '隱'과 같은 음으로 'ㄴ'음에 혼용되었음은 〈Ⅲ.5.(1)〉 참조. '多'는 차자표기에서 '다'음을 위하여 사용된 예가 있으며,

楮	多只, 茶只葉	〈鄕藥救急方〉
楮	닥 뎌	〈新增類合·訓蒙字會〉
熨斗	多里甫伊 多里甫里	〈鄕藥救急方〉
熨	다리우리 울	〈訓蒙字會〉

향찰에서도 '다'음 표기를 위해 사용된 음차자로 인정된다.

君如臣多支民隱如	(臣다히)	〈安民歌〉
彗星也白反也人是有叱多	(잇다)	〈彗星歌〉
吾焉頓部叱逐好支伊音叱多	(임짜)	〈普賢8〉

'衣'가 '이'임은 기주 〈Ⅰ.2.(4)〉.

따라서 본조는 '은대·언대'가 되는데, 이는 구결에 일치하는 용례가 있다.

若ㄴ 五欲ㄴ 得ㅑㄱㅣ十ㄱ 當願衆生　　　　〈華嚴經 02:22〉
(만약 五欲을 얻은댄　　　當願衆生)

手ㅑ十 錫杖 執ㅑㄱㅣ十ㄱ 當願衆生　　　　〈華嚴經 04:17〉
(손에　錫杖을 잡은댄　　當願衆生)

高ㄱㅑ十 昇ノㅅㄴ 路ㄴ 見ㅑㄱㅣ十ㄱ 當願衆生　〈華嚴經 04:22〉
(높은데　昇할　길을 보은댄　　當願衆生)

구결에서는 '~할 때에는'이란 가정의 의미를 가지지만, 이는, 어말에 온 'ㄴ' 때문일 뿐, 원래 '은대·은대'는 다음 언해에서 보이듯, '어떤 일에 대한 반응을 다음에 오게 하는 기능[48]'을 가진 것으로 이해된다.

摩騰이 大闕에 드러 進上ᄒᆞᅀᆞᄫᆞᆯ대 明帝 ᄀᆞ장 깃그샤 〈月印釋譜 02:66b-67a〉

使者ㅣ ᄲᆞᆯ리 ᄃᆞ라 가 자본대 窮子ㅣ 놀라 怨讐ㅣ여 ᄒᆞ야 〈月印釋譜 13:16a〉

寶光을 펴샤 머리 十方微塵如來와 法王子諸菩薩頂에 브ᅀᆞ신대 뎌 모든 如來도 ᄯᅩ 五體예 ᄒᆞᆫ 가지로 寶光을 펴샤 〈楞嚴經諺解 06:47a〉

이상, '디티언대'. 현대어로는 '지피온대·지피니'

---

48) 허웅, 『우리 옛말본, 15세기 형태론』, 샘문화사, 1995, 539면.

Ⅲ.3. 灯炷隱須弥也 : 燈炷는 須彌여

小倉進平(1929) : 등잔 심지는 須彌요
양주동　(1942) : 燈炷는 須彌여
김완진　(1980) : 燈炷는 須彌여
양희철　(1988) : 灯炷는 須彌여
유창균　(1994) : 燈炷는 須彌라
신재홍　(2000) : 燈炷은 須彌야
박재민　(2002) : 燈炷는 須彌여
김유범　(2010) : 灯炷는 須弥여

(1) 灯炷隱 : 燈炷는

'灯炷'는 正用字. '燈의 불꽃'을 말한다. '炷'는 불꽃.

炷 붓 나올 주 〈訓蒙字會〉
紫金은 ᄂᆞ올 븕근 金이라 〈月印釋譜 04:34b〉
그 고지 ᄂᆞ올 븕고 貴흔 光明이 잇더라 〈釋譜詳節 11:31b〉

'隱'이 차자표기에서 'ㄴ·는·ᄂᆞᆫ' 등에 두루 사용되는 音借字임은 향찰자 변증 108)에서 다룬 바 있다. 본조는 주격의 '는'.

(2) 須弥也 : 須彌여

'須彌'는 '須彌山'의 준말로, 불꽃이 크고 높음을 비유한 것이다.

須彌는 ᄀᆞ장 놉다 ᄒᆞ논 ᄠᅳ디라 〈月印釋譜 01:17a〉
須彌는 一乘經을 가줄비실씨 ᄆᆞᆺ 爲頭타 ᄒᆞ시니라 〈月印釋譜 18:47b〉

'也'가 대체적으로 감탄의 의미를 나타내기 위해 사용됨은 기주 〈Ⅱ.2.(1)〉. 그간의 연구에서 이 구절은 대체로 후행하는 '灯油隱大海逸留去耶'와 짝을 이루는 감탄구로 여겨져 왔다. 그런데 최근 김지오(2012:243면)는 이를 감탄형으로 풀지 않고 '동반의 접속조사'로 풀었다. 문맥상 적절한 지적으로 판단된다.
이상, 〈Ⅲ.3〉은 『華嚴經』의 다음 구절을 詩化한 것이다.

一一燈炷 如須彌山 一一燈油 如大海水 (낱낱의 불꽃은 수미산 같고, 낱낱의 燈油은 바닷물 같다.) 〈普賢行願品, 40卷本 華嚴經, 第40卷〉

Ⅲ.4. 灯油隱大海逸留去耶 : 燈油는 大海이루거라

小倉進平(1929) : 등잔 기름은 大海 일과라 [감동, 大海로다]
양주동 (1942) : 燈油는 大海 이루가라 [명령, 이루거라]
김완진 (1980) : 燈油는 大海 이루거야 [감동, 이루었네]
양희철 (1988) : 灯油는 大海 이(逸)루거야 [명령, 이루거라]
유창균 (1994) : 燈油는 大海 이로가라 [미래, 이룰 것이로다]
신재홍 (2000) : 燈油은 大海 이로가라 [명령, 이루거라]
박재민 (2002) : 燈油는 大海이루거라 [감탄, 이로구나!]
김유범 (2010) : 灯油는 大海 일오거야 [감탄, 이루었네!]

(1) 灯油隱 : 燈油는

'灯油'는 正用字. '등의 기름'을 뜻하는 말이다. '隱'이 차자표기 전반에서 'ㄴ・은・은・는・는'의 음상을 위해 사용되는 音借字임은 향찰자변증 108)항에서 다룬 바 있다. 여기서는 주격의 '는'. 최행귀 한역시와, 「普賢行願品」의 다음 방점 친 부분에 해당하는 구절이다.

香似妙峯雲靉靆 油如大海水洪澄 (향은 수미산에 구름 서린 듯하고, 기름은 큰 바다의 물결처럼 찰랑이네.) 〈崔行歸 漢譯詩, 均如傳〉
一一燈炷如須彌山 一一燈油 如大海水 (낱낱의 불심지는 須彌山같고 낱낱의 등기름은 大海水같구나.) 〈普賢行願品, 40卷本 華嚴經, 第40卷〉

(2) 大海 : 大海

역시 한자어 그대로 이해된다. 불경에서 '海'는 '깊고 넓은 것'의 은유로 관용된다.

海는 깁고 너부믈 가줄비니라 〈楞嚴經諺解 01:03b〉

최행귀의 한역시와, 「普賢行願品」에서는 모두 '大海水'로 표현하고 있다.

香似妙峯雲靉靆 油如大海水洪澄 (향은 수미산에 구름 서린 듯하고, 기름은
큰 바다의 물결처럼 찰랑이네.) 〈崔行歸 漢譯詩, 均如傳〉

一一燈炷如須彌山 一一燈油如大海水 (낱낱의 불심지는 須彌山같고 낱낱의
등기름은 大海水같구나) 〈普賢行願品, 40卷本 華嚴經, 第40卷〉

(3) 逸留去耶 : 이루거라(이로구나)

소창진평은 '되거라(化)', 양주동은 '이루거라(成)'의 의미로 파악했는데, 모두
音借字의 연속으로 본 공통점이 있다. '逸'의 음은 일(逸 놀 일 〈新增類合 등))이
고, '留'는 '로·루'(기주 〈Ⅰ.1.(2)〉)의 음을 위한 音借字, '去'는 '거'(기주 〈Ⅰ.4.
(3)〉)를 위한 音借字. '耶' 역시 다음의 용례들로 미루어 볼 때, '良'과 같이 '라'음
을 위해 사용되었을 것으로 볼 수 있다.

顚倒逸耶(이라-까닭) 〈普賢4〉

國號曰 徐耶伐 或云 斯羅, 或云 斯盧, 或云 新羅 〈三國史記, 卷34, 地理〉

金海小京 古金官國 一云 伽落國 一云 伽耶 〈三國史記, 卷34 地理〉

이상으로 나열된 音相이 선초 문헌에 보이는 명령형 어미 '거라'에 일치했고,
더구나 그에 전행하는 음이 '이루'로 나타나기에 그를 '成'의 의미로 파악했던
것이다. 그러나 본서는 전술했듯이 본조를 '감탄'의 어미로 본다. 本歌, 『華嚴經』,
최행귀의 한역시 모두를 망라하면 다음과 같이 되는데,

灯炷隱須弥也 灯油隱大海逸留去耶 (燈炷는 須彌이고 燈油는 大海이로구나)
 〈本歌〉

一一燈炷 如須彌山 一一燈油 如大海水 (낱낱의 불심지는 須彌山같고 낱낱의
등기름은 大海水같구나) 〈普賢行願品, 40卷本 華嚴經, 第40卷〉

香似妙峯雲靉靆 油如大海水洪澄 (香은 묘봉[수미산]에 구름 서린 듯하고 油
는 큰 바다에서 찰랑대는 물결 같구나) 〈崔行歸의 漢譯詩, 均如傳〉

이 모두에 '炷·香'과 '油'가 정확히 대구가 되어 나타나고 있다는 점, 어느

普賢十願歌 〈Ⅲ.5.(1)〉

곳에도 '成' 혹은 '化'의 의미가 없다는 점을 감안할 때, 본조가 '이루거라'의 의미
는 도저히 될 수 없음을 보기 때문이다. 이로 본서는 '逸留去耶'를 감탄의 종결
어미 '이로구나' 정도의 先代形으로 여긴다. 특히 '逸'이 사용된 여타 2회의 용례

灯油隱大海逸留去耶	〈普賢3〉
顚倒逸耶	〈普賢4〉
迷火隱乙根中沙音賜焉逸良	〈普賢9〉

역시도 각각 '顚倒이라(까닭)', '삼으신 이라(인칭의 대명사+까닭)'로, 본조와
동일한 계사의 '-이' 내지는 인칭의 '이'로 나타나고 있어 이 점은 더욱 명확하다.
이상, 음상은 '이루거라', 의미는 감탄의 '이로구나'.

Ⅲ.5. 手焉法界毛叱色只爲旀 : 소는 法界 못도록 ᄒ며

小倉進平(1929) : 손은 法界 밋두록[達하게] ᄒ며
양주동　(1942) : 소는 法界못도록[다하도록] ᄒ며
김완진　(1980) : 香은 法界 업ᄃ록[없어지기까지] ᄒ며
양희철　(1988) : 소는 法界 ᄆ(毛)ㅅᄃ록[수없이 맞도록] 하며
유창균　(1994) : 손은 法界 못ᄃ록[마치도록] ᄒ며
신재홍　(2000) : 손은 法界 못 벽[방면에 일정]ᄒ며
박재민　(2002) : 소는 法界 못ᄃ록[두루] 하며
김유범　(2010) : 香은 法界 못ᄃ록[두루] ᄒ며

(1) 手焉 : 소는

김완진이 '手'를 '香'의 訛로 본 것 외에는 별 논란이 되지 않는 구절이다. 향가
를 문학적으로 접근하려는 연구자들에게, 그간 김완진의 연구결과는 가장 간명
한 결론을 내리고 있다는 점에서 많이 인용되어 왔다. 하지만, 이는 향찰 해독을
위한 고심의 흔적일 뿐, 正解는 아니다. 이 부분을 誤字로 본 이유를 보면, 다음

> 本條의 '手'는 6의 첫字로서의 '手'와 함께 '香'이라야 하는 字이다. 비록 燈을
> 고치는 일을 손으로 하지만, 法界가 다하도록 영원무궁하라는 기원을 손에

바친다는 것은 이상한 일이 아닐 수 없다. …… 이들 두 '手'를 '香'으로 고칠
때, 그것은 譯詩의 두 '香'字에 대응되고, 華嚴經의 해당 부분에서 보는 여러
가지 '香'에 대한 설명에 부합되며,…… 부처 앞에 피어오르는 香을 보고 영원
하라고 祝願하는 종교적 趣意에도 맞는 일일 것이다.

〈김완진(1980), 171-172면.〉

과 같이 되어 있는데, 이는 『화엄경』의 다음 구절에 나타난 불가의 일반적 인식
과 큰 괴리를 지니는 언급이다. 그의 언급과는 달리, 佛家에서는 모든 공양 행위
가 손에서 비롯되는 것으로 인식한다. 다소 길지만, 이해를 돕기 위해 모두 인용
한다.

若欲供養一切佛 　무량의 부처님을 공양하려면
入于三昧起神變 　三昧에 들어가서 神變 내리라.
能以一手遍三千 　한 손으로 삼천세계 두루 미쳐서
普供一切諸如來 　무량의 부처님께 공양하리라.

十方所有勝妙華 　시방세계 피어 있는 勝妙한 꽃과
塗香末香無價寶 　塗香과 末香과 값 모를 보배
如是皆從手中出 　이러한 것 모두 손에서 나와
供養道樹諸最勝 　보리수의 높은 분께 공양하도다.

無價寶衣雜妙香 　값 모를 보배옷과 여러 妙香들
寶幢幡蓋皆嚴好 　寶幢幡과 寶蓋이 모두 훌륭해
眞金爲華寶爲帳 　眞金으로 만든 꽃과 보배로 꾸민 揮帳
莫不皆從掌中雨 　손바닥에서 쏟아져 내리지 않음이 없네.

十方所有諸妙物 　시방세계 존재하는 묘한 물건과
應可奉獻無上尊 　가장 높은 부처님께 바칠 만한 것.
掌中悉雨無不備 　손바닥 가운데서 모두 갖춰 쏟아지니
菩提樹前持供佛 　보리수 앞에서 부처께 공양.

十方一切諸妓樂 　시방세계 존재하는 온갖 伎樂과
鐘鼓琴瑟非一類 　鐘鼓와 琴瑟은 하나가 아니니

제3장 「普賢十願歌」의 解讀　253

悉奏和雅妙音聲 화평코 우아한 妙音 모든 연주가

靡不從於掌中出 손바닥 가운데서 안 나옴이 없네.

十方所有諸讚頌 시방세계 존재하는 온갖 찬송들

稱歎如來實功德 여래의 참된 공덕 찬탄하나니

如是種種妙言辭 이와 같은 갖가지 묘한 말들이

皆從掌內而開演 모두가 손바닥 따라 펼쳐지도다.　〈80卷本 華嚴經, 第14卷〉

위를 보면, 공양의 도구로 '가장 묘한 꽃[勝妙華]·바르는 향[塗香]·가루향[末香]·값을 매길 수 없는 보물[無價寶]·보배로운 옷[寶衣]·묘한 향[妙香], 보배로 장식한 깃발[寶幢幡]·보배로 장식한 일산[寶蓋] 금꽃[金華]·보배로 장식한 휘장[寶帳]·묘한 물건[妙物]·음악[妓樂]·종과 북 같은 타악기[鐘鼓]·거문고와 비파와 같은 현악기[琴瑟], 찬송[讚頌]·묘한 말[妙言辭]'이 등장하고 있는데 이 모두는 삼매의 경지에 들어 손을 통해 부처님께 전해질 수 있는 것으로 묘사되어 있다. 그렇다면, 「廣修供養歌」의 내용으로 '손[手]'으로 하는 공양이 나온 것은 전혀 이상한 일이 아니다.

한편, 상게한 『화엄경』의 인용문 중, 첫 4句는 구결자료에서도 나타나 본조와 흥미로운 일치를 보여준다.

手焉 法界 毛叱色只爲旀 手良每如法叱供乙留 **法界滿賜仁仏体 仏仏**周物叱 **供爲**白制 (손은 법계 두루 ᄒ며 손에마다 법공으로 법계 차신 부처 불불두루 공양하오저)　　　〈普賢3〉

一ㄱ 手ㄴ 以�3 三千�3十 [徧ケㅣ丷3 普ㅣㅣ 一切諸ㄱ 如來ㄴ 供丷ナ衆ㄷ (한 손으로 삼천세계에 [두루]마다 ᄒ여 널리 一切 모든 여래를 공양하리라)
〈華嚴經 15:17〉

能以一手遍三千 普供一切諸如來　　　　　　　　〈華嚴經 原文〉

위 용례는 '手 / 手', '法界 / 三千[=三千世界]', '毛叱色只爲旀(두루하며) / ケㅣ丷3(마다하며 = 두루하며)', '法界滿賜仁佛體 / 一切諸如來', '供爲 / 供丷'으로 대응하면서 거의 동일한 내용을 담고 있는데, 이로써 본조의 '手'가 명백한 의도와 연원을 가진 字임을 다시금 확인시킨다.

'焉'은 'ㄴ·ᄋᆞᆫ·은·ᄂᆞᆫ·는'의 음을 위해 사용되는 음차자. 향찰표기에서 주격은 일반적으로 '隱'이 담당하나, 본조의 경우는 '焉'으로 표기하였다. 선행하는 체언의 음상과도 관계없는 이런 현상은 '은늑언'이란 음상의 유사성에 바탕한 수의적 혼용에 다름 아니다. 향찰표기 전체에서 이러한 현상이 보이고 있기 때문이다. 아래는 수의적 혼용의 자명한 예들이다.

吾隱去內如辭叱都	〈祭亡妹歌〉
吾焉頓叱進良只	〈普賢6〉
吾焉頓部叱逐好支伊音叱多	〈普賢8〉
迷火隱乙 根中 沙音賜焉逸良	〈普賢9〉
皆仏体置 然叱 爲賜隱伊留兮	〈普賢8〉
生界盡尸等隱	〈普賢11〉
吾良遺知支賜尸等焉	〈禱千手觀音歌〉

이상, '手焉'은 '소낟'. 선초 언해문의 다음 표기에 대응한다.

ᄒᆞ다가 머리예 이슳딘댄 소ᄂᆞᆫ ᄲᅮ미 업스려니   〈楞嚴經諺解 03:29b〉

(2) 法界 : 法界

'法界'는 正用字. 기주 〈Ⅰ.4.(1)〉.

(3) 毛叱色只 : 못도록

의미가 '두루[遍]'임은 기주 〈Ⅰ.4.(2)〉. 『華嚴經』의 '遍ㅏ丨ﾞㅌ'에 정확히 대응하는 구절임은 〈Ⅲ.5.(1)〉의 구결자료 예문을 참조할 것.

(4) 爲㫆 : ᄒᆞ며

'㫆'는 國字로 음은 '며'이다. 『畵永編』에 그 음이 明記되어 있음은 소창진평 (1929:71면)이 소개하였다.

我國多字書所無之字 (中略) 又有有音無義之字 彷音늦 㫆音며 云云

'爲㫆'는 구결에서도 흔히 나타나는 형태로, 동작의 나열 혹은 상태를 나타낸다.

【나열】

衆生ㄴ 利樂ᄼᄼ 國土ㄴ 莊嚴ᄼᄼ 佛ㄴ 供養ᄼㅂᄼ 正法ㄴ 受持ᄼᄾᄼ 諸ㄱ
智ㄴ 修ᄼ 菩提ㄴ 證ᄼᄼᄼ [欲]ㅅᄼ尸ㅅᅳ   〈華嚴經 09:14-15〉

一者 信根ㄴᄼᄼ 二者 慈悲ㄴᄼᄼ 三者 求欲心 無ᄼ 四者 一切 衆生ㄴ 攝受
ᄼᄼ 五者 一切智智ㄴ 願求ᄼᄼᄼᄼ尸矢ナㄱㅣㅣ   〈金光明經 02:22-23〉

【상태】

整衣ᄼᄼ 束帶ᄼㅊㄱㅣナㄱ 當願衆生   〈華嚴經 04:07〉
(整衣ᄒ며 束帶ᄒ건댄   當願衆生)

본조의 '爲㫆'는 전체 문맥을 고려해 볼 때, '상태'의 용법에 가깝다. 관련 예를 재인용해 보면,

手焉法界毛叱色只爲㫆 手良每如法叱供乙留 法界滿賜仁仏体 仏仏周物叱供
爲白制   〈普賢3〉
(손은 법계 두루 ᄒ며 손에마다 법공으로 법계 차신 부처 불불두루 공양하오저)

一ㄱ 手ㄴ 以ᄼ 三千ᄼナ [徧]ナㅣᄼᄼ 普ㅣㅣ 一切 諸ㄱ 如來ㄴ 供ᄼナ소ᄼ
                                          〈華嚴經 15:17〉
(한 손으로 삼천세계에 [두루]마다 ᄒ여 널리 一切 모든 여래를 공양하리라)

能以一手遍三千 普供一切諸如來   〈華嚴經 原文〉

정도로 되어, 三昧에 들어가 부처에 공양하는 상태를 나타내고 있기 때문이다.
한편, 여기서의 'ᄒ다'는 대동사로 사용되었는데, 문맥을 살필 때, 그 의미는 '(두루) 미쳐 있다' 정도로 파악될 수 있을 것이다.

Ⅲ.6. 手良每如法叱供乙留 : 소내마다 法ㅅ供ᄋ로

小倉進平(1929) : 손애마다 法供ᄋ로
양주동 (1942) : 소내마다 法ㅅ供ᄋ루
김완진 (1980) : 香아마다 法ㅅ供ᄋ로

양희철 (1988) : 소내마다 法ㅅ 供을루
유창균 (1994) : 손이라마다 法供으로
신재홍 (2000) : 손아 마다 法ㅅ供ᄋ로
박재민 (2002) : 소내마다 法ㅅ供ᄋ로
김유범 (2010) : 香아마다 法ㅅ供ᄋ로

(1) 手良每如 : 소내마다

'手'은 正用字. 고훈은 '손'. 기주 〈Ⅲ.5.(1)〉.
'良'의 음은 '아'. 의미는 처소격의 '~에 · 애'임은 기주 〈Ⅰ.4.(3)〉.
'손(手)'에 처격의 조사 '애'가 결합하면 '소내'가 된다.

枾械ᄂᆞᆫ 소내 미ᄂᆞᆫ 남기오   〈釋譜詳節 21:05a〉

舍利ᄅᆞᆯ 바리예 다마 내 소내 노ᄒᆞ라   〈月印釋譜 23:62b〉

'每如'가 '마다'를 표기한 것임은 기주 〈Ⅰ.6.(1)〉.

(2) 法叱供乙留 : 法ㅅ供ᄋ로

'法叱供'의 '叱'은 사잇소리 'ㅅ'을 표기한 것이다. '叱'이 'ㅅ'에 해당하는 차자
임은 향찰자 변증 139)항에서 다루었다.
法供養은 '보살행을 닦아서 대법을 수호하고, 중생을 이익케 하는 것'으로,
『楞嚴經諺解』에는 다음과 같이 풀이되어 있다.

月蓋比丘ㅣ 藥王如來씌 法供養 ᄠᅳᆮ들 아리 몯ᄌᆞ온대 藥王이 니ᄅᆞ샤ᄃᆡ "諸佛
니ᄅᆞ산 信호미 어려운 기픈 經은 淸淨ᄒᆞ야 더러우미 업서 能히 衆生ᄋ로 뭇
正覺ᄋᆞᆯ 일워 한 魔ㅅ 이ᄅᆞᆯ 여회에 ᄒᆞᄂᆞ니 ᄒᆞ다가 이 經에 方便으로 사겨 닐오
ᄃᆡ ᄠᅳ들 븓고 마ᄅᆞᆯ 븓디 아니 ᄒᆞ며 智ᄅᆞᆯ 븓고 識을 븓디 아니 ᄒᆞ며 了義ᄅᆞᆯ
븓고 不了義ᄅᆞᆯ 븓디 아니 ᄒᆞ며 法을 븓고 사ᄅᆞᄆᆞᆯ 븓디 아니 ᄒᆞ야 바ᄅᆞᆯ 無明生
死로 ᄆᆞᆾ매 滅ᄒᆞ야 다ᄋᆞ게 호ᄃᆡ 다ᄋᆞᆫ 相이 업슬씨 일후미 뭇 노픈 法供養이
라" ᄒᆞ신대   〈楞嚴經諺解 01:03b-04a〉

'乙留'가 'ᄋ로 · 으로'를 나타내기 위한 표기임은 기주 〈Ⅰ.1.(2)〉.

Ⅲ.7. 法界滿賜仁仏体 : 法界 ᄎᆞ신 佛體

小倉進平(1929) : 法界예 ᄎᆞ샨 부텨
양주동 (1942) : 法界 ᄎᆞ샨 부텨
김완진 (1980) : 法界 ᄎᆞ신 부텨
양희철 (1988) : 法界 ᄎᆞ신 佛體
유창균 (1994) : 법계 ᄎᆞ샨 佛體
신재홍 (2000) : 法界 ᄎᆞ신 부텨
박재민 (2002) : 法界 ᄎᆞ샨 佛體
김유범 (2010) : 法界 ᄎᆞ신 부텨

(1) 法界 滿賜仁 仏体 : 法界 ᄎᆞ신 부텨

〈Ⅰ.7.(1)~(3)〉에서 기주한 '法界 滿賜隱 仏体'와 동일구임.

Ⅲ.8. 仏仏周物叱供爲白制 : 佛佛 두루 物ㅅ供ᄒᆞᄉᆞᆸ져

小倉進平(1929) : 佛佛에 周物을 供ᄒᆞᄉᆞᆲ제
양주동 (1942) : 佛佛 ᄃᆞ뭇 供ᄒᆞᄉᆞᆲ져
김완진 (1980) : 佛佛 온갓 供 ᄒᆞᄉᆞᆲ져
양희철 (1988) : 佛佛 ᄃᆞ뭇 供ᄒᆞᄉᆞᆲ져(制)
유창균 (1994) : 佛佛 온가짓 供ᄒᆞᄉᆞᆲ져
신재홍 (2000) : 佛佛 온갖 이바디ᄒᆞᄉᆞᆲ져
박재민 (2002) : 佛佛 두루 物ㅅ供ᄒᆞᄉᆞᆸ져
김유범 (2010) : 佛佛 周物ㅅ供 ᄒᆞᄉᆞᆸ져

(1) 仏仏周 : 佛佛 두루

'모든 부처님들 두루'을 의미하는 말이다. 운율을 고려하여 '佛佛 두루'로 읽는다.

周 두루 쥬 〈新增類合 등〉
周行ᄋᆞᆫ 두루 녀실씨라 〈月印釋譜 02:34a〉

여기서의 '佛佛'은 무량의 세계에 두루 계신 모든 부처를 칭하는 말이다. 「普賢行願品」에서는 다음과 같이 표현하고 있다.

> 所有盡法界虛空界 十方三世一切佛刹極微塵中 一一各有一切世界極微塵數佛 (온 법계와 허공계에 있는 시방 삼세 모든 세계의 티끌 속, 낱낱마다 있는 모든 세계의 티끌 수 부처님) 〈普賢行願品, 『40卷本 華嚴經』의 第40卷〉

(2) 物叱供 : 物ㅅ供

그간 본조는 선행하는 '佛佛周'와 결합하여, '佛佛 함께 供ᄒᆞ다(양주동)', '佛佛 온갖 供ᄒᆞ다(김완진, 유창균 등)' 등으로 이해되어 왔다. 즉, '周物叱'을 '도믓(함께)'로 보기도 하고, '온갖'으로 보기도 한 것이다. 양주동의 '도믓'은 '周'의 훈 '두루'에서 '두'를 취하고 '物叱'에서 '믓'을 취한 것으로서 중세어 '다ᄆᆞᆺ'의 음가를 맞추기에 급급한 부회의 느낌을 주고, 김완진, 유창균의 '온갖'은 시의 흐름상 유연하다는 장점이 있긴 하나, '周'를 어떻게 '온'으로 읽을 수 있냐는 난점을 가진다.

본조는 '物叱供'을 하나의 어휘로 파악한다. 이는 본가에 이미 나타나는

> 手良每如法叱供乙留 〈제6행〉

의 '法叱供'과 같은 방식의 조어법이다.

'物供養'은 '妙物로 하는 供養'을 지칭하는 것인데, 이때의 '妙物'은 '香·寶·樂' 등으로 모두 보살의 손(手·掌)에서 비롯되는 것이다.

> 十方3十 有1 所七 勝妙華： 塗香： 末香： 無價寶： 是 如支丷1乚 皆七 手七 中乚 從七 出刂3ホ 道樹3七 諸1 最勝刂ホ1乚 供養丷白ㅌゕ 無價寶衣： 雜妙香： 寶七 幢： 幡： 蓋：ノ扌 皆七 嚴好丷1刂： 眞金乚 華 爲氵丷1刂： 寶乚 帳 爲氵丷1刂：ノ今乚 皆七 掌七 中乚 從七 雨刂尸 不丷尸 丁ノ尸 莫七刂丷口ㅌゕ 十方3十 有1 所七 諸1 妙物刂 無上尊ラ十 奉獻丷白ホ亍 應可七丷1乚 掌七 中3十 悉3 雨刂ホ1ム (시방세계 있는 바의 最妙華와 塗香과 末香과 無價寶와 이와 같은 것을 모두 손 가운데를 따라서 내며, 보리수의 모든 最勝하신 것을 공양하오며, 값 없는 寶衣와 雜妙香과 寶로 된 幢과 幡과 蓋이라하는 모든 대단히 좋은 것과, 眞金으로 만든 꽃과 보배 휘장 등을 모두 손 바닥 가운데를 따라 비내리듯 내지 않는 것 없으며,

시방세계에 있는 바 모든 妙物이 無上尊께 받듦직한 것을 손바닥 가운데서 다 뿌리온대)

〈華嚴經 15:18～15:23〉[49]

華香 瓔珞 抹香 燒香 繒盖幢幡 衣服 肴饌과 여러 가짓 伎樂ᄒᆞ야 人中爲頭ᄒᆞᆫ 供養ᄋᆞ로 供養ᄒᆞ며 하ᄂᆞᆳ 보ᄇᆡ 가져 비흐며 天上 寶聚로 奉獻호미 맛당ᄒᆞ니

〈法華經諺解 04:78b-79a〉

이상, '物供養'. '香 · 燈 · 寶' 등의 妙物로 하는 供養'을 이르는 말이다.

(3) 爲白制 : ᄒᆞᅀᆞᆸ져(하옵니다)

'爲白-'은 구결에 다수의 유사구가 있다. 'ᄒᆞᅀᆞᆸ-'을 표기한 것으로 용어의 어간에 공손의 선어말어미가 개입된 형태이다.

菩提樹ㅌ 前3十 持リ3ホ 佛ㄴ 供ソ白ㅌ가 〈華嚴經 15:23〉

常リ 諸1 衆生ㄴ 利樂ソ가 國土ㄴ 莊嚴ソ가 佛ㄴ 供養ソ白가

〈華嚴經 09:14〉

法爾ᅩハ 大師ㄴ 供養ソ白3ㄱ丁ノ矛罒 〈瑜伽師地論 06:05-06〉

'制'가 소망의 '齊'와 같은 것임은 기주 〈Ⅰ.8.(3)〉. 이상, 'ᄒᆞᅀᆞᆸ져'. 현대어로는 '하고 싶습니다, 하옵니다.'

Ⅲ.9. 阿耶 法供沙叱多奈 : 아으 法供ᅀᅡㅅ 하나

小倉進平(1929) : 阿耶 法供을사 만흐나
양주동 (1942) : 아으 法供ᅀᅡ 하나
김완진 (1980) : 아야 佛供ᅀᅡᆺ 하나
양희철 (1988) : 아야 法供沙ㅅ 하나
유창균 (1994) : 아라 法供삿 하나
신재홍 (2000) : 아야 法供삿 하나
박재민 (2002) : 아으 法供이야 하나
김유범 (2010) : 아야 法供사 잇다 (ᄒᆞ)나

49) 이 부분은 〈Ⅲ.5.(1)〉에서 인용한 『80卷本 華嚴經』, 第14卷과 동일한 내용이다.

(1) 阿耶 : 아으

(2) 法供沙叱多奈 : 法供ᅀᅡᄉ 하나

'法供'은 正用字. 本歌 6행에는 '法叱供'으로 나타나나 같은 것이다. '沙'는 강세 첨사이다. 구결과 정음 자료에서 확인된다.

衆生刂 於見乚 失刂𠄌乛乚 世尊刂𠄞氵 能𢀳 濟度丷𠄞口乚𢀳
〈金光明經 13:04-05〉

唯八 佛刂𠄞氵 能𢀳 了知丷𠄞口尸𢀳 〈金光明經 13:15〉

가룷 ᄀᆞᅀᆡ 자거늘 밀므리 사ᄋᆞ리로ᄃᆡ 나거ᅀᅡ ᄌᆞᄆᆞ니이다
셤 안해 자싫제 한비 사ᄋᆞ리로ᄃᆡ 뷔어ᅀᅡ 자ᄆᆞ니이다 〈龍飛御天歌 67章〉

'叱' 역시 강세 첨사. '叱'이 'ㅅ'에 해당하는 차자임은 향찰자 변증 139)항에서 다루었다.

'多'는 正用字. 일반적으로 차자표기에서 '多'는 음차로 사용되어 '다'音를 위해서 사용되나, 본조의 경우, 후행하는 '最勝供'과의 관계를 볼 때, '많으나'의 의미로 사용된 것이 인정된다. 그럴 경우, '하'

多 할 다 〈新增類合 등〉, 多ᄂᆞᆫ 할 씨라 〈訓民正音解例 :2a〉

慧 업스면 讀誦호미 비록 하나 부텻 ᄠᅳᆮ 아디 몯ᄒᆞᅀᆞ오릴ᄊᆡ
〈金剛經諺解 序:06a〉

'奈'는 '~나'를 나타내기 위한 音借字. 다음 용례들에서 '奈'의 음상을 확인할 수 있다.

奈 엇지 ᄂᆡ 〈歷代千字文〉

奈勿王 一作那密王 〈三國遺事 卷1, 紀異, 奈勿王 金堤上〉

軍那縣 本屈奈 〈三國史記 卷37, 雜志, 地理〉

이상 '法供이야 하나'로 읽히는데, 이때의 '-나'는 문맥상 다음 구절에서 보이는 양보의 연결어미 '-나'와 동일한 것이다.

皃史沙叱望阿乃 바라나(바라지만) 〈怨歌〉

必于化緣尽動賜隱乃 다해 뮈시나(다해 떠나 가시지만)　　　　　　〈普賢7〉

Ⅲ.10. 伊於衣波最勝供也 : 이야말로* 最勝供이여

小倉進平(1929) : 이것바 最勝供이요
양주동 　(1942) : 이 어의바 最勝供여
김완진 　(1980) : 뎌를 니버 最勝供이여
양희철 　(1988) : 이 어웃바(於衣波) 最勝供여
유창균 　(1994) : 이어의 바 最勝供이라
신재홍 　(2000) : 이 늘의바 最勝供야
박재민 　(2002) : 이야말로* 最勝供이여
김유범 　(2010) : 이어긔사(여기[此岸]에서야) 最勝供이여

(1) 伊於衣波 : 이야말로*

비슷한 음운이 향찰에 2회 더 나타난다.

　　吾衣身伊波人有叱下呂　　　　　　　　　　　　　　　　　　〈普賢10〉
　　伊波普賢行願　　　　　　　　　　　　　　　　　　　　　　〈普賢 11〉

본조는 난해구로서, 양주동은 '이바'로 읽고 감탄사라 하였으며, 김완진은 '法
供을 입는다(衣-체득한다)'로, 유창균은 '아아!, 이것이야말로'로 보았다. 음가상
으론 모두 비슷하게 읽으나, 의미상으론 각양각색의 해독들이 출현했다. 이 중,
문맥상 가장 무난한 것은 유창균이며, 이에 그 견해를 따른다. 이는 「普賢行願品」
에 나타난 다음 구절에도 잘 조응되는 일면이 있다.

　　若諸菩薩 行法供養 則得成就供養如來 如是修行 是眞供養故 此廣大最勝供
　　養… (만일 여러 보살들이 법공양을 행하면 부처님께 공양함을 성취하는 것이
　　니, 이렇게 수행함이 바로 진정한 공양인 까닭이다. 이 광대한 최승공양은…)
　　　　　　　　　　　　　　　　　　〈普賢行願品,『40卷本 華嚴經』의 第40卷〉

(2) 最勝供也 : 最勝供이여

'最勝의 法供養'을 줄인 말이다. 最勝은 가장 좋다는 말이며,

勝寶ᄂᆞᆫ ᄀᆞ장 됴ᄒᆞᆫ 보ᄇᆡ라　　　　　　　　　　〈月印釋譜 10:51a〉

‘最勝의 法供’은 불가에서 다음과 같이 풀이하고 있다.

直使無明生死로 畢竟滅盡호대 而無滅盡相하면 是名最上法之供養이라
　　　　　　　　　　　　　　　　　　　　〈首楞嚴經要解序〉

바ᄅᆞ 無明生死로 ᄆᆞᄎᆞ매 滅ᄒᆞ야 다ᄋᆞ게 호ᄃᆡ 다ᄋᆞᆫ 相이 업슬ᄊᆡ 일후미 ᄆᆞᆺ
노ᄑᆞᆫ 法供養이라　　　　　　　　　　　　　〈楞嚴經諺解 01:3b-4a〉

‘也’가 감탄 종결 어미임은 기주 〈Ⅱ.2.(1)〉.

현대어역

〈廣修供養歌〉	〈널리 공양 드리는 노래〉

火條執音馬　　　　　　　헷불 잡아
仏前灯乙直体良焉多衣　　부처님 앞의 등불을 피우오니
灯炷隱須弥也　　　　　　불꽃은 수미산이요
灯油隱大海逸留去耶　　　기름은 대해로구나.

手焉法界毛叱色只爲旀　　손은 법계에 두루 미치도록 하며
手良每如法叱供乙留　　　손에마다 법공으로
法界滿賜仁仏体　　　　　법계 차신 부처
仏仏周物叱供爲白制　　　부처들께 두루 妙物의 供養 하옵져.

阿耶 法供沙叱多奈　　　아으, 法供이야 많으나
伊於衣波最勝供也　　　이야말로 가장 좋은 공양이로다!

Ⅳ. 懺悔業障歌

顛倒^{던도}逸^일耶^라　　　　　　　顛倒이라

菩提^{보리}向^오焉은 道^길乙^을迷波^{이바}　　菩提 아순 길을 이바

造^밍將^가來^오臥^누乎^오隱^ㄴ 惡寸^{아촌}隱^은　밍가오누온 아촌은

法界^{법계}餘音^남玉^옥只^ㄱ 出^나隱^ㄴ伊^이音^ㅁ叱^ㅅ如^다支^友　法界 남옥 난임싸

惡寸^{아촌}習^습落^{떠러디}臥^누乎^오隱^ㄴ三業^{삼업}　아촌 習 쩌러디누온 三業

淨戒^{정계}叱^ㅅ主^주留^로卜^디以^니友 乃^나遣^고只^ㄱ　淨戒ㅅ 主로 디니 나곡

今日^{오늘}部^{주비}頓^돈部^부叱^ㅅ懺悔^{참회}　今日 주비 돈붓 懺悔

十方^{시방}叱^ㅅ仏体^{부텨}閼^알遣^고只^ㄱ賜^시立^셔　十方ㅅ 부텨 알곡시셔

落句^{아으} 衆生界盡我懺尽^{중싱계진아참진}　아으 衆生界盡我懺尽

來際^{릭제}永^다良^아造物^{조믈}捨^{여희}齊^져　來際 다아 造物 여희져

〈「懺悔業障歌」, 『均如傳』〉

自從无始劫初中	無始劫의 과거로부터
三毒成來罪幾重	세 가지 독 지어오니 그 죄 중함 얼마인가.
若此惡緣元有相	만일에 이 악연이 원래 相이 있었다면
盡諸空界不能容	허공계를 다한대도 용납되지 못할 것을.
思量業障堪惆悵	업장을 헤아리매 슬프기 가없는데
罄竭丹誠豈墮慵	정성을 다함에 그 어찌 나태하랴.
今願懺除持淨戒	이제 참회하여 淨戒를 지녀 살아
永離塵染似靑松	푸르른 솔과 같이 속된 세상 벗어나리.

〈崔行歸의 漢譯詩, 「懺悔業障頌」 『均如傳』〉

復次善男子 言懺除業障者 菩薩自念 我於過去無始劫中 由貪瞋癡 發身口意 作諸惡業 無量無邊 若此惡業 有體相者 盡虛空界不能容受 我今悉以清淨三業 遍於法界極微塵刹一切諸佛菩薩衆前 誠心懺悔 後不復造 恒住淨戒 一切功德 如是

虛空界盡 衆生界盡 衆生業盡 衆生煩惱盡 我懺乃盡 而虛空界 乃至衆生煩惱 不
可盡故 我此懺悔無有窮盡 念念相續無有間斷 身語意業無有疲厭[50]

〈普賢行願品,『40卷本 華嚴經』의 第40卷〉

我昔所造諸惡業 皆由無始貪恚癡 從身語意之所生 一切我今皆懺悔[51]

〈普賢行願品, 偈, 40卷本 華嚴經』의 第40卷〉

Ⅳ.1. 顚倒逸耶 : 顚倒이라

小倉進平(1929) : 걱구러디이어
양주동　(1942) : 顚倒 이라[成]
김완진　(1980) : 顚倒 여히야[離]
양희철　(1988) : 顚倒 일(逸)아[起]
유창균　(1994) : 顚倒이라[成]
신재홍　(2000) : 업갓굴 이라[成]
박재민　(2002) : 顚倒이라[이라서 – 까닭]
김지오[52](2010) : 顚倒이라[이라서 – 원인·이유]

---

50) "또 선남자여, 업장을 참회하는 것은, 보살이 생각하기를「내가 지나간 세상 끝없는 겁 동안
에 탐내고 성내고 어리석은 마음으로 몸과 말과 뜻을 놀리어 나쁜 짓한 것이 한량없고 가이
없으니, 만일 나쁜 짓이 형체가 있다면 끝없는 허공으로도 용납할 수 없을 것이다. 내가
이제 세 가지 깨끗한 업으로 법계에 두루 하여 티끌처럼 많은 부처님 앞에서 지성으로 참회
하고 다시는 짓지 아니하오며, 항상 깨끗한 계율의 모든 공덕에 머물겠나이다」 하는 것이니
라. 이와 같이 하여 허공계가 끝나고 중생의 세계가 끝나고 중생의 업이 끝나고 중생의 번뇌
가 끝나면 나의 참회가 끝나려니와, 허공계와 내지 중생의 번뇌가 끝날 수 없으므로 나의
참회도 끝나지 아니하고, 차례차례 계속하여 잠깐도 쉬지 아니하지마는 몸과 말과 뜻으로
하는 일은 조금도 고달프거나 만족하지 않느니라." 〈『한글대장경 45 - 대방광불화엄경 40권본』,
동국역경원, 1970, 598-599면.〉
51) "지난 세상 내가 지은 모든 나쁜 짓 / 성 잘 내고 욕심 많고 어리석어서 / 몸과 말과 뜻으로써
지었사오니 / 내가 지금 속속들이 참회합니다." 〈『한글대장경 45 - 대방광불화엄경 40권본』, 동국
역경원, 1970, 604면.〉
52) 김지오, 「懺悔業障歌'의 國語學的 解讀」, 『口訣研究』 第24輯, 口訣學會, 2010. 2.

(1) 顚倒逸耶 : 顚倒이라(이라서-까닭)

소창진평은 '걱구러디이어'로 풀이하여 읽었고, 양주동은 '顚倒를 이루어(成)'으로 읽었으며, 김완진은 '顚倒 여히야(離)'로 읽었다. '顚倒'가 불가에서 흔히 사용되는 관용어라는 점에서 소창의 독법은 지나쳤고, 그런 이유에서, 후행 연구자들은 그 자체로 '顚倒'로 읽었다. 본서도 이 점에 대하여는 이견이 없다. 하지만, 양주동과 김완진의 '逸耶'에 대한 해석엔 공감하기 어렵다. '顚倒'는 '중생들이 본연적으로 타고난 어지러운 妄想의 상태'를 의미하는데,

> 顚倒相은 곧 여슷 어즈러운 妄想 等엣 相이라　　　　〈楞嚴經諺解 07:78b〉

이로 본다면 '이룸(成)'의 대상이 될 수 없고, 후행하는 '道乙迷波(길을 잃어)'의 구절을 볼 때 김완진의 견해처럼 '떠나(여히야)'로 볼 수는 더더욱 없다. '顚倒'이기에 길을 잃은 것'이지 顚倒를 '떠났으면' 菩提 길을 잃을 까닭이 없기 때문이다. 다음의 불경언해는 顚倒의 상태와 得菩提의 관계를 잘 나타내 주고 있다.

> 一切 衆生이 無始브터 오매 種種 顚倒ᄒ야 業의 種子ㅣ 自然히 惡叉의 모돔 ᄀᆞᆮᄒ며 모든 修行ᄒᆞᇙ 사ᄅᆞ미 能히 無上菩提 일우믈 得디 몯ᄒ고 (一切衆生 從無始來 種種顚倒 業種自然 如惡叉聚 諸修行人 不能得成 無上菩提)
> 〈楞嚴經諺解 01:80b-81a〉

> 衆生이 業의 種子ㅣ 모도미 일며 行ᄒᆞᆯ 싸ᄅᆞ미 正흔 果ᄅᆞᆯ 일우디 몯호ᄆᆞᆫ 다 두 根源을 아디 몯ᄒ고 錯亂히 닷가 니긴다실ᄊᆡ ……業의 種子ᄂᆞᆫ 顚倒흔 妄惑이라
> 〈楞嚴經諺解 01:82a〉

위에서 나타나듯이, '顚倒'는 一切 衆生이 '근원적으로 가지고 있는(從無始來), 모든 악의 원인이 되며 得菩提를 어렵게 하는 원인'인 것이다. 따라서 본조의 '顚倒逸耶' 역시 후행하는 '菩提 향한 길을 잃어(菩提向焉道乙迷波)'와 호응하여, 길을 잃는 원인으로 제시된 구절로 보는 것이 옳다.

이러할 때, 본조 '顚倒逸耶'는 '顚倒이라'를 나타낸 말로 풀이된다. 이때의 '~이라'는 까닭을 나타내는데, 음운상, 어휘상 다음의 근거를 가지고 있다.

> 逸 놀 일　　　　　　　　　　　　　　　　　　　　〈新增類合 등〉
> 灯油隱大海逸留去耶 (이로거라)　　　　　　　　　　　　〈普賢3〉

國號曰 徐耶伐 或云 斯羅, 或云 斯盧, 或云 新羅 〈三國史記 卷34, 地理〉

金海小京 古金官國 一云 伽落國 一云伽耶 〈三國史記 卷34, 地理〉

이러한 음은 연속적으로 읽혀 '이라'로 여겨지는데, 구결과 정음 자료에서도 보이는, 까닭의 '~이라' 용법과도 일치한다.

柔軟食乙 得 當願衆生 大悲⺀ 熏ノㄱ 所刂罒 心意柔軟丷ヒ立 〈華嚴經 07:16〉
(柔軟食을 得 當願衆生 大悲로 熏한 所이라 心意柔軟ᄒᆞ나셔)

盛暑刂罒 炎毒刂去ㄱ丨十ㄱ 當願衆生 衆ㄱ 惱乙 〈華嚴經 08:01〉
(盛暑이라 炎毒일때는 當願衆生 衆이 惱를)

師子刂 膽長毫獸ろ七 王刂罒 大神力 有斗古 〈金光明經 02:03〉
(師子는 膽長毫獸의 王이라 大神力 있고)

長者刂罒亦 邑七 中ろ七 主刂尸 [爲]入乙丷㢱 或丷ㄱ
(長者이라 邑의 中에 主될 일을 하며 또한
賈客刂罒 商人ラ 導刂尸 [爲]入乙丷㢱 〈華嚴經 19:08〉
賈客이라 商人의 導될 일을 하며)

수릿날 아ᄎᆞᆷ 藥은 즈믄 ᄒᆡᆯ 長存ᄒᆞ샬 藥이라 받ᄌᆞᆸ노이다 〈動動, 樂學軌範〉

우리는 罪 지은 모미라 하ᄂᆞᆯ해 몯 가ᄂᆞ니 〈月印釋譜 21:201a〉

佛子ㅣ라 부텻 이블 졷ᄌᆞ와나며 〈法華經諺解 02:08a〉

내 겨지비라 가져가디 어려ᄫᅳᆯ씨 〈月印釋譜 01:13a〉

이로써, 본조의 의미는 '顚倒이라(까닭)'.

Ⅳ.2. 菩提向焉道乙迷波 : 菩提 앗ᄋᆞᆫ 길을 이바

小倉進平(1929) : 菩提 아ᄂᆞᆫ 길을 ᄆᆡ워(ᄒᆞ야)
양주동 (1942) : 菩提 아ᄋᆞᆫ 기를 이ᄫᅡ
김완진 (1980) : 菩提 아ᄋᆞᆫ 길흘 이ᄫᅡ
양희철 (1988) : 菩提 아ᄋᆞᆫ 길흘 이ᄫᅡ(波)
유창균 (1994) : 菩提 아ᄅᆞᆫ 길을 이바
신재홍 (2000) : 菩提 아ᄋᆞᆫ 길을 이ᄫᅡ

박재민　(2002)：菩提 아온 길을 이바
김지오　(2010)：菩提 아손 길흘 이바

(1) 菩提 : 菩提

'菩提'는 '깨달음'을 의미하는 'Bodhi'의 음차이다.

菩提는 覺이니 우 업슨 正히 둏흔 正覺이라 혼 마리니 眞實ㅅ 性을 니르니라
〈阿彌陀經諺解 :25b〉

諸佛 得ᄒᆞ샨 거실ᄉᆡ 닐오ᄃᆡ 菩提오　　　　　　　〈圓覺經諺解 序:3b〉

煩惱애 더럽디 아니호미 일후미 菩提오　　　　　　〈楞嚴經諺解 01:82b〉

모로매 菩提 大心을 發ᄒᆞ야 菩薩 大道ㅣ ᄀᆞ존 後에ᅀᅡ 成佛ᄒᆞᄂᆞ니라
〈法華經諺解 03:72a〉

誠心으론 懺悔ᄒᆞ며 勸ᄒᆞ야 請ᄒᆞᅀᆞ오며 조차 깃거 菩提예 廻向홀띠니
〈禪宗永嘉集諺解 上:39a〉

(2) 向焉 : 앗ᄋᆞᆫ (向한)

'向'은 正用字. 이 구절의 의미가 '향한'이라는 데는 이견이 있을 수 없다. 하지만, '向'의 고유어가 무엇인지는 문제가 되었다. 선초 정음 자료의 시대에 이미 '向'의 고유어는 사라진 것으로 알려져 있었기 때문이다.

向 향홀 향　　　　　　　　　　　　　　　　　〈新增類合 · 歷代千字文〉

부텨 向ᄒᆞᅀᆞᄫᅡ 손 고초샤　　　　　　　　　　〈月印釋譜 01:52a〉

廻向ᄋᆞᆫ 도ᄅᆞ혀 向홀씨니　　　　　　　　　　〈月印釋譜 02:60b〉

소창진평은 '向'의 고유어를 '앗 · 안'으로 보았고, 양주동은 '아ᅌᆞ'로 보았는데, 이는 다음 등의 이두 자료를 바탕으로 한 개연성 있는 추정이었다.

向前: 아전　　　　　　　　　　　　　　　　〈儒胥必知 · 典律通補〉

向事: 안일　〈儒胥必知〉,　　　아안일　　　　　〈典律通補〉

向入: 앗드러　　　　　　　　　　　　　　　　　〈儒胥必知〉

그러던 중, 최근 김지오(2012:75면)의 논의에서 '向'의 고유어가 보고되어 선학의 추정을 발전적으로 뒷받침했다. 용례를 재인용하면 다음과 같다.

"무틔 올아 將次ㅅ 길흘 <u>아사</u> 가느니" [登陵將首途]　　　　　〈杜詩8:53b〉

위에 나타난 '아사'는 '향해 가다[首]'란 의미를 분명히 띠고 있다는 점에서 '向'의 고유어가 '앗다'임을 확인시키는 소중한 사례가 되었다. 이상 '向焉'은 '앗은'.

(3) 道乙迷波 : 길흘 이바

'道'는 正用字. 古訓은 '길'이다.

道 길 도　　　　　　　　　　　　　　　　　　〈新增類合 등〉
道ᄂᆞᆫ 길히라　　　　　　　　　　　　　　　〈楞嚴經諺解 07:28a〉

'乙'이 차자표기 전반에서 'ㄹ·을·을·롤·를'을 나타내기 위해 사용되는 음차자임은 향찰자 변증 109)에서 상론하였다. 여기서는 목적격 조사로 사용되었다. 이상, '길을'.

한편 이 구절은 다음의 구결자료와 정음 자료에 보이듯이, 前句의 '菩提向焉'과 호응하여 '菩提 향한 길을'로 이해된다.

最勝法ㄴ 獲ㅈ亦 菩提ᄂᆞᆫ 道ㄴ 證ㆍ ㅌㅛ　　〈華嚴經 05:13〉
반ᄃᆞ기 이대 ᄉᆞ랑ᄒᆞ야 微妙ᄒᆞᆫ 菩提ㅅ 길헤 게으르디 말라 〈楞嚴經諺解 02:75b〉
이를 닐온 淸淨ᄒᆞᆫ 實相微妙ᄒᆞᆫ 菩提ㅅ 길히라　〈楞嚴經諺解 02:76a〉

'迷波'는 '이바(잃어)'를 표기한 것이다. 소창진평이 '미워(厭·憎)ᄒᆞ야'로 誤解하였던 곳인데, 양주동이 '잃어(몰라 헤매어)'로 교정하였다. 양주동의 理解가 정확했다.

迷 길 일흘 미　　　　　　　　　　　　　　　〈新增類合〉
구든 城을 모ᄅᆞ샤 갏 길히 일더시니 不識堅城 則迷于行〈龍飛御天歌 第19章〉
갏 길히 이블씬 업더디여 사ᄅᆞ쇼셔 ᄒᆞ니　　〈月印千江之曲 上:60a〉
이런 이본 길헤 눌 보리라 우러곰 온다　　　〈月印釋譜 08:06〉

이상의 예들은 '迷波'를 '迷'의 어간 '입'에 연결형 어미 '어/야'가 결합된 '이뱌'로 보는 충실한 근거들이 된다.

'菩提의 길'은 중생들로서는 堅持하기 어려운 길인데, '顚倒', '貪', '執' 등이 방해하기 때문이다.

> 外道애 뻐러디여 菩提性을 惑ᄒ리니 이ᄂᆞ 일후미 第五外道이 네 顚倒혼 性이 죽디 아닌ᄂᆞ니라   〈楞嚴經諺解 10:27b〉
>
> 貪婬을 너비 行ᄒ야 善知識이 ᄃᆞ외야 모든 衆生ᄋᆞ로 愛見ㅅ구데 디고 菩提ㅅ 길ᄒᆞᆯ 일케 ᄒ리라   〈楞嚴經諺解 06:87a〉
>
> 이 사ᄅᆞᄆᆞᆫ 所因을 因ᄒᄂᆞᆫ 執에 뻐러디여 娑毗迦羅이 간 冥諦와로 벋 ᄃᆞ외야 부텻 菩提를 迷ᄒ야 知見을 일흐리니   〈楞嚴經諺解 10:48b〉

언해에서 지적되고 있는 '菩提의 길을 잃는 원인'으로서의 '顚倒', '貪', '執'은 본 노래에서도 나타나고 있는데, 바로 前句에 제시된 '顚倒'가 바로 그것이며, 또한 최행귀 譯詩의 해당부분 '三毒'이 그것이다. '貪'은 '三毒' 중의 하나이다.

> 三毒成來罪幾重 (三毒을 지어오니 그 죄 중함 얼마인가)
>   〈崔行歸의 漢譯詩, 均如傳〉
>
> 三毒ᄋᆞᆫ 貪瞋癡라   〈南明集諺解 上:6b〉

결국, 본조 '顚倒逸耶 菩提向焉道乙迷波'는 '顚倒이기 때문에 菩提 향한 길을 잃어'로 풀이된다.

IV.3. 造將來臥乎隱惡寸隱 : 딩가오누온 아촌은

小倉進平(1929) : 지슬 누온 모딘(이)는
양주동 (1942) : 지슬누온 모디는
김완진 (1980) : 지스려누온 머즈는
양희철 (1988) : 지스려누온 머즌(惡寸)은
유창균 (1994) : 지스려 눕온 구존은
신재홍 (2000) : 저즈려 누볼 머즌
박재민 (2002) : 지서 오누온 아촌(惡業)은
김지오 (2010) : 짓가져오누온 구즌은

(1) 造 : 밍

'造'는 正用字. 古訓은 '짓다·밍글다'. 현대어 '짓다'.

造 지슬 조 〈訓蒙字會〉

惑을 니르와다 業을 지어 늘구니 브리고 새예 가눈 젼추로 (起惑造業 去故趣
新故) 〈楞嚴經諺解 01:107a〉

造 밍글 조 〈新增類合〉

修羅는 性이 모디러 惡業을 밍글고 하늘흔 受苦ㄹ볼 이리 업서 福 밍구디
몯ᄒ고 〈七大萬法 :16a〉

(2) 將來 : 가온 (~해 온, 현재완료)

향찰 표기에서 '將'자는 5회 사용되었는데, 그때마다 모두 '來'와 결합하여 사용되었다. 이것은 '將來'라는 표기가 하나의 관용구임을 말하는 것이다.

月置八切爾數於將來尸波衣 〈彗星歌〉

皃史毛達只將來吞隱 〈遇賊歌〉

造將來臥乎隱惡寸隱 〈普賢4〉

煩惱熱留煎將來出米 〈普賢6〉

皆往焉世呂修將來賜留隱 〈普賢8〉

소창진평은 이를 '미래를 의미하는 '겠·도록"정도의 의미로 보았으나, 양주동은 '將然을 의미하는 조사 '려·ㄹ'로 보았다. 이에 대한 후행 연구자들의 지지는 매우 확고하다[53]. 하지만, 김준영은 이에 대해 다음과 같은 견해를 보인다.

> 위는 모두 過去進行의 경우에 쓰였으니 즉 '몰라 오던, 지어 온, 다리어 오매, 닦아 오신' 등의 말이다. 특히 '將來'의 '來'는 普賢十願歌에 있어 華嚴經 原文이나 譯歌를 보아도 '來 = 오'의 뜻이니, '將'은 過去進行의 副詞形 語尾 '아, 어'의 表記로 보아야겠다. 〈김준영(1979), 158면.〉

---

53) "'將來'가 '-려'의 표기임을 발견한 것은 梁柱東의 큰 공로…"〈김완진(1980), 145면.〉
"梁柱東이 이것을 義訓讀 '려'로 본 것은 卓見이다."〈유창균(1994), 762면.〉
"'將來'에 대한 빼어난 해독은 양주동에 의해 이미 이루어졌다."〈신재홍(2000), 288면.〉

본서 역시 김준영의 입장에 서 있다. 비록 '將來'를 '현재완료의 시상'으로 파악하기는 했지만, 이를 과거 시제와 관련된 형태소로 본다는 큰 틀에서 볼 때, 김준영의 것과 다를 수 없다.

위 5개의 용례가 결코 '未來·將然'을 의미하는 것이 될 수 없음은 우선 그음 '려'의 도출 과정이 비약적이기 때문이다.

> 「將來」가 「려」에 사용됨은 左引 「煎將來」에서 「將來」가 「煎」의 連用形 「드려」(或은 「쯔려」)의 末音에 義訓借된것으로 確知할수잇다
>
> 〈양주동(1942), 590면.〉

이로 볼 때, 그가 도출한 '-려'음은 오로지 '다려·쯔려(煎)'의 1회 용례에만 기반하였음을 본다. 하지만, 이 1회의 말음첨기로 '將來'의 음을 '-려'로 확신할수는 없다. 오히려 그런 방법이 가능하다면, '將來'의 음은 '-가오'가 더욱 근거가 많다.

造將來 (밍가 오)	〈普賢4〉
造 밍글 조	〈新增類合〉
煎將來 (봇가 오)	〈普賢6〉
焦煎은 봇글씨라	〈月印釋譜 序:04a〉
修將來 (닷가 오)	〈普賢8〉
修 닷글 슈	〈新增類合〉

이에, 그의 방법은 '將來'가 직감적으로 주는 의미 '미래'에서 '미래 의지'를 담은 어미 '려'를 단 1회의 용례를 근거로 무리하게 이끌어낸 것이라 할 수 있다.

그가 추정한 '將然'의 '-려'에 선뜻 수긍할 수 없는 또 다른 이유는, 「普賢十願歌」에 나타나는 3회의 예에 이를 대입했을 때, 의미상 결코 걸맞지 않는다는 것이다. 먼저 본조,

> 顚倒逸耶 菩提向焉 道乙 迷波 造將來臥乎隱惡寸隱 〈普賢4〉
> (顚倒이라 菩提향한 길을 잃어 지어 왔던 惡業은)

는 '顚倒상태이라서 菩提를 향한 길을 잃어, (그동안) 지어 왔던 惡業은'으로 해석될 걸로 보이는데, 이 경우, '지어 왔던' 대신에 將然·意志의 '지으려'가 대입

된다면, 결국 '아직은 惡業을 짓지 않은 상태'로 의미를 파악할 도리밖에 없다. 하지만,「普賢4」의 詩題「懺悔業障歌」는 '그 동안(過去無始劫中) 지어온 일'에 대한 '懺悔'이지 앞으로 지을 악업에 대한 '懺悔'는 결코 아니다. 최행귀의 한역시와「普賢行願品」과 偈 등에 나타난 내용은 그런 사정을 잘 보여주고 있다.

自從无始劫初中 三毒成來罪幾重 (無始劫의 과거로부터 세 가지 독 지어오니 그 죄 중함 얼마인가.) 〈懺悔業障頌, 崔行歸의 漢譯詩, 均如傳〉

復次善男子 言懺悔業障者 菩薩自念 我於過去無始劫中 由貪瞋癡 發身口意 作諸惡業 無量無邊 若此惡業 有體相者 盡虛空界不能容受 (또 선남자여, 참회업장이라는 것은, 보살이 스스로 생각하기를 "내가 지나간 세상 끝없는 겁동안에 탐내고 성내고 어리석은 마음으로 몸과 말과 뜻을 놀리어 나쁜 짓한 것이 한량없고 끝이 없으니, 만일 나쁜 짓이 형체가 있다면 끝없는 허공으로도 용납할 수 없을 것이다.) 〈普賢行願品, 40卷本 華嚴經, 第40卷〉

我昔所造諸惡業 皆由無始貪恚癡 從身語意之所生 一切我今皆懺悔 (지난 세상[昔] 내가 지은 모은 나쁜 짓, 모두 성 잘 내고 욕심 많고 어리석었던 까닭으로, 몸과 말과 뜻에 따라 생겨났으니. 제가 지금 모두 참회합니다.) 〈普賢行願品, 偈, 40卷本 華嚴經〉

一切諸佛菩薩衆前 誠心懺悔 後不復造 (일체의 모든 부처님들 앞에서 지성으로 참회하고 다시는 짓지 아니하오리라) 〈普賢行願品, 40卷本 華嚴經, 第40卷〉

따라서 본조의 경우, 결코 將然의 '-려'가 개입할 여지가 없음을 본다. 이에 반하여 현재완료의 가능성에는 일단 부합하고 있음은 주목되는 사실이다. 다음의 예「普賢6」

无明土深以埋多 煩惱熱留 煎將來出米 善芽毛冬長乙隱 衆生叱田乙 〈普賢6〉 (無明土깊이묻어 煩惱熱로 볶여와 나매 善芽를 못 기른 중생의 밭을)

의 경우 또한 그러하다. 역시, '無明土에 깊이 묻어 煩惱熱로 볶여와 나매 남에 善芽를 못 기른 중생의 밭을'로 해석될 구절인데, 이 또한 '將然'의'볶으려'로는 의미 연결이 불가능하다. 인과관계상, '무명토에 묻힘(과거) - 번뇌열로 볶임(현재완료기간) - 선아를 못 기름(현재)'인 것으로 보는 것이 순리지 '번뇌열로 볶임'을 '미래'로 볼 수는 없기 때문이다. 이로서, 우리는 현재완료로서의 '將來'는 여전히 부합하고 있음을 본다.

또한, 「普賢8」

我 仏体 皆　　往焉世呂　　修將來賜留隱　難行苦行叱願乙〈普賢8〉
(우리佛體 無量의　지난世界로부터　닦아 오신　　難行苦行의 願을)

의 경우도 '우리 佛體 무량의 지나간 세계로부터 닦아 오신 難行苦行의 願을'로
해석됨이 타당하다. 이 경우는 시제상 원래 과거가 바탕이 되어 있는 관계로,
음 '려'를 대입 해석할 경우, 화자의 의지 '려'로 볼 도리밖에 없는데, 그렇다면,
'修將來(爲*)賜留隱'로 표기되었어야 보통인 것이다. 그러므로 무리한 탈락형 '爲
*'를 상정하기보다는 문맥상 '닦아 오신'으로 보는 것이 정당한 것이 아닌가 한다.
　이상의 이유로 '將來'가 將然의 '-려'는 아님을 살폈다. 결국 우리는 위의 세
용례 모두가 '과거로부터 행해져온 일'과 관계 있음을 살폈는데, 이로써, 본서는
'~해 온'으로 파악한다.
　한편, 이 '將來'가 '과거로부터 행해져 온 일'의 '현재완료'의 시상을 가지게
된 이유는 字義에서 연유한 것이 아닌가 한다. '將'은 '지니고 있다·가지고 있다'
의 의미를 가진다.

將은 디니며 뻴 씨라　　　　　　　　　　　　　〈月印釋譜 13:56b〉
ᄒ다가 거즛말 가져 衆生을 소기면 (若將妄語ᄒ야 誑衆生ᄒ면)
　　　　　　　　　　　　　　　　　　　　　　　〈南明集諺解 上:9a-b〉
쇽졀업슨 빗화 아로믈 디녀셔 祖師心을 무더ᄇ리디 마롫디어다(莫將閑學解
ᄒ야셔 埋沒祖師心이어다)　　　　〈蒙山和尙法語略錄 深源寺本 57b〉

또한, '來'의 훈 '오다' 역시 시간적 '옴'과 관련된다.

未來ᄂ 아니 왯ᄂ 뉘라　　　　　　　　　　　　〈月印釋譜 02:21b〉
尊者ᄂ 前生애 됴흔 쳔랴ᄋ로 부텃긔 布施홀씨 이제 와 양지 곱고, 王은 前生
애 몰애로 布施홀씨 이제 와 양지 덧긋다 ᄒᄂ 쁘디라　　〈釋譜詳節 24:35a〉

　결국 두 字의 결합은 '지녀 오다·가져 오다'의 의미를 나타낼 수 있게 되는데,
이러한 의미가 문법화하여 간략히 '-가 오-, 將來'로 관용된 것이 아닌가 한다.

(3) 臥乎隱 : 누온

'臥乎隱'은 향찰표기에 2회 나타난다.

造將來臥乎隱惡寸隱   〈普賢4〉

惡寸習落臥乎隱三業   〈普賢4〉

구결에서도 많은 용례가 보이며,

彼ﾘ十ㄱ 正覺 成ﾄㆆㅣㄱㅅㄴ 現ﾉﾅㅿ   〈華嚴經 14:15〉

彼十方世界ㄴ 中ﾗ十 念念ﾗ十ﾅㅣ 佛道 成ﾄㆆㅣㄱㅅㄴ 示現ﾉㅎ

                                                   〈華嚴經 14:19〉

이외, 이두에서도 다수의 용례가 보인다.

鷲山中新處所元聞爲成造爲內臥乎亦在之 〈醴泉鳴鳳寺 慈寂禪師碑陰銘, 939년〉

當司准敎許文右官文乙成給爲臥乎事   〈尙書都官貼, 1262년〉

社稷乙危亡爲只爲作謀爲行臥乎事[54]   〈大明律直解 01:04b〉

위의 '臥'는 현재시상을 나타내는 '누', '乎隱'은 인칭선어말어미 '오'와 관형형의 '은'이 결합한 형태 '온'(〈기주1.2.(2)〉)으로 소창진평 때부터 인정되어 왔다. '臥'가 '누'음을 위해 사용될 수 있었던 것은, 소창진평이 지적했듯이 '臥'의 훈이 '눕다'(臥 누올 와, 누을 와〈新增類合 · 訓蒙字會 등〉)이기 때문으로 인정된다.

(4) 惡寸隱 : 아촌은(惡業은)

'惡寸'은 향찰표기에 총 3회 나타난다.

造將來臥乎隱惡寸隱   〈普賢4〉

惡寸習落臥乎隱三業   〈普賢4〉

懺爲如乎仁惡寸業置   〈普賢10〉

---

54) 이두에서의 '臥乎'는 '臥乎隱(누온)'과 같은 음가이다. 관습적으로 사용되었기에 略形으로 표기한 것이다. '乎'는 이두에서의 습관으로 말미암아 천자문류에서 '온'으로 풀이되기도 하였다.
乎 온 호〈石峯千字文 · 光州千字文〉

'惡'의 中世의 訓은 선초문헌에서 '모딘·머즌·구즌' 등으로 나타나기에 연구자에 따라 그 독법이 달랐으나, 異音同義語일 뿐, 해독에 큰 차이가 있는 곳은 아니다.

惡 모딜 악, 아쳐 오	〈新增類合·訓蒙字會 등〉
惡은 모딜씨라	〈月印釋譜 01:16b〉
三惡道는 세 구즌 길히니 地獄 餓鬼 畜生이라	〈月印釋譜 07:67a〉
惡趣는 머즌 길히니 地獄 餓鬼 畜生이라」	〈月印釋譜 09:27b〉

이 중, 소창진평, 양주동은 '모딘'을 취했고, 지헌영, 김완진, 양희철은 '머즌', 유창균은 '구존'을 취했다. 본서 역시 '惡寸'이 '나쁜'의 의미를 지난 표기라는 점에 이의가 없다. 하지만, 표기에 충실한 해독을 하자면, 상례들보다는 '아촌'이 더 합당하다. 향찰표기에서 '惡'은 '아~악'으로 나타나고, '寸'은 3회의 용례 모두가 '惡'에 접속되어 나타나기에 그 자체로 '딘·즌'으로 읽힐 이유를 찾을 수가 없다. '惡'이 말음 'ㄱ'이 탈락된 채 '아'음을 나타낸 곳은 다음과 같다.

一念惡中涌出去良	〈普賢2〉
功德叱身乙對爲白惡只	〈普賢2〉
法界惡之叱佛會阿希	〈普賢6〉
衆生叱海惡中	〈普賢10〉

'寸'의 3회 용례를 다시 보면, 다음과 같다.

造將來臥乎隱惡寸隱	〈普賢4〉
惡寸習落臥乎隱三業	〈普賢4〉
懺爲如乎仁惡寸業置	〈普賢10〉

이상은 '惡寸'을 '아촌'으로 읽게 되는 음운론적 근거가 되는데, 이 어휘는 고대국어에서 '厭·惡'의 의미를 지니는 말이었다.

> 姓朴字厭髑 或作異次 或云伊處 方音之別也 譯云厭也 髑 頓 道 覩 獨 等 皆
> 隨書者之便 乃助辭也 今譯上不譯下 故云厭髑 又 厭覩 等也.
>
> 〈三國遺事 卷3, 興法, 原宗興法厭髑滅身〉

厭海郡　本百濟 阿次山縣　　　　　　　　　〈三國史記36卷, 志5, 地理〉

厭 아쳘 염〈光州千字文〉, 惡 아쳐 오　　　　　　　　　　〈新增類合〉

위 예는 비록 '나쁨'의 의미가 아닌 '싫은'의 의미로서의 '아춘'이지만, '나쁨'과 '싫음'이 근본적으로 다른 말이라고 말할 수는 없다. 한문의 '惡'이 '나쁨·싫음'의 두 의미를 동시에 가지는 것으로도 이 점은 명확하다. 이에, 본서는 '惡寸'을 '싫음·나쁨'의 의미를 모두 포함하는 고유어로 이해하며, 그 음은 '아춘'으로 추정한다.

한편, 본조의 '惡寸'은 관형형이 아니라, 동명사형이다. 前行 '지어 오는(造將來臥乎隱)'의 수식을 받고 있으며, '주격조사'로 판단되는 '隱'이 접속되어 있기 때문이다.

구결에서도 'ㄴ'말음만으로 명사형을 취한 곳이 자주 나타난다.

高ㄱㅋㅓ　　　　　　　昇ノ仝ㄴ 路ㄴ 見ㅋㄱㅣㅓㄱ　　〈華嚴經 04:22〉
(노픈[높음·높은 곳]에 오르는　길을 본다면)

路ㅣㅣ 無塵ㅇㄱㄴ　　見ㅋㄱㅣㅓㄱ　　　　　〈華嚴經 05:03〉
(길이 無塵핸[無塵함]을 본다면)

이상, '아춘은'. 즉 '惡業은'과 같은 말이 된다.

IV.4. 法界餘音玉只出隱伊音叱如支 : 法界 남옥 난임짜

小倉進平(1929) : 法界를 남기어 나니이다
양주동　　(1942) : 法界 나목 나니잇다
김완진　　(1980) : 法界 나목 나님짜
양희철　　(1988) : 法界 나모(玉)ㄱ 나님짜
유창균　　(1994) : 法界 남옥 나님ㅅ 다기
신재홍　　(2000) : 法界 남옥 나니--ㅅ다
박재민　　(2002) : 法界 남도록 난임ㅅ다
김지오　　(2010) : 法界 남옥 남읷다

(1) 法界 : 法界

'法界'는 正用字. 기주 〈I.4.(1)〉.

(2) 餘音玉只 : 남옥

'餘'는 正用字. 古訓은 '남다'.

餘 나물 여 〈新增類合 · 石峯千字文 · 光州千字文〉

無餘涅槃은 나믄 것 업슨 涅槃이라 〈釋譜詳節 13:34a〉

無餘는 나믄 것 업슬씨니 無明이 永히 다ᄋ며 두 주구미 ᄒ마 업서 究竟ᄒ
無餘ㅣ라 〈楞嚴經諺解 04:78a〉

'餘音'의 '音'은 '남다(餘)'의 어간 '남'을 표기한 것이다. '音'이 'ㅁ'을 말음으로
하는 어휘에 접속되어 'ㅁ'음을 나타내는 음차자로 상용됨은 기주 〈I.1.(1)〉.
'玉只'은 양주동이 '악(연결형 어미 '아'＋강세첨사 'ㄱ')'으로 분석한 바 있는데,
異見이 없다. 다만, '玉'의 음가를 반영하여 '옥'으로 읽는다. 이상, '남옥'. 의미는
'남아'.

(3) 出隱伊音叱如支 : 난임ᄌᆞ

'出'은 正用字. 古訓이 '나다'.

出 날 츌 〈新增類合 등〉

司空이 東夷예셔 나니 (司空出東夷) 〈杜詩諺解 初刊 24:11a〉

향찰 전체에 본조 외에 4회가 더 있는데, 모두 한자 본연의 의미로 사용되었다.

一等隱枝良出古 (나고) 〈祭亡妹歌〉

日遠烏逸□□過出知遣 (디나) 〈遇賊歌〉

一念惡中涌出去良 (솟나) 〈普賢2〉

煩惱熱留煎將來出米 (나매) 〈普賢6〉

'隱'이 차자표기 전반에서 'ㄴ · ᄋᆞᆫ · 은 · ᄂᆞᆫ · 는'의 음상을 위해 사용되는 音借

字임은 향찰자변증 108)항에서 다룬 바 있다. 이상, '出隱'은 '난'.
'伊音叱如'는 향찰에 다음의 3용례가 더 있다.

花肹折叱可獻乎理音如   〈獻花歌〉

爲內尸等焉國惡太平恨音叱如   〈安民歌〉

吾焉頓部叱逐好支伊音叱多   〈普賢8〉

양주동은 '납니다' 정도의 의미로 파악하였고, 김완진 역시 '납니다' 정도의
의미를 가지는 것에 동의하면서 다만, 지속의 의미가 포함되어 있는 걸로 파악
하였다. 유창균은 '나는 듯'으로 파악하였다. 사실 향찰표기에서 이러한 음차자
의 나열은 '正用字＋借用字'로 된 어절의 해독에 비해 의미 파악이 훨씬 더 곤란
하며, 실제로 분석을 하였다 하더라도 이것의 正解여부조차 확인받기가 어려운
난점이 있다. 그러나 다행히 구결에서 이와 유사한 음의 진행을 보이는 종결어미
가 발견되어 선행 연구자들에 비해 세밀한 추정을 할 수 있는 근거를 제공한다.
위의 사례는 모두 '임ㅼ' 정도로 읽힐 수 있는데, 구결에서 'ㆆ ㄷ ㅣ'의 형태로
다수의 용례를 남겨 두었다.

信ㄱ 能ㅌ 菩提樹ㄴ 生長ﾂ ﾅ ㅓ ㅏ 信ㄱ 能ㅌ 最勝智ㄴ 增益ﾂ ﾅ ㅓ ㅏ 信ㄱ
能ㅌ 一切佛ㄴ 示現ﾂ ㆆ ㄷ ㅣ   〈華嚴經 10:06-07〉

金剛原 � ㅏ 十 登ﾂ ㅛ ㅅ 二 ㄱ ㅣ ㅣ ㅓ 淨土 ㅏ 十 居ﾂ 二 ㆆ ㄷ ㅣ   〈舊譯仁王經 11:7〉

此 與ㅌ 相違ﾂ ㄱ ㅣ ㄱ ㅣ 其相ㄴ 知ノㆆ[應]ㄷ ㅣ   〈瑜伽師地論 11:02〉

是 [如]ㅌ ﾂ ㅏ ㅓ ㅏ ㅣ [乃 ㅣ] 他 ㅏ 信施ㄴ 受ノㆆ[應]ㄷ ﾂ ㅏ   〈瑜伽師地論 17:20〉

구결에 나타난 이 형태들을, 박진호55)는 '화자의 의지'를 나타내는 것으로 파
악하였고, 때로는 '당위·의무' 혹은 '가능성·능력'을 나타낼 수도 있음을 말하
였다. 장윤희56)는 보다 범위를 넓혀 '어떤 행위를 해야함을 강조하는' 역할을
하는 어미로 파악하였다. 이러한 파악은 문맥적 배경을 제공하는 구결을 이용하
였기에 향찰만으로 해독하던 시기보다 튼튼한 것이었으며, 그럼으로써 더욱 정
밀기도 한 것이었다.

---

55) 박진호, 「借字表記 資料에 대한 통사론적 검토」, 『새국어생활』, 제7권, 4호, 국립국어연구원,
1997.
56) 장윤희, 「舊譯仁王經 구결의 종결어미」, 『口訣研究』, 제5집, 구결학회, 태학사, 1999.

본서 역시 이 구절에 대한 해독의 방향을 구결에서 찾고자 하였으며, 그렇게 하여, 본조를 '應當'의 의미에 準하는 어말어미로 파악하였다. 박진호의 '의지·당위·가능'을 전체 포괄한 뜻이며, 장윤희의 '해야함의 강조'와는 좀 다르다. 만약, '해야함의 강조'가 'ㅎ七丨'의 핵심적 의미라면, 우리는 다음의 것도 그런 의미로 설명할 수 있어야 한다.

> 信ㄱ 能攴 菩提樹乙 生長ソナ扌ろ 信ㄱ 能攴 最勝智乙 增益ソナ扌ろ 信ㄱ 能攴 一切佛乙 示現ソナㅎ七丨 (믿음은 능히 菩提樹를 자라게 할 수 있으며, 믿음은 능히 最勝智를 증익케 하며, 믿음은 능히 일체불을 보이게 한다.)
>
> 〈華嚴經 10:06-07〉

그러나, 만약 이를 '해야함의 강조'로 해석하면, '믿음이 능히 菩提樹를 자라게 할 수 있게 해야 하며, 믿음이 능히 最勝智를 증익할 수 있게 해야 하며, 믿음이 능히 일체불을 보이게 할 수 있게 해야 한다*'로 되는데, 과연 이것이 원문의 眞意에 가까울까는 의문이다.

이로, 본서는 'ㅎ七丨'를 '應當'에 호응하는 모든 어말어미로 판단한다. '應當~해야 한다(당위)'의 '해야 한다', '應當~할 수 있다(가능)'의 '할 수 있다', '應當~하겠다(의지)'의 '하겠다'가 그 구체적 의미가 될 것이다. 이렇게 된다면, 구결과 향찰의 모든 구문이 다 해결되는 장점이 있다. 상례를 다시 풀이해보면,

> 信ㄱ 能攴 菩提樹乙 生長ソナ扌ろ 信ㄱ 能攴 最勝智乙 增益ソナ扌ろ 信ㄱ 能攴 一切佛乙 示現ソナㅎ七丨 (信은 [應當] 能히 菩提樹를 생장케 하며, 信은 能히 最勝智을 增益하게하며, 信은 能히一切佛을 示現하게 한다)
>
> 〈華嚴經 10:06-07〉
>
> 善男子ろ 是 五法乙 依ろ 菩薩摩訶薩ㄱ 尸波羅蜜乙 成就ソナㅎ七丨 (善男子아! 이 五法을 의지해 [應當] 菩薩摩訶薩은 尸波羅蜜을 成就할 수 있다.)
>
> 〈金光明經 02:25-03:01〉
>
> 善男子 菩薩摩訶薩ㄱ [於]此十地ろ十 破壞堅固金剛山ㅗノ尸 名 陁羅尼乙 得ろホ 生リナㅎ七ㅎ七丨 (善男子 菩薩摩訶薩은 此十地에 破壞堅固金剛山라고 부르는 陁羅尼을 [應當] 시러곰 나게 할 수 있다.) 〈金光明經 12:09-11〉
>
> 金剛原ろ十 登ソ去ハニㄱリ氵 淨土ろ十 居ソニろㅎ七丨 (金剛原에 登하신이라야 [應當] 淨土에 居하실 수 있다.) 〈舊譯仁王經 11:07〉

唯八 佛入 與ㄴ 佛入ㅣニ氵 乃氵 斯ㅣ 事ㄴ 知ニㅎㅌㅣ (오직 佛과 더분 佛이
시어야 [應當] 이 事을 <u>아실 수 있다.</u>)　　　　　　　〈舊譯仁王經 11:23-24〉

菩薩ㅣ 成佛ㅣㅗㄱㅌㄴ 時ㅓ 煩惱ㄴ 以氵 菩提 爲氵ㅏㅎㅌㅣ (菩薩이 成佛
한 時에 [應當] 煩惱로써 菩提 삼을 <u>수 있다.</u>)　　　　〈舊譯仁王經 15:18-19〉

와 같이 되어 모두가 '應當'의 의미가 전제된 상태의 진술임을 알 수 있고 이상을
다시, 향찰의 세 용례에 다시 대입시켜 보면,

　　　花肦 折叱可 獻乎理音如　　　　　　　　　　〈獻花歌〉
([應當]꽃을 꺾어　獻호리다.)

　　　爲內尸等焉　國惡　太平恨音叱如　　　　　　〈安民歌〉
(한다면, [應當] 나라가 太平할 것이다.)

　　　吾焉 頓部叱 逐好支伊音叱多　　　　　　　　〈普賢8〉
([應當]나는 모두　逐하리라, 逐해야 한다.)

로 되어 문맥에 부합함을 살필 수 있다. '支'는 장음표지 (〈Ⅶ.4.(2)〉참조). 이상,
'난임샤'는 '(應當 法界너머까지) 나려 합니다.'로 풀이된다.
　한편, '법계 너머까지 난다'는 말은 자신이 지어온 악업이 '無量無邊'하다는
의미로, 「普賢行願品」의 다음 내용을 詩化한 것이다.

　我於過去無始劫中 由貪瞋癡 發身口意 作諸惡業 無量無邊 (제가 과거의 끝
　없는 겁 동안에 욕심[貪]과 성냄[瞋]과 어리석음[癡]에 말미암아 몸과 입과 뜻을
　놀리어 지어온 여러 악업이 <u>한량없고 끝이 없습니다.</u>)
　　　　　　　　　　　　　　　〈普賢行願品, 40卷本 華嚴經, 第40卷〉

IV.5. 惡寸習落臥乎隱三業 : 아촌 習 떠러디누온 三業

小倉進平(1929) : 모딘 버릇(에) 디누온 三業
양주동　(1942) : 모딘 비흣 디누온 三業
김완진　(1980) : 머즌 비흣 디누온 三業
양희철　(1988) : 머즌(惡寸) 비흣 디누온 三業
유창균　(1994) : 구존 비호락 눕온 三業

신재홍 (2000) : 머즌 비홋 디누본 三業
박재민 (2002) : 아촌 習 뻐러디누온 三業
김지오 (2010) : 구즌 비홋 디누온 三業

(1) 惡寸習 : 아촌 習

'惡寸'이 '아촌'임은 기주 〈IV.3.(4)〉. '惡寸習'은 '惡習'을 말한다. '惡習'은 불가
의 관용어로 '善習'에 반대되는 말이다. '惡習'이 쌓이면 '惡業'을 받고, '善習'이
쌓이면 '善業(果)'을 받는다.

> 性識이 一定호미 업서 惡習으로 業을 미즈며 善習으로 果를 미자
>
> 〈月印釋譜 21:48b〉
>
> 十習이 十惑애 根本ᄒ야 習으로 惡業을 일우고   〈楞嚴經諺解 08:79b〉
>
> 業은 이리오 報ᄂ 가폴씨니 제 지손 이릴 됴ᄒ며 구즈ᄆ로 後에 됴ᄒ며 구즌
> 가포믈 얻ᄂ니라   〈月印釋譜 序:03a〉

「普賢行願品」에 근거할 때, 본조의 '나쁜 습관'은 '욕심[貪]·성냄[瞋]·어리석
음[癡]'을 칭한 말이라 할 수 있다.

> 我於過去無始劫中 由貪瞋癡 發身口意 作諸惡業 無量無邊 (제가 과거의 끝
> 없는 겁 동안에 욕심[貪]과 성냄[瞋]과 어리석음[癡]에 말미암아 몸과 입과 뜻을
> 놀리어 지어온 여러 악업이 한량없고 끝이 없습니다.)
>
> 〈普賢行願品, 40卷本 華嚴經, 第40卷〉

(2) 落臥乎隱 : 뻐러디누온

'落'은 正用字. 소창진평 이후 모두 '디다'로 읽어 왔는데, 유창균만 유독, '오락
가락'의 '락'과 같이 행동의 연속에 붙는 접미사로 보았다.

> 落 딜 락   〈訓蒙字會〉
>
> 落 뻐러딜 락   〈新增類合〉

'落'은 언해자료에 상례와 같이 나타나며, 正用字로 보면 소창진평의 의견에
따를 수 있고, 借用字로 보아 '音'만 취하면 유창균의 의견을 따를 수 있다. 하지

만, 문맥에 충실할 때, 소창진평의 의미파악이 정확한 것이다.

'떨어지다'라는 말은 현대에도 그렇듯이, '나쁜 일에 빠지다'란 의미인데, 佛家에서 관용되는 어구이다.

> 모딘 길헤 뻐러디면 恩愛를 머리 여희여 어즐코 아득ᄒ야 어미도 아ᄃᆞᆯ 모ᄅ며 아ᄃᆞᆯ도 어미를 모ᄅᆞ리니　〈釋譜詳節 06:03b〉
>
> 이는 婬室에 외오 뻐러듄 젼ᄎᆞ를 펴니라　〈楞嚴經諺解 01:33a〉
>
> 이 覺性은 眚中에 뻐러딘 것 아니니　〈楞嚴經諺解 02:91b〉

前行하는 '惡寸習'은 전술했듯이 나쁜 습관 즉, 중생들이 빠지기 쉬운 '욕심[貪]과 성냄[瞋]과 어리석음[癡]'인데, 그러므로, 본조의 '落'은 '이런 습관에 떨어졌음'을 표현한 구절이 된다.

그러므로 의미파악에 있어서는 소창진평의 파악이 옳았음을 인정할 수 있다. 다만, 소창진평 이후 인정되어온 '디다'로 읽는 방식은 문제가 있다. '落'이 '墮落'의 의미로 사용될 때에는 대부분 그 훈이 '디다'가 아닌, '뻐러디다'로 새겨지는 만큼, 읽는 방식 역시 '뻐러디다'로 되어야 할 것이다. 이상, '뻐러디'. '臥乎隱'이 '누온'으로 읽히며 현재시상을 나타냄은 기주 〈IV.3.(3)〉.

(3) 三業 : 三業(身口意業)

'三業'은 '타고난 나쁜 세 가지 습관'을 말한다. 三業은 '殺·盜·婬'를 지칭할 때도 있고, '身·口·意'를 지칭할 때도 있는 등, 佛家에서 다양한 경우를 가진다.

> 三業은 곧 殺盜婬이라　〈楞嚴經諺解 09:38a〉
>
> 그럴씨 버거 第三애 三業 조히 닷고ᄆᆞᆯ 블겨 身口意를 警戒ᄒᆞ노라　〈禪宗永嘉集諺解 上:6a〉
>
> 貪과 瞋과 邪見은 意業이오 妄言과 빗난 말와 두 가짓 혀와 모딘 입과는 口業이오 殺와 盜와 婬과는 身業이라　〈禪宗永嘉集諺解 上:27a〉

본조의 '三業'은 「普賢行願品」에 다음

> 我於過去無始劫中 由貪瞋癡 發身口意 作諸惡業 無量無邊 (제가 과거의 끝

없는 겁 동안에 욕심[貪]과 성냄[瞋]과 어리석음[癡]에 말미암아 몸과 입과 뜻을
놀리어 지어온 여러 악업이 한량없고 끝이 없습니다.)

〈普賢行願品, 40卷本 華嚴經, 第40卷〉

과 같이 '身‧口‧意'를 놀려서 지은 惡業으로 나타난다. 즉, '身業‧口業‧意業'
이다. 이상, '三業'은 '身口意業'.

IV.6. 淨戒叱主留卜以支乃遣只 : 淨戒ㅅ 主로 디니 나곡

小倉進平(1929) : 淨戒ㅅ 님을 디어내고
양주동　(1942) : 淨戒ㅅ 主루 디니누곡
김완진　(1980) : 淨戒ㅅ主로 디니ᄂ곡
양희철　(1988) : 淨戒ㅅ 主로 디니(卜以支)ᄂ곡
유창균　(1994) : 淨戒ㅅ 主로 디니기 나곡
신재홍　(2000) : 淨戒ㅅ 主로 디니기 닉곡
박재민　(2002) : 淨戒ㅅ 主로 디녀 (벗어)나곡
김지오　(2010) : 淨戒ㅅ 主루 디니나곡

(1) 淨戒叱主留 : 淨戒ㅅ 主로

'淨戒'는 正用字. '清淨戒律'의 준말로서 부처님이 제정한 청정한 계행을 말한
다. 중생은 항상 이를 지닌[持] 채 行道해야 한다.

　　清淨戒律을 디녀 婬心을 永히 긋고　　　　　　〈楞嚴經諺解 08:06b〉
　　貪婬을 滅ᄒ야 부텻 淨戒를 디녀　　　　　　〈楞嚴經諺解 07:07a〉
　　알핏 淨戒를 디녀ᅀᅡ 定慧를 닷ᄀ릴씨　　　〈禪宗永嘉集諺解 上:7b〉
　　너희들히 반ᄃ기 淨戒를 디뇰띠니 戒ㅣ 犯홀 ᄆᅀᆞ믈 一念 쓰ᅵ도 디내요미
　　몯ᄒ리온 ᄒᆞᆯ며 여러 時를 디내요미ᄯᆞ녀　　　〈禪宗永嘉集諺解 上:6a〉

최행귀의 한역시에서는 '淨戒' 그대로 漢譯하였고, 「普賢行願品」에서는 '清
淨三業‧淨戒'의 두 어휘로 나타난다.

　　今願懺除持淨戒 (이제 참회하여 淨戒를 지녀서)　〈崔行歸의 漢譯詩, 均如傳〉

我今悉以清淨三業 遍於法界極微塵刹 一切諸佛菩薩衆前 誠心懺悔 後不復 造 恒住淨戒 一切功德 (제가 이제 깨끗한 세 가지 業으로, 법계의 티끌만큼 많은 세계에 두루 계신 무량의 부처님 앞에서 誠心으로 참회하여 이후 다시는 (죄를) 짓지 않고 늘 淨戒의 모든 공덕에 머물겠습니다.)

〈普賢行願品,『40卷本 華嚴經』의 第40卷〉

'叱'이 'ㅅ'에 해당하는 차자임은 향찰자 변증 139)항에서 다루었다.

'主'는 「普賢十願歌」에서 유일 용례이다. 소창진평은 '님'으로 읽었으나, 양주동 이후로는 모두 '主'로 읽었다. 본조의 의미가 '淸淨戒律을 主되게 지녀'로 여겨지므로 '主'를 그대로 둔 양주동의 견해를 따른다. '留'가 '로'음을 위해 사용됨은 기주 〈 I.1.(2)〉. 이상, '淨戒ㅅ 主로'로 읽히며, 그 의미는 '淸淨戒律를 主되게'.

(2) 卜以支乃遣只 : 디니 (벗어)나곡

'卜'은 향찰전체에 2회 나타난다.

淨戒叱主留卜以支乃遣只   〈普賢4〉

然叱皆好尸卜下里   〈普賢8〉

'卜'은 '디 · 딘'음을 나타내는데, 이의 유래는 未詳이나, 소창진평이 이미 소개했듯이 吏讀에서 '디 · 딘'음을 위하여 사용되었음이 보인다.

卜役: 딘역   〈儒胥必知〉

卜定: 지정   〈儒胥必知〉   디정   〈典律〉

본조에 '디 · 딘(卜)'이 나타난 것은 前句의 '淨戒'와 호응하였기 때문인데, '淨戒를 디니다'의 '디니'를 위해 사용된 것이다. 우선, '淨戒를 디니다'는 불가의 관용어구이고(〈IV.6.(1)〉항의 예문참조), 최행귀의 한역시에서도 '持淨戒'로 한역되어 있다.

今願懺除持淨戒 (이제 참회하여 淨戒를 지녀서) 〈崔行歸의 漢譯詩, 均如傳〉

'以支'는 향찰에서 매우 난해한 字로 총 7회[57]가 나타난다.

窟理叱大肸生以支所音物生 　　　　　　　　　　〈安民歌〉

爲尸知國惡支持以□支知古如 　　　　　　　　　　〈安民歌〉

郎也持以支如賜烏隱 　　　　　　　　　　　　〈讚耆婆郎歌〉

祈以支白屋尸置內乎多 　　　　　　　　　　〈禱千手觀音歌〉

行尸浪 阿叱沙矣以支如支 　　　　　　　　　　　　〈怨歌〉

淨戒叱主留卜以支乃遣只 　　　　　　　　　　　　〈普賢4〉

世呂中止以友白乎等耶58) 　　　　　　　　　　　　〈普賢7〉

향찰 전체를 통틀어 '以'자가 13회밖에 나타나지 않는 점을 고려한다면, '以'字와 '支'字는 상당한 친연성을 가진 셈이다. 소창진평이 '以'를 용언의 연용형에 붙는 '아 · 어'로 파악했으나, 양주동은 '딘(卜)'과 결합하여 '디니(指)'의 訓을 나타내는 요소로 보았다. 접속된 '支'에 대하여는 공히 '무의미한 虛字'로 파악하여 같은 견해를 보였다. '支'의 용법에 대하여는 좀 더 면밀한 고찰이 필요하나 주로 모음에 접속됨을 근거로 본서는 '말음첨기 · 장음의 표기'로 이해하였다.59)

---

57) 김완진에 의해 제기된, '支'와 '攴'의 구별은 염두에 두지 않았다. '攴'字는 字形 · 用處로 보아 '支'字의 異形에 다름 아니며, 필사자의 습관이 반영된 것에 불과한 걸로 보인다. 실제로 '攴'字는 「普賢十願歌」에는 나타나지 않고『三國遺事』소전 향가에만 나타나는데,『三國遺事』의 경우 '支'와 '攴'의 혼용은 완연하여, '枝'字도 '枝'로 적고 있는 실정이다.

　　栢史叱枝 次高攴好〈讚耆婆郎歌〉, 一等隱枝 良出古〈祭亡妹歌〉

또한, 「普賢十願歌」와『균여전』전체의 경우, '攴'는 한문 문맥에서 단 1회 나타나는데, 그때 역시 '攴'字로 記寫되어 있다.

　　僧行謂女曰 "我卽 菩提留攴三藏也"〈第3章 姊妹齊賢分者〉

이때, '菩提留攴'가 북인도 사람 'Bodhiruci'의 음역 '菩提留攴'를 표기한 형태임은 자명하다. 이에 대한 보다 자세한 변증은 박재민(2013a)의 39~42면에서 행한 바 있다.

58) 「普賢7」의 '世呂中止以友白乎等耶' 중, '友'字는 '攴'字를 잘못 이해한 것으로 보인다. 마찬가지로 「普賢8」 '吾焉頓部叱逐好友伊音叱多' 중, '友'字도 '攴'를 잘못 이해한 것으로 보인다. 『均如傳』에 이 두 글자는 통틀어 4회의 용례를 가지는데, 4회 공히 '攴'의 형태로 記寫되어 있다. 우측상단에 찍힌 점이 무엇을 의미하는지 不明하나, 필사자가 이 字들을 같은 字로 인식하고 있었음을 알리는 표지로 본서는 이해했다. (이에 비해『균여전』의 한문 문장 속에서 나타난 '友'字에는 우측상단에 점이 찍히지 않는다.) 또한, '以友'를 '以支'로 이해할 때, 「普賢7」의 '以友'와 「普賢8」의 '乎友'는 향찰전체의 유일례라는 특이성에서 각각 벗어날 수 있다. '以支' 형태는 상례한 바와 같이 향찰표기에서 6회 나타나며, '好支'의 형태는 다음과 같이 2회 나타난다.

　　乃叱好支賜烏隱〈慕竹旨郎歌〉, 物叱好支栢史〈怨歌〉

한편, 본조 '卜以支'는 「安民歌」, 「讚耆婆郎歌」에서 보이는 '持以支'와 같다는 선행연구자들의 견해에 이의가 없다. 이상, '디니'. '乃'가 '나'음을 위해 사용될 수 있음은 기주 〈Ⅱ.10.(3)〉, 다만 여기서 '나'는 '出'의 訓을 음차자로 표현한 것이다.

'遣只'가 '곡'임 역시 소창진평이 이미 이두를 이용하여 밝혔다. 재인용한다.

是遣: 이고   〈儒胥必知·典律〉

다만 '遣'이 어떤 근거로 '고'음을 위하여 사용될 수 있었는지에 대하여는 未詳이다. '只'가 강세사 'ㄱ'임은 기주 〈Ⅱ.6.(2)〉.

이상을 정리하면, '디니 나곡'이 되는데, 의미로는 '惡習에 떨어진 身口意業을 淨戒를 주되게 지녀 (벗어) 나고'가 된다.

Ⅳ.7. 今日部頓部叱懺悔 : 오늘 주비 돈붓 懺悔

小倉進平(1929) : 오늘늘 頓ㅅ 懺悔
양주동　(1942) : 오늘 주비 頓部ㅅ 懺悔
김완진　(1980) : 오늘 주비 브ㄹ붓 懺悔
양희철　(1988) : 今日 주비 던부(頓部)ㅅ 懺悔
유창균　(1994) : 오늘주비 頓주비ㅅ 懺悔
신재홍　(2000) : 오늘부 무저붓 懺悔
박재민　(2002) : 오늘 주비 돈붓(모두) 懺悔
김지오　(2010) : 오늘 주비 돈붓 懺悔

(1) 今日 部 : 오늘 주비

'今日'은 正用字. 古訓이 '오늘'임은 기주 〈Ⅱ.1.(1)〉. 「普賢行願品」의 偈에서는 '今'으로 나타난다.

---

59) 구결에도 동일한 자형의 '支'가 나타난다. 주로, '能支·善支·離支·如支·則支' 등의 한자어에 접속되어 나타나는데, 이들은 선초 언해문의 '能히·善히·離히[여희]·如히[다히]·則支[즉자히]'에 대응된다는 점에서 '히'의 음가와 깊은 관련을 지닌 자임을 알 수 있다. 이에 대한 상론은 박재민(2013a)에서 행한 바 있다.

我昔所造諸惡業 皆由無始貪恚癡 從身語意之所生 <u>一切我今皆懺悔</u> (과거에 제가 지은 惡業, 욕심[貪]과 성냄[恚]과 어리석음[癡]으로 말미암아 몸과 말과 뜻으로써 지었사오니 <u>그 모두를 제가 지금 다 참회합니다.</u>)

〈普賢行願品, 偈, 40卷本 華嚴經, 第40卷〉

'部'은 正用字. 古訓이 '주비(무리)'임은 기주 〈Ⅱ.1.(2)〉.

이상, '今日 部'는 「普賢2」의 '今日部伊冬衣'의 '今日部伊'와 동일한 어구이다. '部'는 懺悔의 주체를 표현한 것으로 '(나를 포함한) 무리'이다.

오늘 世尊ㅅ 알픽 여러 허므를 내 懺悔ᄒ숩노니　　〈法華經諺解 04:42b-43a〉

從身語意之所生 <u>一切我今皆懺悔</u>　　〈普賢行願品, 偈, 40卷本 華嚴經, 第40卷〉

(2) 頓部叱 : 돈붓(모두)

이 구절은 그간 미해결의 구절이었으나, 김준영(1979:202-203면)과 김영만 (1997:1-25면)에서 훌륭히 해결되었다. 향가전체를 통틀어 가장 난해한 句 중의 하나가 해결된 걸로 믿는다. '頓部叱·頓叱'의 의미는 共히 '모두'임에 이견이 없다. 「普賢行願品」의 偈의 '皆'에 대응한다.

我昔所造諸惡業 皆由無始貪恚癡 從身語意之所生 <u>一切我今皆懺悔</u> (과거에 제가 지은 惡業, 욕심[貪]과 성냄[恚]과 어리석음[癡]으로 말미암아 몸과 말과 뜻으로써 지었사오니 <u>그 모두를 제가 지금 다 참회합니다.</u>)

〈普賢行願品, 偈, 40卷本 華嚴經, 第40卷〉

(3) 懺悔 : 懺悔

'懺悔'는 正用字. 「普賢行願品」의 偈에 같은 말이 나타난다.

我昔所造諸惡業 皆由無始貪恚癡 從身語意之所生 <u>一切我今皆懺悔</u> (과거에 제가 지은 惡業, 욕심[貪]과 성냄[恚]과 어리석음[癡]으로 말미암아 몸과 말과 뜻으로써 지었사오니 <u>그 모두를 제가 지금 다 참회합니다.</u>)

〈普賢行願品, 偈, 40卷本 華嚴經, 第40卷〉

선초 언해문에서는 다음과 같이 풀이하고 있다.

IV. 懺悔業障歌

懺은 츳물씨니 내 罪를 츳마 브리쇼셔 ᄒᆞ논 ᄠᅳ디오 悔ᄂᆞᆫ 뉘으츨씨니 아랫 이
ᄅᆞᆯ 외오호라ᄒᆞᆯ씨라   〈釋譜詳節 06:09a〉

이상, '오늘 우리 무리는 모두 참회'.

IV.8. 十方叱仏体闕遣只賜立 : 十方ㅅ 부텨 알곡시셔

小倉進平(1929) : 十方ㅅ 부텨 알고샤셔
양주동 (1942) : 十方ㅅ 부텨 알곡샤셔
김완진 (1980) : 十方ㅅ 부텨 마기쇼셔
양희철 (1988) : 十方ㅅ 부텨 알(闕)곡샤셔
유창균 (1994) : 十方ㅅ 佛體 알고기시셔
신재홍 (2000) : 十方ㅅ 부텨 알곡시셔
박재민 (2002) : 十方ㅅ 佛體 알곡샤셔
김지오 (2010) : 十方ㅅ 佛體 알고기시셔

(1) 十方叱 仏体 : 十方ㅅ 부텨

'十方'은 正用字. 佛家에서 온 세계를 칭하는 말이다.

十方은 東方 東南方 南方 西南方 西方 西北方 北方 東北方 우흐로 上方 아래
로 下方이라   〈月印釋譜 02:10a〉

'叱'이 'ㅅ'에 해당하는 차자임은 향찰자 변증 139)항에서 다루었다. 여기서는
속격의 'ㅅ'이다. '佛體'는 기주〈Ⅰ.2.(3)〉. 이상, '十方ㅅ 佛體'.

(2) 闕遣只賜立 : 알곡시셔

'闕'은 향찰표기 중, 본조가 유일하다. 借用字로, 그 字音으로 '알'을 표기한
것이다. 『三國史記』에 音借의 용례가 있다.

闕 일 주글 알   〈新增類合〉

閼英井 一作娥利英井   〈三國遺事1卷, 紀異, 新羅始祖赫居世王〉

闕谷 一作葛谷   〈三國遺事1卷, 紀異, 新羅始祖赫居世王〉

'遣只'가 '곡'임은 기주 〈IV.6.(2)〉. '賜'가 주체존대선어말어미 '시'음을 위해
사용됨은 기주 〈I.7.(2)〉.
'立'은 향찰표기에 총 4회 나타난다.

惱叱古音多可支白遣賜立   〈願往生歌〉

慕人有如白遣賜立   〈願往生歌〉

彌勒座主陪立羅良   〈兜率歌〉

十方叱仏体闕遣只賜立   〈普賢4〉

字訓 '셔다'(立 셜 립 〈新增類合 등〉)를 '셔'음을 표기한 訓借字라는 데 이견이
없다. 前行 '賜'와 결합하여 '시셔'로 읽히는데, 선초 언해에 보이는 '소셔·쇼셔'
와 같은 것으로 인정된다.

世尊하 날 爲ᄒᆞ야 니르쇼셔   〈月印釋譜 01:17b〉

世尊ㅅ 일 술ᄫᅩ리니 萬里外ㅅ 일이시나 눈에 보논가 너기ᅀᆞᄫᆞ쇼셔
                              〈月印釋譜 01:01b〉

한편, 구결에서도 본조와 일치하는 구문이 있어 두 표기체계간의 공통성을
확인시킨다. 즉, "곡시셔(ㅁ ㅅ ᄒᆞ효[=古只賜立])"이 나타나는데, 역시 존칭 명령
으로 파악된다.

大王下   當ㅅ   知ㅁㅅᄒᆞ효 我ㄱ 今ㅇㄱ 衰老ㅇㅎ 身ㄱ 重疾ㅎㅎ ……
(대왕이시여! 반드시 아십시오 나는 지금 老衰하여 몸은 重疾에 ……)
                              〈華嚴經疏 10:17〉

我ㄱ 今ㅇㄱ 已ㄹ 諸ㄱ 菩薩ㄹ 爲ㄹ 佛失 往ㅎㅅ 修ᄒᆞㄱㅌㄴ 淸淨行ㄴ 說
ㅎㄴㄹㅎ기ㅣ四 仁刀 亦ㅇㄱ 當ㅅ [於][此]ㅣ 會ㅌ 中ㅎㅅㅎ八 修行ᄂᄒᆞ
ㄱㅌㄴ 勝功德ㄴ 演暢ᄂㅁㅅᄒᆞ효 (나는 지금 이미 모든 菩薩위해 佛께서 지
난 세계로부터 닦아 오시는 淸淨行을 말하였으니, 당신도 또한 반드시 이 모
임 가운데 나와 수행하시어 온 勝功德을 演暢하십시오.)
                              〈華嚴經 08:23-24〉

위 예문 중, 『華嚴經』은 '내가 이미 말했으니 당신도 이제 말해 주십시오'에

해당하고, 『華嚴經疏』는 '대왕께서는 내가 지금 老衰한 것을 알아 주십시오'란 말이 되는데 이로서 향찰 '遣只賜立'의 의미는 더욱 자명해졌다.

본조는 '부처님 앞'에서 자신이 지어온 악업을 참회하고 '앞으로는 다시 짓지 않겠다는 다짐'을 꼭 알아달라고 기원하는 다음의 정황이 시화된 것이다.

> 我今悉以淸淨三業 遍於法界 極微塵刹一切諸佛菩薩衆前 誠心懺悔 後不復 造 恒住淨戒一切功德 (제가 이제 깨끗한 세 가지 業으로, 법계의 티끌만큼 많은 세계에 두루 계신 무량의 부처님 앞에서 誠心으로 참회하여 이후 다시는 (죄를) 짓지 않고 늘 淨戒의 모든 공덕에 머물겠습니다.)
>
> 〈普賢行願品, 40卷本 華嚴經, 第40卷〉

이상, '알곡시셔' 현대어로는 '알아 주십시오'.

Ⅳ.9. 落句 衆生界尽我懺尽 : 아으 衆生界盡我懺盡

小倉進平(1929) : 落句 衆生界를 다ᅌᅡ아 내 懺悔
양주동　(1942) : 아으 衆生界盡我懺盡
김완진　(1980) : 아야 衆生界盡我懺盡
양희철　(1988) : 落句 衆生界盡 我懺盡
유창균　(1994) : 아라 衆生界盡 我懺盡
신재홍　(2000) : 아야 衆生界盡我懺盡
박재민　(2002) : 아으 衆生界尽我懺尽
김지오　(2010) : 落句 衆生界尽 我懺尽

(1) 落句 : 아으

(2) 衆生界尽我懺尽 : 衆生界盡我懺盡

「普賢行願品」에 나타나는 普賢菩薩의 다음 다짐을 七言으로 줄여 詩化한 것이다.[60]

---

60) 「普賢行願品」에서 반복적으로 나타나는 구문이다. 본조의 경우 '懺悔業障'에 대한 다짐이기에 "衆生界盡 衆生業盡 衆生煩惱盡 我懺乃盡"이라 하였지만, 각 다짐의 내용에 맞추어 이 구절은 다음과 같이 1字씩 변용되어 나타난다.

衆生界盡 衆生業盡 衆生煩惱盡 我懺乃盡 而虛空界 乃至衆生煩惱 不可盡故
我此懺悔無有窮盡 念念相續無有間斷 身語意業無有疲厭 (衆生界가 끝나고
衆生의 業이 끝나고 衆生의 번뇌가 끝나면 나의 참회도 끝나겠지만, 중생계와
중생의 번뇌가 끝날 수 없으므로 나의 이 참회는 끝나지 아니하고, 생각이
끊임없이 서로 이어져 잠깐도 쉬지 않지만, 몸과 말과 뜻으로 하는 일은 조금
도 고달프거나 싫증나지 않느니라.)   〈40卷本 華嚴經, 第40卷〉

즉, '중생계가 다한다면 나의 참회도 다할 것이나, (중생계가 다할 리 없으므
로 나의 참회도 다할 수 없다)'라는 구절을 부분 인용한 것이다. 중생계는 '중생
이 살아가는 번뇌 가득한 곳'이란 의미인데, 〈XI.1.(1)〉에서 다룬다.

Ⅳ.10. 來際永良造物捨齊 : 來際 다아 造物 여희져

小倉進平(1929) : 來際 길에 造物(을) 버리제
양주동　(1942) : 來際 기리 造物捨져
김완진　(1980) : 來際 오랑 造物 ᄇ리져
양희철　(1988) : 來際 기리 造物捨져(齊)
유창균　(1994) : 來際 永良 造物 ᄇ리져
신재홍　(2000) : 來際 기라 저즐갓 ᄇ리져
박재민　(2002) : 來際 다아 造物(俗世) ᄇ리져
김지오　(2010) : 來際 기라 짓갓 ᄇ리져

(1) 來際 : 來際

'來際'는 正用字. '未來·來生'을 말하며, 고유어로 풀어 '來ㅅ ᄀᆞᆺ'이라고도
한다.

來世ᄂᆞᆫ 오ᄂᆞᆫ 뉘라   〈釋譜詳節 09:04a〉

前際ᄂᆞᆫ 過去 ㅣ오 後際ᄂᆞᆫ 未來라   〈南明集諺解 序:2a〉

衆生界盡 衆生業盡 衆生煩惱盡 我禮乃盡〈普賢行願品,'禮敬諸佛',「보현1」과 관련된 부분〉
衆生界盡 衆生業盡 衆生煩惱盡 我讚乃盡〈普賢行願品,'稱讚如來',「보현2」와 관련된 부분〉
衆生界盡 衆生業盡 衆生煩惱盡 我供乃盡〈普賢行願品,'廣修供養',「보현3」과 관련된 부분〉

三世는 過去와 現在와 未來왜니 過去는 디나건 뉘오 現在는 나타잇는 뉘오
未來는 아니왯는 뉘라   〈月印釋譜 02:21b〉

來ㅅ ᄀᅀᅵ 다ᅌᆞ드록 샹녜 즈개 廣大法樂을 受用ᄒᆞ실씨오 〈月印釋譜 13:39b〉

(2) 永良 : 다아

'永'은 正用字.「新增類合」등의 천자문류에 있는

　　永 기리 영 〈新增類合〉,　　永 길 영   〈歷代千字文·石峯千字文〉

의 기록에 이끌려 양주동은 '기리'로 읽었다. 그러나 '永良'을 기리로 읽는 것은
'良'의 음가를 만족시킬 수 없었기에 김완진에 이르러 '오랑(오래)'으로, 유창균
에 이르러 '기라'로 수정받았다. 하지만, '永良'은 '다아(窮·盡)'로 읽어 충분하
다. 우선 선초 언해문에 '永'과 같은 의미의 '窮'이 '來際'와 호응하여 '다ᅌᆞ'로 언
해되고 있으며,

> 福이 ᄀᆞ룜 업슨 中에 微妙ᄒᆞ 隨順을 得ᄒᆞ야 未來際예 다ᅌᆞ닌 이ᄀᆞᆮᄒᆞ ᄒᆞᆫ 類는
> 일후미 福愛天이라 (福無遮中에 得妙隨順ᄒᆞ야 窮未來際ᄒᆞᆫ 如是一流는 名
> 福愛天이라)   〈楞嚴經諺解 09:13b〉

> 漏 잇는 禪定을브터 漏 업슨 行을 發ᄒᆞ야 究竟에 니른 젼ᄎᆞ로 니ᄅᆞ샤ᄃᆡ 未來
> 際예 다ᅌᆞ다 ᄒᆞ시니라 (自有漏禪定ᄒᆞ야 而發無漏生ᄒᆞ야 至於究竟故로 曰 窮
> 未來際라)   〈楞嚴經諺解 09:14a〉

> 種類를 내야 未來際예 다ᄃᆞᆯ게 ᄒᆞ야 三世平等ᄒᆞ며 十方애 通達호미 일후미
> 無盡行이라 (種類를 出生ᄒᆞ야 窮未來際ᄒᆞ야 三世平等ᄒᆞ며 十方애 通達호미
> 名無盡行이라)   〈楞嚴經諺解 08:30a〉

구결에서도 '永'의 말음으로 'ㅏ[良]'를 사용하여 '永良'을 '다아'로 읽었을 것임
을 시사한다.

> 現見法ㅏ十 永ㅏ　燉燃ㄴ 離ᄼ ㅏㄱ丁ノ亼 (다아)   〈瑜伽師地論 22:06〉
> 能ㅏ 現觀ㄴ 障ᄼᄼㄴ 我慢亂心ㄴ 便ㅏ 永ㅏ　斷滅ᄼᄆ 心一境性ㄴ 證得ᄼ
> ㅓㄱㅅ亠 (다아)   〈瑜伽師地論 23:20-21〉

이로써 '永良'은 '다아', 곧, 영원히.

(3) 造物捨齊 : 造物 여희져(떠나져)

'造物'은 다소 어색한 한자어이다. 양주동은 「普賢行願品」에 나타난 偈에 기반하여 '作諸惡業'의 의미일 것으로 추측한 바 있다. '造'와 '作'이 동의어이기에 가능했던 추정이다. 그러나, 후행하는 '捨'의 훈이 '버리다·떠나다'임에 비추어 볼 때, '악업짓기(作諸惡業)'는 문맥상 부드럽지 못하다. 이에 본서는 '造物'을 '造物界'의 略形으로 본다. '죄를 짓는 세계[造物界]'는 '俗世'를 의미할 수 있을 것이다. 최행귀의 漢譯詩에는 '塵染를 떠나다'로 되어 있는데, 이 역시 '紅塵·塵世'와 유사한 의미로 사용했을 것으로 본다.

> 永離塵染似靑松 (푸르른 솔과 같이 속된 세상 떠나리)
>
> 〈崔行歸의 漢譯詩, 均如傳〉

'捨齊'는 「普賢11」에서 같은 형태와 용법으로 한번 더 나타난다.

> 伊留叱餘音良他事捨齊 〈普賢11〉

두 경우의 '捨'는 모두 正用字로 고훈은 'ㅂ리다·여희다'.

> 捨ᄂᆞᆫ ᄇᆞ릴씨라 〈月印釋譜 序:14b〉
>
> 捨此ᄒᆞ고 何依리오 이 ᄇᆞ리고 어듸 브트리오 〈月印釋譜 序:14b〉
>
> 捨ᄂᆞᆫ 내 念을 여흴씨니 여희유미 捨ㅣ라 〈月印釋譜 09:42a〉

본조에 풀이한 '捨'의 고훈 'ㅂ리다'는 현대어로 '버리다'의 뜻이 아닌 '떠나다'의 뜻이다. 다음과 같은 경우와 일치하는 말이다.

> 내 發心ᄒᆞ야 生死를 ᄇᆞ리고져 願호이다 〈楞嚴經諺解 01:45a-b〉
>
> 捨覺支ᄂᆞᆫ 世間ㅅ法에 븓둥기 이디 아니ᄒᆞ야 브튼듸 업스며 마ᄀᆞ듸 업슬씨라
>
> 〈月印釋譜 02:37b〉

최행귀의 한역시 '離'에 해당하는 말이다. 거듭 인용하면 다음과 같다.

> 永離塵染似靑松 (푸르른 솔과 같이 속된 세상 떠나리)
>
> 〈崔行歸의 漢譯詩, 均如傳〉

'齊'가 '願望'의 어말어미임은 기주 〈Ⅰ.8.(3)〉.

이상, '來際永良造物捨齊'는 '영원히 俗世를 떠나고 싶다'의 의미로 이해된다.

현대어역

<懺悔業障歌>	<악업을 뉘우치는 노래>
顚倒逸耶	顚倒이라
菩提向焉道乙迷波	깨달음 향한 길을 잃어
造將來臥乎隱惡寸隱	지어 왔던 악업은
法界餘音玉只出隱伊音叱如支	법계를 넘쳐 나려 합니다.
惡寸習落臥乎隱三業	나쁜 습관에 빠져 있는 三業
淨戒叱主留卜以支乃遣只	淨戒를 主로 지녀 벗어나고
今日部頓部叱懺悔	오늘 우리 무리 모두 참회함을
十方叱仏体閼遣只賜立	시방의 부처님 아시옵소서.
落句 衆生界盡我懺盡	아으, 중생계가 다하면 내 참회도 다하리니
來際永良造物捨齊	앞으로 영원히 속세를 떠나고져.

V. 隨喜功德歌

迷悟^{미오}同体^{동체}叱^ㅅ　　　　　　迷悟 同体ㅅ
緣起^{연기}叱^ㅅ理^리良^예尋^{ᄎ자}只^ㄱ見^보根^곤　　緣起ㅅ 理예 ᄎ자 보곤
仏伊^{부텨}衆生^{즁싱}毛^모叱^ㅅ所只^{도록}　　부텨 衆生 못도록
吾^내衣^이身^몸不喩^{안딘}仁^ㄴ人音^ㅎ有^잇下^하몸리　　내이 몸 안딘 ᄂᆞ 잇하리
修^닷叱^ㅅ賜^시乙^ㄹ隱^은頓^돈部^부叱^ㅅ吾^내衣^이修^닷叱^ㅅ孫^손丁^뎌　　닷실은 돈붓 내이 닷손뎌
得^{어드}賜^시伊^이馬^마落^락人^ㅎ米^민无^없叱^ㅅ昆^곤　　어드시 이마락 ᄂᆞ미 없곤
於^어內^ㄴ人^ㅎ衣^이善陵^{션둥}等^둘沙^사　　어ᄂᆞ ᄂᆞ미 善陵둘사
不冬^{안둘}喜^희好^호尸^ㄹ置^두乎^오理^리叱^ㅅ過^과　　안둘 喜홀 두오릿과
後句^{아으} 伊^이羅^라擬可^{너거}行^녀等^둔　　아으 이라 너거 녀든
嫉妬^{질투}叱^ㅅ心音^{ㅁ슴}至^{니르와}刀^도來^올去^가　　嫉妬ㅅ ᄆᆞᆷ 니르와도 올가

〈「隨喜功德歌」,『均如傳』〉

聖凡眞妄莫相分	聖과 凡, 眞과 妄을 나누려 하지 말라.
同体元來普法門	원래는 한 가지로 넓은 법문에 통하는 것.
生外本无餘仏義	중생 외엔 본래 부처님 뜻 없으니
我邊寧有別人論	나와 남을 따로 논할 것 무엇 있으리.
三明積集多功德	三明으로 많은 공덕 쌓아 왔으며
六趣修成少善根	六趣에서 적으나마 善根을 닦아왔도다.
他造盡皆爲自造	남이 지은 것도 모두 내가 지은 것이니
揔堪隨喜揔堪尊	모두 따라 기뻐하고 모두 다 존경하도다.

〈崔行歸의 漢譯詩,「隨喜功德頌」,『均如傳』〉

復次善男子 言隨喜功德者 所有盡法界 虛空界 十方三世一切佛刹極微塵數諸佛
如來 從初發心 爲一切智 勤修福聚 不惜身命 經不可說不可說佛刹極微塵數劫
一一劫中 捨不可說不可說佛刹極微塵數頭目手足 如是一切難行苦行 圓滿種種

波羅蜜門 證入種種菩薩智地 成就諸佛無上菩提 及般涅槃 分布舍利 所有善根
我皆隨喜 及彼十方一切世界 六趣四生 一切種類 所有功德 乃至一塵 我皆隨喜
十方三世一切聲聞 及辟支佛 有學無學 所有功德 我皆隨喜 一切菩薩所修無量難
行苦行 志求無上正等菩提 廣大功德 我皆隨喜 如是虛空界盡 衆生界盡 衆生業
盡 衆生煩惱盡 我此隨喜 無有窮盡 念念相續無有間斷 身語意業無有疲厭[61]

〈普賢行願品, 『40卷本 華嚴經』의 第40卷〉

十方一切諸衆生　二乘有學及無學　一切如來與菩薩　所有功德皆隨喜[62]

〈普賢行願品, 偈, 『40卷本 華嚴經』의 第40卷〉

V.1. 迷悟同体叱 : 迷悟 同體ㅅ

小倉進平(1929) : 迷悟同體ㅅ
양주동　 (1942) : 迷悟同體ㅅ
김완진　 (1980) : 迷悟同體ㅅ
양희철　 (1988) : 迷悟 同體ㅅ

---

61) "또 선남자여, 남의 공덕을 따라 기뻐하는 것은, 온 법계 허공계의 시방 삼세 모든 세계의
티끌 수 부처님들이 처음 마음을 낸 뒤부터 온갖 지혜를 위하여 복덕을 부지런히 닦을 적에,
몸과 목숨을 아끼지 않고 말할 수 없이 말할 수 없는 세계의 티끌 수 겁을 지나면서 낱낱
겁 동안에 말할 수 없이 말할 수 없는 세계의 티끌 수 같은 머리와 눈과 손과 발 따위를
버렸으며, 이렇게 행하기 어려운 고행을 하면서 가지가지 바라밀다문을 원만하였고, 가지가
지 보살의 지혜에 들어가 부처님의 위없는 보리를 성취하였으며, 열반에 든 뒤에는 사리를
나누어 공양하던 모든 선근을 나도 따라 기뻐하며, 또 시방 모든 세계의 여섯 갈래에서 네
가지로 생겨나는 종류들의 지은 모든 공덕과 내지 한 티끌만한 것도 내가 모두 기뻐하며,
시방 삼세의 모든 성문과 벽지불의 배우는 이, 배울 것 없는 이의 온갖 공덕을 나도 따라
기뻐하며, 보살들의 한량없이 행하기 어려운 고행을 닦으면서 위없는 보리를 구하던 엄청난
공덕을 나도 따라 기뻐하노라.
　이와 같이 하여 허공계가 끝나고, 중생의 세계가 끝나고 중생의 업이 끝나고 중생의 번뇌
가 끝나더라도 나의 함께 기뻐함은 끝나지 아니하고, 차례차례 계속하여 쉬지 아니하지마는
몸과 말과 뜻으로 하는 일은 조금도 고달프거나 만족하지 않느니라."〈『한글대장경 45 - 대방광
불화엄경 40권본』, 동국역경원, 1970, 599면.〉
62) "시방세계 여러 종류 모든 중생과 / 성문 연각 배우는 이 다 배운 이와 / 부처님과 보살들의
모든 공덕을 / 지성으로 그를 따라 기뻐합니다."〈『한글대장경 45 - 대방광불화엄경 40권본』,
동국역경원, 1970, 604면.〉

유창균　(1994)：迷悟同體ㅅ
신재홍　(2000)：迷悟 同體ㅅ
박재민　(2002)：迷悟(는) 同體ㅅ(라는)

(1) 迷悟同體叱：迷悟(는) 同體ㅅ(라는)

'迷悟同體'는 正用字. 佛家에서 '迷悟同體'는 '깨닫지 못함(迷)과 깨달음(悟)은 하나'라는 의미로 사용하는 말이다. 깨닫지 못함은 '凡'에 대응하고, 깨달음은 '聖'에 대응하여 다음과 같이 관용적으로 사용된다.

迷ᄒ면 부톄 이 衆生이오 알면 衆生이 이 부톄라　　　　〈金剛經諺解 :21a〉
聖凡이 ᄒᆞᆫ 體며 迷悟ㅣ 根源이 ᄀᆞᆮᄒᆞ니 사ᄅᆞ미 眞實로 能히 시름 버므로미
다ᄉᆞᆯ 알며 흐리여 어드운 처서믈 ᄉᆞᆺ 아라 果然 ᄯᅩ 法에 受티 아니ᄒᆞ면 禪定
解脫 六通 三明을 다 어루 得ᄒᆞ리라　　　　　　　　　〈法華經諺解 03:141a-b〉

迷ᄒ면 누늘 비븨여 달오믈 보고 悟ᄒ면 本性이 온 眞이니 迷悟ㅣ 제 달오미
이실 ᄲᅮ니언뎡 그 體ᄂᆞᆫ 本來 둘 업스니라　　　　　　〈禪宗永嘉集諺解 上:91b〉

'叱'이 'ㅅ'에 해당하는 차자임은 향찰자 변증 139)항에서 다루었다. 여기서의 'ㅅ'은 後句 '緣起'를 한정하며, 현대어로는 '～라는'에 해당한다.

V.2. 緣起叱理良尋只見根：緣起ㅅ 理예 ᄎᆞ작 보곤

小倉進平(1929)：緣起를 다ᄉᆞ려 ᄎ저보곤
양주동　(1942)：緣起ㅅ理ㄹ 차지보곤
김완진　(1980)：緣起ㅅ理라 차작 보곤
양희철　(1988)：緣起ㅅ 理라 차작 보곤(見根)
유창균　(1994)：緣起ㅅ 理라 ᄎᆞᄌᆞ기 보곤
신재홍　(2000)：緣起ㅅ 理아 ᄎᆞ작 보ᄀᆞᆫ
박재민　(2002)：緣起ㅅ 理에서 ᄎᆞ작 보곤

(1) 緣起叱 : 緣起ㅅ(緣起의)

'緣起'는 正用字. 역시 佛家에서 흔히 쓰는 말로, '모든 사물이 因緣에 의하여 生滅하는 일'을 칭한다. '迷'와 '悟' 역시 인연에 의해 수레바퀴처럼 돌고 돌게 되는데, 그러므로 '迷'와 '悟'는 同體인 것이다.

性이 비록 달옴 업스나 緣起룰 막디 아닌논디라 人天 여러 趣ㅣ 苦와 樂괘 萬品이니 사로므로 주구메 가며 주구므로 도로 사라 三世예 輪廻호미 숨위 ㅼ며 도ᄅ논 브리니라.　　　　　　　　〈禪宗永嘉集諺解 上:113a〉

諸行이 덛덛호미 업서 一切 뷔니 緣 닐며 緣 ᄆ초매 性이 本來 ᄒᆞ가지라
　　　　　　　　　　　　　　　　　　〈南明集諺解 上:20a〉

諸行 無常ᄒᆞ야 一切空ᄒᆞ니 緣起緣終애 性本同ᄒᆞ니라.　　〈南明集諺解 上:20a〉
因緣法이 性이 差別이 업슨 전ᄎ라.　　　　　〈禪宗永嘉集諺解 上:112a-b〉

(2) 理良 : 理예

'理'는 正用字. '迷悟가 同體인 緣起의 理致'라는 문맥에서 나타난 자이다. '良'은 처소격조사로 '~에·에서'임은 기주〈I.4.(3)〉.

이 구절에 대한 기존 연구는 복잡한데, 소창은 '理良'를 '다ᄉᆞ려'로 읽어 '理'를 동사로 보았고, 양주동은 '理ㄹ'로 읽어 '良'을 목적격조사의 略形으로 보았다. 김완진은 '迷悟同體를 緣起의 理에 찾는다'로 생각하여 '理良'의 '良'을 처소격으로 파악하였으나, 다만, 前句 '迷悟同體叱'을 '迷悟同體를'로 처리하여, 전체적인 의미 파악에는 다다르지 못하였다. 유창균은 '이치라고 하는 것을'로 새겨 '良'을 연결어미 '~라고'로 이해하였다. 그러나 이 모든 견해는 전구와 후구의 의미를 명확히 파악하지 못한 데서 생긴 오해들로 생각된다.

본조의 해석은 전구 '迷悟는 同體라는 緣起의 理'를 참조한다면, '理致에서 찾아보면' 정도로 족한 걸로 보인다. 이것은 우선 '良'가 처소격을 나타내고 있는 향찰의 문법63)과 순조롭게 조응될 뿐더러, 그 理에서 찾아진 내용이 '佛伊衆生毛叱所只 吾衣身不喩仁人音有叱下呂(부처 중생 두루 모두 나의 몸 아닌 사람 있겠는가)'로 후행구에 自明히 나타나고 있다는 점으로도 확인되고 있다.

---

63) 東京明期月良 (달에)〈處容歌〉, 一等隱枝良出古 (가지에)〈祭亡妹歌〉, 手良每如法叱供乙留 (손에)〈普賢3〉에 나타난 것이 대표적이다.

(3) 尋只見根 : 추작 보곤

'尋'은 正用字. 古訓은 '춫다'이다.

尋 춧줄 심 〈新增類合 등〉

닙 ᄣᅳ며 가지 춫조ᄆᆞᆯ 내 能히 몯ᄒᆞ노니 (摘葉尋枝를 我不能ᄒᆞ노니)

〈南明集諺解 上:23a〉

현상계의 물질을 찾을 때뿐만 아니라, 관념에 속하는 어떤 원리를 발견하는 경우에도 불가에서는 '尋'字를 사용하였다. 마침, 본가에 나타나는 '迷悟同體[부처와 중생이 하나임]'를 '尋'하는 내용이 담긴 선초 자료가 있다.

理로 推尋ᄒᆞ야 보건댄 衆生이 根源ㅅ 覺體시니라 衆生이 覺體 本來 이 ᄀᆞᆮ건마른 오직 제 色心 안해 迷홀씨 져거 크디 몯ᄒᆞ며 無明ㅅ 대거리예 ᄡᅥᆯ씨 마가 ᄉᆞᄆᆞᆺ디 몯ᄒᆞ며 妄識 더러부메 ᄀᆞ므니 구ᄣᅳᆯ씨 사오나바 어디디 몯ᄒᆞᄂᆞ니 能히 色心이 迷惑ᄒᆞ야 거로ᄆᆞᆯ ᄉᆞ뭇 아라 無明ㅅ 대가리를 ᄒᆞ야 ᄇᆞ리면 勝智 알ᄑᆡ 現ᄒᆞ야 부텨와 다ᄅᆞ디 아니ᄒᆞ리라 〈月印釋譜 14:07a-b〉

理로 推尋컨댄 衆生이 本來ㅅ 根源ㅅ 覺體시니 衆生 覺體 이 ᄀᆞᆮ건마른 오직 色心 안해 제 迷惑ᄒᆞ미 두월씨 젹고 크디 몯ᄒᆞ며 無明 대가리예 封ᄒᆞ야 걸일씨 마가 通티 몯ᄒᆞ며 妄識 더러운 게 ᄌᆞ마 굿블씨 사오납고 어디디 몯ᄒᆞ니 色心의 迷惑ᄒᆞᆫ 걸유믈 能히 ᄉᆞ뭇 아라 無明 封ᄒᆞ 대가리를 ᄒᆞ야 ᄇᆞ리면 노푼 智 알ᄑᆡ 現ᄒᆞ야 부텨와 달오미 업스리라 〈法華經諺解 03:85a〉

한편, 본조의 의미는 소창진평 이래로 큰 이견이 없으나, 다만, '尋只'의 '只'에 관한 독법이 문제가 되었다. '尋只'의 '只'는 차자표기에서 일반적으로 'ㄱ~기'음을 표기하기 위하여 사용되는 글자이나, 본조의 경우 그 설명이 쉽지 않다. 소창진평은 '저'의 음차, 양주동은 '지'의 음차로 보았으나, '춫'의 말음을 도저히 'ㄱ~기'로 재구할 수 없어, 차자표기의 일관된 독법을 잠시 도외시한 苦心策이었던 것으로 보인다. 김완진의 '차작', 유창균의 '춫자기' 역시 차자표기에서 일반적으로 인정되는 'ㄱ~기'음을 버릴 수 없어 상정된 어형들로 보인다. 결국, 언해자료에서 확인되는 '尋'의 訓 '춫다'를 따르느냐, 차자표기에서 인정되는 '只'의 음을 따르느냐의 문제인 셈이다.

이에 대한 독법은 또 다른 자료를 기다리며, 우선 '尋良只'의 略形으로 추정한다. 그 의미는 '좇아'의 강조.

'見根'은 '보곤'으로 읽힌다. '見'은 正用字로, 고훈은 '보다'이다.

見 볼 견 〈新增類合 등〉, 見은 볼씨라 〈月印釋譜 序:11b〉

브를 오래 딛다가 듭게를 여러 보니 〈釋譜詳節 24:16a〉

王이 블러 보니 즛갓 太子ㅣ러라 〈釋譜詳節 24:52a-b〉

'根'은 소창진평 이래 '곤'음을 위하여 사용된 걸로 인정된다.

根 불휘 근 〈新增類合 등〉

妙㕮法법을 니르샤 根근을 조차 〈楞嚴經諺解 01:18b〉

熟水曰泥根沒(니근 믈)〈鷄林類事〉, 冷水曰時根沒(시근 믈) 〈上同〉

상례는 '根'의 고음이 '근~근'임을 말해주는데, 다음의 예를 본다면, '곤'을 나타낼 수도 있는 음역을 가진 字로 여겨진다.

小曰胡根 (죠곤) 〈鷄林類事〉

흔 죠고맛 龍 샌 爲티 마ᄅᆞ쇼셔 〈月印釋譜 07:49b〉

죠고맛감 삿기 광대 네 마리라 호리라 〈雙花店, 樂章歌詞〉

이때의 '~곤'은 다음의 경우와 같이 '조건'을 나타내는 어미이다.

入良沙寢矣見昆 〈處容歌, 三國遺事〉

드러 내 자리를 보니 〈處容歌, 樂學軌範〉

坐罪人矣 家口乙良 必于 入官爲在乃 犯人亦 免罪爲昆 幷以 免放齊 (緣坐人家口 雖已入官 罪人得免者 亦從免放, 범인이 죄를 면하면) 〈大明律直解 01:25a〉

이상, '보곤', 현대어로는 '보니·보면'에 해당한다.

V.3. 仏伊衆生毛叱所只 : 부텨 衆生 못도록

小倉進平(1929) : 부텨 衆生 믿신지
양주동　(1942) : 부텨 衆生 못드록
김완진　(1980) : 부텨려 衆生 업드록
양희철　(1988) : 佛이 衆生 무(毛)ㅅ드록
유창균　(1994) : 佛이 衆生 못도록
신재홍　(2000) : 부톄 衆生 못 박
박재민　(2002) : 부텨 衆生 毛叱所只[= 두루]

(1) 仏伊 : 부텨

'仏伊'가 '佛體'의 의미가 포함된 표기 형태라는 점에 대하여는 이론이 없다.
그러나, '伊'에 대한 파악은 문제가 되었다. 소창진평과 양주동은 '부텨'의 말음첨
기로 보았고, 김완진은 훈독하여 '뎌', 유창균은 주격의 '이'로 보았다. 김완진,
유창균이 지적하듯이, 확실히, '伊'를 말음첨기로 보는 것은 부담이 있다. 균여
향가엔 '부텨'로 읽힐 곳엔 모두가 '仏伊'로 나타나는 바, 이것만 예외를 두어
'말음을 첨기했다'라기엔 무언가 석연찮은 구석이 있다. 하지만, 이를 '부텨'로
읽을 수밖에 없는 이유는 후행하는 '毛叱所只'가 '두루'의 의미로 파악되기 때문
이다. 이 경우, 우리는 '佛體·衆生 두루'로 보아야지 '불체가 중생 두루'라든지,
'佛體 뎌 중생 두루'로 볼 수 없음을 안다. 개입할 수 있는 것이 있다면, 공동격의
'와'정도가 될 것이나, 중생에 후행하여 '와'가 나타나지 않은 점으로나 음상의
차이로나 도저히 '伊'를 '와'로 읽을 수는 없다. 이상, 佛體.[64]

---

64) 다소의 비약이 허용된다면, '仏伊'의 '伊'는 '体'의 誤記가 아닌가 한다. 균여향가에 13회 나타
나는 '佛體'는 모두가 약체자 '仏体'로 記寫되어 있는데, '体·伊', 이 두 자는 원래가 그 어형
이 사뭇 닮은 글자가 아닌가.
　　한편, 최근의 논의에서 김지오(2012: 81면)는 "제3행의 '仏伊衆生'에서 '伊'는 동반의 의미
를 지니는 접속조사로 '부처와 중생'의 의미로 사용된다. 동반의 의미를 지니는 '이'는 석독구
결 자료에서도 확인된다."라고 하여 이 구절의 의미가 '부처와 중생'으로일 것이란 견해에
힘을 실었다. 접근의 경로는 다르지만 詩意의 전체적 흐름에 대한 시각은 수렴되어 가는
듯하다.

(2) 衆生 : 衆生

'衆生'은 正用字. 佛家語로 '살아 있는 모든 숨 쉬는 것'을 일컫는 말이다.

> 衆生은 一切 世間앳 사르미며 하늘히며 긔는 거시며 ᄂᆞ는 거시며 ᄆᆞ렛 거시며
> 무튽 거시며 숨튼 거슬 다 衆生이라 ᄒᆞᄂᆞ니라 〈月印釋譜 01:11a〉

무지와 번뇌에 싸여 得道하지 못했기에 흔히 '迷惑한 자'로 표현되나, 그 본바
탕에는 밝은 佛性을 지니고 있는 존재이다.

> 衆生이 覺體 本來 이 골건마른 오직 제 色心 안해 迷ᄒᆞᆯ씨 져거 크디 몯ᄒᆞ며
> 無明ㅅ 대가리예 ᄡᅥ일씨 마가 ᄉᆞᄆᆞᆺ디 몯ᄒᆞ며 妄識 더러부메 ᄀᆞᄆᆞ니 구블씨
> 사오나바 어디디 몯ᄒᆞᄂᆞ니 能히 色心이 迷惑ᄒᆞ야 거로ᄆᆞᆯ ᄉᆞᄆᆞᆺ 아라 無明ㅅ
> 대가리ᄅᆞᆯ ᄒᆞ야ᄇᆞ리면 勝智 알픠 現ᄒᆞ야 부텨와 다르디 아니 ᄒᆞ리라
> 〈月印釋譜 14:07a-b〉

(3) 毛叱所只 : 못도록 (두루, 모두 다)

기주 〈Ⅰ.4.(2)〉. '모두 다'란 의미이다. 다음 용례들은 대등한 개념을 나열한
후 그 모두를 아울러 '두루'란 어휘를 구사했는데, 이는 본조의 '부처 중생 두루'
라는 구문과 일치하는 것이다.

> 엇게와 목과 손과 발왜 두루 염그러 됴ᄒᆞ시며 〈月印釋譜 02:41a〉
> 지비며 다미며 두루 허더니 〈月印釋譜 07:17a〉

V.4. 吾衣身不喩仁人音有叱下呂 : 내익 몸 안딘 ᄂᆞᆷ 잇하리

小倉進平(1929) : 나의 몸 아닌디인 사름 잇이리오
양주동 (1942) : 내몸 안딘 ᄂᆞᆷ 이시리
김완진 (1980) : 내익 모마 안딘 사름 이샤리
양희철 (1988) : 내몸 안딘 ᄂᆞ미샤려
유창균 (1994) : 나의 몸 모ᄃᆞ른 사름 이사리
신재홍 (2000) : 내 몸 안딘 ᄂᆞᆷ 이사리
박재민 (2002) : 나익 몸 아닌 남 잇하리

(1) 吾衣身 : 내익 몸

「普賢10」에도 같은 용례

吾衣身伊波人有叱下呂 〈普賢10〉

가 있으며, 다음의 인용문에서도 유사한 구성들이 보인다.

吾衣 願尽尸日置仁伊而也 〈普賢11〉

吾衣 修叱孫丁 〈普賢5〉

吾衣 修孫 一切善陵 〈普賢10〉

吾衣 願尽尸日置仁伊而也 〈普賢11〉

소창진평 이래, '나의'란 의미를 가진 구절로 正解되어 왔으며 異見이 있을 수 없다. '吾'는 正用字로, 古訓은 '나(吾 나 오 〈訓蒙字會 등)〉', '衣'는 '익'음을 위한 借用字(기주 〈 I.2.(4))〉. '身'은 正用字로 古訓은 '몸(身 몸 신 〈訓蒙字會 등)〉'. 이상, '나익 몸'이 된다. 이를 그간 우리는 '나익 몸·나의 몸·내몸·내익 몸' 등으로 읽어 왔는데, '내익'로 읽는 것이 정당하지 않나 한다. 언해에는 '나익·내·내익'의 어형이 공존하는데,

믈읫 나익 依와 正괘 몬져 根身이 아니며(凡 我익 依와 正괘 先非根身이며)
〈楞嚴經諺解 03:63b〉

나를 救ᄒᆞ샤 力士ㅣ 내 몸 ᄒᆞ야 ᄇᆞ리디 아니케 ᄒᆞ쇼셔 ᄒᆞ더라
〈月印釋譜 07:37b〉

내 모미 하 커 수믈 꿈기 업서 더본 벼티 우희 ᄲᅵ니 〈月印釋譜 02:51a〉

내익 孝道ᄒᆞᅀᆞᄫᆞ며 ᄉᆞ랑ᄒᆞᅀᆞ논 ᄠᅳ들 나토노니 〈釋譜詳節 23:29b〉

世尊하 이ᄀᆞ티 愛樂ᄒᆞᅀᆞ오ᄆᆞᆫ 내익 ᄆᆞᅀᆞᆷ과 누늘 ᄲᅮ니이다
〈楞嚴經諺解 01:45a〉

확인해보면 이 중, '내익'가 가장 흔히 사용된 것임을 알 수 있다. 이상, '내익 몸'

(2) 不喩仁 : 안딘(아닌)

이두·향찰표기에서 '不喩'는 부정형 '안디'로 사용되었다. 그 유래는 未詳.
우선, 향찰에 본조 외에 1회의 용례가 더 있으며,

吾肹不喩慚肹伊賜等 (나를 아니 부끄리샤든)　　　　　〈獻花歌, 三國遺事〉

이두에서는 용례가 많다.

不喩 아닌디　　　　　　　　　　　　　　　　〈儒胥必知·羅麗吏讀 등〉

成禮爲在物色不喩 片片是去等勿論罪遣　　　　　　　　〈大明律直解 14:09a〉

本來同居不喩在乙良 凡人例同　　　　　　　　　　　　〈大明律直解 20:16a〉

구결에서는 같은 의미로 '不矢'을 사용하였다.

佛ㄴ 見ㆁ白ㆁ 世存ㄴ 離 不矢ㆁㆍㆁ　　　　　　　　　〈金光明經 14:05〉

彼諸ㄱ 功德ㄱ 量ㆁㆍㆍ 可ㄷㆍㄱ 不矢ㄱㄴ 我ㄱ 今ㆍㄱ 力ㄴ 隨ㆍ
　　　　　　　　　　　　　　　　　　　　　　　　　〈華嚴經 09:02-03〉

彼 微塵ㄱ 亦ㆍㄱ 增ㆍㅁㄱ 不矢ㄱㄴ [於]一ㄱㆍㅓ 普ㅣ 難思ㄴ 刹ㄴ 現ㆍㅁ
ㄷㆍ　　　　　　　　　　　　　　　　　　　　　　　　〈華嚴經 15:08-09〉

'矢'가 '知'에서 온 '디'음을 표기하는 형태란 점을 감안하면, 表形의 차이는
있지만, 모두 '안디'가 되는데, 이로 본다면 이 두 어형은 같은 것이다.
'仁'은 'ㄴ'음을 위한 음차자로, 본조의 경우 '隱'의 대용자로 적었다. 이 둘의
혼용은 다음의 용례에서 자명하다.

法界 滿賜仁 仏体　　　　　　　　　　　　　　　　　〈普賢3〉

法界 滿賜隱 仏体　　　　　　　　　　　　　　　　　〈普賢1〉

懺爲如乎仁 惡寸業置　　　　　　　　　　　　　　　　〈普賢10〉

造將來臥乎隱 惡寸隱　　　　　　　　　　　　　　　　〈普賢4〉

向乎仁所留 善陵道也　　　　　　　　　　　　　　　　〈普賢11〉

巴寶白乎隱花良汝隱	〈兜率歌〉
仰頓隱面矣改衣賜乎隱冬矣也	〈怨歌〉
但非乎隱焉破 主	〈遇賊歌〉
安支尙宅都乎隱以多	〈遇賊歌〉
慕呂白乎隱仏体前衣	〈普賢1〉
拜內乎隱身萬隱	〈普賢1〉
刹刹每如邀里白乎隱	〈普賢1〉
塵塵虛物叱邀呂白乎隱	〈普賢2〉
惡寸習落臥乎隱三業	〈普賢4〉

이상, '안딘', 현대어로는 '아닌'.

(3) 人音 : ᄂᆞᆷ

'人'은 正用字. 고훈은 '사ᄅᆞᆷ · ᄂᆞᆷ'이다.

人 사ᄅᆞᆷ	〈新增類合 · 訓蒙字會〉
人ᄋᆞᆫ 사ᄅᆞ미라	〈釋譜詳節 序:01a〉
釋迦ᄂᆞᆫ 어딜며 ᄂᆞᆷ 어엿비 너기실씨니 衆生 爲ᄒᆞ야	〈月印釋譜 01:15b〉
人相ᄋᆞᆫ ᄂᆞᄆᆡ 相이오 我相ᄋᆞᆫ 내 相이니	〈月印釋譜 02:63b〉

'人音'의 '音'을, 소창진평은 '사ᄅᆞᆷ'의 말음첨기로, 양주동은 'ᄂᆞᆷ'의 말음첨기로 파악하였다. 두 독법 모두 문법적으로 정당하며, 그 본질적 의미에 있어서도 큰 차이가 없다.

한편, 구결에서도 '人'은 말음으로 '音'을 사용한 경우가 있어 차자표기간의 연관성을 보여준다.

若七 己ラ𠆢乙 輟捨ロ 人ホラ十 施ソㄱ丨十ㄱ	〈華嚴經疏 10:06〉

이상, 'ᄂᆞᆷ · 사ᄅᆞᆷ'. 그러나 본서에서는 'ᄂᆞᆷ'을 취한다. 그것은 본조의 詩意가 '나(菩薩)', '부처', '중생'이 모두 '남[他]' 아님을 말하고 있기 때문이다.

(4) 有叱下呂 : 잇하리(있으리)

'有'는 正用字. 古訓은 '잇다'이다.

　有 이실 유　　　　　　　　　　　　　　　　　〈新增類合 등〉

'有'의 고훈 '잇'의 말음 'ㅅ'이 반영된 '有叱'의 형태는 향찰, 구결에서 공히 나타나 두 차자차계간의 동질성을 보여준다.

　宿尸夜音 有叱下是　　　　　　　　　　　　　〈慕竹旨郞歌〉

　吾衣身不喩仁人音 有叱下呂　　　　　　　　　　〈普賢5〉

　吾衣身伊波人 有叱下呂　　　　　　　　　　　　〈普賢10〉

　佛ㄱ 言ㅋ二ㄹ 善男子氵 又 五法 有ㄷㅏㅣ　　〈金光明經 03:22-23〉

　七寶花池氵十 四階道 有ㄷㅎ　　　　　　　　　〈金光明經 06:09〉

　信行ㄴ 具足ゝ二ㅎ 復ゝㄱ 五道ㄷ 一切衆生ㅣ 有ㄷㅏㅎ〈舊譯仁王經 02:01〉

　是 [如]ㅊゝㄱ 聖法氵十 略口ㄱ 二種 有ㄷㅣ　〈瑜伽師地論 03:22〉

'叱'이 'ㅅ'에 해당하는 차자임은 향찰자 변증 139)항에서 다루었다. '下呂'는 '아리·하리' 정도의 음가를 가지는 걸로 보이며, 향찰 표기에 총 5회의 유사용례가 있다.

　宿尸夜音有叱下是　　　　　　　　　　　　　　〈慕竹旨郞歌〉

　吾衣身不喩仁人音有叱下呂　　　　　　　　　　　〈普賢5〉

　佛影不冬應爲賜下呂　　　　　　　　　　　　　〈普賢7〉

　然叱皆好尸卜下里　　　　　　　　　　　　　　〈普賢8〉

　吾衣身伊波人有叱下呂　　　　　　　　　　　　　〈普賢10〉

구결에서 '下'는 '하'음을 나타낸다.

　時十 大自在 梵王ㄱ… 白佛言 "世尊下"　　　　〈金光明經 13:17-19〉

　時十 大王ㄱ … 作禮ゝ白口 佛十 白氵 言二ㄹ "世尊下"〈舊譯仁王經 03:22〉

　그저긔 四天王이…슬보되 "世尊하 우리를 어엿비 너기샤"〈月印釋譜 04:56a-b〉

禮數ᄒᆞᅀᆞᆸ고 부텨의 슬ᄫ오ᄃᆡ "世尊하"　　　　　　　〈月印釋譜 08:17a〉

"大王下 是ㅣ 故~ 佛佛ㅣ 於 世十 出現ㅣ ㄷ 下"　　　〈舊譯仁王經 14:04-05〉

"大王하 아ᄅᆞ쇼셔"　　　　　　　　　　　　　　〈月印釋譜 07:18a〉

'呂'가 향찰표기 전체를 통틀어 '려'가 아닌 '리'음에 대응됨은 기주〈Ⅰ.2. (1)〉.

이상, '잇하리·잇아리'인데 선초 언해자료의 '이시리·이시리오'에 해당하는 어형으로 판단된다.

ᄒᆞᆫ 터럭 ᄒᆞᆫ 토빈ᄃᆞᆯ 供養功德이 어느 ᄀᆞᆺ 이시리　　〈月印釋譜 04:52b〉

ᄒᆞ마 나며 업수미 업거니 엇뎨 가며 오미 이시리오　　　〈月印釋譜 序:2b〉

妄을 닐어 眞을 나토면 眞이 도로 妄 ᄀᆞᆮᄒᆞ야 眞과 眞 아니왜 오히려 두 非어니 見과 所見이 엇뎨 또 이시리오　　　　　　〈楞嚴經諺解 05:10b〉

이상 '有叱下呂'는 '잇하리'로 읽히며, 수사의문문이 되어 '없다'란 의미로 쓰였다.

V.5. 修叱賜乙隱頓部叱吾衣修叱孫丁 : 닷실은 돈붓 내익 닷손뎌

小倉進平(1929) : 닥살은 頓을 나의 닥손뎡
양주동　(1942) : 닷ᄀᆞ샤른 頓部ㅅ 내 닷ᄀᆞᆯ손뎡
김완진　(1980) : 닷ᄀᆞ시른 ᄇᆞᆮ붓 내익 닷ᄀᆞᆯ손뎌
양희철　(1988) : 닷ᄀᆞ샤른 뎐부(頓部)ㅅ 내닷ᄀᆞᆯ손뎡
유창균　(1994) : 다ᄉᆞ릿시른 頓 주빗 나의 다ᄉᆞ릿손뎌
신재홍　(2000) : 닷시른 무저붓 내 닷손뎌
박재민　(2002) : 닷살ᄋᆞᆫ 頓部叱(=모두) 나익 닷손뎌

(1) 修叱賜乙隱 : 닷실은

'修'는 正用字. 古訓은 '닦다'. '叱'은 'ㅅ'을 위한 借用字,〈향찰자 변증 139항〉. '修叱'은 '닦다'의 어간 '닷'을 표기한 것이다.

修 닷굴 슈 　　　　　　　　　　　　　〈新增類合〉

若 於觀ㄴ 修ヒ〻ㄱㅣ十ㄱ 　　　　　　　〈華嚴經 04:02〉

'賜'가 주체존대 선어말 어미 '시'에 해당함은, 그 위치로나 음가로나 정당히 파악된다. 기주 〈I.7.(2)〉.

'乙'은 동명사 파생접사로 파악된다. 일반적으로, '乙'은 차자표기에서 'ㄹ· 올·을·룰·를' 등의 음가에 두루 통용되는 용자로 알려져 있다. 그런 이유로 이 구절에 관한 모든 연구에서 어떤 형태로든지 'ㄹ'을 반영하였다.

하지만, 이 '乙'의 용법에 대하여는 다소의 논란이 있다. 소창진평은 '敬語'에 붙는 'ㄹ'로 파악하였고, 양주동은 '將然'의 'ㄹ'이라 하였다. 하지만, 구결의 예만 을 통해서 본다면, 이는 단순히 '동명사형 어미'로 파악된다. 이 동명사형 어미에 관하여는 남풍현(65)에 자세하다.

'隱'이 차자표기 전반에서 'ㄴ·은·은·는·는'의 음상을 위해 사용되는 音借 字임은 향찰자 변증 108)항에서 다룬 바 있다. 여기서는 주격의 '隱'.

이상 '修叱賜乙隱'은 '닷실은', 현대어로는 '닦으신 것은'.

(2) 頓部叱 : 돈붓

이것이 '모두'에 해당하는 것임이 김준영·김영만에 의해 자세히 밝혀졌음은 기주 〈IV.7.(3)〉.

(3) 吾衣 : 내의

현대어 '나의'에 해당함은 기주 〈V.4.(1)〉.

(4) 修叱孫丁 : 닷손뎌 (닦을 것인져)

'修叱'이 '닦다'의 어간 '닷'을 표기함 것임은 기주 〈V.5.(1)〉.

'孫'은 일반적으로, 의존명사 'ᄉ'+인칭법의 '오'+관형형의 'ㄴ'의 결합으로 해독되나, 통사적 전후를 살피면 여전히 의문이 남는 곳이다. 본서는 단순히

---

65) 남풍현(1999b:285-319면)에서 '尸'의 동명사적 기능에 관하여 자세히 다루었다.

'닷[修叱]+온뎌[孫丁]'로 파악하는데, 여기서 '온뎌[乎丁]'를 '孫丁'으로 표기한 것은 '닷'의 말음에 이끌려 음을 중첩해 적었기 때문으로 판단한다. 이와 흡사하게 '孫'으로 '닷온'의 重綴형태 '닷손66)'을 표기한 사례가 다음

　　　皆吾衣修孫 一切善陵 (나의 <u>닦은</u> 일체 공덕)　　　　　　〈보현10〉

과 같이 나타나고, 여타음의 중첩 사례 역시 다음에서 보듯 적지 않다.

　　　拜內乎隱身萬隱 (隱의 중첩)　　　　　　　　　　　　　　〈普賢1〉
　　　火條執音馬 (馬의 중첩)　　　　　　　　　　　　　　　　〈普賢3〉
　　　菩提叱菓音鳥乙反隱 (隱의 중첩)　　　　　　　　　　　　〈普賢6〉
　　　礼爲白孫隱仏体刀 (隱의 중첩)　　　　　　　　　　　　　〈普賢10〉

　'丁'이 감탄·원망의 어말어미 '뎌'에 해당하는 것은 기주 〈Ⅰ.8.(3)〉.
이상, '닷손뎌', 현대어론 '닦을 것이로구나'.

V.6. 得賜伊馬落人米无叱昆 : 어드시 이마락 (내) ㄴ미 없곤

　小倉進平(1929) : 어드심에 딜 사름이 업곤
　양주동　(1942) : 어드샤리마락 ㄴ미 업곤
　김완진　(1980) : 어드시리마락 사ᄅ미 업곤
　양희철　(1988) : 어드샤리마락 ㄴ미 없곤
　유창균　(1994) : 어드시리마락 사ᄅ미 없곤
　신재홍　(2000) : 엇실 이마락 ㄴ미 없곤
　박재민　(2002) : 어드샤(온) 이마락 ㄴ미 없곤

(1) 得賜伊 : 어드신 이 (깨달으신 것)

　'得'은 正用字. 향찰표기에 본조를 포함하여 2회 사용되었다.

---

66) '修'의 鮮初 훈은 '닭다'(修 닷굴 슈 〈新增類合〉)이나 향가와 구결의 시대에는 '닷다'인 것으로 판단된다. 왜냐하면 향찰과 구결 자료에 말음으로 'ㄱ'이 나타나지 않기 때문이다. 따라서 본서의 再構 또한 '닷다'를 기준으로 한다.

得賜伊馬落人米无叱昆 〈普賢5〉

法界居得丘物叱丘物叱 〈普賢9〉

「普賢9」의 경우는 '거득(가득)'의 음차를 위하여 사용된 걸로 파악되나, 본조의 경우는 正用字로 사용된 것으로 보인다. 이때의 訓은 '얻다·씨돋다'.

得 어들 득 〈新增類合〉

衆生이 큰 功德을 어더 三界ㅅ 受苦를 여희에 ᄒᆞ리라 〈釋譜詳節 23:07a〉

이 부텻 일흐므로 들여 씨돋긔 호리이다 〈月印釋譜 09:39a〉

'賜'가 주체존대에 사용됨은 기주 〈I.7.(2)〉. 본조에서는 '賜乎隱'의 略形으로 판단된다. '伊'가 차자표기에서 '이'음을 위해 사용됨은 기주 〈II.1.(2)〉. 여기서는 '것'의 의미이다. 정음 자료의 다음과 같은 형태소이다.

마리 眞 아니니 업스시면 雀噪鴉鳴이 다 語言 三昧니 〈月印釋譜 18:35b〉

여러 가짓 世諦ㅅ 이레 나ᅀᅡ가 實相 아니니 업스니 世諦예 나ᅀᅡ가ᄃᆡ 實相 아니니 업슬씨 〈月印釋譜 11:101b〉

娑婆와 萬億國이 淨土 아니니 업스며 〈法華經諺解 05:134a〉

결국 본조의 '得賜伊'는 '얻어신 것'이란 의미가 되는데, 후행하는 '善陵'이 이에 해당한다.

(2) 馬落 : 마락

양주동에 의해 파악되었던 '마다'가 문맥상 적확함은 기주 〈I.5.(2)〉.

(3) 人米 : ᄂᆞ미

'人'은 正用字. 古訓이 '님'임은 기주 〈V.4.(3)〉, '米'는 '미'. 이상 '人米'는 'ᄂᆞ미'로 읽히는데, 현대어로는 '남의'. 여기서는 단순히 '남의'가 아니라 '내·남의 것'의 의미이다.

한편, 여기서 말하는 '님[人]'의 범위는 '중생·수행자·보살'을 아우른다. 다음에 인용하는 「普賢行願品」에서 이들이 '중생계의 여섯 길을 윤회하며 열반하지 못하는 네 부류의 온갖 중생[六趣衆生]'과 '깨달음을 위해 수행하는 자[聲聞·辟支佛]'와 '난행고행의 수행을 한 보살[菩薩]' 모두를 칭하는 말임을 알 수 있다.

> 彼十方一切世界 六趣四生 一切種類 所有功德 乃至一塵 我皆隨喜 十方三世 一切聲聞 及辟支佛 有學無學 所有功德 我皆隨喜 一切菩薩所修無量難行苦行 志求無上正等菩提 廣大功德 我皆隨喜 (시방 모든 세계의 '여섯 길 네 부류 온갖 종류의 중생'이 닦은 모든 공덕과 한 티끌만한 공덕을 나도 모두 기쁘게 따르며, 시방 삼세의 모든 聲聞과 辟支佛과 배울 것 있고 배울 것 없는 자가 닦은 공덕을 나도 모두 기쁘게 따르며 모든 보살들이 한량없는 난행고행을 고행을 닦으면서 위없는 보리를 구하던 광대한 공덕을 나도 기쁘게 따릅니다.) 〈普賢行願品, 40卷本 華嚴經, 第40卷〉

(4) 无叱昆 : 없곤

'無'은 正用字. 古訓은 '없다'이다.

> 無 업슬 무 〈新增類合·光州千字文 등〉
>
> 無上正眞道理는 우 업슨 正흔 진딧 道理라 〈釋譜詳節 03:10a〉

'無叱'의 '叱'은 '無'의 훈 '없'의 말음첨기로, 향찰로서는 유일한 예이나, 구결에는 다음과 같이 다수의 용례가 있다.

> 著ノ尸 所 無七ゑ 見ノ尸 所 無七ゑ 患累 無七ゑ 異思惟 無七ゑソ尸矢 〈金光明經 05:22〉
>
> 是刂 事 無七ㄱ入灬 故ㅊ 是刂 事 無七ホ 〈華嚴經疏 01:05〉

'昆'은 향찰 전체를 통틀어 「處容歌」와 본조에서만 보인다.

> 入良沙寢矣見昆 〈處容歌〉

고려가요 「處容歌」를 보면, 해당 구절이 '드러 내 자리를 보니(〈處容歌〉, 樂學軌範)'로 나타나는데, 이로써, '곤'은 까닭·조건의 '~니'와 같은 의미로도 사용될 수 있음을 알 수 있다. 이두에서는 '昆'으로, 구결에서는 'ㅁㄱ(고+ㄴ)'으로 분리 표기되어 있는데, 그 음상과 의미는 본조의 '곤'과 같은 것이며, 의미 역시 '까닭'을 나타내고 있음을 본다.

臨終時 嫡妾俱無子爲昆 四寸孫 孝盧乙 繼後爲良 結說導爲如可 (임종시 본부인과 첩 모두가 <u>無子하곤[=하기에]</u> 四寸孫 효로를 繼後하여 약속을 하였다가)
〈金孝之妻黃氏 繼後立案〉

法界ㄱ 分別 <u>無ㄴㅁㄱ</u>   是故ᄮ 異ᠬㄱ 乘 無ㄴㅁㄱㄴ 〈金光明經 13:15-16〉
(세계는 분별 없곤[= 없으니] 是故로 異혼   乘 없거늘)

언해에서의 '곤'은 양보의 어미로 알려져 있는데, 이도 근원적으로 본다면, '까닭'과 별 차이가 없는 용법이다.

오직 한 恒河쎤도 오히려 하 數 <u>업곤</u> ᄒ믈며 그 몰애ᄡ니잇가
〈金剛經諺解 :62b〉
文殊도 오히려 보디 <u>몯ᄒ시곤</u> 엇뎨 生死ㅣ 뎌 ᄀᅀᅢ 다ᄃ로미 이시리오
〈南明集諺解 上:13〉

이상 '得賜伊馬落人米无叱昆'은 '얻으신[得賜] 것[伊]마다[馬落] 나와 남의[人米] (분별) 없으니[无叱昆]'으로 해석되는데, 최행귀의 한역시의 제5행에는 다음과 같이 "남이 이룬 것은 모두 내가 이룬 것(他造尽皆爲自造)"이라 표현되어 있다.

他造尽皆爲自造 摠堪隨喜摠堪尊 (남이 이룬 것도 내가 이룬 것과 다를 바 <u>없으니</u> 모두 따라 기뻐하고 모두 다 존경하도다.)   〈崔行歸 漢譯詩, 均如傳〉

V.7. 於內人衣善陵等沙 : 어ᄂ ᄂ미 善陵ᄃᆯᅀᅡ

小倉進平(1929) : 어닉 사룸의 善陵ᄃᆯ이사
양주동 (1942) : 어느 人의 善ᄃᆯᅀᅡ
김완진 (1980) : 어느 사ᄅ미 ᄆᆯ둘ᅀᅡ
양희철 (1988) : 어느 ᄂ미 善陵 ᄃᆫᅀᅡ(沙)
유창균 (1994) : 어ᄂ 사름의 이드른ᄃᆯᅀᅡ
신재홍 (2000) : 어ᄂ 사ᄅ미 이른ᄃᆯᅀᅡ
박재민 (2002) : 어느(어찌) ᄂ미 善陵(功德)ᄃᆯᅀᅡ

(1) 於內 : 어느(어찌)

'於內'의 음은 어느, 선초 언해의 '어느·어느'에 해당한다. 이 경우는 '어찌'의 의미로 사용되었다.

聖人 神力을 어느 다 솔ᄫᆞ리 〈龍飛御天歌 87章〉

巍巍 釋迦佛 無量無邊 功德을 劫劫에 어느 다 솔ᄫᆞ리 〈月印釋譜 01:01a〉

供養 功德이 어느 ᄀᆞᆺ 이시리 〈月印釋譜 04:52b〉

(2) 人衣 : ᄂᆡ미

'人'이 '님·사름' 모두로 사용될 수 있으나, 본가의 경우는 '님[他]'이 가장 가까움은 기주 〈V.4.(3)〉. '人衣'는 소유격 '의'가 접속된 형태로 선초 언해의 다음 표기에 대응한다.

譯은 翻譯이니 ᄂᆡ미 나랏 그를 제 나랏 글로 고텨 쓸씨라 〈釋譜詳節 序:06a〉

他化ᄂᆞᆫ ᄂᆡ미 지을씨오 自在ᄂᆞᆫ 自得홀씨니 이 하ᄂᆞᆯ 은 ᄂᆡ미 지은 거슬 아사 제 즐기ᄂᆞ니 긔 魔王이라 〈月印釋譜 01:32a〉

(3) 善陵 : 善陵(功德)

'善陵'은 「遇賊歌」의 용례 '潚陵'까지 포함하면, 향가에 총 4회 출현한다.

唯只伊吾音之叱恨隱潚陵隱 〈遇賊歌〉

於內人衣善陵等沙 〈普賢5〉

一切善陵頓部叱廻良只 〈普賢10〉

向乎仁所留善陵道也 〈普賢11〉

소창진평이 최행귀의 譯詩를 참조하여 '善業'으로 解한 이후, 양주동의 '善'(陵은 善의 말음첨기 'ㄴ'), 정열모의 '慈悲' 등으로 의미파악이 다양했다. 또, 기본 의미를 '善業·善根'에 두면서도, 讀法은 김완진의 'ᄆᆞ라', 김준영의 '이든', 유창균의 '이드른' 등으로 독법도 다양함을 보였다. 그러나 이 부분은 단순히 名詞 '/선릉/'으로 읽어야 하며, 그 의미는 '善根' 혹은 '功德'으로 고정시켜야 할 곳이다. 「普賢十願歌」에 나타난 3회의 용례는 모두가 '功德'과 대응되고 있다.
 우선 본조의 경우,

> 得賜伊　馬落　人米无叱昆　於內人衣　善陵等沙　不冬喜好尸置乎理叱過
> (깨달으신 것마다 내·남이 없으니 어찌 "남의 善陵"들이라고 아니 기뻐함 두
> 리잇가)

의 문맥에서 사용되고 있는데, 이때의 '남의 善陵'이란 것은 아래 한역시,

> 三明積集多功德　三明으로 많은 功德 쌓아 왔으며
> 六趣修成少善根　六趣에서 적으나마 善根을 닦아왔도다.
> 他造盡皆爲自造　남이 이룬 것도 내가 이룬 것과 다를 바 없으니
> 揔堪隨喜揔堪尊　모두 따라 기뻐하고 모두 다 존경하도다.
>
> 〈崔行歸의 漢譯詩, 均如傳〉

에서 보면 '남이 이룬 것(他造)', 즉 남이 그간 닦아 온 '功德·善根'에 뚜렷히
대응하고 있다. 「普賢行願品」에 나타난 내용 역시 마찬가지이다. 확인해 보면
다음,

> 及般涅槃　分布舍利 所有善根 我皆隨喜 及彼十方一切世界 六趣四生一切種
> 類 所有功德 乃至一塵 我皆隨喜 十方三世一切聲聞 及辟支佛 有學無學 所有
> 功德 我皆隨喜 一切菩薩所修無量難行苦行 志求無上正等菩提 廣大功德 我
> 皆隨喜 (열반하여 사리를 나누어 주던 善根을 나도 모두 기쁘게 따르며, 시방
> 모든 세계의 '여섯 길 네 부류 온갖 종류의 중생'이 닦은 모든 功德과 한 티끌
> 만한 공덕을 나도 모두 기쁘게 따르며, 시방 삼세의 모든 聲聞과 辟支佛과
> 배울 것 있고 배울 것 없는 자가 닦은 功德을 나도 모두 기쁘게 따르며 모든
> 보살들이 한량없는 난행고행을 고행을 닦으면서 위없는 보리를 구하던 광대
> 한 功德을 나도 기쁘게 따릅니다.)　〈普賢行願品, 40卷本 華嚴經, 第40卷〉

과 같이 되는데, 이때 그가 기뻐한 것은 모두가 남이 지은 '善根·功德'으로,
본조의 '남의 善陵'에 비교해 볼 때, '善根·功德=善陵'의 정확한 대응이 성립함
을 보는 것이다.
 또한, 「普賢10」의

皆吾衣修孫 一切善陵頓部叱廻良只 衆生叱海惡中 迷反群无史悟內去齊

〈普賢10〉

(無量의 내 닦은 일체 '善陵' 모두 돌려 衆生海에 길잃은자 없이 깨닫게 하고저.)

역시 '善陵'은 '내가 닦은 것, 중생에게 돌려 줄 것'으로 나타나고 있는데, 이것은 다음

言普皆廻向者 從初禮拜 乃至隨順 所有功德 皆悉廻向 盡法界 虛空界一切衆生 願令衆生常得安樂 (普皆廻向者란 것은, 처음 예배 내지 수순하여 쌓은 功德을 온 법계 허공계의 모든 중생에게 회향하여서 중생들이 늘 안락함을 얻게 원하는 것이다.) 〈普賢行願品, 40卷本 華嚴經, 第40卷〉

의 「普賢行願品」을 내용에 비추어 보면, 바로 '功德'에 대응하는 것임을 알게 된다. 즉 위의 내용에서 '내가 쌓은 것, 중생에게 돌려 줄 것'이 '功德'으로 나타나고 있는 것이다. 이는 최행귀의 한역시에도 마찬가지로 확인된다.

從初至末所成功 처음부터 끝까지 이룬 공덕을

廻与含靈一切中 일체 중생에게 돌려주도다. 〈崔行歸의 漢譯詩, 均如傳〉

한역시에서는 '功'으로 나타나는데, 이때의 '功'은 '내가 이룬 것'이고 '중생에게 돌려줄 것'이라는 점에서 「普賢行願品」에 나타나고 있는 '功德'의 준말임은 재론의 여지가 없다.

「普賢11」 '向乎仁所留善陵道也'의 경우는 비견 대상이 없으나, 전후 문맥으로 볼 때, '向한 바로 功德道로구나'로 해석되어 무리 없음을 보인다. 이때의 '공덕도'라는 말은 불가의 관용어구이기도 하다.

得혼 功德道앳 가 니르둧ᄒᆞ야 眼耳鼻舌身意 淸淨ᄒᆞ리니 〈釋譜詳節 19:26b〉

遠離一切惡 方便趣寂滅 出生功德道 善學一切學 〈60卷本 華嚴經, 第44卷〉

安住功德道 究竟滅三塗 開示諸善趣 令具涅槃道 〈60卷本 華嚴經, 第58卷〉

이상, '善陵'은 '功德'.

(4) 等沙 : 둘ㅅㅏ(들이라)

'等'이 '둘'음을 표할 수 있음은 기주 〈Ⅰ.10.(3)〉. '沙'가 'ㅅㅏ'음을 나타낼 수 있음은 기주 〈Ⅰ.10.(3)〉, 본조에서는 강조의 'ㅅㅏ', 기주 〈Ⅲ.9.(2)〉.

Ⅴ.8. 不冬喜好尸置乎理叱過 : 안둘 喜홀 두오릿과

小倉進平(1929) : 안둘 깃부어 두오릿가
양주동　(1942) : 안둘 깃홀 두오릿고
김완진　(1980) : 안둘 깃글 두오릿과
양희철　(1988) : 안둘 喜好ㄹ 두오릿과(過)
유창균　(1994) : 모둘 깃그흘 두오릿가
신재홍　(2000) : 안둘 깃홀 두오릿과
박재민　(2002) : 안둘 喜홀 두오릿가

(1) 不冬 : 안둘

현대어 '아니'에 해당한다. 기주 〈Ⅱ.1.(3)〉. 구결에 흔한 용자로 언해와 비교해 볼 때, '아니'의 의미에 대응됨을 본다.

衆生ㅣ 形相ㅣ 各ᄒ 不冬 同ㅣᄒ　　　　　　　　〈華嚴經 15:01〉
衆生이 性欲의 ᄀᆞᆮ디 아니호ᄆᆞᆯ 보샤　　　　　〈法華經諺解 03:30b〉

구결에는 '不冬'외에 '非冬'도 있는데,

口ᆞ十 常ㅣㅣ 說法ᆞᄇᆞᆯ기ᄼᆞᆷ 無義ᆞᄀᄼᆞᆯᆞᄼᆞᄼ 非冬ᆞᄼᆞᄒ　〈舊譯仁王經 11:10〉
一切 所作ᄂ 已辦ᆞᄼᆞᄀᄼᄒᆞᆯᄼᆞᄼ 非冬ᆞᄼᆞᆯ　〈瑜伽師地論 19:08〉

이 역시 본조의 '不冬'과 같은 어휘인 걸로 추측되고 있다. 이 둘이 같은 음운을 표기한 것이란 것은 다음의 자료에서 알 수 있다.

不 안득 블 〈光州千字文〉

    非 안득 비 〈光州千字文〉

    靡 안득 미 〈光州千字文〉, 靡 아닐 미 〈石峯千字文〉

이로써, '不冬·非冬'이 공히 '안득'에 준하는 어휘였을 것임을 알 수 있다. 다만, 본서에서는 본음을 '안들'로 표기하였는데, 이는 소창진평이 소개했듯이 이두에서 이를 '안들'로 읽고 있다는 점(〈II.1.(3)〉), 복수를 나타내는 '들'에 '冬' 자가 차용되고 있다는 점(기주〈II.1.(3)〉)이 더 우선했기 때문이다.

(2) 喜好尸 : 喜홀

'喜'는 正用字. 古訓은 '짓·깃브'이다.

    喜 깃글 희   〈新增類合〉

    喜는 깃블씨니   〈釋譜詳節 09:6a〉

    歡喜는 깃글씨라   〈釋譜詳節 13:13a〉

소창진평이 '깃브-'를 취했고 양주동이 '짓-'을 취했으나, 의미상으론 차이가 없다. 그러나, 후행하는 '好'가 'ᄒ오(爲)'의 축약형이란 점을 감안한다면, 아무래도 한자 그대도 읽어야 할 곳이 아닌가 한다.

'好'는 'ᄒ오(爲)'의 축약형으로 판단된다. 향찰표기에는 이와 '好'가 총 9회 등장하는데, 이 중, 본조와 같이 'ᄒ오'의 축약형으로 추정되는 것은 본조를 포함하여 아래의 5회이다.

    不冬<u>喜好尸</u>置乎理叱過   〈普賢5〉

    吾焉頓部叱<u>逐好友</u>伊音叱多   〈普賢8〉

    命乙<u>施好尸</u>歲史中置   〈普賢8〉

    然叱皆<u>好尸</u>卜下里   〈普賢8〉

    仏体爲尸如敬叱<u>好</u>叱等耶   〈普賢9〉

이 모두, 각각 '喜ᄒ올', '逐ᄒ오', '施ᄒ올', 'ᄒ올', 'ᄒ오' 등의 의미로 풀면 문법상·문맥상 적합하게 풀리는데, 이로 본조를 '喜ᄒ올'의 축약형 '喜홀'로 본다.

'尸'는 차자표기에서 'ㄹ'음을 표기하기 위해 사용되는데, 그 유래에 대해서는 아직 자세한 논증이 되어 있지 않다. 다만, 향찰에서 '尸'가 'ㄹ'음에 대용되고 있는 것은 분명하며, 이러한 방식은 『三國遺事』의 다음 예에서도 나타난다.

嘉瑟岬 或作加西 又嘉栖 皆方言也 岬俗云 古尸 故或云 古尸寺 猶言岬寺也.
〈三國遺事4卷, 5義解, 圓光西學〉
岬 : 골짜기 (洞 골 동 谷 골 곡 〈新增類合〉)
安賢縣 本阿尸兮縣 一云 阿乙兮   〈三國史記34卷, 志3, 地理〉

이상, '喜홀' 다만 여기서의 'ㄹ'은 동명사형 어미. 현대어론 '기쁨'에 해당한다. 동명사 'ㄹ'은 남풍현에 의해 자세히 규명되었음은 기주〈Ⅴ.5.(1)〉.

(3) 置乎理叱過 : 두오릿과

'置'가 차자표기에서 '도·두'의 음가를 위해 사용됨은 향찰자 변증 145)항에서 다루었다. '乎'가 차자표기에서 '오'음을 위해 사용되는 音借字임은 향찰자 변증 159)항에서 다루었다. 본조에서는 인칭법의 선어말어미로 사용되었다. '理'가 차자표기에서 '리'의 음을 위해 사용됨은 향찰자 변증 45)에서 다루었다. '叱'이 차자표기에서 'ㅅ'음을 위해 사용됨은 향찰자 변증 139)항에서 다루었다.
'過'는 균여 향가에서 총 2회 나타난다.

不冬喜好尸置乎理叱過   〈普賢5〉
際毛冬留願海伊過   〈普賢11〉

모두 文末에 사용되어 종결어미의 일부임을 알게 하는데, 본조의 경우는 전구 '於內'와 호응하여, 의문의 '고'를 나타내고 있는 것으로 여겨진다. 이상, '두오릿과'.

Ⅴ.9. 後句 伊羅擬可行等 : 아으 이라 너거 녀든

小倉進平(1929) : 後句 이러히 비겨 녀든
양주동   (1942) : 아으 이라 비겨 녀든
김완진   (1980) : 아야 뎌라 비겨 녀든

양희철 (1988) : 後句 이라 너가(擬可) 녀든
유창균 (1994) : 아라 이리 너기니거든
신재홍 (2000) : 아야 이라 너가 녈든
박재민 (2002) : 아으 이라(이처럼) 너가 녀든

(1) 落句 : 아으

(2) 伊羅擬可 : 이라 너거

難解句이다. '伊'가 '이'음의 대용으로 차자표기에 사용됨은 기주 〈II.1.(2)〉.
'羅'는 「普賢十願歌」에 3회 등장하는데, 2회가 '伊羅'의 형태로, 1회가 '羅波'
로 나타난다.

此如趣可伊羅行根   〈普賢11〉

覺月明斤秋察羅波處也   〈普賢6〉

본조의 '伊羅'를 소창진평이 '이렇게'의 의미로 파악한 이후, 후대 연구자들
대부분이 그 의미에 準하여 해독하고 있다. 문맥상 개연성이 인정되고 또, 「普
賢11」의 '此如趣可伊羅行根'의 '此如'에 대응된다는 점으로 미루어 최선의 해석
으로 여겨진다. 이상, '이라', 현대어로는 '이처럼'.
   '擬'는 향찰에 본조가 유일하다. 소창진평, 양주동, 김완진이 訓을 취하여 '비
겨'로 읽었고, 유창균, 양희철은 같은 훈의 다른 음을 취하여 '너기'로 읽었다.
'비겨'로 읽은 연구자들은 이두에는 다음의 용례를 근거로 했고

擬只 비김〈典律通補〉

'너기'로 읽은 연구자들은 다음의 용례들을 근거로 했다.

엇데 써 므슴매 너기료 (何用擬心)   〈楞嚴經諺解 02:84a〉

비치 히더니 그 衆生이 머거보고 맛내 너겨 漸漸 머그니 〈月印釋譜 01:42b〉

衆生을 다 흔가지로 어엿비 너겨 보시며   〈月印釋譜 02:58b〉

본서는 이 중 '너기'를 취한다. 詩意상 '여겨'가 무난하다 여겼기 때문이다.
'可'는 '너기'에 연결형 '~아'가 접속되어 생겨난 음, '가·거'를 표기하기 위해

사용한 音借字이다. 기주 〈향찰자 변증 1)항〉. 이상, '너거', 현대어로는 '여겨'.

(3) 行等 : 녀든

'行'은 正用字. 고훈은 '녀다'이다.

行 녈 힝 　　　　　　　　〈新增類合·光州千字文·訓蒙字會〉

同行은 ᄒᆞᆫ딕 녀실씨라 　　　　　　〈月印釋譜 02:26b〉

누릿 가온딕 나곤 몸하 ᄒᆞ올로 녈셔 　〈動動, 樂學軌範〉

'等'이 '드·든·들'음을 위해 사용됨은 기주 〈I.10.(3)〉. 본조에서는 '든'음을
나타내기 위해 사용되었는데, 이때의 '든'은 조건의 어미이다.

향찰에는 다음과 같은 유사 용례가 있다.

吾良遺知支賜尸等焉 　　　　　　〈禱千手觀音歌〉

吾肸不喩慚肸伊賜等 　　　　　　〈獻花歌〉

爲內尸等焉國惡太平恨音叱如 　　　〈安民歌〉

衆生安爲飛等 　　　　　　　　〈普賢9〉

生界盡尸等隱 　　　　　　　　〈普賢11〉

이는, 구결에서는 'ㅣ入ㄱ[尸入隱, ㄹ든]'과 같은 용법이며,

佛子氵 若ㄴ 諸ㄱ 菩薩ㅣㅣ 善ㅊ 其 心ㄴ 用ッㅌㅣ入ㄱ 則ㅊ 一切勝妙功德ㄴ
獲ㅌ才罒 　　　　　　　　　〈華嚴經 02:12-13〉

佛子氵 若ㄴ 諸ㄱ 菩薩ㅣㅣ [是]ㅣ [如]ㅊ 用心ッㅌㅣ入ㄱ 則ㅊ 一切 勝妙功德ㄴ
獲氵ᄎ 　　　　　　　　　〈華嚴經 08:16-17〉

若ㄴ 常ㅣ [於]諸ㄱ 佛ㄴ 信奉ッ白ㅌㅣ入ㄱ 則ㅊ 能ㅊ 戒ㄴ 持ッᄒ 學處ㄴ
受ᄒ ッㅌ才ᅀ 若ㄴ 常ㅣ 戒ㄴ 持ᄒ 學處ㄴ 受ᄒ ッㅌㅣ入ㄱ 則ㅊ 能ㅊ 諸ㄱ
功德ㄴ 具足ッㅌ才ᅀ 　　　　　〈華嚴經 10:10-11〉

선초 정음 자료의 조건을 나타내는 '든'의 선행형으로 판단된다.

숤바다ᄋᆞᆯ 드러 희드를 ᄀ리와든 日月食 ᄒᆞᄂᆞ니라 　〈月印釋譜 02:02a〉

世尊하 우리를 흔 거슬 <u>주어시든</u> 本鄕애 가아 塔 일어 죽두록 供養ᄒᆞᅀᆞᇦ지이다

〈月印釋譜 04:60a〉

됴흔 法이 <u>오나든</u> 드리고 구즌 法이 <u>오나든</u> 드리디 아니호미

〈月印釋譜 07:45a〉

이상, '行等'은 '녀든'. 현대어로는 '가면'

V.10. 嫉妬叱心音至刀來去 : 嫉妬ㅅ ᄆᆞᇝ 니르와도 올가

小倉進平(1929) : 嫉妬ㅅ ᄆᆞᇝ이 닐도올가
양주동　(1942) : 嫉妬ㅅ ᄆᆞᇝ 닐도올가
김완진　(1980) : 嫉妬ㅅ ᄆᆞᇝ 니를올가
양희철　(1988) : 嫉妬ㅅ ᄆᆞᇝ 일도ㄹ가(至刀來去)
유창균　(1994) : 嫉妬ㅅ 마ᄉᆞᆷ 니를도 올가
신재홍　(2000) : 嫉妬ㅅ ᄆᆞᇝ 니르올가
박재민　(2002) : 嫉妬ㅅ ᄆᆞᇝ 니르와도 올가 (일어나서 올까)

(1) 嫉妬叱心音 : 嫉妬ㅅᄆᆞᇝ

원문엔 '嫉妬'로 되어 있으나 이것이 '嫉妒'의 誤記임엔 이견이 없다. '남이 이룬 것을 좋아하지 않는 심리 상태'로 불교에서는 번뇌의 一種으로 인식한다.

貪瞋癡는 根本煩惱ㅣ오 憍慢嫉妬 等엣 ᄢᅵᄂᆞᆫ 조ᄎᆞᆫ 煩惱ㅣ니

〈月印釋譜 18:55a〉

十纏은 열 가짓 얽미유미니 無慚과 無愧와 嫉妬와 …　　　〈月印釋譜 20:97a〉

'嫉妬叱心音'은 '嫉妬心'의 향찰식 표기로 이때의 '叱'은 속격의 'ㅅ', '心音'의 '音'은 心의 고훈 'ᄆᆞᇝ'의 말음 'ㅁ'을 표기하기 위해 쓰였다. '心'의 고훈이 'ᄆᆞᇝ' 임과, '音'이 'ㅁ'말음을 위해 많은 어휘에 사용되고 있음은 기주 〈Ⅰ.1.(1)〉.

(2) 至刀來去 : 니르와도 올가 (일어나서 올까)

그간의 연구자들은 본조를 解함에 있어 모두 '도달하-(至)'의 의미로 보았다.

그러나 그렇게 볼 경우 '刀'의 음을 처리하기가 여간 곤란한 것이 아니어서, 소창진평은 '닐도올까', 양주동 역시 '닐도올까', 김완진은 '刀'를 '刃의 誤'로 보아 '니를올까', 유창균은 감탄조사 '도'를 개입해 '니를도 올까' 등으로 고심의 解讀을 하였다.

그러나 냉정히 생각해보면, '도달해 오다 · 이르러 오다'란 말은 의미의 중첩이 심한 것이고, 또한 그런 말이 있다고 하더라도 후행하는 '도(刀)'의 음가를 도저히 살릴 길이 없게 되고, 또한, 前行하는 '嫉妬'란 것은 '마음에서 일어나는(起 · 興) 것'이란 점이 눈에 띄어 아무래도 불완전한 해독임을 알게 된다.

이에 본서는 '至刀'를 '니르와도(興 · 起)'로 읽는다. 이는 다음의 음운적 · 문맥적 근거가 있다. 우선, '至'의 고훈이 '니르'이다.

　　至는 니를씨오　　　　　　　　　　　　　　　　〈月印釋譜 序:26a〉

또한, '至刀'의 '刀'는 향찰, 구결에서 모두 어김없이 '도'음을 나타내고 있다. 향찰에서 '刀'는 본조를 제외하고 2회의 용례가 더 있는데, 모두 '도'로 추정되고 있으며, 구결의 예도 '亦'에 관련되어 사용되고 있어 '도'의 음임을 알게 한다.

　　兩手集刀花乎白良　　　　　　　　　　　　　　　〈願往生歌〉

　　禮爲白孫隱仏体刀　　　　　　　　　　　　　　　〈普賢10〉

　　仁刀 亦ソ１ 當ハ [於][此]リ 會ㄴ 中�氵ㅅソ� 　〈華嚴經 08:24〉

　　菩薩ㄹ 功德聚 [亦]刀 然ㄴソナㅣ　　　　　　　〈華嚴經 14:14〉

한편, 이를 연이은 발음은 선초 문헌의 다음 어휘와 관련된 말로 보인다.

　　興은 니르와들씨라　　　　　　　　　　　　　　〈月印釋譜 10:76a〉

　　六通 三明 니르와도문 聲聞 緣覺의 흔가짓 行이니 (起六通三明은 乃聲聞緣覺之同行이니)　　　　　　　　　　　　　　　　〈法華經諺解 03:43a〉

　　盟誓ᄒᆞ야 善心을 니르와다ᄂᆞᆯ　　　　　　　〈月印釋譜 07:48b〉

　　慈悲喜捨平等ᄒᆞᆫ ᄆᆞᅀᆞᄆᆞᆯ 니르와다 풍류와 놀애로 讚嘆ᄒᆞᅀᄫᅡ
　　　　　　　　　　　　　　　　　　　　　　　　〈月印釋譜 09:41b-42a〉

위 용법은 마치, '慕'의 훈 '그리'가 '畵'의 의미를 가짐(기주 〈 I.2,(1)〉)과 같은 것이다. 이상이 그 음운론적 근거인데, 이는 불가에서는 '嫉妬心'을 '起'하는 것으로 파악하고 있다는 점과도 일치한다.

於彼人所起妒嫉心 是爲慢業　　　　　　　〈60卷本 華嚴經, 第42卷〉

이상, '니르와도(興・起)', 현대어로는 '일으나'. '來'는 '오다'의 본의미로 사용
되었다. '去'는 文末에 온 점으로 미루어 어말어미로 밖에 解할 수 없는데 그럴
경우 의문형 '고・가'에 가장 가깝다.

현대어역

<隨喜功德歌>	<공덕을 따라 기뻐하는 노래>
迷悟同体叱	迷悟는 동체라는
緣起叱理良尋只見根	緣起의 이치에서 찾아보면
仏伊衆生毛叱所只	부처 중생 두루 다
吾衣身不喩仁人音有叱下呂	나의 몸 아닌 남 있을까?
修叱賜乙隱頓部叱吾衣修叱孫丁	남들께서 닦으신 것은 모두 내가 닦을 것이로다
得賜伊馬落人米无叱昆	남들께서 깨달으신 것마다 내 것 남의 것이 없으니
於內人衣善陵等沙	어찌 남의 공덕들이라
不冬喜好尸置乎理叱過	아니 기뻐함 두겠는가?
後句 伊羅擬可行等	아으, 이렇게 여겨 가면
嫉妬叱心音至刀來去	질투의 마음 일어나 올까?

VI. 請轉法輪歌

<table>
<tr><td>彼^뎌仍反^{너븐}隱^ㄴ</td><td>더 너븐</td></tr>
</table>

彼^뎌仍反^{너븐}隱^ㄴ   더 너븐

法界^{법계}惡^악之^의叱^ㅅ仏會^{불회}阿^아希^히   法界아깃 仏會아히

吾^나焉^는頓^돈部^부叱^ㅅ進^낟良^아只^ㄱ   나는 돈붓 나삭

法雨^{법우}乙^를乞^비白^{ᄉᆞᆸ}乎^오叱^ㅅ等^ᄃ耶^야   法雨를 비ᄉᆞᆸ오ᄯᆞᆺ야

无明土^{무명토}深以^{기피}埋多^{무더}   无明土 기피 무더

煩惱熱^{번뇌열}留^로煎^봇將^가來^와出^나米^매   煩惱熱로 봇가와 나매

善芽^{선아}毛冬^{모ᄃᆞᆯ}長^길乙^ㄹ隱^은   善芽 모ᄃᆞᆯ 기른

衆生^{중싱}叱^ㅅ田^밭乙^을潤只^{흐윅}沙音^삼也^여   衆生ㅅ 바톨 흐윅 삼여

後言^{아ᅀᅳ}菩提^{보리}叱^ㅅ菓音^{여름}烏^오乙^올反^블隱^ㄴ   아으 菩提ㅅ 여름 오올블

覚月^{각월}明斤^{ᄇᆞᆯᄀ}秋察^{ᄀᆞᆺᆯ}羅波^{羅波}処^처也^야   覚月 ᄇᆞᆯᄀ ᄀᆞᆺᆯ 羅波 処야

〈「請轉法輪歌」,『均如傳』〉

<table>
<tr><td>仏陀成道數難陳</td><td>부처님 법회[成道] 연 적 셀 수 없이 많은데</td></tr>
<tr><td>我願皆趂正覺因</td><td>나는 중생 모두 正覺의 因 좇길 원하오.</td></tr>
<tr><td>甘露洒消煩惱熱</td><td>甘露를 흩뿌려서 번뇌의 열 씻어 내고</td></tr>
<tr><td>戒香熏滅罪愆塵</td><td>戒律香을 듬뿍 쬐여 죄악 먼지 닦아 내리.</td></tr>
<tr><td>陪隨善友瞻慈室</td><td>善友님 모시고 따라 자비의 집 우러르며</td></tr>
<tr><td>勸請能人轉法輪</td><td>부처님[能人]께 청하노니 법륜을 굴리소서.</td></tr>
<tr><td>雨宝遍沾沙界後</td><td>法寶의 비 쏟아져 사바세계 적신 후면</td></tr>
<tr><td>更於何処有迷人</td><td>다시금 그 어디에 미혹한 이 남으리오.</td></tr>
</table>

〈崔行歸의 漢譯詩,「請轉法輪頌」,『均如傳』〉

復次善男子 言請轉法輪者 所有盡法界 虛空界 十方三世一切佛刹極微塵中 ──
各有不可說不可說佛刹極微塵數廣大佛刹 ──刹中 念念有不可說不可說 佛刹
極微塵數一切諸佛成等正覺 一切菩薩海會圍遶 而我悉以身口意業 種種方便 慇

勳勸請 轉妙法輪 如是虛空界盡 衆生界盡 衆生業盡 衆生煩惱盡 我常勸請一切
諸佛 轉正法輪 無有窮盡 念念相續無有間斷 身語意業無有疲厭[67]

〈普賢行願品, 『40卷本 華嚴經』의 第40卷〉

十方所有世間燈　最初成就菩提者　我今一切皆勸請　轉於無上妙法輪[68]

〈普賢行願品, 偈, 『40卷本 華嚴經』의 第40卷〉

VI.1. 彼仍反隱 : 뎌 너븐

小倉進平(1929) : 뎌를 지즈얀
양주동　(1942) : 뎌 너븐
김완진　(1980) : 뎌 지즐는
양희철　(1988) : 뎌 너븐(仍反)은
유창균　(1994) : 뎌 즈즈븐
신재홍　(2000) : 뎌 너본
박재민　(2002) : 뎌 너븐
이건식[69](2012) : 뎌 너븐

---

67) "또 선남자여, 법문 설해 주기를 청하는 것은, 온 법계 허공계에 있는 시방 삼세 모든 세계의
티끌 속마다 각각 말할 수 없이 말할 수 없는 세계의 티끌 수 같은 엄청난 세계가 있고,
낱낱 세계 안에서 잠깐잠깐마다 말할 수 없이 말할 수 없는 세계의 티끌 수 부처님들이 정각
을 이루었고, 모든 보살 대중이 둘러앉아 있을 때, 내가 몸과 말과 뜻으로 하는 가지가지
방편으로써 은근하게 법문 설해 주기를 청하는 것이니라.
　　이와 같이 하여 허공계가 끝나고 중생의 세계가 끝나고 중생의 업이 끝나고 중생의 번뇌가
끝나더라도, 나의 항상 모든 부처님께 법문 설해 주기를 청함은 끝나지 아니하고, 차례차례
계속하여 잠깐도 쉬지 아니하지마는 몸과 말과 뜻으로 하는 일은 조금도 고달프거나 만족하
지 않느니라." 〈『한글대장경 45 - 대방광불화엄경 40권본』, 동국역경원, 1970, 599-600면.〉
68) 시방세계 계시옵는 세간 등불로 / 처음으로 크신 보리 이루신 이께 / 위가 없는 법수레를
운전하시기 / 내가 지금 지성으로 권청합니다. 〈『한글대장경 45 - 대방광불화엄경 40권본』, 동국
역경원, 1970, 604-605면.〉
69) 이건식, 「均如 鄕歌 請轉法輪歌의 내용 이해와 語學的 解讀」, 『口訣硏究』第28輯, 口訣學
會, 2012. 2.

(1) 彼 : 뎌

'彼'는 '正用字'. 향찰에 2회 사용되었다.

此矣彼矣浮良落尸葉如　　　　　　　　　　　　　〈祭亡妹歌〉

彼仍反隱　　　　　　　　　　　　　　　　　　　〈普賢6〉

「祭亡妹歌」의 경우, '此矣彼矣'로 '此'와 호응하고 있다는 점에서 한자 본래의 의미로 사용된 것으로 짐작되며, 본조 역시 같은 正用字로 보인다. 古訓은 '뎌'.

彼 뎌 피　　　　　　　　　　　　　　　　　　〈新增類合 등〉

生死ᄂᆞᆫ 이녁 ᄀᅀᅵ오 煩惱ᄂᆞᆫ 므리오 涅槃ᄋᆞᆫ 뎌녁 ᄀᅀᅵ라 　〈月印釋譜 02:25a〉

(2) 仍反隱 : 너븐

난해구로 연구자들의 고심이 어린 곳이다. 소창진평은 이두에서 '仍于'가 '因于'와 함께 '지즈로'로 읽히는 점에 근거하여 '지즈얀'으로 읽었다. 그의 독법은 '仍·因'의 古訓이 아래의 기록에서와 같이 '지즐'이란 점에서 일단 주목의 대상이 된다.

因　지즐 인　　　　　　　　　　　　　　　　〈光州千字文〉

지즈로 縣尹의 ᄆᅀᆞᆷ믈 보리로소니 (因見縣尹心 根源舊宮闕)

　　　　　　　　　　　　　　　　　　〈杜詩諺解 初刊 06:22a〉

머므러 브터슈메 지즈로 버믈 시름ᄒᆞ야 기피 사로믈 獨園을 依賴ᄒᆞ노라 (淹泊 仍愁虎 深居賴獨園)　　　　　　　　　　　〈杜詩諺解 初刊 07:10b〉[70]

그러나 '지즐'로 볼 경우, 반드시 그 의미 또한 '~에 因하여'로 해석되어야 하나 그는 '~을 위하여'로 풀이했으니, 이는 '~에 因하여'로 본조를 해석할 경우

---

[70] '지즈로'는 구결에서도 보인다.

微細罪過ᄅᆞᆺᄃᆞᆫᄀᆞᄁᆞ 無明ㄴ 因ノᆺᄒ 種種 業行相ᄅᆞᆺᄃᆞᆫᄀᆞᄁᆞ 無明ㄴ 因ノᆺᄼᆯ 是ㄴ 二地ㄴ 障ᅩノᅌᅡ 〈金光明經 07:17-18〉

此ㄴ 因ᅙᆞ 廣大ᄼᆝᄀ 歡喜ㄴ 證得ᄼᄒ 又 能ᄼ 出離善根ㄴ 引發ᄼᄒᄼᆺᄌᄀᆟ 〈瑜伽師地論 06:01-02〉

문맥이 닿지 않았기 때문이다. 또한, 그 음 추정에 있어서도 '지즐얀'으로 보았는
데, 이는 말은 文證되지 않는 말로서 다만, '反隱'의 음을 살리기 위한 고육지책
에 다름 아닌 것으로 보인다.

　이런 불만에서 양주동은 위의 견해를 따르지 않고 '仍反隱'을 '너븐'으로 읽었
다. 一理를 가진 추정으로서 문맥상·음운상 근거가 있다. 우선 음운상으로도
양주동이 거례한 『三國史記』의 地名例,

進乃郡 [一云 進仍乙]	〈三國史記 37卷, 志6, 地理〉
穀壤縣 本高句麗 仍伐奴縣	〈三國史記 35卷, 志4, 地理〉
穀 낟 곡	〈訓蒙字會〉
槐壤郡 本高句麗 仍斤內郡	〈三國史記 35卷, 志4, 地理〉
槐 누튀	〈光州千字文〉
陰城縣 本高句麗 仍忽縣	〈三國史記 35卷, 志4, 地理〉
進禮郡　本百濟 進仍乙郡	〈三國史記 36卷, 志5, 地理〉
汝湄縣　本百濟 仍利阿縣	〈三國史記 36卷, 志5, 地理〉

등에서 보이듯, '仍'이 '乃/누/나/너' 등의 음가와 대응하고 있고, 그가 소개했듯
이 이와 유사한 한자어 '芿'이 아래에서와 같이 모두 '느·노'에 대응하고 있음도
유력한 방증이 된다.

芿子 놋자	
大麥花 芿臓伊 메밀느정이	〈救荒撮要〉[71]

이에 대한 용례를 더 확대하여 검토해 보아도 같은 결론에 도달한다. 문헌을
살피면 다음과 같은 것들이 더 발견된다.

빅늣동 白芿同	〈朝野會通, 肅宗朝, 己卯 25年〉
늣지 芿叱之	〈東國新續三綱行實圖 烈女 02:58b〉
늘개 芿叱介	〈東國新續三綱行實圖 烈女 06:72b〉
김늣달 金芿叱達	〈東國新續三綱行實圖 孝子 04:39b〉

---

71) 양주동(1942), 783면.

㤿朴船 (현대어, 너벅선)　　　　　〈承政院日記, 仁祖 4年 丙寅, 3月 18日〉

또한 그렇게 읽은 '너븐'이 본조에 나타나는 '法界' 등을 수식할 수 있음도 그의 설에 一理를 더해 준다. 선초 언해에 다음의 구절은 흔히 나타난다.

너븐 부텻 世界 여슷 가지로 震動ㅎ더니 그 쁴 會中엣 　〈釋譜詳節 13:12b〉
너븐 부텻 世界는 곧 法界라　　　　　　　　　　〈楞嚴經諺解 01:79b〉

이상, 양주동의 견해를 따라 '너븐'으로 본다.[72]

Ⅵ.2. 法界惡之叱仏會阿希 : 法界아깃 佛會아희

小倉進平(1929) : 法界옛 佛會예
양주동　　(1942) : 法界악잇 佛會아희
김완진　　(1980) : 法界아깃 佛會아희
양희철　　(1988) : 法界악잇 佛會 아히(兒)
유창균　　(1994) : 法界아힟 佛會아희
신재홍　　(2000) : 法界아잇 佛會아희
박재민　　(2002) : 法界아깃 佛會아희
이건식　　(2012) : 法界아잇 佛會아희

(1) 法界惡之叱 : 法界아깃

'法界'는 正用字. '부처의 세계'를 뜻하는 말임은 기주 〈Ⅰ.4.(1)〉.
'惡之叱'은 '악+의+ㅅ'의 복합형으로 '아깃'으로 읽을 수 있는데, 이는 15세기에 보이는 처소격과 속격의 복합 형태 '잇·옛'에 해당한다. 이에 대하여는 남풍

---

72) 약간의 모험적인 추정이 허용된다면, '仍反'은 '이본'으로 읽을 수 있을 것이다. '시든·메마른'의 의미인 '이운'은 그 선대형이 '이본'일 수 있는데, 이를 '仍反'으로 표기했을 가능성이 있다.
　　萎 이울 위 〈新增類合〉, 一切 이운 衆生을 ㄱㄷ기 저져 〈法華經諺解 03:38b〉
　　그렇게 될 때, 전체적인 문맥은 '저 메마른 법계의 불회에 나는 모두 나아가 법의 비를 빌리라(彼仍反隱 法界惡之叱仏會阿希 吾焉頓叱進良只 法雨乙乞白乎叱等耶)'로 되어 후행하는 '비[雨]와 잘 호응됨을 본다. 본저에서는 우선 '仍 ≒ 㤿=느'가 지닌 차자표기의 전통을 우선시하지만, '시든·메마른'일 가능성 또한 적지 않다고 보는데, 이에 대한 詳論은 후고를 기약한다.

현(1999b:271-284면)에 자세하다. 선초 언해문의 다음과 같은 기능이다.

부톄 三界옛 尊이 드외야 〈釋譜詳節 序:01a〉

世界옛 짜히 다 뮈윤 쁘디 업고 〈月印釋譜 02:14a〉

三千 大千 世界옛 짜홀 ▽라 먹 밍▽라 〈楞嚴經諺解 01:05a〉

(2) 仏會阿希 : 佛會아히

'佛會'는 正用字. 부처나 보살의 설법을 듣는 모임을 의미한다.

調達이 아래 佛會예 五百 比丘 드리고 흐터 나가니 〈釋譜詳節 21:31a-b〉

이 사르미 賢劫千佛會 中에 大梵王이 드외야 〈月印釋譜 21:133b〉

'阿希'는 기주 〈Ⅱ.2.(3)〉. 처소격 '애 · 에 · 예'와 같은 형태소이다.

Ⅵ.3. 吾焉頓叱進良只 : 나는 돈붓 나싹

小倉進平(1929) : 나는 頓을 들여
양주동 (1942) : 나는 또 나싹
김완진 (1980) : 나는 ㅂ롯 나싹
양희철 (1988) : 나는 ㅂ른ㅅ 나악
유창균 (1994) : 나는 모로깃 나스락
신재홍 (2000) : 나은 무졺 나싹
박재민 (2002) : 나는 돈붓(모두) 나싹
이건식 (2012) : 나는 돈붓 낫악

(1) 吾焉 : 나는

'나는'의 향찰식 표기이다. '吾'는 正用字, '焉'은 'ㄴ · 은 · 은 · 는 · 는'의 음역을 나타내는 音借字이다. '焉'이 '隱'과 혼용됨은 기주 〈Ⅲ.5.(1)〉. 선초 언해의 다음 표기에 해당한다.

나는 도라 녜 사던 짜홀 무러 가리라 (吾還訪舊丘) 〈杜詩諺解 初刊 10:30a〉

魔王이 世尊끠 술오딕 "瞿曇아 나는 一切 衆生이 다 부톄 두외야 衆生이 업거사 菩提心을 發호리라" ᄒ더라　　　　　〈釋譜詳節 06:46b〉

(2) 頓叱 : 돈붓(모두)

이것이 '모두'의 의미임이 김준영·김영만에 의해 밝혀졌음은 기주 〈IV.7.(3)〉.

(3) 進良只 : 나삭 (나아가)

'進'은 正用字. 고훈은 '낫다'.

進 나ᅀᅳᆯ 진　　　　　〈訓蒙字會〉

부텻 알픠 나ᅀᅡ 드르샤 禮數ᄒ습고 合掌ᄒ야 술ᄫᅡ샤딕　〈釋譜詳節 11:17a〉

나는 알ᄑᆞ로 나ᅀᅡ 가 摩尼寶珠를 어두리라　〈月印釋譜 22:39a〉

'良'이 차자표기에서 '아~라'의 음을 표기함은 기주 〈I.4.(3)〉, '只'가 강세사 'ㄱ'임도 기주 〈II.6.(2)〉. 이상, '나삭'.

VI.4. 法雨乙乞白乎叱等耶 : 法雨를 비습오ᄯ야

小倉進平(1929) : 法雨를 비솗올더라
양주동　(1942) : 法雨를 비슬봇다라
김완진　(1980) : 法雨를 비슬봇ᄃ야
양희철　(1988) : 法雨를 비슬봇ᄃ야
유창균　(1994) : 法雨를 비솗옷ᄃ라
신재홍　(2000) : 法雨을 비슬봇ᄃ라
박재민　(2002) : 法雨를 비ᄉ보ㅅ다야
이건식　(2012) : 法雨를 빌습옷드라

(1) 法雨乙 : 法雨를

'法雨'는 正用字. '부처님의 說法'을 비유하는 말로서 불경에 관용된다. 목적격 조사 '乙'을 사용한, 정확히 일치하는 형태가 구결에 있다. 선초정음 자료에는 '룰·를'로 나타난다.

> 一切 弟子衆ラ十 法雨し 飽滿ㅅ‖ㅌㅓ‧ノ尸ㅅ一 故ノ‧ノ二口尸ぐ
> 〈金光明經 13:10〉

> 내 法雨를 비허 世間올 充滿ᄒ야든 혼 마샛 法에 히믈 조차 修行호미 뎌 叢林 藥草 諸樹‖ 大小를 조차 漸漸 더 盛ᄒ야 도톳ᄒ니라. (我雨法雨ᄒ야 充滿世間ᄒ야든……)
> 〈法華經諺解 03:47a〉

> 世尊이 큰 法을 니르시며 큰 法雨를 비흐시며 큰 法螺를 부르시며 큰 法鼓를 티시며 큰 法義를 펴려 ᄒ시ᄂ다
> 〈釋譜詳節 13:26b〉

> 世間올 ᄀᄃ기 足게 호미 비 너비 저지듯하야 貴ᄒ며 늘아오며 노프며 눗가옴과 戒 디니며 戒 허룸과 威儀 ᄀ좀과 쏘 몯 ᄀ좀과 正見 邪見과 利根 鈍根에 ᄒ가지로 法雨를 비호딕 게을우미 업소니
> 〈法華經諺解 03:41a-b〉

(2) 乞白乎叱等耶 : 비ᅀᆞᆸ오ᄯᅡ야

'乞'의 古訓은 '빌다'인데, 이의 어간에 공손형선어말어미 '白乎(ᅀᆞᆸ오)'가 결합한 것이다.

> 乞 빌 걸
> 〈新增類合·訓蒙字會〉

> 나도 머릴 울워러 셜버이다 救ᄒ쇼셔 비ᅀᆞᆸ보니 萬靈 諸聖이 다 날드려 니르샤딕
> 〈月印釋譜 02:52a〉

그러나 본조 '乞'의 의미는 '求乞'의 의미가 아닌 '祈禱'의 의미이다. '乞'의 훈과 '祈·禱'의 훈이 같기에 생겨난 현상이다.

> 祈 빌 긔
> 〈新增類合 등〉

> 禱 빌 도
> 〈新增類合 등〉

이는 마치, 「普賢1」의 첫 구 '心未筆留 慕呂白乎隱'에 사용된 '慕'가 '畵'의 뜻임과 같은 원리이다. '乞·祈·禱'는 모두 '타인으로부터 어떤 도움을 바라다'란 의미이지만, 본조에서는 그 타인이 '法雨를 내려주는 부처'인 만큼, '祈·禱'의 의미로 보는 것이 옳다. '叱等耶'가 화자의 의지를 표현하는 종결어미임은

기주〈Ⅰ.10.(3)〉. 이상, 1-4행은 「普賢行願品」의 다음 구절을 詩化한 것이다.

①不可說 佛刹極微塵數一切諸佛成等正覺 一切菩薩海會圍遶 而②我悉以身
口意業 種種方便 慇懃③勸請 轉④妙法輪 (말할 수 없이 많은 세계의 티끌
수 일체의 여러 부처님들이 정각을 이루었고, 모든 보살이 바다처럼 둘러 모
여 있을 때, 나는 몸과 말과 뜻으로 하는 갖가지 방편으로써 은근하게 묘법의
바퀴 굴려 주시길 청하는 것이니라.)   〈普賢行願品,『40卷本 華嚴經』의 第40卷〉

즉, 제1-2행의 '넓은 法界의 佛會'는 ①에 묘사된 '無盡數의 法會'에, 제3행의
'吾'는 ②에 나타난 '我'에, 제4행의 '乞'은 ③에 나타난 '勸請'에, 역시 제4행의
'法雨'는 ④의 '妙法輪'에 대응하는 말인 것이다.

VI.5. 无明土深以埋多 : 無明土 기픠 무더

小倉進平(1929) : 無明土 깁히 묻은
양주동   (1942) : 無明土 깁히 무다
김완진   (1980) : 無明土 기픠 무더
양희철   (1988) : 無明土 기픠 무다(多)
유창균   (1994) : 無明土 깊이 무다
신재홍   (2000) : 無明土 기픠 무다
박재민   (2002) : 無明土 기픠 무다
이건식   (2012) : 無明土 깊이 무더

(1) 无明土 : 無明土

'無明'은 正用字. '佛性·法性·智' 등을 덮는 미혹함을 말한다.

迷惑ᄒ야 모ᄅ면 곧 無明이오 發明ᄒ면 곧 解脫이니라 〈楞嚴經諺解 05:11a〉
거츤 드트리 믄득 니러 어듭게 홀씨 일후미 無明이니 無明은 볼고미 업슬씨
라.   〈月印釋譜 02:21a〉
煩惱ㅣ ᄀ리여 涅槃을 마ᄀ며 無明이 ᄀ리여 菩提를 마굴씨라
                                         〈釋譜詳節 09:2a〉

'土'는 正用字. 無明이 '佛性·法性'을 덮고 있는 것이 마치 흙이 씨앗을 덮고 있는 것과 같기에 생겨난 은유이다. 아래의 '無明ㅅ 대가리(껍질)'와 같은 비유이다.

> 無明 대가리예 封ㅎ야 걸일씨 마가 通티 몯ㅎ며 (封滯無明之殼故로 礙而不通ㅎ며)　　　　　　　　　　　　　　　　　　　　　　　〈法華經諺解 03:85b〉
>
> 衆生이 覺體 本來 이 ᄀᆞᆮ건마른 오직 제 色心 안해 迷호ᄆᆞᆯ씨 져거 크디 몯ᄒᆞ며 無明ㅅ 대가리예 ᄢᅳ일씨 마가 ᄉᆞᄆᆞᆺ디 몯ᄒᆞ며 …… 無明ㅅ 대가리를 ᄒᆞ야 ᄇᆞ리면 勝智 알픠 現ᄒᆞ야 부텨와 다ᄅᆞ디 아니ᄒᆞ리라.　　　　　〈月印釋譜 14:07b〉

(2) 深以 : 기픠

'深'은 正用字. 古訓은 '깊다'이다.

> 深 기플 심　　　　　　　　　　　　　　　　　　　　　〈新增類合 등〉
>
> 深山ᄋᆞᆫ 기픈 뫼히라　　　　　　　　　　　　　　　〈月印釋譜 序:5b〉
>
> 深隱은 기픠 수머셔 날씨라　　　　　　　　　　　　〈月印釋譜 10:78a〉

'以'는 향찰, 구결 등의 차자표기에 자주 사용된 用字이다. 훈차, 음차 모두 이용되었으며, 훈차로 사용될 때에는 '로', 음차로 사용되었을 때는 '이'이다. 향찰자 변증 113)항에서 다룬 바 있다. 본조는 '이'음을 표기하기 위해 사용되었다. 구결에서는 '深ㅢ[深是]'의 형태를 사용하였는데, 같은 음이다.

> 當願衆生 深ㅢ 經藏 3 十 入 ㅼ 3 ハ 智慧ㅢ 海 [如]ㅊ ㅼ ㅌ ㅛ　〈華嚴經 03:15〉
> (當願衆生 기픠 經藏ᄋᆞ긔 入ᄒᆞ약　智慧가 海와 ᄀᆞᆮᄒᆞ나셔)
>
> 當願衆生 深ㅢ 佛智 3 十 入 ㅼ 3 ハ 永ㅅ 三界ㄴ 出 ㅼ ㅌ ㅛ　〈華嚴經 07:22〉
>
> 諸欲 3 十 深ㅢ 過患ㄴ 見 ㅼ ᄛ [於]上勝境 3 十 寂靜德ㄴ 見 ㅼ ᄛ ㅼ ㅏ ㅓ ᅳ
> 　　　　　　　　　　　　　　　　　　　　　　　　　〈瑜伽師地論 20:12-13〉

(3) 埋多 : 무더

'埋'는 正用字로, 古訓은 현재와 같은 '묻다'이다.

> 埋 무들 미　　　　　　　　　　　　　　　　　〈新增類合·歷代千字文〉

무드며 훙졍ᄒᆞ논 노ᄅᆞ시 (知埋鬠之戲)　　　　　　〈飜譯小學 06:10〉

信ᄒᆞ리 허러 벗오믈 조차 地中에 무더 ᄇᆞ려 衆生ᄋᆞᆯ 疑心ᄒᆞ야 외에ᄒᆞ야 無間
獄애 들에 ᄒᆞ리니　　　　　　　　　　　　　　　〈楞嚴經諺解 09:77b〉

'多'는 어간 '묻'의 말음 'ㄷ'이 연결 어미 '-어'와 결합된 '더'의 음차이다. 향찰
자 변증 25)항에서 다루었듯이 '다'음을 나타내기 위한 音借字이나, 본조와 같이
문법 영역에서는 '더'를 위해서도 사용되었음을 알 수 있다.

Ⅵ.6. 煩惱熱留煎將來出米 : 煩惱熱로 봇가 와 나매

小倉進平(1929) : 煩惱熱을 다리(又지지)도록 내매
양주동　(1942) : 煩惱熱루 다려내매
김완진　(1980) : 煩惱熱로 다려내매
양희철　(1988) : 煩惱熱로 다려 내매
유창균　(1994) : 煩惱熱로 달히려 내며
신재홍　(2000) : 煩惱熱로 다려 내미
박재민　(2002) : 煩惱熱로 봇겨 와서 나매
이건식　(2012) : 煩惱熱루 달히將來(ᄒᆞ) 나미 [煩惱熱로 (種子를) (장차) 달여 냄애]

(1) 煩惱熱留 : 煩惱熱로

번뇌는 茂盛히 일어나기에 불에 비유되며, 그렇기에 뜨거운 속성을 가진 것
으로 佛家에서는 인식한다.

　　더본 煩惱ᄂᆞᆫ 煩惱ㅣ 블ᄀᆞ티 다라나ᄂᆞᆫ 거실ᄊᆡ 덥다 ᄒᆞᄂᆞ니라
　　　　　　　　　　　　　　　　　　　　　　〈月印釋譜 01:18a〉

　　熱은 더블ᄊᆡ니 혀근 煩惱ㅣ 熱이라　　　　〈月印釋譜 01:34a〉

如來往昔爲衆生 修治法海無邊行 譬如霈澤清炎暑 普滅衆生煩惱熱 (부처께
서 지난 과거 중생 위하여 法海의 끝없는 행 닦으신 것이, 소나기가 무더위를
시원케 하듯 중생의 번뇌열을 널리 멸하네.)　　　　〈80卷本 華嚴經, 第4卷〉

蓮華垂布金色光 其光演佛妙聲雲 普蔭十方諸刹土 永息衆生煩惱熱 (연꽃에
서 금빛 광명 펼쳐 나오고 부처님의 음성 구름 그 빛에서 흘러 나와, 시방의

모든 세계 널리 덮으니 중생의 번뇌열이 영원히 식도다.)

〈80卷本 華嚴經, 第5卷〉

'留'가 수단격 보조사 '로'임은 기주 〈Ⅰ.1.(2)〉.

(2) 煎將來 : 봇가 와서

'煎'은 正用字. 고훈의 하나가 '달히다'였기에 '다려내매' 내지는 '달히려 내매'로 읽혀온 곳이다.

煎 달힐 젼	〈新增類合 · 왜어유해〉
煎 지질 젼	〈訓蒙字會〉
焦煎은 봇글씨라	〈月印釋譜 序:04a〉

하지만 상례에서 보듯이 '煎'은 '달히' 외에도 '지질 · 봇글'의 훈도 가졌다. 본조에서 '煎'의 객체는 '衆生'이며, 또한 '煩惱熱(苦)'에 의한다는 점을 감안하여 '봇겨'를 취한다. 언해의 다음 부분에 '苦에 봇기다'란 구절이 나타난다.

眞實ㅅ 覺올 긴 바민 어듭게 ᄒ며 智慧ㅅ 눈늘 긴 劫에 멀워 여슷 길헤 외도녀 잢간도 머므디 몯ᄒ며 여듧 受苦애 봇겨 能히 벗디 몯홀씨 (遂昧眞覺於長夜 ᄒ며 瞽智眼於永劫ᄒ야 輪廻六道而不暫停ᄒ며 焦煎八苦而不能脫 홀씨)

〈月印釋譜 序:04a-b〉

주글 業이 서로 봇가 다와도미 至極혼 相이라 (死業交煎 逼極之相也)

〈法華經諺解 02:129a〉

三毒業果와 無上苦報왜 섯모다 어즈러이 봇가 免ᄒ야 버술 쭐 업수믈 가줄비시니라 (譬三毒業果 無常苦報 交會煩煎 莫由免脫也) 〈法華經諺解 02:126a〉

'將來'가 '-가 오-'의 음상을 지니며, 현재완료를 나타냄은 기주 〈Ⅴ.3.(2)〉. 이상, '봇가 와(서)'.

(3) 出米 : 나매

'出'은 正用字. 古訓은 '나다'. 그간 '내매'로 읽혀온 부분이나, 주체가 '衆生'이므로 '나매'가 정당하다. 향찰표기에서 '出'은 본조를 포함하여 총 5회가 나타나는데, 모두 자동사 '나다'로 추정되고 있다. 아래는 명확한 예들이다.

一等隱 枝良 出古 (나고)　　　　　　　　　〈祭亡妹歌〉

一念惡中 涌出去良 (솟나구나)　　　　　　　　〈普賢2〉

'米'는 '매'. 양주동이 지적했듯이, 현대음으론 '미'이나 고대어에서는 '매'음도 나타낼 수 있었던 것으로 보인다.

內乙買 一云內尒米　　　　　　　　　〈三國史記 卷37, 志, 地理〉

이상, '나매'. '남+애'로 분석되어 현대어 '나므로, 난 까닭에'에 해당하며, 언해의 다음 구절에 비견된다.

이 功德 젼ᄎ로 轉身의 나매 됴ᄒᆞᆫ 上妙ᄒᆞᆫ 象馬車乘珍寶輦輿를 得ᄒᆞ며
　　　　　　　　　　　　　　〈月印釋譜 17:50b-51a〉

이 功德을 緣ᄒᆞ야 올ᄆᆞᆫ 몸 나매 됴ᄒᆞᆫ 上妙象馬車乘과 珍寶輦輿를 得ᄒᆞ며
　　　　　　　　　　　　　　〈法華經諺解 06:11a〉

VI.7. 善芽毛冬長乙隱 : 善芽 모ᄃᆞᆯ 기른

小倉進平(1929) : 善芽 몰으기 길은
양주동　(1942) : 善芽 몯ᄃᆞᆯ 길은
김완진　(1980) : 善芽 모ᄃᆞᆯ 기른
양희철　(1988) : 善芽 모ᄃᆞᆯ 기른
유창균　(1994) : 善芽 모ᄃᆞᆯ 길은
신재홍　(2000) : 善芽 모ᄃᆞᆯ 기른
박재민　(2002) : 善芽 모ᄃᆞᆯ 기른
이건식　(2012) : 善芽 모ᄃᆞᆯ 길은

(1) 善芽 : 善芽

'善法根芽'의 준말. 衆生이 본래적으로 가지고 있는 佛性의 싹이다. 이것은 부처님의 가르침을 은유하는 '甘露雨'나 '法雨'에 의해, 혹은 기름진 좋은 밭에서

增長되게 된다.

如大雲 普雨無邊甘露雨故, 如時雨 增長信等善根芽故.(큰 구름과 같으니 끝
없는 감로의 비를 뿌리는 까닭이며, 때 맞추어 오는 때의 비와 같으니 믿음의
<u>선근과 움</u>을 자라게 하는 까닭이다.)　　　　　　　〈40卷本 華嚴經, 第5卷〉

能長一切衆善根芽如良沃田 (모든 중생의 <u>선근과 움</u>을 길러 줌은 기름진 밭과
같다.)　　　　　　　　　　　　　　　　　　　　〈80卷本 華嚴經, 第67卷〉

根은 種性을 가즐비시고 莖은 發心을 가즐비시고 枝葉은 熏ᄒᆞ논 敎理를 가즐
비시고 花果는 닷논 行果를 가즐비시니　　　　　　　〈法華經諺解 03:12b〉

卉木 叢林과 여러가짓 藥草의 져근 불휘 져근 줄기와 져근 가지 져근 닙과
中根中莖과 中枝中葉과 大根大莖과 大枝大葉과 여러 나모 大小ㅣ 上中下를
조차 各各 바도미 이셔 <u>ᄒᆞᆫ 구룸</u>의 비오매 제 種性에 마자나 기로믈 得ᄒᆞ야
곳과 果實왜 프며 여므ᄂᆞ니　　　　　　　　　　　〈法華經諺解 03:11a-b〉

(2) 毛冬 : 모ᄃᆞᆯ

'毛冬'이 부정어 '못'에 해당하는 古語임은 기주 〈II.10.(1)〉.

(3) 長乙隱 : 기른

'長'은 正用字. '長養'의 의미이다. '乙'은 '기르다'의 어간 'ㄹ'에 대한 말음첨기
이며 '隱'은 관형격의 '은'을 나타낸다.

조흔 業 ᄇᆞ리고 모딘 비ᄒᆞᆺ 기른 다시라　　　　〈法華經諺解 02:170b〉
王子 기르ᄉᆞ온 어미 ᄒᆞ나 아닐씨 諸母ㅣ라 니ᄅᆞ시니라. (王子所養之母ㅣ 不
一故로 言諸母ᄒᆞ시니라)　　　　　　　　　　　　〈法華經諺解 03:97b〉

VI.8. 衆生叱田乙潤只沙音也 : 衆生ㅅ 바ᄐᆞᆯ 흐웍 삼여

小倉進平(1929) : 衆生ㅅ 받을 불어삼으오
양주동　(1942) : 衆生ㅅ 田을 저지삼여

김완진	(1980)	: 衆生ㅅ 바톨 적셔미여
양희철	(1988)	: 衆生ㅅ 바톨 저지샤(沙)ㅁ여
유창균	(1994)	: 衆生ㅅ 밭을 저즈기삼이라
신재홍	(2000)	: 衆生ㅅ 바톨 적사--라
박재민	(2002)	: 衆生ㅅ 田을 흐윅삼여
이건식	(2012)	: 衆生ㅅ 밭을 저지기 삼여

(1) 衆生叱田乙 : 衆生ㅅ 바톨

불가의 비유어 '衆生田'을 향찰식으로 표기한 것이다.

菩提心者如快利犁 能治一切衆生田故 (보리심은 잘 갈리는 보습과 같으니,
일체 중생의 밭을 가는 까닭이다.)　　　　　　　　〈80卷本 華嚴經, 第78卷〉

'衆生'은 기주 〈V.3.(2)〉. '叱'은 속격의 'ㅅ', '乙'은 대격의 '올 · 을'을 나타내기
위한 음차자이다. '田'은 正用字. 古訓은 '밭'이다.

福田은 福 바티니　　　　　　　　　　　　　　　　〈釋譜詳節 06:19a〉

므리 바톨 저져 草木이 나기둧 ᄒᆞ니　　　　　　　〈楞嚴經諺解 08:86a〉

사ᄅᆞ미 ᄠᅳ디 漸漸 거츠러 제여곰 바톨 ᄂᆞ홀씨　　〈釋譜詳節 09:19b〉

이상, '衆生의 밭'은 '善芽'가 자라는 바탕이기에 은유된 것으로 원관념은 '중
생의 의식 세계'이다.

(2) 潤只沙音也 : 흐윅 삼여 (흡족하고 윤택한 상태가 되게 함이여)

본조에 대하여도 다양한 견해가 있다. 소창진평은 '潤只'를 '불어'로 보았으나,
'只'를 반영하지 못하고 있다는 점에서 일단 해독의 軌를 벗어났다. 양주동은
'只'의 음을 살려 '저지'로 읽었다. 하지만 「普賢十願歌」에서 '只'는 모두 '기~ㄱ'
의 음가를 가진다는 원칙에 어긋나며, 후행 '沙音'과의 연결도 매끄럽지 못하다.
김준영이 '적삼'으로 읽어 '只'의 음을 살린 후, 김완진이 '적셤'으로 부연하였다.
그러나 '적시다'의 명사형은 반드시 '적심'이어야지 '적삼 · 적셤'이 될 수 없음은
자명하다. 혹 '적사다 · 적셔다'라는 어휘가 있으면 가능할지 모르나, 그것이 아
니라면, '沙'자가 음차자에서 확고히 '싸 · 사 · 샤'의 음역을 유지하고 있는 정황

에서 그렇게 읽는 것은 무리일 수밖에 없다. 유창균은 '只'의 음이 '기'이고, 또, 후행하는 '沙音'이 '삼다(爲)'의 어간임을 이유로 '潤只'을 '저즈기'로 보았다.

필자는 본조를 '흐웍 삼이여'로 보는데, 추정의 출발은 '沙音'에서 시작한다. '沙音'은 향찰표기에 본조를 포함하여 3회 보이는데

此良夫作沙毛叱等耶　　　　　　　　　　　　　〈普賢1〉
(이에 '常' 삼도다.)

衆生叱田乙潤只沙音也　　　　　　　　　　　　〈普賢6〉
(중생 밭을 흐웍 삼았도다)

迷火隱乙根中沙音賜焉逸良　　　　　　　　　　〈普賢9〉
(중생을 뿌리 삼은 이라)

유창균의 지적대로 이것이 '爲'의 훈 '삼다'의 어근을 표기한 것임은 자명하다. 다만, 본조의 '삼다'는 '되다시피 여기다'의 의미가 아닌 '되게 하다'의 의미이다. 한편, '潤'은 正用字로, 古訓은 다음의 두 갈래로 나타난다.

潤沾은 저질씨라　　　　　　　　　　　　　　〈月印釋譜 序:7b〉
潤澤은 흐웍흐웍홀씨라　　　　　　　　　　　〈楞嚴經諺解 02:05a〉
흔 구루믜 비 오매 大千이 너비 흐웍호딘 (一雲所雨에 大千이 普洽은)
　　　　　　　　　　　　　　　　　　　　　　〈法華經諺解 03:10〉

이 중, 그간의 연구자들이 주목한 것은 '저지다·적시다'였으나 사실 표기형태 '潤只'로 본다면 '흐웍'이 보다 정당하다. '흐웍'은 우선 '只'음을 만족시키고, 또한 '흡족하고 윤택한 상태'를 의미하는 명사로서 후행하는 '삼다(爲-되게 하다)'의 보어로서 손색이 없다. 상태를 나타내는 명사는 일반적으로 '~하다'를 붙여 파생형용사를 만드는데 '흐웍-하다' 역시 같은 類이다. '也'가 주로 한자어에 후행하여 감탄의 '이여'를 나타냄은 기주 〈II.2.(1)〉. 다만 본조에서는 용언의 어간에 직접 접속된 점이 색다르다. 이상 '潤只沙音也'는 '흐웍 삼이여', 현대어론 '흡족하고 윤택한 상태가 되게 함이여'의 의미이다.

VI.9. 後言 菩提叱菓音烏乙反隱 : 菩提ㅅ 여름 오올본

小倉進平(1929) : 後言 菩提ㅅ 열음 열니야
양주동　 (1942) : 아으 菩提ㅅ여름 오올봃
김완진　 (1980) : 아야 菩提ㅅ 여름 오올ᄂᆞ
양희철　 (1988) : 後言 菩提ㅅ 열음 오(烏)올봃
유창균　 (1994) : 아라! 菩提ㅅ 여름 올븐
신재홍　 (2000) : 아야 菩提ㅅ 여름 올봃
박재민　 (2002) : 아으 菩提ㅅ 여름 오올봃
이건식　 (2012) : 後言 菩提ㅅ 여름 오올븐

(1) 後言 : 아으

(2) 菩提叱 : 菩提ㅅ

'菩提'는 '깨달음'이란 의미이다.

菩提ᄂᆞᆫ 覺이니　　　　　　　　　　　〈月印釋譜 07:40b〉

諸佛 得ᄒᆞ샨 거실ᄉᆡ 닐오ᄃᆡ 菩提오　　　〈圓覺經諺解 序:3b〉

(3) 菓音 : 여름

'菓'는 正用字. 古訓은 '여름'이다.

菓 여름 과　　　　　　　　　　　　　　〈訓蒙字會〉

果ᄂᆞᆫ 여르미오　　　　　　　　　　　〈月印釋譜 01:12a〉

'音'이 'ㅁ'의 말음첨기로 사용됨은 기주〈I.1.(1)〉. 이상, 前句와 결합한 '菩提果 · 菩提의 열매'는 불교의 관용구이다.

菩提ㅅ 果를 얻긔 호리라　　　　　　　〈楞嚴經諺解 02:78a〉

我以得見善知識 普集無盡諸白法 滅除一切衆罪垢 成就淸淨菩提果 (나는 이제 선지식을 뵈온 까닭에 끝없는 깨끗한 법 널리 모으며, 여러 가지 모든 죄의 때를 없애 버리고, 청정한 <u>보리의 열매</u> 성취하리라.) 〈40卷本 華嚴經, 第24卷〉

以見善知識 集無盡白法 滅除衆罪垢 成就菩提果 (선지식을 보아 끝없는 깨끗
한 법을 모으며, 여러 죄의 때를 없애고 <u>보리의 열매</u>를 성취하리라.)

〈80卷本 華嚴經, 第72卷〉

(4) 烏乙反隱 : 오올본

소창진평이 '열니얀(열린)으로 보았던 것을, 양주동이 '완전한(잘 익은)'으로
수정한 부분이다. 前句와 연계해 볼 때, '열매가 열린' 혹은 '열매가 잘 익은'은
모두 문맥을 만족시킨다. 하지만, 음가로는 양주동의 추정이 더 近似하기에 많
은 연구자들이 동조했다.

'烏'는 차자표기에서 '오'음에 대용된다.

蘭茹	烏得夫得 五得浮得	〈鄕藥救急方〉
通草	伊乙吾音蔓 伊屹烏音	〈鄕藥救急方〉

'乙'이 차자표기 전체에서 'ㄹ·올·을·룰·를'의 音域을 위해 사용되는 音借
字임은 향찰자 변증 109)항에서 다루었다. 이상, '오올'이 되는데 이는 '全'을 의
미하는 '오올'과 음가가 일치한다.

全 오올 젼 　　　　　　　　　　　　　　　　　　　　　　〈新增類合〉
全超는 오ᅌᆞ로 거르 뛸씨라 　　　　　　　　　　　〈釋譜詳節 23:16b〉
圓持ᄒᆞᆫ 功이 일면 根마다 各各 ᄲᅮ믈 오올올씨 一千二百 功德이 이시려니와

〈釋譜詳節 19:10a〉

이에 덧붙여 양주동은 '反隱'이 형용사 접미사임을 들어, '오올본'을 재구해 내었
는데, 현재까지 문증되는 범위에서는 최선의 해석으로 인정된다. 이상, '오올본'.

Ⅵ.10. 覚月明斤秋察羅波処也 : 覺月 ᄇᆞᆯᄀᆞᆫ ᄀᆞᅀᆞᆯ 羅波 處여

小倉進平(1929) : 覺月 붉은 ᄀᆞᅀᆞᆯ을 밧치요
양주동 (1942) : 覺月 ᄇᆞᆯᄀᆞᆫ ᄀᆞᅀᆞᆯ 바티여
김완진 (1980) : 覺月 ᄇᆞᆯᄀᆞᆫ ᄀᆞᅀᆞᆯ 라ᄇᆝᄃᆡ여
양희철 (1988) : 覺月 ᄇᆞᆯᄀᆞᆫ ᄀᆞᅀᆞᆯ라(羅) 바치(波處)여

유창균 (1994) : 覺月 볼근 ᄀ술 고른 바들이라
신재홍 (2000) : 覺月 볼근 ᄀ술라혼 곤야
박재민 (2002) : 覺月 볼근 ᄀ술 '尸羅波羅' 處여
이건식 (2012) : 覺月 볼근 ᄀ술 납곤여

(1) 覚月 : 覺月

'覚月'은 正用字. '覺'은 불가의 관용어로 '悟·通知' 등의 의미를 지닌다.

昧는 어드볼씨라 覺은 알씨라 〈月印釋譜 序:03b〉

覺이 두려비 볼가 너비 다 비취실씨 正覺이라 〈月印釋譜 07:41a〉

밧그로 사ᄅᆞ미 허므를 보디 아니ᄒᆞ며 안ᄒᆞ로 邪迷의 惑호믈 닙디 아니홀씨
일후믈 슬오디 覺이니 覺이 곧 이 佛이시니라 〈金剛經諺解 :3a〉

'覺月'은 '깨달음'이 月光처럼 세계에 周偏하기에 생겨난 비유로서, 『華嚴經』
에도 유사한 비유가 있다.

善財正覺日 智光大願輪 周行法界空 普照群迷宅 善財正覺月 白法悉圓滿 慈
定淸涼光 等照衆生心 (선재동자 바른 깨달음의 해, 지혜의 빛 대원의 바퀴,
법계와 허공을 두루 다녀 길 잃은 중생의 집을 비춰주고, 선재동자 바른 깨달
음의 달, 밝은 광명 원만하여 자비의 선정 청량한 빛 중생 마음 고루 비치리.)
〈40卷本 華嚴經, 第35卷〉

(2) 明斤 : 볼근

'明'은 正用字. 고훈은 '붉다'.

明 볼굴 명 〈新增類合 등〉

明月神珠는 볼근 돌 ᄀᆞᄐᆞ 神奇ᄒᆞᆫ 구스리라 〈月印釋譜 02:33a〉

'明斤'은 '明'의 훈 '붉'에 관형격 어미 'ㄴ'이 연철된 형태이다. '斤'은 본조가 향찰
유일한 용례이나, 物名·地名 등에서 '근'음의 표기를 위해 왕왕 사용되었다.

黃芩 所邑朽斤草 (서근 풀) 〈鄕藥救急方〉

朽 서글 후 〈新增類合〉

朽는 서글씨라 〈月印釋譜 序:24b〉

(3) 秋察 : ᄀᆞᅀᆞᆯ

'秋察'은 「普賢十願歌」에서는 1회 나타나나, 유사소재 향가에 2회 더 나타난다.

於內秋察早隱風未 〈祭亡妹歌〉

秋察尸不冬爾屋支墮米 〈怨歌〉

'秋'의 고훈 'ᄀᆞᅀᆞᆯ'의 향찰식 표기로, 후접된 '察'은 'ᄀᆞᅀᆞᆯ'의 말음 'ᅀᆞᆯ'을 반영한 것이다.

秋 ᄀᆞᅀᆞᆯ 츄 〈訓蒙字會 · 光州千字文〉

察 ᄉᆞᆯ필 찰 〈新增類合 · 石峯千字文 · 光州千字文 등〉

(4) 羅波處也 : 羅波 處여

소창진평, 양주동 모두 선행하는 '秋察'과 연계하여 'ᄀᆞᅀᆞᆯ 밭'으로 보았다. 유창균은 '바들(海)로 보았으며 김완진은 '라ᄫᅥᆼ'로 읽으며 '즐겁도다'로 보았다. '羅波'는 두 字 모두 불경에서 愛用되는 음차자라는 점에서 불가어휘일 가능성이 높지만 현재까지는 확인되지 않는 어휘이다. 다만, 선행하는 단어가 '가을'이라는 점과 다음 관련구에 나타나는 문맥을 감안할 때, '淸凉'의 의미일 가능성이 높아 보인다.

> 善財正覺日 智光大願輪 周行法界空 普照群迷宅 善財正覺月 白法悉圓滿 慈定淸凉光 等照衆生心 (선재동자 바른 깨달음의 해, 지혜의 빛 대원의 바퀴, 법계와 허공을 두루 다녀 길 잃은 중생의 집을 비춰주고, 선재동자 바른 깨달음의 달, 밝은 광명 원만하여 자비의 선정 淸凉한 빛 중생 마음 고루 비치리)
>
> 〈40卷本 華嚴經, 第35卷〉

더구나, 이 작품의 詩想은 '무명토 · 번뇌열에 시달리는 중생의 밭'을 부처가 '法雨를 내려 기름지고 윤택하게' 만들었고 그래서 '깨달음의 열매를 얻은 가을 달밤'은 '모든 번뇌열이 사라진 곳이다'라는 전개를 보이고 있는데 이에 비추어 보아도, '羅波'가 '淸凉'의 의미와 연결될 가능성이 높아 보인다. 이상, '羅波 處

여'. 의미는 '청량한 곳이여'

<請轉法輪歌>	<법륜 굴리시길 청원하는 노래>
彼仍反隱	저 넓은
法界惡之叱仏會阿希	法界의 佛會에
吾焉頓叱進良只	나는 모두 나아가
法雨乙乞白乎叱等耶	法雨를 빌리라.
无明土深以埋多	無明土에 깊이 묻혀
煩惱熱留煎將來出米	번뇌열로 볶여 옴에
善芽毛冬長乙隱	좋은 싹 못 기른
衆生叱田乙潤只沙音也	중생ㅅ 밭을 윤택하게 함이여.
後言 菩提叱菓音烏乙反隱	아으, 菩提의 열매 잘 익은
覚月明斤秋察羅波処也	깨달음의 달 밝은 가을 청량한 곳이여.

VII. 請仏住世歌

皆^한仏体^{부텨}

必于^{비록}化緣^{화연}尽^{다아}動^뮈賜^시隱^ㄴ乃^나

手^손乙^을寶^보非^비鳴^울良^러尒^곰

世呂^{누리}中^{아기}止^{머므}以^리友<sup>白^숩乎^오等^ㄷ耶^야

曉^{불곰}留^{ㅇ로}朝^{아춤}于^우萬^만夜^밤未^미

向^앗屋^오賜^시尸^ㄹ朋^번知^디良^이閪^잃尸^ㄹ也^야

伊^이知^알皆^괴矢^ㅅ爲^{ㄷ외}米^매

道尸^길迷反^{이본}群^물良^아哀^슳呂^리舌^혀

落句^{아으} 吾里^{우리}心音^{ㅁ숨}水^믈清^{ㅎ가}等^ㄷ

佛影^{불영}不冬^{안들}應^응爲^ㅎ賜^시下^하呂^리

한 부텨

비록 化緣 다아 뮈시나

소늘 보비 우러곰

누리아기 머므리숩오ᄃ야

볼고ᄆ로 아춤 우만 바미

앗오실 벋디이 잃야

이 알기 ᄃ외매

길 이본 물아 슳리혀

아으 우리 ᄆ숨 믈 믈가든

佛影 안들 應ᄒ시하리

〈「請仏住世歌」, 『均如傳』〉

極微塵數聖兼賢 티끌만큼 많고 많은 성자와 현인

於此浮生畢化緣 물거품 같은 이 세상에서 교화의 연 끝내도다.

欲示泥洹啟寂滅 열반泥洹을 보이시며 적멸로 돌아가려 하시니

請經沙劫利人天 원컨대 영원토록 중생[人天]을 돌보소서.

談眞盛會猶堪戀 眞如를 말씀하던 성대한 모임 그리웁고

滯俗群迷実可憐 세속에 매인 중생[群迷] 참으로 가엾나니.

若見惠灯將隱沒 지혜의 등 가물가물 꺼져감을 볼진대

盡傾丹懇乞淹延 어찌 정성 다해 머무시길 안 빌리오.

〈崔行歸의 漢譯詩,「請佛住世頌」, 『均如傳』〉

復次善男子 言請佛住世者 所有盡法界 虛空界 十方三世一切佛刹極微塵數諸佛
如來 將欲示現般涅槃者 及諸菩薩 聲聞緣覺 有學無學 乃至一切諸善知識 我悉
勸請 莫入涅槃 經於一切佛刹極微塵數劫 爲欲利樂一切衆生 如是虛空界盡 衆生

界盡 衆生業盡 衆生煩惱盡 我此勸請無有窮盡 念念相續無有間斷 身語意業無有
疲厭[73]　　　　　　　　　　　　　　〈普賢行願品,『40卷本 華嚴經』의 第40卷〉

諸佛若欲示涅槃　　我悉至誠而勸請　　唯願久住刹塵劫　　利樂一切諸衆生[74]
　　　　　　　　　　　　　　　　　〈普賢行願品, 偈,『40卷本 華嚴經』의 第40卷〉

Ⅶ.1. 皆仏体 : 한 부텨

　　小倉進平(1929) : 므릇 부텨
　　양주동　(1942) : 한 부톄
　　김완진　(1980) : 모든 부텨
　　양희철　(1988) : 모든 부텨
　　유창균　(1994) : 모든 佛體
　　신재홍　(2000) : 여러 부텨
　　박재민　(2002) : 한 佛體

(1) 皆 : 한 (無量의)

　향찰표기에서 '皆'자는 총 7회 나타나는데, 그 중 본조와 같은 용법을 보이는
것은 다음의 4회이다.

　　皆仏体　　　　　　　　　　　　　　　　　　　〈普賢7〉

---

73) "또 선남자여, 부처님이 세상에 오래 계시기를 청하는 것은, 온 법계 허공계에 있는 시방
　　삼세 모든 세계의 티끌 수 부처님이 열반에 드시려 하거나, 모든 보살·성문·벽지불의 배우
　　는 이, 배울 것 없는 이와 내지 선지식들에게 내가 모두 권하여 열반에 들지 말고 모든 세계
　　의 티끌 수 겁을 지나도록 중생들을 이롭게 하라고 청하는 것이니라.
　　　이와 같이 하여 허공계가 끝나고 중생의 세계가 끝나고 중생의 업이 끝나고 중생의 번뇌가
　　끝나더라도 나의 권하여 청하는 일은 끝나지 아니하고, 차례차례 계속하여 잠깐도 쉬지 아니
　　하지마는 몸과 말과 뜻으로 하는 일은 조금도 고달프거나 만족하지 않느니라." 〈『한글대장경
　　45 - 대방광불화엄경 40권본』, 동국역경원, 1970, 600면.〉
74) "열반에 드시려는 부처님께는 / 이 세상에 오래오래 머무시오며 / 모든 중생 건지시어 즐겁게
　　하기 / 내가 지금 지성으로 권청합니다." 〈『한글대장경 45 - 대방광불화엄경 40권본』, 동국역경원,
　　1970, 605면.〉 (句의 순서를 바꾸어 해석하고 있다.)

皆往焉世呂修將來賜留隱　　　　　　　　　　　　〈普賢8〉

皆仏体置然叱爲賜隱伊留夸　　　　　　　　　　　〈普賢8〉

皆吾衣修孫　　　　　　　　　　　　　　　　　　〈普賢10〉

소창진평이 이를 '므릇'으로 읽은 후, 양주동이 '한(多)ㆍ모든(諸)'으로 수정하였다. 후행 연구자인 김완진, 유창균, 양희철이 이 중, '모든'을 따랐고, 신재홍은 '여러'로 읽었다. 이 세 독법이 그 의미 범주에 있어서는 큰 차이가 나진 않지만, 언해로만 살핀다면, '모든ㆍ여러' 보다는 '한'이 그 당대인들이 사용한 어형에 가까운 것이다. 가장 이른 시기의 언해서인 『월인석보』, 『법화경』, 『능엄경』, 『금강경』에서 '모든 부텨'라 표현하지 않고 모두 '한 부텨'로만 표현하고 있다.[75]

이럴씨 億萬 한 부텨를 맛나ᅀᆞ보디 그 緣이 다ᄋᆞ디 몯ᄒᆞ야 〈月印釋譜 14:48b〉

일로 億萬 한 부텨를 시러 맛나ᅀᆞ오디 그 緣이 다ᄋᆞ디 몯ᄒᆞ야

　　　　　　　　　　　　　　　　　　　　　〈法華經諺解 03:153a-b〉

반ᄃᆞ기 한 부텨 供養ᄒᆞᅀᆞ와 法藏 護持ᄒᆞᆫ 後에ᅀᅡ (當供多佛ᄒᆞ야 護持法藏然後에ᅀᅡ)　　　　　　　　　　　　　　　　　　〈法華經諺解 04:51a〉

몬져 한 부텨를 드러 니ᄅᆞ시고 버거 한 福을 나토시니라〈楞嚴經諺解 06:34b〉

ᄒᆞ마 한 부텨를 브즈러니 셤기ᅀᆞ오니　　　　　　　〈金剛經諺解 :73a〉

또한, 그 의미에 있어서도 '皆'는 '모든'의 의미가 아니라 '한(多)'이며, 특히 '無量'의란 의미가 강하다. '皆'가 쓰인 4차례의 용례를 살필 때, 먼저 본조의 경우, 「普賢行願品」과 최행귀의 한역시에 모두 '無量'의 의미인 '極微塵數'로 나타난다.

所有盡法界虛空界 十方三世一切佛刹 極微塵數諸佛如來 將欲示現般涅槃者 (온 法界 虛空界에 있는 시방 삼세 모든 세계의 티끌 수 부처님이 열반에 드시려 할 때)　　　　　　　　　　〈普賢行願品, 40卷本 華嚴經, 第40卷〉

極微塵數聖兼賢 於此浮生畢化緣 (티끌만큼 많고 많은 성자와 현인 이와 같은 浮生에서 교화의 연 끝내도다.)　　〈請佛住世頌, 崔行歸의 漢譯詩, 均如傳〉

諸佛若欲示涅槃 我悉至誠而勸請 (열반에 드시려는 여러 부처님[76])께 저는

---

75) 이에 반해 '모든 부텨'는 극히 제한적인 문헌에서 드물게 보인다.

　　모든 부텨와 祖師와ㅅ 大機大用이언 〈蒙山和尙法語略錄 深源寺本 :59b〉

76) 諸는 여러 가지라 經은 부텻 그리라 〈釋譜詳節 序:4a〉

　지성으로 권청합니다.)　　　　　　　〈普賢行願品, 偈, 40卷本 華嚴經, 第40卷〉

　또한, 「普賢8」 '皆往焉世呂修將來賜留隱'에서도 '世呂'를 수식하는 '皆'의 용법이 보이는데, 이때의 '皆世呂'는 불경

　부톄 百億 世界예 化身ᄒᆞ야 敎化ᄒᆞ샤미 ᄃᆞ리 즈믄 ᄀᆞ로매 비취요미 ᄀᆞᆮᄒᆞ니라
　　　　　　　　　　　　　　　　　　〈月印釋譜 01:01a〉
　三千世界 時常 불가 이시며　　　　　　　　〈月印釋譜 02:25b〉
　無量世界예 無數ᄒᆞᆫ 百千 衆生ᄋᆞᆯ 잘 濟渡ᄒᆞ시ᄂᆞᆫ 분 내러시니
　　　　　　　　　　　　　　　　　　〈釋譜詳節 13:4b〉

에서 자주 보이는 '無量·百億 世界' 등과 같은 표현으로 여겨진다.
　「普賢8」의 또 다른 예 '皆仏体置然叱爲賜隱伊留分' 역시 '佛體'를 수식하고 있다는 점에서 본조와 같으며, 「보현10」의 '皆吾衣修孫 一切善陵頓部叱廻良只'와 같은 경우도 후행의 '一切 善陵[일체의 功德[77])]'을 수식하고 있다는 점에서, '無量의'로 이해된다. 이에, 본서는 '한'으로 읽으며 그 의미는 '無量의'로 파악한다.

(2) 仏体 : 부텨

　'佛體'는 正用字. 기주 〈Ⅰ.2.(3)〉.

Ⅶ.2. 必于化緣尽動賜隱乃 : 비록 化緣 다아 뮈시나

　小倉進平(1929) : 비록 化緣을 다ᄋᆞ아 움즉이샤나
　양주동　(1942) : 비루 化緣 ᄆᆞᄎᆞ샤나
　김완진　(1980) : 비록 化緣 다아 뮈시나
　양희철　(1988) : 비루 化緣 다 뮈샤나
　유창균　(1994) : 비루 化緣 ᄆᆞᄎᆞ신이나

---

77) '功德'은 흔히 '無量'의 수식을 받는다.
　　讚歎혼 다ᄉᆞ로 無量 功德을 得ᄒᆞ리니 〈法華經諺解 04:83b〉
　　阿羅漢이 一切 다 三明 六通 八解脫 等 無量 功德이 ᄀᆞ자 〈月印釋譜 23:23b〉

신재홍　(2000) : 비루 化緣 다ᄒ시나
박재민　(2002) : 비록 化緣 다아 뮈시나

(1) 必于 : 비록

향찰의 유일한 용례이나, 소창진평이 이두의 용례를 들어 '비록'으로 읽었다. 해독이 완결된 부분 중의 하나다. 그가 든 예를 재인용하여 확인한다.

必于 비록　　　　　　　　　　　　　　　　　　〈儒胥必知〉

婦人亦必于夫家得罪 被黜爲良置 (婦人雖與夫家義絶)　〈大明律直解 1:15〉

矣身必于無職無狀爲良置　　　　　　　　　　　　　〈光海朝日記〉

'비록'이라는 어휘는 언해에

雖는 비록ᄒ논 ᄠᅳ디라　　　　　　　　　　　　〈釋譜詳節 序:02b〉

우리 부텨 如來 비록 妙眞淨身이 常寂光土애 사ᄅ시나　〈月印釋譜 序:05b〉

내 아ᄃ리 비록 ᄆ디라도 사오나ᄫᆞᆯ씨　　　　　〈月印釋譜 02:05b〉

과 같이 나타나, '~라도' 혹은 '~이나'와 호응하는 것을 볼 수 있는데, 본조 역시 文末에 '내[乃]'가 나타나 통사적 연속성을 확인시켜 준다.

必于化緣尽動賜隱乃　　　　　　　　　　　　　　〈本歌 2행〉

이상, '必于'는 '비록'.

(2) 化緣尽 : 化緣 다아

'化緣'은 正用字. 불·보살이 세상에 출현하여 교화하는 인연을 말하는데, 化緣이 다하면 열반하고, 다하지 않으면 또다시 중생과 만나게 된다.

'盡[尽]' 역시 正用字로, 고훈이 '다ᄋ다·ᄆᆞᆾ다'임은 기주 〈Ⅰ.8.(2)〉. 문맥상 '盡良'의 형태로 오는 것이 일반적이나 본조는 수의적으로 연결어미를 생략하여 표기하였다. 선행한 '化緣'과 흔히 결합되어 쓰이는 말로 다음의 언해문에서 그 호응성이 드러난다.

ㅎ마 주긂 저긔 寶藏 닐오몬 化緣이 쟝ᄎ ᄆᄎ시릴ᄉ 般若 니ᄅ샤 法華ㅅ
몬져 引導 밍ᄀᄅ샤ᄆᆯ 가ᄌᆯ비니 〈月印釋譜 13:27a〉

敎化ᄒ샨 衆이 샹녜 스숭과 흔ᄃᆡ 나몬 化緣이 기플ᄊᆡ니 이릴ᄊᆡ 億萬 한 부텨
ᄅᆯ 맛나ᅀᆞ보ᄃᆡ 그 緣이 다ᄋᆞ디 몯ᄒ야 이제 ᄯᅩ 서르 맛나ᅀᆞᄫᅵ니라
〈月印釋譜 14 : 48b〉

涅槃 時節 다ᄃᆞᆫ다 ᄒ샤몬 化緣이 쟝ᄎ ᄆᄎ샤ᄆᆯ 니ᄅ시고 衆이 ᄯᅩ 淸淨타
ᄒ샤몬 根機 ᄒ마 니구ᄆᆯ 니ᄅ시니라 〈月印釋譜 14:59a〉

(3) 動賜隱乃 : 뮈시나

'動'은 正用字. 고훈은 '뮈다'이다.

動 뮐 동 〈訓蒙字會 · 新增類合 등〉

動ᄋᆞᆫ 뮐씨라 〈月印釋譜 序:02b〉

經에 닐오ᄃᆡ 헐며 기류미 뮈우디 몯ᄒ미 須彌 곧다 ᄒ니 이 부톄 한 動ᄋᆞᆯ 나
應ᄒ샤ᄃᆡ 그 體動 업스며 ᄯᅩ 動國에 겨시니 動애 나ᅀᅡ가 靜ᄋᆞᆯ 뵈시니라
〈月印釋譜 14:50a〉

본조에 나타난 '動'字는 본가 제4행의 '止'에 대비되는 字로, 부처님들이 化緣
이 다하여 세상을 '떠나다'란 의미를 나타낸 것이다. 최행귀 한역시의 '歸 · 隱沒'
과, 「普賢行願品」의 '入', 偈의 '示'에 해당하는 말이다.

極微塵數聖兼賢 於此浮生畢化緣 欲示泥洹歸寂滅 請經沙劫利人天 (티끌만
큼 많고 많은 성자와 현인, 이와 같은 뜬세상서 교화의 연 끝내도다. 열반하여
적멸로 돌아감을 보이고자 하시나니, 억겁을 지나도록 人天 도와 주소서)
〈崔行歸의 漢譯詩, 均如傳〉

若見惠灯將隱沒 盍傾丹懇乞淹延 (지혜의 등 가물가물 꺼져감을 볼진대 어찌
정성 다해 머무시길 안 빌리오.) 〈崔行歸의 漢譯詩, 均如傳〉

我悉勸請 莫入涅槃 (제가 모두 권청하나니, 열반에 들지 마소서)
〈普賢行願品, 40卷本 華嚴經, 第40卷〉

諸佛若欲示涅槃 我悉至誠而勸請 (열반에 드시려는 모든 부처님께 저는 지성
으로 권청합니다) 〈普賢行願品, 偈, 40卷本 華嚴經, 第40卷〉

'賜隱乃'는 '시나·신나' 정도로 읽히는데, '賜'가 주체존대의 '시'임은 기주 〈Ⅰ.7.(2)〉. '隱'이 차자표기 전반에서 'ㄴ·은·은·는·는'의 음상을 위해 사용되는 音借字임은 향찰자 변증 108)항에서, '乃'가 차자표기 전반에서 '나·닉·내·네' 음을 위해 사용되는 음차자임은 향찰자 변증 18)항에서 다룬 바 있다. 이때의 '~나'는 양보의 연결어미로서, 前行하는 '必于'와 호응을 이루는 것이다. 이상, '다해 떠나려 하시나'.

Ⅶ.3. 手乙寶非鳴良尓 : 소놀 보비 우러곰

小倉進平(1929) : 손올 부븨여 울니니
양주동 (1942) : 소늘 부븨 올이
김완진 (1980) : 소늘 부븨울어곰
양희철 (1988) : 소늘 보븨 울(鳴)라이(尓)
유창균 (1994) : 손을 보비 우라곰
신재홍 (2000) : 손을 부븨 우라며
박재민 (2002) : 소놀 부벼 울려곰

(1) 手乙 : 소놀

'手'는 正用字. 訓이 '손'임은 기주 〈Ⅲ.5.(1)〉. '乙'이 차자표기 전체에서 'ㄹ·올·을·룰·를'의 音域을 위해 사용되는 音借字임은 향찰자 변증 109)항에서 다루었다. 이상, '손을'이 되는데, 선초에는 '소놀'로 표기하였다.

世尊이 金色볼흘 내샤 소놀 펴시니 손까락 ᄉᆡ예셔 〈月印釋譜 07:38b〉

羅睺羅이 소놀 자바 目連일 맛디시고 울며 여희시니라 〈釋譜詳節 06:09a-b〉

(2) 寶非 : 보비

소창진평 이래로, '寶非'는 '부비다'의 어간을 표한 것으로 인정되고 있다. 일반적으로 향찰표기는 용언의 語幹에 正用字를 쓰고, 용언의 語尾에 借用字를 쓰기에 본조의 구성은 정통적 향찰표기와는 다르다. 그러나 어절 전체를 차자로 연달아 적은 예78) 또한 적지 않은데, 본조도 그 중의 하나이다.

'寶'와 '非'가 음차자로도 쓰였던 字임은 향찰자 변증의 60), 67)번 항에서 설명한 바 있는데, 이로 '寶非'는 '보비·부비·부븨'의 음역을 위해 쓰였음을 짐작할 수 있다. 즉 다음의 어휘를 표현한 것이라 볼 수 있다.

鑽 비븨질 찬, 비븨 찬 〈新增類合〉

攢 손을 부븨다 〈韓佛字典〉

지빗 사ᄅᆞᆷ 브를 비븨여 내요ᄃᆡ 프른 싣남글 쓰놋다 (家人鑽火用靑楓)
〈杜詩諺解 初刊 11:15a〉

그런데 문제는 '手乙 寶非[손을 보비]'는 행위가 구체적으로 어떤 행위를 칭하는 것이며, 또한 무슨 목적을 지닌 행위인지에 대한 규명이 그간 부족했다는 점이다. 소창진평은 이를 '손뼉을 쳐 소리를 내는 행위'로 이해한 듯하며, 김완진 역시 "손을 비벼 울려서"로 현대어역함으로써 온전한 이해를 어렵게 하고 있다. 유창균은 이러한 해석을 더욱 공고히 하고 있다. 즉, 다음

이 '울-'은 절에 기도할 때 손바닥을 비비어 쳐 소리가 나게 하는 것으로 일반적으로 행해지는 관습이다 〈유창균(1994) 1009면.〉

과 같은 관습을 소개하여 '손을 비비며 치는 행위'로 이해할 소지를 남긴 것이다. 그러나, 상식적으로 생각해 보았을 때, '손바닥을 비비는 행위'와 '손바닥을 치는 행위'를 동일한 행위로 보기는 어렵다. 손바닥을 비비는 소리를 '싹싹'이라고 형용하는 것임에 반해, 손바닥을 치는 소리는 '짝짝'이라고 형용하지 않는가? 그렇기에 본서는 이 둘을 마땅히 분리하여 어느 한쪽으로 분명히 해석해야할 필요를 느낀다. 즉, '寶非'라는 표음성을 우선시하여 '(손을) 비비다'로 보든지, 혹은 후행하여 오는 '鳴良尓'과의 문맥을 중시하여 '(손을) 쳐서 울려'로 해석하든지 둘 중 하나로 확정해야 할 필요를 느끼는 것이다. 그럴 때, 다음의 용례는 우리의 판별에 매우 명확한 근거를 제공한다.

셰ᄌ 보모샹궁 옥환이 손 비븨여 샹덕 츅슈ᄒᆞ며 닐오ᄃᆡ 웃던이 아니시면
〈癸丑日記 上:11a〉

---

78) 이른바 '似梵書連布語'인데, 이러한 구성이 향찰표기에서 드물지 않게 나타남은 박재민 (2013a)의 309-338면에서 다룬 바 있다.

네 사룸이 어믜 겨틔 버러 안자셔 손을 비븨여 어믜 목숨을 비더니 다 해롤
니브니라 〈東國新續三綱行實圖 孝子 08:14b〉

두 용례 모두에서 '손을 비비는 행위'가 나타나는데, 공히 '츅슈(祝壽)·비더
니'와 같은 어휘를 수반하고 있음을 본다. 즉, '손을 비비는 것'이 간절히 기도하
는 행위임을 文證해 주고 있는 것이다. 그렇다면 기도의 문맥에 나타난 본조의
'手乙 寶非'는 '손을 비벼'로 파악하는 것이 옳다. 즉, '손을 비비면서 부처님께
간절히 기도하는 행위'로 풀어야 하는 것이다. 이상, '소놀 보비', 현대어로는 '손
을 비벼'.

(3) 嗚良尔 : 우러곰

'嗚良尔'는 '우러곰'을 표기한 것이다. 嗚은 '울다'라는 훈을 빌
리기 위한 字로 본조에서는 '泣'의 의미이다.[79]

嗚 울 명 〈光州千字文 등〉, 嗚 우룸 명 〈訓蒙字會〉
泣 울 읍 〈新增類合〉, 우름 泣 〈韓佛字典〉
이런 이본 길헤 눌 보리라 우러곰 온다 〈月印釋譜 08:86b-87a〉

월정사본
「보현7」

'良尔'은 크게 3가지의 음으로 읽히고 있다. 소창진평은 '良尔'
의 '尔'을 '爾'의 俗子로 보아 어말어미 '(울)니니'를 나타낸 것으로
보았고, 양주동은 이두에 나타난 '尓'과 같은 字로 보아 '(울)여
곰'[80]으로 읽었으며, 홍기문은 '旀'의 俗子로 보아 어말어미 '(울)
아며'를 나타낸 자로 보았다.

'尔'자는 향찰에 단 1회의 용례밖에 가지지 않으나, 이와 유사한 자형인 '尓'은
이두[81]와 구결에서는 매우 흔한 글자이다. 역시 그 原字의 추정은 가설단계에
서 머무르고 있으나, 그 음만은 비교적 충분한 근거를 가지며 '곰·금'으로 추정

---

79) 마치 「보현1」에서 '그리다(畵)'를 표현하는 데, '慕(그리다)'字를 이용한 것과 같다.
80) "'尓'가 吏讀에 '금'으로 읽혀짐에 鑑하여, 이를 '울여곰'으로 읽을 수 있을 듯. '尓'이
「금」으로 읽혀지는 까닭은 未詳이나, 혹 「今」의 俗書일 듯." (양주동, 『增訂 古歌研究』, 一潮閣,
1965, 873면.)
81) 望白良尓 바라올아금, 爲白良尓 ᄒᆞ숣아금, 是去是良尓 이거이아금 〈儒胥必知〉

되고 있다.

'尒'는 신라시대의 이두와 향가에서 이미 사용되어 온 것이다. 필자는 彌의 속자 '旀'에서 그 뒷부분을 딴 것으로 추정한 바 있다. 彌의 훈에는 '그치다 (止), 마치다(終)'의 뜻이 있는데 이 뜻에 해당하는 고대어의 훈은 '금-'이었던 것으로 본 것이다.　　　　　　　　　　　　　　　　〈남풍현(1999a), 12면.〉

여전히 原字 추정에는 조심스런 입장이나, 그 음만은 '금'임에 분명한 입장을 취하고 있다. 심재기·이승재(1998:31면), 정재영(1998:115면) 등은 '곰'으로 읽고 있다.

본서 역시 '尒'의 음을 '금·곰'에서 찾는다. 정확히는 '곰'으로 파악한다. 선초 언해문에서 '곰'은 선행하는 음상의 양성·음성에 관계없이 모두 '곰'으로만 나타나는데, 이때, 선초 언해문의 '곰'이 사용되는 경우와 구결에서 '尒'이 사용되는 경우가 거의 일대일로 대응되는 점에 주목한 것이다.

현전하는 구결에 사용된 '尒'의 쓰임새는 크게 5형태의 어휘, '得良尒 유형', '各衣良尒 유형', '以良尒 유형', '동사어근＋良尒 유형', '誓尒 유형82)'에서 발견되는데, 이 중, 4유형이 선초 언해자료의 '시러곰', '제여곰', '뼈곰', '동사어근＋어곰'에 명확히 대응한다. 아래는 그 대응의 용례들이다.

ㄱ. 得良尒 ＝시러곰

云何 得ㅣㅊ 一切衆生ㅣ 與ㅣ 依ㅣㄹ　　　　　　　　〈華嚴經 02:06〉

一切 行願ㄴ 皆ㄴ 得ㅣㅊ 具足ㆍㅏ　　　　　　　　〈華嚴經 02:16〉

次第ㅡ 修習ㆍㅣ 而ㅡ 得ㅊ 圓滿ㆍ [令]ㅣ ㅏ ㅓ ㄴ ㅣ　　〈瑜伽師地論 05:15-16〉

위의 '得ㅣㅊ'은 언해의 '시러곰'에 대응하는 걸로 보인다.

得 <u>시러곰</u> 득　　　　　　　　　　　　　　　　〈倭語類解〉

누의 위ᄒᆞ야 죽을 글히고져 흔들 다시 <u>시러곰</u> ᄒᆞ려　　〈飜譯小學 09:79〉

---

82) '誓尒'도 꽤 빈번히 나오는 편이나, 언해의 어떤 어휘에 대응할 수 있는지 자세하지 않다. 謂ㄱ 自ㅡ 誓ㅊ 下劣ㆍㅣ 形相ㅡ 威儀ㅡ 衆具ㅡㅣㄹㄴ 受ㅏ…又 自ㅡ 誓ㅊ 禁制尸羅ㄴ 受ㅏ …又 自ㅡ 誓ㅊ 精勤 無閒ㅐ 善法ㄴ 修習ㅣㄹㅅㄴ 受ㅏ〈瑜伽師地論 16:16～18〉 남풍현(1999a)은 '벼기아곰'으로 읽고 있는데, 그렇다면, 혹 벼곰(?). 어미 마조 가 손 자바 니르혀아 盟誓를 <u>벼기</u>니이다　〈月印釋譜 23:66a〉

엇뎨 시러곰 쁜 일후믈 崇尙ᄒᆞ리오 (何得崇浮名) 〈杜詩諺解 初刊 07:07〉

ㄴ. 各衣良尒=제여곰

a. 各ㅋ 各ㅋ{ 尒 座前七 花ᅟᅳ七 上十 量 無七ㄱ 化佛リ 有ナハニ{
〈舊譯仁王經 02:03〉

衆生ㅋ 形相ㄱ 各尒 不冬 同リ{ 〈華嚴經 15:01〉

各ㅋ 各ㅋ尒 寶蓮花{十 坐ソニ{ 〈舊譯仁王經 02:04〉

b. 地地{十 上中下尒ソㄱ 三十忍:ノ尸 一切 〈舊譯仁王經 11:25〉

위의 '各ㅋ{尒' 역시 선초 정음 자료의 '제여곰'에 대응한다. 이때의 '곰'은 현대어의 '씩'에 해당하는데, '各'字뿐만 아니라(a), '같은 수효에 대한 할당'의 의미가 포함된 곳이라면 어디서든지 사용되고 있다는 점(b) 또한 정음문헌과 일치한다.

a. 衆生ᄃᆞᆯ히 슬허 울오 받도 제여곰 ᄂᆞ호며 집도 제여곰 짓더니
〈月印釋譜 01 : 45a〉

이ᄉᆞᆺ장ᄋᆞᆫ 序品이니 品은 난호아 제여곰 낼씨라 〈釋譜詳節 13:37a〉

金剛座 빙이고 獅子座ᄅᆞᆯ 셰ᅀᆞᄫᅡ 八萬 부톄 안자 제여곰 뵈시니
〈月印千江之曲 上:24a〉

b. 四方이 各各 變ᄒᆞ야 十方곰 ᄃᆞ외면 四十方이 일오 四十方이 各各 變ᄒᆞ야 十方곰 ᄃᆞ외면 四百方이 일리니 〈釋譜詳節 19:12b〉

千百億은 百億곰 호니 一千이라 ᄒᆞᆫ 마리니 즈믄 萬이 億이라
〈月印釋譜 02:54b〉

一千 中千界라 ᄒᆞᆫ 나라해 ᄒᆞᆫ 須彌山곰 이쇼ᄃᆡ 〈月印釋譜 01:22a〉

ㄷ. 以良尒=ᄡᅧ곰

嚴飾ソヒ七 人乚 見 當願衆生 三十二相乚 以{尒 嚴好 爲氵ヒ立
〈華嚴經 05:24〉

樂著ソヒ七 人乚 見 當願衆生 法乚 以{尒 自ㅋ乚 娛リ{尸ム 歡愛ソ{尒 捨尸 不ソヒ立 〈華嚴經 06:02〉

상례의 '以{尒'은 정음문헌의 'ᄡᅧ곰'에 해당하는 것이다.

顔氏 가문 ᄀᆞᄅᆞ치ᄂᆞᆫ 글월의 닐어쇼ᄃᆡ <u>ᄲᅧ곰</u> 글 닐거 ᄇᆡ호며 무러호ᄆᆞᆫ (顔氏家訓에 曰 夫所<u>以</u> 讀書學問ᄂᆞᆫ) 〈飜譯小學 08:25〉

밧기 ᄒᆡᆼᄒᆞᄂᆞᆫ 거시 事業이 도ᄋᆡᄂᆞ니 뎌 <u>ᄲᅧ곰</u> 글지ᅀᅵ ᄡᆞ롬ᄒᆞᄂᆞ니ᄂᆞᆫ 더러오니라. 〈飜譯小學 08:04〉

ㄹ. '일반동사어간+良尒'='일반동사어간+아곰·어곰'

當願衆生 佛種ㄴ <u>紹隆ソ𠄌尒</u> 無上意ㄴ 發ソヒ立 〈華嚴經 03:14〉

<u>合掌恭敬ソ白𠄌尒</u> 頂灬 佛足ㄴ 禮ソ白ロ 〈金光明經 13:18-19〉

이상으로 우리는 구결자 '尒'이 선초 언해의 '곰'에 정확히 해당되고 있는 음임을 확인할 수 있었다. 그런데, 본저가 '嗚良尓'의 '尓'를 설명하면서 구결의 '尒'에 대해 자세히 예를 든 까닭은 무엇인가? 그것은 바로 구결의 '尒'을 본조에 나타난 '尓'와 같은 것으로 보기 위해서이다. 즉, 본조의 '嗚良尓'를 '嗚良尒'으로 보고, '우러곰'으로 읽으려는 것이다. 이렇게 보려는 근거는 우선 자형의 근사함이 첫 번째이고, '-良尒'이라는 통사적 일치가 두 번째이며, 결정적으로 그렇게 읽을 때, 선초 문헌에 매우 독특하게 나타나는 '우러곰'에 정확히 대응됨을 보기 때문이다.

여히므론 질삼뵈 ᄇᆞ리시고 괴시란ᄃᆡ <u>우러곰</u> 좃니노이다 〈西京別曲, 樂章歌詞〉

그츤 입은 길헤 눌 보리라 <u>우러곰</u> 온다 〈月印釋譜 8:86b-87a〉

보ᄇᆡ ᄇᆞ리고 부텻게 가거늘 諸母ㅣ <u>우러</u> 조차 가 보내더니 〈法華經諺解 03:96b〉

<u>우러</u> 조ᄎᆞᆫ 愛 믄득 ᄇᆞ료미 어려울씨라 〈法華經諺解 03:97b〉

이상에서 우리는 '尒[尓]'과 '곰'의 대응관계를 살필 수 있었는데, 이로써, 본자의 음은 '곰'. 역할은 강세사. '尒'은 강세사에 불과하기에 수의적으로 着脫되는데, 다음의 용례는 그러한 사정을 요약적으로 대변해주고 있다.

或ソㄱ 長者<u>リ罒尒</u> 邑七 中𠄌七 主リア [爲]入ㄴソケ

或ソㄱ 賈客<u>リ罒∅</u> 商人ラ 導リア [爲]入ㄴソケ

或 國王∶ 及七 大臣リア [爲]入ㄴソケ

或ソㄱ 良醫リア入ㄴ 作<u>ソ𠄌尒</u> 衆ㄱ 論ㄴ 善支ソケ

或ノ1 [於]曠野 ; 十 大樹 IИ 乁 作ノ ふ

或ノ1 良藥 ; 衆1 實藏 ; ノ ヲ 尸 [爲]ㅅ 乚ノ ふ 或ノ1 實珠 Iノㅅ 乚 作ノ ふ

赤 求ノ尸 所 乚 隨 或ノ1 正道 乚 以 ; Ø 衆生 ; 十 示 IИ か

〈華嚴經 19:08-11〉

한편, 선행연구에서 이 '鳴良尒'은 '손바닥을 울리다'란 의미로 해독되었다. 그러나 '사람이 울다'의 의미인 '泣'으로 보아야 한다. '우러곰'이라는 어휘 자체가 '소리나다'란 의미에는 사용될 수 없는 것이고, '泣'하는 행위가 佛家에서 간절한 기도의 장면에 흔히 나타난다는 것이기 때문이다.

光目이 듣고 즉재 돗 온 거슬 ᄇ려 佛像ᄋᆞᆯ 그리ᄉᆞᄫᅡ 供養ᄒᆞᅀᆞᆸ고 ᄯᅩ 恭敬 마ᅀ
모로 슬허 우러 저ᅀᆞᆸ더니 믄득 밤 後에 ᄭᅮ메 부텻 모ᄆᆞᆯ 보ᅀᆞᄫᅵ니

〈月釋21:54a-b〉

그 ᄯᅳ리 애와텨 울며 비러 盟誓ᄒᆞ되

〈月印釋譜 22:57a〉

본조의 용례 역시 이에 준하는 것인데, 최행귀의 한역시에 비추어 본다면 '傾丹懇(정성을 다함)'에 대응하는 구절이라 할 수 있다.

若見惠灯將隱沒 지혜의 등 가물가물 꺼져감을 볼진대
盍傾丹懇乞淹延 어찌 정성 다해 머무시길 안 빌리오.

〈崔行歸의 漢譯詩, 均如傳〉

Ⅶ.4. 世呂中止以友白乎等耶 : 누리예 머므리ᅀᆞᆸ오ᄃᆞ야

小倉進平(1929) : 누리예 머믈게 ᄒᆞᅀᆞ오더라
양주동　(1942) : 누리히 머믈우슬ᄫᆞ다라
김완진　(1980) : 누리히 머믈우슬ᄫᆞᄃᆞ야
양희철　(1988) : 누리히 머믈우(止以友) 슬ᄫᆞᄃᆞ야
유창균　(1994) : 누리히 머므로우 ᅀᆞᆸ오ᄃᆞ라
신재홍　(2000) : 누리히 그치기 슬ᄫᆞᄃᆞ라
박재민　(2002) : "누리예 머므리" 슬ᄫᆞ다라

(1) 世呂中 : 누리예

'世呂'는 향찰표기에 2회 나타나며, '世理'와 함께, '世'의 고훈 '누리'를 표기한 말이다. (呂 · 里 · 理의 교체통용에 대하여는 기주 〈Ⅰ.6.(2)〉.)

世呂中止以支白乎等耶 〈普賢7〉

皆往焉世呂修將來賜留隱 〈普賢8〉

世理都□之叱逸烏隱第也 〈怨歌〉

선초문헌에서는 다음과 같이

世ᄂᆞᆫ 뉘라 〈月印釋譜 02:12a〉

前世生ᄋᆞᆫ 아랫 뉘옛 生이라 〈月印釋譜 01:06b〉

過去ᄂᆞᆫ 디나건 뉘오 現在ᄂᆞᆫ 나타잇ᄂᆞᆫ 뉘오 未來ᄂᆞᆫ 아니왯ᄂᆞᆫ 뉘라 〈月印釋譜 02:21b〉

모두 '뉘'로 표기되고 있지만, 「動動」과 『訓蒙字會』의 두 곳에서 '누리'라는 고형을 남겨 두었다.

누릿 가온ᄃᆡ 나곤 몸하 〈動動, 樂學軌範〉

世 누리 셰 〈訓蒙字會〉

'中'이 '긔 · ㄱ|· ᄒᆡ' 등의 음을 나타내며, 현대어 '~에' 해당하는 곳에 사용되고 있음은 기주 〈Ⅱ.4.(2)〉. 구결에서도 '처소 · 때 · 대상'의 '~에' 모두 사용된다.

【처소, 良中[3 十]】

瓔珞乚 著ソ𠫔1 時:十1 當願衆生 諸1 僞飾乚 捨ソロハ 眞實處3十 到ㅌ立 〈華嚴經 03:01〉

樓閣3十 上昇ソ𠫔1丨十1 當願衆生 正法樓3十 昇ソ3ホ 一切乚 徹見ソㅌ立 〈華嚴經 03:02〉

勇猛ᄒᆞ니ᄃᆞᆯ히 다 妙樓閣애 올아 十方國에 노녀 無上 供具로 諸佛ᄭᅦ 받ᄌᆞ와 이 供養ᄒᆞ고 〈法華經諺解 04:32〉

【때, 中[十]】

居家ㄴ 捨ソ★ㄱ 時十ㄱ 當願衆生　　　　　　　〈華嚴經 03:06〉

此ㅣ 法ㄴ 說ニ令ヒ 時十 量 無ヒㄱ 天子ᵌ 及ハ 諸ㄱ 大衆ᵌノ令 有ヒ♪ㄱ
ᵌ　　　　　　　　　　　　　　　　　　　　〈舊譯仁王經 14:13-14〉

【대상, 中[十], 衣中[♪十]】

佛ㄱ 大王♪十 告ニア 汝ㄱ 於 過去ㄴ 七佛十 已ᵌ 一ㅣㄴ義ᵌ 二ㅣㄴ
義ᵌノㄴ 問白♪ハニㄱㅣ罒　　　　　　　　　　　〈구역 인왕경 14:19-20〉

佛十 白♪ 言ニア 云 何ㄴᵌ 十方ㄴ 諸ニㄱ 如來ᵌ 一切菩薩ᵌノ★ 文字ㄴ
離 不冬ソ♪　　　　　　　　　　　　　　　　〈舊譯仁王經 15:20〉

이 중, 본조는 '처소'이다. 이상, '누리예'. '세상에, 중생계에, 속세에'의 의미이다.

(2) 止以友白乎等耶 : 머므리솝오ᄃ야

'止'는 正用字. 고훈은 '그치다·마ᄂ다·머믈다' 등이다.

止 그칠지　　　　　　　　　　　　　　　　　〈新增類合·石峯千字文〉
止ᄂ 마ᄂ다 ᄒᄂ논 ᄠ디라　　　　　　　　　　　〈釋譜詳節 序:03b〉
進은 나ᅀᅡ갈씨오 止ᄂ 머믈씨라　　　　　　　　〈月印釋譜 18:75b〉
止ᄂ 그치누를씨라　　　　　　　　　　　　　　〈楞嚴經諺解 01:40b〉

본조는 선행하는 어휘 '세상[世呂]'을 감안할 때 '머믈다'로 읽는 것이 가장 적
합하다. '世界에 止'하는 것을 일반적으로 '머믈다'로 표현하기 때문이다.

每常世間애 머믈오져 ᄒ며　　　　　　　　　　〈楞嚴經諺解 04:86b〉
欲界예 머므로미 업서　　　　　　　　　　　　〈楞嚴經諺解 09:2b〉
華嚴法界예 셕 슬 머믈우며 圓覺妙場애 便安히 안자 혼 비의 저지샤ᄆᆯ 窮究
ᄒ며 다ᄉ 敎이 다ᄅ ᄠᆯᆯ 窮究ᄒ야　　　　　　　〈圓覺經諺解 序:8b〉

최행귀의 한역시에도 '淹延'으로 표현하고 있어 '머무르다'의 의미임을 재확인
시키고 있다.

若見惠灯將隱沒 지혜의 등 가물가물 꺼져감을 볼진대

盍傾丹懇乞淹延 어찌 정성 다해 <u>머무시길</u> 안 빌리오.

〈崔行歸의 漢譯詩, 均如傳〉

'以友'는 '以攴'를 잘못 이해한 것인데, 〈Ⅳ.6.(1)〉에서 언급한 바 있다.

'以攴'를, 소창진평은 "'머믈게 ᄒᆞ'의 뜻이다"라고 하였고, 양주동은 '以友'로 보아 '以'는 '므믈'의 말음첨기, '友'는 사동접사 '우'라 하였다. 字의 판독과, 분석의 구체적 내용은 다르지만 공히 "머믈게 하다"를 나타낸 것으로 본 점은 동일하다.

자세한 변증이 필요한 부분이며, 본서에서는 우선, '이-'로 상정한다. '以'의 음이 '이'임은 기주 〈Ⅳ.6.(2)〉. 또한 '攴'는 주로 '아·이·오' 등의 모음에 후행하는 경우가 많음으로, 이 음들의 장음을 표지하는 음으로 본다. 이상, '머므리'.

'白乎等耶'의 '白'은 공손의 선어말어미 '숣'. 기주 〈Ⅰ.2.(2)〉. '乎'가 차자표기 전반에서 흔히 '오'를 위해 사용되는 音借字임은 향찰자 변증159)에서 상론한 바 있다. 여기서는 인칭법의 '오'. '等耶'는 '叱等耶'의 略形으로 보이는데, '叱等耶'가 화자의 의지를 나타냄은 기주 〈Ⅰ.10.(3)〉. 이상, '숣오(ㅅ)ᄃᆞ야'.

위 구절은 전체적으로 '化緣이 다하여 (열반으로) 떠나는 無量의 부처를, 손을 비벼 울면서 세상[중생계]에 머물게 하였다'란 의미이다.

Ⅶ.5. 曉留朝于萬夜未 : 불고ᄆᆞ로, 아촘 우만 바미

小倉進平(1929) : 새벽으로 아츰 밤이
양주동　(1942) : 새배루 아츰 바미
김완진　(1980) : 붉논 아츰 가만 바매
양희철　(1988) : 새벼루 아춤(朝于萬) 바미(未)
유창균　(1994) : 새배로 아츰부터 먼 바미
신재홍　(2000) : 새론 아츰 우믄 바미
박재민　(2002) : 새배로 아츰 于萬 바미

(1) 曉留 : 불고ᄆᆞ로

'曉'는 正用字. '留'는 차자표기에서 '로·ᄋᆞ로·<u>으로</u>'의 음상을 위해 상용되는 음차자. 따라서 이 구절은 '曉로'로 해독된다.

그런데 문제는 '曉'의 훈에 대한 추정이었다. 소창진평이 이를 '새벽'으로 푼 이래, 양주동, 유창균 등의 연구자들이 이에 공감했던 반면, 이탁(1958), 정열모 (1965), 김완진, 신재홍 등의 연구자들은 '밝다·새다'의 의미로 풀어 후행하는 '아침[朝]'을 수식하는 용언으로 풀이했다. 하지만, '새벽으로'로 해석하면 후행한 '아침 없는 밤에[朝于萬 夜未]'와 문맥을 이룰 수 없게 되고, '밝는·새는'으로 해석하면 '曉留'의 '留'를 해독에 반영할 수 없게 된다. '留'는 〈Ⅰ.1.(2)〉條에서 상론하였듯이 향찰에서 일반적으로 '~로·~ᄋ로·~으로'를 위해 쓰이는 음차 자인 것이다. 일부 예를 추려 다시 보이면 다음과 같다.

心未筆留 (붓으로) 〈普賢1〉

手良每如法叱供乙留 (법공으로) 〈普賢3〉

煩惱熱留煎將來出米 (번뇌열로) 〈普賢6〉

大悲叱水留潤良只 (대비의 물로) 〈普賢9〉

결국, '曉留'는 '留'를 적극적으로 반영하여 읽을 때 '曉 +로'를 표현한 것이지만, 문맥적 제약으로 '새벽으로'로는 도저히 풀이할 수 없는 구절이 된다. 그렇다면 우리는 여기서 '曉'의 또 다른 훈을 찾을 필요를 느낀다. 선행 연구는 이 字의 훈을 지나치게 다음의 용례에 기댄 감이 있다.

曉 새배 효 〈新增類合 등〉

그러나 '曉'는 佛家에서 '새벽'이란 의미보다는 '알다·깨닫다·밝다' 즉 '覺'의 의미로 애호되는 字이다. '曉·覺'은 '無明·夜' 등에 대비되어 『화엄경』과 선초 언해문들에서 다음과 같이 常用된다. 즉, '曉'는 다음

曉는 알씨라 〈釋譜詳節 序 01:06b〉

善知識者 能曉悟我 令我速到一切智城 (善知識은 나를 勸하여 普賢의 여러 行에 빨리 들어가게 하고, 善知識은 나를 깨우쳐 주어 온갖 것을 아는 知慧의 城에 빨리 이르게 한다) 〈40卷本 華嚴經, 第13卷〉

能甚深入般若波羅蜜門 名說無我法開佛境界曉悟群生 (반야바라밀다문에 깊이 들어가니 이름이 「내가 없는 법을 말하여 부처의 경계를 열고 중생들을 깨닫게 함」이다) 〈40卷本 華嚴經, 第31卷〉

庶幾人人이 易曉ᄒ야 而歸依三寶焉이니라 (사ᄅᆞᆷ마다 수비 아라 三寶애 나ᅀᅡ
가 븓깃고 ᄇᆞ라노라)　　　　　　　　　〈釋譜詳節 序 01:06a-b〉

과 같이 미혹한 중생을 "깨닫게 하다"의 의미로 쓰이는 경우가 많으며, 이러한
'깨달음'은 다음과 같이 '밤, 無明'의 상대어로 자주 불경에 나타나고 있다.

覺은 알씨오　　　　　　　　　　　　　〈月印釋譜 序 01:18a〉

長常業報애 미여 遂昧眞覺於長夜ᄒ며 (眞實ㅅ 覺을 긴 바ᄆᆡ 어듭게 ᄒ며)
　　　　　　　　　　　　　　　　　　〈月印釋譜 序 01:03b-04a〉

無明이라 닐오ᄆᆞᆫ ᄂᆞ미 智 ᄇᆞᆯ곰 업슨 젼ᄎ니　　　〈圓覺經諺解 上1-2:130b〉

　그렇다면, 본조의 '曉' 또한 후행하는 '아침 없는 밤[朝于萬 夜]', 즉 '無明'의
대립어로 파악해야 하지 않을까. 결국 본서는 '曉'의 의미범주를 확대하여 해독
안을 찾아보자는 제안을 한 셈인데, 이의 타당성 여부는 전적으로 후행 문맥에
따라 결정될 것으로 본다. 이상, '알ᄆᆞ로·ᄭᆡᄃ로ᄆᆞ로·밝고ᄆᆞ로'. (앎의 세계
로·깨달음의 세계로·밝음의 세계로). 선초 형태는 다음과 같다.

이 見이 ᄯᅩ ᄇᆞᆯ고ᄆᆞ로 저를 사ᄆᆞ려 어드우ᄆᆞ로 저를 사ᄆᆞ려 (此見爲復以明爲
自 以暗爲自)　　　　　　　　　　　　〈楞嚴經諺解 02:66a〉

情塵을 어즈러이 發ᄒ야 微妙ᄒᆞᆫ ᄇᆞᆯ고ᄆᆞ로 흐리에 ᄒᆞᄂ니 (以擾發情塵 遂使妙
明 斯渾)　　　　　　　　　　　　　　〈楞嚴經諺解 04:15a〉

(2) 朝于萬 : 아ᄎᆞᆷ 우만 (아침 없는)

　'朝'는 正用字. 향찰표기 전체에서 본조에 유일하게 나타나며, 夜를 동반하고
있는 점을 감안할 때, 역시 한자 본의미로 사용되었을 것으로 판단된다. 고훈은
'아ᄎᆞᆷ'

朝 아ᄎᆞᆷ 됴　　　　　　　　　　　　　〈新增類合·訓蒙字會 등〉

朝ᄂᆞᆫ 아ᄎᆞᄆᆡ 님금 뵈ᅀᆞᆸᄉᆞᆯ씨오　　　　〈月印釋譜 02:69a〉

'于萬'은 향찰표기에서 총 3회 사용되었다.

二于萬隱 吾羅　　(둘 없는)　　　　　　　〈禱千手觀音歌〉

> 際于萬隱 德海肹 (끝 없는) 〈普賢2〉
> 曉留 朝于萬 夜未 (아침 없는) 〈普賢7〉

「禱千手觀音歌」와 「普賢2」에서 '없는[無]'의 의미에 부합하므로, 본조 역시 '없는'으로 풀이되지만, '于萬'이 표상하는 음상 '우만'과 '없다[無]'의 고훈이 지니는 괴리는 학계의 숙제로 남아 있다.

(3) 夜未 : 바믹

'夜'는 正用字. 향찰 전체에 4회의 용례가 있다.

> 宿尸夜音有叱下是 (밤) 〈慕竹旨郎歌〉
> 夜入伊遊行如可 (밤드리) 〈處容歌〉
> 夜矣夗乙抱遣去如 (밤에) 〈薯童謠〉
> 曉留朝于萬夜未 (밤에) 〈普賢7〉

古訓은 현대어와 같은 '밤'이다.

> 夜 밤 야 〈新增類合·訓蒙字會 등〉
> 長夜는 긴 바미라 〈月印釋譜 序:03b〉

불경에서 '無明'과 더불어, '깨달음을 얻지 못한 衆生의 미혹한 상태'를 일컫는 말로 관용된다.

> 믈읫 迷惑ᄒᆞ야 걸유므로 아득ᄒᆞ야 아디 몯홀씨 ᄌᆞᄌᆞ 긴 바미라 일ᄏᆞ르니 〈法華經諺解 02:251b〉
> 衆生이 迷惑고 눈 머론디 긴 바믹 잇ᄃᆞᆺᄒᆞ니 〈法華經諺解 01:170a〉
> 煩惱ㅣ ᄀᆞ리여 涅槃ᄋᆞᆯ 마ᄀᆞ며 無明이 ᄀᆞ리여 菩提ᄅᆞᆯ 마ᄀᆞᆯ씨라 〈釋譜詳節 09:02a〉
> 哀哉衆生 常爲癡暗之所迷惑 遠離善法 我當云何 爲作慧炬 照彼無明 令其顯見 一切智城究竟解脫 (슬프다 중생들, 항상 어리석은 데 미혹하여 선한 법을 여의었으니, 내가 지혜의 횃불이 되어 그 무명을 비추어서 그들로 하여금 온갖 지혜를 보고 끝까지 해탈케 하리라) 〈40卷本 華嚴經, 第23卷〉

'未'가 '미 · 미'음을 위해 사용됨은 기주 〈 I.1.(1) 〉. 본조에서는 '처격'으로 사
용되었다. 이상, '바미'.

VII.6. 向屋賜尸朋知良閪尸也 : 앗오실 버디이 잃야

小倉進平(1929) : 아오샤 번(을) 알아 일허
양주동　(1942) : 아ᄋ샬번 아라셰라
김완진　(1980) : 아ᄋ실 번 아라 고티리여
양희철　(1988) : 아ᄋ샬 번 아라셔(閪)ㄹ아
유창균　(1994) : 알오실 번 아라셔리라
신재홍　(2000) : 아오실 버디라 슬야/실야
박재민　(2002) : 아오샬 버디아 셜구나

(1) 向屋賜尸朋 : 앗오실 번

난해구로, 그간 많은 연구자들의 苦心을 자아냈던 곳이다. 대부분의 업적에
서 '向하실 벗'으로 풀이하면서 그 구체적 의미를 "菩提 향하시는 벗"(김완진),
"佛道를 닦는 모든 衆生"(유창균) 등 '중생'으로 이해했다. 그런데 이 구문에 대
한 정확한 의미 파악은 뜻밖에 문학 쪽 연구자에 의해 이미 이루어진 것으로
판단된다. 최철 · 안대회(1986:51면)의 다음 언급이 바로 그것이다.

> "向屋賜尸朋": 나에게 부처님을 뵙도록 인도하는 善友를 가리킨다. 善知識은
> 중생들로 하여금 항상 부처에게 향하도록 勸請한다. (밑줄 필자)

위 언급에서 '向屋賜尸朋'은 '인도하는 善友 · 향하게 하는 善知識'으로 풀이
되었는데, 이는 이 구절의 본의를 정확히 꿰뚫은 언급이 아닌가 한다.
한편, 최근 김지오는 이 의미를 어학적 분석으로 뒷받침했다. 역시 "인도해주
시는 벗(선지식)"으로 최종 해석하면서 그 분석의 이유를 다음과 같이 밝힌다.

> 여기에서서는 '向'에 사동접미사가 '-오(屋)-'가 결합해 '앗오/앗오-'로 실현되
> 어 '향하게 하다', 즉 '인도하다'의 의미로 사용되었다. 15세기 국어에서 *앗오
> -'는 문증되지 않고 사동접미사가 이중으로 사용된 '앗외-'만 확인되는데 그렇
> 다면 '向屋'는 '-외(오이)-'를 '屋'만으로 부분 표기한 것일 가능성도 있다.

(15세기 국어의 예는 다음과 같다. 導師는 法 앗외는 스스이니 〈釋詳13:16a〉.
大導師는 크신 길 앗외시는 스스이라혼 마리라　　　　　　〈月釋9:12b〉)
　　　　　　　　　　　　　　　　　　　　　　　〈김지오(2012), 93면.〉

　본서는 이 두 언급으로 '向屋賜尸朋'에 대한 그간의 苦心이 말끔히 해결되었
다고 판단한다. '向屋賜尸朋'에 나타나는 '向屋(앗오83))'과 '朋'은 '善友'와 밀접
한 관련을 지닌 字가 분명하다. '朋'은 '善友'의 '友'에 바로 대응되며, 선초문헌으
로 문증된 '앗외시(ㄹ)[향하게 하실, 인도하실]'은 그 어형이 '向屋賜尸'에 정확히
대응된다. 또한, '부처의 지혜로 앗외실(향하게 하실, 인도하실)'은 '善友'가 중생
에게 행하는 역할 바로 그 자체이기도 하다. '善友'는 '善知識'과 같은 말84)로
諸佛·菩薩들을 가리키는데,

　　勝友：指 道友·良友·善友. 卽精進於佛法修行, 具有道心之友人. 如釋迦如
　　來稱譽念佛者之功德, 謂觀世音·大勢至二菩薩 皆爲其勝友. 　　〈불광대사전〉

　이들은 미혹의 어둠에 빠진 중생들의 등불이 되거나 인도자가 되는 역할을
한다.

　　我因隨順善友敎　(나는 선우의 가르침을 따르도다) 〈40卷本 華嚴經, 第21卷〉
　　爲求正法度衆生 恭勤善友無厭足 (정법을 구하여 중생을 제도하고, 선우를 공
　　손히 섬김에 싫증냄이 없도다.)　　　　　　　　　　 〈40卷本 華嚴經, 第29卷〉
　　如來出世 爲大明燈 能破衆生無明黑闇 如來出世 爲大導師 能引衆生至一切
　　智安隱住處 (여래께서 세상에 나서 큰 등불이 되니, 중생들의 무명의 어둠을
　　깨뜨리시고, 여래께서 세상에 나서 大導師가 되니, 중생들을 인도하여 온갖
　　지혜의 편안한 곳에 가게 하리라.)　　　　　　　　　〈40卷本 華嚴經, 第29卷〉
　　往昔所修一切菩薩三世所行智波羅蜜 恒以一切微細境界圓滿智力 啓悟法界
　　一切衆生無明睡眠 咸令開覺 究竟出生一切智道 (지나간 옛적에 모든 보살이
　　삼세에서 행하는 지혜 바라밀다를 닦으면서, 항상 세밀한 모든 경계와 원만한
　　지혜로 법계의 모든 중생을 깨우치사 무명의 잠에서 깨게 하며, 필경에 온갖

---

83) '向'의 고훈이 '앗다'로 文證됨은 기주 〈IV.2.(2)〉.
84) 善友(선우)：【범】kalyāamitra 하리야낭밀달라(賀里也曩蜜怛羅)라 음역. 선지식(善知識)·
　　선친우(善親友)·친우(親友)·승우(勝友)라고도 함. 부처님의 정도(正道)를 가르쳐 보여 좋
　　은 이익을 얻게 하는 스승이나 친구. 나와 마음을 같이 하여 선행을 하는 이. 〈운허 용하,
　　『불교사전』, 동국역경원, 1974, 456면.〉

지혜의 길을 내게 하였다.)   〈40卷本 華嚴經, 第7卷〉

다음의 구절은 "중생을 법으로 앗외는(향하게 하는, 인도하는) 벗"이 '如來'임을 재확인 시킨다.

導師는 法 앗외는 스스이니 如來를 슬ᄫ시니라   〈釋譜詳節 13:16a〉

이로 우리는 본조에 나타나는 '向屋賜尸朋'이 '앗오실 벋'이며, '如來 · 諸佛 · 菩薩'을 칭하는 말임을 알 수 있다.

그렇다면, 이 구절과 선행구는 어떻게 연결되어 있는가에 또다른 관심이 일게 된다. 선행구와 함께 보이면 다음

曉留朝于萬夜未 向屋賜尸朋 (밝음의 세계로, 아침 없는 밤에 (머무시며 우리를) 인도하던 벗)

과 같이 되어 무난한 문맥을 형성함을 보는 것이다. 즉, 이곳의 '向'은 선행하여 일반적으로 '-로 · -를'이라는 부사어 혹은 목적어를 필요로 하는 동사인데, 그 대상으로 와 있었던 것이 바로 그간 난해구로 남아 있었던 '曉留'라 할 수 있다.

한편, '屋'은 향찰표기에서 '오 · 우'음을 위한 음차자로 사용되는 字이다. 다음의 두 용례는 '屋'이 나타내는 음이 '오 · 우'임을 분명히 보여준다.

物叱好支栢史 秋察尸不冬爾屋支墮米 (잣나무가 가을에 아니 시들어 떨어지매)   〈怨歌〉

覺樹王焉 迷火隱乙根中沙音賜焉逸良 大悲叱水留潤良只 不冬萎玉內乎留叱等耶
(부처님은 중생을 뿌리 삼으신 이라 대비의 물로 적셔 아니 시들게 하리라)
                                              〈普賢9〉

이 두 사례에 나타나는 '屋 · 玉'은 모두 '시들다'라는 용언의 제2음절에서 출현하는데, 이 '시들다'라는 말의 고어가 '이울다(萎 이울 위 〈新增類合〉)'인바 '爾屋 · 萎玉'의 '屋 · 玉'이 모두 '우(ㄹ)'에 대응되는 음차자임을 알 수 있게 되는 것이다.

'賜'가 향찰에서 주로 주체존대의 '샤'음을 위해 사용되고 있음은 기주 〈Ⅰ.7.(2)〉. '尸'가 'ㄹ'음을 위해 사용되고 있음은 기주 〈Ⅴ.8.(2)〉. 본조에서는 관형격

의 'ㄹ'이다. '朋'은 正用字로 古訓은 '벋' (朋 벋 붕 〈訓蒙字會 등〉)이상, '앗오실
벋'

(2) 知良 : 디이

'知'는 향찰에 용례가 다수 있으나,

逢烏支惡知作乎下是	〈慕竹旨郎歌〉
爲賜尸知民是愛尸知古如	〈安民歌〉
爲尸知國惡支持以□支知古如	〈安民歌〉
吾良遺知支賜尸等焉	〈禱千手觀音歌〉
日遠烏逸□□過出知遣	〈遇賊歌〉
向屋賜尸朋知良閪尸也	〈普賢7〉
伊知皆矣爲米	〈普賢7〉

음차되어 '디', 혹은 한자 본의미로 '알'로 사용되었다. 본조에서는 전행하는
'벋(朋)'의 말음과 관련하여 사용되었다. '良'이 차자표기에서 '아 · 라'음에 사용되
고 있음은 기주 〈Ⅰ.4.(3)〉. 본조에서는 '이'음을 위해 사용되었다. 이상, '디이'.
이상, '버디이', 현대어론 '벗 이에 · 벗 지금에'.

(3) 閪尸也 : 잃야 (잃는구나)

'閪'는 향찰에서 본조가 유일하다. 우리나라에만 있는 글자인데, 이두에서는
왕왕 사용되었다. 양주동을 재인용한다.

閪失爲乎事	〈大明律直解 01:17〉
閪失爲在乙良	〈大明律直解 03:03〉
白玉吐環多繪俱一部閪失	〈중종실록 94, 35年 11月〉
失 일흘 실	〈新增類合〉

본 字는 일반적으로 '잃을 서'로 읽히는데, 「請佛住世歌」의 문맥과 의미가 잘
조응되는 측면이 있다. 즉, 최행귀의 한역시에 나타나는 '歸'나 '隱沒', 「普賢行願

品」에 나타나는 '入·示'는 모두 부처들이 열반에 드는 상황을 표현한 것인데(각 사례는 〈Ⅶ2.(3)〉을 참조할 것), 이들의 입적은 중생의 처지에서 보자면 '善知 識·善友를 잃는 일'인 것이다. 더구나 이 어휘에 선행하는 구절은 '부처님'을 뜻 하는 말로 추정되는 '이끌어 주시는 벗(向屋賜尸朋)'이 아닌가. 이로 본서는 전구 와 연결하여 "(부처님을 지금) 잃는구나"의 의미를 위해 사용된 字로 판단한다.

'尸'가 'ㄹ'음을 위해 사용됨은 기주 〈V.8.(2)〉. '也'가 한문적 용법으로 「普賢 十願歌」에서는 항상 문말에만 나타남은 기주 〈Ⅱ.2.(1)〉. 이로, 본조는 '일야'가 되는데 이는 현대어론 '잃는구나'의 뜻이다.

이상, 전구와 연결하면 '向屋賜尸朋知良閪尸也'는 '(깨달음의 세계로, 아침없는 밤에 머무르며 우리를) 이끄실 벗 이에[지금] 잃는구나' 정도의 의미로 판단된다.

Ⅶ7. 伊知皆矣爲米 : 이 알긔 드외매

小倉進平 (1929) : 이러케 ᄒᆞ매
양주동　 (1942) : 이 알긔 드외매
김완진　 (1980) : 뎌 알기 드뵈매
양희철　 (1988) : 이 알ㄱ(皆)이 드뵈미
유창균　 (1994) : 이 알긔 드비메
신재홍　 (2000) : 이디기 ᄒᆞ미
박재민　 (2002) : 伊知皆矣爲米

(1) 伊知皆矣爲米 : 이 알긔 드외매

'伊'가 차자표기에서 '이'음을 위하여 사용됨은 기주 〈Ⅱ.1.(2)〉. '知'가 향찰에 서 한자어 본의미로 '알다' 혹은 단순히 음차만 되어 '디'로 사용됨은 기주 〈Ⅶ.6. (2)〉. '皆'가 향찰표기에서 '無量의'(〈Ⅶ.1.(1)〉) 혹은 음차되어 '기'(〈Ⅷ7.(1)〉)음 을 나타내기 위해 사용됨은 기주. '矣'는 「普賢十願歌」에서는 본조가 유일하나, 유사 소재 향가에는 총 15회나 사용된 用字이다. 기본적으로 '의'음에 대용되었 다. '爲'가 향찰에서 'ᄒᆞ'로 읽힘은 기주 〈Ⅰ.8.(3)〉. '米'가 향찰에서 '미·믜'의 음역을 가짐은 기주 〈V.6.(3)〉.

본 구절은 매우 난해한데, '伊·知·皆' 등이 향찰에서 正用字로도, 借用字로도 쓰이는 字들이기 때문이다. 소창진평은 '이렇게 함에'로 풀었고, 양주동은 '이를 알게 됨에'로, 김완진, 유창균, 양희철은 양주동을 따랐으나, 다만, 김완진은 '이'를 '뎌'로 解한 차이가 있다. 이 중 양주동의 견해가 가장 설득력 있다.

이상, '이 알긔 ᄃᆡ외매'. 현대어론 '이것을 알게 됨에'.

VII.8. 道尸迷反群良哀呂舌 : 길 이본 물아 슳리혀

小倉進平(1929) : 길을 왼 무리여 스러워쇠
양주동　(1942) : 길이본 물 슬흘쎠
김완진　(1980) : 길 이반 물아 셜브리여
양희철　(1988) : 길이반 물아 셜여혀
유창균　(1994) : 길 이븐 무리라 셜브리혀
신재홍　(2000) : 길 이본 물아 슬리혀
박재민　(2002) : 길 이본 물아 슬혀

(1) 道尸 : 길

'道'는 正用字. 고훈이 현대어와 마찬가지로 '길'임은 기주 〈IV.2.(3)〉. 'ᄉ'가 향찰표기에서 'ㄹ'음을 위한 字로 차용됨은 향찰자 변증 85)에서 변증하였다. 본조의 경우는 '길'의 말음첨기이다.

(2) 迷反 : 이본

'迷'는 正用字. 고훈이 '입다'임은 기주 〈IV.2.(3)〉.
'反'은 '잃은'의 古語인 '이본'의 '본'을 나타내기 위한 音借字이다. 향찰에 유사한 용례가 다음

迷火隱乙根中沙音賜馬逸良　　　　　　　　　　　　　　　　　　〈普賢9〉
迷反群无史悟內去齊　　　　　　　　　　　　　　　　　　　　　〈普賢10〉

과 같이 '迷反·迷火隱' 등으로 나타나는데, 이는 선초 언해문에 나타나는 '이본'에 정확히 대응되는 표기이다.

이런 이론 길혜 눌 보리라 우러곰 온다 〈月印釋譜 08:06〉

(3) 群良 : 물아

'群'은 正用字. 고유어는 '물'이다.

群은 무리라 〈釋譜詳節 序 01:1b〉
群臣은 물 臣下ㅣ라 〈月印釋譜 02:49a〉

향가에 다음 2회의 용례

道尸迷反群良哀呂舌 〈普賢7〉
迷反群无史悟內去齊 〈普賢10〉

를 가지는데, 모두 '迷反群'의 형태로 나타난다. 이는 불가에서 중생을 칭하는 말로 관용되는 '群迷'의 향찰식으로 표기한 것이다.

善財正覺日 智光大願輪 周行法界空 普照群迷宅 (선재동자 바른 깨달음의 해, 지혜의 빛 대원이 바퀴, 법계와 허공을 두루 다녀 '길 잃은 무리'[중생]의 집을 비춰주고) 〈40卷本 華嚴經, 第35卷〉

觀察衆生性本無 大悲常入衆生海 自在遊於解脫門 廣度群迷無量衆 중생이 본성없음 관찰하여서, 큰 자비로 중생의 바다에 항상 들어가, 자재하게 해탈 문에서 노니면서 널리 길 잃은 무리[群迷] 무량 중생 제도하시다 〈40卷本 華嚴經, 第22卷〉

'良'이 '아'음을 나타내기 위해 사용됨은 향찰자 변증 38)을 참조할 것. 본조는 '呼格'에 해당한다. 이상, '물아'.

(4) 哀呂舌 : 슳리혀

'哀'는 향찰표기에 총 3회의 예가 있다.
來如哀反多羅 〈風謠〉
哀反多矣徒良 〈風謠〉
道尸迷反群良哀呂舌 〈普賢7〉

모두 한자 본연의 의미로 쓰인 正用字이다. 古訓은 '슳'

哀 슬흘 이 〈新增類合〉

哀戚은 슬흘씨라 〈月印釋譜 序:14a〉

'呂'가 향찰에서 '리'음에 대용됨은 기주 〈Ⅰ.2.(1)〉.
'舌'은 향찰표기에 본조를 포함하여 총 2회 사용되었다.

南无佛也白孫舌良衣   〈普賢2〉

道尸迷反群良哀呂舌   〈普賢7〉

「普賢2」의 경우 문맥상, 또는 華嚴經의 용례상 正用字로 사용된 것이 분명하
나, 본조의 경우는 文末에 온 점으로 미루어 종결어미로 판단된다. 그럴 때, 한
자음 '셜'은 想定키 어렵고, 훈에서 그 音相을 찾을 수밖에 없는데 이로 '혀'.

舌 혀 셜   〈新增類合·訓蒙字會〉

廣長舌相은 넙고 긴 혓 양지라   〈月印釋譜 07:74b〉

이 종결어미는 音相과 출현위치의 동질성으로 미루어 볼 때, 다음의 '兮'와
같은 것이라 하겠다.

毛等尽良白乎隱乃兮 (나여)   〈普賢2〉

皆仏体置然叱爲賜隱伊留兮 (이로여)   〈普賢8〉

이상, '슳리혀', 현대어로는 '서럽구나'.

Ⅶ9. 落句 吾里心音水清等 : 아으 우리 ᄆᆞᅀᆞᆷ 믈 믈가든

小倉進平(1929) : 落句 우리 ᄆᆞᅀᆞᆷ올 묽히든
양주동   (1942) : 아으 우리 ᄆᆞᅀᆞᆷ믈 믈가든
김완진   (1980) : 아야 우리 ᄆᆞᅀᆞᆷ믈 믈가든
양희철   (1988) : 落句 우리 ᄆᆞᅀᆞᆷ믈 묽든
유창균   (1994) : 아라! 우리 ᄆᆞᅀᆞᆷ믈 믈ᄀᆞ든

신재홍 (2000) : 아야 우리 모슴믈 믈둔
박재민 (2002) : 아으 우리 모슴 믈 믈가든

(1) 落句 : 아으

(2) 吾里 : 우리

소창진평 이래 '우리'로 읽혀지고 있다. 異意가 없는 부분이다.

> 正音은 正흔 소리니 우리 나랏 마를 正히 반드기 올히 쓰는 그릴씨 일후믈
> 正音이라 ᄒᆞᄂᆞ니라   〈釋譜詳節 序:5b〉
> 우리 부텨 如來 비록 妙眞淨身이 常寂光土애 사르시나   〈月印釋譜 序:4b〉

(3) 心音 : 모슴

'心'은 正用字. 고훈이 '모슴'임은 기주 〈I.1.(1)〉.
'音'이 차자표기 전반에서 'ㅁ'음을 위해 상용되는 音借字임은 향찰자 변증
110)항에서 상론한 바 있다. 본조의 경우는 '心'의 고훈 '모슴'의 말음 'ㅁ'을 위해
쓰였다.

(4) 水淸等 : 믈 믈가든

'水'에 대하여는 크게 두 방향에서 논의가 이루어져 왔다. 소창진평은 '모슴'의
말음 'ㅁ'이 목적격 조사 '올'과 결합하여 생겨난 음 '믈'로 보았으며, 양주동은
'心水'가 佛典語임을 들어 '마음의 물'로 보았다. 이 중, 양주동의 해독 '마음의
물'이 문맥상 적확한 풀이이다. '心水'에 '佛影'이 비친다는 말은 불가의 관용적
비유구이다. 우리의 마음이 맑아야 부처가 보이고, 그러면 해탈할 수 있게 되는
것이다.

> 了達衆生眞實性 於諸有海無所著 如影普現心水中 此先導者之解脫 (衆生들
> 의 眞實性을 분명히 알고 생멸하는 세상 바다 집착이 없어 그림자가 마음의
> 물에 널리 비치니 이것이 先導者의 해탈이러라.)   〈40卷本 華嚴經, 第23卷〉

> 如來智月出世間 亦以方便示增減 菩薩心水現影像 二乘星宿無光色 (여래의

지혜달이 세간에 떠서 방편으로 차고 기욺을 보이지마는, 보살의 마음 물에 나토신 影像들로 二乘의 별들은 색을 잃었네.)　　　〈40卷本 華嚴經, 第39卷〉

'水'의 古訓은 '믈'.

水 믈 슈　　　　　　　　　　　　　　　　〈新增類合・訓蒙字會 등〉

水는 므리라　　　　　　　　　　　　　　　〈月印釋譜 01:23a〉

'淸' 역시 前句 '水'와 호응하여, 正用字로 사용되었다.

淸 믈귤 쳥　　　　　　　　　　　　　　　〈新增類合・訓蒙字會 등〉

므리 믈ㄱ면 드리 現ㅎㄴ니　　　　　　　　〈月印釋譜 17:21b〉

'等'이 '드・든・들'의 음을 위해 사용됨은 향찰자 변증 33)항에서 다루었다. 본조에서는 조건・가정의 '든'을 위해 사용되었다. 조건의 '等'은 기주 〈Ⅴ.9.(3)〉.

이상, '우리 ㅁ숨 믈 믈가든', 현대어로는 '우리 마음의 물이 맑으면'이 된다.

Ⅶ.10. 佛影不冬應爲賜下呂 : 佛影 안들 應ㅎ시하리

小倉進平(1929) : 佛影 안들 應ㅎ샤이리(오)
양주동　(1942) : 佛影 안들 應ㅎ샤리
김완진　(1980) : 佛影 안들 應ㅎ샤리
양희철　(1988) : 佛影 안들 應ㅎ샤(賜下)리
유창균　(1994) : 佛影 모들 應ㅎ샤리
신재홍　(2000) : 佛影 안들 박ㅎ샤리
박재민　(2002) : 佛影 안들 應ㅎ샤리

(1) 佛影 : 佛影

'佛影'은 正用字이다.

佛影은 그 堀애 ㅅ못 보ㅅ눈 부텻 그르메라　　　〈月印釋譜 07:55b〉

위의 ‘부텻 그르메’라는 것은 현대의 우리가 연상하는 ‘부처의 그림자’가 아니다. 부처의 형상이 마치 유리를 통하여 보이듯, 혹은 물속을 통하여 보이듯 하는 신기루 같은 상태를 지칭한다. 아래는 ‘佛影’이 세상에 나타나는 모습을 형용한 구절들이다.

> 모미 솟ᄃᆞ라 돌해 드르시니 ᄆᆞᆯᄀᆞᆫ 거우루 ᄀᆞᆮᄒᆞ야 소개 겨신 그르메 ᄉᆞᄆᆞᆺ 뵈더니 머리 이션 보ᅀᆞᆸ고 가ᄭᆞᄫᆡ완 몯 보ᅀᆞᄫᆞ리러라 〈月印釋譜 07:55a-b〉

> 그럴ᄊᆡ 光明에 닐오ᄃᆡ 부텻 眞法身ᄋᆞᆫ 虛空이 ᄀᆞᆮᄒᆞ시고 物應ᄒᆞ야 形體 나토샤ᄆᆞᆫ ᄆᆞᄅᆡᆺ ᄃᆞᆯ ᄀᆞᆮᄒᆞ시니 〈月印釋譜 13:41a〉

> 그르메 밧긔 ᄉᆞᄆᆞᆺ 뵈요미 琉璃 ᄀᆞᆮ더라 〈月印釋譜 02:22d〉
>
> 밧긧 그르메 瑠璃 ᄀᆞᆮ더시니 〈月印釋譜 02:17a〉

이상, ‘부처의 幻影’. 궁극적으로는 ‘부처의 가르침 · 깨달음’을 의미한다.

(2) 不冬 : 안ᄃᆞᆯ

‘不冬’이 부정어 ‘안ᄃᆞᆯ’임은 기주 〈V.8.(1)〉.

(3) 應爲賜下呂 : 應ᄒᆞ시하리

이견이 있을 수 없는 곳이다. ‘한자어+爲+白’의 조어법이 구결, 언해로 이어짐은 기주 〈II.6.(2)〉. 다만, 본조는 ‘白’이 오지 않고 ‘賜’가 온 차이가 있을 뿐이다. 이때의 ‘賜’는 ‘주체존대선어말어미’, ‘下呂’는 의문문으로 본조에서는 수사의문문이다. 기주 〈V.4.(4)〉.

이와 같은 어형은 선초의 다음 자료에서 佛體가 주체인 경우에 나타나며, 본조 역시 이에 준하는 ‘佛影’이었기에 나타난 어형이다.

> 如來ㅣ 뎌 根性을 應ᄒᆞ샤 種種 方便으로 〈金剛經諺解 :41b〉
>
> 如來ㅣ 種種 衆生化호ᄆᆞᆯ 爲ᄒᆞ샤 機ᄅᆞᆯ 應ᄒᆞ시며 〈金剛經諺解 :43a〉
>
> 如來ㅅ 法身이 塵刹애 너비 現ᄒᆞ샤 應ᄒᆞ샤 〈金剛經諺解 :69b〉
>
> 長者와 居士왜 ᄒᆞᆫᄢᅴ 즁이 바도리라 부톄 와 應ᄒᆞ샤ᄆᆞᆯ 기드리ᅀᆞᆸ거늘 〈楞嚴經諺解 01:31b〉

현대어역

한편, 佛影이 '마음의 물'에 '應'한다는 말은, 부처의 형체가 마음 속에 나타난다는 말인데, 그 형체는 前述했듯이 '물에 비친 달같은' 마치 투명한 신기루와 같은 것이다.

他報ㅣ 아래로 機緣用애 가샤미 일후미 應身이시니라 그럴씨 光明에 닐오되 부텻 眞法身은 虛空이 굳ᄒ시고 物應ᄒ야 形體 나토샤ᄆ ᄆ렛 ᄃᆯ 굳ᄒ시니

〈月印釋譜 13:41a〉

이상, '안ᄃᆯ 應ᄒ시하리'는 '안ᄃᆯ 應ᄒ샤리', 곧, '아니 應하시겠는가.'

현대어역

〈請佛住世歌〉	〈세상에 머무시길 비는 노래〉
皆仏体	無量의 부처님
必于化緣尽動賜隱乃	비록 化緣 다해 떠나시나
手乙寶非鳴良尔	손을 비벼 울면서
世呂中止以友白乎等耶	세상에 머물게 하옵니다.
曉留朝于萬夜未	깨달음의 세계로, 아침 없는 밤에 (머물며 우리를)
向屋賜尸朋知良闊尸也	인도하실 벗 지금 잃는구나!
伊知皆矣爲米	이를 알게 됨에
道尸迷反群良哀呂舌	길 잃은 무리여 애닯구나!
落句 吾里心音水淸等	아으, 우리 마음의 물 맑으면
佛影不冬應爲賜下呂	부처의 그림자 아니 비치겠는가?

VIII. 常隨仏学歌

我^{우리}仏体^{부텨} 　　　　　　　　　우리 부텨

皆^한往^{다나거}焉^ㄴ世呂^{누리}修^닷將^가來^오賜^시留^오隱^ㄴ 　　한 다나건 누리 닷가오시온

難行苦行^{난힝고힝}叱^ㅅ願^원乙^을 　　　　　難行苦行ㅅ 願을

吾^나焉^ᄂ頓^돈部^부叱^ㅅ逐^좇好^호友^벋 伊^이音^ㅁ叱^ㅅ多^다 　나는 돈붓 逐호임싸

身^몸靡^{ᄣ러디악}只^ㄱ碎^ᄇ良^아只^ㄱ 塵^{ᄃᄅ}伊^이去^가米^매 　몸 ᄣ러디악 ᄇᅀᆞᆨ 드틀이 가매

命^명乙^을施^시好^호尸^ㄹ歲^ᄉ史^ᅵ中^예置^도 　命을 施홀 시예도

然^{그럿}叱^ㄱ皆^기好^호尸^ㄹ卜^{디}下^하里^리 　　그럿기 홀 디니하리

皆^한仏体^{부텨}置^도然^{그럿}叱^ㄱ爲^ᄒ賜^시隱^ㄴ伊^이留^로兮^혀 　한 부텨도 그럿ᄒ신 이로혀

城上人^{아ᅀ} 佛道^{불도}向^않隱^은心^{ᄆᅀᆞᆷ}下^하 　아ᅀ 佛道 않은 ᄆᅀᆞᆷ하

他道^{타도}不冬^{안돌}斜^빗良^어只^ㄱ行^녀齊^져 　他道 안돌 빗걱 녀져

〈「常隨仏学歌」, 『均如傳』〉

此娑婆界舍那心 　이 세계[娑婆界] 계시던 부처님[舍那]의 마음에서

不退修來迹可尋 　물러서지 않고 닦아 오신 자취 찾을 수 있도다.

皮紙骨毫兼血黑 　살갗 종이, 뼈 붓, 피 먹으로 경전을 써셨으며,

國城宮殿及園林 　나라와 궁전과 원림까지 버리셨도다.

菩提樹下成三點 　보리수 아래에서 三點을 이루시고

衆會場中演一音 　중생 모인 도량에서 一音을 연설하셨도다.

如上妙因摠隨学 　이와 같은 묘한 因을 모두 따라 배워서

永令身出苦河深 　영원토록 이 몸을 고해에서 건져 내리.

〈崔行歸의 漢譯詩, 「常隨佛學頌」, 『均如傳』〉

復次善男子 言常隨佛學者 如此娑婆世界 毘盧遮那如來 從初發心 精進不退 以
不可說不可說身命而爲布施 剝皮爲紙 折骨爲筆 刺血爲墨 書寫經典 積如須彌
爲重法故 不惜身命 何況王位 城邑聚落 宮殿園林 一切所有 及餘種種難行苦行

乃至樹下成大菩提 示種種神通起種種變化 現種種佛身 處種種衆會 或處一切諸
大菩薩衆會道場 或處聲聞及辟支佛衆會道場 或處轉輪聖王小王眷屬衆會道場
或處刹利及婆羅門長者居士衆會道場 乃至或處天龍八部人非人等衆會道場 處
於如是種種衆會 以圓滿音 如大雷震 隨其樂欲成熟衆生 乃至示現入於涅槃 如是
一切我皆隨學 如今世尊毘盧遮那 如是盡法界 虛空界 十方三世一切佛刹所有塵
中 一切如來皆亦如是 於念念中 我皆隨學 如是虛空界盡衆生界盡 衆生業盡 衆
生煩惱盡 我此隨學無有窮盡 念念相續無有間斷身語意業無有疲厭[85]

〈「普賢行願品」,『40卷本 華嚴經』의 第40卷〉

我隨一切如來學　修習普賢圓滿行　供養過去諸如來　及與現在十方佛
未來一切天人師　一切意樂皆圓滿　我願普隨三世學　速得成就大菩提[86]

〈普賢行願品, 偈,『40卷本 華嚴經』의 第40卷〉

---

85) "또 선남자여, 부처님을 따라서 배우는 것은, 이 사바세계의 비로자나 부처님께서 처음 마음
낸 뒤부터 꾸준히 나아가고 물러가지 아니하면서, 말할 수 없이 말할 수 없는 몸과 목숨으로
보시하며, 가죽을 벗기어 종이를 삼고 뼈를 꺾어 붓을 삼고 피를 뽑아 먹물을 삼아서, 경전을
쓰기를 수미산같이 하면서도 법을 소중하게 여기므로 목숨도 아끼지 아니하거든, 하물며
임금의 자리나 도시나 시골이나 궁전이나 동산 따위의 가진 물건이랴. 그리고 가지가지 고행
하던 일과 보리나무 아래서 정각을 이루던 일이나, 가지가지 신통을 보이고, 여러 가지 변화
를 일으키고 갖가지 몸을 나타내어서 온갖 대중의 모인 곳에 계실 적에 혹은 보살 대중이
모인 도량이나, 혹은 성문·벽지불·대중이 모인 도량이나, 전륜왕과 작은 왕이나 그 권속들
이 모인 도량이나, 찰제리·바라문·장자·거사들이 모인 도량이나, 내지 하늘과 용과 八부
신중과 사람인 듯 아닌 듯한 것들이 모인 도량에 있으며, 이러한 여러 모임에서 원만한 음성
으로 천둥소리처럼 그들의 욕망을 따라 중생을 성숙하던 일과 필경에 열반에 드시는 온갖
일을 내가 모두 따라 배우며, 지금의 비로자나 부처님께와 같이, 온 법계 허공계에 있는 시방
삼세 모든 세계와 티끌 속에 계시는 부처님들까지도 이와 같이 하여, 잠깐잠깐마다 내가
따라 배우는 것이니라.
　이와 같이 하여 허공계가 끝나고 중생의 세계가 끝나고 중생의 업이 끝나고 중생의 번뇌가
끝나더라도 나의 따라서 배우는 일은 끝나지 아니하고, 차례차례 계속하여 잠깐잠깐도 쉬지
아니하지마는 몸과 말과 뜻으로 하는 일은 조금도 고달프거나 만족하지 않느니라."〈『한글대
장경 45 - 대방광불화엄경 40권본』, 동국역경원, 1970, 600면.〉
86) 내가 여래 부처님을 따라 배우며 / 보현보살 원만한 행 닦아 익히고 / 지난 세상 시방세계
부처님들과 / 지금 계신 부처님께 공양하오며 / 오는 세상 천상 인간 대도사에게 / 여러
가지 즐거운 일 원만하오며 / 삼세의 부처님들 따라 배워서 / 보리도를 성취하기 원하옵니다.
〈『한글대장경 45 - 대방광불화엄경 40권본』, 동국역경원, 1970, 605면.〉

VIII.1. 我仏体 : 우리 부텨

小倉進平(1929) : 우리 부텨
양주동　 (1942) : 우리 부톄
김완진　 (1980) : 우리 부텨
양희철　 (1988) : 우리 부텨
유창균　 (1994) : 우리 佛體
신재홍　 (2000) : 우리 부텨
박재민　 (2002) : 우리 부텨

(1) 我仏体 : 우리 부텨

문제가 없는 구절이다. 선초언해문의 다음 구절에 대응됨으로 '우리 부텨'라
풀이된다.

　　我佛如來雖妙眞淨身이 居常寂光土ᄒ시나　　　　　〈月印釋譜 序01:4b〉
　　우리 부텨 如來 비록 妙眞淨身이 常寂光土애 사ᄅ시나　〈月印釋譜 序01:5b〉

이상, '우리 부텨'.

VIII.2. 皆往焉世呂修將來賜留隱 : 한 디나건 누리 닷가오시온

小倉進平(1929) : 므릇 가는 누리예 닥글살은
양주동　 (1942) : 니건 누리 닷ᄀ려샤론
김완진　 (1980) : 모든 간 누리 닷ᄀ려시론
양희철　 (1988) : 모든 간 누리 닷ᄀ려샤론
유창균　 (1994) : 디나건 누리 다ᄉ라시론
신재홍　 (2000) : 여러 니건누리 다ᄉ려시론
박재민　 (2002) : 한 디나건 누리 닷ᄀ 오샨

(1) 皆往焉 : 한 디나건(無量의 지나간)

'皆'의 처리가 주된 관심이었다. 사실 본조는 '往焉'만으로도 의미가 충분하기

에, '皆'의 출현이 해석에 다소의 어려움을 주었다. 소창진평과 김완진은 본조의 '皆'를 「普賢7」에 나타난 '皆佛體'의 皆(므릇·모든)'와 같은 것으로 파악하여 해독의 일관성을 유지하였다.

하지만, 양주동과 유창균은 이 字를 「普賢7」의 경우와는 다른 용법으로 보았다. 양주동은 '往皆焉'을 달리 표현한 것으로 보아 '니건'으로 읽었고, 유창균은 '皆'의 훈 '다', '往'의 훈 '니건'을 표기한 것으로 보아 '다니건〉 디나건'으로 읽었다. 독법의 차이에도 불구하고 모두 '지나간'으로 풀이한 점은 일치한다. 또한 그 의미 역시, 선초문헌 용례로 볼 때 모두 가능한 추정들이다.

> 니건 힛 가난호ᄆ 가난티 아니ᄒ더니 옰 가난이ᅀᅡ 實로 가난토다 니건 히는
> 솔옷 셸 ᄯᅡ토 업더니 올 히는 솔옷도 업도다　　　　〈南明集諺解 上:8b〉

> 또 디나건 因 펴샤ᄆ 因ᄒ야 (又敍往因ᄒ야)　　　　〈法華經諺解 04:59a〉

> 過去는 디나건 뉘오 現在는 나타잇는 뉘오 未來는 아니왯는 뉘라
> 　　　　　　　　　　　　　　　　　　　　　　　　〈月印釋譜 02:21b〉

> 디나건 劫 일후미 莊嚴劫이오 이젯 일후미 賢劫이오 아니왯는 劫 일후미 星宿
> 劫이니　　　　　　　　　　　　　　　　　　　　　　〈月印釋譜 01:50b〉

그러나 그 의미의 명쾌함과는 별도로, '皆'자를 '지나간'이란 의미를 담은 어떤 어휘의 음절 일부분으로 처리해 버린 점은 문제가 된다. 사실, 양주동의 '皆', '往'의 도치설은 감각적으로는 그럴듯하지만 여전히 해독의 正道는 아니며, 유창균의 '다니건' 역시 수긍하기엔 음운상의 차이가 너무 큰 감이 있다. 이는 모두 '皆'를 한자어로 보지 않고 '往'을 의미하는 古語의 일부에 편입시키려는 시도에서 나타난 무리한 해석인 것이다.

본서는 '皆往焉'이 '지나간'이란 의미를 포함하고 있는 어휘란 점에 대하여는 이견이 없다. 하지만, '皆'를 '지나간'이란 의미를 담은 '니건·디나건'의 한 부분으로 보는 것에 반대한다. 여기서의 '皆'는 「普賢7」의 첫 부분 '皆佛體'에서와 같은 의미를 가진 말로 보기 때문이다. 이때의 '皆'는 '한(기주 〈Ⅶ.1.(1)〉)'에 해당하며, 후행하는 '世呂'를 수식하면서 현대어로는 '無量의' 정도의 의미를 가진다.

즉, 언해에 나타나는 '百億世界·三千世界·無量世界' 등과 같은 의미로 사

용한 것이다.

> 부톄 百億 世界예 化身ᄒᆞ야 敎化ᄒᆞ샤미 ᄃᆞ리 즈믄 ᄀᆞᄅᆞ매 비취요미 ᄀᆞᆮᄒᆞ니라
> 〈月印釋譜 01:01a〉
>
> 三千世界 時常 ᄇᆞᆯ가 이시며 〈月印釋譜 02:25b〉
>
> 無量世界예 無數ᄒᆞᆫ 百千 衆生ᄋᆞᆯ 잘 濟渡ᄒᆞ시ᄂᆞᆫ 분 내러시니
> 〈釋譜詳節 13:04b〉
>
> 阿難아 ᄒᆞ다가 諸世界예 一切 잇ᄂᆞᆫ 거시 〈楞嚴經諺解 01:87b〉

한편, '往焉'은 '디나건·니건'으로 읽어 모두 가능하나, 상례에서 보이듯 선초의 일반적 어휘로는 '디나건'이다. 이상, '皆往焉'은 '한(無量의) 디나건'.

(2) 世呂 : 누리

향찰표기에서 '누리'는 '世呂' 혹은 '世理'로 표기되었고 그것은 '呂'자가 '리'음을 나타냄에서 기인했음은 기주 〈Ⅶ.4.(1)〉.

(3) 修將來賜留隱 : 닷ᄀᆞ오시온

'修'는 正用字. 고훈이 '닭다'임은 기주 〈V.5.(1)〉. 후행하는 '難行苦行'을 수식한다.

> 오직 淸淨妙行ᄋᆞᆯ 닷ᄀᆞ실ᄊᆡ 그 ᄯᅡ히 平正ᄒᆞ고 〈法華經諺解 03:60a〉
>
> 이는 權乘을 브트샤 菩薩行ᄋᆞᆯ 닷ᄀᆞ시ᄂᆞ니시니 〈法華經諺解 03:45b〉
>
> 오란 劫에 닷ᄀᆞ샨 거슬 간대로 주디 아니ᄒᆞ샤ᄆᆞᆯ 가ᄌᆞᆯ비고 〈月印釋譜 13:16a〉

'將來'가 주로 'ㄱ'말음 어휘에 등장하여 '~가 오'의 '현재완료진행'의 시상을 나타냄은 기주 〈Ⅳ.3.(2)〉. 이곳의 '修將來-' 역시 현재완료 시제와 관련되어 있음을 언해 자료로 재확인해 본다.

> 世尊이 즉자히 無量無邊 百千萬億大涅槃光明을 펴샤 十方 一切 世界를 다 비취시고 ᄯᅩ 大衆ᄃᆞ려 니ᄅᆞ샤ᄃᆡ 如來 너희들 爲ᄒᆞ야 오란 劫에 難行苦行ᄒᆞ야 大慈悲ㅅ本願으로 이 五濁애 阿耨多羅 三藐三菩提를 일워 金剛ᄀᆞ티 허디 아

普賢十願歌 〈Ⅷ.2.(3)〉

니흟 紫磨色身올 得ᄒᆞ야 三十二相 八十種好ㅣ ᄀᆞ자 無量 光明으로 一切를 다 비취여 얼굴 뒷는 거시 光明 맛나아 解脫 아니 ᄒᆞ리 업스니라 부톄 ᄯᅩ 니ᄅᆞ샤ᄃᆡ 내 本來ㅅ 誓願力으로 이 더러ᄫᅳᆫ ᄢᅡ해 나아 敎化ㅅ 因緣을 ᄆᆞ촐ᄊᆡ 이제 涅槃호려 ᄒᆞ노니 〈釋譜詳節 23:9a-10a〉

위 역시, '부처가 오랜 劫에 닦은 難行苦行'을 말하는 부분인데 이때, 화자(부처)가 '難行苦行을 닦은 기간'은 과거의 일회성이 아니라 말하는 현재까지도 이어지고 있는 기간이므로 현재완료진행을 나타냄을 볼 수 있다.

'賜'는 존칭선어말어미〈Ⅰ.7.(2)〉. '難行苦行의 願을 닦은 주체'가 佛體이므로 개입된 字다.

'留'는 '로', 기주〈Ⅰ.1.(2)〉. 그러나 본조에 '留'가 온 것은 다소 특이하다. 구결의 다음 유사용례를 볼 때,

諸ㄱ 菩薩ㄕ 爲氵 佛矢 往ㄋ十 修 亦ㅎ了ㅌ七 <u>清淨行乚</u> 〈華嚴經 08:23〉
我仏体 皆 往焉世呂 修將來賜留隱 <u>難行苦行叱願乙</u> 〈本條〉

'오(乎)'와 같은 역할을 하기 위해 온 것으로 짐작된다.

'隱'이 차자표기 전반에서 'ㄴ·온·은·ᄂᆞᆫ·는'의 음상을 위해 사용되는 音借字임은 향찰자 변증 108)항에서 다룬 바 있다. 후행하는 '難行苦行叱願'을 수식하기 위한 관형형의 'ㄴ'이다.

이상, '我仏体 皆往焉 世呂 修將來賜留隱'은 '우리 부처, 無量의 지나간 세계에서 닦아오신'.

Ⅷ.3. 難行苦行叱願乙 : 難行苦行ㅅ 願을

小倉進平(1929) : 難行苦行ㅅ 願을
양주동 (1942) : 難行苦行ㅅ 願올
김완진 (1980) : 難行苦行ㅅ 願을
양희철 (1988) : 難行苦行ㅅ 願을
유창균 (1994) : 難行苦行ㅅ 願을
신재홍 (2000) : 難行 苦行ㅅ 願을
박재민 (2002) : 難行苦行ㅅ 願을

(1) 難行苦行叱 願乙 : 難行苦行ㅅ 願을

문제가 없는 구절이다. '難行苦行'은 석가모니가 중생을 위해 행했던 수고로운 수행을 말하는데,

苦行은 受苦ᄅᄫᅵ 修行홀 씨라 〈釋譜詳節 03:39a〉

如來 너희들 위ᄒᆞ야 오란 劫에 難行苦行ᄒᆞ야 大慈悲ㅅ 本願으로 이 五濁애 阿耨多羅三藐三菩提를 일워 金剛ᄀ티 허디 아니홍 紫磨色身을 得ᄒᆞ야 〈釋譜詳節 23:9a-b〉

가죽을 벗기는 데서부터 '王位·城邑·宮殿'을 버렸던 일, 나아가 身命까지 중생을 위해 베풀었던 수행을 말한다.

剝皮爲紙 折骨爲筆 刺血爲墨 書寫經典 積如須彌 爲重法故 不惜身命 何況王位 城邑聚落 宮殿園林 一切所有 及餘種種難行苦行 (가죽을 벗기어 종이로 삼고 뼈를 꺾어 붓으로 삼고 피를 뽑아 먹물로 삼아서, 경전을 쓰기를 수미산같이 하면서도 법을 소중히 한 고로 목숨도 아끼지 아니하거든, 하물며 王位나 邑城, 聚落과 같은 일체의 소유물이랴. 가지가지 고행하던 일) 〈普賢行願品, 40卷本 華嚴經, 第40卷〉

Ⅷ.4. 吾焉頓部叱逐好友伊音叱多 : 나는 돈붓 逐호임자

小倉進平(1929) : 나는 頓을 조차이다
양주동 (1942) : 나는 頓部ㅅ 조추리잇다
김완진 (1980) : 나는 ᄇᄅ붓 조초 번뎜자
양희철 (1988) : 나는 던부(頓部)ㅅ 좃호우(好友)림자(多)
유창균 (1994) : 난 頓 주빗 조초 사고임자
신재홍 (2000) : 나온 무저봊 조초리--ㅅ다
박재민 (2002) : 나는 頓部叱(=모두) 逐호오임자

(1) 吾焉 : 나는

'나는'으로 풀이되는 구절이다. '吾'는 기주 〈Ⅴ.4.(1)〉, '焉'이 '隱'과 동일함은 기주 〈Ⅲ.2.(2)〉.

(2) 頓部叱 : 돈븟(모두)

김준영 · 김영만에 의해 해결된 어휘임은 기주 〈Ⅳ.7.(3)〉.

(3) 逐好友伊音叱多 : 좃호임짜

'逐'은 正用字. 古訓은 '좇다 · 쫓다'이다.

逐 쪼출 튝 〈新增類合 · 石峯千字文〉, 逐 조출 튝 〈光州千字文 · 訓蒙字會〉
노니는 아ᄃᆞ리 옷곳호ᄆᆞᆯ 조차 (憐遊子ㅣ 逐芳非ᄒᆞ야) 〈南明集諺解 上:23a〉
니르논 마ᄅᆞᆯ 듣고 다 信伏ᄒᆞ야 조ᄎᆞ니라. 〈釋譜詳節 19:32b〉
가ᄂᆞᆫ 고대 願을 조ᄎᆞ리니 〈楞嚴經諺解 08:21a〉

이 훈에 근거하여 그간 '조초'로 읽어 왔다. 하지만, '好'는 다른 용례를 감안할 때, 'ᄒᆞ오'의 축약형으로 보인다.(기주 〈Ⅴ.8.(2)〉.) 구결에서도 '逐'과 유사한 의미인 '隨', 혹은 '隨逐'이 빈번히 나타나는데, 훈독할 경우는 '오(ㆆ) · 호(ノ)'가 수반되고, '한자어+ᄒᆞ오(爲)'일 때는 반드시 '호(ノ)'로 나타나는데, 이 두 용법 중, 본조의 경우는 후자의 경우로 보인다.

諸ㄱ 佛㔾 [之] 道ろ十 住ソゕ 衆生乚 隨ㆆ 住ソろ亦 恒リ 捨離尸 不ソゕ
〈華嚴經 02:14〉

其 因緣乚 隨ノソトノㄱ入乚 是 如攴 見知ソゕ 〈金光明經 04:22〉

次第乚 隨ノ 已氵 三支リㄱ 謂ㄱ 聞正法圓滿人 涅槃爲上首人 能熟解脫慧七 [之] 成熟人乚 說人ノㄱ亠 〈瑜伽師地論 07:16-18〉

體リ 是ㄱ 生老病死七 法リㄱ入灬 故ノ 內壞苦ラ[之] 隨逐ノ尸 所乚 爲ハゕ
〈瑜伽師地論 18:04-05〉

一切 所愛離別七 法リㄱ入灬 故ノ 愛 壞苦ラ[之] 隨逐ノ尸 所乚 爲ハゕ
〈瑜伽師地論 18:05-06〉

한편, 이곳의 '友'字를 많은 연구자들이 '友'자로 해독하고 있으나, '支'의 이체자일 가능성이 높음은 기주 〈Ⅳ.6.(2)〉. '支'는 주로, '아 · 이 · 오' 등의 모음에 와서 '장음'을 표지하는 일이 많으나, 좀 더 자세한 고찰이 필요한 용자이다. 이

字가 구결에서는 주로 '히'에 대응하는 경우가 많음은 기주 〈IV.6.(2)〉.

한편 '~音叱多'로 표기된 종결어미 역시 구결에 많이 보인다. 이것이 '應當'에 호응하는 모든 종결어미(의지, 가능, 당위 등)로 풀이됨은 기주 〈IV.4.(3)〉. 여기서는 '의지·당위'의 의미를 가진다. 「獻花歌」의 다음 구절과 같은 용법이다.

花肹折叱可獻乎理音如   〈獻花歌〉
(꽃을 꺾어 獻호리다)

이상, 본조의 의미는 '나는 모두 좇으려 한다'의 의미가 되어 노래의 제목 「常隨佛學歌」에 걸맞음을 볼 수 있다.

VIII.5. 身靡只碎良只塵伊去米 : 몸 ᄡᅳ러디악 ᄇ삭 드틀이 가매

小倉進平(1929) : 몸업시 부스러뎌 듣글이 가매
양주동　(1942) : 모미 ᄇ삭 드트리 가매
김완진　(1980) : 모믹 ᄇ삭 드틀뎌 가매
양희철　(1988) : 모미(靡)ㄱ ᄇ삭 드틀(塵)이 가매
유창균　(1994) : 모미 오직 봇아디락 드트리 가며
신재홍　(2000) : 몸 굶ᄇ삭 드트리거미
박재민　(2002) : 몸 ᄡᅳ러딕 ᄇ삭 드틀이 되어 가매

(1) 身 : 몸

'身'은 正用字. 고훈은 '몸'이다. 여기서는 '나의 몸'이다.

身 몸 신   〈新增類合 등〉

(2) 靡只 碎良只 : ᄡᅳ러디악 ᄇ삭 (죽어 부숴져)

'碎良只'는 諸家의 의견에 별 차이가 없으나, '靡只'에서는 많은 논란이 있었다. 소창진평은 '靡只'를 '업시'로 읽었고, 양주동은 音借로 보아 '몸'의 말음첨기 'ㅁ'과 주격이 결합한 형태 '모미'라 하였다. 김완진은 김준영의 견해를 좇아 '모믹'으로 읽었고, 유창균은 '只'만을 독립시켜 '모미 오직'으로 해독하였다.

그러나, 이곳은 '靡'와 '碎'의 훈이 다음

靡 쓰러딜 미 〈新增類合〉

내 모물 도라ᄒᆞ니 즉자히 스러디고 男子ㅣ 두외야 〈月印釋譜 02:64a〉

모미 비록 일즉 업디 아니 ᄒᆞ나 내 보니 現前에 念念이 올마가 새와 새왜 머므디 아니호미 브리 디 두외ᄃᆞᆺᄒᆞ야 漸漸 스러 주거 주구미 긋디 아니 ᄒᆞ니 決定히 이 모미 반ᄃᆞ기 업서 다오믈 조ᄎᆞᆯ 아노이다 〈楞嚴經諺解 02:04b〉

碎 ᄇᆞᅀᆞᆯ 쇄 〈新增類合〉

法利ㅅ 功이 기퍼 모ᄆᆞᆯ ᄇᆞᅀᅡ 가포믈 ᄉᆞ랑홀ᄯᅵ니 〈禪宗永嘉集諺解 上:20a〉

大悲力으로 金剛 모ᄆᆞᆯ ᄇᆞᅀᅡ 舍利ᄅᆞᆯ ᄆᆡᇰᄀᆞᄅᆞ시니 〈釋譜詳節 23:51a〉

내 寶杵로 그 머리ᄅᆞᆯ ᄇᆞᅀᆞ 툐ᄃᆡ 微塵ᄀᆞ티 ᄒᆞ야 〈楞嚴經諺解 07:65b〉

에서 보듯, 각각 '쓰러디다', '부숴지다'이고, 그 말음으로 공히 '只'가 오고 있는 점으로 미루어, '통사적 동등구'로 이해해야 할 곳으로 본다.

한편, '靡只 碎良只'에 대구적으로 붙은 '只'는 강세사이다. '只'가 'ㄱ'음을 나타내는 차자이며, 'ㄱ'이 구결과 선초문헌에 강세사로 흔히 나타나고 있음은 기주 〈Ⅰ.5.(2)〉. 이상, '靡只 碎良只'는 '쓰러디악 ᄇᆞᆺ삭'. 현대어론 '몸 죽어 부숴져'.

(3) 塵伊去米 : 드틀이 (되어) 가매

'塵'은 正用字. 고훈은 '드틀 · 들글'이다.

塵 드틀 딘 〈新增類合〉
塵 들글 딘 〈訓蒙字會〉
塵은 드트리라 〈月印釋譜 02:15a〉

본조의 '塵'은 前句의 몸이 '靡只 碎良只'하여 만들어진 결과물이다.

디ᄂᆞᆫ 國土 조처 ᄇᆞᅀᅡ 들그를 ᄆᆡᇰᄀᆞ라 〈楞嚴經諺解 01:7b〉

내 寶杵로 그 머리ᄅᆞᆯ ᄇᆞᅀᆞ 툐ᄃᆡ 微塵ᄀᆞ티 ᄒᆞ야 〈楞嚴經諺解 07:65b〉

드트리 두외이 ᄇᆞᅀᅡ디거늘 〈釋譜詳節 06:30b-31a〉

'伊'는 '이'. 本字가 차자표기에서 일반적으로 '이'음을 나타내는 자임은 기주 〈II.1.(2)〉. '去米'는 '가매'. 본조에서는 '되어 감에'란 의미로 사용되었다. 身命을 중생에게 베푸는 과정을 말한 것이다. 이상, '티끌이 되어 가매'.

VIII.6. 命乙施好尸歲史中置 : 命을 施홀 스시예도

小倉進平(1929) : 命을 줄 날애도
양주동 (1942) : 命을 施홀 슺히두
김완진 (1980) : 命을 施홀 스시히도
양희철 (1988) : 命을 施호(好)ㄹ 슻(歲史)히두
유창균 (1994) : 목숨을 ᄆ츨 스시히두
신재홍 (2000) : 命을 베폴 스시히두
박재민 (2002) : 身命을 베폴 슻이도

(1) 命乙 : (身)命을

'命'은 '身命[몸의 명, 즉 목숨]'의 略語인데 후행하는 '施'와 호응하여 주로 사용되는 佛家에서의 관용어구이다.

> 世間애 重ᄒ니 身命에 너므니 업스니 菩薩이 法을 爲ᄒ야 無量劫中에 身命을 ᄇ려 施ᄒ야 一切 衆生을 주ᄂ니 〈金剛經諺解 :71b〉

> 善男子善女人이 恒河沙ᄃᆞᆺ 身命으로 布施ᄒ야도 (有善男子善女人이 以恒河沙等身命으로 布施ᄒ야도) 〈金剛經諺解 :71a〉

> 過去 諸佛이 無量劫을 디나게 檀을 行ᄒ야 布施ᄒ샤ᄃᆡ 象과 ᄆᆞᆯ와 七寶와 머리와 눈과 骨髓와 頭腦와 身命에 니르러도 ᄇ려 앗곰 업스니 내 이제 ᄯᅩ 그리ᄒ야 두믈 조차 주어 깃거 供養ᄒ야 ᄆᆞᄉᆞ매 앗곰 업수리라 ᄒ며 〈禪宗永嘉集諺解 上:32a〉

이는 「普賢行願品」에 나타난 '身命'과 같은 것이다.

> 以不可說不可說身命而爲布施 剝皮爲紙 折骨爲筆 刺血爲墨 書寫經典 積如須彌 爲重法故 不惜身命 (말할 수 없이 말할 수 없는 身命으로 보시하며, 가

죽을 벗기어 종이로 삼고 뼈를 꺾어 붓으로 삼고 피를 뽑아 먹물로 삼아서,
경전을 쓰기를 수미산같이 하면서도 법을 소중히 한 고로 목숨도 아끼지 아니
하시다.) 〈普賢行願品, 40卷本 華嚴經, 第40卷〉

'乙'이 차자표기 전체에서 'ㄹ·올·을·를·를'의 音域을 위해 사용되는 音借
字임은 향찰자 변증 109)항에서 다루었다.

(2) 施好尸 : 施홀

'施'는 正用字. 古訓은 '베프'이다.

施 베플 시 〈新增類合·光州千字文 등〉

내 모맷 거슬 미러 눔 주미 施라 ᄒ니라. 〈南明集諺解 上:61b〉

그러나 이곳의 '施'는 訓讀이 아니라 音讀해야 하는데, 이는 후행의 '好'가 'ᄒ
오(爲)'의 축약형으로 판단되기 때문이다. '施'는 향찰표기로는 유일한 예이나,
구결에 용례가 정확히 일치하는 쓰임새가 있다.

若ㄴ 施ノア 所ㄴ [有]ㅓㅗㄱㅣㅓㄱ 當願衆生 一切ㄴ 能ㄤ 捨ㅄㅓㅗ 心ㅏㅏ
愛著ノア 無ㅌㅛ 〈華嚴經 03:03〉

이상, '施홀'.

여기서 '身命을 施한다'는 말은 '나의 모든 것(身命까지도)을 버려 중생들에게
베푼다(施)'란 의미이다. 〈Ⅷ.6.(1)〉의 용례 참조.

(3) 歲史中置 : 스ᅀ예도

'歲'는 향찰의 유일한 용례이다. 소창진평이 '歲史'를 '날(日)'로 읽었고, 양주
동이 'ᄉᆞᆽ(間)'으로 수정하였다. 향찰에서 '史'자는 주로 'ᄉ'을 말음으로 하는 어휘
에 덧붙는데,

皃 (貌 즛 모 -新增類合·光州千字文·訓蒙字會 등)
皃史年數就音墮支行齊 〈慕竹旨郞歌〉

耆郎矣皃史是史藪邪　　　　　　　　　　　　　　〈讚耆婆郎歌〉

皃史沙叱望阿乃　　　　　　　　　　　　　　　　　〈怨歌〉

皃史毛達只將來吞隱　　　　　　　　　　　　　　　〈遇賊歌〉

栢 (栢 잣 빅 ‒ 歷代千字文)

栢史叱枝次高支好　　　　　　　　　　　　　　　　〈讚耆婆郎歌〉

物叱好支栢史　　　　　　　　　　　　　　　　　　〈怨歌〉

母 〈思母曲‒ 俗稱 엇노리 〈時用鄕樂譜〉, 눈먼 어싀 〈月印釋譜 02:13a〉〉

臣隱愛賜尸母史也　　　　　　　　　　　　　　　　〈安民歌〉

無史 (업시)

迷反群无史悟內去齊　　　　　　　　　　　　　　　〈普賢10〉

이로 볼 때, '歲史'가 유사한 의미 '間'의 훈 '스싀'를 나타내었다는 양주동의 추정은 타당한 걸로 인정된다. 선초 언해에 이러한 어형이 보이며,

間 스이 간　　　　　　　　　　　　　　　　　　　〈新增類合〉

間 슷 간　　　　　　　　　　　　　　　　　　　　〈訓蒙字會〉

눈 곰쥭홀 스싀예 곧 디날시니　　　　　　　　〈南明集諺解 上:5b-6a〉

刹那ᄂᆞᆫ 힘센 사ᄅᆞ미 蓮ㅅ 줄기옛 실 그츨 스싀라　　〈南明集諺解 上:8b-9a〉

문맥상으로도 '(나의) 身命을 (중생에게) 베풀 사이에도'가 되어 부합하는 양상을 보이기 때문이다. '中'이에 '에'를 나타내는 차자임은 기주 〈Ⅱ.4.(2)〉, '置'가 '도·두'를 나타내는 훈차자임은 기주 〈Ⅱ.9(3)〉. 이상, '歲史中置'는 '스싀예도'.

Ⅷ.7. 然叱皆好尸卜下里 : 그럿기 홀 디니하리

小倉進平(1929) : 또 다혀 디이리(오)

양주동　(1942) : 그랏긔홀 비ᄒᆞ리

김완진　(1980) : 그럿 모든 홀 디녀리

양희철　(1988) : 그랏기(皆) 호(好)ㄹ다(卜下)리

유창균 (1994) : 그럿 다ᄅᆞ홀 ᄇ라리
신재홍 (2000) : 그럿긔 홀 디ᄂᆞ리
박재민 (2002) : 그럿기 홀(함) 디(持)ᄂᆞ하리

(1) 然叱皆 : 그럿기

'然'은 正用字. 古訓은 '그러'이다.

然 그러 연 〈新增類合〉

'然叱'은 향찰표기에 총 3회가 나타난다.

然叱皆 好尸卜下里 〈普賢8〉

皆仏体置 <u>然叱</u>爲賜隱伊留兮 〈普賢8〉

舊留 <u>然叱</u>爲事置耶 〈普賢10〉

이 모두 '然叱'의 형태로만 나타나 양주동 이후로는 '그럿'으로 추정되어 있다. 구결에서도 같은 형태가 나타나기에 양주동의 견해를 뒷받침할 수 있다.

菩薩尸 功德聚 亦ヵ <u>然</u>ヒッナ l 〈華嚴經 14:14〉

作樂ノアヵ 亦ッ1 <u>然</u>ヒッニ下 〈舊譯仁王經 03:12〉

菩薩ヒ 觀ヵ 亦ッ1 <u>然</u>ヒッナ l 〈舊譯仁王經 15:10〉

위 구결의 예는 일관되게 '~ヵ 然ヒッ-(~도 그럿하-)'의 구문을 형성하는데, 이 또한 본조의 '命乙施好尸歲史中置 然叱皆好尸卜下里'와 일치하고 있어 의미 추정에 있어서는 더 이상의 의문이 남지 않은 곳이 되었다. 이상, '然叱'은 '그럿'.[87)]
한편, '皆'의 출현이 해석을 어렵게 한다. '皆'는 「普賢十願歌」에서 일반적으로 正用字로 사용되어 왔는데, 본조의 경우는 문맥상, 위치상 같은 용법이라고 보기는 어렵다. 이에, '皆'의 음가가 '기'(皆 다 기 〈光州千字文 등〉)임에 의해, 부사화 접미사 '기'가 아닐까 한다. 부사화 접미사 '기'는 선초 언해에 드물게나마 보인다.

아ᄃ리 아빈 나해셔 곱기곰 사라 〈月印釋譜 01:47b〉

---

87) 다만, '然'에 접속된 '叱'을 동시에 포함할 수 있는 古訓은 아직 미발견으로 남아 있다.

(2) 好尸 : 홀(함-爲)

'홀'로 읽힌다. 'ᄒᆞ(爲)+오 (인칭법의 선어말어미)+ㄹ(동명사형 어미)'의 표기이다. '尸'가 동명사형 어미임은 남풍현에 의해 이미 전격적으로 연구된 바 있음은 기주 〈Ⅴ.5.(1)〉. 본서에서는 간략히 용례만 든다.

ㄱ. 주격조사[ㄱ, 은]와 결합한 경우

善男子亠 善女人亠ノ尸ㄱ 一切 罪障ㄴ 悉 能㢱 〈金光明經 14:04-05〉

作樂ノ尸刀 亦ッㄱ 然七ッ二下 〈舊譯仁王經 03:12〉

ㄴ. 목적격 조사[ㄴ, 을]와 결합한 경우

若 十地: 十自在:ノ尸ㄴ 獲ろ尒 〈華嚴經 13:23〉

大地リ 一(切法)事亠ノ尸ㄴ 持尸 如支ッ去ㄱ入灬 故ノ 是ㄴ 名下 尸波羅蜜因亠ノオ㢱 〈金光明經 02:01-02〉

ㄷ. 처격조사[ラ, 의]와 결합한 경우

一切 難行ノ尸ラ十 厭心乙 生尸 不冬ッ㢱 〈金光明經 03:13-14〉

是 [如]支ッㄱ 二十種法ㄴ 是ㄴ 奢摩他人 毘鉢舍那人七 品灬 心一境性ㄴ 證得ノ尸ラ七[之] 所對治亠ノオ丨 〈瑜伽師地論 14:16-17〉

이상, '홀'. 현대어론 '함(爲)'.

(3) 卜下里 : 디니(持)하리

'卜'이 '디 · 딘'임은 기주 〈Ⅳ.6.(2)〉, '持'의 훈 '디니'을 음차자를 이용해 표기한 것이다. '下'가 '아 · 하'음을 나타냄은 기주 〈Ⅴ.4.(4)〉. '里'가 '리'음을 나타냄은 기주 〈Ⅰ.6.(2)〉. 이상, '디니하리'가 되는데, 이는 '디니리'의 변형된 발음으로, 의미는 '持하리'와 같을 것으로 파악된다. '持'의 古訓이 '디니다'임은 기주 〈Ⅳ.6.(2)〉.

본조 '然叱皆好尸卜下里'의 '그렇게 함(然叱皆 好尸)'은 '難行苦行의 願을 따르(逐)는 것'을 의미한다.

Ⅷ.8. 皆仏体置然叱爲賜隱伊留兮 : 한 부텨도 그럿ᄒ신 이로혀

小倉進平(1929) : 므릇 부텨도 ᄯᅩ ᄒ샨 일이네
양주동　(1942) : 한 부텨두 그랏ᄒ샷니뢰
김완진　(1980) : 모든 부텨도 그럿 ᄒ시니로여
양희철　(1988) : 皆佛體두 그랏 ᄒ샨 이루여(兮)
유창균　(1994) : 모든 佛體두 그럿 ᄒ신이로혀
신재홍　(2000) : 여러 부텨두 그럿ᄒ시니로혀
박재민　(2002) : 한 부텨도 그럿ᄒ샨이로구나

(1) 皆仏体置 : 한 부텨도 (無量의 부처도)

'皆'가 '無量數'를 나타낸 것임은 기주 〈Ⅶ.1.(1)〉, '仏体' 기주 〈Ⅰ.2.(3)〉, '置' 기주 〈Ⅱ.9.(3)〉.

(2) 然叱爲賜隱 : 그럿ᄒ신

〈Ⅷ.7.(1)〉에서 다룬 구문과 일치한다. 역시 '置(도)'가 전행하면서 호응하여 '然叱爲'가 나타났다. '爲賜隱'이 '하신'임은 기주 〈Ⅰ.7.(2)〉.

(3) 伊留兮 : 이로혀

'伊'가 '이'음을 위해 사용됨은 기주 〈Ⅱ.1.(2)〉. 여기서의 '이'는 '것'이라는 의미. '留'가 '로'음을 위해 사용됨은 기주 〈Ⅰ.1.(2)〉. '兮'가 종결 어미로 '감탄·강한 단정'을 위해 사용됨은 기주 〈Ⅱ.10.(3)〉. 이상, '이로구나'를 표기한 것이다. 의미는 '것이로구나!'.

Ⅷ.9. 城上人 佛道向隱心下 : 아으 佛道 앗은 ᄆᅀᆷ하

小倉進平(1929) : 城上人 佛道 아ᄂᆞᆫ ᄆᅀᆞᆷ이
양주동　(1942) : 아으 佛道아ᄋᆫ ᄆᅀᆞᆷ하
김완진　(1980) : 아야 佛道 아ᄋᆫ ᄆᅀᆞᆷ하

양희철 (1988) : 城上人 佛道向은 ᄆᅀᆞᆷ하
유창균 (1994) : 아라! 佛道 아론 ᄆᅀᆞᆷ하
신재홍 (2000) : 아야 佛道 아은 ᄆᅀᆞ마
박재민 (2002) : 아으 佛道 아은 ᄆᅀᆞᆷ하
박재민 (2002) : 아으 佛道 아은 ᄆᅀᆞᆷ하

(1) 城上人 : 아으

(2) 佛道向隱心下 : 佛道 ᅌᅩᆫ ᄆᅀᆞᆷ하

'佛道'는 正用字. '깨달음의 길·부처의 길'이란 의미이다. '向'은 正用字. 古訓
이 '앗다'임은 기주 〈Ⅳ.2.(2)〉. '隱'은 관형형의 'ㄴ', 기주 〈향찰자 변증 108)항〉.
'心'은 正用字. 고훈이 'ᄆᅀᆞᆷ'임은 기주 〈Ⅰ.1.(1)〉. '下'가 '아·하'음을 나타냄은
기주 〈Ⅴ.4.(4)〉. 여기서는 호격이다. 이상, '佛道 ᅌᅩᆫ ᄆᅀᆞᆷ하'로 풀이되며, 현대
어로는 '佛道를 향한 마음아'의 의미이다.

Ⅷ.10. 他道不冬斜良只行齊 : 他道 안들 빗겨 녀져

小倉進平(1929) : 他道애 안들 빗겨 녀졔
양주동 (1942) : 녇길 안들 빗겨 녀져
김완진 (1980) : 녀느 길 안들 빗겨 녀져
양희철 (1988) : 녇길 안들 빗겨녀져(齊)
유창균 (1994) : 녀느 길 모들 비스락 니져
신재홍 (2000) : 녇길 안들 빗각녈져
박재민 (2002) : 他道 안들 빗겨 녀져

(1) 他道 : 他道

'佛道 이외의 길'이란 의미는 자명하나, 독법에 있어 차이가 있었다. '他道'로
음독한 이도 있고, '녇길·녀느 길' 등으로 훈독한 연구자도 있다. 본서는 한자를
음독하여 '타도'로 읽는다. '녇 길·녀느 길'로 읽은 것은 의미상으론 가능하나,
당대인들이 吟詠했을 방식은 아닌 것이다. 前行하는 '佛道'를 '부텻 길'이라 읽지

않은 것과 같다.

(2) 不冬 : 안둘

'不冬'이 향찰, 구결, 이두에서 공히 '아니'를 나타내고 있음은 기주 〈V.8.(1)〉.

(3) 斜良只 : 빗걱

'斜'는 正用字. 古訓은 '빗-'.

斜 빗글 샤   〈訓蒙字會〉
斜 빗길 샤   〈新增類合〉
智日이 ᄒ마 드ᄆ니 빗거 어드운 길헤 드러   〈南明集諺解 上:76b〉
北斗ㅣ 빗거 가거늘 사ᄅ미 다시 ᄇ라오니 ᄃ리 ᄀᄂ라 가치 ᄂ디 아니 ᄒ놋
다 (斗斜人更望 月細鵲休飛)   〈杜詩諺解 初刊 11:46a〉

'良'이 '아·어·라·러' 등의 음역을 위한 音借字임은 기주 〈Ⅰ.4.(3)〉. 여기서는 연결어미 '어'로 사용되었다. '只'가 'ㄱ'음을 위한 음차자임은 기주 〈Ⅱ.6.(2)〉. 여기서는 강세사 'ㄱ'을 위해 사용되었다. 'ㄱ'이 구결과 선초문헌에 강세사로 흔히 나타나고 있음은 기주 〈Ⅰ.5.(2)〉. 이상, '빗걱'. 현대어로는 '기울어'

(4) 行齊 : 녀져

'行'은 正用字. 古訓이 '녀다'임은 기주 〈V.9.(3)〉. '齊'는 원망형 어미 '져' 음차자. 기주 〈Ⅰ.8.(3)〉. 이상, '녀져'로 되는데, 전구 '不冬斜良只'과 결합하여 '願不斜行'의 의미를 지니게 된다.

현대어역

<常隨佛學歌>	<한결같이 가르침을 좇는 노래>

我仏体   우리 부처님
皆往焉世呂修將來賜留隱   무량의 지난 세계로부터 닦아 오신
難行苦行叱願乙   難行苦行의 行願을
吾焉頓部叱逐好友伊音叱多   나는 모두 따르리라.

身靡只碎良只塵伊去米   몸 쓰러져 부서져 티끌이 되어 가는
命乙施好尸歲史中置   身命을 베풀 사이에도
然叱皆好尸卜下里   그렇게 할 다짐[隨佛]을 지니리라
皆仏体置然叱爲賜隱伊留兮   무량의 부처님도 그렇게 하신 일이로다.

城上人 佛道向隱心下   아으, 佛道 향한 마음아
他道不冬斜良只行齊   他道에 아니 기울어 가져.

IX. 恒順衆生歌

覚樹王^{각수왕}焉^은 　　　　　　　　覚樹王은
迷火隱^{이븐}乙^을根中^{불휘}沙音^삼賜^시焉^ㄴ逸^이良^라　　이븐을 불휘 삼신 이라
大悲^{대비}叱^ㅅ水^믈留^로潤^{저지}良^악只^ㄱ　　大悲ㅅ 믈로 저지악
不冬^{안들}萎^이玉^오內^리乎^오留^로叱^ㅅ等^ㄷ耶^야　　안들 이우리오롯ㄷ야
法界^{법계}居^거得^득丘^구物叱^믌丘^구物叱^믌　　法界 거득 구믌구믌
爲^ㅎ乙^ㄹ吾^나置^두同生同死^{동생동사}　　홀 나도 同生同死
念念相續无間斷^{념념상속무간단}　　　　　　念念相續无間斷
仏体^{부텨}爲^ㅎ尸^ㄹ如^{다이}敬^경叱^ㅅ好^호叱^ㅅ等^ㄷ耶^야　부텨 홀 다이 敬ㅅ홋ㄷ야
打心^{아으}衆生^{즁싱}安^안爲^ㅎ飛^ㄴ等^든　　아으 衆生 安ㅎㄴ든
仏体^{부텨}頓^돈叱^ㅅ喜^{깃그}賜^시以^리留^로也^야　仏体 돈붓 깃그시리로야

〈「恒順衆生歌」, 『均如傳』〉

樹王偏向野中榮　　나무의 왕 들 가운데 우거져 있어
欲利千般万種生　　천만 가지 생물을 이롭게 하고겨.
花果本爲賢聖体　　꽃과 열매는 본래 성현의 본체요
幹根元是俗凡精　　줄기와 뿌리는 원래 중생의 정기라.
慈波若洽靈根潤　　자비의 물결이 중생[靈]의 뿌리를 흠뻑 적실진대
覚路宜從行業成　　정각의 길은 마땅히 선업 이룸 따라가리.
恒順遍敎群品悅　　언제나 수순하여 널리 중생들을 즐겁게 하나니
可知諸佛喜非輕　　여러 부처님들 기쁨이 가볍잖음 알리로다.

〈崔行歸의 漢譯詩, 「恒順衆生頌」, 『均如傳』〉

復次善男子 言恒順衆生者 謂盡法界 虛空界 十方刹海 所有衆生種種差別 所謂
卵生 胎生 濕生 化生 或有依於地水火風而生住者 或有依空及諸卉木而生住者
種種生類 種種色身 種種形狀 種種相貌 種種壽量 種種族類 種種名號 種種心性

種種知見 種種欲樂 種種意行 種種威儀 種種衣服 種種飮食 處於種種村營聚落
城邑宮殿 乃至一切天龍八部人非人等 無足二足 四足多足 有色無色 有想無想
非有想 非無想 如是等類 我皆於彼 隨順而轉 種種承事 種種供養 如敬父母 如奉
師長 及阿羅漢 乃至如來 等無有異 於諸病苦 爲作良醫 於失道者 示其正路 於闇
夜中 爲作光明 於貧窮者 令得伏藏 菩薩如是平等饒益一切衆生 何以故 菩薩若
能隨順衆生 則爲隨順供養諸佛 若於衆生 尊重承事 則爲尊重承事如來 若令衆生
生歡喜者 則令一切如來歡喜 何以故 諸佛如來 以大悲心而爲體故 因於衆生 而
起大悲 因於大悲 生菩提心 因菩提心 成等正覺 譬如曠野沙磧之中 有大樹王 若
根得水 枝葉華果悉皆繁茂 生死曠野菩提樹王 亦復如是 一切衆生而爲樹根 諸佛
菩薩而爲華果 以大悲水 饒益衆生 則能成就諸佛菩薩智慧華果 何以故 若諸菩薩
以大悲水 饒益衆生 則能成就阿耨多羅三藐三菩提故 是故菩提 屬於衆生 若無衆
生 一切菩薩 終不能成無上正覺 善男子 汝於此義 應如是解 以於衆生心平等故
則能成就圓滿大悲 以大悲心 隨衆生故 則能成就供養如來 菩薩如是隨順衆生 虛
空界盡 衆生界盡 衆生業盡 衆生煩惱盡 我此隨順無有窮盡 念念相續無有間斷
身語意業無有疲厭[88])   〈普賢行願品, 40卷本 華嚴經의 第40卷〉

---

88) "또 선남자여, 중생의 뜻에 늘 따라 주는 것은, 온 법계 허공계의 시방세계에 있는 중생들이
   가지가지로 차별하느니라. 알로 나고 태로 나고 습기로 나고 화하여 나는 것들이 땅·물·
   불·바람 따위를 의지하여 살기도 하고, 허공을 의지하여 살기도 하고, 풀과 나무를 의지하
   여 살기도 하는데, 여러 가지 종류와 여러 가지 몸과 여러 가지 형상과 여러 가지 모양과
   여러 가지 수명과 여러 가지 종족과 여러 가지 이름과 여러 가지 성질과 여러 가지 소견과
   여러 가지 욕망과 여러 가지 위의와 여러 가지 의복과 여러 가지 음식으로, 여러 시골과
   도시와 집에 사는 것들이며, 내지 하늘과 용과 八部 신중과 〈사람인 듯 아닌 듯한 것들〉이며,
   발 없는 것, 두 발 가진 것, 네 발 가진 것, 여러 발 가진 것이며, 빛깔 있는 것, 빛깔 없는
   것, 생각 있는 것, 생각 없는 것, 생각 있는 것도 아니고 생각 없는 것도 아닌 것 따위를
   내가 모두 따라 주면서, 가지가지로 섬기고 가지가지로 공양하기를 부모같이 공경하고 스승
   같이 받들며, 아라한이나 부처님이나 다름없이 하며, 병난 이에게는 의원이 되고, 길을 잃은
   이에게는 바른 길을 보여 주고, 캄캄한 밤에는 빛이 되고, 가난한 이에게는 숨은 보배 광을
   얻게 하면서, 보살이 이렇게 중생들을 평등하게 이롭게 하느니라.
       보살이 중생을 따라 주는 것은 부처님에게 순종하여 공양함이 되고, 중생들을 존중하며
   섬기는 것은 부처님을 존중하고 섬김이 되며, 중생들을 기쁘게 하는 것은 부처님을 기쁘게
   함이 되느니라. 왜냐하면 부처님은 자비한 마음으로 성품을 삼으시므로, 중생으로 인하여
   자비심을 일으키고, 자비로 인하여 보리심을 내고, 보리심으로 인하여 정각을 이루기 때문이
   니라. 마치 넓은 벌판 모래 사장에 서 있는 나무가 뿌리에 물을 만나면 가지와 잎과 꽃과

我常隨順諸衆生　盡於未來一切劫　恒修普賢廣大行　圓滿無上大菩提[89]

〈「普賢行願品」, 偈, 『40卷本 華嚴經』의 第40卷〉

IX.1. 覚樹王焉 : 覺樹王은

小倉進平(1929) : 覺樹王은
양주동　(1942) : 覺樹王은
김완진　(1980) : 菩堤樹王은
유창균　(1994) : 覺樹王은
양희철　(1988) : 覺 樹王은
신재홍　(2000) : 覺樹王은
박재민　(2002) : 覺樹王은
이　용[90](2007) : 覺樹王은

(1) 覚樹王焉 : 覺樹王은(佛體는)

'覺樹王'은 正用字. '부처'의 은유이다. 구절 자체로 별 이견이 있을 수 없는 곳이다. 소창진평 이래로 '覺樹王은'으로 正解되었다.

'覺樹'는 '菩提樹'이라 불리기도 하는데, 이는 '菩提'가 '覺'과 같은 의미이기에

열매가 모두 무성하나니, 나고 죽는 보리나무도 그와 같아서 중생들은 뿌리가 되고, 부처님과 보살들은 꽃과 열매가 되어, 자비의 물로 중생들을 이롭게 하면 부처님과 보살의 지혜꽃과 지혜 열매를 성취하느니라. 그 까닭은 보살들이 자비의 물로 중생들을 이롭게 하면 아누다라삼먁삼보리를 성취하는 연고니라. 그러므로, 보리는 중생에게 딸리었으니 중생이 없으면 모든 보살이 정각을 이루지 못하느니라.

선남자여, 그대는 이 이치를 이렇게 알아라. 중생에게 마음이 평등하므로 원만한 자비를 성취하고, 자비심으로 중생들을 따라 줌으로, 부처님께 공양함을 성취하는 것이라고.

보살이 이렇게 중생을 따라 줄 적에 허공계가 끝나고 중생의 세계가 끝나고 중생의 업이 끝나고 중생의 번뇌가 끝나더라도 나의 중생을 따라 주는 일은 끝나지 아니하고, 차례차례 계속하고 잠깐도 쉬지 아니하지만, 몸과 말과 뜻으로 하는 일은 조금도 고달프거나 만족하지 않느니라." 〈『한글대장경 45 - 대방광불화엄경 40권본』, 동국역경원, 1970, 600-602면.〉

89) "나는 항상 중생들을 따라 주면서 / 오는 세상 모든 겁이 끝날 때까지 / 보현보살 넓고 큰 행 닦고 닦아서 / 위가 없는 보리도를 원만하였네. 〈『한글대장경 45 - 대방광불화엄경 40권본』, 동국역경원, 1970, 606면.〉

90) 이용, 「'恒順衆生歌'의 解讀에 對하여」, 『口訣研究』 第18집, 口訣學會, 2007. 2.

생겨난 동의어이다.

> 菩提는 覺이니 우 업슨 正히 等흔 正覺이라　　〈阿彌陀經諺解 :25b〉
>
> 諸佛 得ᄒᆞ샨 거실ᄉᆡ 닐오ᄃᆡ 菩提오　　〈圓覺經諺解 序:3b〉

이 나무가 '菩提樹·覺樹'로 불리게 된 까닭은 佛體가 이 나무 아래서 '正覺'을 얻었기 때문이다.

> 彼如來坐菩提樹 始成正覺　　〈40卷本 華嚴經, 第17卷〉

'覺樹·菩提樹'에 '菩提樹王·覺樹王'처럼 '王'字를 붙여 지칭하는 까닭은 나무 중에 '菩提樹'가 가장 위대하다고 여겼기에 붙여진 美稱이다. 『華嚴經40』에 보면, 단순히 菩提樹라고만 적으면 될 곳에 굳이 '王'을 붙여 둔 곳이 있다.

> 我眼清淨廣無邊 普見十方諸刹土 其中所有一切佛 悉坐菩提樹王下 (나의 눈은 清淨하고 끝없이 넓어 시방의 모든 나라 두루 보나니, 그 가운데 계시온 모든 부처님이 다 <u>보리수왕 아래에 앉아 계시네</u>.)　　〈40卷本 華嚴經, 第17卷〉

「普賢行願品」의 관련구절에는 모두 '(大)樹王'으로 나타난다.

> 曠野沙磧之中 有大樹王 若根得水 枝葉華果悉皆繁茂 (비유하자면, 曠野의 모래밭에 <u>大樹王이 있어</u> 뿌리가 물을 만나면 가지와 잎과 꽃과 열매가 모두 무성하나니)　　〈普賢行願品, 40卷本 華嚴經, 第40卷〉
>
> 樹王偏向野中榮 (<u>나무의 왕</u> 들판 가운데 우거져 있어)
> 　　〈崔行歸의 漢譯詩, 均如傳〉

이렇듯 '王'을 붙이는 것은 불교적 美稱인데, 아래 구절에는 이러한 命名法에 대한 설명이 자세히 나타난다.

> 龍王은 龍이 中엣 王이니 대도 흔디 사ᄉᆞᄆᆞᆯ 鹿王이라 ᄒᆞ며 쇼ᄅᆞᆯ 牛王이라 ᄒᆞ며 鸚鵡ᄅᆞᆯ 鸚鵡王이라 ᄒᆞ며 즘게남ᄀᆞᆯ 樹王이라 ᄒᆞ ᄃᆞᆺᄒᆞ야 아모 거긔도 <u>제ᄆᆞ</u> <u>레 위두흔 거슬 王</u>이라 ᄒᆞᄂᆞ니라.　　〈月印釋譜 01:23b-24a〉

따라서 '菩提樹王'은 원래는 단순히 '보리 나무'를 의미한 것임을 알 수 있다. 하지만, 본조의 '菩提樹王'은 '佛體'를 나타내는 것인데, 그것은 단순히 '땅에서 자라는 보리수'가 아닌 '생사광야에서 자라는 보리수'이기 때문이다. 다시 말하면, 본조의 '菩提樹王'은 '生死曠野 菩提樹王'의 준말이다. 아래의 예에는 이러한 사정이 如實히 드러나 있다.

> 譬如曠野沙磧之中 有大樹王 若根得水 枝葉華果悉皆繁茂 生死曠野菩提樹王 亦復如是 一切衆生而爲樹根 諸佛菩薩而爲華果 以大悲水 饒益衆生 則能成就諸佛菩薩智慧華果. (비유하자면, 曠野의 모래밭에 大樹王이 있어 뿌리가 물을 만나면 가지와 잎과 꽃과 열매가 모두 무성하나니, 生死라는 曠野의 菩提樹王도 또한 이와 같아서 일체 衆生들은 나무의 뿌리가 되고, 모든 부처님과 보살들은 꽃과 열매가 되어, 大慈悲의 물로 중생들을 이롭게 하면 모든 부처님과 보살의 지혜 꽃과 지혜 열매를 성취하느니라.)

〈普賢行願品, 40卷本 華嚴經, 第40卷〉

'焉'이 '隱'과 공히 주격의 '은'을 나타냄은 기주 〈III.5.(1)〉.

이상, '生死曠野의 菩提樹王은', 즉, '佛體는'.

IX.2. 迷火隱乙根中沙音賜焉逸良 : 이본을 불휘 삼신 이라

小倉進平(1929) : 迷火에 숨을 불휘애사 옮샤는일야
양주동　(1942) : 이브늘 불휘 사무샤니라
김완진　(1980) : 이브늘 불휘 샤무시니라
양희철　(1988) : 이브(迷火)늘 불휘 사(沙)무션 이(逸)라
유창균　(1994) : 이브른을 불히 사무샨이라
신재홍　(2000) : 이본을 불휘 삼샤니라
박재민　(2002) : 이본(衆生)을 불휘 삼샨 이라
이　용　(2007) : 迷火 숨늘 불휘 사무신이라

(1) 迷火隱乙 : 이본을 (衆生을))

유창균, 김완진 등의 후행 연구자들이 '迷惑됨' 등으로 이해하였으나, 이는 '衆生'을 의미하는 '미혹한 者'의 의미이다. 『華嚴經』의 원문과 노랫말을 비교해 보면 이 말이 '衆生'의 의미임은 명백하다.

> 覺樹王焉 迷火隱乙根中沙音賜焉逸良 大悲叱水留潤良只　　　〈普賢9〉
> 譬如曠野沙磧之中 有大樹王 若根得水 枝葉華果悉皆繁茂 生死曠野菩提樹

王 亦復如是 一切衆生而爲樹根 諸佛菩薩而爲華果 以大悲水 饒益衆生 (비유하자면, 曠野의 모래밭에 大樹王이 있어 뿌리가 물을 만나면 가지와 잎과 꽃과 열매가 모두 무성하나니, 生死라는 曠野의 菩提樹王도 또한 이와 같아서 일체 衆生들은 나무의 뿌리가 되고, 모든 부처님과 보살들은 꽃과 열매가 되어, 大慈悲의 물로 중생들을 이롭게 하면 모든 부처님과 보살의 지혜 꽃과 지혜 열매를 성취하느니라. 〈普賢行願品, 40卷本 華嚴經, 第40卷〉

위 인용을 보면, 「보현9」의 '迷火隱乙根中沙音-[迷火隱을 뿌리 삼-]'이 화엄경 원문의 '一切衆生而爲樹根[일체 중생을 뿌리 삼-]'에 정확히 대응하고 있는데, 이로 향찰의 '迷火隱'이 한자어 衆生을 나타내는 것임을 분명히 알 수 있다. '迷火隱'은 '이본[길 잃은 재]'을 표기한 것이다. '迷'의 訓은 '입다'이다.

구든 城을 모르샤 갏 길히 입더시니 (不識堅城 則迷于行)
〈龍飛御天歌 第19章〉
갏 길히 이볼씨 업더디여 사르쇼셔 ᄒ니 〈月印千江之曲 上:60a〉
이런 이본 길헤 눌 보리라 우러곰 온다 〈月印釋譜 08:86b-87a〉

이의 관형형 혹은 명사형은 '이본'이 되는데, 이때의 'ㅂ'를 위해 '火'(〈향찰자변증 161항〉), 'ㄴ'을 위해 '隱'을 차용한 것이다. '火隱'은 간단히 다음과 같이 '迷反'으로 표기되기도 하였다.

道尸迷反群良哀呂舌 〈普賢7〉
迷反群无史悟內去齊 〈普賢10〉

'迷火隱'의 '隱'은 명사화접미사이다. 구결에서 'ㄴ'이 명사형을 만들 때 흔히 사용되고 있음은 기주 〈IV.3.(4)〉. '乙'이 차자표기 전체에서 'ㄹ·올·을·룰·를'의 音域을 위해 사용되는 音借字임은 향찰자 변증 109)항에서 다루었다.
한편, 이러한 표현은 불가에서는 '중생'을 '길 잃은 이'로 인식한 데서 나온 것이다.

모ᄃᆞᆫ 衆生ᄋᆞ로 愛見ㅅ구데 디고 菩提ㅅ길ᄒᆞᆯ 일케 ᄒᆞ리라
〈楞嚴經諺解 06:87a〉
善財正覺日 智光大願輪 周行法界空 普照群迷宅 善財正覺月 白法悉圓滿 慈定清涼光 等照衆生心 (선재동자 정각의 해, 지혜의 빛 대원이 바퀴, 법계와

허공을 두루 다녀 群迷宅[길잃은 중생의 집]을 비춰주고, 선재동자 정각의 달, 밝은 광명 원만하여 자비의 선정 청량한 빛 중생 마음 고루 비치리)

〈40卷本 華嚴經, 卷35〉

由彼衆生愚癡迷惑 被諸女色昏醉其心 猶如嬰孩無有自性 亦如素衣易受染色 (저 중생들은 어리석고 미혹하여 女色에 마음이 홀리는 것이니, 마치 갓난아기가 자신의 성품이 없는 것과 같고, 또한 흰 옷이 물들기 쉬운 것과 같다.)

〈40卷本 華嚴經, 第17卷〉

이상, '迷火隱'은 '이븐', 의미는 '길 잃은 이, 衆生'.

(2) 根中 : 불휘

'根'은 正用字. 고훈은 '불휘'.

根 불휘 근   〈新增類合 · 訓蒙字會 등〉
불휘 기픈 남근 ᄇᆞ른매 아니뮐씨   〈龍飛御天歌 2章〉

소창진평이 '불휘에'로 이해한 것을 양주동이 '불휘'로 교정하였다. 자체만으론 서로 가능성이 인정되나, 후행구를 본다면 양주동의 이해가 정확했음을 알게 된다. '中'은 일반적으로 '이·기·희' 등의 음을 위해 사용됨은 기주 〈II.4.(2)〉. 여기서는 '불휘'의 말음첨기이다.

(3) 沙音賜焉逸良 : 삼신 이라(삼으신 이라)

'沙音'은 '爲'의 훈 '삼다'의 어간을 표기한 것이고(기주 〈I.10.(3)〉), '賜'는 주체존대선어말어미인 '시'(기주 〈I.7.(2)〉), '焉'은 관형격의 'ㄴ'(기주 〈III.5.(3)〉)이다. 즉, '삼신'.

'逸'이 音借字로 사용되어 '이'음이 필요한 곳에 나타나기도 함은 기주 〈IV.1.(2)〉. '良'는 '아·라'로 읽히는데, 이로써 '逸良'은 '이라'.

여기서의 '이라'는 '이(인칭의 의존명사)'+'라(까닭)'로 분석된다. 인칭의 '이'는 선초 언해에 다음

이 내 아ᄃᆞ리라 내 나호ᄂᆞ니   〈法華經諺解 02:222b〉

商은 잇는 것 옮겨 업슨 것 돕ᄂ니오 賈는 두퍼 ᄀ초아 값 기드리ᄂ니니 商賈
는 商人이라　　　　　　　　　　　　　　　　　　　〈法華經諺解 02:187a〉

과 같이 나타나는데, 본조의 경우는 '覺樹王'을 받는 말이다.

IX.3. 大悲叱水留潤良只 : 大悲ㅅ 믈로 저지악

小倉進平 (1929) : 大悲ㅅ 믈을 부어
양주동　 (1942) : 大悲ㅅ 믈루 저지역
김완진　 (1980) : 大悲ㅅ믈로 저적
양희철　 (1988) : 大悲ㅅ믈루 저젹
유창균　 (1994) : 大悲ㅅ 믈로 저즈락
신재홍　 (2000) : 大悲ㅅ 믈로 저적
박재민　 (2002) : 大悲ㅅ 水로 저적
이　용　 (2007) : 大悲ㅅ 믈로 저적

(1) 大悲叱水留 : 大悲ㅅ 믈로

'大悲'는 正用字. '大慈大悲'의 준말로, 부처의 큰 덕을 일컫는 말이다. '大悲
水'는 물이 초목을 자라게 하듯이 부처의 큰 덕이 중생을 자라게 하기에 생겨난
은유이다.

> 大悲水로 衆生을 饒益호ᄉᆡ 니ᄅᆞ샤ᄃᆡ 慈悲ㅅ 므리라　　〈南明集諺解 上:66a〉
>
> 世間을 ᄀᆞᄃᆞ기 足게 호미 비 너비 저지ᄃᆞᆺ하야 貴ᄒ며 늘아오며 노프며 ᄂᆺ가옴
> 과 戒 디니며 戒 허룸과 威儀 ᄀᆞ좀과 또 몯 ᄀᆞ좀과 正見 邪見과 利根 鈍根에
> 흔가지로 法雨를 비호ᄃᆡ 게을우미 업소니 …… 이는 다 眞知로 그스기 化ᄒ시
> ᄂᆞᆫ 平等大慈ㅣ시니라　　　　　　　　　　　　　〈法華經諺解 03:41a-b〉

'叱'이 'ㅅ'에 해당하는 차자로 관형격 등으로 쓰임은 향찰자 변증 139)항에서
다루었다. '水'는 正用字. 古訓은 '믈'임은 기주〈Ⅶ.9.(4)〉. '留'가 수단격 '로'를
위해 사용되었는 음차자임은 기주〈Ⅰ.1.(2)〉.

(2) 潤良只 : 저지악(적셔야)

'潤'은 正用字. 향찰에 2회 나타난다.

衆生叱田乙潤只沙音也　　　　　　　　　　　　　　　〈普賢6〉

大悲叱水留潤良只　　　　　　　　　　　　　　　　　〈普賢9〉

이 중, 「普賢6」의 예는 명사형인 '흐윅'으로 봐야 하나, 본조의 경우는 '저지다'로 보는 것이 옳다. '潤'은 '젖다'와 '저지다'의 두 의미를 동시에 가지고 있는데,

潤은 저즐씨라　　　　　　　　　　　　　　　　　〈月印釋譜 10:79a〉

能히 홁대로 漸漸 道애 들리니 뎌 큰 구루미 一切예 비와 卉木叢林과 藥草들히 種性다비 フ초 저저 各各 기러남 得호미 곧ᄒ니라　〈月印釋譜 13:52a〉

潤沾은 저질씨라　　　　　　　　　　　　　　　　〈月印釋譜 序:07b〉

潤之六合ᄒ시며 沾之十方ᄒ샤 六合애 저지시며 十方애 저지샤

　　　　　　　　　　　　　　　　　　　　　　　〈月印釋譜 序:07b〉

본조의 경우는 '菩提樹王이 大悲水로 젖어'가 아닌 '菩提樹王을 大悲水로 적셔야'의 의미로 판단된다. 후행구의 '叱等耶'가 화자의 의지를 표현하는 말이기 때문이다. '良'이 '아·라'음을 나타냄은 기주 〈Ⅰ.4.(3)〉. 본조에서는 연결형 어미 '~어'로 사용되었다. '只'가 'ㄱ'음을 나타냄은 기주 〈Ⅱ.6.(2)〉. 강세사이다.

IX.4. 不冬萎玉內乎留叱等耶 : 안돌 이우리오롯ᄃ야

　小倉進平(1929) : 안들 이우올더라

　양주동　(1942) : 안들 이우누올ㅅ다라

　김완진　(1980) : 안들 이브ᄂ오롯ᄃ야

　양희철　(1988) : 안들 이브ᄂ오롯ᄃ야

　유창균　(1994) : 모들 이브로ᄂ오롯ᄃ라

　신재홍　(2000) : 안들 이브록 드료롯ᄃ라

　박재민　(2002) : 안들 이옥이롯다야

　이　용　(2007) : 안들 이우ᄂ오니롯다야

(1) 不冬 : 안돌

'不冬'이 이두와 구결, 향찰표기에서 부정어 '아니'로 상용되는 어형임은 기주
⟨V.8.(1)⟩.

(2) 萎玉內乎留叱等耶 : 이우리오롯ᄃ야

'萎'은 正用字. 古訓은 '이울'이다.

萎 이울 위   ⟨新增類合⟩

그 나못 비치 즉자히 白鶴 ᄀ티 ᄃ외오 가지와 닙과 곳과 여름괘 뻐러디며
거프리 뻐디며 웃드미 漸漸 이우러 ᄒ 것도 업긔 것 드르니라

⟨釋譜詳節 23:18a⟩

'玉'은 향찰에 2회 나타나는데, '오·우' 음을 나타내기 위해 사용되는 음차자
임은 기주 ⟨IV.4.(2)⟩. 본조는 '萎'의 훈 '이울다'의 '우'음을 위해 사용되었다.
'內'는 사동접미사로 보인다. 「普賢十願歌에 '內'는 총 4회 출현하는데

拜內乎隱身萬隱   ⟨普賢1⟩

於內人衣善陵等沙   ⟨普賢5⟩

不冬萎玉內乎留叱等耶   ⟨普賢9⟩

迷反群无史悟內去齊   ⟨普賢10⟩

이 중 「普賢1」의 경우는 '拜白乎隱'의 訛로 여겨지고, 「普賢5」의 경우는 '어느
[何]'의 음차로 여겨지기에 본조와 직접적 관련은 없다. 하지만, 본조와 「普賢10」
의 경우는 둘 다 사역의 의미가 강한 문장들이다. 본조의 경우, 전행과 연결하여
보면,

覺樹王焉 迷火隱乙根中沙音賜焉逸良 大悲叱水留潤良只 不冬萎玉內乎留叱
等耶
(부처님은 중생을 뿌리 삼으신 이라 대비의 물로 적셔 아니 시들게 하리라)

로 되어 詩意가 정확해짐을 볼 수 있고, 「普賢10」의 경우도

皆吾衣修孫 一切善陵頓部叱廻良只 衆生叱海惡中 迷反群无史悟內去齊

〈普賢10〉

(무량의 내 닦은 일체공덕 모두 돌려 중생바다에 길잃은 무리없이 깨닫게 하고저)

로 해석되어 두 용례 공히 '사역'의 의미로 해석될 때 적절한 의미를 구성함을 볼 수 있다. 「普賢10」의 경우를 더 분석해보면, 이 부분은 「普賢行願品」에 다음과 같이 나타나는데,

功德 皆悉迴向 盡法界虛空界一切衆生 願令衆生常得安樂 無諸病苦 (功德을 모두 다 돌려 법계허공계일체중생 다 주리라, 중생이 늘 안락을 얻고 모든 病苦 없게 하리라.)　　　　　〈普賢行願品, 40卷本 華嚴經, 第40卷〉

이로 「普賢10」의 '悟內去齊'가 '願令'의 의미를 담고 있음을 여실히 알 수 있다. 향찰의 '去齊'는 '고져'로 華嚴經 원문의 '願'에 해당하고, '內'는 '令'에 해당하기 때문이다.

한편, 이때 '內'의 음은 '이·리' 정도가 될 듯하다. 원래음 '닉'와는 다소 거리가 있는 음이나, 이두의 '使內'가 '브리'로 관용적으로 읽히는 것과 동궤의 쓰임새가 아닌가 한다. '乎'가 차자표기 전반에서 흔히 '오'를 위해 사용되는 音借字임은 향찰자 변증159)에서 상론한 바 있다. 여기서는 인칭법의 선어말어미이다. '留'가 향찰에서 '로·루'음을 나타내고 있음은 기주〈Ⅰ.1.(2)〉. '叱等耶'가 화자의 의지를 담고 있는 표현임은 기주〈Ⅰ.10.(3)〉. 이상, '이우리오롯두아', 현대어론 '시들게 하겠노라'.

Ⅸ.5. 法界居得丘物叱丘物叱 : 法界 거득 구믌구믌

小倉進平(1929) : 法界예 가득흔 丘物ㅅ丘物을
양주동　(1942) : 法界ᄀ득 구믈구믈
김완진　(1980) : 法界 ᄀ득 구믈ㅅ구믈ㅅ
양희철　(1988) : 法界 ᄀ(居)득 구믈 구믈
유창균　(1994) : 法界 ᄀ득 구믈ㅅ 구믈ㅅ
신재홍　(2000) : 法界 ᄀ득 구믌구믌

박재민 (2002) : 法界 거득 구믌구믌
이 용 (2007) : 法界 ᄀ득 구믌구믌

(1) 法界 : 法界

'法界'는 正用字. 기주 〈Ⅰ.4.(1)〉.

(2) 居得 : 거득

소창진평은 '거득'이라 하였고, 양주동은 'ᄀ득'이라 하였다. 음상의 차이일 뿐 의미는 같다. 음차만으로 구성되어 입증하기 어려우나, 문맥상 개연성이 인정된다. 이것이 '거득'을 나타낼 수 있는 음운론적 근거는 아래와 같다.

居 살 거   〈光州千字文 등〉
得 어들 득 〈新增類合 등〉, 得 시를 득   〈光州千字文〉

'居', '得' 공히 음차로 사용되었다. 차자표기에 '居'는 '거'음을 위하여 사용된다.

蜘蛛 居毛伊, 居毛   〈鄕藥救急方〉
蜘   거믜 디   〈新增類合 · 訓蒙字會〉
蛛   거믜 듀   〈新增類合 · 訓蒙字會〉
蚯蚓 居乎 居兒乎   〈鄕藥救急方〉
蚯   거위 구, 蚓 거위 인   〈訓蒙字會〉

'得'은 '득'이란 음을 위해 사용된 듯한 용례가 있다.

蘭茹 烏得夫得, 五得浮得   〈鄕藥救急方〉
茹   ᄂ믈 머글 여   〈新增類合〉
竹曼郎之徒, 有得烏一云谷   〈三國遺事2卷, 2紀異, 孝昭王代竹旨郎〉

상례는 '득'의 음을 직접적으로 보여주진 못하나, 이 자가 음차로도 사용될 수 있는 가능성을 보여준다는 점에서 의의가 있다. 또한, '烏得夫得 · 五得浮得'

을 '藺茹'란 풀을 먹을 때 나는 소리를 나타낸 '의성어'로 볼 때 간접적으로 나마 그 음이 '득·득' 정도임을 추정할 수 있겠다.

(3) 丘物叱丘物叱 : 구믌 구믌

향찰 전체를 통틀어 '丘'는 본조가 유일하다. 소창진평은 한역시의 '群品'에 근거하여 '중생'의 의미로 보았고, 양주동은 중생의 사는 모습을 나타낸 의태어 즉, '구믈구믈'로 보았다.

丘 두던 구 〈訓蒙字會 등〉

物 갓 믈 〈光州千字文 등〉, 物 만믈 믈 〈新增類合〉

특이한 표현이긴 하나, 중생을 '구믈거리는 존재'로 표현하고 있음이 언해에 다수 나타난다는 점,

구믈구믈ᄒᆞᆫ 衆生이 다 佛性이 잇거시니 〈蒙山和尙法語略錄 深源寺本 :13a〉

濕相蔽尸ㅣ 國土애 흘러 올모미 이셔 구믈어려 무유믈 머겟ᄂᆞᆫ 거시 그 類 ᄀᆞ 득ᄒᆞ니라 (有濕相蔽尸 流轉國土 含蠢虫㕛 動其類充塞) 〈楞嚴經諺解 07:81b〉

慈悲로 便安히 쳐 物命을 害티 아니ᄒᆞ야 믈와 묻과 空애 行ᄒᆞᄂᆞᆫ 一切 含識을 命을 大小 업시 ᄒᆞᆫ가짓 ᄆᆞᅀᆞᆷ오로 어엿비 너겨 護持ᄒᆞ야 구믈어려 ᄂᆞᄂᆞᆫ 거슬 ᄒᆞ야 디게 말오 〈禪宗永嘉集諺解 上:29b〉

菩薩ᄋᆞᆫ 梵語ㅣ니 唐 마랜 道心 衆生이며 ᄯᅩ 닐오맨 覺有情이니 - 智로 우희 菩提 求홀씨 슬오ᄃᆡ 覺이오 悲로 아래 衆生 化홀씨 슬오ᄃᆡ 有情이라 - 道心은 샹녜 恭敬을 行ᄒᆞ야 구믈어리ᄂᆞᆫ 含靈[91]에 니르리 너비 恭敬ᄒᆞ며 어엿비 너겨 므던히 너길 ᄆᆞᅀᆞᆷ 업슬씨 일후미 菩薩이라 〈金剛經諺解 :09b-10a〉

또, 같은 자형의 반복 '丘物叱丘物叱'이 우리말 '의성·의태어'의 일반적 표기 법이라는 사실로 미루어 볼 때, 최선의 해독으로 여겨진다.

---

91) '含靈'은 중생을 뜻하는 말이다.

含靈은 靈을 머구믈시니 衆生마다 靈ᄒᆞᆫ 性을 가져실시 衆生ᄋᆞᆯ 含靈이라 ᄒᆞᄂᆞ니라 〈南明集諺解 上:09b〉

즁싱이 靈ᄒᆞᆫ 性을 가져실씨 含靈이라 ᄒᆞᄂᆞ니라 〈楞嚴經諺解 08:64a〉

양지 長常 흐웍흐웍ㅎ시며 〈月印釋譜 02:56a〉

다 례도애 자곡자곡이 마자 조코 조심홀식 〈飜譯小學 09:11b〉

菩薩이 眉間앳 힌 터리를 즈늑즈느기 드르샤 〈月印釋譜 04:13a〉

이상, '구믒구믒'.

IX.6. 爲乙吾置同生同死 : 홀 나도 同生同死

小倉進平(1929) : 홀 나도 同生同死
양주동　(1942) : 홀 나두 同生同死
김완진　(1980) : ᄒ야ᄂᆞᆯ 나도 同生同死
양희철　(1988) : 홀 나두 同生同死
유창균　(1994) : 홀 나두 同生同死
신재홍　(2000) : 홀 나두 同生同死
박재민　(2002) : 홀 나도 同生同死
이　용　(2007) : ᄒᄂᆞᆯ 나도 同生同死

(1) 爲乙 : 홀

'홀'로 읽어 문제가 없는 곳이다. 선행하는 '丘物叱丘物叱(구믒구믒)'과 이어
진다.

　　구믈구믈ᄒᄂᆞᆫ 衆生이 다 佛性이 잇거시니 〈蒙山和尙法語略錄 深源寺本 13a〉

'爲'가 차자표기에서 'ᄒ'음을 나타내는 訓借字로 쓰임은 기주 〈I.8.(3)〉.
'乙'이 차자표기 전체에서 'ㄹ·ᄋᆞᆯ·을·ᄅᆞᆯ·를'의 音域을 위해 사용되는 音借
字임은 향찰자 변증 109)항에서 다루었다.

(2) 吾置 同生同死 : 나도 同生同死.

'吾'는 正用字. 기주 〈V.4.(1)〉. '置'가 '도·두'음을 위한 訓借字임은 기주
〈II.9.(3)〉. '同生同死'는 正用字. 중생과 함께 죽고 함께 사는 것을 말한다.

IX.7. 念念相續无間斷 : 念念相續無間斷

小倉進平(1929) : 念念相續 間斷 업시
양주동　(1942) : 念念相續无間斷
김완진　(1980) : 念念相續无間斷
양희철　(1988) : 念念相続 無間斷
유창균　(1994) : 念念相續無間斷
신재홍　(2000) : 念念相續无間斷
박재민　(2002) : 念念相續無間斷
이　용　(2007) : 念念相續无間斷

(1) 念念相續无間斷 : 念念相續無間斷

『華嚴經』의 다음 구절을 원용한 것이다.

> 菩薩如是隨順衆生 虛空界盡 衆生界盡 衆生業盡 衆生煩惱盡 我此隨順無有
> 窮盡 念念相續無有間斷 身語意業無有疲厭 (보살이 이렇게 중생을 따라 줄
> 적에 허공계가 끝나고 중생의 세계가 끝나고 중생의 업이 끝나고 중생의 번뇌
> 가 끝나더라도 나의 중생을 따라 주는 일은 끝나지 아니하고, 생각이 끊임없
> 이 서로 이어져 잠깐도 쉬지 않지만, 몸과 말과 뜻으로 하는 일은 조금도 고달
> 프거나 싫증나지 않느니라.)　　　　　　　　　〈40卷本 華嚴經, 第40卷〉

이를 7言으로 재구성한 것은 사뇌가가 가진 행 자체의 운율을 위한 것으로
보인다. 「普賢十願歌」에서 『華嚴經』의 구절을 그대로 인용한 것은 3회인데, 이
모두가 다음처럼 7言으로 재구성되었다.

身語意業无疲厭　　　　　　　　　　　　　　　　　〈普賢1〉

衆生界尽我懺尽　　　　　　　　　　　　　　　　　〈普賢4〉

念念相續无間斷　　　　　　　　　　　　　　　　　〈普賢9〉

이상, '念念相續无間斷'. 의미는 '생각이 끊임없이 서로 이어져 잠시도 쉬지
않아'.

IX.8. 仏体爲尸如敬叱好叱等耶 : 佛體 홀 다이 敬ㅅ훗ᄃ야

小倉進平(1929) : 부텨 ᄒ데 삼가여더라
양주동 (1942) : 부톄 홀둣 敬ㅅ훗다라
김완진 (1980) : 부텨 ᄃ빌다 고맛 훗ᄃ야
양희철 (1988) : 佛體 홀다비 고맛 호(好)ㅅᄃ야
유창균 (1994) : 佛體 ᄃ빌다 敬ㅅ 훗ᄃ라
신재홍 (2000) : 부텨 홀닷 고맛훗ᄃ라
박재민 (2002) : 佛體(께) 홀 다이 敬ㅅ훗다라
이 용 (2007) : 仏体 홀 다 고맛훗다야

(1) 仏体 : 부텨(께)

기주 〈Ⅰ.2.(3)〉. 다만, 본 구절은 후행에 '爲'가 옴으로써 조사가 생략된 형태임을 알게 한다. 양주동은 주격의 'ㅣ'가 생략된 것으로 보았고, 김완진과 유창균은 보격의 'ㅣ'가 생략된 것으로 보았다. 그러나 후행과의 문맥을 고려하면, 여격의 '에·께'가 생략된 것으로 짐작된다.

(2) 爲尸如 : 홀 다이(하듯이)

'爲'가 차자표기에서 'ᄒ'로 읽힘은 기주 〈Ⅰ.8.(3)〉. '尸'가 차자표기에서 'ㄹ'음을 표기하기 위해 사용됨은 향찰자 변증 85)에서 다룬 바 있다. '如'는 '다이'를 표기하기 위해 사용되었다. 선초 언해의 다음 용례에 대응한다.

> 法다이 持戒ᄒ면 반ᄃ기 ᄆᅀᆞ미 通호ᄅ 得ᄒ리라 (如法持戒 必得心通)
> 〈楞嚴經諺解 07:52b〉
> 세 가짓 보빗 술윌 주샤티 알픠 許ᄒ샨 다이 ᄒ쇼셔 〈法華經諺解 02:138b〉

한편, 이때 '爲'의 주체는 부처가 아니라 話者인 '나'이다. 전구와 이어진 '佛體爲尸如'는 어형의 간단함에 비하여 꽤 논란이 많은 곳인데, 소창진평은 '부처한데', 양주동은 '부처가 하시듯이', 김완진은 '부처가 되려 하느냐', 유창균은 김완진을 인정하여 '부처가 되겠다고' 등으로 풀었다. 하지만, 김완진이 지적하였듯이, '부처가 하시듯이'란 의미라면, 아무래도 '爲尸'의 형태보다는 '爲賜尸'의 형태가 오는 것이 정상적인바, 수긍키 어려운 해석이며, 또한, 그 대안으로 제시

된 '부처가 되려' 역시 전체적인 詩意로 본다면 궤를 벗어난 것이다. 여기서 '爲尸如'는 후행하는 '敬'의 대동사인데, 「普賢行願品」에는 '나는 부모와 부처께 하듯이 중생을 공경하겠다'의 구절이 있다. (아래 〈IX.8.(3)〉의 『華嚴經』 예문 참조). 이상, '하듯이'.

(3) 敬叱好叱等耶 : 敬ㅅ홋ᄃᆞ야

'敬'은 正用字. 향찰 표기 유일의 용례로, 불경에 흔히 보이는 '恭敬'의 줄임말이다. 연구자에 따라서는 '敬'의 훈 '고마'를 취하여 독법에 반영하였으나, '恭敬'이 불가에서 흔히 쓰는 어휘란 점을 감안한다면 그대로 '敬'을 취하는 것이 합당한 것으로 여겨진다. 구결에서도 단순히 '敬'으로만 읽은 구절이 있다.

> 敬ノ令七 心灬 塔乚 觀ソ白去ㄱ丨十ㄱ 〈華嚴經 08:07〉

여기서 恭敬의 대상은 중생이다.

> 布施를 行ᄒᆞ야 一切 含生ᄋᆞᆯ 너비 恭敬ᄒᆞ면 그 功德이 ᄀᆞᅀᅵ 업서 둘며 혜디 몯ᄒᆞ리라 〈金剛經諺解 :25b〉

詩意로 볼 때, '부처님은 중생을 뿌리로 삼으셨으므로 菩薩인 나는 중생을 공경할 것이다'가 되는데, 이는 「普賢行願品」의 다음 구절을 반영한 것이다.

> 恒順衆生者 謂盡法界 虛空界 十方刹海 所有衆生種種差別 ㉠所謂卵生 胎生 濕生 化生 或有依於地水火風而生住者 或有依空及諸卉木而生住者 種種生類 種種色身 種種形狀 種種相貌 種種壽量 種種族類 種種名號 種種心性 種種知見 種種欲樂 種種意行 種種威儀 種種衣服 種種飮食 處於種種村營聚落城邑宮殿 乃至一切天龍八部人非人等 無足二足 四足多足 有色無色 有想無想 非有想 非無想 如是等類 我皆於彼 隨順而轉 種種承事 種種供養 ㉡如敬父母 如奉師長 及阿羅漢 乃至如來 等無有異 (衆生에 恒順한다는 것은, 온 법계 허공계의 시방세계에 있는 중생들이 지닌 가지가지의 차별이 있는 바, ㉠알로 나고, 태로 나고, 습기로 나고, 화하여 나는 것들이 땅, 물, 불, 바람 등을 의지하여 살기도 하고, 허공 및 풀과 나무를 의지하여 살기도 하는데, 갖가지 종류와 갖가지 몸과 갖가지 형상과 갖가지 모양과 갖가지 수명과 갖가지 종족과 갖가지 이름과 갖가지 성질과 갖가지 소견과 갖가지 욕망과 갖가지 위의와 갖가지 의복과 갖가지 음식으로, 여러 시골과 도시와 집에 사는 것들

이며, 내지 하늘과 용과 팔부의 사람인 듯 아닌 듯한 것들이며, 발 없는 것과 두 발 가진 것, 네 발 가진 것과 여러 발 가진 것이며, 빛깔 있는 것과 빛깔 없는 것, 생각 있는 것과 생각 없는 것, 생각 있는 것도 아니고 생각 없는 것도 아닌 것 따위를 내가 모두 따라 주면서, 갖가지로 섬기고 갖가지로 공양하기를 ⓛ부모같이 공경하고 스승같이 받들며, 아라한이나 부처님이나 다름없이 하며)

〈普賢行願品, 40卷本 華嚴經, 第40卷〉

즉, ㉠부분에 보이는 다양한 종류의 중생을 '隨順하고·承事하고·供養하기'를 마치 ⓛ부분에 거례된 분들께 '恭敬하고·奉하고·꼭같이 대하듯이' 하겠다는 결심을 보여주고 있는데, 이것으로 볼 때, '佛'과 '敬'의 관계는 객체와 동사의 관계임이 분명히 드러나는 것이다. 즉, '부처님이 하듯이 공경-'이 아니라 '부처님께 하듯이 공경-'으로 풀이되는 것이다.

'叱'이 'ㅅ'에 해당하는 차자임은 향찰자 변증 139)항에서 다루었다. '好'가 'ᄒᆞ오'의 축약형인 '호'를 나타내기 위한 것임은 기주 〈V.8.(2)〉. '叱等耶'가 '다짐·의지'를 나타냄은 기주 〈Ⅰ.10.(3)〉. 이상, '敬ㅅ홋다라'로 읽히는데, 의미는 '공경하겠노라'가 된다.

IX.9. 打心 衆生安爲飛等 : 아으 衆生 安ᄒᆞᆫᄃᆞᆫ

小倉進平(1929) : 打心 衆生이 安ᄒᆞᄂᆞᆫ
양주동 (1942) : 아으 衆生 便安ᄒᆞᆫᄃᆞᆫ
김완진 (1980) : 아야 衆生 便安ᄒᆞᆫᄃᆞᆫ
양희철 (1988) : 打心 衆生 便安ᄒᆞᆫᄃᆞᆫ
유창균 (1994) : 아라 衆生 安ᄒᆞᆫᄃᆞᆫ
신재홍 (2000) : 아야 衆生 알ᄒᆞᆫᄃᆞᆫ
박재민 (2002) : 아으, 衆生(이) 安ᄒᆞᄂᆞᆫ
이 용 (2007) : 打心 衆生 安ᄒᆞᄂᆞᆫ(ᄂᆞᆯ)ᄃᆞᆫ

(1) 打心 : 아으

(2) 衆生 : 衆生

'衆生'은 正用字. '숨 쉬는 모든 것'을 의미하는 말임은 기주 〈V.3.(2)〉.

(3) 安爲飛等 : 安ㅎㄴ둔

'安'은 正用字. 「普賢十願歌」에서 본조가 유일한데, '便安'의 본 의미로 사용되었다. '爲'가 'ㅎ'임은 기주 〈Ⅰ.8.(3)〉. '飛'는 향찰표기 전체에서 본조가 유일하다. 소창진평이 현재시상 'ㄴ'음을 위한 것으로 이해한 후, 모든 연구자들이 공감했다. 향찰자 변증 68)항에서도 다루었듯이, 통일신라시대의 吏讀, 고려의 석독구결에 용례가 많다. '飛'의 훈 '놀다'에서 첫 음을 취했을 것이라는 견해도 탁견이다. '飛'로써 'ㄴ'음을 표상한 구결의 용례를 추가하면 다음과 같다.

若 智慧乙 辯才力 以 衆生衣 心乙 隨 而化誘爲飛尸入隱 (ㅎ눌둔)

〈華嚴經 13:09〉

若 煩惱 起所無知永 於生死沒溺 不爲飛尸入隱 (ㅎ눌둔)   〈華嚴經 13:19〉

'等'이 '드·둔·들' 등의 음역을 가짐은 기주 〈Ⅰ.10.(3)〉, 여기서는 조건의 '둔'임. 기주 〈Ⅴ.9.(2)〉. 이상, '편안하다면'.

IX.10. 仏体頓叱喜賜以留也 : 부텨 돈붓 깃그시리로야

小倉進平(1929) : 부텨 頓을 깃부샤일야
양주동   (1942) : 부톄 또 깃그샤리라
김완진   (1980) : 부텨 ㅂ룻 깃그시리로여
양희철   (1988) : 佛體 ㅂ룻 깃그시루여
유창균   (1994) : 佛體 모로깃 깃그샬리로라
신재홍   (2000) : 부텨 무젔 깃시리로라
박재민   (2002) : 佛體 돈붓(모두) 깃그샤이로여
이 용   (2007) : 부텨 頓部叱(모두) 깃그리리로다

(1) 仏体 頓叱 : 佛體 돈붓

'佛體'는 正用字. 기주 〈Ⅰ.2.(3)〉. '頓叱'이 '모두'의 의미임은 기주 〈Ⅳ.7.(3)〉.

(2) 喜賜以留也 : 깃그시리로야(기뻐하실 것이로다)

'喜爲賜'의 형태가 아닌 '喜賜'의 형태이므로, 훈을 살려서 읽어야 한다. 이때, '喜'는 '깃그'.

> 喜 깃글 희 　　　　　　　　　　　　　　　　　　〈新增類合〉
>
> 喜는 깃글씨니 衆生을 念호디 즐거본 이를 조차 즐겨호물 得호며 호야 恭敬호
> 야 慰勞호논 무슨미오 　　　　　　　　　　　　　〈月印釋譜 09:42a〉
>
> 王이 깃그샤 無憂樹 미틔 가시니라 　　　　　　　〈月印釋譜 02:29b〉

'賜'가 주체존대의 선어말어미 '시'음을 위해 사용됨은 기주 〈I.7.(2)〉. '以'가 '이'음을 위해 사용됨은 기주 〈IV.6.(2)〉. 이때는 추측의 '리'를 위해 대용되었다. '留'가 '로'음임은 기주 〈I.1.(2)〉. '也'가 항상 문장 말미에 나타나 많은 경우 감탄의 종결어미로 역할함은 기주 〈II.2.(1)〉.

이상, '깃그시리로야'가 되는데, 의미는 '기뻐할 것이로구나'.

현대어역

〈恒順衆生歌〉	〈한결같이 중생을 따르는 노래〉
覚樹王焉	부처님은
迷火隱乙根中沙音賜焉逸良	중생을 뿌리 삼으신 분이라
大悲叱水留潤良只	大悲의 물로 적셔
不冬萎玉內乎留叱等耶	아니 시들게 하오리라.
法界居得丘物叱丘物叱	法界 가득 구물구물
爲乙吾置同生同死	할 나도 同生同死
念念相續无間断	계속 생각하여 쉼 없이
仏体爲尸如敬叱好叱等耶	부처님께 하듯이 중생을 공경하리라.
打心 衆生安爲飛等	아으, 중생이 편안하다면
仏体頓叱喜賜以留也	부처님도 모두 기뻐하시리라.

X. 普皆廻向歌

皆^한吾^내衣^이修^닷孫^손　　　　　한 내이 닷손

一切^{일체}善陵^{선릉}頓^돈部^부叱^ㅅ廻^돌良^아只^ㄱ　　一切 善陵 돈붓 돌악

衆生^{중싱}叱^ㅅ海^{바둘}惡^아中^긔　　　　衆生ㅅ 바둘아긔

迷反^{이본}群^물无史^{업시}悟^알內^리去^거齊^져　이본 물 업시 알리거져

仏体^{부텨}叱^ㅅ海等^{바둘}成留^{이루}焉^ㄴ日^날尸^ㄹ恨^ㅎ　부텨ㅅ 바둘 이룬 날흔

懺^참爲^ㅎ如^더乎^오仁^ㄴ惡寸^{아촌}業^업置^도　懺ㅎ더온 아촌 業도

法性^{법성}叱^ㅅ宅^틱阿^애叱^ㅅ寶^{보비}良^라　　法性ㅅ 宅앳 보비라

舊^{녀리}留^로然叱^{그럿}爲^{ㅎ온}事^일置^두耶^야　녀리로 그럿ㅎ온 일두야

病吟^{아으}礼^례爲^ㅎ白^숣孫^손隱^ㄴ仏体^{부텨}刀^도　아으 礼ㅎ숣손 부텨도

吾^내衣^이身^몸伊^이波^바人^님有叱^잇下^하呂^리　내이 몸 이바 늠 잇하리

〈「普皆廻向歌」,『均如傳』〉

從初至末所成功　　　처음부터 끝까지 이루어 낸 공덕을

廻与含靈一切中　　　일체 중생[含靈]에게 돌려주리라.

咸覲得安離苦海　　　고해 떠나 안락하길 누구나 바라나니

摠斯消罪仰眞風　　　모두 이에 죄를 씻고 부처 지혜[眞風] 우러르세.

同時共出煩塵域　　　한 때에 모두 함께 번뇌 진세 벗어나

異体咸收法性宮　　　다른 몸 모두 함께 불법 궁전 돌아가세.

我此至心廻向願　　　나의 이 지극한 맘 회향의 願은

盡於來際不應終　　　未來際가 다하여도 그치지 않으리라.

〈崔行歸의 漢譯詩,「普皆廻向頌」,『均如傳』〉

復次善男子 言普皆迴向者 從初禮拜 乃至隨順 所有功德 皆悉迴向 盡法界 虛空界一切衆生 願令衆生常得安樂 無諸病苦 欲行惡法皆悉不成 所修善業 皆速成就 關閉一切諸惡趣門 開示人天涅槃正路 若諸衆生 因其積集諸惡業故 所感一切極

重苦果 我皆代受 令彼衆生悉得解脫 究竟成就無上菩提 菩薩如是所修廻向 虛空
界盡 衆生界盡 衆生業盡 衆生煩惱盡 我此廻向無有窮盡 念念相續無有間斷 身
語意業無有疲厭[92)]　　　　　　　　　〈「普賢行願品」, 『40卷本 華嚴經』의 第40卷〉

所有禮讚供養福 請佛住世轉法輪 隨喜懺悔諸善根 廻向衆生及佛道[93)]

〈普賢行願品, 偈, 40卷本 華嚴經〉

X.1. 皆吾衣修孫 : 한 내익 닷손

小倉進平(1929) : 므릇 나의 닥손
양주동　(1942) : 한 내익 닷굴손
김완진　(1980) : 모든 내익 닷굴손
양희철　(1988) : 모든 내닭손
유창균　(1994) : 모든 나익 다ᄉ리손
신재홍　(2000) : 여러 내 닷손
박재민　(2002) : 한(無量의) 나익 닭손
김성주[94)](2011) : 다 나익 닭은 손

---

92) "또 선남자여, 모두 회향하는 것은, 처음 예경으로부터 중생의 뜻에 따라 주는 모든 공덕을
온 법계 허공계의 온갖 중생에게 회향하여서 중생들이 항상 편안하여 병이나 고통이 없기를
원하며, 나쁜 짓을 하려는 것은 모두 성취되지 않고 선한 일은 빨리 성취되며, 온갖 나쁜
갈래의 문은 닫아 버리고 인간이나 천상이나 열반에 이르는 바른 길은 열어 보이며, 중생들
이 이미 지은 나쁜 업으로 말미암아 받게 되는 모든 고통은 내가 대신하여 받고, 그 중생들은
모두 해탈을 얻으며 필경에는 위없는 보리를 성취하기를 원하는 것이니라.
　　보살이 이렇게 회향하는 일은 허공계가 끝나고 중생의 세계가 끝나고 중생의 업이 끝나고
중생의 번뇌가 끝나더라도 나의 회향은 끝나지 아니하고, 차례차례 계속하여 잠깐도 쉬지
아니하지마는 몸과 말과 뜻으로 하는 일은 조금도 고달프거나 만족하지 않느니라." 〈『한글대
장경 45 - 대방광불화엄경 40권본』, 동국역경원, 1970, 602면.〉
93) "예경하고 찬탄하고 공양한 복과 / 오래 계셔 법문 연설 권한 복과 / 따라서 기뻐하고 참회한
선근 / 중생들과 보리도에 회향합니다." 〈『한글대장경 45 - 대방광불화엄경 40권본』, 동국역경원,
1970, 605면.〉
94) 김성주, 「균여향가 '普皆廻向歌'의 한 해석」, 『口訣研究』第27輯, 口訣學會, 2011. 8.

(1) 皆 : 한(無量의)

이 字가 균여향가에서 '無量의'를 나타내고 있음은 기주 〈VII.1.(1)〉. 여기서의 '皆'는 제2행의 '一切善陵'을 수식한다. '善陵'은 '功德'이며(〈기주5.7.(3)〉), '한·無量의'의 수식을 받을 수 있는 말이다.

이 大施主의 功德이 하녀 져그녀 彌勒이 술븅샤딕 이 사른미 功德이 그지
업스며 ㄱ 업스니　　　　　　　　　　　　　　　　　〈釋譜詳節 19:04a〉

無量 功德이 그지 업서　　　　　　　　　　　　　　〈釋譜詳節 序:01a〉

스스을 조차 비호물 닐오딕 受ㅣ오 ᄠᅳ들 아라 修行호물 닐오딕 持오 제 아라
제 行호미 이제 利오 사름 爲ᄒᆞ야 펴 닐오미 이 ᄂᆞ물 利호미니 功德이 넙고
커 ㄱ 업스니라　　　　　　　　　　　　　　　　　〈金剛經諺解 :47a〉

이상, '無量의'.

(2) 吾衣 : 내익

古語로는 '내익'. 현대어 '나의'에 해당하는 말로 향찰표기에 흔히 나타나는 어형임은 기주 〈V.4.(1)〉.

(3) 修孫 : 닷손

'修'은 正用字. 古訓이 '닭다'임은 기주 〈V.5.(1)〉. '孫'이 '손'음을 나타냄은 기주 〈II.2.(2)〉. 본조에서는 '닷'의 말음 'ㅅ'+인칭의 '乎'가 결합하여 생긴 음 '손'을 나타내기 위해 사용되었다. 흡사한 어형 '修比孫丁(닷손뎌)'가 「보현5」에 나타난다.

X.2. 一切善陵頓部叱廻良只 : 一切 善陵 돈붓 돌악

小倉進平(1929) : 一切 善陵 頓部룰 돌녀
양주동　(1942) : 一切善 頓部ㅅ 도ᄅᆞ혁
김완진　(1980) : 一切 므르 ᄇᆞᄅᆞ붓 돌악

양희철 (1988) : 一切 善陵 던부(頓部)ㅅ 돌악
유창균 (1994) : 一切 이드른 주빗 도ㄹ락
신재홍 (2000) : 一切 이른 무저봇 도락
박재민 (2002) : 一切 善陵(＝功德) 모두 돌악
김성주 (2011) : 一切 善陵 頓部叱 돌이악

(1) 一切 : 一切

문제가 없는 구절이다.

(2) 善陵 : 善陵(功德)

'善陵'이 '功德'임은 기주 〈V.7.(3)〉.

(3) 頓部叱 : 모두

김준영·김영만에 의해 해결되었음은 기주 〈Ⅳ.7.(3)〉.

(4) 廻良只 : 돌악 (돌려서)

'廻'는 正用字. 古訓은 '돌다'.

廻 돌 회 〈新增類合〉

以向所修功德으로 廻向實際ㅎ야 〈月印釋譜 序:25b〉

勸ㅎ야 請ㅎᄉ오며 조차 깃거 菩提예 廻向ᄒᆞᆯ디니 三寶와 三堅은 法數에 ᄀᆞᆺ
니라 〈禪宗永嘉集諺解 上:39a〉

'良'이 '아·라'음을 위해 사용됨은 기주 〈Ⅰ.4.(3)〉, 본조에서는 연결형 어미
'야'로 사용되었다. '只'가 강세첨사임은 기주 〈Ⅱ.6.(2)〉. 이상, '돌악'.
이 구절은 本歌의 제목, 「普皆廻向歌」와 관련되며, 전체적으로는 '내 닦은
일체의 功德을 모두 중생에게 돌린다'의 의미이다. 최행귀는 이 부분을 다음과
같이 한역하였다.

從初至末所成功 처음부터 끝까지 이룬 공덕을

廻与含靈一切中 일체 중생에게 돌려주도다.　　　　　　〈崔行歸 漢譯詩〉

이때의 '이룬 바의 공덕[所成功]'은 本歌의 '내[吾] 닦은[修叱] 선릉[善陵]'을 한역한 것이고, '중생에게 돌려 준다[廻與含靈]'은 本歌의 '廻良只'을 한역한 것이다. '중생[含靈]'이라는 말을 넣어 돌려 주는 대상을 분명히 한 미덕이 있다.

X.3. 衆生叱海惡中 : 衆生ㅅ 바둘아기

小倉進平 (1929) : 衆生ㅅ 바롤여해
양주동　(1942) : 衆生ㅅ 바둘악히
김완진　(1980) : 衆生ㅅ 바둘아기
양희철　(1988) : 衆生ㅅ 바둘 아기
유창균　(1994) : 衆生ㅅ 바둘아히
신재홍　(2000) : 衆生ㅅ 바둘아히
박재민　(2002) : 衆生ㅅ 바롤아기
김성주　(2011) : 衆生ㅅ 바둘아긔

(1) 衆生叱 : 衆生ㅅ

'衆生'은 正用字. 기주 〈IV.9.(2)〉. '叱'이 'ㅅ'에 해당하는 차자임은 향찰자 변증 139)항에서 다루었다. '衆生叱'은 다음 언해문의 '衆生ㅅ'에 대응된다.

一切 衆生ㅅ 中에 또 第一이라　　　　　　　　　　　〈月印釋譜 18:49b-50a〉
알핏 二相을 マ르치시니 아래 對ᄒ샤 衆生ㅅ 相을 굴히시니라
　　　　　　　　　　　　　　　　　　　　　　　〈圓覺經諺解 下3, 01:32b〉

(2) 海惡中 : 바둘아기

'海'은 正用字. 고훈이 '바둘'임은 기주 〈II.3.(2)〉.
'惡中'은 '아기'로, 현대어의 처소격 '~에'에 해당함은 기주 〈II.4.(2)〉.

X.4. 迷反群无史悟內去齊 : 이본 물 업시 알리거져

小倉進平(1929) : 왼 물이 업시 깨닷게 ᄒ야 가제
양주동　(1942) : 이본물 업시 알리가져
김완진　(1980) : 이반 물 업시 씨ᄃᄅ거져
양희철　(1988) : 이반물 업시 悟內거져(齊)
유창균　(1994) : 이븐 물 업시 씨ᄂ가져
신재홍　(2000) : 이본 물 업시 깨ᄂ거져
박재민　(2002) : 이본 물 업시
김성주　(2011) : 입은 물 없이 알이ᄂ가져

(1) 迷反群 : 이본 물(길 잃은 무리)

'迷反'이 '길을 잃은'의 古語 '이본'을 표기했음은 기주 〈IV.2.(3)〉. '群'은 무리,
기주 〈VII.8.(3)〉. 이상, '이본 물'이 되는데, 이것이 佛經에서 중생을 흔히 지칭하
여 쓰이는 '群迷'에 해당됨은 기주 〈IX.2.(1)〉.

(2) 无史 : 업시

'無'는 正用字. 고훈은 '없다'("無 업슬 무" 〈新增類合 등〉). '史'가 차자표기에
서 'ㅿ·시'를 위해 쓰이는 음차자임은 기주 〈향찰자 변증 69)항〉. 소창진평 이후,
'업시'를 표기한 것으로 인정되고 있다.

(3) 悟內去齊 : 알리거져

'悟'는 正用字. 고훈은 '씨ᄃ다 · 알다' 등으로 나타난다.

悟 씨ᄃ룰 오　　　　　　　　　　　　　　　　　　〈新增類合〉

上根은 頓悟ᄒ야 悟ᄂ 알씨라 즉재 佛道룰 일우고　　〈月印釋譜 14:11a〉

ᄯ ᄒ다가 말ᄒᆯ 뿐 아ᄂ 듯ᄒ고 境을 對ᄒ야 도로 迷ᄒ야 (更若說時ᄂ 似悟ᄒ
고 對境ᄒ얀 還迷ᄒ야)　　　　　　　　　〈蒙山和尙法語略錄 深源寺本 47a〉

이 중, 소창진평은 '씨ᄃ다'를 취했고, 양주동은 '알다'를 취했는데, 근본적 차

이는 없다. '內'가 '사역'을 나타내는 형태일 가능성이 있음은 기주 〈IX.4.(2)〉.
독법의 차이가 많은 곳이나, 모두가 '사역'의 의미를 가진 형태소라는 데는 의견
이 일치하고 있다. 「普賢行願品」의 다음 구절을 보아도 명백하다.

> 言普皆迴向者 從初禮拜 乃至隨順 所有功德 皆悉迴向盡法界虛空界一切衆
> 生 願令衆生常得安樂無諸病苦 (모두 회향하는 것은, 처음 예배로부터 중생
> 의 뜻에 따라, 공덕을 모두 온 법계 허공계의 온갖 중생에게 돌려 줘서 중생들
> 을 항상 편안하게 하여 병이나 고통이 없기를 원하는 것이라.)
>
> 〈普賢行願品, 40卷本 華嚴經, 第40卷〉

'去齊'는 '고져'의 先代으로 願望을 나타내는 어미이다. 이상, '알리거져' 현대
어론, '깨닫게 하고 싶다'의 의미이다.

X.5. 仏体叱海等成留焉日尸恨 : 부텨ㅅ 바들 이룬 날흔

小倉進平(1929) : 부텨ㅅ 바룰들 닐운 날흔
양주동　(1942) : 부텨ㅅ 바들 이룬 날흔
김완진　(1980) : 부텻 바들 이론 나룬
양희철　(1988) : 부텻 바들(海等) 이루언 날흔(恨)
유창균　(1994) : 佛體ㅅ 바들 이론 날흔
신재홍　(2000) : 부텨ㅅ 바들 이론 날흔
박재민　(2002) : 부텨ㅅ 바들 이룬 날흔
김성주　(2011) : 仏体ㅅ 바들 일운 날은

(1) 仏体叱海等 : 佛體ㅅ 바들

'仏体'는 기주 〈 I.2.(3)〉. '叱'은 기주 향찰자 변증 139)항. '海等'이 '바들'임은
기주 〈 II.3.(2)〉. 이상, '仏体叱海等'은 '부처의 바다'로 풀이되는데, 제3행의 '衆
生叱海'과 대구를 이룬다.

(2) 成留焉 : 일룬(이룬)

'成'은 正用字. 古訓은 '일우다'.

成 일울 셩	〈新增類合〉
成 일 셩	〈光州千字文〉
成은 일울씨라	〈月印釋譜 序:05a〉
成은 일씨니 처엄브터 다 일 쓰시 成劫이라	〈月印釋譜 01:47a〉

'留'는 '成'의 고훈 '일우(이루)'의 말음 '루'를 표기하기 위한 音借字. '留'가 향찰표기에서 '로·루'음을 위해 常用되는 字임은 기주 〈향찰자 변증 42)〉. '焉'이 '隱'과 함께 'ㄴ'음 표기에 통용됨은 기주 〈Ⅲ.5.(1)〉.

(3) 日尸恨 : 날흔

소창진평 이래 '날은'의 의미로 보는 데 異見이 없다. '尸'는 일반적으로 'ㄹ'음을 표기하는 데 사용되는데, 본조의 경우 '日'의 訓, '날'의 말음을 위해 사용되었다.

日 날 일	〈新增類合 등〉

이와 같이 말음 'ㄹ'을 표기하기 위해 쓰인 '尸'는 다음 용례에서 더 나타난다.

道尸掃尸星利望良古	〈彗星歌〉
道尸迷反群良哀呂舌	〈普賢7〉
道 길 도	〈新增類合 등〉
秋察尸不冬爾屋支墮米	〈怨歌〉
秋 ㄱ술 츄	〈光州千字文〉

한편, 본조의 주격조사로 '恨'자가 온 것은 다소의 의문점이다. 선초에 보이는 '날(日)'은 'ㅎ곡용어'가 아니기 때문이다.

七月ㅅ 열닷쇗 나른 한 쥬이 解夏ᄒᄂᆞᆫ 나리라 〈月印釋譜 23:91b〉
온 나를 가시나모 서리예 수머 둔뇨믈 (百日竄荊棘) 〈杜詩諺解 初刊 08:02a〉

이것으로 본다면, 본조에서는 주격조사로 '隱·焉'이 와야 하는 것이기에, 그런 이유로 김완진은 '나른'으로 읽기도 하였다. 하지만, 鮮初의 문헌에 나타난 '날'이 더 이상 'ㅎ'곡용어가 아니었다고 해서, 본조의 '恨'의 음을 '은' 등으로 읽기

는 어렵다. '恨'의 일반적인 音相은 다음에서 보이듯 '흔·흔'이고

恨 애들 흔   〈新增類合〉

恨흔은 믤씨라   〈楞嚴經諺解 08:30a〉

향찰에서 보이는 4회의 '恨' 중,

民焉狂尸恨阿孩古   〈安民歌〉

爲內尸等焉國惡太平恨音叱如   〈安民歌〉

唯只伊吾音之叱恨隱漨陵隱   〈遇賊歌〉

仏体叱海等成留焉日尸恨   〈普賢10〉

「安民歌」의 '太平'에 접속된 '恨'은 분명 '흔'이니, 이로 '日尸恨'은 '날흔'이 될
수밖에 없다. 이로 본다면 '日恨'의 '恨'은 아마 향찰의 시기에 '日'이 'ㅎ곡용어'이
었던 흔적을 보여주는 것이라 할 수 있다. 이상, '날흔'.

X.6. 懺爲如乎仁惡寸業置 : 懺ᄒ더온 아촌 業도

小倉進平(1929) : 懺ᄒ다온 모딘 業도
양주동　 (1942) : 懺ᄒ다온 모딘 業도
김완진　 (1980) : 懺ᄒ더온 머즌 業도
양희철　 (1988) : 懺ᄒ다윈 머즌(惡寸) 業두
유창균　 (1994) : 懺ᄒ다온 구존 業두
신재홍　 (2000) : 뉘웃ᄒ다윈 머즌 業두
박재민　 (2002) : 懺ᄒ다온 아촌 業도
김성주　 (2011) : 懺ᄒ더온 궂온 業도

(1) 懺爲如乎仁 : 懺ᄒ더온

'懺'은 正用字. 향찰표기에 3회 나타나며, 모두 '懺悔'라는 한자 본의미로 사용
되었다.

今日部頓部叱懺悔   〈普賢4〉

衆生界尽我懺尽 〈普賢4〉

懺爲如乎仁惡寸業置 〈普賢10〉

'爲'가 'ᄒ'를 표기하기 위한 訓借字임은 기주〈Ⅰ.8.(3)〉. '如'가 차자표기에서 '다·더'음을 위해 사용됨은 기주〈Ⅰ.6.(1)〉. 본조에서는 과거시제선어말어미 '더'의 대용으로 사용되었다. '乎'가 차자표기 전반에서 흔히 '오'를 위해 사용되는 音借字임은 향찰자 변증159)에서 상론한 바 있다. 여기서는 인칭법의 '오'. '仁'은 '隱'과 같이 관형형의 'ㄴ'〈Ⅲ.7.(2)〉. 이상, '懺悔ᄒ더온', 현대어로 '참회하던'의 의미이다.

(2) 惡寸業置 : 아촌 업도(惡業도)

'惡寸業'은 '惡業'의 향찰식 표기이다. '惡寸'이 '厭·惡'의 융합적 古訓 '아촌'을 표기한 것임은 기주〈Ⅳ.3.(4)〉. '置'가 '도·두'임은 기주〈Ⅱ.9.(3)〉.

X.7. 法性叱宅阿叱寶良 : 法性ㅅ 宅앳 보비라

小倉進平(1929) : 法性ㅅ 宅앳 寶라
양주동 (1942) : 法性 지빗 보비라
김완진 (1980) : 法性 지밧 寶라
양희철 (1988) : 法性ㅅ 지밧 보비라
유창균 (1994) : 法性ㅅ 짓앳 寶이라
신재홍 (2000) : 法性ㅅ 지밧 보비라
박재민 (2002) : 法性ㅅ 宅앳 寶라
김성주 (2011) : 法性ㅅ 집앗 寶라

(1) 法性叱 : 法性ㅅ

'法性'은 正用字. 佛家 용어로 '변함없는 佛法의 性'을 칭하는 말이다.

法性은 本來 그 스싀예 더으며 損호미 업스시니라. 〈法華經諺解 03:58b-59a〉

'叱'이 'ㅅ'에 해당하는 차자임은 향찰자 변증 139)항에서 다루었다.

(2) 宅阿叱 : 宅앳(宅의)

'宅'은 '正用字'. 불경에서 '宅'은 어떤 장소를 은유할 때 왕왕 사용된다.

이를 모르면 火宅애 떠 디고 이를 알면 佛地예 나사갈뚤 불기시고

〈法華經諺解 04:150a〉

'阿'가 '아·이' 등에 대용됨은 기주 〈VI.2.(4)〉. 본조에서는 처소의 '이'로 사용되었다. '叱'이 'ㅅ'에 해당하는 차자임은 향찰자 변증 139)항에서 다루었다. 본조는 속격이다. 이상, '宅잇', 선초의 형태로 본다면 '宅앳'.

(3) 寶良 : 보빅라

'寶'는 正用字. 고훈은 '보빅'.

寶 보빅 보 〈新增類合 등〉

온 가짓 보빅로 허리옛 씌를 쑤미고 (百寶裝腰帶)   〈杜詩諺解 初刊 16:52a〉

'良'이 '아·라'음을 나타냄은 기주 〈I.4.(3)〉, 본조에서는 '라'음으로 사용되었다.

이상은 '惡業도 懺悔하면 그것이 法性宅의 보배가 됨'을 말한 구절이다.

X.8. 舊留然叱爲事置耶 : 녀리로 그럿ᄒ온 일두야

小倉進平(1929) : 녜로 쏘 흔 일이더라
양주동　(1942) : 네루 그럿 ᄒ스드라
김완진　(1980) : 녀리로 그럿 ᄒ시도야
양희철　(1988) : 네루 그랏 ᄒ샤(事)두야
유창균　(1994) : 녀리로 그럿 ᄒ시두라
신재홍　(2000) : 녜로 그럿흔 일이두라
박재민　(2002) : 녀리로 그럿 햐(온) 일(이)더라
김성주　(2011) : 녀리로 그엿흔 일이도야

(1) 舊留 : 녀리로

'舊'는 正用字. 訓은 선초 언해자료에 '네'로 나타난다.

舊 네 구 〈光州千字文〉

그러나, 이의 고훈은 '녀리'였을 것임은 기주 〈Ⅰ.6.(2)〉. '留'가 '로'음을 표기
하기 위해 사용됨은 기주 〈Ⅰ.1.(2)〉. 이상, '녀리로'. 현대어 '예로부터'.

(2) 然叱爲事置耶 : 그럿 ᄒ온 일(이)두야

'然叱爲'가 '그럿ᄒ-'임은 기주 〈Ⅷ.7.(1)〉. 다만, 본조의 '爲'는 '爲乎隱'의 '略
形'으로 보인다. 그간의 연구에서는 후행하는 '事'를 본조 '爲'에 접속된 주체존대
선어말어미로 파악한 경향이 있으나, 우선 '事'가 음차로 사용된 용례가 전혀
없다는 점에서 안심할 수 있는 독법은 되지 못하였다. '事'는 본조를 포함하여
향찰에 총 3회 등장하는데

又都仏体叱事伊置耶 〈普賢11〉
伊留叱餘音良他事捨齊 〈普賢11〉

이때 모두 正用字로 사용되고 있음을 본다. 또한, 「普賢11」에 나타나는 본조
와 매우 흡사한 형태, "又都仏体叱事伊置耶"의 '事' 역시 한자 본의미로 사용되
고 있다는 점은 또 한 번의 불안을 안긴다. 따라서 본서는 이를 '然叱爲(乎隱)
事(伊)置耶'의 略形으로 파악한다. 향찰에서 가끔씩 보이는 이런 略形은 표기의
관용성에서 말미암은 것으로 짐작되는데, 동일한 차자표기인 이두나 구결에서
이러한 수의적 생략이 흔함은 잘 알려져 있다. '置'가 '도'음을 표함은 기주 〈Ⅱ.9.
(3)〉. '耶'가 '라'음을 표함도 기주 〈Ⅰ.10.(3)〉. 이상, '그럿 ᄒ온 일이두야'가 되는
데, 이는 현대로 본다면 '그러한 일이도다' 정도의 의미가 된다. '그러하다'는 前
句 '악업도 참회하면 법성택의 보배가 됨'을 말한다.

X.9. 病吟 礼爲白孫隱仏体刀 : 아으 禮ㅎ숣손 부텨도

小倉進平(1929) : 病吟 절ㅎ숣올손 부텨도
양주동 (1942) : 아으 禮ㅎ술볼손 부텨도
김완진 (1980) : 아야 절ㅎ술볼손 부텨도
양희철 (1988) : 病吟 禮ㅎ숣손 부텨도
유창균 (1994) : 아라! 禮ㅎ숣손 佛體도
신재홍 (2000) : 아야 禮ㅎ숣손 부텨도
박재민 (2002) : 아으 禮ㅎ숣손 부텨도
김성주 (2011) : 아야 礼ㅎ숣을 손 仏体도

(1) 病吟 : 아으

(2) 禮爲白孫隱 仏体刀 : 禮ㅎ숣손(절 드리읍는) 부텨도

해독에 문제가 없는 구절이다. 소창진평은 '절'로 풀어 읽었고, 양주동은 '禮' 그대로 취했을 뿐, 차이는 없다. 모두 '禮+爲(ㅎ)+白(숣-공손선어말어미)+孫 隱('온'의 변이형)'으로 파악했다. 다만, 본서는 '白孫'을 공손의 '白乎隱(숣온)'의 異形態로 보고 있다. 末字 '隱'은 '孫'음의 잉여적 말음첨기에 불과하다[95]. '仏体'는 '부텨', '刀'가 '도'음을 위하여 사용되는 音借字임은 기주 〈V.10.(2)〉. 이상, '禮ㅎ숣손 부텨도'.

X.10. 吾衣身伊波人有叱下呂 : 내이 몸 이바 남 잇하리

小倉進平(1929) : 나의 몸인바 사름 잇이리(오)
양주동 (1942) : 내몸 이바 늠 이시리
김완진 (1980) : 내이 모마 뎌버 사름 이샤리
양희철 (1988) : 내몸 이봐(伊波) 누미(有)샤려
유창균 (1994) : 나이 몸 이바 늠 잇아리
신재홍 (2000) : 내 몸이 본 사름 이샤리
박재민 (2002) : 나이 몸 伊波 남 잇하리

---

95) 양주동, 김완진, 유창균의 상게서에는 '禮爲白孫Ø'으로 '隱'이 누락되어 있다.

김성주 (2011) : 나의 몸 伊波 늠 잇아리

(1) 吾衣身 : 내의 몸

「普賢5」에 동일한 구절이 있다.

　　吾衣身不喩仁人音有叱下呂　　　　　　　　　　　　　　〈普賢5〉

'吾衣'가 古語로는 '내의', 현대어로는 '나의'에 해당하는 말로, 향찰표기에 흔히 나타나는 어형임은 기주 〈V.4.(1)〉.

(2) 伊波 : 이바, 未詳

이와 같은 형태와 유사한 형태가 각 1회씩 나타난다.

　　伊波普賢行願 又都仏体叱事伊置耶　　　　　　　　　　　〈普賢11〉
　　阿耶 法供沙叱多奈 伊於衣波最勝供也　　　　　　　　　　〈普賢3〉

매우 난해한 곳으로 이것이 음차로 '이바' 정도의 음가를 가질 것이란 점에는 모든 연구자들이 동의하였으나, 과연 '이바'가 무엇인지에 대하여는 아직까지도 합의점을 찾지 못한 곳이다. 소창진평은 '나의 몸인 바(나의 몸인 까닭에)'로 풀이하였고, 양주동은 호격의 감탄 '이바', 유창균은 '시들어', 김완진은 감탄의 '뎌바', 김준영은 '여봐라', 최근의 김지오는 '뿐'으로 보았다. 그러나 여전히 정확한 의미는 포착되지 않은 듯하다. 따라서, 향후 과제로 남긴다. 이상, '이바'. 의미는 未詳.

(3) 人有叱下呂 : 늠 잇하리

'人有叱下呂'는 「普賢5」에 "人音有叱下呂"로 나타나는 동일한 구절이 있다. '人'은 正用字로, 고훈은 '사룸 · 늠'. 「普賢5」에서는 '人音'으로 말음 '音'이 첨기되어 나타나 있지만 의미는 같다. '有叱下呂'는 수사의문문으로 현대어 '있으리오'에 해당함은 기주 〈V.4.(4)〉.

현대어역

<普皆廻向歌>　　　　　　<무량 공덕 되돌리는 노래>

皆吾衣修孫　　　　　　無量의 내 닦은
一切善陵頓部叱廻良只　일체 공덕 모두 돌려
衆生叱海惡中　　　　　중생의 바다에서
迷反群无史悟內去齊　　길 잃은 무리 없이 깨닫게 하고져.

仏体叱海等成留焉日尸恨　부처님의 바다 이룬 날은
懺爲如乎仁惡寸業置　　　참회하던 악업도
法性叱宅阿叱寶良　　　　法性ㅅ 집의 보배라
舊留然叱爲事置耶　　　　예로부터 그러한 일이도다.

病吟 礼爲白孫隱仏体刀　아으, 절 드리옵는 부처님도
吾衣身伊波人有叱下呂　나의 몸 이바? 남 있으리?

XI. 總結无尽歌

生界尽尸等隐	生界 다올ᄃᆫ
吾衣願尽尸日置仁伊而也	내이 願 다올 날 되이마리여
衆生叱邊衣于音毛	衆生ㅅ ᄀᆺ이 움모
際毛冬留願海伊過	ᄀᆺ 모ᄃᆞ로 願海이과
此如趣可伊羅行根	이다이 깃거 이라 녀곤
向乎仁所留善陵道也	앚온 바로 善陵道야
伊波普賢行願	이바 普賢行願
又都仏体叱事伊置耶	ᄯᅩ 부텨ㅅ 일이두야
阿耶 普賢叱心音阿于波	아으 普賢ㅅ ᄆᆞᅀᆞᆷ 아우바
伊留叱餘音良他事捨齊	이롯 남아 他事 ᄇᆞ리져

〈「總結无尽歌」, 『均如傳』〉

尽衆生界以爲期	중생계 다할 때를 기약으로 삼았더니
生界无窮志豈移	중생계 끝없으니 뜻을 어찌 옮기리오.
師意要驚迷子夢	법사님은 미혹한 자 꿈 깨게 하려 하여
法歌能代願王詞	불법의 노래로 보현행원(願王詞)를 대신했도다.
將除妄境須吟誦	미망 지경 떠나려면 이 노래 부를 것이요,
欲返眞源莫猒疲	참된 근원 가려하면 이 노래를 물려 말라.
相續一心无間斷	한 마음 계속 이어 끊임없이 할진대
大堪随学普賢慈	넉넉히 普賢 자비 따라 배울 수 있으리라.

〈崔行歸의 漢譯詩, 「摠結无尽頌」, 『均如傳』〉

乃至虚空世界盡　衆生及業煩惱盡　如是一切無盡時　我願究竟恒無盡[96]

〈「普賢行願品」 偈, 『40卷本 華嚴經』의 第40卷〉

---

96) 허공계가 끝나고 중생 끝나면 / 이내 서원 끝날는지 모르거니와 / 중생들의 업과 번뇌 끝없사올 제 / 나의 원도 필경까지 끝없으리라. 〈『한글대장경 45 - 대방광불화엄경 40권본』, 동국역경원, 1970, 609면.〉 * 원문과 비교해 볼 때, 역경원의 해석이 倒置되어 있다.

XI.1. 生界尽尸等隱 : 生界 다을둔

小倉進平(1929) : 生界를 다을둔
양주동 (1942) : 生界 다을둔
김완진 (1980) : 生界 다을둔
양희철 (1988) : 生界 다을둔
유창균 (1994) : 生界 다를둔
신재홍 (2000) : 生界 다을둔
박재민 (2002) : 生界 다을둔

(1) 生界 : 生界

'衆生界'와 같은 말이다. 최행귀의 漢譯詩에서는 '生界'와 '衆生界'를 번갈아
사용하고 있다.

> 尽衆生界以爲期 生界无窮志豈移 (중생계가 다할 때까지로 기약했더니 중생
> 계 끝없으니 이 뜻 어찌 옮기리오) 〈崔行歸의 漢譯詩, 均如傳〉

중생계란 '숨쉬는 모든 존재를 의미하는 중생이 윤회를 거듭하는, 번뇌 가득
한 세상'을 뜻하는 말이다. 열반·적멸의 상대어로, 다음 인용문은 佛家에서 보
는 중생과 중생계의 속성[윤회·번뇌·수고]을 잘 드러내주고 있다.

> 衆生은 一體世間앳 사루미며 하늘히며 긔는 거시며 누는 거시며 므렛 거시며
> 무틧 거시며 숨튼 거슬 다 衆生이라 ᄒᆞᄂᆞ니라 濟渡는 믈 걷넬씨니 世間앳
> 煩惱 만호미 바ᄅᆞᆯ 그ᄐᆞ니 부톄 法 그ᄅᆞ치샤 煩惱 바ᄅᆞᆯ래 걷내야 내실쎌 濟
> 渡ㅣ라 ᄒᆞᄂᆞ니라 〈月印釋譜 01:11a〉

> 寂滅은 사도 아니ᄒᆞ며 죽도 아니홀씨니 衆生은 煩惱ᄅᆞᆯ 몯 ᄡᅳ러ᄇᆞ려 이리 이실
> 쎄 됴ᄒᆞᆫ 일 지순 因緣으로 後生애 됴ᄒᆞᆫ 몸 ᄃᆞ외오 머즌 일 지순 因緣으로
> 後生애 머즌 몸 ᄃᆞ외야 살락 주그락 ᄒᆞ야 그지업시 受苦ᄒᆞ거니와 부터는 죽사
> 리 업스실쎄 寂滅이 즐겁다 ᄒᆞ시니라 〈月印釋譜 02:16a〉

(2) 尽尸等隱 : 다을둔

소창진평 이래, '다 한다면'의 의미로 正解되어 왔다. 최행귀의 한역시와, 「普

賢行願品」에 반복적으로 나타나는 '盡'에 해당한다.

尽衆生界以爲期 生界无窮志豈移 (중생계가 다할 때까지로 기약했더니 중생
계 끝없으니 이 뜻 어찌 옮기리오)　　　　　　　〈崔行歸의 漢譯詩, 均如傳〉

衆生界盡 衆生業盡 衆生煩惱盡 我懺乃盡 (중생계가 다하고, 중생업이 다하
고, 중생 번뇌가 다한다면 나의 懺悔도 다하겠지만)

〈普賢行願品, 40卷本 華嚴經, 第40卷〉

衆生界盡 衆生業盡 衆生煩惱盡 我禮乃盡 (― 나의 禮敬도 ―)　　〈上同〉

衆生界盡 衆生業盡 衆生煩惱盡 我讚乃盡 (― 나의 稱讚도 ―)　　〈上同〉

衆生界盡 衆生業盡 衆生煩惱盡 我供乃盡 (― 나의 供養도 ―)　　〈上同〉

'盡'의 古訓이 '다ᄋ'인 것은 기주〈Ⅰ.8.(2)〉. 'ㄹ'가 'ㄹ'음을 나타냄은 기주
〈Ⅴ.8.(2)〉. '等'이 'ᄃ~돌'음을 나타냄은 기주〈Ⅰ.10.(3)〉, 〈Ⅴ.9.(3)〉. '隱'이 차
자표기 전반에서 'ㄴ·ㆍ·은·ᄂ·는'의 음상을 위해 사용되는 音借字임은 향
찰자 변증 108)항에서 다룬 바 있다. 이상, '다ᄋ든'으로 읽히는데, 이때의 'ㄹ든
(尸等隱)'은 '조건·가정형어미'이다. 기주〈Ⅴ.9.(3)〉, 현대어로는 '다 한다면'.

XI.2. 吾衣願尽尸日置仁伊而也 : 내이 願 다ᄋ 날 뒨이마리여

小倉進平(1929) : 나의 願 다ᄋ 날도 인이마리여
양주동　(1942) : 내願 다ᄋ 날두 이시리여
김완진　(1980) : 내이 願 다ᄋ 날도 이시리마리여
양희철　(1988) : 내원 다ᄋ 날도 잇(仁)이마리여
유창균　(1994) : 나의 願 다ᄅ 날 두니ᄂ라
신재홍　(2000) : 내 願 다ᄋ 날두 인이이라
박재민　(2002) : 나이 願 다ᄋ 날도 인이이여

(1) 吾衣願 : 내이 願

'吾衣'가 古語로는 '내이', 현대어로는 '나의'에 해당하는 말로 향찰표기에 흔히
나타나는 어형임은 기주〈Ⅴ.4.(1)〉.
'願'은 正用字로, '誓願·行願'의 줄임말이다. 일반적으로 菩薩의 서원이란 '위

로는 佛體를 받들고 아래로는 衆生을 교화하겠다는 願'을 말하지만, 본조의 '願'은 보현보살의 행원이므로, 「普賢十願歌」의 歌名, 즉, 다음의 10종 行願을 칭하는 말이 된다.

爾時普賢菩薩摩訶薩 稱歎如來勝功德已 告諸菩薩及善財言 "…… 若欲成就此功德門 應修十種廣大行願 何等爲十 一者禮敬諸佛 二者稱讚如來 三者廣修供養 四者懺悔業障 五者隨喜功德 六者請轉法輪 七者請佛住世 八者常隨佛學 九者恒順衆生 十者普皆迴向" (그때에 보현보살마하살께서 부처님의 빼어난 공덕을 찬탄하시고 여러 보살과 선재동자에게 말씀하셨다. "……만일 이러한 공덕을 성취하려면 10종의 광대한 행원을 마땅히 닦아야 하나니, 그 10종이란 무엇인가? 하나는 '예경제불'이요, 둘은 '칭찬여래'요, 셋은 '광수공양'이요, 넷은 '참회업장'이요, 다섯은 '수희공덕'이요, 여섯은 '청전법륜'이요, 일곱은 '청불주세'요, 여덟은 '상수불학'이요, 아홉은 '항순중생'이요, 열은 '보개회향'이니라.") 〈普賢行願品, 40卷本 華嚴經, 第40卷〉

(2) 尽尸日 : 다올 날

'盡(尽)'은 正用字. 古訓이 '다ᅌ'인 것은 기주 〈I.8.(2)〉. '尸'가 'ㄹ'음을 나타내는 借字임은 기주 〈V.8.(2)〉. '日'은 正用字로 고훈은 '날'.

日 날 일   〈新增類合〉

卽日은 곧 그 나라라   〈月印釋譜 22:15b〉

이상, '다올 날'.

(3) 置仁伊而也 : 뒨이마리여

난해구로, 연구자의 고심들이 어린 곳이다. "尽尸日置∨仁伊而也"로 분절한 최초의 연구자는 소창진평으로 양주동, 김완진 등이 이를 따랐다. 이 경우, 대체적인 해독은 '다할 날도 있다' 정도가 된다. 즉, '置'를 동일의 보조사 '도'로, '仁'을 '있다'의 어간과 관련된 借字로 파악한 것이다. 한편, "尽尸日∨置仁伊而也"로 분절한 연구자도 있다. 유창균이 대표적인데, 이럴 경우 '置'는 '두다'의 의미를 나타낸 정용자로 처리된다. 최근 김지오(2012:113면)도 이러한 분절을 따랐다.

본서는 유창균의 분절을 따르면서 "置仁伊而也"를 '된이마리여'로 읽어 '되리 마른·다외리마른 – 되련만·되겠지만'으로 풀이한다. '置'의 훈 '두·도'로 '되다 (다외다)'의 어근을 표기한 것으로 보고자 하는 것이다. '置'가 차자표기에서 '도·두'음을 위한 訓借字임은 기주 〈II.9.(3)〉. '仁'이 '은·인'임은 기주 〈III.7. (2)〉. '伊'가 '이·리'음을 나타냄은 기주 〈II.1.(2)〉.

'而也'는 향찰표기 전체에서 본조가 유일하다. 이에 대해 소창진평은 연구 초 기에 다음과 같이 언급한 바 있다.

> 而는 吏讀에서 「爲白在而亦」을 ᄒᆞᆷ견마리여, 「爲去有而亦」을 ᄒᆞ거이신마 리여 등에서 '마리'로 읽히며 「그러니까, –이지만」 등의 뜻을 나타내는 용법이 있다. 也는 음이 '야'이지만 이곳에서는 「而亦」의 「亦」(여)에 해당하는 것으로 ……「而也」는 '마리여'로 읽힌다. 〈소창진평(1929) 145면.〉

이 설은 선초언해문의 '而'에 대한 훈과 이두문의 사례

而 마리 이 〈光州千字文〉

家長亦 舊奴婢乙 毆打爲在乙良 凡人例以 同爲去有而亦 本國法良中 必于 舊 奴婢去乃 本主乙 毆打爲乎 第亦中 罪重爲去有良尒 奴婢毆舊家長爲在乙良 奴婢罪 家長絞罪良中 減一等 爲乎 事 〈大明律直解 20:16b〉

奴婢亦 舊家長乙 罵詈爲在乙良 凡人例以 論罪 爲置有而亦 本國法良中 奴婢 亦 本主乙 罵詈爲乎 所 凡人例以 論爲乎 不喩良尒 罵家長絞罪良中 減二等 爲乎事 〈大明律直解 21:03a〉

族長亦 族下矣 所錯事乙 訴告爲乎等 用良 閱實爲乎亦中 族下亦 犯罪灼然爲 去有而亦 族長矣 訴告以 現露爲乎等 用良 期親 大功及 女壻矣 罪乙良 自首 例以 免罪齊 〈大明律直解 22:10a〉

를 볼 때, 정해에 가장 접근한 업적이 아닌가 한다. 이상, '된이마리여'. 현대어로 는 '되련마는, 되겠지만'.

XI.3. 衆生叱邊衣于音毛 : 衆生ㅅ ᄀᆞᆺ이 움모

小倉進平(1929) : 衆生ㅅ ᄀᆞᆺ의 움에

양주동 (1942) : 衆生ㅅ 깨우미
김완진 (1980) : 衆生 가시오모
양희철 (1988) : 衆生 싀(邊衣)움마(毛)
유창균 (1994) : 衆生ㅅ ㄱ의 받음 터러
신재홍 (2000) : 衆生ㅅ ㄱ싀 움모
박재민 (2002) : 衆生ㅅ ㄱ(界)이 움모(없어)

(1) 衆生叱 : 衆生ㅅ

'衆生'은 正用字. 기주 〈V.3.(2)〉.
'叱'이 'ㅅ'에 해당하는 차자임은 향찰자 변증 139)항에서 다루었다.

(2) 邊衣 : 邊익

'邊'은 正用字. 고훈은 'ㄱ'이다. '끝·한계'의 의미이다.

邊 ㄱ 변   〈新增類合·訓蒙字會〉
邊은 ㄱ싀라   〈月印釋譜 01:01b〉

前條와 연결되어 '衆生叱邊衣'는 '衆生(界)ㅅ 邊익'가 되는데, 이때의 '익'는
'처격'이 아니라, '소유격'으로, 의미상으로는 주체의 역할을 한다. 다음에 보이는
'익'와 유사한 것이다.

舍利弗이 須達익 밍ᄀ론 座애 올아 앉거늘   〈釋譜詳節 06:30a〉
王이 그 이를 츠즈샤 鹿母夫人익 나ᄒ신 둘 아르시고   〈釋譜詳節 11:33a〉

이상, '衆生(界)ㅅ ㄱ익'. 현대어로는 '衆生界ㅅ 끝의'

(3) 于音毛 : 움모 (없어, '없음'으로)

'于'는 향찰표기에 총 7회 나타나나 「讚耆婆郞歌」의 '逐于(조초)'와 「普賢7」
의 '必于(비록)'을 제외하곤 모두 未詳이다.

白雲音逐于浮去隱安支下   〈讚耆婆郞歌〉
必于化緣尽動賜隱乃   〈普賢7〉

二于萬隱吾羅	(둘 없는)	〈禱千手觀音歌〉
際于萬隱德海肹	(끝 없는)	〈普賢2〉
曉留朝于萬夜未	(아침 없는)	〈普賢7〉
衆生叱邊衣于音毛	(끝 없어)	〈普賢11〉
普賢叱心音阿于波	(펼쳐?)	〈普賢11〉

다만, '二于萬〈禱千手觀音歌〉', '際于萬〈普賢2〉'의 '于萬'이, 각각 末音으로
'ㅁ'을 가지며 '엄는(無)'로 해석될 여지가 있고, 본조 또한 선행하는 '邊'을 고려
해 볼 때 불가에서 흔히 쓰는 '無邊'이란 어휘와 관련되어 있을 가능성을 생각해
볼 수 있다. 그렇게 볼 때, 이 구절은 "중생계ㅅ 끝의 '없음'으로·중생계ㅅ 끝이
없으므로"를 의미하게 되어 「普賢行願品」의 관련 문맥과도 순편한 호응을 이루
게 된다. (전체적인 시의 흐름은 〈XI.4.(2)〉을 볼 것.)

XI.4. 際毛冬留願海伊過 : ㅈ 모ᄃ로 願海이과

小倉進平(1929) : ㅈ 몰을 願海이과라
양주동　(1942) : ㅈ모들 願海이고
김완진　(1980) : ㅈ 모ᄃ논 願海이고
양희철　(1988) : ㅈ 모들 願海이과(過)
유창균　(1994) : ㅈ 모ᄃ로 願海이가라
신재홍　(2000) : 수ㅅㅣ 모다로 願히이과
박재민　(2002) : ㅈ 모도로 願海이과

(1) 際毛冬留 : ㅈ 모ᄃ로

'際'는 正用字. 고훈은 ㅈ. 기주〈II.7.(1)〉. 이곳의 '毛冬留'가 「보현2」의 '間毛
冬留'의 그것과 동일한 것임은 신재홍(2000)과 안정희(2011)에 의해 추론되고,
지형률에 의해 확인된 바 있다(기주〈II.8.(1)〉). 그러나, 문제는 본조와 「보현2」
가 지닌 유사성을 절대시하여, 본조의 '毛冬留'를 「보현2」와 동일하게 해독하려
는 데서 생겨나 있다. 즉, 「보현2」의 '間毛冬留 讚伊白制'에서 '間毛冬留(間 없
이)' 다음에 '기리ᅀᆞ제[讚伊白制]'라는 動詞가 오므로, 본조 '際毛冬留 願海伊過'

의 '際毛冬留'[無際 · 無邊'의 의미]에 후행한 '願海伊過' 역시 動詞로 풀이되어야 한다는 것이다. 그리하여 이들은 본조의 '願海'를 '願하고저'로 보려는 입장을 취하고 있다. 즉, '願海'의 '海'를 正用字가 아닌 借字로 보아 '願ㅎ다'의 'ㅎ[爲]'를 표기한 字로 보고 있는 것이다. 관련 언급을 인용하면 다음과 같다. (밑줄은 필자)

> 願海 … '소망의 바다'라는 표현이 적절한 은유가 되지 못한다고 판단된다. … '願海伊過'는 문장 구조상 그리고 의미상, 〈예경제불가〉와 〈칭찬여래가〉의 '禮爲白齊'와 '讚伊白制'에 견줄 만하다. 이에… '願-히-ㅣ-과〉願희과'로 읽을 수 있다. … 곧, 본 어형은 '願희과'로 읽고, '원하고저'로 풀이하는 것이다.
>
> 〈신재홍(2000), 423면.〉

> 그렇다면 그 통사구조와 의미가 유사한 예문 7) '際毛冬留'의 '留'도 똑같이 부사적 기능을 하는 어미로 보아야 하며 이에 후행하는 '願海伊過'를 명사적 서술절이 아닌 동사적 서술절로 보아 '브ㄹ이고'나 '원ㅎ이고'로 해독해야 할 것이다.
>
> 〈안정희(2011), 160-161면〉

그러나 이러한 독법은 향찰 해독의 常軌를 벗어남과 동시에, 佛家의 상용구를 감안하지 않은 무리한 것이다. 향찰 · 이두 · 구결의 차자표기에서 '正用字 + ㅎ다'는 일반적으로 '正用字+爲'로 표기된바, 이를 외면하고 'ㅎ'와 음가도 일치하지 않는 '海'를 특별하게 썼다고 假定하는 것은 순조로운 해독의 방향이 아니며, 더구나, 신재홍이 적절한 은유가 되지 못한다고 판단한 '願海'는 사실 佛家에서 '보살의 넓은 서원 · 행원'이란 의미로 常用되는 어휘이기 때문이다. 이의 용례는 〈XI.4.(2)〉항에 수록한다.

따라서 본서는 이를 'ᇩ 모두로'로 읽고 後行하는 '願海'를 수식하는 관형격이라는 입장(박재민, 2002:223면)을 견지한다. 현대어로는 '없는'[97]

---

97) 이러한 결론은 결국, '毛冬留'라는 어휘가 '용언을 꾸미는 부사'로도 '체언을 꾸미는 관형사'로도 사용될 수 있는 형태임을 의미한다. 이러한 가능성을 엿보게 하는 것이 '어느'와 같은 어휘가 아닌가 한다.

어느 므슴므로 바볼 머그료 (무슨, 관형사) 〈釋譜詳節 23:41b〉

어느 흔 삐 셰리잇고 (어찌, 부사) 〈釋譜詳節 24:25a〉

(2) 願海伊過 : 願海이과

'願海'는 '보살의 誓願이 바다처럼 깊고 넓음'을 비유한 말이다.

海는 깁고 너부믈 가졸비니라 〈楞嚴經諺解 01:03b〉

佛經에도 관용되고 있다.

菩薩常修種種行 皆入普賢願海中 住佛境界德無邊 法海光明無不遍 (보살은 늘 갖가지의 行을 닦아서 모두 보현보살의 願海로 들어가는구나. 부처님 머무르는 세계엔 공덕이 끝없고, 法海의 광명은 비추지 않는 곳 없다.)

〈40卷本 華嚴經, 第3卷〉

勸諸比丘 令其安住勝普賢行 住勝行已 入於甚深廣大願海 入願海已 普遍成就甚深大願 以得成就大願海故 得心淸淨 心淸淨故得 (비구들을 권하여 훌륭한 普賢行에 머물게 하고, 훌륭한 普賢行에 머물게 되자, 깊고 넓은 큰 願海에 들게 하고, 願海에 들게 되자, 깊고 큰 서원을 모두 이루고, 큰 願海를 이루게 됨으로 마음의 청정을 얻게 되었다.) 〈40卷本 華嚴經, 第4卷〉

彼衆所有廣大行 諸地諸度諸方便 及諸誓願海無涯 我於念念皆深入 (저 무리 닦는 廣大한 行과 여러 땅과 여러 度와 여러 방편과 끝없는 여러 誓願海에 나는 생각생각마다 모두 들어가리라.) 〈40卷本 華嚴經, 第29卷〉

'伊'가 '이'음을 위하여 사용됨은 기주 〈II.1.(2)〉.
'過'는 '과'음을 나타내기 위해 사용된 것으로, 소망의 어미 '고져'의 縮約形이다.

過 디날 과 〈新增類合 · 光州千字文 등〉

구결에 나타난 '𠯈'는 통상 '과'음으로 인정되고 있는데, 願望의 '欲'자를 釋讀할 때, 흔히 나타난다.

菩提乚 證ソ𠃍ソ [欲]𠯈ソ尸入灬 〈華嚴經 09:15〉
衆生乚 利益ソ [爲欲]𠯈ソ尸入灬 故氵 〈華嚴經 18:19〉
衆生㇋ 功德 善根乚 成熟𠯈刂 [爲欲]𠯈 慈悲心乚 發ソ𠃍 〈金光明經 03:08-09〉

이는 선초의 '고져' 등에 연결됨을 본다.

어린 百빅姓셩이 니르고져 홀배 이셔도 　　　　〈訓民正音解例 :02a〉

네 힘뻐 修行ᄒᆞ야 菩提를 得고져 홀뗸 　　　　〈楞嚴經諺解 09:38b〉

듣즙고져 호ᄆᆞᆫ 慈悲ㅅ ᄀᆞ르치샤ᄆᆞᆯ 渴望ᄒᆞ야 ᄇᆞ르ᅀᆞ올씨라 〈金剛經諺解 :13b〉

따라서, '際毛冬留願海伊過'는 'ᄀᆞᆺ 모ᄃᆞ로 願海이고져', 현대어로 '끝없는 願海이고자 (하옵니다.)'가 된다.

이상 풀이한 「총결무진가」의 1-4행은 보현행원품의 구절에 정확히 대응함을 볼 수 있다. 숫자로 대응시키면 다음과 같다.

生界¹ 盡尸等隱² 吾衣³ 願⁴ 盡尸日置仁伊而也⁵ 衆生叱⁶ 邊衣⁷ 于音毛⁸ 際⁹ 毛冬留¹⁰ 願海¹¹伊過

(중생계¹ 다한다면² 나의³ 원⁴ 다할 날 되리마는⁵, 중생계ㅅ⁶ 끝이⁷ 없어⁸ 끝⁹ 없는¹⁰ 願海¹¹이고져)

衆生界¹ 盡 衆生業 盡 衆生煩惱ˣ 盡² 我³ 懺⁴ 乃盡⁵ 而衆生界⁶ 乃至煩惱ˣ 無有⁸ 盡⁷ 故 我此禮敬¹¹ 無有¹⁰ 窮盡⁹ 　　　　〈普賢行願品〉⁹⁸⁾

중생계가¹ 다하고, 중생업이 다하고, 중생 번뇌가ˣ 다한다면² 나의³ 懺悔도⁴ 다하겠지만⁵, 중생의 세계⁶와 번뇌ˣ가 끝이⁷ 없으므로⁸ 나의 이 禮敬도¹¹ 끝남⁹ 없다¹⁰.
〈현대어 역〉

---

98) 이 구문들은 「보현행원품」에 공식구 형태로 나타나는데, 본조의 '願'에 해당하는 말은 「예경제불가」의 경우에는 「禮」, 「칭찬여래가」의 경우엔 '讚', 「광수공양가」의 경우엔 '供'이며, 본조의 '願海'에 해당하는 말은 「예경제불가」의 경우에는 '禮敬', 「칭찬여래가」의 경우엔 '稱讚', 「광수공양가」의 경우엔 '供養'이다.

衆生界盡 衆生業盡 衆生煩惱盡 我禮乃盡 而衆生界乃至煩惱無有盡故 我此禮敬無有窮盡 (중생계가 다하고, 중생업이 다하고, 중생 번뇌가 다한다면 나의 禮敬도 다하겠지만, 중생의 세계와 내지 중생의 번뇌가 끝이 없으므로 나의 이 禮敬도 끝남이 없다.) 〈禮敬諸佛者, 普賢行願品〉

衆生界盡 衆生業盡 衆生煩惱盡 我讚乃盡 而虛空界乃至煩惱無有盡故 我此讚歎無有窮盡 (─ 나의 稱讚도 ─ 나의 讚嘆도 ─) 〈稱讚如來歌, 上同〉

衆生界盡 衆生業盡 衆生煩惱盡 我供乃盡 而虛空界乃至煩惱不可盡故 我此供養 亦無有盡(─ 나의 供養도 ─ 나의 供養도 ─) 〈廣修供養歌, 上同〉

XI.5. 此如趣可伊羅行根 : 이다이 깃거 이라 녀곤

小倉進平(1929) : 이다이 나ᅀᅡ가 닐어 녀곤
양주동　(1942) : 이다이 가 이라 녀곤
김완진　(1980) : 이 곧 너겨 뎌라 녀곤
양희철　(1988) : 이다이 가(趣可) 이라 녀곤(行根)
유창균　(1994) : 이다 돈가 이라 녀곤
신재홍　(2000) : 이닷 너가 이라 녈근
박재민　(2002) : 이다이 너가 이라 녀곤

(1) 此如 趣可 : 이다이 깃거

'此'가 향찰에 총 10회 사용되며, 그 중 9회가 文頭에서 한자 본 의미 '이'로 훈독됨은 기주 〈 I .10.(1)〉.

'如'가 '다'음으로 사용됨은 기주 〈 I .6.(1)〉. 그 의미는 '~처럼 · ~같이 · ~답게 · ~대로'이다. '如'의 훈 '다'에서 이런 用法이 생겨난 것이다.

法다이 持戒ᄒ면 반ᄃᆞ기 ᄆᆞᅀᆞ미 通호믈 得ᄒ리라(如法持戒ᄒ면 必得心通이라)　　　　　　　　　　　　　　　〈楞嚴經諺解 07:52b〉

내 壇場ᄋᆞᆯ브터 法다이 持戒호ᄃᆡ (依我壇場ᄒᆞ야 如法持戒호ᄃᆡ)　　　　　　　　　　　　　　　〈楞嚴經諺解 07:60b〉

ᄃᆡ졉호믈 심히 위곡고　　　례대 ᄒ더라　　〈二倫行實圖 19a, 옥산서원본〉

ᄃᆡ졉호믈 ᄀᆞ장 위곡이 ᄒᆞ며 례다이 ᄒ더라　　〈二倫行實圖 19a, 규장각본〉

이젠 어미 주그니 내 ᄠᅳᆺ다이 호리라　　〈二倫行實圖 37a, 옥산서원본〉

衆生이 如來ㅅ 法 듣고 ᄒ다가 디녀 닐그며 외와 말다비 修行호ᄃᆡ 得혼 功德을 제 아디 몯ᄒᄂᆞ니라　　　　　　　　　〈月印釋譜 13:53b〉

'趣'자는 향찰 전체에서 본조가 유일하다. 소창진평이 '趣可'를 '나ᅀᅡ가'로 읽은 이래, 양주동은 '가', 유창균의 '달려 나가' 등으로 거의 유사한 의미로 풀어 왔다. 하지만, 김준영은 이를 '趣=擬'로 보아 '여기다'로 읽었고 김완진이 이에 공감하였다.

이 두 방향의 해석은 각각 근거와 不安을 동시에 지닌 것들인데, 우선 '가다'의 의미로 판단한 것은 佛家에서 쓰는 '趣'의 한자 본 의미에 주목한 정당한 것이다.

苦趣는 受苦ㄹ뷘 뒤 갈 씨니 〈月印釋譜 04:43b〉

諸ㄱ 行ㄴ 修ㅅㅊ 佛菩提ㅅ+ 趣ㅆㅌㅛ 〈華嚴經 05:23〉

佛ㅅ 所行ㅅ+ 趣ㅆㅅㅅ 無依處ㅅ+ 入ㄴㅌㅛ 〈華嚴經 04:19〉

그러나 이 해석은 향찰 표기적 측면에서 볼 때 불안이 있다. 즉, 이러한 의미를 표기하기 위한 것이었다면 '趣可'에 나타난 '可'의 기능을 설명할 수 없다. 향찰에 나타나는 동사의 용언 뒤에 붙은 '可'는 다음

花肹折叱可 (것거) 〈獻花歌〉

折 것글 절 〈新增類合〉

伊羅擬可 行等 (너거) 〈普賢5〉

ㅁㅅ매 너기료 (擬心) 〈楞嚴經諺解 02:84a〉

의 2회가 있는데 모두 '것거', '너거'라는 어휘, 즉, 용언의 활용형으로 '가/거'라는 음이 올 때 이를 표기하기 위해 나타나고 있는 것이다. 따라서 '趣可'라는 어형을 단순히 '가(行)'라고만 해석할 수는 없다.

김준영이 '趣'와 '擬'를 동일시하여 해석한 까닭은 「普賢5」의 용례 "伊羅擬可行等"를 참작한 것이었다. 이 구절에서 보이듯이 거의 비슷한 구문에 비슷한 자형의 글자가 온다는 점에서 가능성을 인정할 수 있다. 곧, '趣'가 '擬'의 誤字일 가능성이 있게 되는 것이다. 그러나 역시 근거보다는 불안이 크다. 비록 「보현십원가」에 오자가 없는 것은 아니지만, '誤字'의 확정은 늘 신중해야 하는 것이다.

그렇다면 '趣可'를 해독할 대안은 없는가? 본서는 '趣可'를 향찰의 표기적 특성에 준하여 해석하는 것이 순리라고 본다. 즉, '趣'는 한자 본연의 의미 그대로, '可'는 '趣'의 訓이 활용된 語尾 '가'를 나타낸 말로 정당히 이해하자는 것이다. 그럴 때, 우리는 '趣'의 한 訓인 '즐거움·재미'에 주목할 필요가 있다.

有趣 ㅈ미잇다 〈方言類釋〉

沒趣味 ㅈ미업다 〈同文類解〉

그리고 이와 유사한 의미 범주에 있는 '歡·喜'의 古訓 '깃다'를 주목할 필요가 있다.

歡喜는 깃글씨라 〈釋譜詳節 13:13a〉

喜는 깃글씨니 〈月印釋譜 09:41b〉

喜見은 깃거 볼씨라 〈月印釋譜 10:55a〉

이러한 연관성은 우리에게 중요한 사실을 시사해 준다. 즉, '趣可'가 '깃거(기쁘)'를 표기한 語形일 가능성을 보여주는 것이다. 이로 '趣可'는 선초 언해의 다음 표기에 대응될 여지가 생긴다.

부텻 功德을 듣즙고 깃거 偈를 지어 부텨를 기리습고 〈釋譜詳節 06:40b〉

내 舍利를 어더 슬흐며 깃거 恭敬흐야 절흐야 기픈 모 ᅀᆞ 모로 供養흐면
〈釋譜詳節 23:6a〉

듣고 깃거 즉자히 菩提心을 發흐리니 이 일후미 下品下生이니
〈月印釋譜 08:76a〉

그렇다면 이러한 추정은 노래의 문맥에도 잘 부합할 수 있는가가 마지막 문제로 남게 된다. 이를 위해 전체를 인용하면,

衆生叱邊衣于音毛 際毛冬留願海伊過 此如趣可伊羅行根 向乎仁所留善陵道也
〈보현11, 3-6행〉

衆生界ㅅ 끝이 없어 끝없는 願海이고서 (기원합니다). 이처럼 기뻐 이같이
行하면 向한 배所로 선릉[功德]이라.

와 같이 되어 문맥적으로도 순조롭게 이어짐을 보게 되는 것이다. 이상, '趣可'는
'깃거'.[99]

---

99) 아래에 나타나는 『화엄경』의 '趣求'의 '趣' 역시 본조의 '趣'와 관련을 지니고 있다. 부처의 지혜를 구할 때의 태도를 형용한 말로 나오는데, 본조 역시 그러한 형용으로 쓰이고 있기 때문이다.

知一切法無有違諍 而常趣求一切智地 以無斷智入諸世間 (일체의 법이 서로 어긋남 없음을 알아 항상 온갖 지혜를 趣求하여 끊임없는 지혜로 모든 세간을 통달한다.) 〈40 卷本 華嚴經, 第2卷〉

常見諸佛 恒聞正法 迴向趣求一切智智 成就菩薩無礙善根 (항상 부처님을 뵙고 법문을 들으며, 회향하여 온갖 것을 아는 지혜를 趣求하고, 보살의 걸림없는 선근을 성취한다.) 〈40卷本 華嚴經, 第4卷〉

(2) 伊羅行根 : 이라 녀곤

'伊羅'가 '이처럼'의 의미로 추정됨은 기주 〈Ⅴ.9.(2)〉. '行根'은 '녀곤'으로 이미 소창진평 때부터 正解되어 왔다. '行'의 고훈이 '녀다'임은 기주 〈Ⅴ.9.(2)〉. 여기서는 '普賢行願'의 '行'과 같은 의미로 '(願을) 行하면'으로 풀이된다. '根'이 '곤'음을 위해 사용될 수 있음은 기주 〈Ⅴ.2.(3)〉.

이상, '녀곤', 의미는 '行하면'.

ⅩI.6. 向乎仁所留善陵道也 : 앞온 바로 善陵道야

小倉進平(1929) : 아온 바일 善陵道이
양주동 (1942) : 아온딕루 善길이여
김완진 (1980) : 아온딕로 모릭 길히여
양희철 (1988) : 아왼 딕로 善陵道여
유창균 (1994) : 아론 딕로 이드른 길이라
신재홍 (2000) : 아왼 바로 이른 길야
박재민 (2002) : 아온 바로 善陵(功德)도야

(1) 向乎仁 : 앞온

'向乎仁'은 소창진평 때부터 '向한'의 고어인 '아온·아온' 등으로 正解되어 왔다. 최근 '向'의 고훈이 '앞'으로 문증되었음은 기주 〈Ⅳ.2.(2)〉. '乎'가 차자표기 전반에서 흔히 '오'를 위해 사용되는 音借字임은 향찰자 변증159)에서 상론한 바 있다. 여기서는 인칭법의 '오'. '仁'이 'ㄴ~인'임은 기주 〈Ⅲ.7.(2)〉. 이상, '앞온', 현대어로는 '向한'이 된다.

(2) 所留 : 바로

'所'의 古訓은 '바'이나

所 바 소 〈光州千字文 등〉

所는 배라 〈釋譜詳節 序:1b〉

소창진평과 유창균[100]만 그렇게 읽었을 뿐, 다른 연구자들은 모두 '딕'로 읽었다. 이른바 향찰의 '毛叱色只'와 '毛叱所只'가 같은 것이고, 이 중, '色只'는 吏讀의 'ᄃ록(巴只)'의 訛로 추정되는만큼, '所只'의 '所'는 'ᄃ'음에 근접한 음이란 추정에 기반한 것인데, 여전히 그 음가가 잘 확정되지 않았고, '딕'로 보나, '바'로 보나 그 의미는 같은 것이므로, 본서에서는 분명히 문증되는 '바'를 따른다. 이상, '바로'.

(3) 善陵道也 : 善陵道(功德道)야

'善陵'이 '功德'의 의미임은 기주 〈V.7.(3)〉. 따라서, '善陵道'는 '功德道'가 되는데, '功德道'는 불가의 관용어이다.

> 得혼 功德道앳 가 니르듯ᄒ야 眼耳鼻舌身意 淸淨ᄒ리니　〈釋譜詳節 19:26b〉
> 方便趣寂滅 出生功德道 善學一切學 無量道心境　〈60卷本 華嚴經, 第43卷〉
> 專求智慧者 安住功德道 究竟滅三塗 開示諸善趣 令具涅槃道
> 〈60卷本 華嚴經, 第58卷〉

'也'가 균여향가에선 모두 文末에만 나타나며 대부분 감탄의 의미를 지님은 기주 〈II.2.(1)〉. 그러나 본조는 열거의 연결어미 '요'의 기능으로 판단된다. 열거의 연결어미는 기주 〈I.5.(4)〉. 이상, '功德道也'는 '功德道야'.

XI.7. 伊波普賢行願 : 伊波 普賢行願

小倉進平(1929) : 이바 普賢行願
양주동　(1942) : 이바 普賢行願
김완진　(1980) : 더바 普賢行願
양희철　(1988) : 이바(伊波) 普賢行願
유창균　(1994) : 이바 普賢行願
신재홍　(2000) : 이봏 普賢行願

---

100) 유창균은 전체해독에서는 '딕로'로 적어 두었지만(상게서 1076면.), 세부조항에서는 "이 경우의 '所'의 訓는 '딕'보다는 '바'가 더 적절하다(1093면.)"라고 하였다.

박재민 　(2002) : 伊波(未詳) 普賢行願

(1) 伊波 : 이바

소창진평은 '이것이야'로 보았고, 양주동은 감탄사 '이바'로 보았다. 그 후, 뚜렷한 대안 없이 모두 그에 준하여 읽어왔다. 김완진은 '뎌바'로 읽었으나 감탄사라는 점은 선행 연구와 같다. 이상, '이바'. 의미는 未詳.

(2) 普賢行願 : 普賢行願

'普賢菩薩'은 '文殊菩薩'과 함께 일체 보살의 으뜸이 되는 보살이다. 선초 불경언해들에서는 '普賢'과 '普賢行'에 대하여 다음과 같이 풀이하고 있다.

> 普는 너블씨니 德이 몯 ᄀᆞ즌 줄 업슬씨오 賢은 어딜씨니 우흐로 부텻 敎化를
> 돕ᄉᆞᆸ고 아래로 衆生ᄋᆞᆯ 利케 ᄒᆞᆯ씨라　　　　　　　〈月印釋譜 08:62b-63a〉

> 힁뎌기 周徧티 아니호미 업스실씨 닐오ᄃᆡ 普ㅣ오 우흘 도ᄋᆞ시며 아래를 利케
> ᄒᆞ실씨 닐오ᄃᆡ 賢이라 周徧ᄒᆞ시며 도ᄋᆞ시며 利케 ᄒᆞ실씨 이런ᄃᆞ로 믈읫 大根
> 이 ᄀᆞ자 菩薩行 닷ᄂᆞ닐 다 일후미 普賢行이라　　　〈楞嚴經諺解 05:55a-b〉

이것이 구체화된 普賢行願이 바로 「普賢十願歌」와 「普賢行願品」에 10種으로 나타나는데 10종의 조목은 〈XI.2.(1)〉에 인용한 바와 같다.

XI.8. 又都仏体叱事伊置耶 : ᄯᅩ 부텨ㅅ 일이두라

小倉進平(1929) : 다시 ᄯᅩ 부텨ㅅ 일이더라
양주동　(1942) : ᄯᅩ 부텨ㅅ 일이두라
김완진　(1980) : ᄯᅩ 부텻 이리도야
양희철　(1988) : ᄯᅩ(又都) 부텻 일이도야
유창균　(1994) : ᄯᅩ 모다 부텻 일이두라
신재홍　(2000) : ᄯᅩ 부텨ㅅ 일이두라
박재민　(2002) : ᄯᅩ 부텻 일이두라

(1) 又都 : 坐

'又'는 향찰표기에서 본조가 유일하다. 이로 한자 본의미로 사용된 字일 가능성이 매우 높다. 그럴 때, 훈은 坐.

又 坐 우 〈新增類合〉

又는 坐 ᄒ논 ᄠᅳ디라 〈釋譜詳節 序 01:05b〉

'都'는 향찰표기에 본조를 포함하여 총 5회 사용되었다.

吾隱去內如辭叱都 〈祭亡妹歌〉

世理都□之叱逸烏隱第也 〈怨歌〉

次弗□史內於都還於尸朗也 〈遇賊歌〉

安攴尙宅都乎隱以多 〈遇賊歌〉

又都仏体叱事伊置耶 〈普賢11〉

음차 '都'로 사용된 경우가 많은데 이럴 때, 음은 '도'

都 모들 도 〈新增類合 · 光州千字文〉

都 도읍 도 〈訓蒙字會〉

이상의 음가에 의해 양주동은 '坐'의 말음첨기로의 '都'로 여겼는데, 최선의 해독이라 여겨진다. 이에, '坐'.

(2) 仏体叱 : 佛體ㅅ

'佛體ㅅ'으로 풀어서 문제가 없는 구절이다. 佛體는 기주 〈Ⅰ.2.(3)〉.
'叱'이 'ㅅ'에 해당하는 차자임은 향찰자 변증 139)항에서 다루었다.

(3) 事伊置耶 : 일이두야

소창진평 이래 '일이더라'에 준하여 해독되어 왔다. 음가는 양주동이 치밀히 보정하였다. 이견이 없다.
'事'는 향찰표기에 3회 나타나는데,

舊留然叱爲事置耶	〈普賢10〉
又都仏体叱事伊置耶	〈普賢11〉
伊留叱餘音良他事捨齊	〈普賢11〉

모두 正用字로 사용되었다.(「普賢10」의 '爲事置耶'를 해독함에 '事'를 주체존대의 '샤'로 본 연구경향이 짙으나, 본서에서는 '爲(乎隱) 事(伊)置耶'의 略形으로 상정하고 있음은 기주 〈X.8.(2)〉.) 이럴 때, 訓은 '일'.

事 일 ᄉ   〈新增類合 등〉

'伊'가 '이'음을 위하여 사용됨은 기주 〈II.1.(2)〉. '置'가 '도~두'음을 나타냄은 기주 〈II.9.(3)〉. '耶'가 '야~라'음을 나타냄은 기주 〈I.10.(3)〉. 이상, '일이두야'. 현대어로 '일이도다'에 해당한다.

XI.9. 阿耶 普賢叱心音阿于波 : 아으 普賢ㅅ ᄆ솜 아우바

小倉進平(1929) : 阿耶 普賢ㅅ ᄆ솜애 어운바
양주동　(1942) : 아으 普賢ㅅᄆ솜 아ᄋ바
김완진　(1980) : 아야 普賢ㅅ ᄆᄉ마 ᄀ바
양희철　(1988) : 아야 普賢ㅅ ᄆ솜 아우바(阿于波)
유창균　(1994) : 아라! 普賢ㅅ 마솜 조초사
신재홍　(2000) : 아야 普賢ㅅ ᄆ솜 아우바
박재민　(2002) : 아으 普賢ㅅ ᄆ솜 阿于波(未詳)

(1) 阿耶 : 아으

(2) 普賢叱心音 : 普賢ㅅ ᄆ솜

'普賢'은 기주 〈XI.7.(2)〉. '叱'이 'ㅅ'에 해당하는 차자임은 향찰자 변증 139)항에서 다루었다. '心音'이 'ᄆ솜'임은 기주 〈I.1.(1)〉.
이상, 『화엄경』에 다음과 같이 나타나는 '普賢心'의 향찰식 표기이다.

佛子 菩薩摩訶薩 有十種發普賢心　　　　　　　〈60卷本 華嚴經, 第37卷〉

佛子, 是爲菩薩摩訶薩十種發普賢心, 若菩薩摩訶薩安住此心, 以少方便則具
足普賢巧方便智.　　　　　　　　　　　　　　　〈80卷本 華嚴經, 第53卷〉

(3) 阿于波 : 아우바 (펼쳐 내어)

'阿'는 향찰표기에 총 16회 등장하며 '阿'음에 대용되고 있음은 기주 〈VI.2.(4)〉.
'于'가 '우'음에 대용됨은 기주 〈II.7.(1)〉. '波'가 '바'음에 대용됨은 기주 〈III.10.
(1)〉. 이상, '아우바'가 되나, 그 의미는 미상. 다음의 구절들로 미루어 볼 때,
혹 '펼쳐 내어' 정도의 의미가 아닌가 한다.

佛子, 菩薩摩訶薩, <u>發十種普賢心</u>. 何等爲十? 所謂發大慈心, 救護一切衆生
故, 發大悲心. 代一切衆生受苦故, 發一切施心. 悉捨所有故, 發念一切智爲首
心. 樂求一切佛法故, 發功德莊嚴心. 學一切菩薩行故, 發如金剛心. 一切處受
生不忘失故, 發如海心. 一切白淨法悉流入故, 發如大山王心. 一切惡言皆忍
受故, 發安隱心. 施一切衆生無怖畏故, 發般若波羅蜜究竟心. 巧觀一切法, 無
所有故, 是爲十. 若諸菩薩, 安住此心, 疾得成就普賢善巧智. (佛子여. 보살마
하살이 10종의 보현마음을 내나니, 무엇이 열인가? 이른바 큰 사랑의 마음을
내나니 일체 중생을 구호하려는 까닭이며, 큰 어엿비 여기는 마음을 내나니
일체 중생을 대신하여 고통을 받으려는 까닭이며, 온갖 것을 베푸는 마음을
내나니 가진 것을 모두 버리려는 까닭이며, 온갖 지혜를 생각하는 것으로 머
리삼는 마음을 내나니 일체 불법을 구하를 즐기는 까닭이며, 공덕으로 장엄한
마음을 내나니 모든 보살행을 배우려는 까닭이며, 금강과 같은 마음을 내나니
모든 곳에 태어남을 잊지 않으려는 까닭이며, 바다와 같은 마음을 내나니 온
갖 희고 깨끗한 법이 모두 흘러 들어가는 까닭이며, 큰 산과 같은 마음을 내나
니 온갖 나쁜 말을 다 참고 받는 까닭이며, 편안한 마음을 내나니 모든 중생에
게 두려움 없음을 주는 까닭이며, 반야바라밀다의 끝마음을 내나니 온갖 법이
아무 것도 없음을 교묘하게 관찰하는 까닭이니 이것이 열이니라. 만일 모든
보살들이 이 법에 편안히 머물면 보현의 교묘한 지혜를 빨리 성취하게 되느니
라.)　　　　　　　　　　　　　　　　　　　　〈80卷本 華嚴經, 第53卷〉

XI.10. 伊留叱餘音良他事捨齊 : 이룻 남아 他事 브리져

小倉進平(1929) : 이를 남아 달은 일을 버리제
양주동 (1942) : 이룻나마 他事捨져
김완진 (1980) : 뎌룻나마 他事 브리져
양희철 (1988) : 이룻 나마 他事捨져(齊)
유창균 (1994) : 이룻 나ᄆ란 녀느 일 바리져
신재홍 (2000) : 이룻 남아 년일 브리져
박재민 (2002) : 이룻 남아 他事 브리져

(1) 伊留叱 : 이룻

'伊'가 '이'음을 나타내기 위해 사용되고 있음은 기주 〈II.1.(2)〉. '留'가 '로·루'음을 나타내기 위해 사용되고 있음은 기주 〈I.1.(2)〉. '叱'이 'ㅅ'에 해당하는 차자임은 향찰자 변증 139)항에서 다루었다. 이상, '이룻'이 되는데, 소창진평 이래 현대어 '此' 정도의 의미로 보는 업적이 많다. '普賢心'을 '此'로 칭하는『화엄경』의 다음 구절을 볼 때, 음상의 일치뿐만 아니라, 佛家의 인식에도 부합하는 해독이라 할 수 있다.

> 佛子 是爲菩薩摩訶薩十種發普賢心 若菩薩摩訶薩安住此心 以少方便則具足 普賢巧方便智 (불자여, 이것이 菩薩摩訶薩의 10종 發한 보현심이니, 만일 모든 보살들이 이 마음에 편안히 머물면 보현의 교묘한 지혜를 빨리 성취하게 되느니라.)
> 〈80卷本 華嚴經, 第53卷〉

(2) 餘音良 : 남아

'餘音'의 '餘'의 고훈이 '남·넘'임을 나타냄은 기주 〈IV.4.(2)〉. '良'이 '아·라' 음을 나타냄은 기주 〈I.4.(3)〉, 본조에서는 연결어미 '아'를 위해 사용되었다. 현대어로 '남아서'가 된다.

(3) 他事捨齊 : 他事 브리져

'他事'는 前句와의 호응성을 생각할 때, 제8행의 '仏体叱事'의 상대어로 파악된다. 마치「普賢8」제10행의 '他道'가 제9행의 '佛道'에 상대됨과 같은 구성이

다. 本歌의 '仏体叱事'는 '佛事'로 선초 언해에 다수 등장하는데,

佛事는 부텻 이리라 〈月印釋譜 08:12b〉

佛土 조케 호물 爲홀씨 상녜 佛事ᄒ야 衆生 敎化ᄒᄂ니라
〈法華經諺解 04:10a〉

일반적으로 '부처님의 일' 내지는 '菩薩이 행하는 부처님의 가르침' 정도의 의미를 가진다. 그렇다면, '他事'는 '佛事에 反하는 제반의 일들'로 볼 수 있겠다.
'捨齊'는 'ᄇ리져'. '捨'의 훈이 'ᄇ리다·여희다'임은 기주 〈IV.10.(3)〉. '齊'가 願望의 '져'임은 기주 〈I.8.(3)〉. 이상, '보현 마음을 발하여 속세에 남아 부처님 밖의 일은 버리고 수행하겠다'는 의미를 담은 구절이 된다.

현대어역

<總結無盡歌>	<'끝없음'으로 맺는 노래>
生界尽尸等隱	중생계 다한다면
吾衣願尽尸日置仁伊而也	나의 行願 다할 날 되리마는
衆生叱邊衣于音毛	중생계의 끝이 없으므로
際毛冬留願海伊過	끝없는 願海이고져.
此如趣可伊羅行根	이처럼 기뻐 이처럼 가면
向乎仁所留善陵道也	향한 대로 功德의 길이요
伊波普賢行願	伊波한[2] 普賢行願
又都仏体叱事伊置耶	또한 부처의 일이도다.
阿耶 普賢叱心音阿于波	아으, 보현의 마음 펼쳐 내어
伊留叱餘音良他事捨齊	이에 남아 딴 일을 버리고져.

참고문헌

【原文資料】

『鷄林類事』

『救急方諺解』

『均如傳』

『南明集諺解』

『內訓』

『老乞大諺解』

『論語諺解』

『大明律直解』

『大方廣佛華嚴經』 40卷本

『大方廣佛華嚴經』 60卷本

『大方廣佛華嚴經』 80卷本

『大漢和辭典』

『東國新續三綱行實圖』

『杜詩諺解初刊本』

『楞嚴經諺解』

『蒙山和尙法語略錄』

『百聯抄解』

『飜譯小學』

『法華經諺解』

『三綱行實圖』

『三國史記』

『三國遺事』

『釋譜詳節』

『石峰千字文』

『禪宗永嘉集諺解』

『星湖僿說』

『小學諺解』

『續三綱行實圖』

『時用鄕樂譜』

『新增類合』

『阿彌陀經諺解』
『樂學軌範』
『呂氏鄉約諺解』
『與猶堂全書』
『歷代千字文』
『譯語類解』
『五倫行實圖』
『倭語類解』
『龍飛御天歌』
『圓覺經諺解』
『月印釋譜』
『月印千江之曲』
『二倫行實圖』
『曹溪眞覺國師語錄』
『周易函書約存』
『地藏經諺解』
『鄉藥救急方』
『訓蒙字會』
『訓民正音解例本』

【전산자료 · 이미지 자료 · 번역자료】
고려대장경연구소(http://kb.sutra.re.kr)
한국고전번역원 (http://www.minchu.or.kr)
「석독구결 자료 5종 전산입력본」, 2013년 7월 장경준 교수의 구결학회 배포 버전.
『舊譯仁王經』
『瑜伽師地論』第20卷
『大方廣佛華嚴經』第14卷
『大方廣佛華嚴經疏』第35卷
『合部金光明經』
『한글대장경 화엄경 45, 대방광불화엄경 〈40권본〉』동국역경원(1970).
『한글대장경 화엄경(80권본)』Ⅰ · Ⅱ · Ⅲ, 역경위원회 譯(1985), 동국역경원.
『釋華嚴教分記圓通鈔』①·②, 김두진 譯(1999), 동국대학교역경원.
『華嚴經』10 入法界品 下, 普賢行願品, 無比스님 譯(1994), 민족사.
『國譯 無衣子詩集』, 유영봉 譯(2005), 을유문화사.
『譯注 均如傳』, 최철 · 안대회 譯(1986), 새문社.

【논문 · 저서】

姜吉云(1995), 『鄕歌新解讀硏究』, 學文社.

姜信沆(1980), 『鷄林類事 '高麗方言' 硏究』, 성균관대학교출판부.

姜信沆(1995), 『朝鮮館譯語硏究』, 성균관대학교출판부.

고영근(1998), 『중세국어의 시상과 서법』, 탑출판사.

高正儀(1987), 「〈淨兜寺五層石塔造成形止記〉의 史讀」, 『울산어문논집』 3, 울산대국어국
　　문학과.

高正儀(1991), 「차자 '毛冬'과 '毛如'」, 『울산어문논집』 7, 울산대국어국문학과.

權仁瀚(1995), 『朝鮮館譯語의 音韻論的 硏究』, 서울大學校 國語國文學科 박사학위논문.

金斗燦(1996), 「口訣語尾 'ㆍ丷丷ㅧ'에 대하여」, 『口訣硏究』 1, 口訣學會.

金斗燦(1997), 「舊譯仁王經 口訣 解讀 試攷」, 『口訣硏究』 2, 口訣學會.

金斗燦(1999), 「다시 토 'ㅌ'와 'ㅣ'자에 대하여」, 『口訣硏究』 5, 口訣學會.

金星周(2011), 「균여향가 '普皆廻向歌'의 한 해석」, 『口訣硏究』 27, 口訣學會.

金承璇 外(1986), 『鄕歌文學論』, 金承璇 편저, 새문社. (1991 三版).

金永萬(1997), 「석독 구결 '皆ㄴ', '悉ㅎ'와 고려 향찰 '頓部叱', '盡良'의 비교 고찰」, 『口訣硏
　　究』 2, 口訣學會.

金完鎭(1980), 『鄕歌解讀法硏究』, 서울대학교출판부.

金完鎭(2000), 『향가와 고려가요』, 서울대학교출판부.

金裕範(1998), 「吏讀 '是等'攷」, 『口訣硏究』 4, 口訣學會.

金俊榮(1979), 『鄕歌文學』, 螢雪出版社.

金學成(1992), 「鄕歌의 장르體系論」, 『大東文化硏究』 27, 大東文化硏究所.

金學成(2002), 『한국 고전시가의 정체성』, 대동문화연구총서 21, 成均館大學校 大東文化
　　硏究院.

김성주(2010), 「均如 鄕歌와 漢譯詩 그리고 普賢行願品」, 제40회 구결학회 전국학술대회
　　발표집.

김성주(2011), 「균여향가 '普皆廻向歌'의 한 해석」, 『口訣硏究』 27, 口訣學會.

김영욱(1997), 「14세기 문법 형태 '-ㅣ/ㄷ[의]/시'의 교체에 대하여, 『口訣硏究』 2, 口訣學
　　會.

김영욱(1999), 「舊譯仁王經 口訣의 시상과 서법 선어말 어미」, 『口訣硏究』 5, 口訣學會.

김유범(2010), 「均如의 鄕歌 '廣修供養歌' 解讀」, 『口訣硏究』 25, 口訣學會.

김정수(1994), 「한자 새김의 표준화를 위한 예비 연구2」, 『세종학연구』 9, 세종대왕기념사
　　업회.

김지오(2010), 「懺悔業障歌'의 國語學的 解讀」, 『口訣硏究』 24, 口訣學會.

김지오(2012), 「均如傳 鄕歌의 解讀과 文法」, 동국대학교 국어국문학과 박사학위논문.

김혜은(2010), 「普賢十願歌」의 漢譯 과정과 번역 의도」, 연세대학교 석사학위논문.

南權熙(1997), 「차자 표기 자료의 서지」, 『새국어생활』·제7권 제4호·겨울, 국립국어연구원.
南豊鉉(1981), 『借字表記法研究』, 檀大出版部.
南豊鉉(1996), 「高麗時代 釋讀口訣의 'ㄷ/ㄹ'에 대한 考察」, 『口訣研究』 1, 口訣學會.
南豊鉉(1998), 「『瑜伽師地論』(권20) 釋讀口訣의 表記法과 한글 轉寫」, 『口訣研究』 3, 口訣學會.
南豊鉉(1999a), 『國語史를 위한 口訣研究』, 태학사.
南豊鉉(1999b), 『'瑜伽師地論' 釋讀口訣의 研究』, 태학사.
南豊鉉(2000), 『吏讀研究』, 태학사.
박노준(1982), 『新羅鄕歌의 硏究』, 열화당.
박성의(1986), 『韓國歌謠文學論과 史』, 집문당.
박성종(1987), 「大明律直解의 '旨是絃無亦'과 '旨是絃以'에 대하여」, 『국어학』 16, 국어학회.
박성종(1996), 『朝鮮初期 吏讀 資料와 그 國語學的 硏究』, 박사학위논문, 서울大學校 國語國文學科.
박성종(1997), 「차자 표기의 어휘론」, 『새국어생활』 제7권 제4호 겨울, 국립국어연구원.
박성종(1999), 「舊譯仁王經 口訣의 語彙」, 『口訣研究』 5, 口訣學會.
박성종(2003), 「『大明律直解』 吏讀의 예비적 고찰」, 『震檀學報』 96, 震檀學會.
박용식(2005), 「『삼국유사』에 수록된 향가에 나타난 언어의 시대적 특징 고찰」, 『口訣研究』 4, 口訣學會.
박재민(2002a), 『口訣로 본 普賢十願歌 解釋』, 연세대학교 국어국문학과 석사학위논문.
박재민(2002b), 「普賢十願歌 難解句 5題-口訣을 基盤하여」, 『口訣研究』 10, 口訣學會.
박재민(2008), 「'風謠'의 형식과 해석에 관한 재고」, 『한국시가연구』 24, 한국시가학회.
박재민(2009a), 「'獻花歌' 解讀 再考」, 『국문학연구』 19, 국문학회.
박재민(2009b), 「'怨歌'의 재해독과 문학적 해석」, 『민족문화』 34, 한국고전번역원.
박재민(2010a), 「삼국유사소재 '處容歌'의 고려적 어휘 요소와 그 시사에 관하여」, 『어문연구』 145, 한국어문교육연구회.
박재민(2010b), 「'彗星歌' 고유어 再構 4題와 문학적 示唆」, 『고전과해석』 8, 고전문학한문학연구회.
박재민(2012a), 「고등학교의 訓借字·音借字 교육에 대한 비판적 고찰」, 『국어교육』 139, 한국어교육학회.
박재민(2012b), 「'禱千手觀音歌'의 해독과 구조 再考」, 『語文研究』 156, 한국어문교육연구회.
박재민(2013a), 『신라향가변증』, 태학사.
박재민(2013b), 「도솔·사뇌·차사의 어의에 대한 소고」, 『고전문학연구』 43, 한국고전문학회.
박진호(1997), 「借字表記 資料에 대한 통사론적 검토」, 『새국어생활』·제7권 제4호·겨울, 국립국어연구원.

박진호(1999), 「舊譯仁王經 口訣의 構文論的 양상」, 『口訣研究』 5, 口訣學會.
박창원(1997), 「차자 표기의 음운론」, 『새국어생활』 제7권 제4호 겨울, 국립국어연구원.
백두현(1997), 「高麗本 金光明經에 나타난 特異 형태에 대하여」, 『국어학연구의 새지평』, 태학사.
백두현(1999), 「舊譯仁王經 釋讀口訣의 경어법」, 『口訣研究』 5, 口訣學會.
백두현(1997), 「차자 표기와 형태론」, 『새국어생활』 · 제7권 제4호 · 겨울, 국립국어연구원.
서재극(1975), 『신라향가의 어휘 연구』, 계명대출판부.
서종학(1994), 「指定文字와 借字 '內'」, 『民族文化論叢』 15, 영남대학교 민족문화연구소.
서종학(1991), 『吏讀의 文法形態 表記에 관한 歷史的 研究』, 박사학위논문, 서울대학교 國語國文學科.
서철원(1999), 「均如의 作家 意識과 '普賢十願歌'」, 고려대학교 석사학위논문.
서철원(2013), 『향가의 유산과 고려시가의 단서』, 새문사.
성호경(1983), 「향가 분절의 성격과 시행구분 및 율격에 대한 시론」, 『향가문학연구』, 백영 정병욱선생환갑기념논총, 신구문화사.
성호경(2001), 「향가 작품의 시적구조와 난해어구의 의미 범주」, 『韓國詩歌研究』 9, 한국 시가학회.
성호경(1988), 「향가연구의 함정과 그 극복을 위한 모색」, 『국어국문학』 100, 국어국문학회.
성호경(2008), 『신라 향가 연구―바른 이해를 위한 탐색―』, 태학사.
小倉進平(1929), 『鄕歌及び吏讀の研究』, 경성제국대학. (아세아문화사영인본, 1974).
신재홍(2000), 『향가의 해석』, 집문당.
신재홍(2002), 「향가의 인용구문과 시적 특성」, 『한국시가연구』 12, 한국시가학회.
신중진(1998), 「말음첨기(末音添記)의 생성과 발달에 대하여 ―음절말 자음 첨기를 중심으로―」, 『口訣研究』 4, 口訣學會.
심재기 · 이승재(1998), 「『華嚴經』 口訣의 表記法과 한글 轉寫」, 『口訣研究』 3, 구결학회.
안병호(1985), 『계림류사와 고려시기조선어』. 민족문화사.
안병희(1995), 『中世國語口訣의 研究, 一志社.
안병희(1987), 「균여의 방언본 저술에 대하여」, 『국어학』 16, 국어학회.
안정희(2011), 「均如鄕歌에 사용된 否定의 표현에 대하여」, 『口訣研究』 27, 口訣學會.
양주동(1942), 『古歌研究』, 박문서관.
양주동(1958), 「古歌箋劄疑」, 『人文科學』 제2집, 연세대학교 문과대학.
양주동(1965), 『增訂 古歌研究』, 일조각.
양태순(2003), 『한국고전시가의 종합적 고찰』, 민속원.
양희철(1988), 『高麗鄕歌研究』, 새문社.
양희철(1997), 『三國遺事鄕歌研究』, 태학사.
양희철(1990), 「鄕札 '攴'과 '支'의 解讀」, 『국어국문학』 104, 국어국문학회.

양희철(2008), 『향찰 연구 12제 - 동형의 이두와 구결도 겸하여』, 보고사.

양희철(2013), 『향찰 연구 16제 - 동형의 이두와 구결도 겸하여』, 보고사.

유창균(1994), 『鄕歌批解』, 형설출판사.

윤영옥(1995), 『韓國古詩歌의 硏究』, 형설출판사.

이건식(1996), 「컴퓨터 입출력을 위한 口訣字의 코드체계에 대한 試論」, 『口訣硏究』 1, 口訣學會.

이건식(2012), 「均如 鄕歌 請轉法輪歌의 내용 이해와 語學的 解讀」, 『口訣硏究』 28, 口訣 學會.

이도흠(2003), 「향가연구의 쟁점과 전망」, 『고전문학연구의 쟁점적 과제와 전망』 하, 월인.

이도흠(1993), 『신라 향가의 문화기호학적 연구』, 한양대학교 국어국문학과 박사학위논문.

이병기(1998), 「선어말어미 '-리-'의 기원」, 『口訣硏究』 4, 口訣學會.

이숭녕(1978), 『新羅時代의 表記法 體系에 관한 試論』, 國語學硏究選書 1. 塔出版社, (1982 再版).

이승재(1987), 「將來考」, 『국어학』 16, 국어학회.

이승재(1991), 「향가의 遣只賜와 구역인왕경 구결의 'ㅁ ㅅ ㅌ'에 대하여」, 『국어학의 새로운 인식과 전개』, 김완진선생 회갑기념논총, 민음사.

이승재(1992), 『高麗時代의 吏讀』, 태학사.

이승재(1993), 「高麗本 '華嚴經'의 口訣字에 대하여」, 『國語學』 23, 國語學會.

이승재(1995), 「鷄林類事와 借字表記 資料의 關係」, 『大東文化硏究』 30, 성균관대학교 대동문화연구원.

이승재(1996), 「借字表記 硏究의 成果와 課題」, 『光復50周年 國學의 成果』, 한국정신문화 연구원.

이승재(1999), 「舊譯仁王經 口訣의 音韻史的 意義」, 『口訣硏究』 5, 口訣學會.

이 용(1997), 「'-乙'에 대하여」, 『口訣硏究』 2, 口訣學會.

이 용(1998), 「연결 어미 '-거든'의 문법사적 고찰 -전기 중세국어 차자 표기를 중심으로-」, 『口訣硏究』 4, 口訣學會.

이용(2007), 「'恒順衆生歌'의 解讀에 對하여」, 『口訣硏究』 18, 口訣學會.

이전경(2002), 「15세기 불경의 구결 표기법 연구」, 연세대학교 국어국문학과 박사학위논문.

임기중(1993), 『우리의 옛노래』, 현암사.

임기중(1998), 『새로 읽는 향가문학』, 아세아문화사.

임석재전집 9권(1992), 『韓國口傳說話』, 全羅南道 濟州道篇, 평민사.

장윤희(1997), 「석독구결 자료의 명령문 고찰」, 『口訣硏究』 2, 口訣學會.

장윤희(1998), 「석독구결 자료의 감탄법 종결어미」, 『口訣硏究』 4, 口訣學會.

장윤희(1999), 「舊譯仁王經 口訣의 종결어미」, 『口訣硏究』 5, 口訣學會.

장윤희(2002), 『중세국어 종결어미 연구』, 『國語學叢書』 41, 國語學會, 太學社.

장윤희(2005),「고대국어연결어미 '-遣'과 그 변화」,『口訣研究』 14, 口訣學會.

鮎貝房之進(1931-1938)『雜攷』, (본서는『原本國語國文學叢林:原本 향약채취월령 俗字
攷·俗文攷·借字攷 合本』, 大提閣, 1988을 이용함.)

정병욱(1983),『증보판 한국고전시가론』, 신구문화사.

정열모(1954),『신라향가주해』, 국립출판사, (한국문화사 영인, 1999).

정열모(1965),『鄕歌研究』, 사회과학원출판사.

정인보(1930),「朝鮮文學源流草本 제1편」,『조선어문연구』1집, 연희전문학교출판부 발행.

정우영(2005),「국어 표기법의 변화와 그 해석 – 15세기 관판 한글문헌을 중심으로–」,『한
국어학』 26, 한국어학회.

정우영(2007),「순경음비읍(ㅸ)의 연구사적 검토」,『국어사 연구』 7, 국어사학회.

정우영(2007),「'서동요' 해독의 쟁점에 대한 검토」,『국어국문학』 147, 국어국문학회.

정재영(1997),「借字表記 연구의 흐름과 방향」,『새국어생활』·제7권 제4호·겨울, 국립국
어연구원.

정재영(1998),「合部金光明經(권3) 釋讀口訣의 表記法과 한글 轉寫」,『口訣研究』 3, 구결
학회.

정재영(2001),「'禮敬諸佛歌'해석」,『국어연구의 이론과 실제』, 이광호교수 회갑기념논총
간행위원회, 태학사.

정진원(2008),「月明師의 '兜率歌' 해독에 대하여」,『口訣研究』 20. 口訣學會.

조윤제(1937),『朝鮮詩歌史綱』, 東光堂書店.

지헌영(1947),『鄕歌麗謠新釋』, 정음사.

지헌영(1954),「次肹伊遣에 對하여」,『최현배선생환갑기념논문집』, 사상계사.

지형률(2007),『鄕歌正讀』, 다다아트.

최 철(1993),『향가의 문학적 해석』, 연세대학교출판부.

최 철·안대회(1986),『譯註 均如傳』, 새문사.

허 웅(1995),『우리옛말본 15세기 국어 형태론』, 샘 문화사.

홍기문(1956),『향가해석』, 과학원.

황선엽(2007),「三國遺事와 均如傳의 鄕札 表記字 비교, 국어학회」,『34회 국어학회 학술
대회 발표자료집』.

황선엽(2002),「향가에 나타나는 '遣'과 '古'에 대하여」,『國語學』 39, 국어학회.

황패강(1998),「『삼국유사』와 향가 연구」,『향가연구』, 국어국문학회 편, 태학사.

上乃敬重罷絕古今　第七歌行化世分者師之外學无

關扵詞腦　意精扵詞故云腦也　後普賢十種願王著歌十一章

其序云夫詞腦者世人戲樂之具願王者并修行之樞故

得涉淺故深從近至遠不憑世道无引劣根之由非寄陋

言豈現普因之路今托易知之近事遷會難思之遠宗依

二五大願之文　課十一荒歌之句　懃极扵衆人之眼奧符

扵諸佛之心　雖意失言豈不合聖賢之妙趣而傳文作句

願生凡俗之善根欲笑誦者則結誦願之因　欲嬰念者

則獲念願之益伏請后來君子若誹若讚也是閑

礼敬諸佛歌

心未筆留　慕呂白乎隱仏体前衣　拜內乎隱身萬隱

一

法界毛吽所只至去良　塵塵馬洛仏体吽剎亦　剎毎

如邀里白乎隱　法界滿賜隱仏体　九世尽良礼為

白齊　歡日　身語意業无痕厭　此良夫作沙毛吽等耶

　　稱讚如來歌

全日部伊冬衣　南无佛也白孫吉良衣　无尽辯才水海

等　一念惡中涌出去良　塵塵虚物吽邀呂白乎隱

功德吽身乙對為白惡只　際于萬隱德海膙　間毛亥留讀

伊白制　隋句　必只一毛吽德置　毛等尽良白乎隱乃芳

　　廣修供養歌

火條執音馬　仏前灯乙直体良馬多衣　灯炷隱湏弥也

灯油隱大海邀留去耶　于馬法界毛吽色只為旅　于良

毎如法吐供乙留　法界端賜仁仏俸　仏仏周物吐供高自制

阿耶　法供沙吐多奈　伊衣衣波最勝侯也

　懺悔業障歌

顛倒逸耶　菩提向馬道乙迷波　造將衆卧乎隱悪寸隱

法界餘音玉只出隱伊音乙如叐　悪寸習落卧手隱三業

浄戒吐主留卜以叐乃遣只　今日部頓部吐懺悔　十方吐仏

体關遣只賜立　落句　衆生界尽我懺尽　來際永良造

物捨齊　　隨喜功徳歌

迷悟同体吐　緣起吐理良尋只見根　仏伊衆生毛吐所只

吾衣身不喻仁人音有吐下呂　於吐賜乙隱頓部吐吾永修吐孫丁

散分道抄常卷　　廿卜

三

得賜伊馬落人米旡吃昆　救内人衣善陵等沙　不冬喜好尸

置乎理吃過　後句　伊羅撲可行等　嫉妬吃心音至刀

來去

請轉法輪歌

被仍反隱　法界惡之吃仏會阿希　吾馬頑吃進良只

法雨乙旡白乎吃等耶　旡明土深以埋多　煩惱熱留煎將

來出未　善芽毛冬長乙隱　衆生吃田乙潤只沙音也

後言　菩提吃菓音烏乙反隱　覚月明斤秋察羅波処也

請仏住世歌

昔仏体　必于化緣盡動賜隱乃　手乙寶非鳴良尒

世呂中止以炎白乎等耶　曉留朝于萬夜未　向屋賜尸朋

知良閼尸也　伊知皆矣爲米　道尸迷反群良哀呂舌

落句　吾里心音水清等　佛景不冬應為賜下呂

常隨仏学歌

我仏体　皆徃為世呂修将来賜留隱　難行苦行叱願乙

吾焉頓部叱逐好友伊音叱多　身靡只碎良只塵伊去未

命乙施好尸歳史中置　　賜叱皆好尸卜下里　皆仏体

置際叱焉賜隱伊留弓　城上人　佛道向隱心下

他道不冬斜良只行齊

恒順衆生歌

覚樹王焉迷火隱乙根叱沙音賜焉逸良　大悲叱水

留潤良只不冬萎玉內平留叱等耶　法界居得丘物叱

丘物叱　焉乙吾置同生同死　念念相續无間斷　仏体焉

五

尸如敬吹好吹等耶　打心　衆生安為飛等　仏体頓

吹喜賜以留也　　普皆迴向歌

皆吾衣修孫　一切善陵頓部吹迴良只　衆生吹海悪中

迷反群无史　悟內去齊　仏体吹海等成留馬日尸恨

懺為如手仁悪寸業置　法性吹宅阿吹寶良　舊語留

熈吹為事置耶　病吟　礼為白孫隱仏体刀　吾衣身

伊波人有吹下呂　　捴結无尽歌

尘界尽尸等隱　吾衣願尺尸曰置仁伊也　衆生吹邊衣

于音毛　際毛冬留顧海伊過　此如趣可伊羅行根

向子仁所留善陵道也　伊波普賢行願　又都仏体吹事

伊置耶阿耶　普賢叱　心音阿于波　伊留叱　餘音良從事捨齊

右歌撝在人口往往書諸墻壁傳中不載歌詞今錄付之沙平

郡邢必及于<small>新羅職</small>緣宿三年不歇醫療師徃見之憫其

苦口授此願王歌勸令常讀他日有空声唱言没頼大

聖歌力痛必美奚自介立劾　第八譯歌現德介者

有翰林学士内議丞旨知制誥清河崔行歸者為師同

時鑽仰日久及此歌成以詩譯之其序云偈頌讚仏陁

之功果著在經文歌詩揚芬之行因收故論藏所以西從

八水東至三山時時而開士間生高吟妙理往往而哲人傑

出朗詠真風彼漢地則有傳公將貫氏湯師濫觴江表

賢首及澄觀宗密修蓝開中或皎昤无可之派爭雕

七

麗藻齊已晉貫休之華競鏤芳詞我仁邦則有摩詞

薫文則体元鑿空雅曲元睁而薄九靈爽張本亥言或

定獣神亮之賢開飄玉韻純義大居之俊雅著

瓊篇莫不綴以碧雲清篇可玩傳其白雪妙響塤聽

昧而詩攟唐辭磨琢於五言七字歌排鄉語切磋於三

句六名論声則隔若参商東西易辨拠理則敵如矛

楯強弱難分雖云對衝詞鋒足認同故義海各得其所

于何不臧而所悢者我邦之才子名公解吟唐什彼圡之

鴻儒碩德莫解鄉謠翔復唐文如帝綱交羅我邦易

讀鄉扎似梵書連布彼圡難譜使梁宋珠璣數托東

泝之水秦韓錦繡希隨吾傳之星其在扃通亦堪嗟

痛庸詎非嘗文宣欲居於此地未至鰲頭薛翰林強

變柃斯文煩成鼠尾之所致者歌伏惟我首座名齋玄

玩作三千受戒之師迹亞妙光為八十開經之主占位於

離華元首泉教知故沾恩於大樹本根群生獲利是樹

笠虛之洪鍾待叩有問皆酬懸臺之室鏡忘疲死幽不

照凡六志学軏怠觀光師乃勸誘伊人瞻依彼佛要

以邪魔之北令佩惠刀指其益友之南許開慈室謂曰

貞元別本行願終篇入長男妙界之玄門遊童子香

城之淨路故得清涼主終一軸以宣揚申毒行人限

百齡而持課初來震旦自烏邦聖帝手書右至尸羅固兔

郡高德立宇四句偈一經於耳顧滅罪根十種文再記于
心躰坐覺果良緣大厚勝福何深得不詠此願王代其詩
容使男女共聞而發願承結殊因自他兼濟以成功終故
妙果者乎夫如是則八九行之唐序義廣文豐十一首之
鄉歌詞清句麗其為作也号稱詞腦可欺貞觀之詞精
若疑頭堪比惠明之賦而唐人見處於序外以難詩鄉士
聞時就歌中而易誦皆沾半利吾漏全功由是約吟於邈
湏之間酖如惜法減詠於吳秦之際執謂同文況屬師
心本齊佛境難要期近俗浸入深而寧阻遠人捨邪
故正昔金氏譯碎珠全瓦播美天朝崔公翻朗月清風
騰芳海域俗猶若是真固宜然伏念行故志愧何充筆

慚靈運杳想閣官之冥祐莫効前修追思相國之密
傳徒欽行烈一昨因逢道文幸覽玄言縱隨妙唱以先
端潛恐高情之有待憑托之一源兩泒詩歌之同体
異名迹首名齪間牋連寫所異遍東西而元尋真草
並行向僧俗以有緣見聞不絕心續念先瞻衆駕於
普賢口口連吟後值龍華於慈氏今則聊將鄙序輒冠
休譚希冢黜鐵以成金不避檝博而引玉儻達博識須
整庸音宋曆八年同正月日謹序

礼敬諸佛頌

以心爲筆盡空王瞻拜唯應遍十方一塵塵諸仏
國重重刹刹衆尊堂見聞自覺多生遠礼敬寧辭泣

十一

劫長身体語言慈意業拯无疲猒此為常

稱讚如來頌

遍於仏界蠢丹衷一唱南無　讚梵雄辯海庶生三寸抄

二言泉希涌兩唇中稱揚覺帝塵沙化頌詠瑩王剎

工風縱未談窮一毛徳此心直待尽虛空

廣修供養頌

至誠明照仏前灯願此香籠法界興香似妙峯雲靉

爨油如大海水洪澄㯾生代苦心常功利物修行力漸增

餘供取齋斯法供直鑄千刀㤹難勝

懺悔業障頌

自從无始劫初中三毒戒來罪幾重若此惡緣元有相尽

諸空界不能容思量業障堪惆悵羞覩丹誠豈懪懐

今願懺除持淨戒永难塵染以青松

　隨喜功德頌

聖凡真妄莫相分同体元衆普法門生外本无餘仏義

我邊窜有别人論三明積集多功德六趣修成少善根

他造尽皆為自造揔堪隨喜揔堪尊

　請轉法輪頌

仏陁成道歎难陳我願皆趍正觉因甘露洒消煩惱熱

戒香熏滅罪徑塵陪隨善友瞻慈室勸請能人轉法

輪兩室遍沾沙界後更於何处有迷人

請仏住世頌

極微塵數聖賢於此浮生畢化緣欲示泥洹故寂
滅請經沙劫利人天談真感會猶堪戀滯俗群迷寔
可憐若見惠灯將隱浸盂傾舟戀乞滄延

常隨仏学頌

如上妙因惣隨学永令身出苦河深
此婆婆界舍那心不退修來迈可尋皮紙骨毫熏血
墨國城宫殿及園林菩提樹下成三點衆會場中演一音

恒順衆生頌

樹王偏向野中榮欲利千般万種生花果本為賢聖体
幹根元是俗凡精慈波若洽靈根潤覚路宜從行業成

十四

恒順遍教群品悅可知諸佛喜非輕

從初至末、所成功迴為含靈一切中咸覩得安推苦海總

斯消罪仰真風同時共出煩塵域異体感敀法性宮我此

至心迴向願尽於來際不應終

惣結无尽頌

尽眾生界以為期生界无窮志豈移師意要敬焉迷子

夢法歌骸代願王詞将除妄境須吟誦欲返真源吳

厭疲相續一心无間斷大堪隨學普賢慈

右歌詩成彼人爭寫一本乃傳於西國宋朝君戶見之日

敦分通鈔第七卷　廿六下

此詞腦歌主真一仏出世逓使礼師師容見異常非世人
之敬信故我君臣恐彼西使與之又未委客人之所懷也
不許見客認此意潜服往詣惣持院院是師常居処在攷滓
先遣象骨譯情來謁師整三衣將迎先觀哉君臣心念
忽於追去客人聞之日何処得見仏因泣下數行
第九感應降魔介者開室中故法寺僧正賫詣法官説
攜目如師有異情修行官奏其事光宗聞之怒促呂
師入欲害之師及御所惶懼仆地上見其状以為直龍
勅羅者二人護送之尋美降承宣薛光到寺慰撫
此日夜上夢見神人身長一丈許跱寢殿而立乃言曰
大王信膚訴之事凌辱法王故必有不祥大起夢覺

十六

已流汗遍身呂傍臣說夢至明日松岳北畔松樹无
風自倒者不知其幾千有株上聞此怪命下之云厚序
法王所由生也上乃悔懼便於大內特置消災道場命沾
官斬正秀於市仍池其正秀房俗兄浪造文書令第誑
告及正秀同日被誅又靈通寺白雲房年遠浸壞師童
修之因此地神所責尖變曰起師暗著歌一首以禳之
帖其歌于壁自佘之后精怪即滅也　第十變易生死分者
開室六年中金海府使奏云今季月日有異僧頂戴攲
笠子到海邊問其名居自稱毗婆尸曰曾於五百劫前
曾經此國締緣焉今見三韓一統而仏教末興故為酬宿
因暫至松岳之下以如字洪法今欲指日本言訖即隱上

奇之命推其曰是師順世之日也變易分竟

師之在世厚緣於大成大王王發大願於松岳之下新剏

故法寺寺咸詔請師住持之師祇命香火領衆洪法

嘗於講法之前日使大德全業述經序業述十許張

將詣講軒畔奏於師師奉香燈象步次一覽演暢

有如宿習其聰悟亭如此也嗚呼化有緣有緣盡夗

於此生於彼莽之事也以開寶六年六月十七日　時示滅

于故法寺葬於八德山山在故法寺之東南去寺百許步

豈且秀者是也報年　僧臘　其神足曰雲琳曰

肇　皆一時龍象位至首座自下之輩寔鏃系有徒

普賢十願歌

이 부록은 〈오대산 월정사〉에 소장된 「普賢十願歌」(1865년 刊出本)의 사진본으로, 고려대장경연구소(http://www.sutra.re.kr)의 도움을 입어 수록할 수 있었다. 일선의 연구자들이 원본을 직접 확인할 수 있게끔 후의를 베풀어 주신 고려대장경연구소 이사장님과 연구소 관계자님들께 특별한 감사의 말씀을 드린다.

※ 부록은 끝 페이지부터 역순으로 보시기 바랍니다.